Im Gedenken an meinen Vater

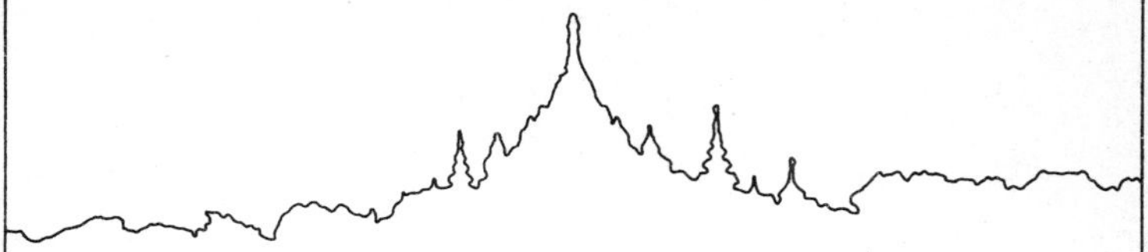

ERSTER TEIL

Mandalay

I

In Ma Chos Suppenküche war nur einer, der zu wissen schien, was für ein Geräusch da über die Ebene heranrollte, die silberne Biegung des Irawadi entlang, bis hin zur westlichen Mauer der Festung von Mandalay. Sein Name war Rajkumar, und er war Inder, ein Junge von zwölf Jahren – nicht gerade eine Quelle der Zuverlässigkeit.

Es war ein fremdartiges, beunruhigendes Geräusch, ein fernes Dröhnen, gefolgt von leisem, stotterndem Grollen. Ab und zu klang es wie das Knacken trockener Zweige, jäh und unvermutet. Und dann, mit einem Mal, ging es in lauten Donner über, der die wackeligen Bänke der Garküche erzittern ließ und den Topf mit der dampfenden Brühe heftig durchrüttelte.

In der Imbissstube gab es nur zwei Bänke, und auf beiden drängten sich die Menschen dicht an dicht. Es war kalt, der Beginn des kurzen, aber eisigen Winters in Mittelbirma, und die Sonne war noch nicht hoch genug hinaufgestiegen, um den klammen Nebel zu vertreiben, der im Morgengrauen vom Fluss heraufgekrochen war. Als die ersten Geräusche in den Imbiss drangen, herrschte augenblicklich Schweigen, das sich alsbald in einem Gewirr von Fragen und geflüsterten Vermutungen verlor. Bestürzt sahen die Leute sich um. Was ist das? *Ba le?* Was mag das sein?

Und dann durchschnitt Rajkumars helle, aufgeregte Stimme das Gewirr von Mutmaßungen. »Englische Kanonen«, sagte er in fließendem, wenn auch stark gefärbtem Birmanisch. »Irgendwo flussaufwärts wird geschossen. Sie sind auf dem Weg hierher.«

Manche Gäste machten finstere Gesichter, als sie sahen, dass die Worte von dem Küchenjungen kamen, und dass er ein *kala* von jenseits des Meeres war – ein Inder, mit Zähnen, so weiß wie seine Augäpfel und einer Haut mit der Farbe von poliertem Hartholz. Er stand mitten in der Garküche, einen Stapel angeschlagener irdener

Schalen in den Händen, und grinste ein wenig einfältig, als mache es ihn verlegen, mit seinem kostbaren Wissen zu prahlen.

Sein Name bedeutete Prinz, doch seine Erscheinung war alles andere als majestätisch, mit seinem ölbespritzten Wams, seinem unordentlich geknoteten *longyi* und den nackten Füßen mit der dicken schwieligen Haut. Wurde er gefragt, wie alt er sei, dann sagte er fünfzehn, manchmal auch achtzehn oder neunzehn; denn es bescherte ihm ein Gefühl von Stärke und Macht, so schamlos zu übertreiben, sich als stark und erwachsen auszugeben, was Geist und Körper anbelangte, wo er doch in Wirklichkeit fast noch ein Kind war. Hätte er sich für zwanzig ausgegeben, so hätte man ihm auch das geglaubt, denn er war groß und stämmig, und seine Schultern waren kräftiger und breiter als die vieler Männer. Und weil er sehr dunkelhäutig war, ließ sich schwer erkennen, dass sein Kinn ebenso glatt war wie seine hohle Hand.

Allein dem Zufall war es zu verdanken, dass Rajkumar an diesem Novembermorgen in Mandalay zugegen war. Der Sampan, das Hausboot, auf dem er sich als Helfer und Botenjunge verdingte, bedurfte einiger Reparaturarbeiten, nachdem es vom Golf von Bengalen kommend den Irawadi hinaufgesegelt war. Der Bootsbesitzer hatte einen gehörigen Schrecken bekommen, als man ihm sagte, die Arbeiten könnten sich gut einen ganzen Monat oder länger hinziehen. Es war ihm unmöglich, seine Mannschaft die ganze Zeit über durchzufüttern, und so fasste er einen Entschluss: Einige von ihnen würden sich andere Arbeit suchen müssen. Er empfahl Rajkumar, in die Stadt zu laufen, ein paar Meilen landeinwärts. In dem Basar gegenüber der westlichen Festungsmauer solle er nach einer Frau mit Namen Ma Cho fragen. Sie sei zur Hälfte Inderin und betreibe eine kleine Garküche. Mochte sein, dass sie Arbeit für ihn habe.

Und so kam es, dass sich Rajkumar im Alter von zwölf Jahren auf den Weg in die Stadt Mandalay machte und zum ersten Mal in seinem Leben eine gerade Straße erblickte. Die Lehmdecke war durchzogen von parallelen Furchen, in den Boden gegraben von den harten, massiven Teakholzrädern der Ochsenkarren. Bambusbaracken und mit Palmwedeln gedeckte Hütten säumten die Straßen zu beiden Seiten. Daneben türmten sich Kuhfladen und Berge von Unrat. Doch der schnurgerade Weg, den die Straße nahm, blieb unbesudelt von dem Durcheinander, das ihn säumte. Die Straße war wie ein Damm über unruhiger See. Ihr Verlauf geleitete das Auge geradewegs durch die Stadt, vorbei an den leuchtend roten Mauern der Festung bis hin zu den fernen Pagoden auf dem Hügel von Mandalay, die auf der Anhöhe leuchteten wie eine Kette weißer Glocken.

Rajkumar war weit gereist für sein Alter. Das Schiff, auf dem er arbeitete, war ein Küstenboot, das sich gewöhnlich nicht auf das offene Meer begab; es verkehrte an dem lang gestreckten Küstenstreifen, der Birma mit Bengalen verband. Rajkumar war schon in Chittagong und in Bassein gewesen und in zahlreichen Städten und Dörfern dazwischen. Doch auf seiner Wanderung vom Fluss nach Mandalay musste er sich eingestehen, dass er noch niemals zuvor eine Verkehrsader wie diese gesehen hatte. Er war an Pfade und Gassen gewöhnt, die sich unaufhörlich um sich selbst wanden, sodass man nie über die nächste Biegung hinaussehen konnte. Dies war etwas Neues: Eine Straße, die den Horizont mitten in bewohnte Gebiete holte.

Als sich ihm die Festung in ihrer gesamten Unermesslichkeit offenbarte, blieb Rajkumar mitten auf der Straße stehen: Der Anblick der Zitadelle war prächtig, die meilenlangen Mauern und der gewaltige Graben. Die roten, mit Zinnen bewehrten Schutzwälle waren beinahe drei Stockwerke hoch und dennoch von beschwingter Leichtigkeit. Sie wurden überschattet von reich verzierten Torbauten mit siebenstufigen Dächern. Lange, schnurgerade Wege führten strahlenförmig von den Mauern fort und bildeten ein gleichmäßiges Netz. Das geordnete Muster dieser Straßen und Wege war so verlockend, dass Rajkumar sich einfach treiben ließ, auf Erkundungsreise ging. Als er sich darauf besann, warum man ihn in die Stadt geschickt hatte, war es beinahe dunkel. Schließlich fand er die westliche Mauer der Festung und fragte nach Ma Cho.

»Ma Cho?«

»Sie hat eine Garküche. Sie verkauft *baya-gyaw.* Sie ist zur Hälfte Inderin.«

»Ach, Ma Cho.« Es lag auf der Hand, dass dieser zerlumpte indische Junge auf der Suche nach Ma Cho war: Sie beschäftigte oft indische Vagabunden in ihrer Garküche. »Das da ist sie, die Dünne da.«

Ma Cho war klein und hager, und über die Stirn hingen ihr wirre Locken ins Gesicht wie ein Fransenbaldachin. Sie war Mitte dreißig und sah eher birmanisch als indisch aus. Sie war gerade damit beschäftigt, Gemüse zu braten, und blinzelte im Schutz ihres erhobenen Armes auf das rauchende Öl. Misstrauisch sah sie Rajkumar an: »Was willst du?«

Er hatte kaum angefangen, von dem Boot und den Reparaturen zu erzählen und zu erklären, dass er auf der Suche nach Arbeit war, als sie ihm ins Wort fiel. Mit schriller Stimme und geschlossenen Augen schrie sie ihn an: »Was glaubst du denn? Dass ich Arbeit unter meinem Rocksaum verstecke, die ich nur hervorholen und dir geben muss? Letzte Woche erst ist mir ein Junge mit zwei von meinen Töpfen davongelaufen. Wer sagt mir denn, dass du es nicht genauso machst?« Und so ging es weiter.

Rajkumar verstand, dass dieser Ausbruch nicht gegen ihn persönlich gerichtet war; dass er viel mehr mit dem Küchendampf zu tun hatte, dem spritzenden Öl und den Gemüsepreisen als mit seiner Anwesenheit oder mit dem, was er gesagt hatte. Er schlug die Augen nieder und stand gleichmütig da, scharrte im Staub, bis sie fertig war.

Keuchend hielt sie inne und musterte ihn. »Wer sind deine Eltern?«, fragte sie schließlich und wischte sich mit dem Ärmel ihres verschwitzten *aingyi* über die feuchte Stirn.

»Ich habe keine. Sie sind gestorben.«

Sie überlegte, biss sich auf die Lippe. »Also gut. An die Arbeit, aber merk dir, viel mehr als drei Mahlzeiten am Tag und einen Platz zum Schlafen wirst du hier nicht bekommen.«

Er lächelte. »Mehr brauche ich nicht.«

Ma Chos Garküche bestand aus ein paar Bänken, die sich zwischen die Pfähle einer Bambushütte drängten. Auf einem kleinen Hocker thronend kochte Ma Cho über dem offenen Feuer. Außer gebratenen *baya-gyaw* gab es bei ihr Nudeln und Suppe. Rajkumar oblag die Aufgabe, die gefüllten Schalen zu den Gästen zu tragen. Dazwischen räumte er die Kochgeräte auf, schürte das Feuer und schnitt Gemüse für die Suppe klein. Fisch oder Fleisch vertraute Ma Cho ihm nicht an. Diese Arbeit erledigte sie selbst, mit ihrem kurzstieligen gebogenen *da*. Abends schleppte Rajkumar die Gerätschaften kübelweise zum Festungsgraben und besorgte dort den Abwasch.

Eine breite, staubige Straße trennte Ma Chos Garküche von dem Graben. Ein riesiges Rechteck beschreibend führte diese Straße um die gesamte Festung herum. Um an den Graben zu gelangen, musste Rajkumar also lediglich diese Straße überqueren. Der Garküche gegenüber befand sich eine Brücke, die zu einem der kleineren Eingänge der Festung führte, dem Begräbnistor. Rajkumar hatte die Lotosblätter entfernt, die auf dem Wasser schwammen und sich so unter der Brücke ein kleines Bassin geschaffen. Dies war sein Platz geworden: Hier spülte er ab, und hier wusch er sich – direkt unterhalb der Schutz gewährenden hölzernen Planken der Brücke.

Am anderen Ende der Brücke lagen die Mauern der Festung. Alles, was man vom Inneren der Festung erspähen konnte, war eine bemalte Turmspitze, die in einem glitzernden Schirm aus Gold endete: Der große, neundachige *hti* der Könige von Birma. Rajkumar wusste, dass sich an jener Stelle der Thronsaal des Glaspalastes befand, wo Thebaw, König von Birma, zusammen mit seiner Ersten Gemahlin, der Königin Supayalat,Hof hielt. Und er wusste ebenso, dass die Festung für einen wie ihn verboten war.

»Bist du schon mal drinnen gewesen?«, fragte er Mo Cho eines Tages. »In der Festung, meine ich.«

»Aber ja«, sagte Mo Cho und nickte wichtigtuerisch. »Dreimal, wenn nicht öfter.«

»Wie ist es dort?«

»Es ist riesig, viel größer als es scheint. Es ist eine Stadt für sich, mit langen Straßen und Kanälen und Gärten. Zuerst kommen die Häuser der Beamten und der Edelleute. Und dann stehst du vor einer Palisade aus riesigen Teakholzpfählen. Dahinter verborgen liegen die Wohnräume der königlichen Familie und ihrer Dienerschaft – hunderte und aberhunderte Zimmer, mit goldenen Säulen und blank glänzenden Böden. Und genau in der Mitte befindet sich ein riesiger Saal, wie ein großer funkelnder Lichtstrahl. Die Wände sind mit Kristall verziert und die Decke mit Spiegeln behangen.«

»Verlässt der König die Festung jemals?«

»Die letzten sieben Jahre hat er es nicht getan. Aber die Königin und ihre Dienerinnen gehen manchmal an den Mauern spazieren.

Wer sie gesehen hat, sagt, dass ihre Dienerinnen die schönsten Frauen im ganzen Land sind.«

»Wer sind diese Dienerinnen?«

»Junge Mädchen, Waisen, viele von ihnen noch Kinder. Man sagt, die Mädchen werden von den fernen Bergen in den Palast gebracht. Die Königin nimmt sie in ihre Obhut und zieht sie auf, und die Mädchen dienen ihr als Zofen. Man sagt, dass sie niemand anderem traut, ihr und ihren Kindern aufzuwarten.«

»Wann kommen diese Mädchen zu den Mauern?«, fragte Rajkumar. »Wie kann man sie sehen?«

Rajkumar hatte leuchtende Augen und ein eifriges Gesicht. Ma Cho lachte ihn aus. »Warum? Willst du etwa versuchen, dort hineinzukommen, du indischer Narr, du kohlrabenschwarzer *kala?* Man wird dich schon von ferne entdecken und dir den Kopf abhacken.«

Als er in jener Nacht ausgestreckt auf seiner Matte lag und durch die Lücke zwischen seinen Füßen spähte, erhaschte Rajkumar einen Blick auf den vergoldeten *hti,* der den Glaspalast bezeichnete: Er glühte im Mondlicht wie ein Leuchtfeuer. Einerlei, was Ma Cho sagte, ehe er Mandalay verließ, würde er den Graben überqueren – und sei es nur ein einziges Mal.

Ma Chos Garküche bestand aus dem Raum zwischen den Pfählen, die ihre Hütte aus Bambuswänden stützten. Ma Cho selbst wohnte in der kleinen Kammer über der Imbissstube. Wie ein Käfer krabbelte sie abends über eine wackelige Leiter durch eine enge Luke hinauf. Rajkumar verbrachte seine Nächte unter Ma Chos Kammer zwischen den Pfählen, dort, wo am Tage die Gäste saßen. Ma Cho schlief direkt über ihm auf einer Matte. Der Boden bestand aus roh zusammengezimmerten Brettern. Wenn Ma Cho ihre Lampe anzündete, um sich umzukleiden, dann konnte Rajkumar sie durch die Ritzen in der Holzdecke deutlich sehen. Er lag auf dem Rücken, die Hände hinter dem Kopf verschränkt, und sah ohne zu blinzeln hinauf, während sie den *aingyi* löste, der locker um ihre Brüste geknotet war.

Am Tage war Ma Cho ein hagerer, rasender Drachen, der unentwegt von einer Verrichtung zur nächsten eilte und dabei jeden, der ihm in die Quere kam, mit schriller Stimme beschimpfte. Am Abend aber, wenn des Tages Arbeit getan war, schlich sich eine gewisse Trägheit in ihre Bewegungen. Sie umfasste sanft ihre Brüste und fächelte ihnen mit den Händen Luft zu; sie ließ ihre Finger gemächlich durch die Spalte zwischen ihren Brüsten gleiten, über den Hügel ihres Bauches hinab zu den Schenkeln. Langsam schlängelte sich Rajkumars Hand dann an dem Knoten seines *longyi* vorbei zu seinen Leisten.

Eines Nachts wurde er von Geräuschen geweckt, einem gleichmäßigen Quietschen der Bretter über seinem Kopf, begleitet von Stöhnen und Wispern und heftigem Keuchen. Wer mochte nur da oben bei ihr sein? Er hatte niemanden hinaufgehen sehen.

Als er am nächsten Morgen erwachte, sah Rajkumar einen kleinen, bebrillten, eulengleichen Mann die Leiter hinunterklettern, die in Ma Chos Kammer führte. Er trug europäische Kleidung: ein Hemd, eine Hose und einen Strohhut. Er unterzog Rajkumar einer ernsten, eingehenden Betrachtung und lüftete förmlich den Hut. »Wie geht es dir?«, fragte er. *»Kaisa hai? Sab kuchh thik-thak?«*

Rajkumar hatte die Worte sehr wohl verstanden – aus dem Munde eines Inders hätte er nichts anderes erwartet – doch ihm blieb vor Staunen der Mund offen stehen. Seit er nach Mandalay gekommen war, hatte er vielerlei fremdländische Menschen gesehen, doch dieser Mann sah vollkommen anders aus als die anderen. Er trug europäische Kleidung und sprach Hindustani – und doch waren seine Züge weder die eines Weißen noch die eines Inders. Er schien eindeutig Chinese zu sein.

Der Mann lächelte über Rajkumars Staunen, zog abermals den Hut und verschwand hinaus in den Basar.

»Wer war das?«, fragte Rajkumar, als Ma Cho die Leiter herunterstieg.

Sie war über die Frage offensichtlich verärgert und funkelte ihn böse an, um deutlich zu machen, dass sie nicht gedachte, ihm zu antworten. Doch Rajkumars Neugierde war geweckt, und er blieb hartnäckig: »Wer war das, Ma Cho? Sag es mir.«

»Das ist … « Ma Chos Antwort kam in kurzen Stößen, als würde ein Schluckauf die Worte aus ihrem Bauch heraufzwingen. »Das ist … mein Lehrmeister … mein *sayagyi*.«

»Dein Lehrmeister?«

»Ja... er lehrt mich... Er weiß viele Dinge.«

»Was für Dinge?«

»Das geht dich nichts an.«

»Wo hat er gelernt, Hindustani zu sprechen?«

»Im Ausland, aber nicht in Indien. Er kommt irgendwo aus Malaya. Aus Malakka, glaube ich. Das solltest du besser ihn fragen.«

»Wie heißt er?«

»Das tut nichts zur Sache... Du wirst ihn Saya nennen, genau wie ich.«

»Nur Saya?«

»Saya John.« Sie war wütend. »So nennt ihn jeder hier. Wenn du noch mehr wissen willst, musst du ihn selbst fragen.«

Sie griff in die erkaltete Kochstelle und warf mit einer Hand voll Asche nach ihm. »Wer hat gesagt, du kannst hier rumsitzen und den ganzen Morgen plappern, du schwachköpfiger *kala?* An die Arbeit.«

An diesem und am nächsten Abend war von Saya John nichts zu sehen. Eines Abends konnte Rajkumar der Versuchung nicht länger widerstehen. »Ma Cho?«, fragte er, »was ist mit deinem Lehrmeister geschehen? Warum ist er nicht wiedergekommen?«

Ma Cho saß an ihrem Feuer und briet *baya-gyaw.* Sie starrte in das heiße Öl und sagte einsilbig: »Er ist fort.«

»Wo ist er?«

»Im Dschungel...«

»Im Dschungel? Wieso?«

»Er ist Händler. Er beliefert die Teaklager. Er ist meistens unterwegs.« Auf einmal entglitt ihr die Schöpfkelle, und Ma Cho vergrub das Gesicht in den Händen.

Rajkumar eilte zu ihr. »Warum weinst du, Ma Cho? Wein doch nicht.« Mit einer ungeschickten Geste des Mitgefühls strich er ihr über den Kopf. »Willst du ihn heiraten?«

Sie griff nach den Falten seines abgetragenen *longyi* und wischte sich mit dem Stoff die Tränen ab. »Seine Frau ist letztes Jahr gestorben. Er hat einen Sohn, einen kleinen Jungen. Er sagt, er wird nie wieder heiraten.«

»Vielleicht überlegt er es sich noch anders.«

In einem ihrer plötzlichen Wutausbrüche stieß sie ihn weg. »Das verstehst du nicht, du dummköpfiger *kala*. Er ist Christ. Jedes Mal, wenn er mich besuchen kommt, muss er am nächsten Morgen in seine Kirche gehen, beten und um Vergebung bitten. Denkst du vielleicht, mit so einem Mann will ich verheiratet sein?« Sie hob die Kelle auf und drohte ihm damit. »Und jetzt zurück an die Arbeit, oder ich brate dein schwarzes Gesicht in heißem Öl…«

Ein paar Tage später war Saya John wieder da. Aufs Neue begrüßte er Rajkumar in seinem gebrochenen Hindustani: »*Kaisa hai? Sab kuchh thik-thak?*«

Rajkumar brachte ihm eine Schale Nudeln. Er blieb stehen und sah Saya John beim Essen zu. »Saya«, fragte er schließlich auf Birmanisch, »wo hast du Hindustani gelernt?«

Saya John blickte zu ihm auf und lächelte. »Schon als Kind«, sagte er, »denn ich bin eine Waise gewesen, ein Findelkind. Katholische Priester haben mich aufgezogen, in einer Stadt namens Malakka. Diese Männer kamen von überall her – aus Portugal, aus Macao, aus Goa. Sie haben mir auch meinen Namen gegeben – John Martins, was auch nicht ganz richtig ist – sie nannten mich Joao, doch später habe ich dann John daraus gemacht. Diese Priester haben viele verschiedene Sprachen gesprochen, und von jenen, die aus Goa stammten, habe ich ein paar indische Wörter aufgeschnappt.

Als ich alt genug war, um Geld zu verdienen, bin ich nach Singapur gegangen. Dort habe ich eine Weile als Sanitäter in einem Militärhospital gearbeitet. Die meisten der Soldaten dort waren Inder, und sie haben mir immer wieder diese eine Frage gestellt: Wie kommt es, dass einer, der aussieht wie ein Chinese und noch dazu einen christlichen Namen trägt, unsere Sprache spricht? Als ich ihnen erzählte, wie es dazu kam, pflegten sie zu lachen, und dann sagten sie, ich sei ein *dhobi ka kutta* – der Hund eines Wäschers, *na ghar ka na ghat ka* – einer, der nirgends hingehört, nicht ins Wasser und nicht an Land, und ich sagte, ja, genau, das bin ich.« Saya John lachte so sehr, dass Rajkumar in sein Gelächter einfiel.

Eines Tages brachte Saya John seinen Sohn mit in die Garküche. Der Junge hieß Matthew und war sieben Jahre alt, ein hübsches

Kind mit leuchtenden Augen, dem eine etwas altkluge, selbstgefällige Art zu Eigen war. Er war soeben aus Singapur gekommen, wo er bei der Familie seiner Mutter lebte und eine bekannte Missionsschule besuchte. Mehrmals in jedem Jahr richtete Saya John es so ein, dass die Verwandten den Jungen in den Ferien nach Birma brachten.

Es war früher Abend, und zu dieser Zeit war in der Garküche gewöhnlich viel Betrieb. Doch zu Ehren ihrer Besucher beschloss Ma Cho, den Imbiss für diesen Tag zu schließen. Sie zog Rajkumar beiseite und befahl ihm, mit Matthew spazieren zu gehen, nur für etwa eine Stunde. Auf der anderen Seite der Festung sei ein *pwe,* und der Junge würde an dem Jahrmarktrummel sicher Gefallen finden.

»Und denke daran«, sie drohte ihm mit grimmigen, fahrigen Gesten, »nicht ein Wort über ...«

»Keine Bange.« Rajkumar lächelte sie unschuldig an. »Ich sage nichts von deinem Unterricht.«

»Schwachköpfiger *kala.*« Mit geballten Fäusten trommelte sie auf seinen Rücken ein. »Raus jetzt – sieh zu, dass du rauskommst.«

Rajkumar wickelte seinen einzigen guten *longyi* um und zog eine zerfranste Weste über, die Ma Cho ihm geschenkt hatte. Saya John drückte ihm ein paar Münzen in die Hand. »Kaufe etwas davon – für euch beide, geht euch vergnügen.«

Auf dem Weg zu dem *pwe* erregte ein Erdnussverkäufer ihre Aufmerksamkeit. Matthew hatte Hunger, und er bestand darauf, dass Rajkumar Unmengen von Erdnüssen für sie kaufte. Sie setzten sich an den Graben, ließen die Füße ins Wasser baumeln und breiteten die in getrocknete Blätter gewickelten Erdnüsse rund um sich aus.

Matthew zog ein Blatt Papier aus der Tasche, ein Bild. Es zeigte ein Gefährt mit drei Speichenrädern, zwei großen am hinteren Teil und einem kleinen ganz vorne. Rajkumar studierte es mit gerunzelter Stirn. Es sah aus wie ein Einspänner, aber es gab keine Deichsel für ein Pferd oder einen Ochsen.

»Was ist das?«

»Ein Motorwagen.« Matthew zeigte ihm die Einzelheiten – den eingebauten Verbrennungsmotor, die senkrechte Kurbelwelle, das waagerechte Schwungrad. Er erklärte, dass diese Maschine beinahe so viel Kraft erzeugen konnte wie ein Pferd und es auf eine Geschwindigkeit von acht Meilen in der Stunde brachte. Es war erst dieses Jahr, 1885, in Deutschland von einem Mann namens Carl Benz präsentiert worden.

»Eines Tages«, sagte Matthew ganz leise, »werde ich auch so eins haben.«

Dabei klang er keineswegs aufschneiderisch, und Rajkumar zweifelte nicht einen Augenblick an seinen Worten. Er war tief davon beeindruckt, dass ein Kind in diesem Alter sich mit einem solch seltsamen Ding so genau auskannte.

Dann fragte Matthew: »Wie bist du hierher gekommen, nach Mandalay?«

»Ich habe auf einem Boot gearbeitet, auf einem Sampan, so einem wie die auf dem Fluss dort.«

»Und wo sind deine Eltern? Deine Familie?«

»Ich habe keine.« Rajkumar hielt inne. »Ich habe sie verloren.«

Matthew knackte eine Nuss mit den Zähnen. »Wie?«

»In Akyab, unserer Stadt, gab es ein Fieber, eine Seuche. Viele Menschen sind daran gestorben.«

»Und du hast überlebt?«

»Ja. Ich war krank, aber ich bin am Leben geblieben. In meiner Familie war ich der Einzige. Ich hatte einen Vater, eine Schwester, einen Bruder…«

»Und eine Mutter?«

»Und eine Mutter.«

Rajkumars Mutter war auf einem Sampan gestorben, der in einer von Mangroven gesäumten Flussmündung vertäut gewesen war. Er erinnerte sich an die tunnelartige Kabine des Bootes und an das Dach aus gebogenem Bambusrohr und Stroh; neben dem Kopf seiner Mutter hatte eine Öllampe gestanden, auf einer der Querplanken des Rumpfes, ihr flackernder gelber Schein gedämpft von einem Lichthof aus zahllosen Insekten. Die Nacht war still und stickig gewesen, denn die Mangroven mit ihren Hängewurzeln hatten jede Brise abgehalten und das Boot sanft zwischen tiefen Schlammbänken gewiegt. Und doch hatte in der dunklen Feuchtigkeit um das Boot herum etwas Rastloses gelegen. Von Zeit zu Zeit war das Platschen von Samenschoten zu hören gewesen, die ins Wasser fielen, und das geschmeidige Gleiten der Fische, die sich durch den Schlamm wühlten. In der engen, dunklen Kabine des Sampans war es heiß gewesen, doch seine Mutter hatte gezittert. Rajkumar hatte das Boot durchstöbert und sie mit jedem Stückchen Kleidung zugedeckt, das er finden konnte

Zu dem Zeitpunkt war das Fieber Rajkumar schon wohlvertraut: Sein Vater, der Tag für Tag in einem Lagerhaus am Hafen arbeitete, hatte es in ihr Haus gebracht. Er war ein stiller Mann, der sein Auskommen als *dubash* und als *munshi* – als Dolmetscher und als Schreiber – verdiente. Er arbeitete für eine Reihe Kaufleute entlang der Ostküste des Golfs von Bengalen. Ursprünglich stammte seine Familie aus dem Hafen von Chittagong, doch Rajkumars Vater hatte sich mit den Verwandten überworfen und war mit den Seinen fortgezogen. Allmählich war er so die Küste hinunter gewandert, hatte seine Kenntnis von Zahlen und Sprachen feilgeboten und sich schließlich in Akyab niedergelassen, dem Haupthafen der Arakanküste – jenem Küstenstreifen, an dem es zwischen Birma und Indien immer wieder zu Auseinandersetzungen kommt. Dort war er ein gutes Dutzend Jahre geblieben und hatte drei Kinder gezeugt, von denen Rajkumar das älteste war. Ihr Haus stand an einer Bucht, die nach getrocknetem Fisch roch. Ihr Familienname lautete Raha, und als die Nachbarn wissen wollten, wer sie waren und woher sie kamen, sagten sie, sie seien Hindus aus Chittagong. Das war alles, was Rajkumar über die Vergangenheit seiner Familie wusste.

Nach seinem Vater wurde Rajkumar krank. Als er das Bewusstsein wiedererlangte, war er auf dem Weg der Besserung. Er fand sich wieder auf dem Meer, zusammen mit seiner Mutter. Sie seien auf dem Weg zurück in ihre Heimatstadt Chittagong, so sagte sie ihm, und es gebe nur noch sie beide – alle anderen waren gestorben.

Sie hatten die Strömung gegen sich und kamen nur langsam voran. Der Rahsegler und die *khalasi*-Mannschaft hatten sich dicht ans Ufer gedrängt die Küste entlanggekämpft. Rajkumar hatte sich geschwind erholt, doch dann war seine Mutter krank geworden. Als sie nur noch einige Tage von Chittagong entfernt waren, hatte sie zu zittern begonnen. Das Ufer war dicht mit Mangrovenwäldern bewachsen. Eines Abends hatte der Bootsbesitzer den Sampan in eine Flussmündung gezogen, und dort hatten sie gewartet.

Rajkumar hatte seine Mutter mit sämtlichen Saris aus ihrem

Kleiderbündel zugedeckt, mit geliehenen *longyis* der Bootsmänner, sogar mit einem gefalteten Segel. Doch kaum war er fertig, da begannen ihre Zähne wieder zu klappern, ganz leise, wie kleine Würfel. Mit einem Wink ihres Zeigefingers rief sie ihn an ihre Seite. Als er sein Ohr an ihren Mund legte, fühlte er an seiner Wange, dass ihr Körper heiß war wie glühende Kohlen.

Sie zeigte ihm einen Knoten an der Rückseite ihres Saris. Darin eingewickelt war ein goldener Armreifen. Sie zog ihn heraus und reichte ihn Rajkumar. Er sollte ihn in dem Taillenknoten seines *longyi* verbergen. Der *nakhoda,* der Bootsbesitzer, sei ein vertrauenswürdiger alter Mann, so sagte sie ihm. Bei ihrer Ankunft in Chittagong – aber erst dann, keinesfalls vorher – sollte Rajkumar ihm den Armreif geben.

Sie schloss seine Finger um den Reif. Von der Glut ihres Körpers erhitzt schien das Metall sich in seine Hand zu brennen. »Bleib am Leben«, flüsterte sie. »*Beche thako* Rajkumar. Lebe, mein Prinz; halte dein Leben fest.«

Ihre Stimme erstarb, und Rajkumar wurde sich plötzlich des schwachen Platschens der Katzenfische bewusst, die sich in den Schlamm gruben. Er blickte auf und sah den *nakhoda.* Er hockte im Bug des Sampan, paffte seine aus Kokosschale geschnitzte Wasserpfeife und befingerte seinen dünnen, weißen Bart. Seine *khalasi*-Mannschaft war um ihn herum versammelt. Sie hielten ihre von einem *longyi* umhüllten Knie umfasst und beobachteten Rajkumar. Der Junge vermochte nicht zu sagen, ob ihre starren Blicke von Mitleid zeugten oder von Ungeduld.

Jetzt besaß er nur noch den Armreif. Seine Mutter hatte gewollt, dass er damit seine Passage nach Chittagong bezahlte. Doch nun war seine Mutter tot, und welchem Zweck sollte es dienen, an einen Ort zurückzukehren, von dem sein Vater einst geflohen war? Nein. Besser, er traf eine Abmachung mit dem *nakhoda.* Rajkumar nahm den alten Mann beiseite und bat darum, in die Mannschaft aufgenommen zu werden. Statt des üblichen Lehrgeldes bot er ihm den Armreif an.

Der Alte musterte ihn von Kopf bis Fuß. Der Junge war kräftig und willig, und er hatte überdies das tödliche Fieber überlebt, das so viele Städte und Dörfer entlang der Küste leer gefegt hatte. Das allein sprach für gewisse nützliche Qualitäten von Körper und

Geist. Er nickte dem Jungen zu und nahm den Armreif – ja, du kannst bleiben.

Bei Tagesanbruch machte der Sampan an einer Sandbank fest, und die Männer halfen Rajkumar, einen Holzstoß für die Verbrennung seiner Mutter aufzuschichten. Rajkumar weinte, als er ihr das Feuer in den Mund legte. Nun war er, der er so reich an Angehörigen gewesen war, allein, sein ganzes Erbe eine *khalasi*-Lehre. Doch er hatte keine Angst, nicht einen einzigen Augenblick; seine Traurigkeit war von Bedauern geprägt – dass sie so zeitig, so früh von ihm gegangen waren, ohne jemals in den Genuss des Reichtums oder gerechten Lohns zu kommen, der ihm, dessen war er sich gewiss, einst gehören würde.

Es war lange her, seit Rajkumar zuletzt über seine Familie gesprochen hatte. Unter den Kameraden auf dem Sampan wurden diese Dinge nur selten erwähnt. Viele von ihnen kamen aus Familien, die all jenen Katastrophen und Unglücksfällen zum Opfer gefallen waren, die diesen Küstenstreifen so häufig heimsuchten. Sie zogen es vor, nicht über diese Dinge zu sprechen.

Es war seltsam, dass gerade Matthew, dieses Kind mit seiner gebildeten Redeweise und seinen vollendeten Manieren, es geschafft hatte, ihn auszuhorchen. Rajkumar konnte nicht anders, er war gerührt. Auf dem Rückweg zu Ma Cho legte er dem Jungen einen Arm um die Schultern. »Und wie lange wirst du hier bleiben?«

»Ich fahre morgen zurück.«

»Morgen? Aber du bist doch gerade erst gekommen.«

»Ich weiß. Eigentlich sollte ich zwei Wochen bleiben, aber Vater glaubt, dass sich Schwierigkeiten anbahnen.«

»Schwierigkeiten!« Rajkumar sah ihn an. »Was für Schwierigkeiten?«

»Die Engländer treffen Vorbereitungen, um eine Flotte den Irawadi hinaufzuschicken. Es wird Krieg geben. Vater sagt, die Briten erheben Anspruch auf das gesamte Vorkommen an Teakholz in Birma. Der König wird es ihnen nicht geben, also werden sie den König beseitigen.«

Rajkumar brach in schallendes Gelächter aus. »Ein Krieg um Holz? Hat man so was schon gehört?« Ungläubig versetzte er Matthew einen sanften Schlag auf den Kopf. Er war trotz allem nichts weiter als ein Kind, auch wenn seine Art so erwachsen war. Er hatte wohl schlecht geträumt letzte Nacht.

Doch dies sollte nur der erste von vielen Anlässen sein, bei denen sich Matthew als weiser und vorausschauender erwies als Rajkumar. Zwei Tage später wimmelte es überall in der Stadt von Kriegsgerüchten. Ein großer Trupp Soldaten marschierte aus den Toren der Festung und machte sich flussabwärts auf den Weg, in Richtung der Festung von Myingyan. Der Basar war in Aufruhr. Fischweiber leerten eilig ihre Waren auf den Abfallhaufen und hasteten davon. Völlig aufgelöst kam Saya John zu Ma Chos Garküche gerannt. Er hielt ein Blatt Papier in der Hand. »Eine königliche Proklamation«, verkündete er, »versehen mit der Signatur des Königs.«

Alle verstummten, als er zu lesen begann: »An alle königlichen Untertanen und Bewohner des Königreichs: Diese Ketzer, diese barbarischen englischen *kalas,* welche auf äußerst ungehörige Weise Forderungen stellten, die darauf abzielen, unsere Religion zu entweihen, ja, zu zerstören, unsere nationalen Sitten und Gebräuche zu schänden und unser Volk zu erniedrigen, treffen nun offensichtlich Vorkehrungen, um Krieg zu führen gegen unseren Staat. Wir haben ihnen geantwortet, wie es unter großen Nationen Brauch ist, in gerechten, wohl bedachten Worten. Sollten diese ketzerischen *kalas* des ungeachtet kommen und in irgendeiner Weise den Versuch unternehmen, unsere Souveränität zu bedrängen oder gar zu zerstören, werden Seine Majestät, Wächter über die Interessen unserer Religion und Hüter unseres Landes, höchstselbst voranmarschieren, mitsamt seinen Generälen, Hauptleuten und Leutnants und mit starken Verbänden, als da sind Infanterie, Artillerie, Elefanterie und Kavallerie; mit seiner mächtigen Streitmacht wird er diesen Ketzern zu Lande und zu Wasser entgegentreten, sie vernichten, ihr Land erobern und es annektieren. Die Religion zu wahren, die nationale Ehre zu wahren, die Interessen unseres Landes zu wahren wird dreifaches Heil bringen – das Heil unserer Religion, das Heil unseres Gebieters sowie das Heil von uns allen, und unser wird der größte Lohn von allem sein – ein Stück des Weges auf dem Pfad zu den himmlischen Gefilden und zum Nirwana.«

Saya John verzog das Gesicht. »Große Worte«, sagte er. »Wir werden sehen, was weiter geschieht.«

Nach der anfänglichen Aufregung kehrte auf den Straßen wieder Ruhe ein. Der Basar öffnete seine Pforten aufs Neue, die Fischweiber kamen zurück und durchwühlten auf der Suche nach ihren Waren die Abfallhaufen. In den folgenden Tagen gingen die Menschen ihren Geschäften nach wie gewohnt.

Die einzige merkliche Veränderung war, dass auf den Straßen keinerlei fremdländische Gesichter mehr zu sehen waren. In Mandalay lebte eine nicht unerhebliche Anzahl Fremder – da waren Gesandte und Missionare aus Europa, Händler und Kaufleute griechischer, armenischer, chinesischer und indischer Herkunft, Arbeiter und Seeleute aus Bengalen, Malaya und von der Koromandelküste; weiß gewandete Sterndeuter aus Manipur; Geschäftsleute aus Gujarat – eine Vielfalt von Menschen, wie sie Rajkumar niemals zuvor erblickt hatte. Doch nun waren die Fremden mit einem Mal verschwunden. Es gingen Gerüchte, die Europäer hätten die Stadt verlassen und sich flussabwärts auf den Weg gemacht, und die anderen hätten sich in ihren Häusern verschanzt.

Einige Tage später veröffentlichte der Palast eine weitere Proklamation, und diesmal war es eine freudige: Man verkündete, die königlichen Truppen hätten den Eindringlingen in der Nähe der Festung Minhla eine deutliche Niederlage erteilt. Die englischen Truppen seien geschlagen worden und über die Grenze geflohen. Die königliche Barke solle flussabwärts entsandt werden, um den Truppen und ihren Befehlshabern Auszeichnungen zu überbringen; im Glaspalast solle eine Dankeszeremonie abgehalten werden.

Freudenrufe hallten durch die Straßen, und der Nebel aus Angst, der in den vergangenen Tagen über der Stadt gehangen hatte, verzog sich geschwind. Zur Erleichterung aller nahmen die Dinge schnell wieder ihren gewohnten Gang: Käufer und Händler kamen in Scharen zurück, und der Betrieb in Ma Chos Garküche war reger denn je.

Eines Abends dann, als Rajkumar durch den Basar eilte, um Ma Chos Fischvorräte aufzufüllen, traf er zufällig auf das vertraute weißbärtige Gesicht seines *nakhoda*.

»Fährt unser Boot nun bald los?«, fragte Rajkumar. »Wo der Krieg doch aus ist?«

Der alte Mann lächelte ihn bekümmert an. »Der Krieg ist nicht vorüber. Noch nicht.«

»Aber wir haben gehört …«

»Was man sich unten am Ufer erzählt, unterscheidet sich sehr von dem, was man hier in der Stadt zu hören bekommt.«

»Was hast du gehört?«, wollte Rajkumar wissen.

Der *nakhoda* senkte die Stimme, obwohl sie sich in ihrer bengalischen Chittagong-Mundart unterhielten.

»Die Engländer werden in ein oder zwei Tagen hier sein«, sagte er. »Viele unserer *khalasis* haben sie schon gesehen. Sie reisen mit der größten Flotte, die je auf einem Fluss gesichtet wurde. Sie haben Kanonen, die die Steinmauern einer Festung hinwegfegen können. Sie haben Schiffe, die so schnell sind, dass sie eine Flutwelle überholen können. Ihre Gewehre schießen schneller, als du zu reden vermagst. Sie kommen wie die Flut: Nichts kann sie aufhalten. Heute haben wir gehört, dass ihre Schiffe um Myingyan herum in Stellung gehen. Morgen schon wirst du den Donner der Geschütze hören können …«

Und wirklich – am nächsten Morgen kam ein fernes, dröhnendes Geräusch über die Ebene herangerollt, bis hin zu Ma Chos Garküche an der westlichen Festungsmauer. Der Basar wimmelte bereits von Menschen, als die ersten Kanonensalven erklangen. Bauersfrauen aus der Umgebung waren frühmorgens in die Stadt gekommen und hatten in langen Reihen ihre Matten ausgebreitet, um ihr Gemüse in hübschen kleinen Büscheln feilzubieten. Auch die Fischer waren schon da, mit den Fängen der vergangenen Nacht, frisch vom Fluss. Schon in ein oder zwei Stunden würde das Gemüse welken und die Fischaugen würden sich trüben. Im Augenblick aber war noch alles knackig und frisch.

Die ersten Schüsse waren nicht mehr als eine kurze Störung in der frühmorgendlichen Geschäftigkeit. Die Menschen sahen verwirrt hinauf in den strahlend blauen Himmel, und die Händler lehnten sich über ihre Waren und bestürmten sich gegenseitig mit Fragen. Ma Cho und Rajkumar waren schon seit Sonnenaufgang sehr beschäftigt. Wie stets, wenn der Morgen kalt war, hatten viele

Leute auf dem Nachhauseweg bei ihnen Halt gemacht, um eine Kleinigkeit zu essen. Und nun wurde das Schweigen der mit ihrer Mahlzeit beschäftigten Gäste von plötzlicher Aufregung unterbrochen: Die Leute sahen sich aufgeschreckt an. Was war das?

Und hier kam Rajkumar zum Einsatz: »Englische Kanonen«, sagte er. »Sie sind hierher unterwegs.«

Ma Cho entfuhr ein Schrei des Unmuts. »Englische Geschütze?«, rief sie. »Woher willst du das wissen, du Dummkopf?«

»Bootsleute haben sie gesehen«, antwortete Rajkumar. »Eine ganze englische Flotte ist auf dem Weg hierher.«

Ma Chos Garküche war voller Menschen, die bewirtet sein wollten, und sie war nicht bereit, ihrem einzigen Helfer zu gestatten, sich von weit entferntem Lärm ablenken zu lassen.

»Genug damit«, sagte sie. »Geh wieder an die Arbeit.«

Die entfernten Salven wurden stärker und ließen die Schüsseln auf den Bänken erzittern. Die Gäste wurden allmählich unruhig. Sie verdrehten die Hälse, um einen Blick auf den angrenzenden Marktplatz zu werfen. Ein Kuli hatte am Eingang zum Basar einen Sack Reis fallen lassen; wie ein weißer Fleck verteilten sich die verschütteten Körner über den staubigen Weg, als die Menschen sich aneinander vorbeidrängten, um fortzukommen. Die Ladenbesitzer räumten ihre Stände ab und stopften die Waren in Säcke und Taschen; die Bauersfrauen kippten den Inhalt ihrer Körbe auf den Abfallhaufen.

Ma Chos Gäste sprangen plötzlich auf, verschütteten, was in ihren Schüsseln war und warfen die Bänke um. Bestürzt wandte sich Ma Cho an Rajkumar: »Habe ich dir nicht gesagt, du sollst den Mund halten, du dummköpfiger *kala?* Sieh doch, jetzt hast du mir die Gäste vertrieben!«

»Das ist nicht meine Schuld ...«

»Wessen dann? Was soll ich mit dem ganzen Essen machen? Was soll jetzt aus dem Fisch werden, den ich gestern gekauft habe?« Mit einem Seufzer sank Ma Cho auf ihren Schemel.

Im Basar, der menschenleer hinter ihnen lag, balgten sich die Hunde um herumliegende Fleischbrocken. In Rudeln umkreisten sie mit gefletschten Zähnen die Abfallberge.

2

Im Glaspalast, weniger als eine Meile entfernt von Ma Chos Garküche, eilte Königin Supayalat, die Erste Gemahlin des Königs, eine steile Treppenflucht nach oben, um den Hall der Geschütze besser hören zu können.

Der Palast bildete den Mittelpunkt von Mandalay. Er lag tief im Herzen der ummauerten Stadt – eine weit ausladende Anlage aus Pavillons, Gärten und Wandelgängen, die sich allesamt um den neundachigen *hti* der Könige von Birma scharten. Eine Palisade aus hohen Teakholzpfählen schirmte die Anlage von den sie umgebenden Straßen und Behausungen ab. An allen vier Ecken dieser Palisade befand sich ein Wachturm, bemannt mit Soldaten der königlichen Leibgarde. Einen dieser Wachtürme hatte Königin Supayalat zu besteigen beschlossen.

Die Königin war eine kleine, zartgliedrige Frau mit einer Haut wie Porzellan und winzigen Händen und Füßen. Ihr Gesicht war klein und mit klaren Zügen, und nur ein winziger Makel in der Form ihres rechten Auges störte das vollkommene Ebenmaß ihrer Züge. Die Taille der Königin, berühmt wegen ihrer wespengleichen Schlankheit, war unförmig geworden. Supalayat trug seit acht Monaten ihr drittes Kind.

Die Königin war nicht allein. Dicht hinter ihr folgte etwa ein halbes Dutzend Dienerinnen. Sie trugen ihre zwei kleinen Töchter, die Erste und die Zweite Prinzessin, Ashin Hteik Su Myat Phaya Gyi und Ashin Hteik Su Myat Phaya Lat. Das fortgeschrittene Stadium ihrer Schwangerschaft hatte die Königin ängstlich werden lassen über den Verbleib ihrer Kinder: In den letzten Tagen hatte sie nicht einmal für kurze Augenblicke erlaubt, dass ihre zwei Töchter nicht in ihrem Blickfeld waren.

Die Erste Prinzessin war drei Jahre alt und hatte bemerkenswerte Ähnlichkeit mit ihrem Vater Thebaw, dem König von Birma. Sie war ein gutmütiges, folgsames Mädchen mit rundem Gesicht und einem Lächeln, das nie erlosch. Die Zweite Prinzessin war zwei Jahre jünger, beinahe ein Jahr alt, und von ihrer Schwester gänzlich verschieden. Sie war vielmehr das Kind ihrer Mutter. Von Geburt an litt sie unter heftigen Krämpfen, und oft schrie sie Stunde um Stunde. Mehrmals am Tage steigerte sie sich in wahre Wutanfälle hinein. Ihr Körper wurde ganz starr, und sie ballte die kleinen Hände zu Fäustchen; ihr Brustkorb begann anzuschwellen, der Mund war weit aufgerissen, doch ihrer Kehle entfuhr kein Laut. Die Anfälle der kleinen Prinzessin ließen selbst die erfahrensten Ammen erzittern. Die Königin bestand darauf, dass sich ihre verlässlichsten Zofen stets zur Verfügung hielten, um sich um das Kind zu kümmern – Evelyn, Hemau, Augusta, Nan Pau. Diese Mädchen waren noch sehr jung, alle etwa zehn Jahre alt, und sie waren beinahe ausnahmslos Waisenkinder. Gesandte der Königin hatten sie einst in kleinen Dörfern entlang der nördlichen Grenze des Königreiches gekauft. Einige der Mädchen stammten aus christlichen Familien, andere aus buddhistischen – nach ihrer Ankunft in Mandalay war das nicht länger von Belang. Sie wurden unter der Vormundschaft des Palastgefolges aufgezogen, in der persönlichen Obhut der Königin.

Die jüngste dieser Dienerinnen bewies im Umgang mit der Zweiten Prinzessin das größte Geschick. Sie war ein schlankes Mädchen von zehn Jahren mit Namen Dolly, ein scheues, zurückhaltendes Kind mit riesigen Augen, dem biegsamen Körper einer Tänzerin und geschmeidigen Gliedmaßen. Dolly war noch sehr klein gewesen, als man sie aus der Grenzstadt Lashio nach Mandalay gebracht hatte. Sie besaß keinerlei Erinnerung an ihre Eltern oder ihre Familie. Man glaubte, dass sie von Shan abstammte, doch dies war nichts weiter als eine vage Vermutung, die sich auf ihre schlanke zartknochige Gestalt und ihren blassen, elfenbeinfarbenen Teint gründete.

An diesem Morgen jedoch war auch Dolly mit der Zweiten Prinzessin kein Glück beschieden. Der Lärm der Geschütze hatte das kleine Mädchen aus dem Schlaf gerissen und seitdem schrie es unentwegt. Dolly, die selbst von sehr schreckhafter Natur war, hatte fürchterliche Angst bekommen, als die Kanonen erklangen. Sie hatte sich die Hände auf die Ohren gepresst, sich mit klappernden Zähnen in eine Ecke gekauert und unentwegt den Kopf geschüttelt. Doch dann hatte die Königin nach ihr geschickt, und seitdem war Dolly so sehr damit beschäftigt gewesen, die kleine Prinzessin abzulenken, dass ihr keine Zeit mehr geblieben war, sich zu fürchten.

Dolly besaß noch nicht genügend Kraft, um die Prinzessin die steilen Stufen zur Palisade hinaufzutragen. Und so fiel Evelyn, die schon sechzehn und sehr kräftig für ihr Alter war, die Aufgabe zu, das Kind zu tragen. Dolly ging hinter den anderen her und betrat als Letzte den Wachturm – eine hölzerne Plattform, die von schweren Holzbalken umzäunt war.

In einer Ecke standen vier uniformierte Soldaten. Die Königin überschüttete sie mit Fragen, doch keiner von ihnen gab ihr Antwort oder wagte es, ihr in die Augen zu sehen. Sie ließen die Köpfe hängen und nestelten verlegen an den Läufen ihrer Steinschlossgewehre herum.

»Wie weit sind die Gefechte entfernt?«, fragte die Königin. »Und mit welcher Art Kanonen wird geschossen?«

Die Soldaten schüttelten die Köpfe. Sie wussten genauso wenig wie die Königin. Als der Lärm angehoben hatte, hatten sie aufgeregt über seinen Ursprung gerätselt. Zuerst hatten sie sich geweigert zu glauben, dass dieses Grollen von Menschenhand stammte. Weder waren in diesem Teil von Birma jemals zuvor derartig mächtige Geschütze vernommen worden, noch lag es im Bereich ihres Vorstellungsvermögens, dass etwas existieren sollte, das in der Lage wäre, derart schnelle Salven abzufeuern, die nötig wären, um ein solches Geräusch zu verursachen.

Die Königin erkannte, dass sie von diesen Unglückseligen nichts zu erwarten hatte. Sie wandte sich ab und lehnte ihr Gewicht gegen das hölzerne Geländer des Wachturmes. Wenn nur ihr Körper nicht so schwer wäre, wenn sie nur nicht so müde wäre und so langsam.

Seltsam war nur, dass sie in den vergangenen zehn Tagen, seit die Briten die Grenze überschritten hatten, nichts als gute Nachrichten zu hören bekommen hatte. Vor einer Woche hatte einer der Garnisonskommandanten ein Telegramm gesandt, in dem er mitteilte, dass man die britischen Truppen in Minhla, zweihundert Meilen flussabwärts, aufgehalten habe. Der Palast hatte den Sieg gefeiert, und der König hatte dem Kommandanten eine Auszeichnung geschickt. Wie konnten die Eindringlinge mit einem Male derart nahe sein, dass der Lärm ihrer Kanonen sogar in der Hauptstadt zu hören war?

Alles war so schnell gegangen: Vor einigen Monaten war es zum Streit mit einer britischen Holzhandelsgesellschaft gekommen – eine Auseinandersetzung um einige Stämme Teakholz. Es lag auf der Hand, dass die Gesellschaft im Unrecht war. Man hatte die Zollbestimmungen des Königreiches umgangen. Um den Zollzahlungen zu entgehen, waren Stämme zersägt worden. Die königlichen Zollbeamten hatten die Gesellschaft mit einer Strafe belegt und sie aufgefordert, die ausstehenden Zahlungen für etwa fünfzigtausend Stämme zu begleichen. Die Engländer hatten jedoch protestiert und die Zahlung verweigert. Stattdessen legten sie beim britischen Gouverneur in Rangun Beschwerde ein. Dem waren diverse Aufforderungen gefolgt. Einer der älteren Minister, der Kinwun Mingyi, hatte vorsichtig zu bedenken gegeben, es sei wohl das Beste, die Bedingungen zu akzeptieren: Die Briten würden der königlichen Familie gestatten, im Palast von Mandalay zu bleiben, zu Konditionen, die jenen glichen, denen die indischen Prinzen unterworfen waren – wie Mastschweine mit anderen Worten, gefüttert und gemästet von ihren Herren; Vieh, in Koben gehalten, die mit etwas Tand herausgeputzt waren. Die Könige von Birma seien keine Prinzen, hatte sie dem Kinwun Mingyi geantwortet. Sie seien immer Könige gewesen, Herrscher. Sie hatten den Kaiser nach China zurückgeschlagen, Siam besiegt, Assam und Manipur. Und auch Supayalat selbst hatte stets alles gewagt, um den Thron für Thebaw, ihren Mann und Halbbruder, zu bewahren. War es auch nur im Entferntesten vorstellbar, dies alles nun aufzugeben? Und was, wenn das Kind in ihrem Leib – und diesmal war sie sich dessen sicher – ein Knabe war? Wie sollte sie ihm je erklären, dass sie wegen eines Streits um ein paar Stämme Holz sein Erbe verraten hatte? Die Königin hatte sich durchgesetzt: Der Hof von Birma weigerte sich, den britischen Drohungen nachzugeben.

Nun klammerte Supayalat sich an das Geländer des Wachturmes und lauschte angestrengt auf den entfernten Gefechtslärm. Zuerst hatte sie gehofft, das Geschützfeuer rühre von einer Art Übung her. Der verlässlichste General der Streitmächte, der Hlethin Atwinwun, war mit achttausend Mann in der Festung von Myingyan stationiert, die sich nur dreißig Meilen entfernt befand.

Erst gestern hatte der König, ganz beiläufig, gefragt, was sich an der Kriegsfront tat. Die Art, wie er über die Dinge sprach, sagte ihr, dass dieser Krieg für ihn weit weg war, eine ferne Angelegenheit, wie die Expeditionen, die in den vergangenen Jahren in das Hochgebirge der Shan entsandt worden waren, um sich mit Räubern und Banditen zu befassen.

Alles verlaufe bestens, hatte sie ihm berichtet. Es gebe keinen Grund zur Sorge. Und soweit sie wusste, war das die Wahrheit. Jeden Tag war sie mit den leitenden Beamten zusammengekommen, mit dem Kinwun Mingyi, dem Taingda Mingyi, selbst mit den *wungyis* und *wundauks* und *myowuns*. Keiner von ihnen hatte auch nur die leiseste Andeutung gemacht, dass Anlass zur Besorgnis bestünde. Doch der Klang dieser Geschütze konnte nicht mehr falsch gedeutet werden. Was sollte sie nun dem König sagen?

Plötzlich erfüllten laute Stimmen den Innenhof unter dem Wachturm.

Dolly warf einen verstohlenen Blick die steile Treppe hinab. Unten liefen Soldaten umher. Es waren dutzende. Sie trugen die Farben der Palastwache. Einer von ihnen entdeckte sie und rief ihr zu: »Die Königin? Ist die Königin dort oben?«

Dolly wich eilig zurück und entzog sich seinen Blicken. Wer waren diese Männer? Was wollten sie? Sie konnte die Schritte der Soldaten auf den Stufen hören. Ganz in ihrer Nähe begann die Prinzessin zu weinen, es war ein kurzes, atemloses Keuchen. Evelyn drückte ihr ungestüm das Kind in die Arme. »Hier, Dolly, hier, nimm sie, sie hört nicht auf.«

Das Kind schrie und schlug um sich. Dolly musste ihr Gesicht abwenden, um nicht getroffen zu werden.

Ein Offizier hatte den Wachturm betreten. In seinen ausgestreckten Händen hielt er sein Schwert in der Scheide vor sich hin, wie ein Zepter. Er sagte etwas zu der Königin, bat sie, den Wachposten zu verlassen und sich in den Palast zu begeben.

»Heißt das, wir sind nun Gefangene?« Das Gesicht der Königin war wutentbrannt. »Wer hat euch geschickt?«

»Unsere Befehle kommen vom Taingda Mingyi«, sagte der Offizier. »Zu Eurer Sicherheit, Mebya.«

»Zu unserer Sicherheit?«

Der Wachturm war inzwischen voll von Soldaten. Sie trieben die

Mädchen auf die Treppe zu. Dolly spähte hinab: Die Stufen waren sehr steil. Ihr Kopf begann sich zu drehen.

»Ich kann nicht«, jammerte sie. »Ich kann nicht.« Sie würde stürzen, das wusste sie. Die Prinzessin war zu schwer für sie. Die Stufen waren zu hoch. Sie brauchte eine freie Hand, um sich festzuhalten, um das Gleichgewicht zu wahren.

»Beweg dich.«

»Ich kann nicht.« Sie konnte kaum ihre Stimme hören, so sehr schrie das Kind. Sie blieb still stehen, reglos.

»Schnell. Schnell.« Hinter ihr stand ein Soldat. Mit dem kalten Heft seines Schwertes versetzte er Dolly einen Stoß. Ihre Augen liefen über, und die Tränen strömten über ihre Wangen. Konnten die Männer nicht sehen, dass sie stürzen und die Prinzessin fallen lassen würde? Warum kam ihr niemand zu Hilfe?

»Schnell.«

Sie drehte sich um und schaute in das grimmige Gesicht des Soldaten. »Ich kann nicht. Ich trage die Prinzessin, und sie ist zu schwer für mich. Siehst du das nicht?«

Doch über das Geheul der Prinzessin hinweg schien niemand sie zu hören.

»Was ist los mit dir, Mädchen? Warum stehst du da herum? Beweg dich!«

Sie schloss die Augen und machte einen Schritt auf die erste Stufe zu. Und dann, gerade als ihre Beine nachgeben wollten, hörte sie die Stimme der Königin: »Dolly! Halt!«

»Es ist nicht meine Schuld.« Sie fing an zu schluchzen und hielt ihre Augen fest geschlossen. Jemand riss ihr das Kind aus den Armen. »Es ist nicht meine Schuld. Ich habe versucht, es ihnen zu sagen. Sie haben nicht auf mich gehört.«

»Schon gut.« Der Tonfall der Königin war bestimmt, aber nicht unfreundlich. »Jetzt komm herunter. Sei vorsichtig.«

Dolly weinte Tränen der Erleichterung, während sie die Stufen hinabstieg und über den Innenhof lief.

Sie spürte auf ihrer Schulter die Hand eines anderen Mädchens, das sie so einen Gang entlangführte.

Die meisten Gebäude im Inneren der Palastanlage waren niedrige Holzbauten, durch lange Gänge miteinander verbunden. Der

Palast war vergleichsweise junger Bauart, erst dreißig Jahre alt. In seiner Architektur orientierte er sich stark an den königlichen Residenzen in den ehemaligen birmanischen Hauptstädten Ava und Amarapura. Nach der Gründung von Mandalay im Jahre 1856 waren Teile der königlichen Wohngebäude vollständig hierher versetzt worden, doch viele der kleineren Gebäude in den äußeren Bezirken waren noch immer nicht vollendet und selbst den Bewohnern des Palastes unbekannt. Den Raum, in den man sie nun führte, hatte Dolly noch niemals zuvor betreten. Er war dunkel, mit feuchten, rau verputzten Wänden und schweren Türen.

»Führt den Taingda Mingyi zu mir«, schrie die Königin die Wachen an. »Ich lasse mich nicht gefangen nehmen. Bringt ihn zu mir. Sofort!«

Langsam verstrichen ein oder zwei Stunden. Die Richtung der Schatten, die unter der Tür hereinkrochen, verriet den Mädchen, dass der Morgen gegangen und der Nachmittag bereits gekommen war. Die kleine Prinzessin hatte sich auf Dollys gekreuzten Beinen in den Schlaf geschrien.

Die Türen wurden aufgestoßen, und der Taingda Mingyi rauschte herein.

»Wo ist der König?«

»In Sicherheit, Mebya.«

Der Taingda Mingyi war ein beleibter Mann mit fettig glänzender Haut. In der Vergangenheit war er nie um Ratschläge verlegen gewesen, doch nun konnte die Königin ihm nicht eine einzige deutliche Antwort entlocken.

»Der König ist in Sicherheit. Macht Euch keine Sorgen.« Die langen Haare, die aus seinen Muttermalen hervorsprossen, bewegten sich leicht, als er die Königin breit angrinste.

Er zog ein Telegramm hervor. »Der Hlethin Atwinwun hat bei Myingyan einen glorreichen Sieg errungen.«

»Es waren aber nicht unsere Geschütze, die ich heute Morgen gehört habe.«

»Die Eindringlinge wurden aufgehalten. Der König hat einen Orden und Auszeichnungen für die Männer entsandt.« Er reichte ihr ein Blatt Papier.

Sie verschwendete keinen Blick darauf. Sie hatte in den letzten zehn Tagen so viele Telegramme gelesen, alle voll der Kunde von großartigen Siegen. Doch die Geschütze, die sie an diesem Morgen gehört hatte, waren keine birmanischen. Daran hegte sie nicht den geringsten Zweifel. »Es waren britische Kanonen«, sagte sie. »Ich weiß es. Lüg mich nicht an. Wie nahe sind sie? Wann werden sie deiner Meinung nach Mandalay erreicht haben?«

Er wagte nicht, sie anzusehen. »Mebya befinden sich in einem bedenklichen Zustand. Ihr solltet nun ausruhen. Ich werde später zurückkehren.«

»Ausruhen?« Die Königin deutete auf ihre Dienerinnen, die auf dem Boden saßen. »Die Mädchen sind erschöpft. Sieh her.« Sie zeigte auf Dollys gerötete Augen und ihr von Tränen fleckiges Gesicht. »Wo sind meine anderen Zofen? Schick sie zu mir. Ich brauche sie.«

Der Taingda Mingyi zögerte und verbeugte sich dann: »Mebya, Sie werden hier sein.«

Eine Stunde später kamen die anderen Zofen zu ihnen. Sie hatten betrübte Gesichter. Die Königin blieb stumm, bis die Wachen die Türen hinter sich geschlossen hatten. Sobald sie fort waren, scharten sich alle um die Neuankömmlinge. Dolly musste ihren Hals verdrehen, um zu hören, was die Mädchen zu berichten hatten.

Die Engländer hatten mit ihren Kanonen die Festung von Myingyan mit makelloser Präzision zerstört, ohne dabei einen einzigen ihrer Soldaten zu verlieren. Der Hlethin Atwinwun hatte kapituliert. Die Truppen hatten sich aufgelöst. Die Soldaten waren mitsamt ihren Gewehren in die Berge geflohen. Der Kinwun Mingyi und der Taingda Mingyi hatten Unterhändler zu den Engländern entsandt. Nun rangen sie miteinander um die Gewalt über die königliche Familie. Sie wussten, dass sich die Briten gegenüber demjenigen, der ihnen das Königspaar auslieferte, dankbar erweisen würden. Es winkten stattliche Belohnungen.

Die Fremden wurden sehr bald schon in Mandalay erwartet, um den König und die Königin gefangen zu nehmen.

Die Invasion ging so glatt vonstatten, dass sie selbst diejenigen in Erstaunen versetzte, die sie vorbereitet hatten. Am 14. November 1885 überquerte die Flotte des Britischen Empire die Grenze zu

Birma. Zwei Tage später, nach einigen Stunden Beschuss, besetzten britische Soldaten die birmanischen Vorposten Nyaungbinmaw und Singbaungwe. Am nächsten Tag wurde die Flotte bei Minhla unter heftigen Beschuss genommen. Die Garnison bei Minhla war klein, doch sie setzte sich mit unerwarteter Standhaftigkeit zur Wehr. Nach mehrstündigen Gefechten wurde die britische Infanterie an Land geschickt.

Die Truppen der Briten zählten beinahe zehntausend Mann, wobei es sich bei der großen Mehrheit der Soldaten – es waren beinahe zwei Drittel – um indische *sepoys* handelte. Unter den Einheiten, die in Minhla aufmarschierten, waren drei Bataillone, die vollständig aus *sepoys* bestanden. Sie stammten vom Hazara-Regiment sowie von den Ersten Madras-Pionieren. Die Inder galten als erfahrene, kampferprobte Truppe. Die Hazaras, einst von der afghanischen Grenze rekrutiert, hatten ihren Wert für die Briten in jahrzehntelanger Kriegführung in und außerhalb Indiens unter Beweis gestellt. Die Ersten Madras-Pioniere galten als die loyalsten innerhalb der britischen Infanterie. Selbst bei dem Aufstand von 1857, als sich der größte Teil Nordindiens gegen die Briten erhoben hatte, hatten sie ihren Herren unbeirrt zur Seite gestanden. Die birmanischen Verteidiger von Minhla hatten gegen diese *sepoys* mit ihren neuzeitlichen britischen Waffen und ihrer ungeheuren Truppenstärke nur verschwindend geringe Möglichkeiten. Als die Festung unter Beschuss genommen wurde, lösten sich die hartnäckigen kleinen Verteidigungskräfte in nichts auf. Das Entsetzen über den Fall Minhlas schlug noch weit flussaufwärts seine Wellen. Die Garnison bei Pakkoku flüchtete; in Nyaungu, unweit der großen, pagodenbedeckten Ebene von Pagan, vernagelten die Kanoniere ihr Geschütz, nachdem sie nur ein paar Schüsse abgefeuert hatten. In Myingyan, das unter dem Kommando des Hlethin Atwinwun stand, sahen sich die Verteidiger nach mehrstündigem Bombardement gezwungen, ihre Stellungen aufzugeben. Einige Tage später kapitulierte die gesamte birmanische Armee, ohne König Thebaw davon in Kenntnis zu setzen.

Die britische Infanterie war mit den neuesten Gewehren ausgestattet. Die Artillerie besaß siebenundzwanzig Schnellfeuergeschütze, mehr, als jemals zuvor auf dem gesamten asiatischen Kontinent versammelt gewesen waren. Darunter viele Vierundsechzig-Pfund-Geschütze, die den neckischen Beinamen »Sturmschwalben« trugen, benannt nach der Erfindung eines altgedienten Offiziers der Artillerie. Geschütze dieses Kalibers hatte man in dieser Gegend noch niemals zuvor zu Gesicht bekommen.

Die britischen Invasionskräfte waren so fortschrittlich, dass ihnen nebenbei die Ehre für eine großartige militärische Erfindung gebührte. Ein Offizier hatte den Einfall, sechzehn schwere Maschinengeschütze auf mit Dampf betriebene Schiffe zu montieren. Diese schnellen, bewaffneten Boote wurden als Vorhut entsandt, um die Stärke der birmanischen Verteidigungskräfte auf die Probe zu stellen. Bis zu diesem Zeitpunkt sah die vorherrschende militärische Lehre in diesen Waffen in erster Linie Instrumente zur Verteidigung, die in fest fixierten Positionen am besten zum Einsatz kamen. Und so wurde dieser Einsatz zu einem der ersten Beispiele für die offensive Nutzung von Maschinengeschützen.

Die birmanischen Generäle hatten dieser mächtigen, hoch entwickelten Invasionsstreitmacht nur sehr wenig entgegenzusetzen. Doch sie waren gerissene, altgediente Soldaten, und ihr eigenes Terrain war ihnen wohl vertraut. Sie wussten genau, welche Schritte nötig waren, um die Invasion aufzuhalten. Der britische Angriffsplan basierte auf der uneingeschränkten Nutzung des Irawadi. Der Fluss war der Schlüssel zum Königreich Birma. Das Vorrücken der Briten konnte einfach dadurch verhindert werden, dass man die Navigationsrinnen des Flussbettes blockierte. Die Invasoren hatten keine nennenswerte Kavallerie und waren nicht auf einen langen Marsch vorbereitet. Wenn es gelänge, ihnen den Zutritt zum Irawadi zu verwehren, sähen sich die Briten mit der Zermürbung konfrontiert, die der gewaltsame Vorstoß in gegnerisches Terrain üblicherweise mit sich brachte. Wenn erst die heißen Tage kämen, würde ihre Begeisterung für die Unternehmung schnell dahin sein.

Der Hlethin Atwinwun ersann einen ausgeklügelten Schlachtplan. Zu seinem engsten Beraterstab zählten zwei italienische Baumeister, Commoto und Molinari. Sie hatten die neuesten Festungsanlagen des Königreiches entworfen. Der Hlethin Atwinwun entschied, die Italiener mit einer Kette flacher Kähne flussabwärts zu schicken. Die Boote sollten, drei Meter lange Pfähle auf ihre Kajütendächer montiert, versenkt werden – die scharfen Pfahlspitzen würden die Bäuche der nahenden britischen Schiffe aufschlitzen, und der Fluss wäre versiegelt.

Der Plan wäre um ein Haar gelungen.

Molinari und Commoto hatten ihren Auftrag beinahe ausgeführt, als eine britische Barkasse sie entdeckte. Die Italiener sprangen über Bord und hinterließen ausführliche Karten mit den Stellungen der birmanischen Streitkräfte.

Doch war das Fehlschlagen des Planes von Atwinwun wirklich reiner Zufall? Ohne dass er es ahnte, hatten die Italiener, denen er sein Vertrauen geschenkt hatte, schon seit geraumer Zeit als britische Spione fungiert. Bereits während der Bauzeit hatten sie den Briten Pläne der birmanischen Festungsanlagen zukommen lassen.

Der Krieg währte vierzehn Tage.

3

Vier Tage nach dem Angriff auf Myingyan herrschte in Mandalay eine seltsame, geradezu gespenstische Ruhe. Dann nahmen die Gerüchte ihren Lauf. Eines Morgens rannte ein Mann durch den Basar und kam auch an Ma Chos Garküche vorbei. Er schrie aus vollem Halse. Fremde Schiffe hätten am Ufer festgemacht; englische Soldaten seien auf dem Weg in die Stadt.

Der Basar befand sich in Aufruhr. Die Leute verstopften die Gänge. Rajkumar bahnte sich seinen Weg durch die Menge, hinaus auf die Straße. Er konnte nicht weit sehen: Eine dichte Staubwolke hing in der Luft, aufgewirbelt von hunderten rennenden Füßen. Die Menschen liefen durcheinander wie aufgescheuchte Hühner. Sie rempelten sich an und stießen blindlings alles fort, was ihnen in den Weg kam. Rajkumar wurde in Richtung des Flusses mitgerissen. Während er rannte, bemerkte er, dass der Boden unter seinen Füßen zitterte, als würde in der Erde eine riesige Trommel geschlagen, ein gleichmäßiges Beben, das durch seine Fußsohlen hindurch- und sein Rückgrat hinaufkroch.

Die Menschen vor ihm stoben auseinander und drängten sich an die Straßenränder. Mit einem Male fand er sich in vorderster Reihe, vor sich zwei englische Soldaten hoch zu Ross. Mit gezogenen Schwertern jagten die Reiter die Menschen beiseite und machten so die Straße frei. Der Staub hatte ein Muster auf ihre blank gewichsten Stiefel gemalt. Hinter ihnen wogte ein Meer aus Uniformen, das auf Rajkumar zugerollt kam wie eine Welle.

Er hechtete zur Seite und presste sich gegen eine Mauer. Als der erste Trupp Soldaten mit geschulterten Gewehren vorübermarschiert war, beruhigten sich die Menschen ein wenig: Auf den Gesichtern der Soldaten lag keinerlei Hass, sie zeigten überhaupt keine Regung. Keiner von ihnen verschwendete auch nur einen Blick an die Menge.

»Die Engländer!«, sagte jemand, und in Windeseile flogen die Worte von Mund zu Mund. Dabei wurden sie lauter und lauter, bis sie sich anhörten wie leise gemurmelter Beifall. Doch als die Vorhut vorübergezogen war und der nächste Trupp in Sicht kam, senkte sich erstauntes Schweigen über die Schaulustigen: Diese Soldaten waren keine Engländer – es waren Inder! Die Menschen um ihn starrten Rajkumar an, als hätte der Anblick eines Inders in ihrer Mitte ihre Neugierde entfacht.

»Wer sind diese Soldaten?«, fragte jemand.

»Ich weiß es nicht.«

Mit einem Mal kam Rajkumar zu Bewusstsein, dass ihm den ganzen Tag über im Basar kein einziges der vertrauten indischen Gesichter begegnet war, keiner der Kulis und Flickschuster und Händler, die Tag für Tag auf den Markt kamen. Einen Moment lang erschien ihm das seltsam, doch dann vergaß er es wieder und überließ sich aufs Neue dem Spektakel der marschierenden *sepoys.*

Die Menschen bestürmten Rajkumar mit Fragen: »Was wollen diese Soldaten hier?«

Rajkumar zuckte die Achseln. Woher sollte er das wissen? Ihn verband nicht mehr mit den Soldaten als jene, die ihn bedrängten. Eine kleine Gruppe Männer scharte sich immer enger um Rajkumar, und er musste ein paar Schritte zurückweichen. »Wo kommen diese Soldaten her? Warum sind sie hier?«

»Ich weiß nicht, wo sie herkommen. Ich weiß nicht, wer sie sind.«

Mit einem Blick über die Schulter sah Rajkumar, dass er sich in eine Sackgasse hineinmanövriert hatte. Sieben oder acht Männer standen eng um ihn versammelt. Sie hatten ihre *longyis* gerafft und die Enden mit Bedacht um die Hüften gesteckt. Die *sepoys* waren ganz in der Nähe, es waren hunderte, vielleicht gar tausende. Aber er war ganz allein in der Gasse, außer Rufweite, umzingelt von diesen Männern, die ganz offensichtlich darauf bestanden, dass er ihnen Rechenschaft über die Anwesenheit der Soldaten ablegte.

Aus dem Schatten schnellte eine Hand hervor. Ein Mann packte ihn an den Haaren und hob ihn in die Luft. In dem Versuch, den Angreifer mit der Ferse in die Leisten zu treten, hob Rajkumar ein Bein und holte aus. Der Mann sah den Tritt kommen und fing ihn mit der Hand ab. Er drehte den Kopf des Jungen herum und schlug ihm mit geballter Faust ins Gesicht. Aus Rajkumars Nase ergoss sich ein Blutstrahl. Der Schreck des Schlages schien den Augenblick zum Stillstand zu bringen, und der Bogen aus Blut schien innezuhalten und starr in der Luft zu hängen, durchsichtig glänzend wie eine Kette aus Granatsteinen. Dann traf ein gekrümmter Ellbogen Rajkumar in die Magengrube. Der Hieb trieb alle Luft aus ihm heraus und schleuderte ihn gegen die Mauer. Er sank zu Boden und griff sich an den Magen, als versuche er, ihn wieder an seinen Platz zu rücken.

Plötzlich aber schallte ein lauter Ruf durch die Gasse: »Halt!« Jemand kam ihm zur Hilfe.

Verdutzt drehten die Männer sich um.

»Lasst ihn in Frieden.«

Es war Saya John. Mantel und Hut verliehen ihm ein seltsam Ehrfurcht gebietendes Aussehen. Die Hände auf die Hüften gestützt, beugte er sich über Rajkumar und blieb beschützend bei ihm stehen, bis die Männer sich verzogen hatten.

»Du hast Glück gehabt, dass ich dich gesehen habe«, sagte Saya John. »Hattest du nichts Besseres zu tun, als dich an einem Tag wie diesem auf der Straße herumzutreiben? Alle anderen Inder haben sich am Fuße des Hügels auf Hajji Ismails Grundstück verbarrikadiert.«

Er half Rajkumar auf die Füße. Rajkumar wischte sich das Blut aus dem pochenden Gesicht, und gemeinsam verließen sie die Gasse. Noch immer marschierten Soldaten vorbei. Stumm standen

Saya John und Rajkumar Seite an Seite und beobachteten den Triumphzug.

Dann sagte Saya John: »Ich habe auch einmal Soldaten wie diese gekannt.«

»Saya?«

»Als ich ein junger Mann war, habe ich in Singapur eine Weile als Krankenträger in einem Hospital gearbeitet. Bei den Patienten handelte es sich zum größten Teil um verwundete *sepoys* wie diese – um Inder, die auf Befehl ihrer Herren diesen oder jenen Krieg austrugen. Ich erinnere mich noch immer an den Geruch eitergetränkter Verbände auf den brandigen Wunden amputierter Gliedmaßen; an die nächtlichen Schreie zwanzigjähriger Jungen, die kerzengerade in ihren Betten saßen. Diese Männer waren Bauern, sie stammten aus kleinen indischen Dörfern. In ihren Gewändern und Turbanen hing noch immer der Geruch von Holzqualm und Dungfeuern. ›Warum kämpft ihr‹, habe ich sie gefragt, ›wenn ihr doch eure Felder bestellen solltet?‹

›Für Geld‹, so hatten sie mir geantwortet. Und dabei waren ein paar Annas am Tag alles, was sie verdienten, nicht viel mehr, als ein Kuli auf den Werften bekam. Für ein paar lumpige Münzen waren sie ihren Herren zu Befehl, zerstörten jede noch so geringe Spur des Widerstands gegen die Macht der Engländer. Das hat mich immer erstaunt: Chinesische Bauern würden dergleichen niemals tun, für so wenig eigenen Nutzen die Kriege anderer auszutragen. Forschend habe ich diesen *sepoys* ins Gesicht geblickt und mich dabei gefragt, wie es wäre, wenn ich etwas hätte, das zu verteidigen sich lohnte – ein Heim, ein Land, eine Familie – und wenn ich von diesen gespenstischen Männern, diesen gutgläubigen Jungen angegriffen würde. Wie soll man solch einen Feind besiegen? Einen Feind ohne Beweggrund. Der nichts zu gewinnen hat und der weder aus Feindschaft noch aus Wut, sondern allein auf Befehl seiner Vorgesetzten handelt, ohne Widerrede und ohne Gewissen. Die Engländer haben ein Wort dafür – es stammt aus der Bibel: Das Böse. Daran musste ich denken, wenn ich mich mit diesen Soldaten unterhalten habe. Welches andere Wort vermochte diese Söldner und ihre ziellose Gewalt zu beschreiben, ihre Bereitschaft, einen Befehl auszuführen, welchen Inhalts er auch sein mochte? Und dennoch – im Hospital haben mir diese *sepoys* Geschenke gemacht, Zeichen ihrer Dankbarkeit – eine geschnitzte Flöte, eine Apfelsine. Ein Blick in die Augen dieser Männer offenbarte mir eine gewisse Unschuld, eine gewisse Schlichtheit. Selbst diesen Männern, die auf Anordnung ihrer Offiziere, ohne zu zögern, Dörfer in Brand setzten, selbst ihnen wohnte eine gewisse Unschuld inne. Das unschuldige Böse. Ich konnte mir nichts vorstellen, das schrecklicher hätte sein können.«

»Saya.« Rajkumar zuckte leichtfertig die Schultern. »Sie sind nichts weiter als Werkzeuge. Ohne eigenen Verstand. Sie zählen überhaupt nicht.«

Saya John sah ihn verdutzt an. Etwas Außergewöhnliches lag im Gebaren dieses Jungen – eine Art wachsame Entschlossenheit: Kein Übermaß an Dankbarkeit, keine Geschenke oder Angebote, kein falsches Gerede von Ehre. In diesen Augen war keine Spur von Einfalt zu finden, keine Unschuld; sie waren voll von Weltoffenheit, von Neugierde, von Hunger. Genau, wie es sein sollte.

»Wenn du jemals Arbeit suchst«, sagte Saya John, »dann komm und sprich mit mir.«

Kurz vor Sonnenuntergang zogen sich die Eindringlinge mit Wagenladungen voller Kriegsbeute aus dem Glaspalast zurück. Zum Erstaunen der Bewohner gingen sie fort, ohne Wachen rund um die Festung zu postieren. Zum ersten Mal seit Menschengedenken standen die Tore der Festung weit offen – unbewacht.

Die Soldaten marschierten auf demselben Weg zurück, auf dem sie gekommen waren. Doch diesmal waren die Straßen, durch die sie schritten, wie leer gefegt. Als sich das Stampfen der Schritte in der Ferne verlor, legte sich drückende Stille auf die Stadt. Dann, so plötzlich wie der nächtliche Ausbruch aus einem Hühnerstall, kam eine Gruppe Frauen aus der Festung gestürmt. Sie rannten über die Begräbnisbrücke, und ihre Füße spielten einen Trommelwirbel auf den hölzernen Planken.

Ma Cho erkannte einige dieser Frauen. Es waren Dienerinnen aus dem Palast. Sie hatte sie seit Jahren in der Festung ein- und ausgehen sehen, wie sie hochmütig in ihren Pantoffeln die Straße entlangstolziert kamen, die *longyis* zierlich über den Knöcheln festgesteckt. Jetzt rannten sie, stolperten durch den Staub, ohne einen Gedanken an ihre Kleider zu verschwenden. Sie trugen Stoffbündel, Säcke, ja sogar Möbelstücke. Einige waren unter ihrer Last vornübergebeugt, wie Waschweiber auf dem Weg zum Fluss. Ma Cho rannte auf die Straße hinaus und hielt eine der Frauen an. »Was tut ihr? Was ist geschehen?«

»Die Soldaten – sie haben den Palast geplündert. Wir versuchen, ein paar Dinge für uns selbst zu retten.« Die Frauen verschwanden, und alles war wieder ruhig. Dann kam Bewegung in die Schatten um die Festung. In der Dunkelheit war wogende Geschäftigkeit zu spüren, wie das Flattern von Motten in den Ritzen eines modrigen Schrankes. Langsam kamen die Menschen aus den Märkten und Häusern geschlichen, die um die Zitadelle lagen. Sie rückten an die Mauern heran und beäugten misstrauisch die verlassenen Wachtürme. Nirgends waren Soldaten zu sehen, auch von den Wachposten der Palastwache gab es keine Spur. War es wirklich möglich, dass die Tore unbewacht zurückgelassen worden waren? Ein paar Mutige betraten vorsichtig die Brücken und lauschten. Sehr langsam, auf Zehenspitzen, fingen sie an, sich an das gegenüberliegende Ufer des achtzig Fuß breiten Grabens hinüberzuwagen. Sie erreichten die andere Seite und schlichen sich zu den Toren, jederzeit darauf gefasst, bei der leisesten Bewegung kehrtzumachen.

Wahrhaftig: Die Wächter und die Mitglieder der Garde, sie waren alle fort. Der Palast war unbewacht. Mit einem aufmunternden Wink an die Menschen am anderen Ufer schlüpften sie durch die Tore und verschwanden in der Festung.

Ma Cho hatte unentschlossen zugesehen und sich dabei am Kinn gekratzt. Jetzt nahm sie ihr *da* mit der langen scharfen Klinge und dem kurzen Griff zur Hand. Sie steckte den hölzernen Griff in ihren Gürtel und machte sich auf den Weg zur Begräbnisbrücke. Wie mit blutroter Farbe besudelt ragten die Festungsmauern in der Dunkelheit auf.

Rajkumar lief Ma Cho hinterher und erreichte Seite an Seite mit der anrückenden Meute die Brücke.

Die Begräbnisbrücke war die schwächste von allen, zu schmal für die Massen, die versuchten, auf die andere Seite zu stürmen. Rasendes Gedränge herrschte auf der Brücke. Der Mann neben

Rajkumar trat ins Leere und fiel über die Brüstung. Eine Holzplanke schnellte nach oben und beförderte zwei schreiende Frauen in den Graben. Rajkumar war jünger als die Menschen um ihn herum und schneller auf den Beinen. Er schlängelte sich durch die schiebenden Körper hindurch und rannte in die Festung hinein.

In Rajkumars Vorstellung war die Festung voll von Gärten und Palästen, reich bemalt und prächtig vergoldet. Doch die Straße, auf der er sich wieder fand, war nichts weiter als ein gerader enger Lehmpfad, von Holzhäusern gesäumt, nicht sehr verschieden von jedem anderen Teil der Stadt. Direkt vor ihm lag der Palast mit seiner neundachigen Spitze – der goldene *hti* funkelte in der Dunkelheit. Schon hasteten Menschen durch die Straße. Einige von ihnen hielten flackernde Fackeln in Händen. Rajkumar erspähte Ma Cho, gerade als sie in der Ferne um eine Ecke bog. Er rannte ihr nach, den *longyi* fest um die Hüften gebunden. Die Palisade des Palastes besaß zahlreiche Zugänge, darunter Pforten, die der Dienerschaft und den Händlern vorbehalten waren. Sie waren tief in die Mauer eingelassen wie Mäuselöcher, sodass niemand hindurchgehen konnte, ohne sich zu bücken. An einer dieser kleinen Pforten holte Rajkumar Ma Cho endlich ein. Der Durchgang war schnell erzwungen. Die Menschen stolperten durch die Öffnung wie Wasser, das aus einem Rohr tropft.

Rajkumar blieb Ma Cho dicht auf den Fersen, während sie sich mit den Ellbogen einen Weg durch die Pforte bahnte. Sie stieß ihn hinein und zwängte sich dann selbst durch die Lücke. Rajkumar war es, als sei er auf ein duftendes Laken gestürzt. Dann drehte er sich herum und sah, dass er auf einem Bett aus weichem Gras lag. Er war in einem Garten, in der Nähe eines Springbrunnens. Die Luft war mit einem Male klar und kühl und frei von Staub. Die Zugänge zum Palast waren nach Osten ausgerichtet. Aus dieser Richtung näherten sich offizielle Besucher dem Palast, auf dem feierlichen Pfad, der zu dem großen gläsernen Pavillon führte, in dem der König Hof hielt. Auf der Westseite der Palisade – die Seite, die der Begräbnisbrücke am nächsten war – befanden sich die Gemächer der Frauen. Dies waren die Säle und Räumlichkeiten, die nun direkt vor Rajkumar und Ma Cho lagen. Ma Cho rappelte sich hoch und hastete keuchend auf einen steinernen Durchgang zu. Direkt dahinter waren die Türen zum Hauptsaal des Frauenpalastes weit geöffnet. Die Menschen hielten inne und ließen ihre Finger über die mit Jade besetzte Türtäfelung gleiten. Ein Mann fiel auf die Knie und machte sich in dem Versuch, die Ornamente herauszuschlagen, daran, die Holzlatten mit einem Stein zu zertrümmern. Rajkumar rannte an ihm vorbei in das Gebäude hinein, immer ein paar Schritte hinter Ma Cho. Der Saal war riesig. Wände und Säulen waren mit abertausenden kleiner Glasscherben verziert. In Wandleuchten steckten Öllampen, der ganze Raum schien in Flammen zu stehen. Auf jeder Fläche funkelte der Schimmer goldenen Lichts. Der Saal war erfüllt von geschäftigem Lärm, einem emsigen Summen, das sich zusammensetzte aus Schneiden und Hämmern, aus Brechen von Holz und Zerschlagen von Glas. Überall waren Menschen eifrig an der Arbeit, Männer und Frauen, bewaffnet mit Beilen und *das:* Sie zerhackten mit Juwelen besetzte Kästchen, brachen Edelsteine aus dem verzierten Marmorboden, kratzten mit Hilfe eines Angelhakens die Elfenbeinintarsien aus Truhen. Mit einem Stein bewaffnet machte sich ein Mädchen an der mit Ornamenten verzierten Griffleiste einer Zither zu schaffen, die wie ein Krokodil geformt war. Ein Mann schabte mit einem Hackbeil über die Armlehnen eines vergoldeten Sessels, und eine Frau meißelte wie wild an den Rubinaugen eines bronzenen Löwen herum. Ma Cho und Rajkumar kamen an eine Tür, die in einen mit Kerzen erleuchteten Vorraum führte. Darin befand sich eine Frau. Sie stand am vergitterten Fenster auf der anderen Seite.

Ma Cho schnappte nach Luft. »Königin Supayalat!«

Die Königin schüttelte ihre Faust und schrie Ma Cho entgegen: »Hinaus! Hinaus mit euch!«

Ihr Gesicht war rot, mit Zornesflecken übersät. Ihre Wut rührte gleichermaßen von ihrer eigenen Ohnmacht her, wie von der Anwesenheit des Pöbels in ihrem Palast. Gestern noch hätte sie einen gewöhnlichen Untertan für die Unverschämtheit einsperren lassen, ihr geradewegs ins Gesicht zu blicken. Und heute hatte sich der Abschaum der gesamten Stadt in den Palast ergossen, und es lag nicht in ihrer Macht, etwas dagegen zu tun. Doch die Königin war weder eingeschüchtert noch hatte sie Angst, nicht im Geringsten. Ma

Cho fiel zu Boden und schlug ihre Hände in einem ehrfurchtsvollen *shiko* über dem Kopf zusammen.

Unfähig, seinen Blick abzuwenden, sank Rajkumar auf die Knie. Die Königin war in karmesinrote Seide gekleidet, in ein loses Gewand, das über ihren weit gewölbten Bauch wogte. Ihr Haar türmte sich in glänzenden Spiralen auf ihrem winzigen, anmutigen Kopf. Nur eine einzige dunkle Furche störte die elfenbeinfarbene Maske ihres Gesichts, hervorgerufen von einer Schweißperle. Die Königin hielt ihr Gewand über den Knöcheln gerafft, und Rajkumar sah, dass ihre Beine in Schläuchen aus rosa Seide steckten – Strümpfe, Kleidungsstücke, die er noch nie zuvor gesehen hatte. In einer Hand hielt Ma Cho einen stattlichen Kerzenleuchter aus Messing.

Die Königin stieß die hingestreckte Frau an. »Gib mir das. Wo hast du das her? Gib es wieder her.« Von ihrem Bauch behindert beugte sie sich ungelenk vor und versuchte, Ma Cho den Leuchter zu entwinden. Doch die schob sich zurück wie ein Krebs und wich dem Griff der Königin erfolgreich aus. »Weißt du, wer ich bin?«, zischte die Königin. Wieder senkte Ma Cho achtungsvoll den Kopf. Doch von ihrem Kerzenleuchter würde sie niemals ablassen. Ihre Entschlossenheit, an der Beute festzuhalten, hatte nichts zu tun mit dem Wunsch, der Königin geziemend zu huldigen.

Gestern noch hätte das schwere Vergehen, den Palast zu betreten, unweigerlich zum Tode geführt. Sie alle wussten das, die Königin und all jene, die sich dem Pöbel angeschlossen hatten. Doch Gestern war vorüber. Die Königin hatte gekämpft und war besiegt worden. Was hatte es für einen Sinn, ihr zurückzugeben, was sie verloren hatte? All diese Dinge waren nicht länger in ihrem Besitz. Was war damit gewonnen, wenn man zuließ, dass die Fremden sie forttrugen?

Die Bewohner der Stadt hatten die Königin in all den Jahren ihrer Herrschaft gehasst für ihre Grausamkeit und ihre Unberechenbarkeit, und sie hatten sie gefürchtet für ihre Unbarmherzigkeit und ihre Unerschrockenheit. Und nun hatte die Königin sich in den Augen ihrer Untertanen durch die Alchimie der Niederlage verwandelt. Es war, als sei ein Band heraufbeschworen worden, das vorher niemals bestanden hatte. Zum ersten Mal in ihrer Herrschaft war die Königin, was eine Herrscherin sein sollte, Repräsentantin ihres Volkes.

Jeder, der den Raum betrat, sank in einem unwillkürlichen Akt der Ehrerbietung zu Boden. Nun, da es nicht mehr in der Macht der Königin lag, sie zu züchtigen, waren die Menschen glücklich, ihr freiwillig ihre Hochachtung entgegenbringen zu können. Sie waren sogar glücklich darüber, ihre Schelte zu vernehmen. Es war gut, dass sie ihr *shiko* erwiesen und dass die Königin sie beschimpfte. Hätte sie ihre Niederlage kleinlaut hingenommen, niemand wäre so tief darüber beschämt gewesen wie diese Untertanen.

Es war, als vertrauten sie ihr die Last ihrer eigenen unausgesprochenen Verachtung an.

Rajkumar sah sich um. Sein Blick fiel auf ein Mädchen – eine der königlichen Zofen. Sie war schlank, mit langen Gliedern, ihr Teint von derselben Tönung wie der feine *thanaka*-Puder, mit dem ihr Gesicht bestäubt war. Sie hatte große dunkle Augen, und ihre länglichen Gesichtszüge waren von vollkommenem Ebenmaß. Sie war das allerschönste Geschöpf, das er jemals erblickt hatte, von einem Liebreiz, der jenseits alles Vorstellbaren lag.

Rajkumar schluckte. Seine Kehle war mit einem Mal geschwollen und trocken. Das Mädchen befand sich mit einigen anderen auf der gegenüberliegenden Seite des Raumes. Langsam schlich er sich an der Wand entlang zu ihr hin.

Er nahm an, dass sie zur Dienerschaft gehörte und etwa neun oder zehn Jahre alt war. Das mit Juwelen geschmückte kleine Kind an ihrer Seite musste eine Prinzessin sein. Aufgehäuft in der Ecke hinter ihnen lagen bunte Kleider und Gegenstände aus Messing und Elfenbein. Es hatte den Anschein, als seien die Mädchen gerade dabei gewesen, die Habseligkeiten der Königin in Sicherheit zu bringen, als das Volk den Raum stürmte.

Rajkumar blickte zu Boden und entdeckte in einer Ecke eine vergessene, mit Juwelen besetzte Schatulle aus Elfenbein mit einem goldenen Schnappschloss. An den Seiten waren zwei kleine Griffe angebracht, die aussahen wie springende Delfine. Rajkumar wusste, was zu tun war. Er hob das Kästchen vom Boden auf, lief quer durch das Zimmer und hielt es dem schmalen kleinen Mädchen mit ausgestreckten Armen entgegen.

»Hier.«

Sie wagte nicht, ihn anzusehen. Sie wandte ihr Gesicht ab. Ihre Lippen bewegten sich stumm, als murmle sie eine Beschwörungsformel.

»Nimm sie«, sagte eines der anderen Mädchen. »Er gibt sie dir.«

»Hier«, er stupste sie mit der Schatulle an. »Hab keine Angst.«

Über sich selbst erstaunt, nahm er ihre Hand und legte sie sanft auf die Schatulle. »Ich habe sie dir zurückgebracht.«

Leicht wie ein Blatt lag ihre Hand auf dem Deckel. Zuerst ruhte ihr gesenkter Blick auf dem mit Juwelen besetzten Kästchen, dann wanderte er langsam von Rajkumars dunklen Fingerknöcheln zu der zerrissenen, fleckigen Weste und endlich hinauf zu seinem Gesicht. Und dann begriff sie, ihre Augen verdunkelten sich, und sie ließ den Blick wieder sinken. Rajkumar hatte erkannt, dass ihre Welt umgeben war von Furcht und dass sie sich mit jedem Schritt, den sie tat, einen Schritt in vollkommene Dunkelheit wagte.

»Wie heißt du?«, fragte Rajkumar.

Sie wisperte ein paar unverständliche Silben.

»Doh-li?«

»Dolly.«

»Dolly«, wiederholte Rajkumar. »Dolly.« Ihm kam nichts anderes in den Sinn, das er hätte sagen können, zumindest nichts, was es wert gewesen wäre, ausgesprochen zu werden, und so wiederholte er ihren Namen lauter und lauter, bis er ihn schließlich rief. »Dolly. Dolly.«

Er sah, wie sich ein winzig kleines Lächeln auf ihr Gesicht stahl. Dann gellte Ma Chos Stimme in seinen Ohren. »Soldaten! Lauf!« An der Türe drehte er sich noch einmal um und warf einen Blick zurück. Dolly stand genauso da, wie er sie verlassen hatte. Sie hielt die Schatulle mit beiden Händen umklammert und sah ihn an.

Ma Cho zerrte ihn am Arm. »Was starrst du das Mädchen so an, du lächerlicher *kala?* Nimm, was du hast, und lauf. Die Soldaten kommen zurück. Lauf!«

Rufe hallten durch den Spiegelsaal. Rajkumar winkte Dolly zu, es war eher ein Zeichen als ein Winken. »Wir werden uns wieder sehen.«

4

Die königliche Familie verbrachte die Nacht im Südlichen Gartenpalast, einem der abgelegensten Nebengebäude auf dem Gelände. Es war ein kleiner Pavillon, umgeben von Teichen, Kanälen und üppigen Gärten. Kurz vor Mittag des nächsten Tages zeigte sich König Thebaw auf dem Balkon. Er ließ sich nieder, um auf Oberst Sladen, den britischen Unterhändler, zu warten. Der König trug seine königliche Schärpe und einen weißen *gaung-baung,* den Turban der Trauer.

König Thebaw war von mittelgroßer Statur. Ein dünner Schnurrbart und fein geschnittene Augen zierten sein rundes Gesicht. Als er ein junger Mann gewesen war, hatte man ihn für sein gutes Aussehen gerühmt. Einst sagte man von ihm, er sei der ansehnlichste Birmane im ganzen Land. (In Wirklichkeit war er zur Hälfte Shan. Seine Mutter war aus einem kleinen Fürstentum an der Ostgrenze nach Mandalay gekommen.) König Thebaw war mit zwanzig Jahren gekrönt worden, und in den sieben Jahren seiner Regentschaft hatte er das Gelände des Palastes nicht ein einziges Mal verlassen. Dieser lange Gewahrsam hatte seinem Aussehen fürchterlich zugesetzt. Obgleich er erst siebenundzwanzig Jahre alt war, sah er aus wie ein Mann in mittleren Jahren.

Auf dem Thron von Birma zu sitzen war niemals Thebaws Bestreben gewesen. Auch hätte niemand im Königreich sich vorstellen können, dass gerade er die Krone einmal tragen würde. Als Kind hatte er das für Jungen übliche Noviziat als buddhistischer Mönchsschüler mit einer Begeisterung absolviert, die sehr ungewöhnlich war für seine Herkunft und seine hohe Geburt. Er hatte mehrere Jahre in dem Kloster verbracht und es in dieser Zeit nur ein einziges Mal verlassen, auf Geheiß seines Vaters, des erhabenen Königs Mindon. Der König hatte Thebaw gemeinsam mit einigen seiner Stiefbrüder auf eine englische Schule in Mandalay geschickt. Unter der Anleitung von anglikanischen Missionaren hatte Thebaw ein wenig Englisch gelernt und ein gewisses Talent für das Kricketspiel entwickelt.

Dann aber hatte König Mindon sich eines anderen besonnen. Er hatte die Prinzen von der Schule genommen und die Missionare des Landes verwiesen. Glücklich war Thebaw in das buddhistische Kloster zurückgekehrt, in die Obhut der Wasseruhr und des Reliquienschreins mit dem Zahn Buddhas. Er hatte sein Studium der Schriften fortgesetzt und im Alter von neunzehn Jahren die schwierige *patama-byan*-Prüfung absolviert.

König Mindon war vielleicht der weiseste und umsichtigste Herrscher, der je auf dem Thron von Birma gesessen hatte. Obgleich er für die Begabungen seines Sohnes große Dankbarkeit hegte, war er sich dennoch über dessen Grenzen im Klaren. »Wenn Thebaw jemals König wird«, so sagte er einmal, »so wird das Land in fremde Hände fallen.« Die Aussichten, dass das je geschehen würde, waren allerdings denkbar gering. In Mandalay gab es sechsundvierzig Prinzen, deren Ansprüche auf den Thron denen von Thebaw ebenbürtig waren. Die meisten von ihnen überflügelten ihn, was Ehrgeiz und politisches Geschick betraf, bei weitem.

Doch das Schicksal griff in den Lauf der Geschichte ein – in der vertrauten Gestalt einer Schwiegermutter. Es traf sich, dass Thebaws Schwiegermutter gleichzeitig auch seine Stiefmutter war, Königin Alenandaw, eine der Hauptgemahlinnen Mindons und zugleich listige und rücksichtslose Ränkeschmiedin königlicher Palastintrigen. Sie brachte Thebaw dazu, alle ihre drei Töchter zu ehelichen. Sodann lenkte sie ihn mit meisterlichem Geschick an seinen sechsundvierzig Rivalen vorbei und hievte ihn auf den Thron. Thebaw blieb nichts anderes übrig, als seiner Ernennung zuzustimmen: Anzunehmen war einfacher als abzulehnen, und es barg weniger tödliche Gefahren.

Dann jedoch geschah etwas, das jedermanns Kalkül aus dem Gleichgewicht brachte: Thebaw verliebte sich in eine seiner Gemahlinnen. Es war Supayalat, die mittlere Königin.

Unter allen Prinzessinnen im Palast war Supayalat die bei weitem grimmigste und eigensinnigste. Von den drei Schwestern konnte sie ihrer Mutter in Arglist und Entschlusskraft mühelos die Stirn bieten. Im besten Falle hätte man von der Verbindung solch einer Frau und eines Mannes mit der Neigung zur Gelehrsamkeit, wie Thebaw es war, Gleichmut erwarten dürfen. Doch jedwedem Brauch der Palastränke zum Trotz verliebte auch sie sich Hals über Kopf in ihren

Gemahl, den König. Seine kraftlose Gutmütigkeit schien ihren mütterlichen Beschützerinstinkt zu wecken. Um ihren Gemahl vor den Intrigen ihrer eigenen Familie zu beschützen, entzog sie ihrer Mutter alle Macht und verbannte sie, zusammen mit ihren Schwestern und Nebenfrauen, in einen abgelegenen Winkel des Palastes. Dann machte sie sich daran, Thebaw von seinen Rivalen zu befreien. Sie befahl, sämtliche Mitglieder der königlichen Familie zu ermorden, die sich jemals als Bedrohung für ihren Gemahl entpuppen könnten. Auf ihren Befehl hin wurden siebenundneunzig Prinzen beseitigt, darunter neugeborene Säuglinge und andere, die zu alt waren, um noch laufen zu können. Um das Vergießen königlichen Blutes zu verhindern, ließ sie ihre Opfer in Teppiche wickeln und zu Tode knüppeln. Die Leichname wurden in den Fluss geworfen.

Auch der Krieg war zum Teil Supayalats Werk. Sie war es gewesen, die den großen Staatsrat des Reiches, den *hluttdaw,* wachgerüttelt hatte, als die Briten begonnen hatten, von Rangun aus ihre Forderungen zu stellen. Der König wollte Frieden wahren. Der Kinwun Mingyi, Minister und engster Vertrauter des Königs, war mit einem bewegenden Appell für den Frieden vor den *hluttdaw* getreten, und der König war bereit gewesen, einzulenken. Da hatte sich Supayalat von ihrem Platz erhoben und war langsam in die Mitte des Rates geschritten. Sie hatte sich im fünften Monat ihrer Schwangerschaft befunden und sich sehr bedächtig bewegt. Ihr Gang war langsam und schlurfend gewesen, ihre Füßchen machten winzige Schritte – eine kleine, einsame Gestalt inmitten der Versammlung von turbantragenden Edelmännern.

Der Saal war von Spiegeln gesäumt. Als sie die Mitte des Saales erreicht hatte, schien es, als ob eine ganze Armee von Supalayats um sie herum entstanden wäre. Sie waren überall, auf jeder Glasscherbe. Tausende winziger Frauen, die Hände um die schwellende Mitte geklammert.

Sie war auf den beleibten alten Kinwun Mingyi zugegangen, der breit in seinem Sessel saß. Sie hatte ihm ihren runden Bauch vor die Nase gestreckt und gesagt: »Ihr seid es, Großvater, der Frauenkleider tragen sollte und einen Stein besitzen, um Puder für euer Gesicht damit zu mahlen.« Ihre Stimme war nicht viel mehr als ein Flüstern gewesen, und doch hatte sie den ganzen Saal erfüllt. Und nun war der Krieg vorüber, und er, der König, saß auf dem Balkon eines Gartenpavillons und wartete auf den Besuch von Oberst Sladen, seines Zeichens Unterhändler der britischen Eroberer. Am vorherigen Abend hatte der Oberst nach dem König rufen lassen und ihn in über alle Maßen höflichen und aufs Äußerste gewählten Worten wissen lassen, dass die königliche Familie am folgenden Tag aus Mandalay fortgebracht werde: Seine Majestät würde gut daran tun, die verbleibende Zeit zu nutzen, um die nötigen Vorbereitungen zu treffen.

Seit sieben Jahren hatte der König keinen Fuß vor den Palast gesetzt. Die Gegend um Mandalay hatte er sein ganzes Leben noch niemals verlassen. Welche Vorbereitungen sollte er treffen? Ebenso gut mochte man sich für eine Reise zum Mond rüsten. Der König kannte den Oberst gut. Sladen hatte viele Jahre als britischer Gesandter in Mandalay verbracht und war oft im Palast zu Gast gewesen. Er sprach fließend Birmanisch, und sein Verhalten war stets tadellos, von Zeit zu Zeit fast leutselig, ja geradezu freundschaftlich gewesen. Er brauche mehr Zeit, hatte der König Sladen zu verstehen gegeben, eine Woche, einige Tage. Was spielte das jetzt noch für eine Rolle? Die Briten hatten gesiegt, und er hatte verloren. Was bedeuteten da schon ein oder zwei Tage?

Es war spät am Nachmittag, als Oberst Sladen den Pfad entlanggeschritten kam, der zum Südlichen Gartenpalast führte, einen Kiesweg, der sich zwischen malerischen Tümpeln und Bächlein hindurchschlängelte, in denen sich Goldfische tummelten. Der König behielt Platz, als Oberst Sladen näher trat.

»Wie viel Zeit?«, fragte der König.

Sladen war in voller Montur, an seiner Hüfte baumelte ein Degen. Er verbeugte sich voll Bedauern. Er habe eine lange und ausführliche Unterredung mit seinem befehlshabenden Kommandanten geführt, so erklärte er. Der General habe sein Mitgefühl bekundet, doch habe er seine Befehle und sei an die Verantwortung seines Postens gebunden. Seine Majestät müsse verstehen. Wenn es nach ihm, Sladen, ginge, so schätzte er sich glücklich, Seiner Majestät zu Gefallen zu sein, doch liege die Entscheidung nicht in seinen Händen oder in denen irgendeines anderen …

»Wie viel Zeit also?«

Sladen fasste in seine Rocktasche und zog eine goldene Uhr hervor. »Ungefähr eine Stunde.«

»Eine Stunde! Aber …«

An den Toren des Palastes habe bereits eine Ehrengarde Aufstellung genommen. Seine Majestät werde erwartet.

Der König stutzte. »An welchem Tor?«, fragte er. In seiner Stimme schwang Angst. Jeder einzelne Teil des Palastes war mit Omina und Bedeutungen befrachtet. Der zeremonielle, Glück bringende Eingang zeigte nach Osten. Durch dieses Tor kamen und gingen hohe Besucher und Würdenträger. Jahre über Jahre waren die britischen Gesandten in Mandalay an das bescheidene Westtor verwiesen worden. Dies hatte schon seit ewigen Zeiten Anlass zur Klage gegeben. Über diese und andere Fragen des Protokolls hatte Sladen mit dem Palast unzählige Male gerungen. Würde er nun Rache nehmen, indem er den König dazu nötigte, den Palast durch das Westtor zu verlassen? Der König warf dem Oberst einen beunruhigten Blick zu. Es sei ihm gestattet, den Palast durch das Osttor zu verlassen, beeilte Sladen sich zu versichern. Die Briten hatten beschlossen, im Siege Großmut walten zu lassen.

Sladen sah wieder auf die Uhr. Es blieb nicht mehr viel Zeit, und die Regelung einer äußerst dringlichen Angelegenheit stand noch bevor: die Frage, welche Mitglieder des Hofstaates die königliche Familie ins Exil begleiten sollten.

Während Sladen sich noch mit dem König beriet, waren andere britische Offiziere damit beschäftigt, in einem nahe gelegenen Garten eine Versammlung einzuberufen. Eine große Anzahl von Beschäftigten und Beamten aus dem Palast waren in den Garten bestellt worden, darunter auch die Zofen der Königin und alle anderen Bediensteten, die sich noch auf dem Palastgelände befanden. König Thebaw und Königin Supayalat sahen vom Balkon des Pavillons aus zu.

Die königliche Familie werde verbannt, sagte der Oberst. Sie werde nach Indien ins Exil geschickt, an einen Ort, der noch nicht feststehe. Die britische Regierung wolle ihnen eine Eskorte von Bediensteten und Beratern zugestehen. Man habe den Beschluss gefasst, zu diesem Zweck nach Freiwilligen zu fragen.

Als er zu Ende gesprochen hatte, herrschte Schweigen, gefolgt von verlegenem Hüsteln nach allen Seiten und einem Durcheinander an unbehaglichem Räuspern. Die Menschen scharrten mit den Füßen, senkten die Köpfe und untersuchten geflissentlich ihre Fingernägel. Mächtige *wungyis* warfen einflussreichen *wundauks* verstohlene Seitenblicke zu. Stolze *myowuns* starrten unbehaglich auf das Gras zu ihren Füßen. Viele der versammelten Höflinge kannten kein anderes Zuhause als den Palast, hatten keinen Tag ihres Lebens erlebt, dessen Stunden nicht vom Aufstehen und Zubettgehen des Königs bestimmt waren, hatten niemals eine Welt gekannt, deren Mittelpunkt nicht der neundachige *hti* der Könige von Birma war. Ihr ganzes Leben war allein darauf ausgerichtet, ihrem Monarchen zu dienen. Doch ihre Verpflichtungen banden sie nur so lange an den König, wie er Birma und die Souveränität des birmanischen Volkes verkörperte. Weder waren sie des Königs Freunde noch seine Vertrauten, und es lag nicht in ihrer Macht, das Gewicht seiner Krone zu verringern. Die Bürden der Königswürde waren ganz allein Thebaws Bürden, und die Einsamkeit war keineswegs die geringste von ihnen.

Kein Einziger meldete sich auf Sladens Aufruf; es gab keine Freiwilligen. Der Blick des Königs, das einst heiß begehrte Zeichen des Wohlwollens, glitt ungehindert über die Köpfe seiner Höflinge. Ungerührt sah Thebaw, wie seine engsten Diener ihre Gesichter abkehrten, sich beschämt von ihm abwandten und beflissen an den goldenen *tsaloe*-Schärpen herumnestelten, die ihren Rang bezeichneten.

Dies also war das Hinscheiden der Macht: ein Augenblick klarer Wirklichkeit zwischen dem Schwinden des einen Trugbildes einer Regierungsgewalt und dem Ersatz durch das nächste. Ein Zustand, in dem die Welt sich von ihrem Ankerplatz der Träume losmachte, um die Bahnen des Überlebens und des Selbstschutzes einzuschlagen.

»Es ist gleichgültig, wer mit uns geht und wer bleibt.« Der König wandte sich an Sladen. »Doch Sie müssen uns begleiten, Sladen, denn Sie sind ein alter Freund.«

»Ich bedaure sehr, doch das ist unmöglich, Majestät«, sagte Sladen. »Meine Pflichten verlangen, dass ich hier bleibe.«

Die Königin stand hinter dem Sessel des Königs und bedachte ihren Gemahl mit einem bösen Blick. Für ihn mochte es gut und schön sein, großherzige Gefühle zu zeigen, war sie es doch, die im achten Monat ihrer Schwangerschaft und zudem mit einem schwierigen, von Koliken geplagten Kind belastet war. Wie sollte sie ohne Zofen und Kindermädchen zu Rande kommen? Wer würde die Zweite Prinzessin beruhigen, wenn sie einen ihrer Zornesausbrüche hatte? Sie musterte die Versammlung und ließ ihren Blick schließlich auf Dolly ruhen, die auf dem Rasen hockte und Grashalme flocht.

Dolly sah auf und gewahrte, dass die Königin sie von ihrem Platz auf dem Balkon aus musterte. Sie stieß einen leisen Schrei aus und ließ die Grashalme fallen. War etwas geschehen? Weinte die Prinzessin? Dolly sprang auf und eilte zum Pavillon. Evelyn, Augusta und einige andere Dienerinnen liefen ihr nach.

Sladen atmete erleichtert auf, als die Mädchen die Treppen zum Pavillon heraufgelaufen kamen. Endlich, ein paar Freiwillige!

»Dann werdet ihr mitgehen?«, fragte er, als die Mädchen an ihm vorbeieilten, nur um sich zu vergewissern.

Die Dienerinnen blieben stehen und starrten ihn an. Evelyn lächelte und Augusta begann zu lachen.

Natürlich würden sie mitgehen. Sie waren Waisen. Als Einzige des ganzen Hofstaates hatten sie keinen Ort, wohin sie gehen konnten. Keine Familien, und auch keine Zukunftsaussichten. Was blieb ihnen anderes, als mit dem König und der Königin zu gehen?

Sladen warf den versammelten Höflingen und Bediensteten einen letzten Blick zu. Ob kein anderer anwesend sei, der den König begleiten wolle? Eine einzige, zittrige Stimme bejahte seine Frage. Sie gehörte einem Staatsdiener von fortgeschrittenem Alter, dem Padein Wun. Er würde mitkommen, wenn es ihm erlaubt wäre, seinen Sohn mitzunehmen.

»Wie viel Zeit bleibt uns noch?«

Sladen sah auf die Uhr. »Zehn Minuten.«

Nur noch zehn Minuten.

Der König führte Sladen ins Innere des Pavillons und schloss eine Tür auf. Ein helles Dreieck aus Licht fiel in das dunkle Zimmer und brachte eine goldene Vitrine zum Flimmern, als seien Glühwürmchen in ihr gefangen. In Birma lagen die reichsten Edelsteinminen der Welt, und die Herrscherfamilie war im Besitz vieler wertvoller Steine. Der König hielt inne und ließ seine Hand über die mit Juwelen besetzte Schatulle gleiten, in der er seinen teuersten Schmuck verwahrte, den Ngamauk-Ring. Der Ring war mit dem größten, wertvollsten Rubin besetzt, der je in Birma geschürft worden war. Thebaws Vorfahren hatten Juwelen und Edelsteine gesammelt, als eine Art Zeitvertreib. Und mit Hilfe dieser Schmuckstücke musste er im Exil nun für sich und seine Familie sorgen.

»Oberst Sladen, wie soll das alles befördert werden?«

Sladen beriet sich kurz mit den anderen Offizieren. Es werde für alles Sorge getragen, versicherte er dem König. Der Schatz werde unter Bewachung zum Schiff des Königs gebracht werden. Nun aber sei es an der Zeit aufzubrechen. Die Ehrengarde warte bereits.

Der König verließ den Pavillon, zusammen mit Königin Supayalat. Sie hatten den gewundenen Weg bereits zur Hälfte passiert, als sich die Königin umwandte. Einige Schritte hinter ihr folgten die Prinzessinnen mit den Zofen. Es waren insgesamt achtzehn Mädchen. Sie trugen ihre Habe in Schachteln und Bündeln. Einige hatten Blumen im Haar, und einige hatten sich in ihre schönsten Gewänder gekleidet. Dolly ging neben Evelyn, die die Zweite Prinzessin auf ihrer Hüfte trug. Die zwei Mädchen kicherten unbeschwert, als seien sie auf dem Weg zu einem großen Fest.

Langsam schritt die Prozession durch die langen Gänge des Palastes und vorüber an den verspiegelten Wänden des Audienzsaales, vorbei an den geschulterten Gewehren der Ehrengarde und den zackig salutierenden englischen Offizieren.

Am Osttor warteten zwei Kutschen. Es waren Ochsenkarren, *yethas,* die gewöhnlichsten Gefährte, die auf den Straßen von Mandalay zu finden waren. Der erste Karren war mit einem zeremoniellen Baldachin ausgestattet worden. Gerade als er den Karren besteigen wollte, bemerkte der König, dass sein Baldachin aus sieben Schirmen bestand, der Anzahl, die einem Edelmann zustand, an Stelle der neun, die einem König gebührten.

Er hielt inne und rang nach Luft. Auf diese Weise also hatten die wortgewandten Befehlshaber am Ende Rache genommen, so also hatten sie mit dem Siegesmesser ein letztes Mal in der Wunde gewühlt. Bei der letzten Begegnung mit seinen einstigen Untertanen sollte er in aller Öffentlichkeit gedemütigt werden wie ein unfolgsames Schulkind. Sladen hatte richtig geraten: Dies war von allen Beleidigungen die Thebaw sich hätte vorstellen können, die schmerzhafteste, die unerhörteste.

Die Ochsenkarren, die man ihnen zur Verfügung gestellt hatte, waren klein, und sie boten nicht allen Dienerinnen Platz. So folgten sie den Wagen zu Fuß, eine armselige kleine Prozession von achtzehn wunderschön gekleideten Waisenmädchen, bepackt mit Schachteln und Bündeln.

Hunderte von Soldaten traten zu beiden Seiten der Karren und ihres Gefolges an, um sie zu begleiten. Schwer bewaffnet waren sie gegen jedwede Unruhe gewappnet. Es war kaum anzunehmen, dass die Bewohner von Mandalay still dasitzen würden, während man den König und die Königin in die Verbannung trieb. Gerüchte von geplanten Aufständen und Protestmärschen sowie von verzweifelten Versuchen, die königliche Familie zu befreien, hatten die Runde gemacht.

In den Augen des britischen Oberkommandos war dieser Teil der gefährlichste Moment der gesamten Operation. Viele der Befehlshaber hatten lange Jahre in Indien gedient, und ihnen war noch ein Vorfall aus nicht allzu ferner Vergangenheit im Gedächtnis. In den letzten Tagen des Aufstandes von 1857 war es Major Hodgson gelungen, Bahadur Shah Zafar, den letzten der Moguln, in den Außenbezirken von Delhi gefangen zu nehmen. Der alte, blinde Kaiser hatte sich mit zweien seiner Söhne in die Grabstätte seines Vorfahren Humayun geflüchtet. Als der Major den Kaiser und seine Söhne zurück in die Stadt bringen ließ, hatten sich Unmengen von Menschen an den Straßenrändern versammelt. Die Massen waren immer unruhiger geworden und immer bedrohlicher. Um das Volk unter Kontrolle zu halten, hatte der Major schließlich die Exekution der Prinzen angeordnet. Sie waren vor die Menge gestoßen und vor aller Augen kaltblütig erschossen worden.

Diese Vorfälle lagen nun achtundzwanzig Jahre zurück, und noch immer waren sie lebendige Bestandteile der Gespräche in Offiziersmessen und Clubs. Man hoffte inständig, ein ähnlicher Fall möge nun nicht eintreten, doch sollte es dazu kommen, so wäre die Eskorte des Königs darauf vorbereitet.

Mandalay besaß nicht viele Durchgangsstraßen, die eine Prozession dieser Größenordnung bewältigen konnten. Langsam schoben sich die Ochsenkarren über die breiteren Straßen und bogen schwerfällig um die rechtwinkligen Kurven. Die Wege in der Stadt verliefen zwar geradeaus, sie waren jedoch schmal und unbefestigt. Die staubigen Flächen waren durchzogen von tiefen Furchen, verursacht durch die alljährlichen heftigen Schauer des Monsuns. Die Räder der Ochsenkarren waren aus großen Holzblöcken geschnitzt, und die starren Aufbauten wankten heftig hin und her, als sie sich durch die Mulden pflügten. Die Königin musste sich über ihrem geschwollenen Bauch zusammenkrümmen, um ihn davor zu bewahren, ständig gegen die Wände des Karrens zu stoßen.

Weder die Soldaten noch ihre königlichen Gefangenen kannten den Weg zum Hafen. Schon bald hatte sich die Prozession in dem geometrischen Straßenlabyrinth von Mandalay verlaufen. Sie irrten auf die nördlichen Hügel zu, und als sie ihren Fehler erkannten, war es beinahe schon dunkel. Im Schein ölgetränkter Fackeln wanden sich die Karren zurück durch die Stadt.

Während des hellen Tageslichtes war die Bevölkerung sorgsam darauf bedacht gewesen, sich von den Straßen fern zu halten. Nur von Fenstern und Hausdächern hatten sie beobachtet, wie die Ochsenkarren vorübergezogen waren, in sicherer Entfernung zu den Soldaten mit ihren Bajonetten. Als sich aber die Dämmerung über die Stadt senkte, kamen sie langsam aus ihren Häusern hervor. Von der Dunkelheit ermutigt, schlossen sie sich hie und da in kleinen Gruppen der Prozession an.

Dolly sah winzig aus, als Rajkumar sie entdeckte. Sie ging an der Seite eines großen Soldaten. Auf dem Kopf balancierte sie ein kleines Stoffbündel. Sie machte ein grimmiges Gesicht, und ihr *htamein* war über und über mit Staub bedeckt.

Rajkumar besaß noch ein paar Kleinigkeiten, die er in der vergangenen Nacht aus dem Palast mitgenommen hatte. Schnell lief er zu einem Stand und tauschte sie gegen einige Hand voll Süßigkeiten aus Palmzucker ein. Er wickelte die Süßigkeiten in ein Bananenblatt und verschnürte es zu einem Paket. Dann rannte er zurück. Er holte die Prozession ein, als sie gerade dabei war, die Stadt zu verlassen.

Die britische Flotte lag nur etwa eine Meile entfernt vor Anker, doch es war inzwischen dunkel geworden, und auf den unebenen Wegen kamen alle nur langsam voran. Bei Einbruch der Nacht strömten die Bewohner von Mandalay zu tausenden auf die Straßen. In sicherem Abstand zu den Soldaten und ihren wandernden Fackellichtern begleiteten sie die Prozession.

Rajkumar lief voraus und kletterte auf einen Baum.

Als der erste Ochsenkarren in Sicht kam, gelang es ihm, durch ein winziges Fenster einen Blick auf den König zu werfen. Er saß aufrecht da, die Augen auf einen Punkt vor sich gerichtet, sein Körper schaukelte zu den Bewegungen des schwankenden Wagens.

Langsam schlängelte Rajkumar sich durch die Menge, bis er mit Dolly auf gleicher Höhe war. Er hielt mit ihr Schritt und beobachtete dabei den Soldaten an ihrer Seite. Der Mann wandte einen Moment den Blick ab, um etwas zu einem Kameraden hinter sich zu sagen. Rajkumar nutzte die Gelegenheit. Er hechtete durch die Reihe der Wachen und drückte Dolly das verschnürte Bananenblatt in die Hand.

»Nimm es«, flüsterte er. »Es ist etwas zu essen.«

Mit ungläubigem Erstaunen sah sie ihn an.

»Es ist der *kala*-Junge von gestern.« Evelyn stupste sie an. »Nimm es.«

Rajkumar rannte zurück in die dunklen Schatten. Er war keine zehn Schritte von Dolly entfernt. Im Schutze der Nacht ging er neben ihr her. Sie öffnete das Päckchen und betrachtete die Süßigkeiten. Dann wandte sie sich zu dem Soldaten um, der neben ihr ging, und hielt ihm das knittrige Blatt entgegen. Der Soldat lächelte Dolly an und schüttelte freundlich dankend den Kopf. Der Mann hinter ihm sagte etwas auf Englisch, und sie lachten. Einige der Mädchen, darunter auch Dolly, fielen in ihr Gelächter ein.

Rajkumar war verwundert, ja, wütend. Was tat Dolly da? Warum schenkte sie diese hart erkämpften Leckerbissen gerade jenen Männern, die sie in Gefangenschaft und Verbannung führten? Doch langsam wandelte sich das ursprüngliche Gefühl, betrogen worden zu sein, in Erleichterung, ja in Dankbarkeit. Natürlich, dies war der richtige Weg. Dolly tat genau, was sie tun musste. Was hätte es für einen Sinn für die Mädchen, ihren Groll deutlich zur Schau zu stellen? Wie sollte ihnen Trotz zum Erfolg verhelfen, wenn selbst die Truppen des Königreichs unterlegen waren? Nein, es war viel besser, zu warten und währenddessen zu lächeln. Auf diese Weise würde Dolly am Leben bleiben.

Als sie noch eine halbe Meile vom Hafen entfernt waren, bildeten die Soldaten einen Kordon quer über die Straße, um die Menge zurückzuhalten. Auf der Suche nach einem vorteilhaften Aussichtspunkt kletterten die Menschen auf Bäume und versammelten sich auf den Dächern der Häuser. Völlig unerwartet traf Rajkumar auf Ma Cho, die auf einem Baumstumpf hockte. Sie weinte, und zwischen den Schluchzern erzählte sie jedem, der es hören wollte, von ihrer Begegnung mit der Königin in der vergangenen Nacht.

Sanft streichelte Rajkumar ihr über den Kopf, um sie zu beruhigen. Noch nie zuvor hatte er einen Erwachsenen so sehr weinen sehen. Weswegen schluchzte sie? Er sah auf, als suche er in den Gesichtern der Umstehenden nach einer Antwort. Da merkte er, dass auch viele andere weinten. Er war so sehr damit beschäftigt gewesen, mit Dolly Schritt zu halten, dass er den Menschen um sich herum kaum Beachtung geschenkt hatte. Wohin er auch blickte, jedes einzelne Gesicht um ihn war tränennass.

Rajkumar erkannte einige von denen wieder, die in der vergangenen Nacht bei der Plünderung dabei gewesen waren. Er dachte daran, wie sie die Möbel zerschlagen und die Böden aufgehackt hatten. Und nun waren eben jene Frauen und Männer voll des Kummers und betrauerten den Verlust ihres Königs, und es hatte den Anschein, als schluchzten sie in untröstlichem Gram.

Rajkumar vermochte nicht, diesen Kummer ganz zu begreifen. Er war in vielerlei Beziehung wie ein ungezähmtes Tier. Er wusste nicht, dass an manchen Stellen der Welt Menschen durch unsichtbare Bande miteinander verknüpft sind, allein durch die Personifizierung ihrer gemeinsamen Eigenschaften. Im Bengalen seiner Kindheit waren diese Bande durchtrennt worden durch ein Jahrhundert der Eroberungen und existierten nicht einmal mehr in der Erinnerung. Über Blutsbande, Freundschaft und unmittelbare Zusammenarbeit hinaus kannte Rajkumar keinerlei Loyalität, keine

Verpflichtungen und keine Einschränkungen seines Rechtes auf Selbstständigkeit. Sein Vertrauen und seine Zuneigung bewahrte er sich für jene, die sie sich durch Tat und Wort verdienten. Hatte man sich seine Loyalität erst verdient, dann gab er sie von ganzem Herzen, frei von all jenen unausgesprochenen Bedingungen, mit denen sich die Menschen sonst dagegen wappneten, betrogen zu werden. Auch hierin war er einem Geschöpf nicht unähnlich, das zu seinen wilden Wurzeln zurückgekehrt war. Doch dass es eine Gesamtheit von Loyalität geben sollte, die sich nicht auf ihn und seine unmittelbaren Bedürfnisse bezog – das war für ihn beinahe unbegreiflich.

Ein Raunen ging durch die Menge: Die Gefangenen kamen in Bewegung. Sie kletterten aus den Ochsenkarren und bestiegen ein Schiff. Schnell erklomm Rajkumar einen Baum. Der Fluss war weit entfernt. Alles, was er erkennen konnte, waren ein Dampfschiff und eine Reihe winziger Figuren, die hintereinander über eine Laufplanke gingen. Es war unmöglich, die Menschen auseinander zu halten. Dann erloschen die Lichter des Schiffes, und es verschwand völlig in der Dunkelheit.

Viele Tausende hielten die ganze Nacht lang Wacht. Das Schiff hieß *Thooriya,* die Sonne. Bei Tagesanbruch, als der Himmel über den Hügeln langsam hell wurde, war es verschwunden.

5

Fünf Tage fuhren sie den Irawadi entlang, dann bog die *Thooriya* in der Dunkelheit des späten Abends in den Rangun ein. Das Schiff machte in der Mitte des Stromes fest, ein gutes Stück entfernt vom geschäftigen Hafen der gleichnamigen Stadt.

Mit den ersten Sonnenstrahlen des folgenden Tages begab sich der König an Deck. Er hatte ein vergoldetes Fernglas bei sich. Es stammte aus Frankreich, ein wertvolles Erbstück, das einst seinem Vater, König Mindon, gehört hatte. Der alte König hatte sehr an dem Fernglas gehangen und hatte es stets bei sich getragen, sogar im Audienzsaal.

Der Morgen war kalt, und vom Fluss war dichter Nebel aufgezogen. Als er sich ein wenig lichtete, hob der König das Fernglas an die Augen. Und mit einem Mal lag sie genau vor ihm, ein Anblick, nach dem Thebaw sich sein Leben lang gesehnt hatte: die sich gewaltig auftürmende Shwe-Dagon-Pagode, noch größer als in seiner Vorstellung. Der *hti* ragte, auf einem Bett aus Dunst und Nebel schwebend, himmelwärts und glänzte strahlend in der Morgendämmerung.

Thebaw selbst hatte einst am Bau des *hti* mitgewirkt. Mit seinen eigenen Händen hatte er geholfen, die Spitze zu vergolden, hatte Lage um Lage Blattgold aufgetragen. König Mindon hatte den *hti* in Mandalay gießen lassen. Dann war er auf einer königlichen Barke den Fluss hinunter zur Shwe-Dagon-Pagode gesandt worden. Damals war er, Thebaw, Novize des Klosters gewesen und alle, auch die hochrangigsten Mönche, hatten um die Ehre gewetteifert, an der Erschaffung des *hti* teilzuhaben.

Der König senkte das Fernglas ein wenig und betrachtete das Ufer. Sofort war sein Blickfeld mit einer Vielzahl von Dingen angefüllt: Mauern, Säulen, Kutschen und unzähligen Menschen, die geschäftig hin und her hasteten.

Sein Halbbruder, der Thonzai-Prinz, hatte Thebaw von Rangun erzählt. Obwohl ihr Vorfahre Alaungpaya die Stadt einst gegründet hatte, war es nur wenigen Angehörigen ihrer Dynastie jemals möglich gewesen, Rangun zu besuchen. Bereits vor Thebaws Geburt hatten sich die Briten der Stadt und der Küstenprovinzen von Birma bemächtigt. Damals wurden die Grenzen des Königreiches beinahe den halben Irawadi hinauf zurückgedrängt. Seitdem waren die einzigen Angehörigen der königlichen Familie, die Rangun besuchen konnten, Rebellen und Verbannte, Prinzen, die von den herrschenden Machthabern in Mandalay abgefallen waren.

Auch der Thonzai-Prinz war so einer gewesen. Er hatte sich mit König Mindon entzweit, war flussabwärts geflohen und hatte in der britisch besetzten Stadt Zuflucht genommen. Später dann hatte man ihm verziehen, und er war an den Hof zurückgekehrt. Bei seiner Rückkehr nach Mandalay war der Prinz mit Fragen belagert worden. Jedermann wollte etwas über Rangun wissen. Damals war Thebaw Mitte zwanzig gewesen, und er hatte gespannt gelauscht, als der Prinz die Schiffe beschrieben hatte, die es auf dem Rangun zu sehen gab: chinesische Dschunken, arabische Dhaus, Sampans aus Chittagong, amerikanische Klipper und britische Passagierschiffe. Er hatte von der berühmten Uferpromenade gehört, mit ihren großartigen, säulenverzierten Herrenhäusern, den vielfältigen Gebäuden, den Banken und Hotels, von Godwins Werft und den Lagerhäusern, von den Sägewerken, die den Hafen von Pazundaung säumten, von den breiten Straßen und den wogenden Menschenmengen und den Fremden, die sich auf den öffentlichen Plätzen drängten: Engländer, Iren, Tamilen, Amerikaner, Malaien, Bengalen, Chinesen.

Eine Geschichte, die der Thonzai-Prinz zu erzählen pflegte, handelte von Bahadur Shah Zafar, dem letzten Kaiser der Mogul-Dynastie. Nach der Unterdrückung des Aufstandes von 1857 hatten die Briten den abgesetzten Kaiser in die Verbannung nach Rangun geschickt. Er hatte in einem kleinen Haus nahe der Shwe-Dagon-Pagode gelebt. Eines Nachts hatte sich der Prinz mit einigen Freunden davongeschlichen, um einen Blick auf das Haus des Kaisers zu werfen. Der Mann saß auf seiner Veranda und spielte mit seinen Perlen. Er war blind und sehr alt. Der Prinz und seine Freunde wollten ihn ansprechen, doch in letzter Sekunde hatten sie es sich anders überlegt. Was konnte man schon zu so einem Mann sagen?

Der Prinz hatte erzählt, in Rangun gebe es eine Straße mit Namen Mughal Street, die nach dem alten Kaiser benannt sei. Dort lebten viele Inder. Der Prinz hatte auch behauptet, in Rangun seien mehr Inder als Birmanen zu Hause. Die Briten hatten die Inder in großer Zahl nach Rangun gebracht, damit sie auf den Docks und in den Sägewerken arbeiteten, als Rikscha-Zieher und um die Latrinen zu leeren. Sie behaupteten, für diese Arbeit hätten sich keine Einheimischen gefunden. Und in der Tat, wieso sollten die Birmanen derlei Arbeit verrichten? Armut existierte hier nicht, niemand musste hungern, jedermann konnte lesen und schreiben, und Land war umsonst zu haben. Warum also sollten sie Rikschas ziehen und Kloaken säubern?

Der König hob erneut das Fernglas an die Augen und machte unzählige Inder am Ufer aus. Welch gewaltige, welch unvorstellbare Macht das war, die Menschen in so riesiger Zahl von einem Ort an einen anderen zu verfrachten vermochte – Kaiser, Könige, Bauern, Arbeiter, Soldaten, Kulis, Polizisten. Wieso? Wozu dieser rasende

Umtrieb? Menschen, von hier nach dort gebracht, um Rikschas zu ziehen, um blind in der Verbannung zu sitzen.

Und wohin würde sein Volk gehen, nun, da es Teil dieses Empires geworden war? Es würde seinen Untertanen nicht gefallen, so herumzuziehen. Die Birmanen waren kein bewegliches Volk. Das wusste Thebaw sehr gut aus eigener Erfahrung. Er hatte niemals irgendwohin gehen wollen. Und doch war er nun hier, auf dem Weg nach Indien.

Er wandte sich ab, um wieder unter Deck zu gehen. Er blieb nur ungern länger aus seiner Kabine fort. Viele seiner Wertsachen waren bereits verschwunden und einiges davon gleich an jenem ersten Tag, als die englischen Offiziere sie aus dem Palast auf die *Thooriya* geleitet hatten. Er hatte sich nach den vermissten Gegenständen erkundigt, und die Offiziere waren sehr förmlich geworden. Sie fühlten sich angegriffen und sprachen davon, eine Untersuchungskommission einzusetzen. Da war ihm klar geworden, dass sie trotz ihres hochmütigen Gebarens und ihrer prächtigen Uniformen kein bisschen über gemeinen Diebstahl erhaben waren.

Das Seltsame daran war, dass er ihnen mit Freuden etwas von seinem Flitterzeug geschenkt hätte, wenn sie ihn nur darum gebeten hätten. Und zudem wären es wahrscheinlich wertvollere Dinge gewesen als jene, die sie genommen hatten. Denn was verstanden sie schon von Edelsteinen? Selbst sein Rubinring war verschwunden. Die anderen Dinge bedeuteten ihm nicht allzu viel, sie waren nichts weiter als Zierrat, doch um den Ngamauk-Ring tat es ihm aufrichtig Leid.

Sie hätten ihm den Ngamauk lassen sollen.

Bei der Ankunft in Madras brachte man König Thebaw und sein Gefolge zu dem Anwesen, das man ihnen für die Dauer des Aufenthaltes in der Stadt zur Verfügung stellen wollte. Es war ein großes, luxuriöses Haus, doch es hatte etwas Bedrückendes an sich. Vielleicht lag es an den britischen Soldaten, die mit grimmigem Blick das Tor bewachten, oder vielleicht hatte es etwas mit den Horden Schaulustiger zu tun, die sich Tag für Tag an den Gartenmauern versammelten. Was auch immer es sein mochte, keines der Mädchen fühlte sich dort zu Hause.

Mr. Cox nötigte die Mitglieder des Haushaltes oft, hinauszugehen und in den weitläufigen, gepflegten Gärten zu spazieren. Mr. Cox war der englische Polizist, der sie auf der Reise von Rangun nach Madras begleitet hatte und der sehr gut Birmanisch sprach. Folgsam gingen Dolly, Evelyn und Augusta dann einige Male um das Haus herum, doch sie waren jedes Mal froh, wenn sie die Türen wieder hinter sich schließen konnten.

Merkwürdiges begann sich zu ereignen. Aus Mandalay erreichte sie die Nachricht, der königliche Elefant sei gestorben. Es war ein weißer Elefant, und er war stets derart verwöhnt worden, dass man ihn sogar mit menschlicher Milch aufgezogen hatte. Stillende Mütter hatten vor ihm gestanden und ihre Blusen abgelegt. Jedermann hatte gewusst, dass der Elefant den Sturz der Dynastie nicht lange überleben würde. Doch wer hätte gedacht, dass er so schnell sterben würde? Es war ein Zeichen. Das Haus König Thebaws war in Dunkelheit versunken.

Der König entwickelte eine unerklärliche Vorliebe für Schweinefleisch. Bald schon verschlang er Unmengen Speck und Schinken. Eines Tages aß er zu viel, und er wurde krank. Ein Arzt mit lederner Tasche erschien und stampfte mit seinen Stiefeln durchs Haus. Die Mädchen mussten ihm nachgehen und den Boden aufwischen. In jener Nacht tat niemand ein Auge zu.

Eines Morgens lief Apodaw Mahta hinaus und kletterte auf einen Baum. Apodaw Mahta war eine betagte Frau, die über die Kindermädchen der Königin die Oberaufsicht hatte. Die Königin schickte nach den Zofen. Sie sollten sie dazu bewegen, von dem Baum herunterzusteigen. Die Mädchen verbrachten eine geschlagene Stunde unter dem Baum. Apodaw Mahta schenkte ihnen keine Beachtung.

Die Königin rief die Kindermädchen zurück und schickte Dolly und andere Mädchen hinaus, um mit Apodaw Mahta zu reden. Der Baum ihrer Wahl war ein Zedrachbaum mit dichtem Laubwerk. Die Mädchen standen um den Stamm versammelt und blickten hinauf. Apodaw Mahta hatte sich in eine Astgabel gezwängt.

»Komm herunter«, riefen die Mädchen. »Es wird bald dunkel.«

»Nein.«

»Wieso nicht?«

»In meinem letzten Leben war ich ein Eichhörnchen. Ich erinnere mich an diesen Baum. Genau hier will ich bleiben.«

Apodaw Mahta hatte einen Spitzbauch und Warzen im Gesicht. »Sie sieht eher nach einer Kröte aus als nach einem Eichhörnchen«, flüsterte Evelyn. Die Mädchen brachen in schallendes Gelächter aus und rannten ins Haus.

Dann ging U Maung Gyi, der Dolmetscher, zu ihr hinaus und drohte mit der Faust. Der König würde aus seinen Gemächern herunterkommen, und er würde einen Stock mitbringen, um sie zu verprügeln. Daraufhin kletterte Apodaw Mahta eilig von ihrem Baum hinab. Sie hatte sehr lange im Palast von Mandalay gelebt, und die bloße Erwähnung des Königs ließ sie erzittern.

Dabei hätte jedermann ihr sagen können, dass es höchst unwahrscheinlich war, dass der König hinaus in den Garten gelaufen komme, um sie mit einem Stock zu schlagen. Seit sie in Madras angekommen waren, hatte er nicht einen Fuß vor die Tür gesetzt. Irgendwann ganz zu Beginn ihres Aufenthaltes in dem Haus hatte er einmal den Wunsch geäußert, das Museum von Madras zu besuchen. Diese Bitte hatte Mr. Cox sehr erstaunt aufgenommen und ziemlich heftig abgelehnt. Seitdem hatte der König sich wie aus Protest geweigert, das Haus zu verlassen.

Wie er so dasaß, tagein, tagaus, ohne etwas zu tun zu haben, entwickelte Thebaw sonderbare Launen. Er beschloss, zu Ehren der Geburt seines nächsten Kindes einen riesigen goldenen Teller anfertigen zu lassen. Der Teller sollte mehrere Pfund wiegen und mit einhundertfünfzig seiner wertvollsten Rubine besetzt werden. Um ihn zu bezahlen, begann der König, seine Habseligkeiten zu verkaufen. Die tamilischen Hausangestellten fungierten dabei als Boten.

Doch Mr. Cox hatte Spitzel unter den Angestellten, und so fand er bald heraus, was vor sich ging. Er war außer sich. Der König verschwende seine Reichtümer, sagte er, und, noch schlimmer, er lasse sich betrügen. Die Bediensteten verkauften seine Sachen für einen Bruchteil ihres wahren Wertes.

Der König wurde noch geheimnistuerischer in seinen Geschäften. Er händigte Dolly und Evelyn wertvolle Juwelen aus und beauftragte sie mit deren Verkauf. Das Ergebnis war, dass er noch weniger dafür bekam. Es war unvermeidlich, dass die Engländer ihm mit Hilfe ihrer Spitzel erneut auf die Schliche kamen.

Sie erklärten, der König sei nicht in der Lage, mit Geld umzugehen und erließen eine Verordnung, mit der sie sich die wertvollsten Besitztümer der königlichen Familie aneigneten.

Rebellische Stille senkte sich über das Haus. Dolly bemerkte sonderbare kleine Veränderungen an Evelyn und Augusta und ihren anderen Freundinnen. Ihre *shikos* wurden oberflächlich. Sie fingen an, sich über ihre wunden Knie zu beklagen und weigerten sich, stundenlang auf allen Vieren zu verharren, während sie auf die Befehle der Königin warteten. Manchmal geschah es sogar, dass sie ihrer Gebieterin böse Blicke zuwarfen, wenn sie die Mädchen wieder einmal anschrie.

Eines Nachts erwachte die Königin, weil sie durstig war, und sie entdeckte, dass all ihre Zofen neben ihrem Bett lagen und schliefen. Sie war so zornig, das sie eine Lampe gegen die Wand schleuderte und Evelyn und Mary schlug.

Evelyn war sehr aufgebracht. Sie sagte zu Dolly: »Sie können uns nicht länger prügeln und schlagen, und wenn wir nicht wollen, müssen wir nicht hier bleiben.«

»Woher weißt du das?«, fragte Dolly.

»Das hat Mr. Cox gesagt. Er sagt, in Mandalay waren wir Sklaven, aber hier sind wir frei.«

»Aber wir sind doch Gefangene.«

»Wir nicht«, erklärte Evelyn, »nur Min und Mebya.« Damit meinte sie den König und die Königin. Dolly dachte eine Zeit lang darüber nach. »Und was ist mit den Prinzessinnen?«

Jetzt war es an Evelyn, nachzudenken.

»Ja«, sagte sie schließlich. »Die Prinzessinnen sind auch Gefangene.«

Damit war die Sache für Dolly entschieden. Wo die Prinzessinnen waren, da würde auch sie sein. Sie konnte sich nicht vorstellen, was man ohne sie anfangen würde.

Eines Morgens erschien ein Mann am Gartentor und sagte, er sei aus Birma gekommen, um seine Frau nach Hause zu holen. Es handelte sich um Taungzin Minthami, eine der Lieblingskinderfrauen der Königin. Sie hatte ihre Kinder in Birma zurückgelassen und litt unter schrecklichem Heimweh. Sie beschloss, mit ihrem Mann zu gehen.

Dieser Vorfall erinnerte sie alle an das, was sie versucht hatten zu vergessen, dass sie – wäre es nach ihnen gegangen – wohl alle nach Hause gehen würden, dass niemand von ihnen aus freien Stücken hier war. Aus Sorge, dass all ihre Mädchen sie verlassen würden, fing die Königin an, ihren Lieblingen Geschenke zu machen. Dolly gehörte zu den Glücklichen, nicht aber Evelyn oder Augusta. Sie wurden nicht bedacht.

Die beiden Mädchen waren zornig, weil die Königin sie übergangen hatte, und sie fingen an, in deren Hörweite höhnische Bemerkungen zu machen. Die Königin sprach mit dem Padein Wun. Darauf sperrte er sich mit den beiden in einem Zimmer ein, schlug sie und riss ihnen büschelweise die Haare aus. Doch anstatt sie einzuschüchtern, machte das die Mädchen nur noch widerspenstiger. Am folgenden Morgen weigerten sie sich, der Königin aufzuwarten.

Der Königin wurde klar, dass die Dinge bereits zu weit fortgeschritten waren. Sie bestellte Mr. Cox zu sich und ließ ihn wissen, dass sie sieben der Mädchen nach Birma zurückschicken wolle. Sie würde sich mit ortsansässigem Personal behelfen.

Als der Entschluss erst gefasst war, gab es keine Möglichkeit mehr, die Königin umzustimmen. Schon in der folgenden Woche reisten die sieben Mädchen ab: Evelyn, Augusta, Mary, Wahtau, Nan Pau, Minlwin und Hemau, die Dolly von allen altersmäßig am nächsten stand. Dolly hatte die Mädchen immer als ihre älteren Schwestern, als ihre Familie betrachtet. Sie wusste, dass sie keine von ihnen je wieder sehen würde. Am Morgen der Abreise sperrte sie sich in ihrem Zimmer ein und weigerte sich, herauszukommen. Sie wollte nicht einmal sehen, wie die Kutsche zum Tor hinausfuhr. U Maung Gyi, der Dolmetscher, brachte die Mädchen zum Hafen. Als er zurückkehrte, berichtete er, alle hätten geweint, als sie das Schiff bestiegen hätten.

Man stellte eine Anzahl neuer Dienerinnen und *ayahs* ein, die alle aus Madras stammten. Dolly war nun beinahe die letzte verbliebene Angehörige des ursprünglichen Hofstaates aus Mandalay. Es fiel ihr zu, die Neuen in die Eigenheiten des Haushaltes einzuweihen.

Zu ihr kamen die neuen *ayahs* und Zofen, wenn sie wissen wollten, wie man die Dinge im Glaspalast gehandhabt hatte. Dolly war es, die den neuen Mitgliedern des Hofstaates beibringen musste, wie sie den *shiko* zu zelebrieren hatten und wie man sich auf Händen und Knien um das Bett der Königin bewegte. Zu Beginn war es sehr schwer für Dolly, denn sie wusste nicht, wie sie sich verständlich machen sollte. Sie erklärte alle Einzelheiten aufs Allerhöflichste, doch die Einheimischen verstanden sie nicht, und so fing Dolly an, immer lauter zu schreien, bis alle um sie total verängstigt waren. Die neuen Bediensteten fingen an, Dinge umzuwerfen, Stühle zu zerbrechen und Tische umzustürzen.

Allmählich lernte sie einige Wörter Tamil und Hindustani. Das machte ihr die Arbeit mit den Einheimischen etwas leichter, doch sie erschienen ihr noch immer seltsam unbeholfen und unfähig. Von Zeit zu Zeit brach sie in unfreiwilliges Gelächter aus – zum Beispiel wenn sie beobachtete, wie sie ihre *shikos* übten – mit wedelnden Ellenbogen und zum Zerreißen gespannten Saris. Oder wenn sie ihnen zusah, wie sie gereizt schnaufend auf ihren Knien herumrutschten oder sich in ihren Kleidern verfingen und dann mitten aufs Gesicht fielen. Dolly konnte nie verstehen, warum es ihnen so schwer fiel, sich auf Händen und Knien fortzubewegen. Ihr erschien es viel einfacher, als jedes Mal aufzustehen, wenn man etwas verrichten wollte. Auf diese Weise war es viel erholsamer. Wenn man gerade nichts Bestimmtes zu tun hatte, konnte man sich zurück auf seine Fersen setzen und entspannen. Den neuen *ayahs* aber fiel dies ungeheuer schwer. Man konnte sie auf keinen Fall damit betrauen, der Königin ein Tablett zu bringen. Entweder verschütteten sie bei dem Versuch, den Raum zu durchqueren, alles, womit es beladen war, oder sie krochen derart langsam vorwärts, dass sie für den Weg von der Tür zum Bett eine halbe Stunde brauchten. Die Königin wurde sehr ungeduldig, wenn sie auf der Seite lag und zusah, wie ihr Glas mit Wasser sich durch den Raum bewegte, als würde es von einer Schnecke getragen. Ab und zu schrie sie ihre Dienerinnen dann an, und das war noch schlimmer, denn dann verlor die verängstigte *ayah* das Gleichgewicht und stürzte mitsamt dem Tablett und allem, was darauf war, und die ganze Prozedur begann von vorn.

Natürlich wäre all das um vieles leichter gewesen, hätte die Königin nicht strikt auf Einhaltung all der alten Verhaltensweisen aus Mandalay – den *shikos,* dem Kriechen – bestanden, doch von Veränderungen wollte Supayalat nichts wissen. Sie war die Königin von Birma, und wenn sie nicht darauf bestand, ihrem Stande gemäß behandelt zu werden, wie konnte sie dann von denen um sie herum erwarten, dass sie ihr Gerechtigkeit widerfahren ließen?

Eines Tages verursachte U Maung Gyi einen unglaublichen Skandal. Eine der Kinderfrauen fand ihn in Gesellschaft einer anderen Kinderfrau mit hochgeschobenem *longyi* auf dem Fußboden der Kinderstube. Anstatt beschämt davonzueilen, griff er die Entdeckerin an und schlug auf sie ein. Er jagte sie den ganzen Gang hinunter, bis hinein in das Privatgemach des Königs.

Der König saß an seinem Tisch und rollte eine Zigarre. Gerade als sich die Kinderfrau in das Zimmer flüchtete, versetzte U Maung Gyi ihr einen Stoß. Sie stolperte und hielt sich am Tischtuch fest. Was auf dem Tisch gewesen war, flog in hohem Bogen durch die Luft. Alles war voll Tabak. Der König fing an zu niesen und nieste und nieste, wie es schien, stundenlang. Als er schließlich wieder aufhörte, war er wütender, als man ihn jemals zuvor gesehen hatte. Weitere Abreisen waren die Folge dieses Vorfalls.

Da die erste Kinderfrau sich für ein Eichhörnchen hielt und eine weitere die Rückreise nach Birma angetreten hatte, blieben der Königin nur mehr wenige Kinderfrauen, auf die sie sich verlassen konnte. Sie beschloss, eine englische Hebamme einzustellen. Mr. Cox war behilflich und machte Mrs. Wright ausfindig. Sie schien angenehm und ausreichend freundlich zu sein, doch ihre Ankunft verursachte Schwierigkeiten anderer Art. Sie weigerte sich, den *shiko* zu machen und wollte der Königin auch keineswegs auf Händen und Knien aufwarten. Die Königin wandte sich an Mr. Cox, doch der Engländer stellte sich auf Mrs. Wrights Seite. Sie könne sich verbeugen, so sagte er, aus der Hüfte heraus, doch brauche sie den *shiko* nicht zu machen und ganz sicherlich würde sie nicht kriechen. Schließlich sei sie Engländerin.

Die Königin nahm diese Vereinbarung hin, doch trug dies nicht gerade dazu bei, Mrs. Wright die Gunst der Königin einzutragen. Supayalat verließ sich mehr und mehr auf die Dienste eines birmanischen Masseurs und Friseurs, der sich auf irgendeine Weise dem königlichen Gefolge angeschlossen hatte. Seine Hände vollbrachten wahre Wunder, und es gelang ihm, die Schmerzen aus dem Körper der Königin zu vertreiben. Das aber kam dem englischen Arzt zu Ohren, der über das Wohlergehen der Königin wachte. Er regte sich fürchterlich auf und verkündete, die Machenschaften des Masseurs seien ein Angriff auf die medizinische Wissenschaft. Er behauptete, der Mann berühre die Königin an unsittlichen Stellen. Die Königin erklärte ihn für verrückt und weigerte sich, ihren Masseur zu entlassen. Der Arzt seinerseits rächte sich, indem er sich weigerte, sie weiterhin zu behandeln.

Glücklicherweise war die Niederkunft kurz, und die Geburt ging schnell und verlief ohne Komplikationen. Das Kind war ein Mädchen, und man nannte sie Ashin Hteik Su Myat Paya. Jedermann war unruhig, weil alle wussten, wie sehr sich die Königin einen Sohn gewünscht hatte. Die Königin aber versetzte sie alle in Erstaunen. Sie verkündete, wie froh sie sei; ein Mädchen sei besser in der Lage, den Schmerz der Verbannung zu ertragen.

Für eine Weile wurde Mandalay zur Geisterstadt.

Nach der Invasion waren viele Soldaten des Königs mitsamt ihren Waffen aufs Land geflohen. Sie begannen, auf eigene Faust zu handeln. Manchmal tauchten sie nachts unvermittelt in der Stadt auf und griffen ihre Besatzer an. Als Antwort auf diese Attacken verstärkten die Invasoren den eisernen Griff, mit dem sie die Stadt umklammert hielten. Es kam zu Razzien, zu Exekutionen, Menschen wurden gehängt. Gewehrschüsse hallten durch die Straßen. Die Bewohner verbarrikadierten sich in ihren Häusern und hielten sich von den Basaren fern. Ganze Tage vergingen, ohne dass Ma Cho auch nur einen einzigen Gast zu Gesicht bekam, für den sie ihr Feuer hätte schüren können.

Eines Nachts wurde in die Garküche eingebrochen. Gemeinsam gelang es Rajkumar und Ma Cho, die Eindringlinge zu vertreiben, doch nicht rechtzeitig genug, um erheblichen Schaden zu verhindern. Ma Cho zündete eine Lampe an und sah sich um. Beinahe all ihre Schüsseln, Töpfe, Pfannen und Küchengerätschaften waren entweder zerschlagen oder gestohlen. Sie stieß einen herzerweichenden Schluchzer aus. »Was soll ich nur tun? Wo soll ich jetzt hin?«

Rajkumar hockte sich neben sie. »Warum sprichst du nicht mit Saya John?«, schlug er vor. »Vielleicht kann er dir helfen.«

Unter Tränen schnaubte Ma Cho verächtlich. »Sprich mir nicht von Saya John. Was taugt schon ein Mann, der nie da ist, wenn man ihn braucht?« Sie bedeckte das Gesicht mit den Händen und begann aufs Neue zu schluchzen.

Eine Welle der Zärtlichkeit stieg in Rajkumar auf. »Weine doch nicht, Ma Cho.« Ungeschickt streichelte er über ihren Kopf und kämmte mit seinen Fingernägeln ihre Locken. »Hör auf, Ma Cho, hör auf.«

Sie seufzte aus tiefster Seele und richtete sich auf. »Schon gut«, sagte sie barsch. »Es ist nichts.« Im Dunkeln tastete sie nach seinem *longyi* und beugte sich vor, um sich die Tränen aus dem Gesicht zu wischen.

Schon oft hatten Ma Chos Tränenausbrüche auf diese Art geendet, indem sie mit dem Stoff seiner Kleidung ihre Tränen getrocknet hatte. Doch als ihre Finger diesmal die losen Falten umklammerten, weckte das Reiben des groben Stoffes in Rajkumar ein völlig neues Gefühl. Er spürte, wie tief in seinem Inneren ein heißes Glühen entfacht wurde, und dann, ohne sein Zutun, drängte sich, als sie ihren Griff verstärkte, sein Becken nach vorn, ihren Fingern entgegen. Ohne eine Ahnung von seinem inneren Aufruhr fuhr sich Ma Cho mit einer Hand voll Stoff langsam über das Gesicht. Sie streichelte über ihre Wangen, beklopfte sanft die Falten um ihren Mund und tupfte dann ihre feuchten Augen trocken. Schwankend stand Rajkumar ganz nahe bei ihr und bewegte die Hüften, um mit ihrer Hand Schritt zu halten. Erst, als sie die Spitze des Bündels zwischen ihre geöffneten Lippen nahm, verriet ihn der Stoff. Durch die feuchten, aneinander klebenden Falten hindurch spürte sie, wie etwas Wohlvertrautes, Hartes ihre weichen Mundwinkel berührte. Mit einem Mal war sie hellwach. Ihre Hand schloss sich fester um das Bündel, und sie kniff forschend hinein. Rajkumar keuchte und wölbte den Rücken.

»Oh«, brummte sie. Dann flog die andere Hand mit überraschender Geschicklichkeit hinauf zum Knoten seines *longyi* und zerrte daran, bis er sich löste. Ma Cho zog Rajkumar hinab auf die Knie. Sie spreizte die Beine und zog ihn auf Knien zu ihrem Schemel heran. Rajkumars Stirn lehnte an ihrer Wange. Seine Nasenspitze stieß tief in die Höhle unter ihrem Oberkiefer. Er atmete den Geruch von Kurkuma und Zwiebeln ein, der aus der Spalte zwischen ihren Brüsten aufstieg. Und dann zuckte blendende Helligkeit vor seinen Augen, und sein Kopf wurde weit zurückgezerrt, gezogen von einem krampfhaften Beben in seinem Rückgrat.

Jäh stieß Ma Cho ihn mit einem Ausruf des Abscheus von sich. »Was tue ich?«, rief sie. »Was tue ich mit diesem Jungen, diesem Kind, diesem schwachköpfigen *kala?*« Sie schubste ihn zur Seite, kletterte ihre Leiter hinauf und verschwand in ihrer Kammer.

Es dauerte eine Weile, bis Rajkumar den Mut fand, etwas zu sagen. »Ma Cho?«, rief er mit dünner, zittriger Stimme zu ihr hinauf. »Bist du böse?«

»Nein«, bellte es von oben herab. »Ich bin nicht böse. Ich will, dass du Ma Cho vergisst und dich schlafen legst. Du musst an deine eigene Zukunft denken.«

Sie verloren kein einziges Wort über die Geschehnisse dieser Nacht. Im Laufe der folgenden Tage bekam Rajkumar Ma Cho nur selten zu Gesicht. Sie verschwand früh am Morgen und kehrte erst spät in der Nacht zurück. Dann, eines Morgens, erwachte Rajkumar, und er wusste, dass sie diesmal endgültig fort war. Zum ersten Mal kletterte er die Leiter zu ihrer Kammer hinauf. Das Einzige, was er dort fand, war ein neuer, blauer *longyi,* der zusammengefaltet mitten im Raum auf dem Boden lag. Den hatte sie für ihn zurückgelassen, das wusste er.

Was sollte er nun tun? Wohin sollte er gehen? Er hatte immer angenommen, er würde irgendwann auf den Sampan zurückkehren und sich seinen Kameraden wieder anschließen. Doch als er an sein Leben auf dem Boot zurückdachte, da wurde ihm klar, dass er nicht zurückgehen würde. Hier in Mandalay hatte er zu viel erlebt, und zu viele neue Wünsche waren in ihm zum Leben erwacht.

Während der vergangenen Wochen hatte er oft darüber nachgedacht, was Matthew, Saya Johns Sohn, gesagt hatte – dass Teakholz der Grund für die britische Invasion gewesen war. Kein anderes Detail wäre besser geeignet gewesen, sich in einem Kopf wie dem von

Rajkumar einzunisten – er, der gleichermaßen wissensdurstig wie habgierig war. Wenn die Briten bereit waren, wegen einiger Baumstämme Krieg zu führen, dann nur, weil sie eine Ahnung von einem versteckten Reichtum hatten, dessen Geheimnis im Wald verborgen lag. Welche Reichtümer genau, das wusste er nicht, und Rajkumar war klar, dass er es nur auf eigene Faust herausfinden konnte.

Während er darüber grübelte, entfernte er sich mit eiligen Schritten vom Basar. Schließlich blieb Rajkumar stehen und fasste seine Umgebung ins Auge, um herauszufinden, wo er sich befand. Er sah, dass er vor der weiß getünchten Fassade der baptistischen Missionskirche stand. Er beschloss, dort etwas zu verweilen, und ging erst einmal und dann noch einmal langsam an der Kirche vorbei. Er umkreiste das Gebäude und wartete. Und wirklich, es war etwa eine Stunde vergangen, da entdeckte er Saya John. Hand in Hand mit seinem Sohn Matthew ging er auf die Kirche zu.

»Saya.«

»Rajkumar!«

Als er Saya John aber von Angesicht zu Angesicht gegenüberstand, ließ Rajkumar bestürzt den Kopf hängen. Wie sollte er ihm jemals von Ma Cho erzählen, wo er selbst es doch gewesen war, der Saya John Hörner aufgesetzt hatte?

Saya John ergriff zuerst das Wort: »Ist etwas mit Ma Cho?«

Rajkumar nickte.

»Was ist geschehen? Ist sie fort?«

»Ja, Saya.«

Saya John seufzte und rollte die Augen gen Himmel. »Vielleicht ist es das Beste«, sagte er. »Ich glaube, es ist ein Zeichen für diesen Sünder, endlich enthaltsam zu werden.«

»Saya?«

»Ach nichts. Und du, was wirst du jetzt tun, Rajkumar? Wirst du mit deinem Boot nach Indien zurücksegeln?«

»Nein, Saya.« Rajkumar schüttelte den Kopf. »Ich will hier bleiben, in Birma.«

»Und wie wirst du deinen Lebensunterhalt bestreiten?«

»Saya, du hast gesagt, wann immer ich Arbeit brauche, soll ich zu dir kommen. Saya?«

Eines Morgens las der König in der Zeitung, der Vizekönig befinde sich auf dem Weg nach Madras. Aufs Äußerste erregt schickte er nach Mr. Cox.

»Wird der Vizekönig uns einen Besuch abstatten?«, fragte er.

Mr. Cox schüttelte den Kopf. »Von solchen Plänen ist mir nichts bekannt, Hoheit.«

»Aber das Protokoll verlangt es. Die Könige von Birma sind jenen von Siam und Kambodscha und den Kaisern von China und Japan ebenbürtig.«

»Ich bedaure, Hoheit, doch es ist wohl zu spät, um die Pläne des Vizekönigs zu ändern.«

»Aber wir müssen ihn sehen, Mr. Cox.«

»Die Zeit des Vizekönigs ist bereits ausgefüllt. Ich bedaure.«

»Aber wir wünschen zu erfahren, was die Regierung mit uns zu tun gedenkt. Als wir hierher kamen, sagte man uns, dies sei nicht unsere endgültige Residenz. Wir sind begierig zu erfahren, wo wir leben sollen und wann wir dorthin reisen werden.«

Mr. Cox verließ den König und kehrte einige Tage später zurück. »Hoheit«, sagte er, »ich schätze mich glücklich, Euch die Mitteilung machen zu können, dass man in der Angelegenheit einer endgültigen Residenz für Euch und Eure Familie nun endlich eine Lösung gefunden hat.«

»Oh«, sagte der König. »Und wo wird die Residenz sein?«

»Es handelt sich um einen Ort mit Namen Ratnagiri.«

»Wie bitte?« Der König sah ihn ratlos an. »Wo ist das?«

»Etwa einhundertzwanzig Meilen südlich von Bombay. Ein wunderbarer Ort mit einer herrlichen Aussicht auf das Meer.«

Der König ließ sich eine Landkarte bringen und bat Mr. Cox, ihm zu zeigen, wo Ratnagiri lag. Mr. Cox deutete auf eine Stelle irgendwo zwischen Bombay und Goa. Die Tatsache, dass der Ort zu unbedeutend war, um auf der Landkarte verzeichnet zu sein, beunruhigte den König zutiefst.

»Aber wir würden es bevorzugen, in einer Stadt zu leben, Mr. Cox. Hier in Madras. Oder in Bombay. Oder in Kalkutta. Was sollen wir in so einem winzigen Dorf anfangen?«

»Ratnagiri ist Hauptstadt eines Verwaltungsbezirks, Hoheit. Es handelt sich keineswegs um ein Dorf.«

»Für wie lange sollen wir dort bleiben? Wann wird es uns erlaubt sein, nach Birma zurückzukehren?«

Nun war es Mr. Cox, der ratlos dreinblickte. Es war ihm nie in den Sinn gekommen, der König hege noch immer die Hoffnung, nach Birma zurückzukehren.

Seiner unwirschen Art zum Trotz war Mr. Cox ein weichherziger Mann.

»Hoheit«, sagte er mit ruhiger, freundlicher Stimme. »Ihr müsst darauf gefasst sein, eine Zeit lang in Ratnagiri zu verweilen, eine ganze Weile, fürchte ich. Womöglich …«

»Womöglich für immer?«

»Das habe ich nicht gesagt«, sagte Mr. Cox verlegen hüstelnd. »Keineswegs. Das habe ich nicht gesagt. Darauf muss ich bestehen, das waren nicht meine Worte.«

Der König erhob sich unvermittelt und begab sich in sein Gemach, aus dem er mehrere Tage lang nicht mehr hervorkam.

Einen Monat später verließen sie Madras auf einem Dampfschiff mit Namen *Clive*. Die Reise unterschied sich sehr von der vorherigen. Sie segelten an der Küste entlang, das Ufer beinahe immer in Sichtweite. Sie passierten die Palkstraße, zu ihrer Linken die Nordspitze von Ceylon und zu ihrer Rechten Kap Komorin, den südlichsten Punkt Indiens.

Vier Tage nachdem sie Madras verlassen hatten, steuerte die *Clive* in eine weite, sonnendurchflutete Bucht. Sie war zu beiden Seiten von Klippen gesäumt, dazwischen lagen ein breiter, geschwungener Strand und ein gewundener Flusslauf. Die Stadt selbst lag auf einem Hügel oberhalb der Bucht, der jedoch so dicht mit Kokospalmen bewachsen war, dass man nur wenig davon erkennen konnte.

Sie verbrachten die Nacht an Bord und gingen am nächsten Morgen an Land. Die *Clive* machte an einem Landungssteg fest, der weit in die flache Bucht hineinragte. Am anderen Ende, bei einem kleinen Fischerdorf, wurden sie bereits von Kutschen erwartet. Der König wurde mit Salutschüssen und einer Ehrengarde empfangen. Dann setzten sich die Kutschen eine nach der anderen in Bewegung und fuhren hintereinander einen schmalen, mit Bäumen gesäumten Pfad entlang. Zu beiden Seiten des Weges standen Häuser mit roten Ziegeldächern, umgeben von Gärten voller Mangobäume und Betelnusspalmen. Überall waren Polizisten und hielten die Schaulustigen zurück. Sie kamen an einem Basar vorbei, an einem Gefängnis mit grauen Mauern und an einigen Polizeibaracken. Der Weg endete vor einem großen, zweistöckigen Haus, das inmitten eines Parks lag. Es war an ein Steilufer über der Stadt gebaut und überblickte die gesamte Bucht. Es trug den Namen »Outram House«.

Der König betrat als Erster das Haus. Langsam stieg er die Stufen hinauf. Er gelangte zu einem geräumigen Schlafzimmer und ging hinein. Es war mit einem Schreibtisch, einem Bett und drei Sesseln ausgestattet. Davor gab es einen kleinen Balkon, der nach Westen hinausging, mit Blick auf das Meer. Langsam und bedächtig durchschritt der König den Raum. Er spielte mit den hölzernen Lamellenläden vor den hohen Fenstern. Er kratzte an einer Rosette aus Kerzenwachs, die sich auf einem Fenstersims befand, und ließ einen Finger über eine verblasste Bemalung an der Wand gleiten. Dabei zerrieb er den bröckelnden Putz zwischen Daumen und Zeigefinger. Ein schwacher Geruch nach Moder hing in der Luft, und an den Wänden zeigten sich Spuren von Schimmel. Der König versuchte, sich diese Dinge gut einzuprägen, denn er wusste, dass sie mit der Zeit verblassen würden, dass aber einst der Tag kommen würde, an dem er sich daran erinnern wollte – an die Wirklichkeit dieser ersten Begegnung mit dem Ort seiner Verbannung, an den säuerlich schimmeligen Geruch und an das kratzende Gefühl auf seiner Haut.

Währenddessen lief Dolly unten mit der Ersten Prinzessin durch den Garten, auf der Jagd nach einer leuchtend roten Echse. Hier war es ganz anders als in Madras, viel kleiner, aber auch viel heimeliger. Hier konnte man rennen und zwischen den gebeugten Stämmen der Kokospalmen Versteck spielen. Sie entdeckte einen Mangobaum, dessen Äste bis hinauf zu einem Fenster im obersten Stock des Hauses reichten. Vielleicht würde das ihr Zimmer werden, ihr Fenster, mit Zweigen, die sachte an die Scheibe klopften.

Irgendwo in einem Tempel in der Stadt unter ihnen ertönte Glockengeläut. Dolly hielt inne, um zu lauschen. Sie ließ ihren Blick über den abschüssigen Garten gleiten, über den Baldachin aus Kokospalmwedeln und hinab auf die breite, glitzernde Bucht. Der Geruch von getrocknetem Fisch und Weihrauch stieg ihr in die Nase. Wie hell alles war, wie friedlich. Hinter diesen Steinmauern fühlte sie sich geborgen.

Auch der König hörte die Glocken läuten. Er trat hinaus auf den Balkon. Die ganze Stadt lag ausgebreitet unter ihm, umrahmt von der geschwungenen Bucht und den steilen Abhängen zu beiden Seiten. Die Aussicht war herrlich, genau wie Mr. Cox gesagt hatte. Der König ging zurück ins Schlafzimmer. Er ließ sich in einem Sessel nieder und beobachtete, wie die geisterhaften Schatten der Palmwedel sich auf den weiß verputzten Wänden wiegten. In diesem Raum würden sich die Stunden häufen wie Sandkörner, bis sie ihn schließlich begraben hätten.

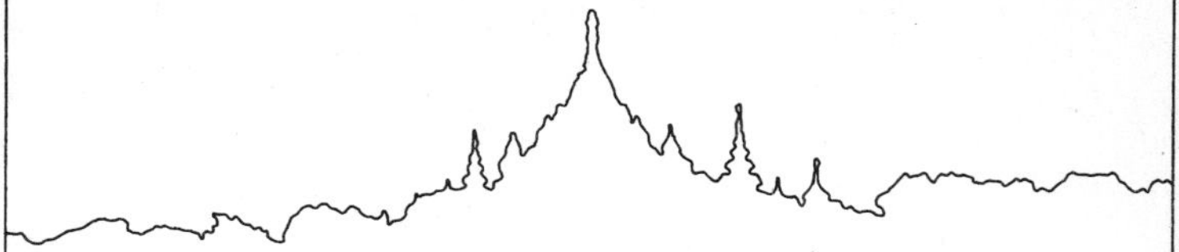

ZWEITER TEIL

Ratnagiri

I

Wenn die Flüsse anschwollen, begann für Rajkumar und Saya John die geschäftigste Zeit des Jahres. Alle paar Wochen luden sie eine Fuhre Säcke, Kisten und Steigen auf eines der Flussboote der Irawadi-Dampfschiff-Gesellschaft: ratternde Raddampfer, deren Kapitäne zum größten Teil Schotten waren und hauptsächlich mit *khalasis* aus Chittagong bemannt, wie auch Rajkumar einst einer werden wollte. Von der Wucht des reißenden Flusses getrieben, schossen sie von Mandalay flussabwärts, mit einer Geschwindigkeit, die sämtliche Fahrpläne der Schifffahrtsgesellschaften über den Haufen warf. Bei Sonnenuntergang, wenn es Zeit war, für die Nacht zu ankern, landeten sie meistens an irgendeinem kleinen Flussweiler, der aus nichts weiter als einer Hand voll strohgedeckter Hütten bestand, die sich wie gekrümmte Finger um den Exerzierplatz einer Polizeistation drängten.

Wie winzig das Dörfchen auch sein mochte, um den vor Anker liegenden Dampfer bildete sich stets sofort ein kleiner Markt: Hausierer, Imbissbetreiber, fliegende Bootshändler, Verkäufer mit gebratenen *baya-gyaws* und Schnapsbrenner mit *gazaw*-Schnaps kamen mit ihren Waren herbeigeeilt, hoch erfreut über die unerwartete Flut von Kundschaft. Manchmal erreichte die Nachricht von der Ankunft des Dampfers auch eine Truppe wandernder Künstler. Bei Einbruch der Dunkelheit tauchten dann, begleitet von einem Quakkonzert, Schattentheater auf; über der Uferböschung wurden Puppen zum Leben erweckt. Die unheimlichen, zuckenden Umrisse des *bodaw* und des *bayin,* der *minthami* und des *minthagyi,* der *nat-kadaw* und des *nan belu* ragten aus der Dunkelheit hervor, ebenso riesig und vertraut wie die Schatten des Mondes.

Saya John zog es vor, erster Klasse zu reisen, in einer Kabine. Seine Geschäfte florierten, er konnte das Geld mit vollen Händen ausgeben. Er war in ein großes Haus gezogen, das auf der Dreiunddreißigsten Straße in Mandalay lag – ein Heim für Rajkumar wie auch für alle anderen, die in irgendeiner Weise für Saya John arbeiteten. Mit dem Einmarsch der Briten hatte sich alles geändert: Birma war rasch in das Empire eingebettet und gezwungenermaßen in eine Provinz der Kolonie Indien verwandelt worden. Mandalay, einst Sitz des Hofes, hatte sich in ein geschäftiges Handelszentrum verwandelt; die Schätze des Landes wurden mit einer Energie und Effizienz ausgebeutet, von der man bis dahin nicht zu träumen gewagt hatte. Der Palast war umgestaltet worden und diente den zweifelhaften Vergnügungen der Eroberer; der Westflügel beherbergte nun den British Club; der einstige Audienzsaal der Königin war zum Billardsalon umfunktioniert worden; monatealte Ausgaben von *Punch* und *The Illustrated London News* zierten die verspiegelten Wände; die Gärten waren umgegraben worden, um Platz zu schaffen für Tennisplätze und Polofelder; das erhabene kleine Kloster, in dem Thebaw sein Noviziat absolviert hatte, war in eine Kirche umgewandelt worden, in der Anglikanerpriester den britischen Truppen ihren Segen erteilten. Mandalay, so munkelte man hinter vorgehaltener Hand, würde wohl bald zum Chicago Asiens werden. Wohlstand war die nahe liegende Bestimmung für eine Stadt, die den Zusammenfluss zwei der größten Ströme der Welt bewachte: Irawadi und Chindwin.

Saya John machte große Gewinne mit der Lieferung von Versorgungsgütern und Proviant an die Teaklager.

Er war kein Mann von großem Luxus, doch wenn er sich auf seinen Versorgungsexpeditionen befand, so stand ihm seiner Ansicht nach eine gesegnete Nachtruhe zu. Eine Kabine auf dem Erste-Klasse-Deck eines Irawadi-Dampfers schien ihm kein übertriebenes Privileg.

Rajkumar aber verbrachte seine Nächte an Bord auf dem Unterdeck. In der Mannschaft gab es immer Jungen in seinem Alter. Sie hatten die Aufgabe, das Senklot in Händen, über den Bug des Dampfers gelehnt nach wandernden Sandbänken Ausschau zu halten und die Wassertiefen zu verkünden, genau wie er es einst getan hatte: *»Ek gaz; do gaz, tin gaz …«* In ihrer Gesellschaft verfiel Rajkumar in seinen Chittagong-Dialekt, und wenn der Dampfer vor Anker ging, zogen sie ihn von seiner Schlafmatte hoch und nahmen ihn mit an Land, um ihm jene Orte zu zeigen, die Seemänner aufzusuchen pflegten, wenn es Nacht war.

Wenn sie dann am nächsten Tag an Land gingen, waren Rajkumars Augen rot gerändert. Saya John hingegen war ausgeruht, er hatte herzhaft gefrühstückt und war vor allem darauf aus, seine Fracht zu löschen und sich auf den Weg zu dem Lager zu machen, das ihn erwartete. Für den ersten Teil der Reise an Land benutzten sie gewöhnlich Ochsenkarren, die gegen wahre Schlammlawinen ankämpfen mussten, während sie sich mit knarrenden Rädern auf die fernen Berge zubewegten.

Verlief alles nach Plan, so endeten diese Reisen in einem winzigen Weiler im Landesinneren, wo ein Trupp Elefanten darauf wartete, die Karren von ihrer Last zu befreien, damit sie zum Fluss zurückkehren konnten. Doch oft genug geschah es, dass sie ans Ziel der Etappe kamen und feststellen mussten, dass das Lager keine Elefanten entbehren konnte. Dann mussten sie sich selbst auf die Suche nach Trägern machen, die bereit waren, die Fracht in die Berge zu transportieren. Auch Rajkumar musste einen Korb auf seinen Rücken hieven, einen geflochtenen *pah* mit tief hinabgezogenem Deckel und einem Stirnriemen. In seine persönliche Obhut fielen die kleinen, ganz besonderen Kostbarkeiten, die von den Forstaufsehern, den Leitern der Teaklager, persönlich bestellt worden waren – Zigarren, Flaschen mit Whisky, Fleisch und Sardinen in Dosen, einmal sogar eine Kristallkaraffe, die von Rowe & Co., dem großen Warenhaus in Rangun, geschickt worden war.

Sie machten sich bei Tagesanbruch auf den Weg. Saya John führte eine lange Reihe Träger an, und Rajkumar folgte als Letzter. Wie die Maultiere kletterten sie seitwärts die vom Regen durchweichten Pfade hinauf. Dabei gruben sie ihre Fußkanten tief in den roten, grundlosen Schlamm. Saya John pflegte, gewissermaßen aus Aberglauben, diese Reisen stets in europäischer Kleidung anzutreten: Tropenhelm, Lederstiefel, Khakihosen. Rajkumar ging barfuß wie die Träger. Er trug lediglich eine Weste, einen *longyi* und einen großkrempigen Bauernhut.

Doch wie viel Sorgfalt Saya John auch walten ließ, sein Aufzug blieb nie lange unversehrt: Das Unterholz erwachte zum Leben, wenn sie vorübergingen, und die Blutegel entfalteten sich wie

Ranken, wenn sie von der Wärme der vorbeiziehenden Körper geweckt wurden. Saya John trug die meiste Kleidung, und so heimste er unweigerlich den größten Teil dieser blutigen Ernte ein. Alle ein bis zwei Stunden ließ er anhalten. Die Pfade waren in regelmäßigen Abständen von strohgedeckten Bambusschutzhütten gesäumt, die die Holzarbeiter errichtet hatten. Saya John kauerte sich unter das tropfende Strohdach und durchsuchte seine Taschen nach dem in ein Stückchen Plane gewickelten Päckchen, in das Rajkumar ihm seine Zigarren und die Streichhölzer gepackt hatte. Er zündete sich einen Stumpen an und tat tiefe Züge, bis sich eine lange, rot glühende Spitze gebildet hatte. Dann untersuchte er seinen Körper und brannte die Blutegel ab, einen nach dem anderen.

Die dicksten Egelklumpen sammelten sich an den Körperstellen, wo sich Stoff an Haut rieb: Die Knitterfalten der Kleidung leiteten die Tiere zu ihren Lieblingsstellen – Achselhöhlen, die Leistenbeuge, die Falten zwischen Beinen und Gesäß. Manchmal entdeckte Saya John in seinen Schuhen zwanzig Egel auf einmal. Die meisten hatten sich an der dünnen Haut zwischen den Zehen festgesaugt – für einen Blutegel der begehrenswerteste Teil des menschlichen Körpers. In den Stiefeln war es eng, und so wurden einige der Egel zerquetscht, doch ihre Saugnäpfe blieben in der offenen Wunde hängen. Diese Stellen wiederum zogen neue Angreifer an, Insekten wie Blutegel gleichermaßen; ließ man die Wunden unbehandelt, so begannen sie zu eitern und verwandelten sich in faulig riechende, schwärende Dschungelgeschwüre. Saya John legte sich *kow-yok* auf diese Stellen, eine Art teerigen roten Tabak, auf Papier oder ein Stück Stoff gestrichen: Dieses Zugpflaster klebte derart fest auf der Haut, dass es sogar im Wasser haften blieb. Gleichzeitig bekämpfte es die Infektion und schützte die Wunde. Bei jedem Halt entledigte sich Saya John eines Kleidungsstückes, und binnen weniger Stunden sah er aus wie Rajkumar, nur noch mit *longyi* und Weste bekleidet.

Auf diesen Expeditionen wurde ihr Weg früher oder später beinahe immer vom Verlauf eines *chaung,* eines reißenden Gebirgsflusses, bestimmt. Im Abstand von wenigen Minuten wirbelten Baumstämme vorbei, auf ihrem Weg hinunter in die Ebene. Mitten im Fluss von einem solchen Zwei-Tonnen-Geschoss getroffen zu werden bedeutete unausweichlich, zum Krüppel zu werden, wenn nicht gar den Tod. Wenn der Pfad also von einem Flussufer zum anderen hinüberwechselte, wurde ein Späher postiert, der die Intervalle zwischen den Stämmen ankündigte, damit die Träger wussten, wann sie den Fluss sicher überqueren konnten.

Oftmals kamen die Stämme nicht einzeln, sondern in Gruppen angeschossen, dutzende Tonnen Hartholz, die gegeneinander rumpelnd den Fluss hinunterdonnerten. Wenn sie aneinander stießen, erbebte die Erde. Manchmal barst ein Stamm inmitten der Stromschnelle oder am Ufer, und binnen Minuten erhob sich ein Damm aus verkeilten Stämmen aus dem Wasser und verstopfte den Fluss. Die Baumstämme krachten in dichter Folge in die Barriere und trugen das ihre zu dem ungeheuren Gewicht des gesammelten Holzes bei. Irgendwann wurde die Wucht der Barriere zu groß, und schließlich gab irgendetwas nach: Ein riesiger Baumstamm, neun Fuß dick, knickte wie ein Streichholz; unter ungeheuerlichem Getöse brach der Damm, und eine Flutwelle aus Holz und Wasser stürzte hinab in Richtung Tal.

»Die *chaungs* sind die Handelsströme des Teakholzes«, pflegte Saya John zu sagen.

Während der Trockenperioden, wenn die Erde rissig wurde und die Wälder verdorrten, schrumpften die Flüsse in den Bergen zu armseligen Bächen, kaum in der Lage, eine Hand voll Blätter zu befördern, zu schlammigen Rinnsalen, die zwischen einer Reihe Tümpel im Flussbett dahinsickerten. In dieser Zeit durchforsteten die Holzfäller die Wälder auf der Suche nach Teak. Waren die Bäume erst ausgewählt, so mussten sie sterben und trocknen, denn Teakholz ist derart beschaffen, dass es nicht schwimmt, solange das Kernholz noch feucht ist. Das Absterben der Bäume wurde mittels eines Gürtels von Einschnitten erreicht, winzige Schlitze, die auf einer gesetzlich festgelegten Stammhöhe von vier Fuß sechzig über dem Boden tief ins Holz gekerbt wurden. (Trotz der Wildnis seiner natürlichen Umgebung wurde der Abbau des Teakholzes bis ins kleinste Detail von der Bürokratie des Empires reguliert.)

Die gemordeten Baumstämme blieben stehen, wo sie waren und starben einen langsamen Tod, manchmal drei Jahre oder auch länger. Erst, wenn man sie für trocken genug befand, um zu schwimmen, wurden sie zum Fällen markiert. Dann war die Zeit für die Männer mit den Äxten gekommen. Ihre Waffen geschultert, näherten sie sich und bestimmten über die Schneide blickend den Fallwinkel ihrer Opfer.

Noch im Tode begehrten die fallenden Bäume laut kreischend auf, entfesselten donnerndes Getöse, das meilenweit entfernt zu hören war, und rissen alles mit sich, was ihnen im Weg war, junge Bäume und verschlungene Rattannetze. Bambusdickichte wurden in Sekunden platt gewalzt, tausende verwobener Äste explodierten gleichzeitig in tödlichen Splitterregen, und pilzförmige Staubwolken wirbelten durch die Luft.

Als Nächstes machten sich die Elefanten an die Arbeit, angeführt von ihren Treibern, ihren *oo-sis* und *pe-sis.* Sie stießen mit ihren Schädeln gegen die Bäume, schoben sie vor sich her und hievten sie mit den Rüsseln empor. Gurte mit hölzernen Walzen wurden auf der Erde ausgebreitet, und flinke *pa-kyeiks* mit geschickten Fingern, die darauf spezialisiert waren, die Ketten zu binden, schossen zwischen den Beinen der Elefanten hin und her und befestigten stählerne Geschirre. Wenn die Stämme sich dann endlich bewegten, war die Reibung so groß, dass Wasserträger mit Eimern nebenherlaufen mussten, um die rauchenden Rollen zu begießen.

Die Elefanten zogen die Stämme bis ans Ufer der *chaungs.* Dort wurden sie gestapelt, und dann warteten sie auf den Tag, an dem die *chaungs* aus dem Schlaf der heißen Monate erwachten. Wenn der erste Regen fiel, kam Bewegung in die Pfützen der Flussbetten. Sie breiteten sich aus, reichten einander die Hände, stiegen langsam an und säuberten sich vom Staub und Schmutz, die sich in den langen Monaten der Trockenheit angesammelt hatten. Dann, binnen weniger Tage, während der Regen vom Himmel fiel, erhoben die *chaungs* sich in ihren Betten und schwollen auf das Hundertfache ihrer Größe an. Wo sie noch vor einer Woche unter dem Gewicht von Zweigen und Blättern dahingesiecht waren, trugen sie nun zwei Tonnen schwere Stämme talwärts, als wären es nichts weiter als gefiederte Pfeile.

Und so begann die Reise der Stämme zu den Holzlagern von Rangun: Elefanten stießen sie von ihren Stößen die Böschung hinunter, hinein in die schäumenden Fluten der *chaungs.* Der Natur der Dinge folgend trieben sie von kleinen Zuflüssen in Nebenflüsse, bis sie schließlich von den Strömen in der Ebene verschlungen wurden.

In Jahren, wo der Regen spärlich fiel und die *chaungs* zu schwach waren, um diese ungeheuren Gewichte zu transportieren, fielen die Gewinne der Holzgesellschaften in den Keller. Doch auch in guten Jahren waren die Gebirgsflüsse eifersüchtige, gestrenge Zuchtmeister. Wenn die Monsunzeit ihren Höhepunkt erreicht hatte, konnte schon aus einem einzigen geborstenen Baum ein Staudamm aus fünftausend und mehr Stämmen erwachsen. Die Pflege dieser schäumenden Gewässer war eine Wissenschaft für sich, und es gab eigens Experten dafür, besondere Gruppen von *oo-sis* mit ihren Elefanten, die während der Monsunmonate unaufhörlich die Wälder kontrollierten: die berühmten *aunging*-Truppen, bewandert in den schwierigen und gefährlichen Künsten der *chaung*-Pflege.

Einmal hatten sie es sich neben einem sterbenden gegürteten Teakholzstamm bequem gemacht, und Saya John gab Rajkumar ein Minzblatt in die eine und ein vom Baum gefallenes Blatt in die andere Hand: »Fühl mal«, sagte er, »zerreibe sie zwischen den Fingern. Teak, *Tectona grandis,* ist mit der Minze verwandt und gehört zur selben Gattung von Blütenpflanzen, doch aus der weiblichen Linie, die beherrscht wird von dem Kraut mit der größten lindernden Wirkung, dem Eisenkraut. Zur näheren Verwandtschaft des Teakbaumes zählen viele andere bekannte Duftkräuter: Salbei, Bohnenkraut, Thymian, Lavendel, Rosmarin und – was am verwunderlichsten ist – das heilige Basilikum mit seinen mannigfaltigen Abkömmlingen in Grün und Purpurrot, mit weichen und mit groben Blättern, scharf riechend und duftend, bitter und süß.

In Pegu, so wird erzählt, stand einst ein Teakbaum, dessen Stamm vom Boden bis zum ersten Zweig einhundertsechzig Fuß maß. Man stelle sich vor, wie ein Minzblatt von einer Pflanze beschaffen wäre, die über einhundert Fuß hinauf in die Luft wüchse, kerzengerade, ohne zu weichen und zu wanken, der Stängel so aufrecht wie ein Senklot, die ersten Blätter beinahe ganz oben, in dichten Büscheln und weit ausgestreckt, wie die Hände eines Schwimmers, der gerade auftaucht.«

Das Minzblatt war so groß wie Rajkumars Daumen, während das andere den Fußabdruck eines Elefanten hätte bedecken können. Das eine diente dazu, die Suppe zu würzen, während das andere von einem Baum stammte, der Dynastien gestürzt, zu Invasionen geführt, Vermögen erschaffen und eine völlig neue Lebensart hervorgerufen hatte. Und selbst Rajkumar, der kaum dafür anfällig war, Weithergeholtem oder Phantasien nachzuhängen, musste zugeben, dass es zwischen der zarten Behaarung des einen und der borstigen groben pelzigen Struktur des anderen eine unverkennbare Gemeinsamkeit gab, eine fühlbare verwandtschaftliche Bindung.

Teaklager machten sich durch die Glocken ihrer Elefanten bemerkbar. Selbst wenn der Klang durch Regen oder die weite Entfernung gedämpft war, konnte man sich auf die magische Wirkung verlassen, die er auf einen Trupp von Trägern hatte. Ihre Schritte wurden länger und der Gang wieder federnder.

Wie lange er auch gewandert war und wie müde er auch sein mochte – Rajkumars Herz schlug schneller, wenn unvermittelt ein Lager in Sicht kam, eine Lichtung, auf der sich ein paar strohbedeckte Hütten und ein *tai* drängten, ein längliches Holzhaus auf Pfählen.

Alle Teaklager schienen gleich und doch waren sie alle verschieden, von Saison zu Saison, und noch nie waren zwei Lager an derselben Stelle errichtet worden. Elefanten besorgten das Fällen für die Lichtung, und so waren die Lager stets gesäumt von entwurzelten Bäumen und aufgeworfener Erde.

In der Mitte jedes Lagers stand ein *tai,* das stets dem Forstaufseher als Unterkunft diente, dem Angestellten der Holzgesellschaft, der das Lager leitete. Diese *tais* waren in Rajkumars Augen Gebilde von unvergleichlicher Eleganz: Sie waren auf hölzernen Plattformen errichtet, die auf Pfählen aus Teakholz etwa sechs Fuß über dem Boden schwebten. Diese Häuser bestanden aus mehreren geräumigen Zimmern, die ineinander übergingen und schließlich in eine große Veranda mündeten, welche stets derart ausgerichtet war, dass sie die bestmögliche Aussicht gewährte. In einem Lager, wo ein beflissener *luga-lei* dem Forstaufseher aufwartete, wurde die

Veranda von einem Baldachin blühender Weinranken beschirmt, mit Blüten, die sich wie Funken von den Bambusmatten abhoben. Hier saß der Aufseher am Abend, ein Glas Whisky in der einen und eine Pfeife in der anderen Hand, sah zu, wie die Sonne über dem Tal unterging und verlor sich in Träumen von einer fernen Heimat.

Die Aufseher waren kühle, nachdenkliche Männer. Ehe Saya John ihnen seine Aufwartung machte, legte er stets seine europäische Kleidung an, ein weißes Hemd und Segeltuchhosen. Rajkumar beobachtete aus der Entfernung, wie Saya John sich dem *tai* näherte, ehrerbietig eine Hand auf die Leiter legte und einen Gruß hinaufrief. Wenn er hereingebeten wurde, erklomm er, vorsichtig einen Fuß vor den anderen setzend, langsam die Leiter. Dann folgte ein Gemisch von Lächeln, Verbeugungen und Begrüßungen. Manchmal war er nach wenigen Minuten zurück; manchmal bot ihm der Aufseher einen Whisky an und lud ihn ein, zum Abendessen zu bleiben.

Für gewöhnlich waren die Aufseher in ihrem Benehmen überaus korrekt. Einmal aber begann einer dieser Männer, Saya John zu beschimpfen und warf ihm vor, er habe etwas vergessen, das er bestellt habe.

»Verzieh dich mit deiner hässlichen Visage«, schrie der Engländer. »Zur Hölle mit dir, Chinesengesicht!«

Zu der Zeit sprach Rajkumar fast kein Englisch, doch die Wut und die Verachtung im Tonfall des Aufsehers ließen keinen Zweifel zu. Für einen Augenblick sah Rajkumar Saya John durch die Augen des Engländers: klein und exzentrisch in seinen unpassenden europäischen Kleidern, seine Behäbigkeit noch unterstrichen durch die geflickten Segeltuchhosen, die in weiten Falten um seine Knöchel hingen, und mit dem abgewetzten Tropenhelm, der unsicher auf seinem Kopf thronte.

Zu diesem Zeitpunkt stand Rajkumar bereits drei Jahre in Saya Johns Diensten, er blickte zu ihm auf und sah in ihm ein Vorbild für alle Dinge. Heiße Wogen der Entrüstung stiegen in ihm hoch. Er rannte über die Lichtung auf das *tai* zu, in der Absicht, sich die Leiter hinaufzuschwingen und den Aufseher auf seiner eigenen Veranda zur Rede zu stellen.

Doch just in diesem Augenblick eilte Saya John mit grimmigem Gesicht wieder hinunter. Er sah trübsinnig aus.

»Sayagyi! Soll ich hinaufgehen …?«

»Wo hinauf?«

»In das *tai*. Und diesem Hurensohn zeigen …«

»Sei doch kein Dummkopf, Rajkumar. Kümmere dich lieber um etwas Sinnvolles.«

Saya John schnaubte verächtlich und wandte Rajkumar den Rücken zu.

Sie verbrachten die Nacht bei dem *hsin-ouq*, dem Führer der *oo-sis* des Lagers. Die Hütten der Holzfäller lagen auf der Rückseite des *tai*, damit sie den Ausblick des Aufsehers nicht störten. Es handelte sich um kleine, mit Pfählen gestützte Behausungen mit ein bis zwei Kammern und einer kleinen balkonartigen Plattform davor. Die *oo-sis* bauten diese Hütten eigenhändig, und während ihrer Zeit im Lager kümmerten sie sich eifrig um deren Instandhaltung. Tag für Tag reparierten sie Risse in den Bambuswänden, flickten die Dächer und bauten Schreine für ihre *nats*. Oft bauten sie in winzigen, eingezäunten Gärten um ihre Hütten Gemüse an, mit dem sie die mageren Rationen streckten, die aus dem Tal hinaufgeschickt wurden. Einige hielten sich sogar Hühner und Schweine zwischen den Pfählen ihrer Hütten, und andere stauten nahe gelegene Bäche und besetzten sie mit Fischen.

Dieses Bauerntum verlieh den Teakholzlagern das Aussehen kleiner Bergdörfer, in denen sich Familienhütten im Halbkreis um das Haus des Dorfältesten drängten. Doch der Schein trog, denn diese Lager waren immer nur auf Zeit errichtet. Eine Gruppe *oo-sis* war im Stande, mit nichts weiter als Weinreben, frisch geschnittenem Bambus und geflochtenem Rohr binnen ein bis zwei Tagen ein Lager zu errichten. War die Saison vorüber, so überließ man das Lager dem Dschungel und errichtete es im folgenden Jahr andernorts aufs Neue.

Die größte Hütte in jedem Lager stand dem *hsin-ouq* zu, und hier verbrachten Saya John und Rajkumar gewöhnlich ihre Nächte. Diese Hütten waren nach vorne hinaus oft mit einem kleinen Balkon versehen, und wenn Saya John und Rajkumar in einem Teaklager waren, verbrachten sie oft lange Nächte redend auf diesem

Balkon. Saya John rauchte seine Zigarren und sinnierte über sein Leben in Malakka und über seine verstorbene Frau: »Meine Frau war eine Hakka, weißt du, eine echte Chinesin, aus Fleisch und Blut, nicht so wie ich. Die Hakka sind Nomaden; darum hat sie mich geheiratet; sie hat immer gesagt, ich wäre eigentlich auch ein Hakka, ohne es zu wissen. Aber ihr Vater war nicht gerade erbaut über diese Heirat – wer sei ich denn schon, hat er immer gesagt, ein Mann von nirgendwo, ein Waisenkind, ausgesetzt auf einer Kirchentreppe. Als meine Frau starb, haben sie mir die Schuld gegeben. Obwohl es in ihrem Haus passiert ist, bei der Geburt von Matthew …«

In der Nacht, als der Aufseher Saya John angegriffen hatte, lag Rajkumar auf dem Balkon noch lange wach. Als er endlich fast eingeschlafen war, hörte Rajkumar, wie jemand auf den Balkon geschlichen kam. Es war Saya John, mit Zigarre und Streichhölzern bewaffnet. Mit einem Male war Rajkumar wieder hellwach und immer noch genauso wütend, wie er es den ganzen Abend über gewesen war.

»Sayagyi«, brach es aus ihm heraus, »warum bist du stumm geblieben, als dieser Mann dich angeschrien hat? Ich war so zornig, dass ich hinauf in das *tai* klettern wollte, um ihm eine Lektion zu erteilen.«

Saya John ließ seinen Blick über die Lichtung schweifen, hinüber zu dem *tai* des Aufsehers. Dort brannte noch immer Licht. Die Silhouette des Aufsehers war klar zu erkennen. Sie zeichnete sich gegen die dünnen Rohrwände ab. Er saß auf einem Stuhl und las ein Buch.

»Du hast keinen Grund, zornig zu sein, Rajkumar. An seiner Stelle wärst du genauso, vielleicht sogar schlimmer. Mich erstaunt, dass nicht mehr von ihnen so sind, wie dieser hier.«

»Warum, Sayagyi?«

»Denke einmal über das Leben nach, das sie hier führen, diese jungen Europäer. Im besten Falle bleiben ihnen zwei oder drei Jahre im Dschungel, ehe die Malaria oder das Dengue-Fieber sie so sehr schwächt, dass sie nie wieder ohne die Nähe eines Arztes oder Krankenhauses sein können. Die Gesellschaft ist sich dessen sehr wohl bewusst. Sie weiß, dass diese jungen Männer in einigen Jahren vorzeitig gealtert sein werden – mit einundzwanzig steinalt; und dass sie dann in die Kontore in der Stadt versetzt werden müssen. Nur, wenn sie frisch aus Europa angekommen sind, mit siebzehn oder achtzehn Jahren, sind sie in der Lage, solch ein Leben zu führen, und in diesen wenigen Jahren muss die Gesellschaft so viel Gewinn aus ihnen herauspressen, wie nur möglich. Und so schicken sie diese jungen Männer monatelang geradewegs von Lager zu Lager, beinahe ohne ihnen dazwischen eine Verschnaufpause zu gönnen. Sieh dir diesen hier an: Man hat mir erzählt, dass er bereits einen schlimmen Anfall von Dengue-Fieber hinter sich hat. Dieser Mann ist nicht sehr viel älter als du, Rajkumar – vielleicht achtzehn oder neunzehn – und hier sitzt er nun, krank und einsam, tausende von Meilen entfernt von zu Hause, von Menschen umgeben, deren Gebaren ihm fremd ist, mitten im Dschungel. Und sieh ihn an, Rajkumar. Da sitzt er und liest ein Buch, und sein Gesicht zeigt nicht die geringste Spur von Furcht.«

»Du bist auch weit weg von zu Hause, Sayagyi«, sagte Rajkumar. »Und ich ebenso.«

»Aber nicht so weit wie er. Und auf uns allein gestellt wäre niemand von uns hier, um die großzügigen Schätze des Waldes zu ernten. Sieh dir die *oo-sis* in diesem Lager an; sieh dir den *hsin-ouq* an, sieh dir ihren verfehlten Stolz an, weil sie so geschickt sind im Umgang mit ihren Elefanten. Sie glauben, weil ihre Väter und ihre Familien alle mit Elefanten gearbeitet haben, kennt keiner die Tiere so gut wie sie. Doch ehe die Europäer kamen, ist niemand je auf die Idee gekommen, die Elefanten zur Waldarbeit zu benutzen. Bis dahin waren diese Tiere lediglich in Pagoden und Palästen zu finden und wurden für Kriege und großartige Zeremonien eingesetzt. Die Europäer sind es gewesen, die erkannt haben, dass man zahme Elefanten zum Nutzen des Menschen einsetzen kann. Sie waren es, die all das erfunden haben, was wir hier in diesem Holzfällerlager sehen können. Diese ganze Lebensweise hier ist ihr Verdienst – nicht das dieser *oo-sis* und ihrer *hsin-ouqs.* Die Europäer sind es gewesen, die die Methode mit dem Gürtelring eingeführt haben, den Transport der Stämme mit Hilfe der Elefanten, und das System, die Bäume den Fluss hinunterzuschicken. Selbst Einzelheiten wie die Bauweise und die Anordnung dieser Hütten, die Planung des *tai,* die Verwendung von Bambusstroh und Rattan – nicht die *oo-sis* mit ihrer altersgrauen Weisheit haben sich diese Dinge ausgedacht. All das entstammt den Gehirnen von Männern wie diesem, der hier in seinem *tai* sitzt – dieser Junge, der nicht sehr viel älter ist als du.«

Saya John deutete mit dem Finger auf die einsame Gestalt.

»Siehst du diesen Mann, Rajkumar?«, fragte er. »Das ist jemand, von dem du lernen kannst. Das Werk der Natur deinem Willen untertan zu machen; die Bäume der Erde den Menschen zu Nutze zu machen – was könnte bewundernswerter, was aufregender sein, als das? Und das würde ich jedem Jungen ans Herz legen, der sein Leben noch vor sich hat.«

Rajkumar war sich bewusst, dass Saya John bei diesen Worten nicht an ihn, seinen *luga-lei* dachte, sondern an Matthew, seinen Sohn, der so fern von ihm war. Diese Erkenntnis löste einen kurzen, heftigen Stich der Eifersucht aus. Doch der Schmerz währte nur einen Augenblick, und als er wieder abgeklungen war, da spürte Rajkumar, dass er der Stärkere, dass er besser vorbereitet war. Denn schließlich war er hier, in diesem Lager, während Matthew in Singapur war, weit, weit weg.

2

Viele Bewohner von Ratnagiri hegten den Glauben, König Thebaw sei stets der Erste, der davon wusste, wenn die See wieder ein Opfer gefordert hatte. Tag für Tag verbrachte er Stunden auf seinem Balkon und blickte mit dem goldenen Fernglas aufs Meer hinaus. Die Fischer hatten sich an das unverkennbare Aufblitzen der königlichen Sehhilfe gewöhnt; wenn sie des Abends in die Bucht zurückkehrten, schauten sie wie zur Beruhigung hinauf in Richtung des Balkons auf dem Hügel. Nichts geschah in Ratnagiri, so pflegte man zu sagen, doch der König wusste als Erster davon.

Der König selbst war aber seit dem Tag seiner Ankunft, als er mit seiner Familie vom Hafen nach »Outram House« hinaufgefahren war, nie mehr gesehen worden. Die königlichen Kutschen mit dem Gespann scheckiger Pferde und dem schnauzbärtigen Kutscher waren zwar ein vertrauter Anblick in der Stadt. Doch der König fuhr niemals aus, und wenn es doch je geschah, so wusste niemand davon. Die königliche Familie war im Besitz zweier Kutschen, einer offenen Jagdkutsche und einer geschlossenen Droschke mit Vorhängen vor den Fenstern. Die Gerüchte besagten allerdings, dass der König von Zeit zu Zeit in der Droschke verborgen saß, doch wegen der schweren Samtvorhänge konnte man unmöglich Genaues sagen.

Die Prinzessinnen dagegen kamen jedes Jahr zwei bis drei Mal hinunter in die Stadt. Sie fuhren nach Mandvi an den Landungssteg oder in den Bhagavati-Tempel oder in die Residenz jener britischen Beamten, die zu besuchen ihnen gestattet worden war. Sie waren den Bewohnern wohl bekannt – die Erste, die Zweite, die Dritte und die Vierte Prinzessin (die letztere war in Ratnagiri geboren, im zweiten Jahre der Verbannung).

In den frühen Jahren des indischen Exils hatten die Prinzessinen noch ihre birmanischen Gewänder getragen – *aingyis* und *htameins*. Im Laufe der Jahre aber veränderte sich ihre Kleidung. Eines Tages, niemand vermochte sich daran zu erinnern, wann genau es geschah, erschienen sie in Saris – es waren keine teuren oder prächtigen Gewänder, sondern die in der Gegend üblichen, schlichten grünen und roten Baumwollstoffe. Sie begannen, ihre Haare zu flechten und zu ölen wie die Schulmädchen in Ratnagiri. Sie lernten Marathi und Hindustani, und bald sprachen sie diese Dialekte so fließend wie die Einheimischen – nur mit ihren Eltern unterhielten sie sich weiterhin in Birmanisch. Sie waren hübsch und hatten eine überaus offene und natürliche Art. Wenn sie durch die Straßen fuhren, verhüllten sie weder ihre Gesichter noch wandten sie die Blicke ab. In ihren Augen war ein Hunger zu erkennen, ein Verlangen, als wünschten sie sich nichts sehnlicher, als durch den Jhinjhinaka-Basar zu laufen, von Stand zu Stand zu schlendern und um Saris zu feilschen. Hellwach und kerzengerade saßen sie da, nahmen alles in sich auf und stellten dem Kutscher unzählige Fragen: Wer verkauft dort seine Saris? Welche Sorte Mangos liegt dort drüben? Wie heißt der Fisch, der in dem Stand da hängt?

Mohan Sawant, der Kutscher, war ein Junge aus der Gegend. Er stammte aus einem verarmten Dörfchen unten am Fluss. Er hatte unzählige Verwandte in der Stadt, die sich als Rikscha-Zieher, Kulis und Kutscher verdingten. Jedermann kannte ihn. Wenn er hinunter in den Basar kam, scharten die Menschen sich um ihn: Bring diese Mangos der Zweiten Prinzessin, sie stammen aus unserem Garten; hier hast du eine Hand voll Rosinen für das kleine Mädchen, ich habe gehört, wie sie dich danach gefragt hat.

Der Blick der Prinzessinnen rührte jeden, auf den er fiel: Sie waren doch Kinder; was hatten sie getan, dass sie ein solches Leben verdienten? Wieso verwehrte man ihnen, Einheimische zu besuchen, Freundschaften mit Kindern aus gutem Haus zu schließen? Wieso sollten sie zu Frauen heranwachsen, ohne jemals die Gesellschaft anderer als ihrer Dienerschaft gekannt zu haben?

Ein oder zwei Mal im Jahr fuhr die Königin mit ihren Töchtern aus. Ihr Gesicht war eine weiße Maske, starr und unbewegt, und ihre Lippen hatten von Zigarren eine tiefe, totengleiche Malvenfärbung angenommen. Wenn sie vorüberfuhr, versammelten sich die Menschen auf den Straßen, um einen Blick auf sie zu werfen, doch sie schien niemals irgendjemanden oder irgendetwas zu bemerken; stocksteif saß sie da, ihr Gesicht starr und unbewegt.

Und dann gab es noch Dolly, mit ihrem langen, schwarzen Haar und ihrem Gesicht, wie gemeißelt, nicht von königlichem Blut und doch so schön wie eine Märchenprinzessin. Über die Jahre waren all die anderen, die einst die königliche Familie nach Ratnagiri begleitet hatten, langsam verschwunden – die Mädchen und die Zofen und die anderen Bediensteten. Nur Dolly ging nicht fort.

Der König wusste, was die Menschen in Ratnagiri sich über ihn erzählten, und wenn es ihn beunruhigte, dass man ihm solche Macht zuschrieb, so war er in gleichem Maße darüber amüsiert und nicht wenig geschmeichelt. Er versuchte, der Rolle, die man ihm zugeschrieben hatte, schrittchenweise gerecht zu werden. Von Zeit zu Zeit standen Frauen auf den Dächern ihrer Häuser und streckten ihre neugeborenen Kinder in die Luft, in der Hoffnung, den ersehnten Segen seines Blickes auf sie zu lenken. Dann hielt er sein Fernglas mehrere Minuten auf diese gutgläubigen Mütter gerichtet; es schien ihm eine sehr geringe Bitte zu sein, und wieso sollte er diese kleinen Dinge, die in seiner Macht lagen, nicht gewähren?

Und, in der Tat, nicht alles, was man über ihn erzählte, war gelogen. Die Geschichte mit den Fischern etwa, um ein Beispiel zu nennen: Jeden Tag, wenn er bei Sonnenaufgang auf den Balkon hinaustrat, sah er die weißen, rechteckigen Segel der Fischerboote die Bucht überqueren. Sie sahen aus wie Briefmarken an einer Schnur aufgehängt. Bei diesen Booten handelte es sich um *horis,* tief liegende Katamarane mit nur einem Ausleger, die aus dem Fischerdorf Karla an der Mündung des Flusses kamen. Wenn es Abend wurde und die Sonne auf ihrem Weg zum Horizont immer größer wurde, sah er die gleichen Boote zurückkehren. Er zählte die Boote, die am Morgen Segel setzten, nie wirklich bewusst, doch irgendwie wusste er stets genau, wie viele es waren. Eines Tages, als die Katamarane weit draußen auf dem Meer waren, beobachtete der König, wie eine plötzliche Sturmbö auf sie niederging. Als die kleine Flotte an diesem Abend langsam zurückkam, sah er, dass die Anzahl der Boote nicht stimmte, dass eines fehlte.

Der König schickte nach Sawant: Das Fischerdorf lag in der Nähe jenes Weilers, in dem die Familie des Jungen lebte. Zu dieser Zeit war Sawant noch kein Kutscher. Er war erst vierzehn und nichts weiter als ein Stallbursche.

»Sawant«, sagte der König. »Draußen auf dem Meer hat es einen Sturm gegeben.« Er erzählte dem Jungen, was geschehen war. Sawant rannte den Hügel hinab, und noch ehe die Boote wieder zu Hause waren, hatten die Neuigkeiten das Fischerdorf erreicht. Und so nahm die Legende des wachsamen Königs von Ratnagiri ihren Anfang.

Von seinem Aussichtspunkt auf dem Balkon hatte der König den besten Blick auf das Meer im ganzen Bezirk. Es war nur natürlich, dass er gewisse Dinge eher sah als andere. Unten in der Bucht, in der Nähe des Landungssteges, gab es ein kleines Bootshaus, einen strohbedeckten Verschlag mit angrenzender Rampe. Um dieses Bootshaus rankte sich eine Geschichte: Man erzählte sich, einst sei der britische General Lord Lake mit einer Elite-Einheit, die als Royal Batallion, das Königliche Bataillon, bekannt war, in Ratnagiri eingeritten. Im Vorfeld hatte es einen langen Feldzug gegeben, bei dem mehrere einheimische Herrscher in die Flucht geschlagen worden waren. Seine Lordschaft befand sich in Hochstimmung, und eines Nachts, nach einem langen Abend voll ausgelassener Feierei, hatte er mit seinen Offizieren ein Wettrudern veranstaltet. Umgehend waren die Boote der ansässigen Fischer beschlagnahmt worden, und die Offiziere des Royal Batallion waren in Kanus und Auslegerbooten wild schlingernd durch die Bucht gepaddelt, angefeuert von ihren Soldaten. Der Geschichte nach hatte Seine Lordschaft dieses Rennen um eine volle Länge gewonnen.

Infolge dieses Ereignisses wurde es für die Beamten in Ratnagiri zu einer Art Tradition, in der Bucht rudern zu gehen. Andere Stützpunkte in Indien leisteten sich Zerstreuungen wie die Wildschweinjagd oder das Polospiel. Ratnagiri hatte nur die Bucht zu bieten. Im Laufe der Jahre war das Bootshaus zu einem kleinen Pantheon der Ruderhelden und Segellegenden geworden. Die am weitesten verbreitete dieser Legenden handelte von einem gewissen Mr. Gibb, seines Zeichens ehemaliges Mitglied der berühmten Rudermannschaft von Cambridge und hoch angesehener Bezirksbeamter. Mr. Gibb beherrschte seinen Sport mit außerordentlicher Perfektion, und er war bekannt dafür, dass er sein langes, schmales Ruderboot durch die enge und äußerst unruhige Passage zur Bucht hinaus aufs offene Meer lenkte. Der König selbst war es gewesen, der dieses erstaunliche Kunststück als Erster beobachtet hatte. Durch ihn hatte Ratnagiri davon erfahren.

Der König war es auch, auf den sich die Bewohner verließen, wenn es um Informationen über das Nahen des Monsuns ging. Jahr für Jahr erwachte er an einem Morgen und entdeckte, dass die Linie des Horizonts, die sein Fenster teilte, eine schwache, doch unverwechselbare Verdunklung aufwies. Die anfängliche Erleichterung Thebaws wandelte sich stets schnell in Besorgnis. Dieser verwaschene Streifen am Horizont, so fein wie ein Lidstrich, wuchs rasch zu einer Regenwand heran, die auf die Küste zukam. Hoch auf dem Hügel thronend würde »Outram House« dem Monsun den ersten Angriffspunkt bieten. Der Regen würde den Balkon unter Wasser setzen; er würde unter der Tür durchsickern und durch die Spalten der geschlossenen Fensterläden dringen und sich mehrere Fingerbreit hoch unter Thebaws Bett sammeln.

»Sawant! Der Regen ist da. Schnell! Versiegelt die Fensterläden, stellt die Eimer auf und bringt alles in Sicherheit, was auf dem Fußboden steht!«

Binnen Minuten flog die Neuigkeit dann den Hügel hinab. »Der König hat den Regen gesehen.« Unten machte sich große Aufregung breit. Großmütter eilten hinaus und holten ihre Pickles aus der Sonne, und die Kinder rannten freudig rufend auf die Straße.

Der König war auch der Erste, der die Dampfschiffe entdeckte, wenn sie in die Bucht einbogen. So wie in anderen Städten Kanonenschüsse und Kirchturmglocken, markierte in Ratnagiri das Kommen und Gehen dieser Schiffe das Verstreichen der Zeit. Wenn ein Dampfer erwartet wurde, versammelten sich die Leute schon morgens in großer Zahl am Landungssteg von Mandvi. Bereits vor Sonnenaufgang fuhren kleine Fischerboote, beladen mit getrocknetem Fisch, hinaus in die Bucht. Händler kamen mit ihren Ochsenkarren, bis oben bepackt mit Pfeffer und Reis.

Niemand aber erwartete die Ankunft des Dampfschiffes sehnlicher als König Thebaw selbst. Allen Warnungen seines Arztes zum Trotz war es ihm nicht gelungen, seiner Leidenschaft für Schweinefleisch Herr zu werden. Weil derlei in Ratnagiri nicht zu bekommen war, erhielt er Woche für Woche eine Lieferung Schinken und Speck aus Bombay, und aus Goa scharfe, mit Chili gewürzte portugiesische Würstchen.

Der König versuchte, dieses unschickliche Laster zu bändigen, so gut er es vermochte. Er dachte oft an König Narathihapati von Birma, einen seiner fernen Vorgänger, der für seine unersättliche Gier nach Schweinefleisch bekannt gewesen war. Die ehrlose Tat, seine Hauptstadt kampflos dem Heer von Kubilai Khan zu überlassen, hatte Narathihapati für alle Ewigkeit den schändlichen Titel »Der König, der vor den Chinesen davongelaufen ist« eingetragen. Seine eigene Gemahlin und sein Sohn hatten ihm das Gift gegeben, das seinem Leben einst ein Ende setzte. Die Vorliebe für Schweinefleisch stand einem König nicht gut an.

Meistens entdeckte der König den Dampfer, wenn er noch weit draußen war, wenigstens eine Stunde vom Landungssteg entfernt. »Sawant! Das Schiff!« Und Minuten später war der Kutscher dann mit dem Brougham unterwegs.

Die Kutsche wurde zum Vorboten des Dampfschiffes. Die Menschen brauchten nicht mehr den ganzen Tag lang am Landungssteg auszuharren: Das Nahen der Kutsche wurde zum Signal für die Ankunft des Dampfers. Und so wechselte die Aufgabe, die Tage zu markieren, allmählich von den Schiffen auf die schwarze Kutsche mit dem Pfauenrad über: Es war beinahe, als hätte sich die Zeit selbst in Thebaws Obhut begeben. Auf seinem Balkon verborgen wurde Thebaw zum Schutzpatron der Stadt, wurde er wieder ein König.

In dem Jahr, als Dolly fünfzehn Jahre alt wurde, brach entlang der Küste die Pest aus. Ratnagiri war besonders stark betroffen. Die Feuer im Krematorium brannten Tag und Nacht. Die Straßen leerten sich. Viele Menschen verließen die Stadt. Andere schlossen sich in ihren Häusern ein.

»Outram House« lag ein gutes Stück von dem Seuchenherd entfernt, weit genug von den am engsten besiedelten Gebieten, um vor Ansteckung sicher zu sein. Doch während sich der Schrecken im ganzen Bezirk ausbreitete, wurde offensichtlich, dass diese Abkapselung ihre eigenen Gefahren in sich barg. »Outram House« drohte ernsthaft zu verwahrlosen. Das Anwesen besaß weder ein Abwassersystem noch Frischwasserversorgung. Die Aborte mussten täglich von *sweepern* geleert werden; Wasser musste in Eimern von einem Fluss in der Nähe herbeigeschafft werden. Als die Seuche ausbrach, blieben die *sweeper* fern, und die Wassereimer der Kulis lagen umgestürzt neben dem Kücheneingang.

Dolly fungierte gewissermaßen als Vermittlerin zwischen den Angestellten und der königlichen Familie. Eher zufällig waren ihr über die Jahre mehr und mehr alltägliche Haushaltspflichten zugefallen. Es war beileibe keine einfache Aufgabe, mit den unzähligen Leuten umzugehen, die auf dem Gelände arbeiteten – mit Trägern, Stallknechten, Gärtnern, *ayahs,* Köchen. Sogar zu sehr guten Zeiten hatte Dolly Probleme, Diener zu finden und sie zum Bleiben zu bewegen. Die Schwierigkeit bestand darin, dass niemals genug Geld im Hause war, um die Löhne zu entrichten. Der König und die Königin hatten beinahe alles, was sie einst von Mandalay mitgenommen hatten, verkauft. Bis auf ein paar Andenken und Erinnerungsstücke waren ihre Schätze zerronnen.

Und nun, da die Stadt vor Angst erstarrt war, bekam Dolly einen Vorgeschmack davon, was es bedeuten würde, den Haushalt ohne

Hilfe zu führen. Als der erste Tag vorüber war, verströmten die Aborte einen unerträglichen Gestank; die Tanks waren leer, und es gab kein Wasser, um sich zu waschen, geschweige denn zu baden.

Die etwa sechs Diener, die auf dem Grundstück wohnten, waren die Einzigen, die geblieben waren. Unter ihnen auch Mohan Sawant. Er war schnell vom Stallburschen zum Kutscher aufgestiegen, seine Unerschütterlichkeit und sein fröhliches Wesen hatten ihm trotz seiner Jugend eine gewisse Autorität eingetragen. In Krisensituationen wandte sich jedermann an ihn.

In den ersten Tagen gelang es Dolly mit Sawants Hilfe, dafür zu sorgen, dass zumindest die Wasserbehälter im Schlafzimmer der Königin gefüllt blieben. Für den König aber gab es kein Wasser, und die Aborte waren inzwischen beinahe nicht mehr zu benutzen. Verzweifelt wandte Dolly sich an Sawant: »Mohanbhai, *kuch to karo,* tu etwas.«

»Warte.«

Sawant fand eine Lösung: Wenn die Königin den Angestellten erlaubte, sich behelfsmäßige Hütten an den Mauern des Geländes zu errichten, dann wären auch sie vor Ansteckung sicher. Sie würden zurückkommen, und, was noch besser war, sie wären zu jeder Zeit verfügbar, um ihre Arbeit zu verrichten. Man bräuchte keine Boten mehr in die Stadt zu schicken, um diesen Koch oder jene *ayah* herbeizuzitieren. Und es gäbe auch kein ständiges Gerede von Kündigungen mehr. Oben auf dem Hügel würde eine unabhängige kleine Stadt entstehen.

Dolly drückte dankbar seinen Arm. »Mohanbhai!« Zum ersten Mal in diesen schrecklichen Tagen hatte sie wieder das Gefühl, atmen zu können. Wie verlässlich er doch war, immer hatte er eine Lösung parat. Was würden sie nur ohne ihn anfangen?

Wie sollte sie aber nur die Zustimmung der Königin bekommen? Sie beschwerte sich unentwegt darüber, wie klein das Gelände war, wie beengt, wie sehr es einem Kerker glich. Was würde sie zu der Aussicht sagen, dass das gesamte Personal von der Stadt auf den Hügel zog? Doch die Zeit lief ihr davon. Dolly ging zur Tür der Könign.

»Mebya.«

»Ja?«

Dolly hob die Stirn vom Boden und hockte sich auf die Fersen. »Wegen der Seuche in der Stadt kommen die Diener nicht mehr zu uns. In ein oder zwei Tagen werden sie aufs Land fliehen. Keiner wird in Ratnagiri bleiben. Bald haben wir kein Wasser mehr im Haus. Die Aborte laufen über. Dann müssen wir den Schmutz selbst den Hügel hinunterschleppen. Wieso lassen wir die anderen nicht ein paar Hütten um das Gelände errichten, sagt Mohanbhai. Hinter den Mauern. Wenn die Gefahr vorüber ist, werden sie wieder gehen. Damit wären alle Probleme gelöst.«

Die Königin wandte sich von dem knienden Mädchen ab und sah zum Fenster hinaus. Auch sie war es überdrüssig, sich mit der Dienerschaft herumzuschlagen – erbärmliche Würmer, undankbare, erbärmliche Würmer. Wie sonst sollte man sie nennen? Je mehr man ihnen gab, desto mehr schienen sie zu verlangen – ja, selbst die guten, wie Dolly, dieses Mädchen hier. Was sie auch bekamen, immer wollten sie mehr, sie forderten und forderten – neue Kleider, noch eine Halskette. Und was den Rest anbelangte, die Köche, *sweeper* und *ayahs,* warum schien es mit jedem Jahr, das verging, schwerer zu werden, sie zu finden? Man musste doch nur einen Schritt vor die Türe machen, und schon sah man tausende, die herumstanden und glotzten und nichts weiter zu tun hatten, als auf der Straße herumzulungern. Aber wenn es dann daran ging, neue Angestellte zu finden, so meinte man, in einer Geisterwelt zu leben.

Und nun noch diese grässliche Seuche, zu tausenden würden sie krepieren. Und was dann? Dann wären die Arbeitswilligen noch rarer gesät – selten wie weiße Elefanten. Es war besser, sie umzusiedeln, so lange noch Zeit war. Es stimmte, was das Mädchen sagte: Es wäre sicherer, sie auf dem Hügel wohnen zu lassen, weit weg von der Stadt. Sonst trugen sie die Seuche womöglich noch nach »Outram House«. Und für die Verschandelung des Geländes gab es durchaus Ausgleich. Sie wären immer da, und man konnte zu jeder Zeit nach ihnen rufen, Tag und Nacht.

Die Königin drehte sich wieder zu Dolly um. »Ich habe entschieden. Sie sollen ihre Hütten auf dem Hügel bauen. Sag Sawant, er soll ihnen ausrichten, dass sie gleich anfangen sollen.«

Binnen weniger Tage wuchs rund um das Gelände eine *basti,* eine

Ansammlung von Bretterverschlägen und Hütten. In den Badezimmern von »Outram House« begann das Wasser wieder zu fließen; die Aborte waren wieder sauber. Die Hüttenbewohner waren der Königin zutiefst dankbar. Nun war es an ihr, vergöttert zu werden: Über Nacht war sie zur Schutzgöttin aufgestiegen, Beschützerin der Unglückseligen, die inkarnierte *devi,* die hunderte vor der tödlichen Seuche gerettet hatte.

Nach einem Monat klang die Seuche ab. Um das Gelände herum lebten inzwischen etwa fünfzig Familien. Sie machten keinerlei Anstalten, in ihre alten Häuser in den engen Gassen der Stadt zurückzukehren. Auf dem luftigen Hügel war es sehr viel angenehmer. Dolly besprach die Angelegenheit mit der Königin, und sie gestattete den Ansiedlern zu bleiben. »Was, wenn wieder eine Epidemie ausbricht?«, sagte die Königin. »Wir wissen schließlich nicht, ob es wirklich ausgestanden ist.«

Die Prinzessinnen waren entzückt, dass die Hütten stehen blieben. Sie hatten noch nie zuvor Spielkameraden in ihrem Alter gehabt. Und jetzt waren es gleich dutzende. Die Erste Prinzessin war inzwischen zehn und die Jüngste sechs. Sie rannten den ganzen Tag mit ihren neuen Freunden auf dem Gelände umher, entdeckten neue Spiele und lernten deren Sprache. Wenn sie hungrig waren, liefen sie zu den Hütten ihrer Freunde und baten um etwas zu essen; nachmittags, wenn es zu heiß war, um im Freien zu spielen, schliefen sie auf den lehmigen Fußböden der palmgedeckten Baracken ein.

Vier Jahre später brach die Seuche aufs Neue aus. Noch mehr Menschen zogen hinauf auf den Hügel. Genau, wie Sawant prophezeit hatte, wurde die *basti* rund um das Gelände eine eigene kleine Stadt, mit engen Gassen und kleinen Läden. Die Behausungen waren schon lange nicht mehr nur Hütten und Buden. Die ersten Ziegelhäuser entstanden, eines nach dem anderen. Doch die kleine Ansiedlung besaß keinerlei Vorrichtungen zur Entsorgung des Abwassers oder andere sanitäre Einrichtungen. Wenn der Wind sich drehte, wurde »Outram House« vom Gestank der Exkremente und des Abfalls durchdrungen, der aus der Schlucht am Ende des Steilufers heraufwehte.

Ein englischer Bezirksbeamter begann, sich Sorgen um die Erziehung der Prinzessinnen zu machen und sorgte für die Anstellung einer englischen Gouvernante. Nur eine der Prinzessinnen – die jüngste – zeigte Begabung für das Lernen. Sie und Dolly profitierten am meisten von der Anwesenheit der Engländerin. Beide lernten sehr schnell, fließend Englisch zu sprechen. Dolly begann, Aquarelle zu malen. Doch die Gouvernante blieb nicht lange. Sie war derartig entrüstet über die Umstände der Gefangenschaft der königlichen Familie, dass sie sich mit den britischen Beamten überwarf. Schließlich musste man sie zurück nach England schicken.

Die Prinzessinnen waren älter geworden, genau wie ihre Spielkameraden. Manchmal zogen die Jungen die Mädchen an den Zöpfen und drängten sich beim Spielen nahe an sie. Sawant fiel die Rolle ihres Beschützers und Verteidigers zu. Oft stürmte er in die *basti,* nur um mit blauen Flecken und aufgeplatzter Lippe wieder herauszukommen. Dann versammelten sich Dolly und die Prinzessinnen in stummer Ehrfurcht: Ohne nachzufragen wussten sie, dass er diese Wunden bei ihrer Verteidigung davongetragen hatte.

Sawant war inzwischen zu einem großen, dunkelhäutigen jungen Mann mit breiter Brust und einem gepflegten schwarzen Schnurrbart herangewachsen. Er war nicht nur Kutscher, sondern gleichzeitig auch Torhüter geworden. Im Rahmen dieser Stellung hatte man ihm den Wachraum neben dem Tor zu seiner Verfügung überlassen. Die Kammer war klein. Sie besaß nur ein einziges Fenster und ein eisernes Bett, die einzige Verzierung bestand aus einem Bild des Buddha – ein Zeichen für Sawants Konvertierung zum buddhistischen Glauben, der er sich unter dem Einfluss des Königs unterzogen hatte.

Sawants Kammer war den Mädchen für gewöhnlich verboten, doch wenn er sich dort niedergelegt hatte, um die Wunden zu pflegen, die er sich ihretwegen zugezogen hatte, konnten sie der Versuchung nur schwer widerstehen. Sie fanden stets einen Weg, beladen mit Tellern voll Essen und Päckchen voller Süßigkeiten, unbemerkt hineinzuschlüpfen.

An einem heißen Nachmittag im Juli betrat Dolly seine Kammer wegen einer Haushaltsangelegenheit und fand ihn schlafend auf seiner Eisenpritsche. Sawant war nackt, bis auf einen weißen Lendenschurz, einen baumwollenen *langot,* der zwischen den

Knien geknotet war. Sie setzte sich neben ihn und beobachtete, wie sich seine Brust beim Atmen hob und senkte. Sie wollte ihn wecken und griff nach seiner Schulter, doch stattdessen ließ sie ihre Hand auf seinen Hals sinken. Seine Haut war feucht und von einem feinen Schweißfilm überzogen. Sie fuhr mit ihrem Zeigefinger hinunter bis zur Mitte seiner Brust, ließ ihn durch die winzige Schweißpfütze gleiten, die sich dort gesammelt hatte, und weiter hinab zu der spiralförmigen Kuhle seines Nabels. Eine Spur feinen Flaums wand sich von dort aus hinunter und verschwand in den feuchten Falten seines Baumwoll-*langot*. Sie berührte die Härchen mit der Fingerspitze und strich sie gegen ihren Wuchs, bis sie sich aufrichteten. Sawant bewegte sich und schlug die Augen auf. Sie spürte seine Finger auf ihrem Gesicht. Sie folgten der Form ihrer Nase, teilten ihre Lippen, ertasteten ihre Zungenspitze, wanderten über die Kurve ihres Kinns hinunter zu ihrem Hals. Als er ihr Schlüsselbein erreichte, hielt sie seine Hand zurück.

»Nein.«

»Du hast mich zuerst berührt«, sagte er herausfordernd.

Ihr fiel keine Antwort ein. Still saß sie da, während er sich an den Bändern und Haken ihres *aingyi* zu schaffen machte. Ihre Brüste waren klein und noch nicht voll entwickelt und hatten winzige, rosige Warzen. Seine Kutscherhände waren mir rauer Hornhaut überzogen, die Schwielen seiner Handflächen kratzten auf ihren weichen Brustwarzen. Sie ließ ihre Hände sanft an den Seiten seines Brustkorbes hinuntergleiten. An ihrer Schläfe löste sich eine Locke, und an den Strähnen rannen winzige Schweißperlen hinab, die an den Spitzen den Halt verloren und auf seine Lippen tropften.

»Dolly, du bist die allerschönste Frau auf der ganzen Welt.«

Sie wussten beide nicht, was sie tun sollten. Es schien unmöglich, dass ihre Körper und ihre Gliedmaßen irgendwie zusammenpassen würden. Sie rutschen aneinander ab, berührten sich ungeschickt, kratzten einander versehentlich. Und dann, ganz plötzlich, spürte Dolly, wie zwischen ihren Beinen eine riesige Flamme aus Schmerz entbrannte. Sie schrie auf.

Er löste seinen Baumwoll-*langot* und wischte damit das Blut von ihren Beinen. Sie nahm einen Stoffzipfel und tupfte die roten Flecken von seiner Eichel. Er fasste ihr zwischen die Beine und säuberte ihre Scham. Sie hockten sich einander gegenüber und sahen sich an, die Knie zwischen die Knie des anderen geschoben. Sawant breitete das weiße, nasse Tuch über ihre ineinander verwobenen Gliedmaßen. Das Sonnenrad, das ihr Blut auf dem Stoff bildete, war mit seinem Samen gesprenkelt. In stummem Erstaunen blickten die beiden auf das leuchtende Tuch. Dies war ihr Werk, das Banner ihrer Vereinigung.

Am nächsten Tag kam sie wieder zu ihm und auch an vielen weiteren Tagen. Dolly selbst schlief in einem Ankleidezimmer im oberen Stockwerk, direkt neben dem Schlafzimmer der Ersten Prinzessin. Dollys Bett stand am Fenster, und davor, bequem zu erreichen, wuchs ein Mangobaum. Dolly benutzte ihn, um sich des Nachts davonzustehlen und vor Sonnenaufgang wieder hinaufzuklettern.

Eines Nachmittags waren sie schwitzend in Sawants Kammer eingeschlafen. Plötzlich erfüllte ein Schrei den Raum, der Dolly und Sawant erschreckt hochfahren ließ. Es war die Erste Prinzessin. Mit vor Wut funkelnden Augen, die Hände in die Hüften gestemmt, stand sie über ihnen. In der Hitze ihres Zorns hatte sie sich mit einem Mal von einem vierzehnjährigen Mädchen in eine Frau verwandelt.

»Ich habe es geahnt, und nun weiß ich es.«

Sie befahl Dolly, sich anzukleiden und die Kammer zu verlassen. »Wenn ich euch je wieder allein zusammen sehe, gehe ich zu Ihrer Majestät. Ihr seid Diener. Man wird euch hinauswerfen.«

Sawant, noch immer splitternackt, fiel vor ihr auf die Knie und rang die Hände. »Prinzessin, ich habe einen Fehler gemacht, einen Fehler! Meine Familie ist von mir abhängig. Erbarmen, Prinzessin. Es war ein Fehler. Es wird nie wieder geschehen.«

Von jenem Tag an folgten ihnen die Blicke der Ersten Prinzessin, wo immer sie waren. Sie erzählte der Königin, sie habe gesehen, wie ein Dieb den Mangobaum hinaufgeklettert sei. Der Baum wurde gefällt und die Fenster vergittert.

Man beschloss, zusammen mit den königlichen Lieferungen von Schweinefleisch auch Zeitungen aus Bombay nach »Outram House« zu senden. Gleich der erste Schwung enthielt Berichte über ein Thema von außerordentlichem Interesse: Die Europareise von König Chulalongkorn von Siam. Es war das allererste Mal, dass ein asiatischer Monarch zu einem Staatsbesuch nach Europa gereist war. Die Reise erstreckte sich über mehrere Wochen, und während dieser Zeit gab es für König Thebaw nichts anderes mehr von Interesse.

In London hatte König Chulalongkorn im Buckingham-Palast gewohnt; in Österreich war er von Kaiser Franz Joseph empfangen worden; in Kopenhagen hatte ihm der dänische König seine Freundschaft erwiesen; in Paris war er vom französischen Präsidenten festlich bewirtet worden; in Deutschland stand Kaiser Wilhelm wartend am Bahnsteig, als sein Zug einfuhr. König Thebaw las die Berichte immer und immer wieder, bis er sie auswendig konnte.

Es war noch nicht sehr lange her, da waren Thebaws Urgroßvater Alaungpaya und sein Großvater Bagyidawo in Siam eingefallen, hatten die Streitmächte vernichtet, die Herrscher abgesetzt und die Hauptstadt Ayutthaya zerstört. In der darauf folgenden Zeit hatte der besiegte Adel einen neuen Herrscher erkoren, und Bangkok war die neue Hauptstadt des Landes geworden. Den Königen von Birma, Thebaws Vorfahren, der Konbaung-Dynastie, war die Existenz von Siams herrschender Dynastie samt des heute regierenden Königs zu verdanken.

»Als unser Vorfahre, der große Alaungpaya, einst in Siam einfiel«, so sagte Thebaw eines Tages zu seinen Töchtern, »hat er dem König von Ayutthaya einen Brief gesandt. In den Archiven des Palastes befand sich eine Kopie dieses Schreibens. Und so lauteten die Worte: *Unsere Pracht und unser Karma kennen keine Rivalen. Euch neben uns zu stellen hieße, den großen Galon, Träger des Gottes Vishnu einer Schwalbe gleichzusetzen; die Sonne einem Leuchtkäfer; die göttliche Hamadryade aller Himmel einem armseligen Erdwurm; den Hamsa-König Dhatarattha einem Mistkäfer.* Dies sind die Worte, die unser Vorfahre an den König von Siam richtete. Und nun schlafen sie im Buckingham-Palast, während wir in diesem Misthaufen begraben sind.«

Die Wahrheit seiner Worte ließ sich kaum leugnen. Über die Jahre war »Outram House« den elenden Gassen seiner Umgebung immer ähnlicher geworden. Dachziegel waren fortgeweht und niemals ersetzt worden. Der Putz war in großen Stücken von den Wänden gefallen und hatte die nackten Ziegel bloßgelegt. Pipalzweige hatten in Rissen Wurzeln geschlagen und waren in kurzer Zeit zu kräftigen jungen Bäumen herangewachsen. Im Inneren war der Schimmel vom Boden heraufgekrochen, bis die Wände aussahen, als seien sie in schwarzen Samt geschlagen. Der Verfall war zum Erkennungszeichen für den Trotz der Königin geworden. »Die Instandhaltung dieses Hauses liegt nicht in unserer Verantwortung«, sagte sie. »Sie haben diesen Kerker für uns erwählt, sollen sie sich auch darum kümmern.«

Neue Verwalter sprachen zuweilen davon, die *basti* niederreißen zu lassen und die Angestellten wieder in die Stadt umzusiedeln. Die Königin pflegte über diese Ambitionen zu lachen: Wie töricht sie doch waren, diese Männer, in ihrer Arroganz, wenn sie glaubten, in einem Land wie Indien sei es möglich, eine Familie von allen anderen abgetrennt auf einem Hügel gefangen zu halten! Der Erdboden selbst würde dagegen aufbegehren!

Die wenigen Besucher, die vorgelassen wurden, waren regelrecht erschüttert über den Anblick der *basti,* den Gestank von Abfall und Exkrementen, den beißenden Rauch der Holzfeuer, der in Schwaden in der Luft hing. Oft stiegen sie mit ungläubigen Gesichtern aus ihren Kutschen und fanden es schier unbegreiflich, dass der Sitz des letzten Königs von Birma zum Zentrum einer Hüttensiedlung geworden war.

Die Königin pflegte sie mit ihrem stolzen, schmallippigen Lächeln zu empfangen. Ja, seht euch nur um, und seht, wie wir leben. Ja, wir, die wir einst die Herrscher waren über das reichste Gefilde Asiens, so tief sind wir gesunken. Das haben sie uns angetan, und das werden sie ganz Birma antun. Sie haben uns unser Königreich genommen, haben Straßen und Bahnhöfe und Häfen versprochen, doch denkt an meine Worte, genau so wird es enden. In wenigen Jahrzehnten schon wird aller Wohlstand dahin sein – all die Edelsteine, das Holz und das Öl – und dann werden auch sie wieder fortgehen. Alles, was bleiben wird in unserem goldenen Birma, wo niemand je hungern musste und niemand zu arm war, um schreiben und lesen zu lernen, wird Armut sein und Unwissen, Hunger und Verzweiflung. Wir waren nur die Ersten, die im Namen ihres

Fortschritts eingesperrt worden sind; Millionen werden uns folgen. Genau dies erwartet uns alle: Genau so werden wir alle enden – als Gefangene in Barackenstädten, die aus der Pest geboren wurden. In hundert Jahren wird der Unterschied zwischen dem Königreich Siam und dem Zustand unseres eigenen geknechteten Landes die schreiende Anklage gegen die Habgier Europas sein.

3

Der Irawadi war nicht der einzige Wasserweg, den Saya John auf seinen Reisen benutzte. Seine Geschäfte führten ihn oft weit nach Osten, den Sittang hinunter und tief hinein in das Hochland der Shan. Etwa eine Tagesreise landeinwärts von der Flussstadt Pyinmana lag ein Dorf mit Namen Huay Zedi.

Viele Jahre zuvor, als die Teakholz-Gesellschaften mit der Erkundung der Wälder dieser Gegend begonnen hatten, war auch Huay Zedi nur ein behelfsmäßiges Teaklager gewesen wie viele andere auch. Doch im Laufe der Jahre waren diese provisorischen Teaklager immer höher hinaufgeklettert, und ihre Versorgung war zu einer immer gewaltigeren Aufgabe geworden. Mit der Zeit wurde Huay Zedi dank seiner Lage am Fuße der Hänge zwischen Bergen und Flachland zum Ausgangspunkt für die Erschließung des Hochlandes. Viele der Holzfäller und Elefantenführer, die mit ihrer Gesellschaft in diese bis dahin unbesiedelte Gegend gekommen waren, hatten sich in dem Dörfchen niedergelassen.

Nur wenige jener *oo-sis, pe-sis* und *pa-kyeiks,* die in Huay Zedi lebten, waren Birmanen. Einige waren Karen, andere Karenni, einige Pa-O, andere Padaung, einige Kadukanan: Selbst einige indische Mahout-Familien waren darunter, Elefantenausbilder aus Koraput in den östlichen Ghats. Die Bewohner blieben unter sich und hatten beinahe keinen Kontakt zu der Bevölkerung in der Ebene; Huay Zedi war ein vollkommen eigenständiger Ort, in sich geschlossen, ein Teil jenes neuen Kreislaufs, der durch das Teakholz entstanden war.

Das Dorf befand sich genau oberhalb eines Sandbettes, geschaffen von einem *chaung,* der sich in einer weiten, schlingernden

Kurve aus den Bergen ergoss. Der Fluss breitete sich in dem weiten Kiesbett aus, und beinahe das ganze Jahr hindurch erreichte das Wasser gerade einmal Kniehöhe – die ideale Tiefe für die Kinder des Dorfes, die tagsüber mit einer kleinen Armbrust von Ufer zu Ufer streiften. Der Fluss war voll von leichter Beute – silberne Fische, die im flachen Wasser ihre Kreise zogen, benommen von der plötzlichen Stille ihres eben noch so reißenden Elementes. Der Hauptteil jener, die ständig in Huay Zedi lebten, waren Frauen: Den größten Teil des Jahres waren die gesunden Männer von zwölf Jahren aufwärts fort, um in diesem oder jenem Teaklager an den Hängen des Berges zu arbeiten.

Die Ansiedlung war von riesigen Bäumen mit geraden Ästen umgeben, die so eng beieinander standen wie ein gewaltiger Laubwall. Verborgen hinter dieser Mauer lebten große Sittichschwärme und Horden von Affen – Languren mit weißen Gesichtern und Rhesusaffen mit kupfernem Fell. Sogar ganz gewöhnliche Alltagsgeräusche aus dem Dorf – das Schaben einer Kokoskelle in einem Metalltopf, das quietschende Rad eines Kinderspielzeugs – genügten, um einen wahren Sturm von alarmierenden Schreien durch die schattige Dunkelheit gehen zu lassen: Die Affen traten laut schnatternd den Rückzug an, und große Vogelschwärme stiegen in einer einzigen Woge aus den Wipfeln hinauf in den Himmel, wie ein Blatt im Wind.

Die Behausungen von Huay Zedi unterschieden sich von jenen in den Lagern nur in Höhe und Größe – in Form und Gestaltung waren sie den anderen sehr ähnlich. Sie waren aus den gleichen Materialien gebaut – geflochtener Bambus und Schilf – und standen auf schulterhohen Teakholzpfählen. Nur ein paar Bauten hoben sich auffällig von der grünen Umgebung ab, alle anderen passten sich dem Wald vollkommen an: Eine Holzbrücke, eine Pagode mit weißen Wänden und eine mit Bambus gedeckte Kirche, gekrönt von einem bemalten Teakholzkreuz. Diese Kirche wurde von einer stattlichen Anzahl Bewohner besucht, die meisten von ihnen Karen und Karenni – Menschen, deren Familien von Anhängern des amerikanischen Baptistenmissionars Reverend Adoniram Judson bekehrt worden waren.

Wenn sein Weg ihn nach Huay Zedi führte, wohnte Saya John

meist bei der würdigen Witwe eines ehemaligen *hsin-ouq,* einer Karenni christlichen Glaubens, die von dem umrankten Balkon ihres *tai* herab einen kleinen Laden unterhielt. Diese Frau hatte einen Sohn mit Namen Doh Say, der einer von Rajkumars besten Freunden wurde.

Doh Say war ein paar Jahre älter als Rajkumar, ein schüchterner, hoch aufgeschossener Halbwüchsiger mit einem breiten, flachen Gesicht und Stupsnase. Als Rajkumar ihm das erste Mal begegnete, war er als *sin-pa-kyeik* angestellt, als Zuarbeiter eines *pa-kyeik,* eines Kettenmannes. Dies waren die Männer, die den Elefanten das Geschirr anlegten und das Ziehen der Stämme überwachten. Doh Say war noch zu jung und unerfahren, als dass man ihm erlaubt hätte, das Aufzäumen und Festmachen selbst zu besorgen. Seine Arbeit bestand darin, für seinen *pa-kyeik* die schweren Ketten zu hieven. Aber Doh Say nahm seine Aufgabe ernst und arbeitete schwer, und als Rajkumar und Saya John das nächste Mal in sein Lager kamen, war er bereits zum *pa-kyeik* aufgestiegen. Ein Jahr später hatte er es zum *pe-si* oder Elefantenreiter in einer *aunging*-Herde gebracht, die darauf spezialisiert war, die Flüsse freizuhalten.

Wann immer Rajkumar konnte, heftete er sich an Doh Says Fersen. Er folgte ihm den ganzen Tag auf Schritt und Tritt und machte sich nützlich, indem er das Feuer entfachte oder Wasser aufsetzte. Doh Say brachte ihm bei, wie man Tee nach Art der *oo-sis* brühte, stark, bitter und sauer. Man fing mit einem Topf an, der bereits zur Hälfte mit Blättern gefüllt war, und fügte bei jedem Aufguss neue hinzu. Abends half er Doh Say dabei, Zuckerrohrwände zu flechten, und nachts saß er Betel kauend auf der Leiter seiner Hütte und lauschte den Gesprächen der *oo-sis.* Die Herde blieb nachts unbewacht. Die Beine der Elefanten waren mit Kettenfesseln versehen, die Tiere konnten auf Futtersuche humpelnd den nahen Urwald durchstreifen.

Das Leben im Lager war einsam, und oft erzählte Doh Say von seiner Liebsten Naw Da, einem Mädchen, etwa zwölf bis fünfzehn Jahre alt, schlank und in der Blüte ihrer Jugend. Sie trug stets einen mit Quasten geschmückten weißen Überwurf und einen schlichten *longyi.* Sobald Doh Say zum *oo-si* aufgestiegen war, wollten sie heiraten.

»Und was ist mit dir?«, fragte Doh Say oft. »Gibt es ein Mädchen, an das du immer denken musst?«

Normalerweise zuckte Rajkumar dann gleichgültig die Achseln, doch eines Abends überraschte er Doh Say mit einem Nicken.

»Wer ist sie?«

»Sie heißt Dolly.«

Es war das allererste Mal, dass Rajkumar über sie sprach, und die Ereignisse von Mandalay lagen schon so lange zurück, dass er sich kaum noch daran zu erinnern vermochte, wie sie aussah. Sie war nur ein Kind gewesen, und doch hatte sie ihn so sehr berührt wie noch nie irgendjemand oder irgendetwas zuvor. In ihren riesigen, angsterfüllten Augen hatte er seine eigene Einsamkeit gesehen, nach außen gekehrt, sichtbar gemacht, offen zur Schau getragen.

»Und wo lebt sie?«

»In Indien, glaube ich. Ich bin mir nicht sicher.«

Doh Say kratzte sich nachdenklich. »Eines Tages wirst du dich auf die Suche nach ihr machen müssen.«

Rajkumar lachte. »Indien ist sehr weit weg.«

»Du musst gehen. Du hast keine andere Wahl.«

Doh Say machte Rajkumar mit den vielen verschiedenen Gesichtern bekannt, mit denen der Tod sich in das Leben der *oo-sis* schlich: dem nadelfeinen Biss der Kettenviper, dem versprengten Baumstamm, der Bedrohung durch den wilden Büffel. Doch für Doh Say bedeuteten nicht diese augenfälligen Verkörperungen des Todes den größten Schrecken, sondern eine seiner besonders rachgierigen Abarten. Es handelte sich um den Milzbrand, die tödlichste aller Elefantenseuchen, auch Anthrax genannt.

Anthrax war in den Wäldern von Mittelbirma weit verbreitet, und Epidemien ließ sich nur schwer vorbeugen. Diese Seuche konnte bis zu dreißig Jahre latent, in den Grassteppen verborgen, ruhen. Ein Elefantenpfad oder ein Weg, der ruhig erschien und als sicher galt, weil er über Jahre nicht benutzt worden war, konnte sich mit einem Male in eine Straße zum Tod verwandeln. Anthrax in seiner schlimmsten Form vermochte einen Elefanten binnen Stunden zu töten. Ein gigantischer Dickhäuter, der volle fünfzehn Arm groß in sich ruhte und noch in der Dämmerung friedlich weidete, konnte bei Sonnenaufgang tot sein. Eine ganze Arbeitsherde mit hundert Tieren konnte binnen weniger Tage ausgelöscht sein. Ausgewachsene Arbeitselefanten waren etliche tausend Rupien wert, aber die Kosten einer Epidemie waren dermaßen hoch, dass die Auswirkungen sogar bis hin zur Londoner Börse zu spüren waren. Die wenigsten Versicherungen waren bereit, es mit einer Seuche wie dieser aufzunehmen.

Das Wort Anthrax entstammt derselben Wurzel wie das Wort Anthrazit, eine sehr hochwertige Form von Kohle. Die Infektion mit Anthrax äußert sich beim Menschen zunächst in kleinen, pickelartigen Entzündungsherden. Während diese Läsionen sich ausbreiten, werden in ihren Zentren kleine schwarze Punkte sichtbar, winzige Pusteln, wie Puderpartikel von Holzkohle, daher der Name dieser Krankheit. Wenn Anthrax auf der Haut eines Elefanten zum Ausbruch kommt, entwickeln die Läsionen eine geradezu vulkanische Energie. Zuerst erscheinen sie auf den Hinterbeinen des Tieres. Dabei haben sie in etwa die Größe einer menschlichen Faust und sind von rotbrauner Färbung. Diese Flecken schwellen rapide an, beim männlichen Tier befallen sie auch noch sehr schnell die Penishaut.

Die größte Ansammlung dieser Furunkel findet sich um die Hinterbeine der Tiere, und ihr Wachstum hat den Verschluss des Anus zur Folge. Elefanten vertilgen Unmengen Futter und müssen andauernd den Darm entleeren. Die Arbeit des Verdauungsapparates wird jedoch bei Ausbruch der Krankheit nicht eingestellt; die Innereien produzieren auch nach dem Verschluss der Ausscheidungsorgane weiterhin Fäkalien, die explosiv gegen den verstopften Anus drücken.

»Der Schmerz ist so gewaltig«, erklärte Doh Say, »dass ein mit Anthrax infizierter Elefant blindlings alles angreift, was ihm in die Quere kommt. Er reißt Bäume aus, trampelt Mauern nieder und greift Lokomotiven an. Die zahmsten Kühe werden zu irrsinnigen Mörderinnen. Die sanftesten Kälber gehen auf ihre Muttertiere los.«

Bei seiner ersten Begegnung mit Anthrax war Rajkumar vierzehn Jahre alt.

Als es zum Ausbruch einer Epidemie kam, befanden sie sich gerade zusammen in einem Teaklager. Saya John und Rajkumar hatten sich, wie es ihre Gewohnheit war, bei dem *hsin-ouq* des Lagers einquartiert, einem kleinen, krumm gewachsenen Mann mit einem dünnen, gezwirbelten Schnurrbart. Doh Say stürmte herein und informierte den *hsin-ouq* darüber, dass einer der *oo-sis* vermisst werde: Man vermutete, er sei von seinem eigenen Elefanten getötet worden.

Der *hsin-ouq* vermochte sich keinen Reim darauf zu machen. Dieser Elefant war bereits seit mehr als fünfzehn Jahren in der Obhut seines *oo-si* und hatte noch niemals Ärger gemacht. Doch kurz vor seinem Tod hatte der *oo-si* seinen Schützling von der Herde fortgeführt und an einen Baum gebunden. Jetzt hielt die Elefantenkuh über dem Leichnam Wache und ließ niemanden an sich heran. Nichts war so, wie es sein sollte. Was war nur geschehen? Ungeachtet der Uhrzeit machte sich der *hsin-ouq* mit seiner Gruppe Männer auf in den Dschungel. Saya John und Rajkumar schlossen sich ihnen an.

Wie der Zufall es wollte, war der Forstaufseher gerade für einige Tage in die Niederlassung der Gesellschaft nach Prome gereist. Während seiner Abwesenheit gab es im Lager keinerlei Schusswaffen. Die *oo-sis* waren lediglich mit ihren üblichen Waffen ausgerüstet, Fackeln und Speere und *das*.

Rajkumar konnte den Elefanten schon von weitem hören. Als sie den Unglücksort erreichten, wurden die Schreie sehr laut. Schon oft war Rajkumar über die unglaubliche Lautstärke, zu der ein einziger Elefant in der Lage war, erstaunt gewesen: Das Trompeten, die Schreie, die Folgen der Blähungen, das Krachen von Setzlingen und Unterholz. Doch dies war anders als der übliche Radau zur Futterzeit. Ein Ton von Schmerz und Pein stach aus den üblichen Geräuschen heraus.

Der Elefant hatte um sich herum eine große Lichtung geschaffen, indem er alles in seiner Reichweite niedergetrampelt hatte. Unter einem Baum lag der tote *oo-si*, zerquetscht und blutüberströmt, nur ein paar Schritte entfernt von den gefesselten Füßen des Elefanten.

Aus sicherer Entfernung beobachteten Saya John und Rajkumar, wie der *hsin-ouq* und die anderen Männer die wütende Kuh einkreisten, und herauszufinden versuchten, was geschehen war. Dann stieß der *hsin-ouq* einen Schrei aus und deutete mit der Hand auf den Rumpf des Tieres. Im schwachen Licht der Fackeln konnte Rajkumar erkennen, dass das Hinterteil des Elefanten mit Schwellungen von leuchtend roter Farbe übersät war.

Der *hsin-ouq* und seine Männer machten hastig kehrt und sprangen Hals über Kopf zurück in den Wald, auf dem Weg, den sie gekommen waren.

»Sayagyi, was ist los? Warum rennen sie davon?«

»Es ist Anthrax, Rajkumar.« Saya John eilte durch das Unterholz und versuchte, die Fackeln der *oo-sis* nicht aus den Augen zu verlieren.

»Was?«

»Anthrax.«

»Aber Saya, warum versuchen sie nicht, den Leichnam zu bergen?«

»Aus Angst vor Ansteckung wagt niemand, sich dem Tier zu nähern«, sagte Saya John. »Und außerdem gibt es im Moment Wichtigeres für sie zu tun.«

»Was ist wichtiger als der Leichnam ihres Kameraden?«

»Vieles. Sie könnten alles verlieren – ihre Tiere, ihre Arbeit, ihren Lebensunterhalt. Der tote Mann hat sein Leben geopfert in dem Versuch zu verhindern, dass dieser Elefant den Rest der Herde ansteckt. Sie sind es ihm schuldig, die Herde in Sicherheit zu bringen.«

Rajkumar hatte schon viele Seuchen kommen und gehen sehen – Typhus, Pocken, Cholera. Er hatte sogar den Ausbruch überlebt, der einst seine ganze Familie auslöschte. Für ihn waren Krankheiten eher Launen des Zufalls als eine Gefahr. Sie waren eine Bedrohung, mit der man Tag für Tag leben musste. Es war für ihn unvorstellbar, dass die *oo-sis* den Leichnam ihres Kameraden einfach so im Stich ließen.

Rajkumar lachte. »Wie die gelaufen sind! Als wäre ihnen ein Tiger auf den Fersen.«

Da drehte sich Saya John, der stets so ausgeglichen und ruhig war, in einem plötzlichen Wutanfall zu ihm um. »Hüte deine Zunge, Rajkumar.« Saya Johns Stimme wurde wieder ruhiger. »Anthrax ist eine Seuche, und um den Stolz zu bestrafen, hat der Herr sie gesandt.«

Wie immer, wenn er aus der Bibel zitierte, wurden seine Worte tief und langsam:

»Da sprach der Herr zu Mose und Aaron: Nehmet eure Fäuste voll Ruß aus dem Ofen, und Mose sprenge ihn gen Himmel vor Pharao, dass es über ganz Ägyptenland stäube und böse schwarze Blattern auffahren an den Menschen und am Vieh in ganz Ägyptenland.«

Rajkumar verstand nur einige dieser Worte, aber der Tonfall von Saya Johns Stimme genügte, um ihn zum Schweigen zu bringen.

Als sie wieder im Lager angekommen waren, fanden sie es verlassen. Doh Say und die anderen waren zusammen mit der Herde geflohen. Nur der *hsin-ouq* war geblieben, um auf die Rückkehr des Forstaufsehers zu warten. Saya John beschloss zu bleiben, um ihm Gesellschaft zu leisten.

In aller Frühe kehrten sie am nächsten Morgen noch einmal zu der Stelle zurück, wo der Unfall geschehen war. Der kranke Elefant war ruhiger als in der Nacht zuvor, benommen von Schmerzen und geschwächt vom Kampf mit der Krankheit. Die Furunkel waren inzwischen auf die Größe von Ananas angeschwollen, und die Haut des Tieres fing an, aufzureißen und abzufallen. Die Stunden vergingen, die Läsionen wurden immer größer und die Risse tiefer. Bald sonderten die Furunkel eine weißliche Flüssigkeit ab. Binnen kurzer Zeit war die Haut des Tieres nass von Ausfluss. Blutige Eiterrinnsale tropften auf die Erde. Der Lehm zu Füßen des Elefanten verwandelte sich in Schlamm, getränkt von Blut und Ausfluss. Rajkumar ertrug den Anblick nicht länger. Nach vorne gebeugt übergab er sich und beschmutzte dabei seinen *longyi*.

»Wenn dir dieser Anblick schon so nahe geht, Rajkumar, dann denke einmal darüber nach, was es für die *oo-sis* bedeuten muss, ihre Elefanten so verenden zu sehen. Diese Männer hängen an ihren Tieren, als wären sie ihr eigen Fleisch und Blut. Wenn Anthrax dieses Stadium erst einmal erreicht hat, dann bleibt den *oo-sis* nichts weiter, als hilflos zuzusehen, wie sich diese riesigen Fleischberge vor ihren Augen auflösen.«

Der kranke Elefant starb am frühen Nachmittag. Kurz darauf

bargen der *hsin-ouq* und ein paar Männer den Leichnam ihres Kameraden.

Saya John und Rajkumar beobachteten von Ferne, wie der zermalmte Körper ins Lager getragen wurde.

»Und sie nahmen Ruß aus dem Ofen«, sagte Saya John ruhig, *»und traten vor Pharao, und Mose sprengte ihn gen Himmel. Da fuhren böse schwarze Blattern an den Menschen und am Vieh, also dass die Zauberer nicht konnten vor Mose stehen vor den bösen Blattern; denn es waren an den Zauberern ebenso wohl böse Blattern als an allen Ägyptern …«*

Rajkumar konnte es kaum erwarten, das Lager zu verlassen. Die Ereignisse der vergangenen Tage hatten ihn krank gemacht. Doch Saya John war taub gegen sein Flehen. Der *hsin-ouq* sei ein alter Freund, sagte er, und er würde ihm Gesellschaft leisten, bis der tote *oo-si* begraben und diese schwere Prüfung vorüber sei.

Wären die Dinge normal verlaufen, so hätte man den Leichnam unmittelbar nach seiner Bergung bestattet. Doch die Abwesenheit des Forstaufsehers stellte sie vor eine unvorhergesehene Hürde. Es war üblich, die Toten förmlich von ihren irdischen Banden zu lösen, indem eine schriftliche Erklärung ausgestellt wurde. Nirgends wurde dieses Ritual strikter eingehalten als bei den *oo-sis*, die ihr Leben in ständiger Todesgefahr verbrachten. Die Entlassungsurkunde des Toten musste noch unterschrieben werden, und das konnte allein der Forstaufseher als sein Arbeitgeber tun. Ein Bote wurde nach ihm geschickt. Man erwartete ihn am folgenden Tag mit der unterschriebenen Urkunde zurück. Es blieb nur noch, das Ende der Nacht abzuwarten. Bei Sonnenaufgang war das Lager beinahe ganz ausgestorben. Rajkumar und Saya John gehörten zu den wenigen, die geblieben waren. In der Nacht hatte Rajkumar auf dem Balkon des *hsin-ouq* noch lange wach gelegen. Das *tai* in der Mitte der Lichtung war hell erleuchtet. Der *luga-lei* des Aufsehers hatte all seine Lampen angezündet, und in der Dunkelheit des Urwaldes strahlte das verlassene *tai* eine unheimliche Erhabenheit aus.

Mitten in der Nacht kam Saya John auf den Balkon hinaus, um eine Zigarre zu rauchen.

»Saya, warum muss der *hsin-ouq* mit dem Begräbnis so lange warten?«, fragte Rajkumar in anklagendem Tonfall. »Was wäre schon geschehen, Saya, wenn er den Toten heute bestattet und die Urkunde für später aufgehoben hätte?«

Saya John tat einen kräftigen Zug. Die Spitze der Zigarre spiegelte sich rot in seinen Brillengläsern wider. Er blieb lange stumm, und Rajkumar begann sich zu fragen, ob er die Frage überhaupt gehört hatte. Gerade als er sie wiederholen wollte, begann Saya John zu sprechen.

»Ich war einmal in einem Lager«, sagte er, »als ein unglückseliger Unfall geschah, bei dem ein *oo-si* sein Leben ließ. Das Lager war gar nicht weit von diesem hier entfernt, höchstens zwei Tagesmärsche, und seine Herden standen unter der Aufsicht unseres Gastgebers – genau dieses *hsin-ouq*. Der Unfall ereignete sich zur geschäftigsten Zeit des Jahres, wenn die Regenfälle langsam zu Ende gehen. Die Arbeit der Saison war beinahe beendet. Es waren nur noch einige Stapel Baumstämme übrig, als ein sehr großer Stamm schräg über die Uferböschung des *chaung* rutschte und die Rinne blockierte, in der die Teakstämme hinunter ins Wasser gerollt wurden. Der Stamm klemmte derart zwischen zwei Baumstümpfen fest, dass alles zum Stillstand kam. Es war nicht möglich, die anderen Stämme zum Wasser zu rollen, ehe dieser nicht aus dem Weg geräumt war. Der Aufseher dieses Lagers war noch sehr jung, etwa neunzehn oder zwanzig Jahre alt, und er hieß, wenn ich mich recht entsinne, McKay – McKay-Thakin wurde er genannt. Er war damals erst seit zwei Jahren in Birma, und es war das erste Mal, dass er die Leitung eines Lagers übernommen hatte. Es war eine lange und harte Saison gewesen, es regnete seit Monaten ohne Unterlass. McKay-Thakin war überaus stolz auf seine neue Verantwortung, und er war äußerst hart zu sich selbst. Er verbrachte die gesamte Zeit des Monsuns im Lager und gestattete sich selbst niemals eine Pause. Er war nie länger von seinem Lager fort als für ein Wochenende. Er hatte bereits mehrere schlimme Fieberanfälle hinter sich. Diese Attacken hatten ihn so sehr geschwächt, dass er an bestimmten Tagen nicht einmal genügend Kraft sammeln konnte, um von seinem *tai* herunterzuklettern. Nun, da die Saison sich ihrem Ende zuneigte, hatte man ihm einen Monat Urlaub versprochen, den er in den angenehm kühlen Bergen von Maymyo verbringen sollte. Die Gesellschaft hatte ihn wissen lassen, er könne gehen, sobald alle vorgesehenen Stämme in dem Gebiet, das ihm unterstand, abtransportiert seien. Der Tag seiner Abreise rückte näher, und McKay-Thakin wurde immer unruhiger. Er trieb seine Mannschaften härter und härter zur Arbeit an. Sie waren beinahe fertig, als der Unfall geschah.

Etwa um neun Uhr morgens war die Rinne blockiert. Der *hsin-ouq* war gerade zur Stelle, und er schickte sofort seine *pa-kyeiks* hinunter. Sie sollten den störrischen Stamm mit Ketten sichern, damit er weggezogen werden konnte. Doch der Stamm war in einem dermaßen unglücklichen Winkel verkeilt, dass es nicht möglich war, die Ketten ordentlich zu befestigen. Zuerst versuchte der *hsin-ouq* sein Glück, indem er einen einzigen starken Bullen vor den Stamm spannen ließ, und als sich kein Erfolg einstellte, probierte er es mit seinen zwei verlässlichsten Kühen. Doch alle Mühe war vergeblich. Der Stamm rührte sich nicht vom Fleck. Schließlich verlor McKay-Thakin die Geduld, und er befahl dem *hsin-ouq*, einen Elefanten die Böschung hinunterzutreiben, der den hartnäckigen Stamm freistoßen sollte.

Es war eine sehr steile Böschung, und nachdem über Monate hinweg die Stämme dort hinuntergeschoben worden waren, bestand die Oberfläche nur noch aus krümeligem Staub. Dem *hsin-ouq* war vollkommen klar, dass es für einen *oo-si* überaus gefährlich war, einen Elefanten auf derartig unsicheres Terrain zu führen. McKay-Thakin aber war inzwischen rasend vor Ungeduld, und als Verantwortlicher setzte er sich durch. Gegen seinen Willen rief der *hsin-ouq* einen seiner Männer zu sich, einen jungen *oo-si*, der gleichzeitig sein Neffe war, der Sohn seiner Schwester. Die Gefahren der anstehenden Herausforderung lagen offensichtlich auf der Hand, und der *hsin-ouq* wusste, dass keiner der anderen Männer ihm gehorchen würde, wenn er von ihnen verlangte, die Böschung hinabzusteigen. Doch bei seinem Neffen lag der Fall anders. ›Geh hinunter‹, sagte der *hsin-ouq*, ›aber sei vorsichtig und zögere nicht,umzukehren‹.

Der erste Teil des Vorhabens ging glatt vonstatten, doch gerade, als der Stamm sich löste, verlor der junge *oo-si* den Halt und geriet geradewegs in die Bahn des rollenden, zwei Tonnen schweren Stammes. Das Unausweichliche geschah. Er wurde zerquetscht. Als man ihn barg, wies sein Körper keine einzige Schramme auf, aber jeder einzelne Knochen war gebrochen, zermalmt.

Der junge *oo-si* war bei seinen Kameraden sehr beliebt gewesen, und auch sein Elefant, eine gutmütige, freundliche Kuh mit Namen Shwe Doke, hatte ihn sehr geliebt. Sie war in den *aunging*-Herden ausgebildet worden, und er hatte mehrere Jahre für sie gesorgt.

Wer mit Elefanten vertraut ist, behauptet, vielschichtige Emotionen bei ihnen erkennen zu können, Wut, Freude, Eifersucht, Trauer. Shwe Doke war über den Verlust ihres Führers zutiefst betrübt. Nicht weniger traurig war der *hsin-ouq*, den Schuldgefühle und Selbstvorwürfe plagten.

Doch es sollte noch schlimmer kommen. An jenem Abend, als der Leichnam für die Bestattung bereit war, ging der *hsin-ouq* mit der üblichen Entlassungsurkunde zu McKay-Thakin und bat ihn um seine Unterschrift.

Doch zu jenem Zeitpunkt war McKay-Thakin nicht bei klarem Verstand. Er hatte eine ganze Flasche Whisky geleert und das Fieber war wieder zurückgekehrt. Das Flehen des *hsin-ouq* machte keinen Eindruck auf ihn. Er war nicht mehr in der Lage zu begreifen, was man da von ihm verlangte.

Der *hsin-ouq* versuchte vergeblich zu erklären, dass die Beisetzung keinen Aufschub dulde, dass der geschundene Körper nicht warten könne, dass der Mann vor den letzten Riten seine Entlassung benötigte. Er bettelte, er flehte, und in seiner Verzweiflung versuchte er sogar, die Leiter zu erklimmen und sich gewaltsam Zugang zum *tai* zu verschaffen. Doch McKay-Thakin hatte ihn kommen sehen und kam herausgeschossen. In der einen Hand hielt er ein Glas, in der anderen ein großkalibriges Jagdgewehr. Er schoss in die Luft und schrie: ›Um Himmels willen, kannst du mich nicht einmal diese eine Nacht in Ruhe lassen?‹

Der *hsin-ouq* gab auf und beschloss, mit der Bestattung fortzufahren. Als die Dunkelheit sich niedersenkte, wurde der Tote beerdigt.

Ich habe jene Nacht, wie gewöhnlich, in der Hütte des *hsin-ouq* verbracht. Wir nahmen ein spärliches Mahl zu uns, und im Anschluss ging ich hinaus und rauchte eine Zigarre. Zu dieser Zeit ist ein Lager normalerweise sehr lebendig. Aus der Küche dringt das laute Geklapper von Blechtellern und Metalltöpfen, und die Dunkelheit ist gespickt mit glühenden Leuchtpunkten. Die *oo-sis* sitzen vor ihren Hütten, genießen die letzte Zigarre des Tages und kauen ein letztes Stückchen Betel. Doch an jenem Abend stellte ich zu meiner Verwunderung fest, dass niemand da war. Bis auf die Frösche und Eulen und das Flattern der großen Urwaldfalter war es still. Und auch das vertrauteste und beruhigendste Geräusch eines Lagers – das Klingeln der Elefantenglocken – fehlte. Ganz offensichtlich hatten die anderen *oo-sis* mit ihren Elefanten die Flucht ergriffen, sobald der letzte Klumpen Erde auf das Grab des Toten gefallen war.

Der einzige Elefant, der sich noch in der Nähe des Lagers befand, war Shwe Doke, der Dickhäuter des Toten. Der *hsin-ouq* hatte sich nach dem Unfall des herrenlosen Tieres angenommen. Die Kuh sei sehr unruhig und nervös, sagte er. Sie schlug mit den Ohren und schnappte mit der Spitze ihres Rüssels in die Luft. Dieses Benehmen war weder ungewöhnlich noch unerwartet, denn der Elefant ist vor allen Dingen ein Geschöpf der Gewohnheit und Routine. Das geht so weit, dass ein umwälzendes Ereignis wie die plötzliche Abwesenheit eines vertrauten Führers den zahmsten Elefanten aus dem Gleichgewicht bringen kann, er sogar oftmals regelrecht gefährlich wird.

Da dies der Fall war, hatte der *hsin-ouq* beschlossen, Shwe Doke in dieser Nacht nicht, wie es sonst üblich war, frei streunen zu lassen. Stattdessen hatte er sie auf eine Lichtung geführt, die etwa eine halbe Meile von dem Lager entfernt war, und sie mit einem großen Stoß saftiger Zweige versorgt. Dann hatte er sie sorgfältig zwischen zwei riesigen, felsenfest stehenden Bäumen angebunden. Um ganz sicher zu gehen, dass sie sich nicht losmachen konnte, hatte er statt der üblichen leichten Fesseln, mit denen Elefanten in der Nacht angeleint wurden, schwere Eisenketten genommen, die man normalerweise zum Ziehen der Stämme verwendet. Dies sei, so hatte er erklärt, eine Vorsichtsmaßnahme.

›Eine Vorsichtsmaßnahme wogegen?‹, hatte ich ihn gefragt. Seine Augen waren schon vom Opium benebelt. Er sah mich schräg von der Seite an und sagte mit weicher, unsicherer Stimme: ›Nur eine Vorsichtsmaßnahme.‹

In dem Lager waren also nur der *hsin-ouq* und ich übrig und natürlich McKay-Thakin oben in seinem *tai*. Das *tai* war hell erleuchtet. In jedem Fenster brannte eine Lampe, und es schien sehr weit oben zu liegen, auf seinen hohen Teakholzpfählen zu thronen. Im Vergleich dazu war die Hütte des *hsin-ouq* winzig und, wie sie da auf ihrer Plattform stand, auch viel näher am Boden. Um einen Blick auf McKay-Thakins hell erleuchtete Fenster zu werfen, musste ich den Kopf weit zurück in den Nacken legen. Wie ich so dasaß und starrte, wehte aus den Fenstern ein tiefer, lang gezogener Klagelaut herüber. Es war der Klang einer Klarinette, eines Instruments, das der Thakin manchmal des Abends spielte, um sich die Zeit zu vertreiben. Wie seltsam es war, diese traurige, melancholische Musik zu hören, wie sie mit Macht aus den leuchtenden Fenstern herausgeströmt kam und wie dann die Noten in der Nacht hingen, bis sie sich nicht mehr von den nächtlichen Geräuschen des Urwalds unterscheiden ließen. Genau so, dachte ich, muss ein großes Kreuzfahrtschiff auf die Bootsmänner in einem Kanu aus Palmenstämmen wirken, wenn es aus der Nacht heraus auf sie zuhält und vorübergleitet und die Klänge aus dem Ballsaal wie einen Schweif hinter sich herzieht.

Den Tag über hatte es nur wenig geregnet, doch bei Einbruch der Nacht hatten sich Wolken am Himmel aufgetürmt, und als ich meine Lampe ausblies und meine Schlafmatte ausrollte, war kein einziger Stern mehr zu sehen. Kurz darauf brach der Sturm los. Es schüttete, Donnerschläge hallten unentwegt durch die Täler, ihr Echo verfing sich in den Anhöhen. Ich hatte vielleicht ein oder zwei Stunden geschlafen, als ich von einem Rinnsal geweckt wurde, das durch das Bambusdach tropfte. Ich erhob mich, um meine Matte in eine trockene Ecke zu schieben, da fiel mein Blick zufällig über das Lager. Plötzlich sprang das *tai* aus der Dunkelheit hervor, von einem Blitz in grelles Licht getaucht. Die Lampen waren erloschen.

Ich war beinahe wieder eingeschlafen, da hörte ich über den prasselnden Regen hinweg einen schwachen, zerbrechlichen Laut, ein fernes Klingeln. Es war weit weg, aber es kam ständig näher, und als es nah genug war, erkannte ich das unverwechselbare Läuten einer Elefantenglocke. Und bald darauf spürte ich in der feinen Spannung der Bambuspfähle, aus denen die Hütte gemacht war, die schweren, eiligen Schritte des Tieres.

›Hörst du das?‹ flüsterte ich dem *hsin-ouq* zu. ›Was ist das?‹

›Die Kuh Shwe Doke.‹

Ein *oo-si* erkennt einen Elefanten an seiner Glocke. Indem er diesem Geräusch nachgeht, findet er seinen Dickhäuter jeden Morgen wieder, wenn er die Nacht durch den Dschungel gestreift ist. Ein guter *hsin-ouq* muss den Klang jedes einzelnen Tieres in seiner Herde erkennen. Wenn nötig, muss er in der Lage sein, jederzeit den genauen Standort all seiner Elefanten zu bestimmen, indem er sich nur auf das Klingen ihrer Glocken konzentriert. Unser Gastgeber war ein *hsin-ouq* mit außergewöhnlichen Fähigkeiten und einem reichen Schatz an Erfahrung. Es bestand nicht die geringste Möglichkeit, dass dieser Mann sich geirrt hätte, was den Träger der nahenden Glocke betraf.

›Vielleicht‹, wagte ich mich vor, ›hat Shwe Doke vor dem Sturm Angst bekommen. Vielleicht ist es ihr gelungen, sich von ihren Ketten loszureißen.‹

›Wenn sie sich losgerissen hätte‹, sagte der *hsin-ouq*, ›dann würden die Ketten noch um ihre Füße hängen.‹ Er hielt inne und lauschte. ›Ich höre aber keine Ketten. Nein. Sie wurde von Menschenhand befreit.‹

›Aber wer hätte das tun können?‹, fragte ich.

Er hielt warnend eine Hand in die Höhe und brachte mich damit augenblicklich zum Schweigen. Die Glocke war jetzt ganz nahe, und die Hütte bebte unter dem stampfenden Schritt des Elefanten.

Ich bewegte mich auf die Leiter zu, aber der *hsin-ouq* hielt mich zurück. ›Nein. Bleib hier‹, sagte er.

Im nächsten Augenblick zerriss ein Blitz den Himmel. In dem kurzen Moment gleißender Helligkeit sah ich Shwe Doke. Sie war direkt vor mir und stampfte auf das *tai* zu. Sie hielt den Kopf gesenkt und hatte den Rüssel unter dem Maul zusammengerollt.

Ich sprang auf und schrie: ›Thakin! McKay-Thakin!‹

McKay-Thakin hatte die Glocke ebenfalls gehört, hatte auch das Beben gespürt. In einem Fenster flackerte ein Licht auf, und der junge Mann erschien auf der Veranda, nackt, in der einen Hand eine Laterne und in der anderen sein Jagdgewehr.

Zehn Fuß vor dem *tai* blieb Shwe Doke mit einem Mal stehen.

Sie senkte den Kopf, als wolle sie die Bauart untersuchen. Sie war eine alte Elefantenkuh und so ausgebildet, wie es für Tiere der *aunging*-Herde üblich war. Diese Tiere waren auch begabt in der Kunst der Zerstörung. Ihnen genügte ein kurzer Blick, um einen riesigen Damm von Holz einzuschätzen und den besten Angriffspunkt herauszufinden.

In dem Augenblick, als sie ihren Angriff startete, drückte McKay-Thakin ab. Sie war so nahe, dass er sie unmöglich verfehlen konnte. Er traf sie exakt an der Stelle, auf die er gezielt hatte, an ihrem verletzlichsten Punkt, genau zwischen Ohr und Auge.

Doch die Wucht von Shwe Dokes Angriff schleuderte sie vorwärts, obwohl sie gerade dabei war, aufrechten Fußes zu sterben. Auch traf sie das *tai* an exakt der Stelle, die sie sich ausgesucht hatte, an der Verbindung der beiden über Kreuz liegenden Balken, die das Gebäude zusammenhielten. Die gesamte Konstruktion schien zu explodieren, Stämme und Balken und Schilfabdeckungen flogen durch die Luft. McKay-Thakin wurde über den Kopf der Elefantenkuh hinweg zu Boden geschleudert.

Die Beinarbeit eines begabten *aunging*-Elefanten ist derart präzise, dass er sein Gewicht auf der Kante eines Wasserfalls zu halten vermag, wie ein Kranich auf einem kleinen Felsen inmitten des Flusses zu balancieren versteht, und auf einem Fleck umzudrehen weiß, der so eng ist, dass ein Esel darin stecken bleiben würde. Und mit diesen winzigen, genau platzierten Schritten drehte Shwe Doke sich nun um, bis sie den gekrümmten Körper des Verwalters vor sich sah. Dann, ganz langsam, ließ sie ihr sterbendes Gewicht mit voller Wucht auf ihn niedersinken, den Kopf voran, das Gewicht in einer kreisenden Bewegung abrollend, in einer technisch perfekten Ausführung des Stoßmanövers eines *aunging*-Elefanten – die präzise Anwendung von Stoßkraft, die dazu in der Lage war, ein Zehntausend-Tonnen-Gewicht von Teakholz so mühelos zu entwirren wie einen Seemannsknoten. McKay-Thakins Laterne, die flackernd neben ihm gelegen hatte, erlosch, und wir konnten nichts mehr sehen.

Ich stürmte die Leiter der Hütte hinunter. Der *hsin-ouq* heftete sich an meine Fersen. Ich rannte auf das *tai* zu, doch ich stolperte in der Dunkelheit und fiel mit dem Gesicht nach unten in den Schlamm. Der *hsin-ouq* half mir auf, da spaltete ein weiterer Blitz den Himmel. Plötzlich ließ er meine Hand los, und ihm entfuhr ein heiserer Schrei.

›Was ist los?‹ schrie ich. ›Was hast du gesehen?‹

›Schau! Schau auf die Erde!‹

Wieder zuckte ein Blitz auf, und direkt vor mir konnte ich einen riesigen, gebogenen Fußabdruck von Shwe Doke erkennen. Doch daneben war noch ein Abdruck, kleiner und seltsam formlos, aber eher länglich.

›Was ist das?‹ fragte ich. ›Woher stammt diese Spur?‹

›Das ist ein Fußabdruck‹, sagte er. ›Von einem Menschen, obwohl der Fuß so zermalmt und gebrochen ist, dass man die Spur beinahe nicht mehr erkennen kann.‹

Ich blieb wie angewurzelt stehen. Ich betete um einen neuen Blitzstrahl, damit ich mich selbst von der Wahrheit seiner Worte überzeugen konnte. Ich wartete und wartete, aber eine Ewigkeit schien zu vergehen, ehe der Himmel wieder erhellt wurde. In der Zwischenzeit hatte es so stark geregnet, dass die Spuren auf dem Boden weggewaschen worden waren.«

4

Im Jahre 1905, dem neunzehnten Jahr von König Thebaws Exil, bekam Ratnagiri einen neuen Bezirksverwalter. Der Verwalter war der oberste Beamte des Bezirks und somit in jeder Hinsicht verantwortlich für den Umgang mit der königlichen Familie aus Birma. Es war ein äußerst verantwortungsvoller Posten, der beinahe ausschließlich mit Mitgliedern des indischen Staatsdienstes besetzt wurde – jenem erlauchten Kader von Beamten, welche die Besitzungen Britisch-Indiens verwalteten. Voraussetzung für den Eintritt in den indischen Staatsdienst war das Bestehen einer äußerst anspruchsvollen Prüfung, die in England abgelegt wurde. Die überwältigende Mehrheit jener, die sich qualifizieren konnten, waren Briten, doch es gab auch einige Inder – eine winzige Hand voll Männer, die in dem Ruf standen, zu der westlich erzogenen, herausragenden Elite des Landes zu gehören.

Der Verwalter, der 1905 ankam, war Inder. Sein Name war Beni

Prasad Dey. Er war Anfang vierzig und ein Fremder in Ratnagiri. Er war Bengale und stammte aus Kalkutta, das quer über den Kontinent auf der anderen Seite des Landes lag. Verwalter Dey war ein schlanker, aufrechter Mann, dessen Nase in einer schnabelartigen Spitze endete. Er trug dreiteilige Leinenanzüge und ein goldenes Brillengestell. Er kam in Begleitung seiner Frau Uma nach Ratnagiri. Sie war etwa fünfzehn Jahre jünger als er, eine große, lebhafte Frau mit dichtem, lockigem Haar.

Von seinem Balkon aus beobachtete Thebaw, wie die Offiziellen der Stadt sich am Landungssteg in Mandvi versammelten, um den neuen Verwalter und seine junge Frau willkommen zu heißen. Das Erste, was ihm auffiel, war die Art, wie die neue Madame Verwalter gekleidet war. Verwundert reichte er der Königin sein Fernglas. »Was hat sie da an?«

Die Königin betrachtete die junge Frau eingehend. »Es ist nichts weiter als ein Sari«, sagte sie schließlich. »Aber sie trägt ihn auf die neue Art.« Der Stil sei von einem indischen Verwaltungsbeamten kreiert worden, erklärte sie. Dazu habe er dem viktorianischen Kostüm einige Kleinigkeiten entliehen – Rock und Bluse. Sie habe gehört, dass dieser neue Stil bereits in ganz Indien aufgegriffen würde. Aber natürlich dauerte es immer eine lange Zeit, bis die Dinge nach Ratnagiri kamen – bis heute hatte sie noch keine Gelegenheit gehabt, selbst einen Blick auf diese neue Mode zu werfen.

Die Königin hatte schon viele Verwalter kommen und gehen sehen – Engländer ebenso wie Inder. Sie bezeichnete diese Männer als ihre Feinde und Kerkermeister, Emporkömmlinge, denen man nicht zu viel Beachtung schenken durfte. In diesem Falle aber siegte ihre Neugierde. »Ich hoffe, er bringt seine Frau mit, wenn er uns seine Aufwartung macht. Ich bin gespannt darauf zu sehen, wie man diese Art Sari trägt.«

Doch trotz dieses viel versprechenden Anfanges hätte die erste Begegnung der königlichen Familie mit dem neuen Verwalter um ein Haar in einer Katastrophe geendet. Die Ankunft von Verwalter Dey und seiner Frau fiel in eine Zeit, in der die Politik die Köpfe der Menschen beherrschte. Tag für Tag erschienen Berichte über Versammlungen, Protestmärsche und Petitionen. Die Menschen wurden aufgefordert, britische Waren zu boykottieren; die Frauen errichteten Freudenfeuer mit ihren aus englischen Stoffen gefertigten Kleidungsstücken. In Fernost herrschte Krieg zwischen Russland und Japan, und zum ersten Mal sah es so aus, als gelinge es einem asiatischen Land, sich gegen Europas Übermacht zu behaupten. Die indischen Zeitungen waren voll von Berichten über diesen Krieg und seine Bedeutung für die Kolonialstaaten.

Für gewöhnlich ließ der König sich nicht blicken, wenn die offiziellen Beamten »Outram House« ihre Aufwartung machten. Doch auch er hatte den Russisch-Japanischen Krieg sehr genau verfolgt und war begierig darauf, zu erfahren, was andere darüber dachten. Als der neue Verwalter und seine Frau also zu ihrem Antrittsbesuch kamen, bezogen sich die allerersten Worte des Königs auf den Krieg. »Verwalter-*sahib*«, sagte Thebaw unvermittelt, »haben Sie die Neuigkeiten schon vernommen? Die Japaner haben die Russen in Sibirien geschlagen. Was halten Sie davon?«

Der Verwalter verbeugte sich förmlich aus der Hüfte heraus. »Ich habe die Berichte in der Tat gelesen, Hoheit«, antwortete er. »Ich muss jedoch gestehen, dass ich dieser Tatsache keine große Bedeutung beimesse.«

»Ach ja?«, sagte der König. »Ich bin erstaunt, das zu hören.« Sein Stirnrunzeln verriet, dass Thebaw nicht gewillt war, die Angelegenheit schon auf sich beruhen zu lassen.

Am vorherigen Abend waren Uma und der Verwalter ausführlich auf den anstehenden Besuch in »Outram House« vorbereitet worden. Man hatte ihnen gesagt, dass der König zu diesen Gelegenheiten niemals anwesend sei: Die Königin würde sie empfangen, und zwar in ihrem Audienzzimmer im Erdgeschoss des Hauses. Als sie das Haus dann aber betreten hatten, war der König sehr wohl anwesend: In einen knittrigen *longyi* gekleidet schritt er im Zimmer auf und ab, wobei er sich mit einer zusammengerollten Zeitung unentwegt auf die Schenkel klopfte. Er war blass und aufgedunsen, und seine dünnen, grauen Haare hingen ungekämmt über den Hals bis auf den Rücken.

Die Königin ihrerseits entsprach genau den Erwartungen: Kerzengerade thronte sie mit dem Rücken zur Tür auf einem hohen Stuhl. Dies, so wusste Uma, gehörte zur festgelegten Schlachtordnung. Besucher sollten den Raum betreten und sich Ihrer Hoheit auf niedrigen Stühlen zu Füßen setzen, ohne dass von beiden Seiten ein Wort des Grußes gesprochen wurde. Dies war die Art der Königin, den Geist des Protokolls von Mandalay aufrecht zu erhalten: Da die britischen Repräsentanten unnachgiebig waren, was ihre Weigerung betraf, den traditionellen *shiko* zu vollziehen, weigerte Ihre Hoheit sich ihrerseits, das Eindringen der Fremden in ihre Gegenwart überhaupt zur Kenntnis zu nehmen.

Man hatte Uma gesagt, sie solle im Audienzzimmer auf der Hut sein vor hinterhältigen Reissäcken und verirrten Linsenbeuteln. Denn von Zeit zu Zeit wurde der Raum als zusätzliche Vorratskammer benutzt, und schon so manchem unachtsamen Besucher waren diese versteckten Fallen zum Verhängnis geworden: Es war beileibe nicht außergewöhnlich, unter den Sofas versteckte Haufen Chilischoten zu finden und Einmachgläser in den Bücherregalen. Einmal hatte sich ein fülliger Polizeibeamter mit aller Wucht auf die stacheligen Überreste getrockneter Fische fallen lassen. Ein andermal hatte ein altehrwürdiger Bezirksrichter, von einer mächtigen Prise Pfeffer in den Hinterhalt gelockt, sein Gebiss niesend quer durch das Zimmer geschleudert. Es war der Königin klappernd vor die Füße gefallen.

Diese Anekdoten aus dem königlichen Audienzzimmer hatten in Uma die schrecklichsten Befürchtungen geweckt und sie veranlasst, ihren Sari mit einer übertriebenen Anzahl Klammern und Stecknadeln zu sichern. Doch der erste Eindruck war vollkommen anders als erwartet: Anstatt sie vor den Kopf zu stoßen, weckte der vertraute Duft von Reis und *mung dal* in Uma ein eigenartiges Gefühl der Geborgenheit. In jeder anderen Umgebung hätte Königin Supayalat mit ihrem maskenhaften Gesicht und den malvenfarbenen Lippen gespenstisch und Furcht einflößend gewirkt. Hier aber schienen die häuslichen Gerüche ihre harten Züge ein wenig zu mildern und ihrer unnachgiebigen Ausstrahlung einen Hauch von Güte zu verleihen.

Auf der anderen Seite des Raumes schlug sich der König vernehmlich mit der Zeitung auf die Handfläche. »Nun, Verwalter-*sahib*«, sagte er. »Hätten Sie sich träumen lassen, dass wir je den Tag erleben, an dem es einem Land des Ostens gelingt, über eine europäische Macht zu siegen?«

Uma hielt den Atem an. In den vergangenen Wochen hatte der Verwalter unzählige hitzige Debatten über die Bedeutung eines Sieges Japans über Russland geführt. Einige davon hatten in wahren Wutausbrüchen geendet. Ängstlich beobachtete sie, wie ihr Mann sich räusperte.

»Ich bin mir der Tatsache bewusst, Hoheit«, sagte der Verwalter ruhig, »dass Japans Sieg bei den Nationalisten in Indien und zweifellos auch in Birma Anlass zu weit verbreiteter Freude gibt. Doch die Niederlage des Zaren dürfte wohl niemanden ernstlich verwundern, und sie birgt für die Feinde des Britischen Empire keinerlei Trost. Das Empire ist heute stärker als je zuvor. Ein Blick auf die Weltkarte genügt, die Wahrheit meiner Worte zu bestätigen.«

»Aber die Zeiten ändern sich, Verwalter-*sahib*. Nichts währt ewig.«

Die Stimme des Verwalters wurde schärfer. »Darf ich Euch daran erinnern, Hoheit, dass Alexander der Große lediglich wenige Monate in den Steppen von Zentralasien verbracht hat, die von ihm gegründeten Provinzen aber über Jahrhunderte Bestand hatten? Das Britische Empire dagegen ist bereits mehr als ein Jahrhundert alt, und Ihr dürft sicher sein, Hoheit, dass sein Einfluss noch viele Jahrhunderte Bestand haben wird. Die Macht des Empires ist derart groß, dass sie gegen alle Herausforderungen gefeit ist und es in absehbarer Zukunft auch bleiben wird. Wenn ich so frei sein dürfte, Hoheit darauf hinzuweisen, dass Ihr heute nicht hier sein würdet, wenn man Euch diese Tatsachen bereits vor zwanzig Jahren veranschaulicht hätte.«

Der König wurde zornesrot und starrte den Verwalter sprachlos an. Die Königin ergriff an Stelle ihres Gatten das Wort. Sie beugte sich vor und krallte ihre langen, scharfen Fingernägel in die Armlehnen. »Es ist genug, Herr Verwalter«, sagte sie. »Genug, *bas karo*.« Was folgte, war eisige Stille. Nur die Fingernägel der Königin waren zu hören, die über die polierten Armlehnen fuhren. Der Raum schien zu flimmern, als wäre ein Hitzeschwall vom Fußboden aufgestiegen.

Uma hatte zwischen Dolly und der Zweiten Prinzessin Platz genommen. Wie erstarrt und in bestürztem Schweigen hatte sie dem Wortwechsel zwischen ihrem Mann und dem König gelauscht. An der gegenüberliegenden Wand hing ein kleines Aquarell. Es zeigte eine Landschaft bei Sonnenaufgang, eine vollkommen rote Fläche, betupft mit tausenden von nebelverhangenen Pagoden. Mit einem Mal klatschte Uma in die Hände und ihr entfuhr ein Aufschrei. »Pagan!«

Ihr Ausbruch hatte die gleiche Wirkung wie eine Explosion im geschlossenen Raum. Alle sprangen hoch und sahen Uma an. Sie hob die Hand und zeigte auf das Bild. »Dort, an der Wand – das ist ein Bild von Pagan, nicht wahr?«

Die Zweite Prinzessin griff das Ablenkungsmanöver nur zu gerne auf. »Ja, das stimmt. Dolly kann Ihnen etwas dazu sagen – sie hat es gemalt.«

Uma wandte sich der schlanken, aufrechten Gestalt zu, die zu ihrer Linken saß. Sie erinnerte sich an den Namen der Frau, Dolly Sein. Man hatte sie ihr bei Betreten des Hauses vorgestellt. Uma war aufgefallen, dass diese Frau etwas Außergewöhnliches an sich hatte, doch sie war zu sehr damit beschäftigt gewesen, sich auf das Protokoll zu konzentrieren, um weiter darüber nachzudenken.

»Haben Sie das wirklich selbst gemalt?«, fragte Uma. »Es ist wunderschön.«

»Danke«, sagte Dolly leise. »Ich habe es aus einem Bildband abgemalt.« Ihre Blicke kreuzten sich, und sie lächelten sich kurz an. Und auf einmal wusste Uma, was sie vorhin stutzig gemacht hatte: Dolly Sein war wohl die schönste Frau, die sie jemals gesehen hatte.

»Madame Verwalter«, die Königin verschaffte sich mit einem Klopfen auf die Armlehne Aufmerksamkeit. »Woher wussten Sie, dass dieses Bild Pagan darstellt? Hatten Sie je die Gelegenheit, Birma zu besuchen?«

»Nein«, sagte Uma voll Bedauern. »Ich wünschte, es wäre so. Doch ich habe einen Onkel in Rangun, und er hat mir einmal ein Bild geschickt.«

»Ach ja?« Die Königin nickte. Sie war beeindruckt, auf welche Weise es dieser jungen Frau gelungen war, die Situation zu retten. Selbstbewusstsein hatte immer schon zu den Eigenschaften gezählt, die sie bewunderte. Diese Uma Dey hatte etwas überaus Anziehendes; ihre Lebhaftigkeit war ein angenehmer Gegensatz zu der Arroganz ihres Mannes. Wäre die Geistesgegenwart dieser Frau nicht gewesen, so hätte die Königin den Verwalter des Hauses verwiesen, und das hätte nur böse enden können. Nein, diese Frau Dey hatte sehr gut daran getan, das Wort zu ergreifen.

»Wir würden Sie sehr gerne etwas fragen, Madame Verwalter«, sagte die Königin. »Wie lautet Ihr richtiger Name? Wir haben uns niemals an Ihre Sitte gewöhnt, Frauen nach ihren Vätern und Ehemännern zu nennen. Wir in Birma tun das nicht. Ob Sie wohl die Güte hätten, uns Ihren eigenen Namen zu nennen?«

»Uma Debi – doch man nennt mich Uma.«

»Uma?«, sagte die Königin. »Dieser Name ist uns bekannt. Ich muss zugeben, dass Sie sehr gut Hindustani sprechen, Uma.« In ihrer Stimme schwang aufrichtige Anerkennung. Sie und der König sprachen fließend Hindustani, und es war die Sprache, die die Königin im Umgang mit Beamten bevorzugte. Sie hatte entdeckt, dass die Repräsentanten der Regierung ins Hintertreffen gerieten, wenn sie Hindustani sprachen – dies galt insbesondere für die Inder. Die britischen Verwaltungsbeamten beherrschten die Sprache höchstens leidlich, und jene, die sie nicht kannten, hatten keinerlei Skrupel, auf Englisch zu antworten. Doch die Inder, andererseits, waren oftmals Parsen oder Bengalen, und in den seltensten Fällen beherrschten sie Hindustani fließend. Im Gegensatz zu ihren britischen Amtsbrüdern wechselten sie nur sehr zögernd von einer Sprache zur anderen. Es schien sie in Verlegenheit zu bringen, dass die Königin von Birma besser Hindustani zu sprechen verstand als sie. Im Allgemeinen begannen sie zu stottern und zu holpern, und binnen weniger Minuten hatten sie es fertig gebracht, ihre Zungen gründlich zu verknoten.

»Ich habe schon als Kind Hindustani gelernt, Hoheit«, sagte Uma. »Wir haben eine Zeit lang in Delhi gelebt.«

»*Achha*? Wir würden Sie gerne um etwas anderes bitten, Uma.« Die Königin winkte sie zu sich heran. »Sie dürfen sich nähern.«

Uma ging zur Königin und senkte den Kopf.

»Uma«, flüsterte die Königin, »wir möchten Ihr Gewand in Augenschein nehmen.«

»Hoheit!«

»Wie Sie sehen, tragen meine Töchter ihre Saris nach den hiesigen Gepflogenheiten. Ich aber ziehe diesen neuen Stil vor, er ist eleganter, der Sari wirkt mehr wie ein *htamein*. Wäre es wohl zu viel verlangt, wenn wir Sie bitten würden, uns in das Geheimnis dieses neuen Stils einzuweihen?«

Uma musste lachen. »Es wäre mir ein Vergnügen, wann immer Ihr wollt.«

Die Königin wandte sich steif an den Verwalter. »Verwalter-*sahib*, Sie können es wohl kaum erwarten, in Ihr Büro zurückzukehren und zu all den dringenden Angelegenheiten, die Sie dort zweifellos erwarten. Doch möchte ich Sie bitten, Ihrer Gattin zu gestatten, noch etwas bei uns zu verweilen.«

Der Verwalter verließ »Outram House«, und im Gegensatz zu den anfänglichen Anzeichen einer drohenden Katastrophe endete dieser Besuch überaus freundschaftlich. Uma verbrachte den restlichen Nachmittag ungezwungen mit Dolly und den Prinzessinnen plaudernd in »Outram House«.

Der Wohnsitz des Verwalters wurde »Die Residenz« genannt. Es handelte sich um ein großes, ebenerdiges Wohnhaus mit einem Säulengang und einem steilen, rot gedeckten Dach. Das Gebäude stand auf dem Kamm eines Hügels und blickte in Richtung Süden über die Bucht und das Tal des Kajali. Das Haus war von einem ummauerten Garten umgeben, der sich ein gutes Stück den Hang hinabzog und erst kurz vor der Schlucht endete, durch die sich tief unten der Fluss wand.

Eines Vormittags entdeckte Uma am Fuße dieses Gartens, hinter einem Bambusdickicht verborgen, eine schmale Pforte. Sie war von Ranken zugewachsen, doch es gelang Uma, die Tür gerade so weit zu öffnen, dass sie sich hindurchzwängen konnte. Zwanzig Fuß weiter ragte ein bewaldeter Vorsprung über das Tal des Kajali. An der Kante zur Schlucht wuchs ein Pipal, ein mächtiger alter Baum mit einem dichten Bart aus Luftwurzeln, die von den knorrigen grauen Ästen herabhingen. Uma sah, dass oft Ziegen zum Grasen hierher kommen mussten: Der Boden unter dem Baldachin des Baumes war säuberlich von allem Bewuchs befreit. Fährten schwarzer Köttel zogen sich den Hang hinunter. Um den Baumstamm herum hatten Ziegenhirten Steine und Erde aufgehäuft und sich so eine Bank errichtet, auf der sie sich niederlassen konnten.

Uma war entzückt von der Aussicht: Der sich windende Fluss, der Meeresarm, die geschwungene Bucht, die zerfurchten Klippen – von hier aus hatte sie einen besseren Blick über das Tal als von der Residenz oben am Hügel. Am darauf folgenden Tag kam sie wieder und am nächsten ebenso. Die Ziegenherden fanden sich lediglich in der Morgendämmerung hier ein, für den Rest des Tages war der Platz verlassen. Uma verlegte sich darauf, jeden Morgen aus dem Haus zu schlüpfen und dabei ihre Tür geschlossen zu lassen, damit die Diener dachten, sie sei noch in ihrem Zimmer. Dann saß sie für ein oder zwei Stunden mit einem Buch im tiefen Schatten des Pipal-Baumes.

Eines Morgens wurde sie von Dolly überrascht. Ganz unerwartet trat sie durch den dichten Vorhang aus Luftwurzeln. Sie war gekommen, um einige Kleidungsstücke zurückzubringen, die Uma nach »Outram House« hinaufgeschickt hatte – Röcke und Blusen, damit die Schneiderinnen der Prinzessinnen sie kopieren konnten. Sie hatte im Salon der Residenz gewartet, während sich einige Bedienstete auf die Suche nach Uma gemacht hatten. Sie hatten überall nach ihr gesucht und es dann aufgegeben: *Memsahib* sei nicht zu Hause, sagten sie, sie müsse wohl zu einem Spaziergang aufgebrochen sein.

»Wie haben Sie mich gefunden?«

»Unser Kutscher ist mit Ihrem verwandt.«

»Hat Kanhoji Ihnen gesagt, wo ich bin?« Kanhoji war der ältere Kutscher, der Uma in der Stadt herumfuhr.

»Ja.«

»Ich frage mich, woher er von meinem geheimen Baum weiß.«

»Er sagt, die Hirten, die morgens ihre Ziegen herführen, hätten ihm davon erzählt. Sie sind aus seinem Dorf.«

»Ach so.« Uma verstummte. Es war ein merkwürdiger Gedanke, dass sich die Hirten ihrer Gegenwart ebenso bewusst waren, wie sie sich der ihren. »Die Aussicht ist einfach wundervoll, finden Sie nicht auch?«

Dolly ließ einen gleichgültigen Blick über das Tal schweifen. »Ich habe mich so sehr daran gewöhnt, dass ich es überhaupt nicht mehr wahrnehme.«

»Ich finde es bezaubernd. Ich komme beinahe jeden Tag hierher.«

»Jeden Tag?«

»Nur für eine kurze Weile.«

»Ich kann verstehen, wieso.« Dolly verstummte und sah Uma an. »Hier in Ratnagiri ist es sicher sehr einsam für Sie.«

»Einsam?« Uma war erstaunt. Ihr selbst wäre nie in den Sinn gekommen, dieses Wort zu gebrauchen. Sie kam oft mit anderen Menschen zusammen und wusste auch stets, was sie mit ihrer Zeit anfangen sollte – dafür trug der Verwalter Sorge. Jeden Montag schickte seine Dienststelle ihr eine Liste mit ihren Terminen für die ganze Woche hinauf – eine offizielle Feierlichkeit der Stadt, das Sportfest irgendeiner Schule, eine Preisverleihung der Oberschule. Für gewöhnlich hatte sie eine Verabredung am Tag – nicht so viele, um sie über Gebühr zu strapazieren, aber auch nicht so wenige, als dass ihr die Tage unerträglich lang geworden wären. Zu Wochenbeginn ging sie die Liste gründlich durch und legte sie dann mit einem Gewicht beschwert auf ihre Frisierkommode, damit sie nicht davonwehte. Der Gedanke, sie könnte eine Verabredung versäumen, beunruhigte sie stets, obgleich die Gefahr äußerst gering war. Die Dienststelle des Verwalters verstand sich bestens darauf, sie an ihre Termine zu erinnern: Etwa eine Stunde vor der entsprechenden Verabredung wurde ein Bote den Hügel hinaufgesandt, der Kanhoji anwies, anzuspannen. Dann hörte Uma die Pferde unter der Veranda; sie schnaubten und scharrten mit den Hufen, und Kanhoji schnalzte dazu mit der Zunge, tak-tak-tak.

Die Fahrten in die Stadt und zurück waren der angenehmste Teil ihrer Verabredungen. Zwischen der Kabine und dem Kutschbock gab es ein Fenster. Alle paar Minuten steckte Kanhoji sein winziges, verrunzeltes Gesicht durch die Luke und erzählte Uma etwas über die Orte, an denen sie vorbeifuhren – die Verwaltungsgebäude, den Kerker, die Oberschule, die Basare. Oft war Uma versucht auszusteigen, um den Markt zu besuchen und mit den Fischweibern zu handeln. Doch ihr war bewusst, dass solch ein Verhalten einem Skandal gleichgekommen wäre. Der Verwalter würde nach Hause kommen und zu ihr sagen: »Du hättest doch nur ein Wort sagen müssen, und ich hätte einen *bandobast* für dich arrangieren lassen.« Doch der *bandobast* hätte ihr die ganze Freude genommen, die so eine Gelegenheit womöglich zu bieten hatte: Die halbe Stadt hätte sich versammelt und jedermann hätte sich in dem Bemühen überschlagen, dem Verwalter zu Gefallen zu sein. Die Ladenbesitzer hätten ihr alles, worauf sie auch nur einen flüchtigen Blick warf, sofort in die Arme gelegt, und wieder zu Hause würden die Träger und der *khansama* mit ihr gehadert haben, als hätte sie sie gescholten.

»Wie steht es mit Ihnen, Dolly?«, fragte Uma. »Sind Sie hier einsam?«

»Ich? Ich lebe schon seit zwanzig Jahren hier, Ratnagiri ist meine Heimat geworden.«

»Wirklich?« Uma fand, dass dem Gedanken, eine Frau von solcher Schönheit und solchem Auftreten habe beinahe ihr ganzes Leben in dieser kleinen Provinzstadt verbracht, etwas geradezu Unglaubliches anhaftete.

»Haben Sie noch irgendwelche Erinnerungen an Birma?«

»Ich kann mich noch an den Palast von Mandalay erinnern. Besonders an die Wände.«

»Warum gerade die Wände?«

»Viele von ihnen waren mit Spiegeln besetzt. Es gab einen großen Saal, der Glaspalast genannt wurde. Alles in diesem Saal war aus Kristall und Gold. Wenn man auf dem Boden lag, konnte man sich überall sehen.«

»Und Rangun? Erinnern Sie sich noch an Rangun?«

»Unser Dampfschiff ist dort damals für einige Nächte vor Anker gegangen, aber es war uns verboten, das Schiff zu verlassen.«

»Ein Onkel von mir lebt in Rangun. Er arbeitet dort in einer Bank. Wenn ich ihn besuchen würde, könnte ich Ihnen von Rangun erzählen.«

Dolly blickte Uma direkt ins Gesicht. »Sind Sie der Meinung, ich würde gerne etwas über Birma erfahren?«

»Wollen Sie das denn nicht?«

»Nein. Nein, überhaupt nicht.«

»Aber Sie sind doch schon so lange fort von zu Hause.«

Dolly lachte. »Ich habe den Eindruck, ich errege ein wenig Ihr Mitleid, ist das so?«

»Nein.« Uma zögerte ein wenig. »Nein.«

»Für Mitleid gibt es keinen Grund. Ich bin daran gewöhnt, an

Orten zu leben, die von hohen Mauern umgeben sind. In Mandalay war es beinahe genauso. Ich erwarte wirklich nichts anderes.«

»Haben Sie jemals daran gedacht, zurückzugehen?«

»Niemals«, sagte Dolly mit Nachdruck. »Wenn ich jetzt nach Birma ginge, dann wäre ich dort eine Fremde – man würde mich als *kala* bezeichnen, wie sie es mit den Indern tun – ein Eindringling, eine Außenseiterin von jenseits des Meeres. Ich denke, das würde mir sehr wehtun. Ich könnte mich niemals von dem Gedanken befreien, dass ich eines Tages wieder fortgehen müsste, so wie schon einmal. Wenn Sie wüssten, wie es damals war, als man uns vertrieben hat, dann würden Sie mich verstehen.«

»War es sehr schlimm?«

»Ich kann mich beinahe nicht mehr daran erinnern, was wohl eine Art Gnade ist, vermute ich. Von Zeit zu Zeit tauchen Bruchstücke wieder auf. Es ist wie eine Schmiererei an der Wand – wie oft man sie auch übermalt, etwas davon kommt immer wieder durch, aber niemals genug, um das Ganze wieder zu erkennen.«

»Was sehen Sie dann?«

»Nebel, Fackellichter, Soldaten, Menschenmassen, deren Gesichter in der Dunkelheit verborgen sind...« Dolly schauderte. »Ich versuche, nicht zu viel daran zu denken.«

Nach dieser Begegnung wurden Dolly und Uma binnen kürzester Zeit enge Freundinnen. Wenigstens einmal in der Woche, und manchmal sogar zwei Mal und öfter, kam Dolly in die Residenz, wo die beiden den Tag zusammen verbrachten. Für gewöhnlich blieben sie im Haus und redeten und lasen, doch von Zeit zu Zeit hatte Dolly die Idee zu einem Ausflug. Dann kutschierte Kanhoji sie hinunter ans Meer oder hinaus aufs Land. Wenn der Verwalter im Bezirk auf Reisen war, blieb Dolly in der Residenz, um Uma Gesellschaft zu leisten. Die Residenz hatte mehrere Gästezimmer, und Uma stellte Dolly eines davon zur alleinigen Benutzung zur Verfügung. Die beiden pflegten lange wach zu bleiben und sich bis spät in die Nacht zu unterhalten. Oft wachten sie zusammengerollt auf dem Bett der einen oder anderen wieder auf, weil sie mitten im Gespräch eingeschlafen waren.

Eines Nachts nahm Uma ihren Mut zusammen und sagte: »Über Königin Supayalat werden schreckliche Dinge erzählt.«

»Was für Dinge?«

»Dass sie den Tod vieler Menschen befohlen hat … damals in Mandalay.«

Dolly antwortete nicht, doch Uma blieb hartnäckig. »Macht dir das keine Angst?«, fragte sie. »Mit so jemandem unter einem Dach zu leben?«

Dolly schwieg noch immer, und Uma hatte Angst, ihre Freundin verletzt zu haben. Endlich antwortete Dolly: »Weißt du, Uma«, sagte sie sehr sanft. »Jedes Mal, wenn ich dein Haus betrete, fällt mir dieses Bild ins Auge, das du dort hängen hast, gleich bei der Eingangstüre …«

»Meinst du das Porträt der Königin Viktoria?«

»Ja.«

Uma war verwirrt. »Was ist denn damit?«

»Fragst du dich nicht auch manchmal, wie viele Menschen im Namen von Königin Viktoria getötet worden sind? Es müssen wohl Millionen sein, glaubst du nicht? Oder noch mehr, könnte ich mir vorstellen. Ich glaube, ich hätte Angst, mit einem dieser Bilder zu leben.«

Ein paar Tage später nahm Uma das Bild von der Wand und schickte es in das Verwaltungsgebäude, damit man es im Amtszimmer ihres Mannes aufhänge.

Uma war sechsundzwanzig und bereits seit fünf Jahren verheiratet. Dolly war ein oder zwei Jahre älter. Uma fing an, sich Gedanken zu machen: Wie sollte Dollys Zukunft aussehen? Würde sie denn niemals heiraten und Kinder bekommen? Und was war mit den Prinzessinnen? Die Erste Prinzessin war zweiundzwanzig, die jüngste achtzehn. Hatten diese Mädchen keine anderen Aussichten, als ein Leben in Gefangenschaft zu verbringen?

»Wieso unternimmt niemand etwas«, sagte sie zum Verwalter, »um Hochzeiten für die Mädchen zu arrangieren?«

»Es ist nicht so, dass niemand es je versucht hätte«, antwortete er. »Es ist die Königin, die es nicht erlaubt.«

In den Amtsstuben war der Verwalter auf eine prall gefüllte Akte mit Korrespondenz gestoßen, welche die Versuche seiner Vorgänger belegte, sich mit der Frage nach der Zukunft der Prinzessinnen zu beschäftigen. Die Mädchen standen in der Blüte ihrer Weiblichkeit. Wenn es in »Outram House« zu einem Skandal oder einem Zwischenfall käme, würde man den amtierenden Verwalter zur Verantwortung ziehen. Das Sekretariat in Bombay hatte diesbezüglich keinerlei Zweifel gelassen. Um das zu verhindern, hatten mehrere seiner Vorgänger versucht, geeignete Ehemänner für die Prinzessinnen zu finden. Einer hatte sogar an seinen Kollegen in Rangun geschrieben, um Erkundigungen bezüglich standesgemäßer birmanischer Junggesellen einzuholen – mit dem Ergebnis, dass es im ganzen Land gerade einmal sechzehn Kandidaten gab, die dafür in Frage gekommen wären.

Bei den herrschenden Dynastien Birmas gebot die Tradition, sich innerhalb des engsten Familienkreises zu vermählen. Nur ein Mann, der in beiden Linien von Konbaung-Blut abstammte, war geeignet, in die königliche Familie einzuheiraten. Die Königin trug Schuld daran, dass nur noch sehr wenige Prinzen von derart reinem Blut am Leben waren. Sie selbst hatte ihre eigene Dynastie drastisch reduziert, als sie einst alle potenziellen Rivalen Thebaws ermorden ließ. Und was die wenigen geeigneten Männer betraf, die noch existierten, so fand keiner von ihnen den Gefallen der Königin: Sie verkündete, nicht ein Einziger dieser Anwärter sei die richtige Partie für eine wahre Konbaung-Prinzessin. Niemals würde sie gestatten, dass eine ihrer Töchter ihr reines Blut verschmutze, indem sie unter ihrem Stande heirate.

»Aber wie steht es mit Dolly?«, fragte Uma den Verwalter. »Dolly muss sich kaum darüber sorgen, einen geeigneten Prinzen zu finden.«

»Du hast Recht«, sagte der Verwalter, »doch hier sind die Umstände noch sonderbarer. Sie hat ihr ganzes Leben in Gesellschaft der vier Prinzessinnen verbracht. Sie ist Angehörige und Dienerin zugleich und zudem von unbekannter Herkunft. Wie sollte man es anfangen, einen geeigneten Ehemann für sie zu finden? Wo sollte man mit der Suche beginnen: Hier oder in Birma?«

Darauf wusste Uma keine Antwort. Weder Dolly noch sie selbst hatten jemals das Thema Heirat oder Kinder angeschnitten. Mit einigen ihrer Freundinnen konnte Uma sich über nichts anderes unterhalten als über Ehemänner, die Ehe und Kinder – und natürlich darüber, wie ihrer eigenen Kinderlosigkeit abzuhelfen sei. Mit Dolly aber war es völlig anders: Diese Freundschaft beruhte nicht auf intimen Offenbarungen und Haushaltsfragen – ganz im Gegenteil. Ganz instinktiv wussten beide, worüber sie niemals sprechen konnten – über Umas Bemühungen, schwanger zu werden und darüber, dass Dolly unverheiratet war –, und eben das führte bei ihren Begegnungen zu einer übergroßen Behutsamkeit. In Dollys Gesellschaft fühlte sich Uma, als sei ihr eine große Last von der Seele genommen. Hier konnte sie aus sich herausgehen, anstatt über ihre Versäumnisse als Ehefrau nachzugrübeln. Wenn sie etwa eine Fahrt aufs Land unternahmen, staunte Uma darüber, wie die Menschen aus ihren Häusern gelaufen kamen, um einige Worte mit Dolly zu wechseln, ihr dies und jenes zuzustecken – Früchte, Gemüse, etwas Stoff. Sie unterhielten sich ein wenig auf Konkani, und wenn die beiden Frauen ihre Fahrt dann fortsetzten, erklärte Dolly ihr, dass der Onkel (oder der Bruder oder die Tante) dieser oder jener Frau auch einmal in »Outram House« gearbeitet habe. Obgleich Dolly kein großes Aufheben von diesen Begegnungen machte, merkte Uma doch, dass ihre Verbindung zu diesen Menschen von einer Innigkeit war, die weit über das Normale hinausging. Oft sehnte Uma sich danach, ganz genau zu wissen, wer diese Menschen waren und worüber Dolly sich mit ihnen unterhielt. Doch bei diesen Begegnungen war sie die Fremde, die *memsahib*. Ausnahmsweise war sie es dann, die das Schweigen der Verbannung ertragen musste.

Manchmal, wenn die Menge, die sich um die Kutsche scharte, zu groß wurde, stieß Kanhoji auf seinem Kutschbock Flüche aus. Er rief den Dorfbewohnern zu, sie sollten für die Kutsche des Verwalters den Weg freimachen und drohte ihnen damit, die Polizei zu rufen. Dann warfen die Frauen und Kinder Uma scheue Blicke zu; wenn sie die Frau des Verwalters erkannten, weiteten sich ihre Augen, und sie schreckten zurück.

»Siehst du«, sagte Dolly eines Tages lachend. »In deinem Land sind die Menschen vertrauter mit den Gefangenen als mit den Kerkermeistern.«

»Ich bin nicht dein Kerkermeister.«

»Was bist du dann?«, fragte Dolly lächelnd, doch in ihrer Stimme lag ein herausfordernder Tonfall.

»Eine Freundin. Oder?«

»Das auch, aber eher durch Zufall.«

Obgleich er gegen sie gerichtet war, empfand Uma Dankbarkeit für den Spott in Dollys Stimme, erfrischend und belebend im Gegensatz zu Neid und Unterwürfigkeit, denen sie sonst als Frau des Verwalters und erste *memsahib* des Bezirkes auf Schritt und Tritt begegnete.

Eines Tages führte Dolly durch das Fenster der Kabine eine scharfe Auseinandersetzung mit Kanhoji. Bald hatte der Streit beide völlig mit Beschlag belegt, und Dolly schien Umas Anwesenheit vergessen zu haben. Zwischendurch bemühte sie sich immer wieder, zu ihrem normalen Benehmen zurückzukehren und deutete auf Wahrzeichen der Gegend oder erzählte Anekdoten über die Dörfer, an denen sie vorüberkamen. Doch jedes Mal gewann ihre Wut die Oberhand, und binnen Minuten war sie wieder völlig davon gefangen. Sie fuhr herum und schleuderte dem Kutscher abermals heftige Worte entgegen.

Uma war verwirrt. Die beiden sprachen Konkani, und sie verstand kein Wort. Was war es nur, worüber sie sich mit schrillen Stimmen und in der vertrauten Heftigkeit eines Familienzwistes stritten?

»Dolly, Dolly!« Uma rüttelte sie am Knie. »Was um Himmels willen ist denn los?«

»Nichts«, sagte Dolly und presste die Lippen zusammen. »Gar nichts. Es ist alles in Ordnung.«

Sie waren auf dem Weg zum Bhagavati-Tempel, der im Schutze der mittelalterlichen Festung von Ratnagiri auf den zerfurchten Klippen über der Bucht stand. Sowie die Kutsche Halt machte, nahm Uma Dolly am Arm und führte sie hinüber zu dem verfallenen Festungswall. Sie erklommen die Zinnen und sahen hinüber: Unter ihnen fiel die Mauer über hundert Fuß senkrecht ab bis ins Meer.

»Dolly, ich will wissen, was los ist.«

Dolly schüttelte verstört den Kopf. »Ich wünschte, ich könnte es dir erzählen, aber ich kann nicht.«

»Hör mal, du kannst nicht einfach meinen Kutscher anschreien und dich dann weigern, mir zu erzählen, worüber ihr gestritten habt.«

Dolly zögerte, und Uma bedrängte sie weiter: »Du musst es mir sagen.«

Dolly biss sich auf die Unterlippe und sah Uma eindringlich an. »Wenn ich es dir erzähle«, sagte sie, »versprichst du mir dann, es auf keinen Fall dem Verwalter zu sagen?«

»Ja. Natürlich.«

»Versprichst du's?«

»Ich gebe dir mein Ehrenwort. Ich verspreche es.«

»Es geht um die Erste Prinzessin.«

»Ja? Sprich weiter.«

»Sie ist schwanger.«

Uma keuchte und schlug ungläubig die Hände vor den Mund. »Und der Vater?«

»Mohan Sawant.«

»Euer Kutscher?«

»Ja. Deshalb ist Kanhoji so wütend. Er ist Mohanbhais Onkel. Die Familie will, dass die Königin in die Heirat einwilligt, damit das Kind nicht unehelich zur Welt kommt.«

»Aber Dolly. Wie könnte die Königin jemals zustimmen, dass ihre Tochter einen Kutscher heiratet?«

»Für uns ist er kein Kutscher«, sagte Dolly scharf. »Für uns ist er Mohanbhai.«

»Aber was ist mit seiner Familie, mit seiner Herkunft?«

Dolly schlug ihr mit einer Geste des Abscheus leicht aufs Handgelenk. »Oh, ihr Inder!«, sagte sie. »Ihr seid doch alle gleich. Besessen von euren Kasten und den arrangierten Hochzeiten. Wenn in Birma eine Frau einen Mann mag, dann geht sie zu ihm und lebt mit ihm zusammen. Niemand würde darin etwas Schändliches sehen.«

»Aber Dolly«, protestierte Uma. »Ich habe gehört, dass die Königin es gerade in diesen Dingen äußerst genau nimmt. Ihrer Meinung nach gibt es in Birma keinen einzigen Mann, der gut genug für eine ihrer Töchter wäre.«

»Ach, dann hast du wohl von der Liste der Heiratskandidaten gehört?« Dolly fing an zu lachen. »Weißt du, diese Männer sind nichts weiter als Namen. Die Prinzessinnen wissen nichts von ihnen. Einen von ihnen zu heiraten, wäre eine äußerst komplizierte Angelegenheit, eine Staatsaffäre gewissermaßen. Aber was zwischen Mohanbhai und der Prinzessin geschehen ist, ist kein bisschen kompliziert. Es ist ganz einfach: Sie sind nichts weiter als ein Mann und eine Frau, die seit Jahren zusammenleben, hinter denselben Mauern.«

»Und die Königin? Ist sie denn nicht wütend? Und der König?«

»Nein. Weißt du, Mohanbhai steht uns allen sehr nahe, und Min und Mebya am allermeisten. Ich glaube, auf sehr verschiedene Art lieben wir ihn alle ein wenig. Er hat alles mit uns durchgemacht, er ist der einzige Mensch, der uns immer zur Seite gestanden hat. In gewisser Hinsicht hat er uns am Leben erhalten, uns vor dem Wahnsinn bewahrt. Der Einzige, der sich wirklich sehr über diese Sache aufregt, ist Mohanbhai selbst. Er glaubt, dein Mann würde ihn ins Gefängnis stecken, wenn er davon erfährt.«

»Was ist mit der Prinzessin? Wie denkt sie darüber?«

»Sie ist wie neugeboren – errettet aus dem Haus des Todes.«

»Und was ist mit dir, Dolly? Wir haben noch nie über deine Zukunft gesprochen. Wie steht es mit deinen Aussichten zu heiraten und selbst Kinder zu bekommen? Denkst du nie darüber nach?«

Dolly beugte sich über die Mauer und blickte hinunter in die tosende See. »Um die Wahrheit zu sagen, Uma, ich habe eigentlich immer an Kinder gedacht. Aber seit wir von dem Kind der Prinzessin erfahren haben – von Mohanbhais Kind – ist etwas Merkwürdiges geschehen. Diese Gedanken haben sich in nichts aufgelöst. Wenn ich jetzt am Morgen aufwache, habe ich das Gefühl, als sei es mein Kind, das in mir heranwächst. Heute Morgen habe ich gehört, wie die Mädchen die Erste Prinzessin fragten: Ist das Kind schon gewachsen? Hast du heute Nacht gespürt, wie es sich bewegt hat? Wo liegen die Füßchen heute Morgen? Können wir das Köpfchen fühlen? Nur ich musste ihr keine Fragen stellen. Ich habe gespürt, dass ich jede dieser Fragen selbst hätte beantworten können. Es war, als wäre es mein eigenes Kind.«

»Aber Dolly«, sagte Uma sanft. »Es ist nicht dein Kind. Egal, wie sehr es dir auch so vorkommen mag, es ist nicht deines und wird es auch niemals sein.«

»Es muss dir sehr seltsam erscheinen, Uma. Ich kann verstehen, wie es für jemanden wie dich wirken muss. Doch für uns ist es ganz anders: In ›Outram House‹ führen wir alle ein sehr eingeschränktes, beengtes Leben. In den vergangenen zwanzig Jahren haben wir Tag für Tag beim Aufwachen dieselben Geräusche gehört, dieselben Stimmen, denselben Ausblick gesehen, dieselben Gesichter. Wir mussten zufrieden sein mit dem, was wir hatten, wir mussten das bisschen Glück nehmen, das wir kriegen konnten. Für mich spielt keine Rolle, wer dieses Kind zur Welt bringt. In meinem Herzen fühle ich mich verantwortlich für seine Zeugung. Es genügt, dass dieses Kind in unser aller Leben tritt. Ich werde es zu meinem machen.«

Uma sah Tränen in Dollys Augen schimmern. »Dolly«, sagte sie. »Verstehst du denn nicht, dass nichts so sein wird, wie es war, wenn dieses Kind geboren ist? Das Leben in ›Outram House‹, so wie du es gekannt hast, wird ein Ende haben. Dolly, du musst fortgehen, solange du noch kannst. Du bist frei. Du bist die Einzige, die aus freien Stücken hier ist.«

»Und wo sollte ich hin?« Dolly lächelte sie an. »Dies ist der einzige Ort, den ich kenne. Ich bin hier zu Hause.«

5

Wenn die Stämme tragenden Monsunströme sich in den Irawadi ergossen, war das wie die Kollision zweier Züge. Der Unterschied bestand darin, dass es sich hier um eine Karambolage handelte, die kein Ende nahm, um einen Zusammenstoß, der sich ohne Unterlass, Tag und Nacht, über Wochen hin ständig ereignete. Der Fluss hatte sich in einen reißenden, wütenden Strom verwandelt, gepeitscht von aufeinander prallenden Strömungen und von Strudeln gegeißelt. Wenn die Zuflüsse sich kopfüber in den Irawadi stürzten, wurden zwei Tonnen schwere Stämme wie Spielzeug in die Luft gewirbelt. Fünfzig Fuß lange Baumstämme schossen über das Wasser wie flache Kieselsteine. Der tosende Lärm glich einem Artillerie-Sperrfeuer, dessen Detonationen noch über Meilen bis ins Hinterland zu hören waren.

Diese Kreuzungspunkte, an denen der Fluss mit seinen Zuläufen zusammentraf, stellten für den Gewinn der Teak-Gesellschaften die größte Gefahr dar. In dieser Saison waren die Strömungen des Irawadi derart reißend, dass das Holz so gut wie verloren war, wenn es nicht schnell geborgen wurde. An dieser Stelle wurden die Stämme von den Betreuern zu Lande an jene zu Wasser übergeben, von *oosis* und Elefanten an Flussvolk und Flößer.

Die Flussmündungen wurden von Fängern bewacht, die darauf spezialisiert waren, auf dem Fluss treibende Stämme einzuholen. Für den Betrag von gerade drei Annas am Tag woben diese Schwimmer ein menschliches Netz quer über den Fluss, mit dem sie der Strömung die Stämme entrissen und sie ans Ufer dirigierten. Zu Beginn der Saison machten sich ganze Dörfer auf den Weg und bezogen Posten entlang des Flusses. Die Kinder hielten am Ufer Wache, während die älteren gegen die Strömung ankämpften, zwischen den riesigen Stämmen hindurchschossen und um schäumende Strudel aus Teakholz herumpaddelten. Einige dieser Fänger brachten ihre gekaperten Stämme, vornüber gebeugt darauf liegend, ans Ufer, während andere mit baumelnden Beinen rittlings darauf saßen. Einige balancierten sogar stehend auf den sich drehenden, mit Moos bedeckten Stämmen und manövrierten sie mit gekrallten Zehen geschickt an Land. Sie waren die Könige des Flusses, die anerkannten Meister ihres Faches.

Am Ufer wurden die Stämme verankert und vertäut. Wenn genügend zusammengekommen waren, banden geschickte Flößer sie zu flusstauglichen Flößen zusammen. Diese Flöße hatten alle exakt die gleiche Größe. Die Anzahl der verwendeten Stämme wurde von der Gesellschaft per Verordnung auf dreihundertundsechzig Stück pro Floß, die runde Summe von dreißig Dutzend, festgelegt. Bei einem Gewicht von eineinhalb bis zwei Tonnen pro Stamm hatte jedes einzelne Floß die Tonnage eines kleinen Schlachtschiffes und ein Vielfaches an Platz. Das Deck war groß genug für einen Marktplatz oder ein Fußballfeld. In der Mitte dieser riesigen schwimmenden Plattformen stand eine Hütte, die der Besatzung als Unterkunft diente. Genau wie die saisonalen Behausungen in den Teaklagern wurden auch diese Häuschen binnen weniger Stunden errichtet. Obwohl alle nach der gleichen Vorlage gebaut wurden, waren sie doch in der Ausführung verschieden – das eine zeichnete sich durch die flatternden Triebe einer schnell wuchernden Kletterpflanze aus, ein anderes durch einen Hühnerstall oder gar einen Verschlag für ein Schwein oder eine Ziege. Jedes Floß hatte außerdem einen hohen Mast und eine Stange, an deren Ende etwas Gras gebunden war – eine Opfergabe für die *nats* des Flusses. Ehe sie auf Fahrt gingen, wurden die Flöße mit Nummern versehen, die sie, zusammen mit der Flagge der Eignergesellschaft, am Mast trugen. Die Flöße fuhren nur von Sonnenaufgang bis Sonnenuntergang und legten am Tag etwa zehn bis fünfzehn Meilen zurück. Sie wurden allein von der Strömung des Flusses fortbewegt und nur von Rudern gelenkt. Diese Reise von den Wäldern im Landesinneren nach Rangun konnte fünf Wochen dauern, manchmal sogar länger.

In jeder Saison fand Rajkumar den einen oder anderen Vorwand, um einige Tage auf den Flößen verbringen zu können. Die Wandelbarkeit des Lebensrhythmus auf diesen riesigen, rechteckigen Plattformen übte eine hypnotische Anziehungskraft aus – der Gegensatz zwischen der angenehmen Trägheit am Tage, wenn es oftmals nicht viel mehr zu tun gab als einem Angelhaken dabei zuzusehen, wie er durchs Wasser trudelte, und der gespannten Aufregung, wenn das Floß bei Sonnenuntergang vertäut wurde – Taue flogen zwischen Deck und Ufer hin und her, und jedermann musste laufen, um die rauchenden Stämme zu begießen. Ihrer unglaublichen Ausmaße zum Trotz war die Konstruktion der Flöße überaus empfindlich. Liefen sie auf eine Untiefe oder Sandbank auf, so konnten sie sich binnen Minuten auflösen. Ihr robustes Aussehen war so trügerisch wie Treibsand. Zwischen den Stämmen öffneten und schlossen sich fortwährend unzählige Lücken, winzige, tödliche Fußangeln.

Viele Flößer stammten aus Chittagong, und Rajkumar empfand eine ganz besondere Befriedigung dabei, wieder in den Dialekt seiner Kindheit zurückzufallen, auf seiner Zunge wieder den scharfen Geschmack von Fischkopf-*dals* und Fischschwanz-*jhols* zu kosten, versetzt mit Schwarzkümmel- und Senfsamen; wieder dem Wechselspiel der Strömung zuzusehen, die langsam wurde, wenn der Fluss sich über eine überschwemmte Ebene ausbreitete und ganz plötzlich wieder anzog, wenn es auf eine enge Schlucht zuging; wieder einmal die überraschende Verwandlung der Landschaft zu beobachten, erst grün und dicht bewaldet und dann wieder dürre, rote Wüstenei, gesprenkelt mit den skelettierten Überresten vertrockneter Palmen.

Von all den vielen Gesichtern des Flusses war das seltsamste eines, das ein wenig südlich des Berges Popa zu finden war. Hier beschrieb der Irawadi eine ausladende Biegung und wurde mehr als eine Meile breit. Am östlichen Flussufer kamen mehrere niedrige, übel riechende Erhebungen in Sicht. Diese kleinen Hügel waren mit zähflüssigem Schlick überzogen, einer Substanz, die sich in der Hitze der Sonne manchmal spontan entzündete, Feuerspuren, die langsam hinunter zum Wasser rannen. Nachts sah man in der Ferne oft kleine, züngelnde Flammen, die die Hänge bedeckten.

Den Menschen in dieser Gegend war der Schlick als Erdöl bekannt. Es war von dunklem, schimmerndem Grün, wie die Flügel einer Schmeißfliege. Wie Schweiß trat es aus den Steinen hervor und sammelte sich in glänzenden, grün schillernden Lachen. An manchen Stellen vereinten sich diese Pfützen zu Bächen und Flüsschen, ein öliges Delta, das sich entlang des Ufers ausbreitete. Das Erdöl verströmte einen strengen Geruch, der über dem ganzen Fluss hing. Die Schiffsleute holten so weit wie möglich aus, wenn sie diese Hänge passierten, diesen »Ort-der-stinkenden-Bäche« – Yenangyaung.

Es handelte sich weltweit um einen der wenigen Fundorte, an dem das Petroleum auf natürliche Weise an die Erdoberfläche trat. Schon lange vor der Erfindung des Verbrennungsmotors existierte ein Markt für dieses Öl. Es fand als Zug- und Heilsalbe Verwendung bei gewissen Hauterkrankungen. Selbst aus dem entfernten China kamen Händler nach Yenangyaung, um sich den Stoff zu Nutzen zu machen. Die Gewinnung des Erdöls wurde von einer Gemeinschaft von Menschen besorgt, die sich an diesen brennenden Hügeln angesiedelt hatte. Sie waren bekannt als *twin-zas*, ein eng verknüpfter, verschwiegener Haufen von Ausgestoßenen, Abtrünnigen, Ausreißern und Fremden.

Über Generationen hinweg hatten sich *twin-za*-Familien um die Quellen und Lachen angesiedelt. Sie sammelten das Erdöl in Eimern und Schalen und lieferten es in nahe gelegene Städte. Viele der Lachen in Yenangyaung waren schon so lange Zeit ausgebeutet worden, dass der Pegel unter die Erdoberfläche abgesunken war und die Eigentümer gezwungen waren, tiefer nach unten zu graben. Auf diese Weise waren einige der Lachen über die Jahre zu Schächten geworden, die hundert Fuß und tiefer hinabreichten – riesige ölgetränkte Gruben, umgeben von ausgehobenem Sand und Erdreich. Viele dieser Schächte waren derart ausgiebig bearbeitet worden, dass sie kleinen Vulkanen mit steilen, kegelförmigen Hängen glichen. In diesen Tiefen konnte das Öl nicht mehr einfach gefördert werden, indem man einen beschwerten Eimer hinabsenkte. An Seilen wurden *twin-zas*, die ihren Atem anhielten wie Perlentaucher, in die Öffnungen hinabgelassen.

Oft, wenn sie so nahe an Yenangyaung festmachten, dass man es zu Fuß erreichen konnte, ging Rajkumar hinüber, um den *twin-zas* bei der Arbeit zuzusehen. Er stand auf der Kante eines Schachtes und beobachtete, wie ein Mann, langsam in seiner Schlinge rotierend, in den Schacht hinabgelassen wurde. Das Seil war über einen Flaschenzug mit seiner Frau, seiner Familie, seinem Vieh verbunden. Sie gingen den Hang des Schachtes hinauf und ließen ihn so hinunter, und wenn sie sein Zerren spürten, zogen sie ihn umgekehrt wieder hinauf. Die Kanten der Schächte waren glitschig, und oft geschah es, dass unachtsame Arbeiter oder kleine Kinder hineinstürzten. Häufig blieben diese Unfälle unbemerkt, denn es spritzte nicht und gab kaum Wellen. Eine der Eigenschaften dieses Öls war seine buchstäbliche Seelenruhe: Es war beinahe unmöglich, die Oberfläche mit einem Muster zu stören.

Nach diesen Besuchen in Yenangyaung geisterten ölgetränkte Schreckgespenster durch Rajkumars Vorstellung. Wie es wohl war, in diesem Schlick zu ertrinken? Wie es sich wohl anfühlte, wenn sich dieser grüne Schlamm mit der Farbe von Insektenflügeln über dem Kopf zusammenschloss, in Ohren und Nasenlöcher drang?

Als er etwa achtzehn war, bot sich Rajkumar in Yenangyaung ein ungewohnter Anblick. Er bemerkte einige Fremde, weiße Männer, die von Schacht zu Schacht gingen. Jedes Mal, wenn er wieder dort vorbeikam, waren mehr von ihnen auf den Hügeln anzutreffen, bewaffnet mit Instrumenten und Vermessungsstativen. Sie kamen aus Frankreich, England und Amerika, und es hieß, sie böten den *twin-zas* gutes Geld für ihre Lachen und Schächte. Bald erhoben sich hölzerne Obelisken auf den Hügeln, käfigartige Pyramiden, in denen riesige mechanische Sporne unentwegt auf die Erde einhämmerten.

Bei einem dieser Besuche in Yenangyaung nahm Rajkumars Floß einen Passagier auf. Er hieß Baburao und stammte aus Guntur in Indien. Sein Körper war derart dicht behaart, dass es, selbst wenn er eine Baumwollweste trug, aussah, als sei er in ein feines Maschennetz gekleidet. Er besaß eine Menge Geld und verteilte bis spät in die Nacht großzügig Schnaps an die Floßbesatzung.

Er sagte, er sei ein *maistry*, ein Arbeitervermittler. Soeben habe er eine Gruppe von achtundvierzig Cooringhis aus Ostindien nach Yenangyaung transportiert. Schnelleres Geld könne man wohl nirgends machen. Viele fremde Firmen bohrten nach Öl und seien verzweifelt auf der Suche nach Arbeitskräften. Sie brauchten Arbeiter und seien bereit, gut für sie zu zahlen. In Birma aber war es schwer, solche Arbeiter zu finden. Nur wenige Birmanen waren so arm, dass sie die Bedingungen, die in Yenangyaung herrschten, akzeptiert hätten. Bei ihm zu Hause jedoch, so erzählte Baburao, in Indien, da gebe es Zigtausende, die so verzweifelt fort wollten, dass sie bereit seien, den Verdienst vieler Jahre abzutreten. In dieser Zunft könnte ein junger Mann wie Rajkumar im Handumdrehen reich werden. Gab es einen einfacheren Weg, zu Geld zu kommen? Alles, was nötig sei, wären ein paar Hundert Rupien, um die Schiffspassagen für die Angeworbenen zu bezahlen.

Rajkumar schlenderte an den Rand des vertäuten Floßes, zündete sich eine Zigarre an und legte sich flach auf den Bauch. Sein Gesicht war der Wasseroberfläche ganz nah, und Schwärme winziger Fische schossen hinauf, um nach den Ascheflocken seiner Zigarre zu schnappen. Die Begegnung mit dem *maistry* fand zu einem Zeitpunkt statt, als er ständig über seine Zukunft nachdachte. Beinahe das ganze vergangene Jahr hatte Saya John ihm zugeredet, vorauszuplanen: »Deine Tage als *luga-lei* gehen zu Ende, Rajkumar. Für dich ist die Zeit gekommen, dir deinen eigenen Platz in dieser Welt zu suchen.«

Rajkumars größter Wunsch war es, ins Holzgeschäft einzusteigen. Dessen war er sich sicher, denn ihm war klar, dass er mit keiner anderen Branche je so vertraut sein würde. Doch das Problem bestand darin, dass er keine der besonderen Fähigkeiten besaß, die ihm gestattet hätten, sich als *oo-si* oder Flößer in den Dienst einer Gesellschaft zu stellen. Außerdem war die Aussicht, im Monat magere zwanzig oder dreißig Rupien zu verdienen, nicht gerade verlockend. Doch was dann?

Die beste Möglichkeit, in das Teakholzgeschäft einzusteigen, so hatte Rajkumar beschlossen, war der Erwerb eines Holzlagerplatzes. Auf seinen Reisen flussabwärts hatte er gelegentlich im Flusshafen von Henzada Halt gemacht. Sein alter Freund Doh Say hatte sich dort inzwischen mit seiner Frau Naw Da und ihren beiden Kindern niedergelassen. Er arbeitete auf einem kleinen Lagerplatz an den Docks und hatte die Aufsicht über eine Gruppe mit zwei Elefanten. Doh Say hatte Rajkumar geraten, selbst einen Holzlagerplatz aufzubauen. Die Lagerverwaltung biete einen guten Einstieg in das Gewerbe. »Du kannst klein anfangen«, sagte er. »Es genügt ein einziger Elefant. Ich werde für dich arbeiten, für die Hälfte des üblichen Lohnes, wenn du mir dafür einen Teil des Geschäftes überlässt.« Alles, was Rajkumar nun noch brauchte, war das nötige Kapital.

Rajkumar ließ sich stets nur einen Teil seines Lohns auszahlen und deponierte den Rest bei Saya John. Doch selbst nach all diesen Jahren betrugen seine Ersparnisse nur etwa zweihundert kümmerliche Rupien. Die Kosten für den Aufbau eines Holzlagerplatzes hingegen beliefen sich auf mehrere tausend – zu viel, um Saya John darum zu bitten. Mit Baburao nach Indien zu gehen, erforderte hingegen nicht viel mehr, als er hatte. Und wenn er Saya John dazu überreden konnte, ihm den Rest zu leihen, dann hätte er in ein paar Jahren genug für seinen Holzlagerplatz beisammen.

Zurück in Mandalay, wartete Rajkumar eine gute Gelegenheit ab, um Saya John auf seinen Plan anzusprechen: »Alles, was ich brauche, ist ein Darlehen von ein paar hundert Kyat«, sagte er leise. Dabei achtete er darauf, nicht zu viel preiszugeben. »Und du wirst ein Vielfaches zurückbekommen. Saya?«

Drei Monate später reiste Rajkumar mit Baburao nach Indien. Sie brauchten vier Tage von Rangun nach Kalkutta und vier weitere für die Fahrt entlang der Küste Richtung Madras. In einem kleinen Marktflecken mietete Baburao zwei Ochsenkarren und schmückte sie mit festlichen Stoffen. Auf dem Basar kaufte er mehrere Sack Dörrreis und heuerte etwa sechs Stock wedelnde *lathiyals* an, die als Wärter fungieren sollten.

Von Trommlern begleitet zogen sie aufs Land. Sie sahen aus wie eine Brautprozession auf dem Weg zu einer Hochzeit. Unterwegs fragte Baburao Leute, die ihnen begegneten, über die Dörfer aus, die vor ihnen lagen. Waren sie arm oder reich? Besaßen die Bewohner eigenes Land oder waren sie Pächter? Welchen Kasten gehörten sie an?

In einem winzigen Dörfchen, einer schäbigen Ansammlung von Hütten, die sich um einen riesigen Banyanbaum drängten, machten sie Halt. Baburao machte es sich unter dem Baum bequem und befahl den Trommlern zu spielen. Augenblicklich ließen die Bewohner alles stehen und liegen. Männer ließen ihre vor den Pflug gespannten Ochsen im Stich und rannten von den Feldern ins Dorf. Kinder kämpften sich durch die hohen Reishalme heran. Frauen kamen, ihre Kleinkinder auf den Hüften, aus den Hütten ins Freie.

Baburao lud sie alle in den Schatten des Baumes ein. Als die Menge groß genug war, begann er zu sprechen. Seine Stimme wurde zu einem Singsang, er klang ehrerbietig wie ein Rezitator des *Ramayana*. Er sprach von Birma, einem Land des Goldes, das die britische *sarkar* zu einem Teil Indiens erklärt hatte. Er zeigte auf den mit Troddeln verzierten Schal, den er um den Hals trug, und forderte seine Zuhörer auf, ihn zu berühren; er hob die Hand in die Höhe, damit jeder seine Gold- und Rubinringe sehen konnte. All das, so sagte Baburao, komme aus Birma, dem goldenen Land. Ehe er dorthin gegangen sei, habe er nichts gehabt, nicht einmal eine Ziege oder eine Kuh.

»Und all diese Dinge können auch euch gehören«, sagte Baburao zu seinen Zuhörern. »Nicht im nächsten Leben. Nicht im nächsten Jahr. Jetzt. Sie können jetzt euch gehören. Alles, was es dazu braucht, ist ein gesunder Mann aus eurer Familie, der seinen Daumenabdruck auf ein Stück Papier setzt.«

Er nahm eine Hand voll Silbermünzen aus einem Samtbeutel und ließ sie klingend wieder hineinrieseln. »Ist jemand unter euch, den noch Zweifel plagen? Ist jemand unter euch, der seinem Lehnsherrn Geld schuldet? Ihr könnt eure Schulden sofort begleichen, hier und jetzt. Sobald eure Söhne und Brüder ihre Zeichen auf diese Verträge gesetzt haben, gehört das Geld euch. In ein paar Jahren haben sie genug verdient, um sich von der Schuld loskaufen zu können. Dann sind sie frei, zurückzukehren oder in Birma zu bleiben, ganz wie sie wollen.«

Fünfzehn Männer unterschrieben in diesem Dorf und dreiundzwanzig im nächsten. Einige drängten sich eilig nach vorn, andere wurden von ihren Verwandten vorgestoßen und wieder anderen wurde der Finger von Vätern und Brüdern aufs Papier gezwungen. Mit Blechkisten und Kleiderbündeln bepackt folgten die Angeworbenen Baburaos Ochsenkarren zurück in die Stadt. Die *lathiyals* bildeten den Schluss. Sie sorgten dafür, dass die Männer auch Schritt hielten. Alle paar Stunden machten sie Halt und aßen etwas gedörrten Reis und Salz.

Als sie die Küste erreichten, heuerte Baburao ein großes Segelboot an, um die Männer nach Kalkutta zu bringen. Für viele von ihnen war es die erste Fahrt auf See. Sie fürchteten sich vor den Wellen, und in der Nacht sprang ein Mann über Bord. Baburao sprang ihm hinterher und zerrte ihn wieder auf das Boot. Der Ausreißer hatte einen Riesenschwall Wasser geschluckt. Er war schlaff und so mager, dass die Knochen aus seinem Hinterteil herausstachen. Baburao beugte den Körper über die Seite des Bootes und krümmte ihn über das Dollbord. Dann stieg er rittlings auf den Rücken des Mannes und presste den Körper mit abgewinkeltem Knie hinunter. Mit einer Stoßbewegung seines Fußes drückte er den Mann an den Holm und pumpte so seinen Magen aus, bis das Wasser, das er geschluckt hatte, wieder zum Vorschein kam – zusammen mit einer schleimigen Masse aus Reis und Salz.

»Wo wolltest du denn hin?«, säuselte Baburao beinahe zärtlich, als singe er einer Geliebten ins Ohr. »Und was ist mit all dem Geld, das ich deinem Vater gegeben habe, damit er seine Schulden bezahlt? Was hätte deine Leiche denn für einen Wert für ihn oder für mich?«

In Kalkutta gingen sie an Bord der *S. S. Dufferin*, die einer englischen Gesellschaft gehörte. Baburao hatte mit dem Steward des Schiffes eine Vereinbarung getroffen. Wegen des Geschäftes, das er brachte, war er ein geschätzter Kunde. Für ihn war die Passage zweiter Klasse umsonst. Er strich Rajkumars Fahrgeld ein und ließ ihn bei sich auf dem Boden schlafen. Die achtunddreißig Männer, die sie mitgebracht hatten, wurden nach unten geführt, in einen Frachtraum am Heck des Schiffes.

Dort waren bereits etwa zweitausend andere zukünftige Einwanderer. Die meisten von ihnen waren Männer, doch es waren auch ungefähr hundertfünfzig Frauen darunter. Ganz hinten gab es eine hölzerne Plattform mit vier Löchern, die über das Heck hinausragte. Dieses Brett diente als Abort. Die Überfahrt war rau, und schon bald war der Boden des Frachtraumes mit Erbrochenem und Urin bedeckt. Diese übel riechende Schleimschicht floss bei jeder Bewegung des Schiffes vor und zurück und stieg an den Seitenwänden mehrere Zoll hoch an. Die Angeworbenen saßen zusammengekrümmt auf ihren Blechkisten und Kleiderbündeln. Als vor der Arkanküste Land in Sicht kam, sprangen mehrere Mann über Bord. Am dritten Tag der Reise hatte sich die Anzahl der Menschen im Frachtraum um einige Dutzend vermindert. Die Leichen derer, die an Bord gestorben waren, wurden ans Heck getragen und in das aufgewühlte Fahrwasser des Schiffes geworfen.

Bei Ankunft an den Docks von Rangun stellte Baburao fest, dass ihn die Überfahrt zwei Männer gekostet hatte. Er war nicht unglücklich. »Zwei von achtunddreißig ist nicht schlecht«, erklärte er Rajkumar. »Einmal habe ich sogar sechs verloren.«

Sie reisten zusammen nach Yenangyaung, und dort erklärte Rajkumar Baburao, dass er hinauf nach Mandalay müsse. Doch das war nichts weiter als ein Täuschungsmanöver. Rajkumar brach Richtung Norden auf, doch sobald er ein gutes Stück Weges zwischen sich und Baburao gebracht hatte, drehte er um und begab sich direkt nach Rangun. In einem kleinen Geschäft in der Moghul Street kaufte er eine goldene Kette und einen leuchtenden Türkisring. Dann ging er hinunter zu den Docks und zurück an Bord der *Dufferin*. Während der Überfahrt hatte Rajkumar die Zeit genutzt und mit dem Steward seine eigenen Vereinbarungen getroffen. Er wurde nun als eigenständiger *maistry* willkommen geheißen.

Rajkumar kehrte in den selben Bezirk zurück, den er mit Baburao bereist hatte. Er mietete auf demselben Markt einen Ochsenkarren und heuerte die gleichen *lathiyals* an. Er schaffte es, fünfundfünfzig Männer und drei Frauen zu verpflichten. Eingedenk der Vorfälle auf der letzten Reise tat er auf der Fahrt nach Kalkutta in dem gemieteten Boot die Nächte hindurch kein Auge zu und bewachte seine Angeheuerten. Und wirklich entdeckte er eines Nachts einen Mann, der versuchte, sich heimlich von Bord zu stehlen. Rajkumar war größer und reger als Baburao und musste nicht ins Wasser springen. Er zog den Mann an den Haaren wieder heraus und hielt ihn baumelnd vor den anderen in die Höhe. Dann boxte er ihn so lange in den Bauch, bis sein Magen wieder leer war. Es gelang ihm, die ganze Gruppe ohne Verluste nach Yenangyaung zu bringen. Dort verkaufte er ihre Verträge an einen örtlichen Unternehmer. Das Geld reichte aus, um Saya Johns Darlehen zurückzuzahlen.

Drei Jahre vergingen, bis Doh Say einen viel versprechenden Holzlagerplatz gefunden hatte. In der Zwischenzeit hatte Rajkumar acht weitere Reisen nach Indien unternommen. Seine Ersparnisse beliefen sich beinahe auf zwei Drittel des geforderten Kaufpreises für den Lagerplatz. Saya John borgte ihm den Rest.

Der Lagerplatz befand sich in Rangun, abseits der Lower Kemendine Road. In dieser Gegend gab es viele Sägewerke, und stets hing der Duft von frischem Sägemehl in der Luft. In Sanchaung, ganz in der Nähe, war eine Hindu-Verbrennungsstätte, und manchmal, wenn der Wind sich drehte, wirbelte eine Aschewolke über den Lagerplatz. Rund um das Gelände verlief eine Ziegelmauer, und am hinteren Ende gab es einen kleinen Steg, der wie eine Zunge in den Rangun hineinragte. Bei Ebbe vergrößerte sich das Flussufer zu einer riesigen Bank aus weichem Schlamm. Vorne standen zwei kleine mit Bambus gedeckte Häuschen aus ausrangierten Brettern. Rajkumar zog in das kleinere der beiden: Das andere war für Doh Say, Naw Da und ihre mittlerweile drei Kinder.

Bei Saya Johns Antrittsbesuch aß er bei Doh Say und Naw Da. Saya John hatte nicht gewusst, dass Doh Say bei Rajkumars Geschäft als Partner fungierte, doch es überraschte ihn nicht sonderlich. Rajkumar hatte sich schon immer durch eine Art hartnäckige Beständigkeit ausgezeichnet – eine Eigenschaft, die von Loyalität zwar weit entfernt, doch nicht minder dauerhaft war. Wieder und wieder schienen dieselben Schatten über sein Leben zu gleiten, genau so wie die Figuren auf der Leinwand eines Puppenspiels.

Im folgenden Jahr zog sich Saya John teilweise von seinen Geschäften zurück, und er siedelte von Mandalay nach Rangun über. Der Verkauf seiner Firma machte ihn zu einem wohlhabenden Mann. Er eröffnete ein kleines Kontor in der Merchant Street und kaufte sich in der Blackburn Lane eine Wohnung. Er stattete diese Wohnung mit unzähligen Möbeln aus, in der Hoffnung, dass sein Sohn Matthew bald nach Hause käme. Doch der Junge war weiter weg als je zuvor – ein Verwandter hatte ihn nach San Francisco mitgenommen, und er hatte seinem Vater geschrieben, er studiere in einem katholischen Priesterseminar. In dem Brief war keinerlei Rede davon, wann er zurückkehren wollte.

Mit einem Mal hatte Saya John viel Zeit, und so begann er, lange Spaziergänge zu unternehmen, um die Vögel, die er sich hielt, auszuführen. Rajkumars Lagerplatz war nur eine halbe Stunde zu Fuß von ihm entfernt, und so wurde es ihm bald zur Gewohnheit, jeden Morgen vorbeizuschauen, in der einen Hand einen Vogelkäfig und unter dem anderen Arm eine Zeitung.

Als er eines Morgens ans Tor des Lagerplatzes kam, wartete Rajkumar bereits auf ihn, ungeduldig auf und ab hüpfend. »Du bist spät dran heute, Saya.«

»Spät? Wieso?«

»Spät mit deiner Zeitung.« Rajkumar riss ihm die *Rangun Gazette* geradezu aus der Hand. »Doh Say hat auf den Docks gehört, dass eine indische Eisenbahngesellschaft eine Anzeige aufgegeben hat. Sie erbittet Angebote für die Lieferung von Eisenbahnschwellen.«

»Angebote für die Lieferung von Eisenbahnschwellen!« Der Papagei in Saya Johns Käfig imitierte meckernd das Gelächter seines Herrn. »Und wenn schon, Rajkumar. Ein Vertrag mit einer Eisenbahngesellschaft würde die Beförderung von tausenden Tonnen Teakholz bedeuten. Für Lieferungen dieser Größenordnung bräuchtest du *oo-sis, pe-sis*, Flößer, Vertreter, Assistenten. Alles was du hast, ist Doh Say und einen Elefanten. Wie um alles in der Welt würdest du diesen Vertrag erfüllen?«

»Es ist eine kleine neue Eisenbahngesellschaft, Saya, und sie braucht billige Zulieferer. Ich muss doch nicht mit dem Kauf von Holz anfangen. Ich muss mit dem Vertrag anfangen. Wenn ich den erst in der Tasche habe, wird das Holz von selbst folgen. Du wirst schon sehen. Hier gibt es dutzende von Lagerplätzen, die randvoll sind. Wenn die erst merken, dass ich anbiete, bar zu zahlen, werden sie alle zu mir kommen.«

»Und woher willst du das Geld nehmen, um sofort zu bezahlen?«

»Wieso, Saya?« Rajkumar lächelte ein bisschen einfältig. »Von dir natürlich. Warum sollte ich irgendeinem anderen so eine Gelegenheit bieten?«

»Bedenke doch das Risiko, Rajkumar. Die großen englischen Gesellschaften sind in der Lage, dich zu vernichten, dich zum Gespött von ganz Rangun machen. Dann bist du aus dem Geschäft.«

»Aber schau dir doch an, was ich jetzt habe, Saya.« Rajkumar deutete auf sein wackeliges Häuschen und seinen zur Hälfte leeren Lagerplatz. »Das ist keinen Deut besser als ein Teestand am Straßenrand, Saya – ebenso gut könnte ich noch immer in Ma Chos Garküche stehen. Wenn ich mein Geschäft je vergrößern will, dann muss ich ein paar Risiken auf mich nehmen.«

»Denke nach, Rajkumar. Denk doch bitte nach. Du hast gerade erst angefangen. Du hast keine Ahnung, wie diese Verträge in Rangun ausgehandelt werden. Hier kennen sich doch alle großen Fische. Sie verkehren in denselben Clubs, speisen in denselben Restaurants, setzen gegenseitig ihr Geld auf die Pferde des anderen…«

»Es sind aber nicht immer nur die großen Fische, die alles wissen, Saya«, sagte Rajkumar. »Wenn ich genau herausfinden könnte, wie viel die anderen Firmen bieten, dann könnte ich ein entscheidendes Angebot machen.«

»Und wie willst du das herausfinden?«

»Das weiß ich nicht, Saya. Aber ich glaube, es gibt eine Möglichkeit. Wir werden sehen.«

»Aber Rajkumar, du kannst doch nicht einmal englisch lesen und schreiben. Wie willst du dieses Angebot denn bitte unterbreiten?«

Rajkumar grinste. »Es stimmt, dass ich nicht englisch lesen und schreiben kann, Saya. Aber ich habe gelernt, es zu sprechen. Und warum muss ich lesen, wenn du das für mich übernehmen kannst, Saya?«

Und so war es an Saya John, sich der Schreibarbeiten für das Angebot anzunehmen. Und zu ihm ging Rajkumar auch mit dem Antwortschreiben der Gesellschaft.

Als er das verschnörkelte Siegel brach, stieß Saya John einen ungläubigen Schrei aus.

»Rajkumar! Du wirst nächste Woche zu einem Treffen mit den Direktoren der Chota-Nagpur-Eisenbahngesellschaft gebeten. Sie kommen nach Birma, um die Angebote zu prüfen. Du sollst am Donnerstag um zehn Uhr in den Geschäftsräumen der Chartered Bank an der Uferpromenade erscheinen.«

Saya John schnalzte ungläubig mit der Zunge, als er von dem knisternden Blatt Papier in seinen Händen aufsah. »Rajkumar, ich hätte niemals geglaubt, dass du so weit kommen würdest!«

»Ich habe es dir doch gesagt, Saya.« Rajkumar lächelte. »Ich habe herausgefunden, was die anderen bieten, und habe ein besseres Angebot gemacht.«

»Und wie hast du das herausgefunden?«

Rajkumar lächelte wieder. »Das ist mein Geheimnis, Saya.«

»Dein Geheimnis wird dir aber jetzt nicht mehr viel nutzen. Jetzt wird das Treffen alles entscheiden. Darüber musst du dir Gedanken machen.« Prüfend ließ Saya John seinen Blick über Rajkumars grünen *longyi* und die abgetragene *pinni*-Weste wandern. »Ein Beispiel: Was wirst du anziehen? In dieser Aufmachung kommst du bei der Chartered Bank nicht einmal durch die Tür.«

Am nächsten Tag erschien Saya John mit einem adretten jungen Mann im Lager. »Das ist U Ba Kyaw«, sagte er zu Rajkumar. »Er war einst Kammerdiener eines englischen Farmers in Maymyo. Er kann dir viele Dinge beibringen, wie zum Beispiel an einer europäischen Tafel mit Messer und Gabel zu essen. Kaufe genau, was er empfiehlt, und tu genau das, was er dir sagt.«

Am Tag der Verabredung kam Saya John in einer Mietdroschke vorgefahren. Er trug seinen besten schwarzen Anzug und war mit einem edlen Malakka-Spazierstock und einem neuen Hut ausstaffiert. Er betrat das Häuschen. Rajkumar war bereits angekleidet, er trug seine neue Hose und das Hemd und stand stocksteif da, während U Ba Kyaw sich an der Krawatte zu schaffen machte.

Als Rajkumar herausgeputzt war, sah Saya John ihn prüfend von oben bis unten an. An der Erscheinung seines Zöglings gab es nichts auszusetzen: Sein schwarzer Anzug war angemessen schlicht und die Krawatte ordentlich geknotet. Der Kragen neigte sich in exakt dem richtigen Winkel. Obwohl er zugeben musste, dass die Sachen nicht so gut geschneidert waren, wie es in Singapur oder Hongkong der Fall gewesen wäre, waren sie für Rangun doch mehr als angemessen. In jedem Falle aber, und wären Rajkumars Sachen auch noch so kostspielig und maßgeschneidert, war es sicher, dass man ihn niemals für einen Mann halten würde, der in Wohlstand und Würden hineingeboren war. In seinem Gesicht lag eine Rauheit, die seine Ausstaffierung Lügen strafte.

»Ich werde dich begleiten, Rajkumar«, sagte Saya John. »Nur, um dir Glück zu bringen.«

In der Chartered Bank wurden sie von einem indischen Kassierer in ein Vorzimmer geleitet. Zu seinem großen Erstaunen stellte Saya John fest, dass Rajkumar mit diesem Mann – D. P. Roy war sein Name – bereits bekannt war.

»Es ist alles bereit«, sagte Mr. Roy mit einem gewissen Unterton. »Die Direktoren befinden sich im Vorstandszimmer. Sie werden bald nach Ihnen schicken.«

Der Kassierer ließ die beiden allein. Das Zimmer, in dem sie sich befanden, war dunkel und hatte etwas Höhlenhaftes an sich. Die tiefen Ledersessel rochen nach Zigarrenrauch.

Nach einer langen Weile erschien ein turbantragender Bote und forderte Rajkumar auf, mitzukommen. Saya John erhob sich ebenfalls, in der Absicht, Rajkumar einige aufmunternde, ermutigende Worte mit auf den Weg zu geben. Er wollte gerade anheben zu sprechen, doch dann hielt er inne. Sein Blick ruhte auf Rajkumar. Ihm fiel auf, wie selbstsicher sein ehemaliger *luga-lei* geworden war, so siegesgewiss, und was immer er auch gesagt hätte, es wäre überflüssig gewesen. Saya John trat ein wenig zurück, um Rajkumar besser betrachten zu können.

Und mit einem Mal, aus diesem veränderten Blickwinkel heraus, hatte er den Eindruck, dass er jemanden ansah, den er noch niemals zuvor gesehen hatte, ein neu erschaffenes Wesen, ungeheuerlich imposant und von beherrschender Präsenz. In diesem Augenblick blitzte vor Saya Johns innerem Auge die klare Erinnerung an jenen Morgen in Mandalay auf, als er eine kleine Gasse entlanggerannt war, um Rajkumar zu retten – er sah ihn wieder als Jungen vor sich, ein verlassener *kala*, ein zerlumpter kleiner Inder, der zu weit von zu Hause fortgelaufen war. Schon damals hatte dieser Junge ein ganzes Leben gelebt, und wenn er ihn nun so betrachtete, dann war gewiss, dass ihm noch mehrere andere bevorstanden.

Dann tat Rajkumar etwas, das er noch nie zuvor getan hatte. Kurz bevor er durch die Tür den Raum verließ, blieb er stehen, um auf Art der Inder Saya Johns Füße zu berühren.

»Gib mir deinen Segen, Saya.«

Saya John wandte den Kopf ab, um die Tränen zu verbergen, die ihm in die Augen getreten waren.

»Das, was ein Mann sich selbst erschafft, kann niemand ihm verwehren. Der Vertrag wird dein sein, Rajkumar. Ich habe falsch getan, daran zu zweifeln.«

6

Zweimal in der Woche kam Post, die direkt vom Schiff in die Amtsstube des Verwalters geschickt wurde. Gewöhnlich sortierte er die Briefe für Uma heraus und ließ sie ihr von einem Boten hinauf in die Residenz bringen. Die Post stammte meistens von ihren Eltern, doch ein- bis zweimal jeden Monat war auch ein Buch oder eine Zeitschrift aus einer Buchhandlung in Kalkutta dabei.

An diesen Posttagen verbrachte Uma Stunden über Stunden tagträumend unter ihrem Pipal-Baum. Wenn sie an einem dieser Tage eine offizielle Verpflichtung hatte, so war Uma kurz angebunden und ungeduldig, begierig, wieder zu ihren Briefen zurückkehren zu können. Sie malte sich aus, wie ihre Mutter zu Hause in Kalkutta schreibend in ihrem Bett saß, stets in Sorge um das Tintenfass und die Kleckse auf dem Briefpapier.

Eines Morgens brachte der Bote des Verwalters ihr einen Brief mit einem ungewöhnlichen Poststempel. Der Verwalter hatte eine

Notiz auf den Umschlag gekritzelt: »Aus Rangun«. Uma drehte den Brief um und entdeckte auf der Rückseite den Namen ihres Onkels, D. P. Roy. Sie war überrascht, denn sie hatte schon jahrelang nichts mehr von ihm gehört. Andererseits hatte Uma sich nach ihrer Hochzeit langsam daran gewöhnt, Briefe von verschollenen Verwandten zu erhalten. Der Verwalter besaß großen Einfluss; er war ein Mann, der Dinge in Gang setzen konnte. Sie vermutete, dass ihr Onkel ihn um einen Gefallen bitten wollte.

Uma nahm den Brief mit hinunter zu ihrem Baum. Sie hatte richtig vermutet. Ihr Onkel schrieb, weil er – im Namen eines Freundes – um einen Gefallen bat. Es handelte sich um einen gewissen Rajkumar Raha, der sich geschäftlich auf dem Weg nach Bombay befand. Der Mann hatte den großen Wunsch zum Ausdruck gebracht, Ratnagiri einen kurzen Besuch abstatten zu dürfen. Er sei sehr daran interessiert, dem ehemaligen Herrscherpaar seine Aufwartung zu machen.

»Uma, ich wäre überaus dankbar, wenn dein Mann für Rajkumar-*babu* einen Besuch bei Seiner Majestät arrangieren könnte. Er hat wohl durch Zufall von meiner Verbindung zu dem Verwalter erfahren und mich in dieser Angelegenheit inständig um meine Unterstützung gebeten. Vielleicht darf ich hinzufügen, dass ich auf Grund diverser Wohltaten in Rajkumar-*babus* Schuld stehe – genauer gesagt, haben viele Mitglieder unserer bengalischen Gemeinde hier in Rangun in der einen oder anderen Angelegenheit sehr von seiner Unterstützung profitiert.«

Rajkumar-*babu*, so stand weiter in dem Brief zu lesen, lebe schon seit geraumer Zeit in Rangun, doch habe er lange keinen Kontakt zu den anderen Bengalen in der Stadt gehabt. Dann aber sei er eines Morgens wie ein Hagelkorn vom Himmel gefallen, mitten hinein in den Kali-Tempel in der Spark Street, dem Treffpunkt der Hindu-Bengalen in der Stadt. Er sei für den Anlass perfekt gekleidet erschienen, in einer gestärkten weißen *dhoti* und einem *punjabi* mit goldenen Knöpfen. Um sich seinen Eintritt zu erleichtern, habe er vorsichtshalber eine beträchtliche Spende für den *purohit* mit sich geführt.

Es erwies sich, dass Mr. Raha im Holzgeschäft tätig war. Er bereitete gerade ein Angebot für einen großen Auftrag vor und war zum *purohit* gekommen, um Gebete für sich zu erbitten. Wie der Zufall es wollte, war der *purohit* ein schlauer alter Mann. Wie alle in seiner Position hatte er die Intuition eines ausgehungerten Tigers, wenn es darum ging, mögliche Beute zu beurteilen. Er tat weit mehr, als nur einen Segen auszusprechen. Der Tempelgemeinde gehörten zahlreiche Angestellte großer europäischer Banken und Holzgesellschaften an. Der *purohit* ließ es sich angelegen sein, Rajkumar-*babu* mit all diesen Männern bekannt zu machen.

Während der folgenden Tage waren viele Nachrichten zwischen der Spark Street und der Merchant Street hin und her geflogen, zwischen dem Kali Bari und den Büros der Holzgesellschaften. Und als die Direktoren der Chota-Nagpur-Eisenbahngesellschaft schließlich ihre Entscheidung verkündeten, wurde – zum außerordentlichen Erstaunen der Geschäftskreise Ranguns – bekannt, dass es einem gewissen Rajkumar Raha, ein Name, der bis zu diesem Augenblick in der Welt des Teakholzhandels gänzlich unbekannt gewesen war, gelungen sei, die Angebote aller großen Unternehmen zu unterbieten.

Allein dieser Vertrag hatte Rajkumar-*babu* einen Profit von 800 000 Rupien eingebracht – ein Vermögen. Aus Dankbarkeit hatte er den Kali Bari sprichwörtlich neu aufgebaut, die Böden mit Marmor ausgelegt, die Wände des Schreins vergoldet und dem *purohit* und seiner Familie ein schönes neues Haus gebaut. Seitdem hatte er weitere Erfolge verbuchen können und war in der Geschäftswelt Ranguns zu Rang und Würden aufgestiegen. Und all das im Alter von einunddreißig, noch ehe er die Zeit gefunden hatte, zu heiraten.

»Du wirst sicher verstehen, was ich meine, Uma, wenn ich sage, dass unser Rajkumar-*babu* kaum die Art von Mensch ist, deren Umgang du gewohnt bist. Dir wird er wahrscheinlich rau und, was sein Benehmen angeht, ungehobelt erscheinen. Ohne Zweifel wirst du erstaunt sein zu erfahren, dass er, obwohl er diverse Sprachen fließend spricht, darunter Englisch und Birmanisch, was alle praktischen Dinge betrifft, ein ungebildeter Mensch ist. Ein Analphabet und kaum in der Lage, seinen eigenen Namen zu schreiben.

Zu Hause in Indien hätte ein Mann wie Rajkumar-*babu* wohl

kaum jemals die Möglichkeit, die Anerkennung von Menschen unseres Ranges zu erlangen. Doch hier in Birma sind die Wertmaßstäbe etwas niedriger angesetzt. Einige der reichsten Bewohner der Stadt sind Inder, und die meisten von ihnen haben mit nichts anderem begonnen als mit einem Kleiderbündel und einer Blechschachtel.

Es ist mir durchaus bewusst, dass ein Mann vom Stande Rajkumar-*babus* in Indien kaum auf die Gastfreundschaft eines Bezirksverwalters hoffen dürfte, oder auch nur, von ihm empfangen zu werden. Doch bedenke bitte, dass er bereits seit überaus langer Zeit in Birma lebt und sich inzwischen mehr als Birmane denn als Inder fühlt und in Indien im Grunde als Ausländer gelten darf. Ich hege die Hoffnung, dass du diesen Umstand in Betracht ziehst und auch daran denkst, dass insbesondere ich selbst außerordentlich dankbar wäre für deine großmütige Unterstützung in dieser Angelegenheit.«

Fester Bestandteil der Posttage war ein anderer, ganz besonderer Genuss: frisches Eis, das mit dem Dampfer aus Bombay nach Ratnagiri kam. An den Abenden der Posttage pflegte der Verwalter in einem Korbstuhl draußen im Garten zu sitzen, ein eisgekühltes Getränk in der Hand. Uma wartete, bis dem Verwalter sein Whisky serviert worden war, ehe sie ihm den Brief ihres Onkels vorlas. Als sie geendet hatte, nahm ihr der Verwalter den Brief aus der Hand und las ihn selbst noch einmal durch.

Mit einer Geste des Bedauerns reichte er ihr die Seiten zurück. »Wenn es in meiner Macht stünde«, sagte er, »so wäre ich deinem Onkel mit Freuden zu Diensten. Unglücklicherweise jedoch steht es außer Frage. Die Instruktionen der Regierung sind, was dies betrifft, eindeutig. Ihren Hoheiten ist nicht gestattet, Besuch zu empfangen.«

»Aber wieso nicht?«, rief Uma. »Du bist der Verwalter. Du könntest ihn kommen lassen, wenn du nur wolltest. Niemand bräuchte davon zu erfahren.«

Jäh stellte der Verwalter sein Glas auf den kleinen Beistelltisch neben seinem Stuhl. »Das ist ganz und gar unmöglich, Uma. Ich müsste das Ersuchen nach Bombay weiterleiten, und von dort aus würde man es an das Kolonialsekretariat in London schicken. Das kann Monate dauern.«

»Für einen einzigen Besuch in ›Outram House‹?«

»Unsere Lehrmeister«, begann der Verwalter – es war ein immer wiederkehrender Scherz von ihm, seine britischen Amtsbrüder als *amader gurujon* zu bezeichnen – »unsere Lehrmeister wünschen in Birma keinerlei politische Unruhe. Birma ist ihre wohlhabendste Provinz, und sie wollen keinerlei Risiken eingehen. Der König ist die einzige Person, die das Land gegen sie vereinen könnte. In Birma existieren über ein Dutzend verschiedene Stämme und Völker. Die Monarchie ist das Einzige, was sie verbindet. Unsere Lehrmeister wissen das, und sie wollen sichergehen, dass der König in Vergessenheit gerät. Dabei liegt es keineswegs in ihrer Absicht, grausam zu sein; genauso wenig beabsichtigen sie, einen Märtyrer zu schaffen; sie wollen nur, dass der König aus der Erinnerung seines Volkes getilgt wird – wie ein alter Regenschirm in einem verstaubten Schrank.«

»Und was sollte ein einziger Gast daran ändern?«

»Er könnte zurückkehren und von seinem Besuch in ›Outram House‹ erzählen. Es könnte in die Zeitungen gelangen. Das Kolonialamt gestattet nicht einmal, dass der König fotografiert wird, aus Angst, das Bild könne zurück nach Birma gelangen. Erst kürzlich habe ich einen Brief von einer Fotografin erhalten, einer Parsin. Sie befindet sich gerade auf einer Rundreise und wollte hier Halt machen, um in ›Outram House‹ einige Aufnahmen zu machen. Ich habe ihr Ersuchen nach Bombay weitergeleitet und innerhalb einer Woche Antwort erhalten. Es werden keinerlei Aufnahmen der königlichen Familie gestattet. Regierungspolitik.«

»Aber das ist doch unmenschlich«, rief Uma.

»Aber ganz und gar nicht.« Der Verwalter kniff die Augen zu engen Schlitzen zusammen. »Es ist lediglich vernünftig. Glaubst du, Birma wäre mit politischen Unruhen gedient? Glaubst du, diesem Mann, Raha, wäre es gelungen, seinen Reichtum anzuhäufen, wenn Thebaw noch an der Macht wäre? Wenn unsere Lehrmeister ihnen nicht schützend zur Seite stünden, hätten die Birmanen sich wohl gegen die indischen Geschäftsleute aufgelehnt und sie wie Schafe aus dem Land getrieben.«

Uma wusste, dass sie den Verwalter in einem Streitgespräch unmöglich schlagen konnte. Sie senkte die Stimme und legte ihm eine Hand auf den Arm.

»Weißt du«, sagte sie, »ich bitte dich nicht wegen des Königs darum oder wegen meines Onkels.«

»Warum dann?«

Uma zögerte.

»Sag es mir.«

»Es ist wegen Dolly.«

»Wegen Dolly?«

»Sie hat ihr ganzes Leben hier verbracht, im Grunde als Gefangene, und ein anderes Leben, als das, das sie hier führt, liegt jenseits ihrer Vorstellungskraft. Doch eines Tages wird sie ›Outram House‹ verlassen müssen, und wohin soll sie dann gehen? Sie weiß nichts mehr über Birma, und ich glaube, sie muss mit Menschen sprechen, die sie wieder daran erinnern können.«

»Dolly kann nach Birma zurückkehren, wann immer es ihr beliebt.«

»Aber sie hat keine Familie in Birma, und sie kennt dort keine Menschenseele. Genau deswegen muss sie Menschen kennen lernen, die dort leben.«

Der Verwalter sagte nichts, und Uma spürte, dass er weich zu werden begann. »Es ist nur eine winzige Kleinigkeit«, sagte sie rasch. »Es gibt sicher eine Lösung.«

»Also gut«, sagte er schließlich mit ärgerlichem Tonfall. »Da es dir so viel zu bedeuten scheint, gibt es wohl eine Sache, die ich tun könnte.«

»Was denn?«

»Ich könnte diesen Raha als meinen persönlichen Gast zu uns einladen. Ich könnte sagen, er sei ein angeheirateter Verwandter. Und wenn er ›Outram House‹ dann wirklich einen Besuch abstatten wollte, dann wäre es nur eine private Visite, nichts Offizielles ...«

»Oh, ich wäre glücklich ...«

Gleich am nächsten Morgen ging ein Telegramm an Umas Onkel in Rangun, um ihm mitzuteilen, dass sein Freund, Herr Raha, eingeladen war, Ratnagiri einen Besuch abzustatten; er werde als persönlicher Gast des Verwalters erwartet.

7

Als der Dampfer angekommen war, machte in Windeseile ein Gerücht die Runde. An Bord befinde sich ein reicher Prinz, ein gewisser Rajkumar, ein Fremder, der mit seinem Geld sehr freizügig war. Es folgte ein regelrechter Aufruhr: Kulis und Träger belagerten die Laufplanken; Müßiggänger schlenderten aus dem Schatten der Bäume am Ufer herbei und ließen sich am Strand nieder.

Rajkumar selbst lag noch schlafend in seiner Kabine, als der Dampfer am Dock festmachte. U Ba Kyaw weckte ihn. Wenn er ins Ausland reiste, nahm Rajkumar immer einige seiner Leute mit. Es war seine Art, sich vor den Gefahren seiner neuen Umstände zu schützen. Diese besondere Reise hatte Befürchtungen ganz neuer Art in ihm geweckt, und so war sein Gefolge noch größer als gewöhnlich. Neben einem Stenografen und einem Buchhalter hatte er auch U Ba Kyaw mitgebracht, seinen ältesten und verlässlichsten Angestellten.

Rajkumar schickte U Ba Kyaw voraus, um die Schaulustigen abzulenken und stahl sich dann heimlich von Bord. Am anderen Ende des Landungssteges warteten zwei Kutschen. Die eine gehörte zu »Outram House« und die andere zu der Residenz. Der Verwalter war an diesem Morgen nicht in der Stadt, doch er hatte genaueste Instruktionen hinterlassen, wie der Besucher zu empfangen sei. Kanhoji solle ihn zum Dak-Bungalow bringen, wo er für die Zeit seines Aufenthaltes untergebracht war. Am Abend dann wurde er in der Residenz zum Dinner erwartet.

Bei der anderen Kutsche am Landungssteg handelte es sich um den Zweispänner von »Outram House«. Zusammen mit Kanhoji lehnte Sawant an einem Geländer und beobachtete den Aufruhr auf dem Landungssteg. Beide waren überrascht, als sie erkannten, welcher der Neuankömmlinge Rajkumar war: Von der ganzen Gesellschaft sah er am allerwenigsten aus wie der Mann, den Kanhoji hier abholen sollte. Nachdem er Rajkumar im Dak-Bungalow abgesetzt hatte, fuhr er zurück zur Residenz, um Uma ausführlich Bericht über den Aufruhr am Landungssteg zu erstatten. Seine Ausführungen ließen kein Detail aus. Er erzählte Uma von der halb abgekauten Zigarre in Rajkumars Mund, von dem zerzausten unordentlichen Eindruck seiner Kleidung, dem zerknitterten *longyi,* der fettigen Weste und den ungekämmten Haaren. Uma fühlte sich zunehmend unbehaglich. War es wirklich klug, so jemanden zum Abendessen zu bitten? Was genau aß so ein Mensch?

Ganz entgegen all seiner Gewohnheiten hatte der Verwalter Uma mit der Organisation des Abendessens betraut. Für gewöhnlich war er derjenige, der die Vorbereitungen für die Empfänge der Residenz übernahm. Obwohl er sich ansonsten nicht für häusliche Angelegenheiten interessierte, war er, was die Abendgesellschaften in seinem Haus anging, überaus eigen. Er ließ es sich nicht nehmen, Tisch und Gedecke persönlich zu inspizieren, die Blumen zu schneiden und auf Teller und Gläser hinzuweisen, die noch einmal poliert werden mussten. An ihn wandten sich die Bediensteten, wenn es darum ging, was serviert und welches Service aufgelegt werden sollte.

Als der *khansama* an jenem Morgen zu Uma kam, um nach dem geplanten Menü zu fragen, war sie vollkommen überrascht gewesen. Sie dachte einen Augenblick nach und befahl ihm dann, exakt das zu servieren, was es vergangene Woche gegeben hatte, als der Schuldirektor zum Abendessen gekommen war. Sie erinnerte sich an in Kartoffelteig gebackene Fleischpastete und gebratenen Fisch und Mandelpudding.

»Genau das möchte ich heute Abend haben«, sagte sie ihrem Koch, *»ekdam voh hi chiz.«* Dann, einem inneren Impuls folgend, schrieb sie ein Brieflein an den anglo-indischen Polizeichef Mr. Wright und bat ihn mit seiner Frau zum Abendessen. Mr. Justice Naidu und seine Frau hatte sie bereits eingeladen. Es handelte sich um ein älteres Paar, unfehlbar angenehm und unkompliziert. Und natürlich sollte auch Dolly kommen. Das hatte sie schon vor langer Zeit arrangiert.

Als der Abend näher rückte, versuchte Uma, sich all die Dinge ins Gedächtnis zu rufen, die der Verwalter im Vorfeld einer Abendgesellschaft zu tun pflegte. Dieses eine Mal, so sagte sie sich selbst, würde sie eine gute *memsahib* abgeben. Sie ging ins Speisezimmer und machte sich unbeholfen an Tellern und Gläsern und Blumen zu schaffen. Aber als der Verwalter nach Hause kam, wurde ihr klar, dass sie sich den Aufwand ebenso gut hätte sparen können. Der Verwalter war vollkommen unbeeindruckt. Er betrat das Speisezimmer, um ihre Bemühungen in Augenschein zu nehmen, und kam mit einem Gesicht zurück, in das unverhohlener Tadel geschrieben stand.

»Die Fischmesser lagen nicht am richtigen Platz«, sagte er. »Und auf den Weingläsern war etwas Staub …« Er schickte sie zurück und ließ sie noch einmal alles neu arrangieren. »Ich werde nachher noch einen Blick darauf werfen …«

Uma saß an einem Fenster und wartete auf ihre Gäste. Sie hatte die Hände im Schoß gefaltet, wie ein keusches Schulmädchen. Vielleicht war es ein Fehler: diese Abendeinladung, Dolly mit diesem Fremden bekannt zu machen. Vielleicht war ihre eigene Anwesenheit hier ein einziger Fehler. Das war ein Gedanke, der ihr noch niemals zuvor in den Sinn gekommen war, doch sein frostiger Schatten breitete sich schnell in ihrem Innern aus. War es das, was man unter Vorsehung verstand?

»Madame …«

Es waren die Naidus, grauhaarig, groß gewachsen, sanfte Gutmütigkeit ausstrahlend. »Wie nett …« Und dann kamen die Wrights, wenige Minuten später gefolgt von Dolly.

Rajkumar erschien als Letzter. Uma erhob sich, um ihn zu begrüßen, und stellte fest, dass der erste Eindruck unerwartet positiv ausfiel. Ein Blick über ihre aneinander gelegten Hände hinweg verriet ihr, dass er einiges auf sich genommen hatte, sich ordentlich und adrett in »englische Kleidung« zu hüllen. Ein schlichter schwarzer Anzug, eine sorgsam geknotete Krawatte. Seine Schuhe waren auf Hochglanz poliert, und in der Hand hielt er einen Malakka-Spazierstock mit kunstvoll geschnitztem Jadeknauf. Er sah wesentlich älter aus, als sie erwartet hatte. Sein Gesicht war vom Wetter gegerbt, und die vollen Lippen leuchteten rot in dem dunklen Gesicht. Entlang des Kiefers zeichnete sich eine fleischige Falte ab, Hinweis auf ein zukünftiges Doppelkinn. Er war keineswegs ein gut aussehender Mann, doch hatte er irgendetwas Faszinierendes an sich: der massive Körperbau, gepaart mit einer ungewöhnlich lebhaften Ausstrahlung – als hätte man einer Schieferwand Leben eingehaucht.

Uma sah sich um und entdeckte Dolly, die halb versteckt hinter dem geschwungenen Arm einer Chaiselongue saß. Sie trug einen silbernen *htamein* und einen *aingyi* aus weißer Seide. In ihren schwarz glänzenden Haaren steckte eine leuchtend weiße Lilie.

»Dolly!« Uma machte eine vorstellende Gebärde in Rajkumars Richtung. »Dies ist Mr. Raha. Ich glaube nicht, dass Sie sich schon einmal begegnet sind …«

Er erkannte sie auf Anhieb wieder, augenblicklich. Es bestand nicht der geringste Anlass zu zweifeln. Nicht, dass sie noch genauso aussah wie damals, denn sie hatte sich verändert. Ihr Gesicht war viel länger als in seiner Erinnerung, und rund um die Augenwinkel und den Mund lag ein feines, beinahe unsichtbares Gespinst feiner Fältchen, wie die Spuren der Ahle eines Goldschmiedes. Er erinnerte sich an etwas anderes, an einen Teil ihres Ausdrucks, eine gewisse Einsamkeit in ihrem Blick. Dieser Ausdruck war es gewesen, der ihn in jener Nacht im Glaspalast gefangen genommen hatte und der ihn jetzt aufs Neue gefangen nahm.

»Mr. Raha«, in Umas Stimme lag Besorgnis. »Ist etwas nicht in Ordnung?«

»Nein.« Er sah an sich hinunter und merkte, dass sein Stock bewegungslos mitten in der Luft stehen geblieben war. »Nein. Nein, es ist alles in Ordnung.«

Um sich selbst davor zu bewahren, aus dem Raum zu stürzen, ließ Rajkumar sich schwer in den nächstbesten Stuhl fallen. Es ging zu schnell: Er hatte nicht erwartet, sie hier zu treffen. Es gab nichts, was ihm verhasster war, als ahnungslos überrascht zu werden. Er hatte vorgehabt, sich auf diese Begegnung in kleinen, wohl bemessenen Schritten vorzubereiten. Er war noch nicht bereit dazu. Es war schwer genug für ihn gewesen, dieses Haus zu betreten. Selbst jetzt noch, nach zwei Jahren, in denen er auf unzähligen Abendgesellschaften und Empfängen zu Gast gewesen war, fiel es ihm schwer, sich in der gezwungenen Atmosphäre gesellschaftlicher Steifheit zu bewegen.

»Hatten Sie eine angenehme Reise, Mr. Raha?«

Es war seine Gastgeberin, die Frau des Verwalters. Etwas in ihrem Gesicht sagte ihm, dass sie ihn aushorchen wollte. Er nickte und versuchte zu lächeln. Er spürte, wie sein Blick wieder zu der Chaiselongue hinüberwanderte, und er sah schnell zu Boden. Dann näherten sich andere Personen, er spürte ihre Hände auf seiner Schulter. Was sollte er zu ihnen sagen? Noch niemals hatte er sich so sehr danach gesehnt, allein zu sein.

»Das Abendessen wartet. Wollen wir...?«

Auf dem Weg in das Speisezimmer war Uma einen kurzen Augenblick mit Dolly allein. »Was hältst du von unserem Gast?«, flüsterte sie schnell.

»Er ist nicht so, wie ich es erwartet habe. Gar nicht wie ein großer Magnat.«

»Meinst du, weil er so still ist?«

»Er scheint sich nicht gerade wohl zu fühlen, findest du nicht?«

»Hast du gemerkt, wie er dich immer wieder ansieht? Es scheint fast, als hätte er dich schon mal irgendwo gesehen.«

Dolly machte große Augen. »Was du da sagst, ist überaus seltsam, Uma. Ich frage mich, wie du auf so etwas kommst.«

Das Speisezimmer der Residenz war zu groß, um ausreichend beleuchtet werden zu können. Die riesige Mahagonitafel sah aus, als triebe sie hilflos in einem Meer aus Dunkelheit. Auf dem Tisch standen mehrere überdimensionale Kandelaber, doch über dem Tisch hing ein von Hand betriebener *punkah,* und so konnten die Kerzen auf den silbernen Armen nicht angezündet werden. Die Gesichter der Speisenden lagen also zur Hälfte im Dunkeln und waren selbst für den direkten Nachbarn niemals vollständig sichtbar.

Uma hatte Rajkumar zu ihrer Rechten platziert und Mr. Wright zu ihrer Linken. Dolly saß am anderen Ende der Tafel, neben dem Verwalter. Entlang der Wände, etwa sechs Schritte von der Tafel entfernt, stand eine Reihe Lakaien, einer hinter jedem Stuhl. Wie es Brauch war, hatten die Gäste ihre eigenen Diener mitgebracht, bis auf Dolly, die beinahe zur Familie gehörte. Die Lakaien der Naidus waren Einheimische, derjenige von Mr. Wright ein Sikh. Hinter dem Stuhl von Rajkumar stand U Ba Kyaw. Er trug einen rosafarbenen *gaung-baung* und einen lilafarbenen *longyi*. Verglichen mit ihm waren alle anderen farblos.

Dann legte der Verwalter seine Serviette beiseite und sah Rajkumar über den Tisch hinweg an. »Birma, Mr. Raha«, sagte er auf die ihm eigene ironische Weise, »Sie haben uns bis jetzt sehr wenig darüber erzählt. Wie sind Sie einst dorthin gelangt?«

»Durch Zufall«, sagte Rajkumar kurz angebunden.

»Welche Sorte Zufall verschlägt einen Menschen in ein fremdes Land?«

»Ich habe auf einem Boot gearbeitet und bin sozusagen in Mandalay gestrandet. Das war damals, zu Beginn der britischen Invasion. Der Fluss war für den Verkehr gesperrt.«

»Eine ereignisreiche Zeit.«

»Eine seltsame Zeit, Sir.«

»Ach ja? Inwiefern?«

Dolly beobachtete Rajkumar über den Tisch hinweg. Ihr Gesicht war das Einzige, das er erkennen konnte. Die andern lagen in der Dunkelheit verborgen.

»Die britische Flotte benötigte Wochen, um flussaufwärts voranzukommen«, erzählte Rajkumar. »Und während der meisten Zeit war es in Mandalay sehr ruhig. Ich war damals noch ein Junge, doch ich war einer der wenigen in der Stadt, die sich bewusst zu sein schienen, dass Unruhe in der Luft lag.«

In diesem Augenblick ereignete sich ein merkwürdiger kleiner Zwischenfall. Soeben war der Fisch serviert worden, und Rajkumar blickte ungeduldig auf die Ansammlung von Messern und Gabeln rund um seinen Teller. Dann, als bringe ihn dieses Übermaß an Essbesteck zur Verzweiflung, reckte er die rechte Hand hoch und schnippte mit den Fingern. Noch bevor er diese Geste zu Ende ausgeführt hatte, war U Ba Kyaw an seiner Seite, um ihm das adäquate Utensil zu reichen. Die Angelegenheit nahm nur einen kurzen Augenblick in Anspruch, doch jeder im Raum hatte verdutzt davon Notiz genommen. Nur Rajkumar selbst schien sich dieser Unterbrechung nicht bewusst zu sein. Er fuhr mit seiner Geschichte fort, als sei nichts geschehen.

»Eines Morgens hörten wir aus weiter Ferne den Donner von Kanonen. Doch dann brach der Lärm ab und alles nahm wieder seinen gewohnten Gang. Erst als die fremden Soldaten in die Stadt marschiert kamen, verstanden die Leute, was geschehen war: Dass man den König besiegt und die Stadt erobert hatte. Gegen Abend sahen wir, wie Truppen mit Säcken voller Beute aus der Festung marschierten. Und Bedienstete aus dem Palast. Eine Menschenmenge sammelte sich um die Mauern der Festung. Ich war noch niemals jenseits dieser Mauern gewesen. Als ich sah, dass Leute den Graben überquerten, schloss ich mich ihnen an. Wir stürmten hinein. In der Mauer des Palastes selbst stießen wir auf einen aufgebrochenen Durchgang. Zu hunderten zwängten wir uns hindurch. Ich nehme an, man könnte es durchaus als Aufruhr bezeichnen. Keiner von uns war sich über das, was wir taten, im Klaren, jeder folgte einfach irgendeinem anderen. Wir stürmten in den rückwärtigen Teil des Palastes. Es war der Trakt der Frauen. Die wertvollsten Gegenstände waren bereits fort, doch uns schien das, was übrig war, noch immer von ungeheurer Pracht, unvorstellbar wertvoll. Die Leute fielen über alles her, was in Reichweite war, nahmen alles, was ihnen ins Auge fiel, sie zerschlugen die Möbel, hackten Steine aus dem Boden. Nach einer Weile verließ ich den Hauptsaal und betrat eines der Vorzimmer. In dem Raum stand eine Frau. Sie war klein und von zarter Gestalt, und obgleich ich sie noch niemals zuvor gesehen hatte, wusste ich sofort, dass es Königin Supayalat war.«

»Die Königin?«

»Ja. Ihre Majestät persönlich. Ich denke, sie war in jenem Raum, um zu retten, was von ihrem Eigentum noch übrig war. Sie war ohne Wachen, ohne Leibgarde. Man hätte erwartet, dass sie sich fürchtete, doch dem war nicht so. Sie schrie uns an, bedrohte uns. Aber noch bemerkenswerter war die Tatsache, dass jeder, der den Raum betrat, augenblicklich zu Boden sank, um der Königin den *shiko* zu erweisen. Stellen Sie sich diese seltsame Situation vor: Diese Leute waren gekommen, um den Palast zu plündern, und gleichzeitig zollten sie ihrer Königin Respekt! Ich war fasziniert: Ich kauerte wie gelähmt in einer Ecke und beobachtete, was vor sich ging. Und als ich eine Weile dort gesessen hatte, fiel mir auf, dass die Königin nicht alleine war. Sie hatte zwei Kinder bei sich und ein paar Dienerinnen, eine Gruppe junger Mädchen. Das ältere der Kinder war etwa drei. Ihrer Kleidung nach war sie eine Prinzessin. Neben dieser Prinzessin stand eine Dienerin, auch noch ein Kind, etwa ein oder zwei Jahre jünger als ich, vielleicht auch drei, genau konnte ich es nicht sagen, denn so ein Mädchen wie dieses hatte ich noch nie zuvor gesehen, so unbegreiflich schön. Sie war wie der Palast selbst, ein Ding aus Glas, in dem man all das zu sehen vermochte, was man sich nur vorstellen konnte. Um uns herum herrschte schrecklicher Lärm, das Geräusch von Messern, Äxten, rennenden Menschen. Das Mädchen hatte offensichtlich große Angst, und doch war sie auch wieder ganz und gar ruhig. Ich konnte meine Augen nicht von ihr abwenden. Ich wusste, dass ich diesen Augenblick niemals mehr vergessen würde.«

»Wer war sie?«, unterbrach Uma. »Dieses Mädchen – wer war sie? Haben Sie es jemals herausgefunden?«

»Um die Wahrheit zu sagen –«, wollte Rajkumar gerade fortfahren, da schnitt Dolly ihm das Wort ab.

»Allem Anschein nach«, sagte sie schroff, an den Verwalter gewandt, »allem Anschein nach hat Mr. Raha sich aus all dem einen großen Spaß gemacht.«

»Nein!« Rajkumar wurde lauter. »Nein, überhaupt nicht.«

Dolly sah ihn nicht an. »Mr. Raha«, sagte sie, »scheint sich wirklich prächtig amüsiert zu haben.«

»Nein. So habe ich das nicht gemeint.«

Uma sah Rajkumar an und bemerkte, wie ein Ausdruck unaussprechlicher Bestürzung über sein Gesicht glitt. Mit einem Mal tat er ihr Leid: Dolly behandelte ihn unnötig herzlos und unfair. Es war offensichtlich, dass diesem Mann jede Respektlosigkeit fern gelegen hatte.

»Mr. Raha ...« Sie streckte die Hand aus, um sein Handgelenk zu tätscheln und ihn in die Gegenwart zurückzuholen, ihn daran zu erinnern, dass er in Gesellschaft war. Doch bei dieser Bewegung streifte ihr Ellenbogen versehentlich den Tisch. Eine Gabel rutschte vom Teller und fiel zu Boden. Das Geräusch war sehr leise, ein feines metallisches Klingen, doch innerhalb dieses beengten Raumes kam es einer Explosion gleich. Zwei Lakaien sprangen gleichzeitig von ihren Posten an der Wand nach vorn: Einer hob das heruntergefallene Besteck vom Boden auf, während der andere geschwind mit an einer Serviette poliertem Ersatz aufwartete.

»Aber, Madame ...«

Die Stimme des Verwalters war gedehnt und laut und voll überschwänglicher Ironie. Gedemütigt sank Uma in ihrem Stuhl zusammen. Sie hatte diesen spöttischen Tonfall fürchten gelernt, diese feine Nuance, die in seinen Kommentaren zu ihren kleinen Ungeschicklichkeiten so häufig zu hören war. Sie wusste, dass dieses Missgeschick an diesem Abend noch oft Erwähnung finden würde; in unzähligen Scherzen, Anspielungen, Seitenhieben: Diese Bemerkungen waren ihre Bestrafung.

»Aber Madame«, fuhr der Verwalter fort, »darf ich Sie noch einmal inständig darum bitten, davon Abstand zu nehmen, mit dem Regierungssilber zu jonglieren?«

Uma zitterte und blickte starr auf ihren Teller. Wie war es nur möglich, das zu ertragen? Sie sah die neue Gabel an, die auf ihrem Teller lag, und wie von selbst fing ihre Hand an sich zu bewegen. Ihr Handgelenk sprang vor und katapultierte die Gabel hoch hinauf in die Luft.

Ehe das Utensil seinen Bogen noch vollenden konnte, schnellte Rajkumars Hand hervor und schnappte sie aus der Luft. »Bitte«, sagte er und ließ die Gabel auf das Tischtuch gleiten. »Nichts passiert.«

Vom anderen Ende der Tafel sah erstaunt der Verwalter herüber. »Uma!«, rief er, und alle Ironie war aus seiner Stimme gewichen. »Uma! Was um alles in der Welt ist heute los mit dir?«

Es folgte ein Moment unbehaglichen Schweigens, das vom Geräusch einer Kutsche durchbrochen wurde, die sich polternd dem Tor der Residenz näherte. *Kaun hai?* war der Ruf des Wachpostens zu vernehmen. Die Antwort war nur ein Murmeln und nicht zu verstehen, doch Dolly sprang sofort auf die Füße. »Es ist Mohanbhai. In ›Outram House‹ muss etwas geschehen sein.«

Ein Diener betrat das Speisezimmer, verbeugte sich und reichte dem Verwalter einen Umschlag.

»Es eilt, Sir.«

Der Verwalter schlitzte den Umschlag auf und zog einen Bogen geprägtes Briefpapier heraus. Er las den Brief und sah nachdenklich lächelnd auf. »Ich fürchte, ich muss diese Festlichkeit verlassen. Eine Vorladung. Ihre Hoheit wünscht mich in ›Outram House‹ zu sehen. Unverzüglich.«

»Dann sollte ich auch gehen.« Dolly schob ihren Stuhl zurück.

»Unter gar keinen Umständen.« Der Verwalter drückte ihre

Hand. »Sie bleiben hier und genießen den Abend. Sie möchte mich sehen. Nicht Sie.«

Dolly und Uma sahen sich an. Sie wussten beide sofort, dass die Königin den Verwalter zu sich bestellt hatte, um ihn von der Schwangerschaft der Prinzessin in Kenntnis zu setzen. Dolly vermochte nicht zu sagen, was besser wäre: nach »Outram House« zurückzukehren oder sich fern zu halten.

»Bleib hier, Dolly«, drängte Uma.

»Also gut.« Dolly nickte. »Ich bleibe.«

Das Verhalten der beiden Frauen blieb dem Verwalter nicht verborgen. Sein Blick ging von Uma zu Dolly und wieder zurück. »Was genau geht in ›Outram House‹ vor sich?«, fragte er. »Weiß eine von euch beiden etwas darüber?«

»Nein«, antwortete Uma, ohne zu zögern. Ihre Stimme war eine Nuance höher als normal. »Was es auch sein mag, ich bin sicher, dass es Dollys Anwesenheit nicht erfordert.«

»Also dann.« Der Verwalter machte eilig eine Runde um den Tisch und verabschiedete sich. »Ich bin zurück, sobald Ihre Hoheit es für angebracht hält. Bitte amüsieren Sie sich gut...«

Der plötzliche Aufbruch des Verwalters versetzte den Rest der Tafel in Unruhe. Die Naidus und die Wrights erhoben sich murmelnd. »Es ist schon sehr spät...« »Wir sollten längst auf dem Weg sein...« Es folgte hastiges Abschiednehmen und Händeschütteln. Uma brachte ihre Gäste zur Tür. Auf dem Weg blieb sie kurz stehen und flüsterte Dolly zu: »Wenn ich sie verabschiedet habe, bin ich sofort zurück. Warte auf mich...«

Benommen ging Dolly in den Salon und öffnete eine der Terrassentüren. Sie trat hinaus in den Garten und hielt inne, um den Stimmen der abfahrenden Gäste zu lauschen, die sich verabschiedeten. »Vielen Dank...«, »So freundlich...« Eine der Stimmen gehörte Uma, doch sie schien weit entfernt zu sein. Dolly vermochte keinen klaren Gedanken zu fassen. Alles schien verschwommen zu sein. Ihr kam in den Sinn, die Türe zu schließen, damit keine Insekten ins Haus gelangen konnten. Doch sie tat es nicht: Es gab zu viel, worüber sie nachdenken musste.

In diesem Augenblick, genau jetzt, würden oben in »Outram House« die Prinzessinnen am Fenster sitzen, auf die Straße hinunterblicken und auf das Geräusch der Kutsche des Verwalters lauschen. Das Audienzzimmer im Erdgeschoss wäre wohl schon geöffnet, die Lampen erleuchtet, nur zwei, um Öl zu sparen. Die Königin wäre bald schon auf dem Weg hinunter, gekleidet in ihren geflickten, karmesinroten *htamein*. In wenigen Augenblicken würde sie sich niederlassen, mit dem Rücken zur Tür. Und dort würde sie warten, bis man den Verwalter hereinführte.

Das also war das Ende der vertrauten Welt von »Outram House«. Sie hatten es die ganze Zeit vorhergesehen, sie und die Prinzessinnen. Genauso würde es geschehen: Eines Tages, ohne Vorwarnung, hätte die Königin entschieden, dass der Augenblick gekommen war. Unverzüglich würde man nach dem Verwalter schicken, ohne eine Minute zu verschwenden. Und schon am nächsten Tag wäre alle Welt im Bilde: der Gouverneur, der Vizekönig, ganz Birma. Man würde Mohanbhai fortschicken; die Prinzessinnen womöglich ebenfalls. Nur sie, Dolly, würde bleiben und die Schmach auf sich nehmen.

»Miss Dolly.«

Sie erkannte die Stimme: Es war dieser Mann, der Besucher aus Birma.

»Miss Dolly.«

Sie drehte sich zu ihm um. Zorn wallte in ihr auf. »Woher kennen Sie meinen Namen?«

»Ich habe gehört …« Er hielt inne, um sich zu verbessern. »Die Wahrheit ist, dass Sie selbst ihn mir gesagt haben.«

»Unmöglich.«

»Doch, das haben Sie. Erinnern Sie sich nicht daran? Jene Nacht im Glaspalast. Sie waren das Mädchen bei der Prinzessin. Sie müssen sich daran erinnern. Ich habe Sie angesprochen, Sie nach Ihrem Namen gefragt.«

Dolly hielt sich die Ohren zu. »Das ist eine Lüge. Jedes Wort ist gelogen. Das haben Sie alles erfunden. Alles, jedes einzelne Wort. In dem, was Sie heute Abend erzählt haben, steckt nicht ein Körnchen Wahrheit. Min und Mebya waren Götter in den Augen der Bewohner von Mandalay. Niemand hätte je gewagt, die Dinge zu tun, von denen Sie erzählt haben … Die Menschen haben geweint, als man uns fortgebracht hat.«

»Sie haben geweint. Das ist wahr. Aber es ist nicht die ganze Wahrheit. Genauso gab es den Mob im Palast. Ich war dort, und Sie waren es ebenso. Sie müssen sich daran erinnern – in jener Nacht im Palast habe ich eine Schatulle gefunden, die nicht geraubt wurde, und sie Ihnen zurückgegeben. Und da haben Sie mir Ihren Namen verraten: Dolly. Ich kann noch immer Ihre Stimme hören.«

Sie wandte ihr Gesicht ab. »Und deswegen sind Sie hier? Wegen etwas, das Sie in jener Nacht im Glaspalast gesehen haben?«

»Ja.«

»Sie irren sich, Mr. Raha.« Ihre Stimme hatte einen hohen, wehmütigen Klang, der ihre Selbstverleugnung verriet. »Sie haben nicht mich gesehen. Das war eine andere. Kinder verändern sich, wenn sie groß werden. Ich habe keinerlei Erinnerung an das, was Sie beschreiben. Ich war nicht dort. Wir waren so viele – Kinder, die im Palast gearbeitet haben. Vielleicht war es eine andere. Ich weiß es nicht. Ich war nicht dort.«

»Ich erinnere mich an das, was ich gesehen habe.«

»Wie wollen Sie sich sicher sein? Ich erinnere mich an nichts aus jener Zeit. Ich wollte mich nie daran erinnern. Und Sie selbst waren damals noch ein Junge. Ein Kind.«

»Ich erinnere mich trotzdem daran.«

»Und deswegen sind Sie hierhergekommen, auf der Suche nach mir?«

»Miss Dolly, ich habe keine Familie, keine Eltern, keine Brüder, keine Schwestern, keinen Faden kleiner Erinnerungen, aus dem ich ein großes Tuch weben könnte. Das finden manche traurig, und das ist es auch. Doch es bedeutet auch, dass mir nichts anderes übrig bleibt, als meine eigenen Bindungen zu schaffen. Das ist nicht einfach, wie Sie sehen. Doch es ist auch eine Art Freiheit, die nicht ohne Wert ist.«

»Und was haben Sie erwartet? Sind Sie in der Hoffnung gekommen, mich noch immer als Kind zu finden? Jemand, der die Macht besitzt, Sie wieder in Ihre Kindheit zurückzugeleiten?«

»Ich bin gekommen, weil ich die Möglichkeit dazu hatte. Ohne Erwartungen.«

Dolly fächerte sich mit den Händen Luft zu. Sie konnte die Frangipani-Blüten riechen, die am Abend niedergefallen waren und nun sterbend auf dem Gras zu ihren Füßen lagen. »Mr. Raha.« Sie war jetzt etwas ruhiger, und ihr Atem ging wieder regelmäßig. »Sie sind ein reicher Mann, so hat man mir gesagt – ein erfolgreicher Mann. Sie führen ganz offensichtlich ein vielseitiges Leben. Es gelingt mir nicht, nachzuvollziehen, was genau Sie hierher geführt hat. Was mich anbelangt, so sollte ich es Ihnen wohl erklären: Dies ist mein Zuhause, und ein anderes habe ich nicht. Ich bin seit zwanzig Jahren hier. Ich führe ein sehr einfaches, beschauliches Leben. Meine Person oder das Leben, das ich führe, beinhalten nichts, was für jemanden wie Sie auch nur im Geringsten von Interesse sein könnte.«

»Lassen Sie mich – mit Verlaub – bemerken, dass es nicht in Ihrem Ermessen liegt, dies zu beurteilen.«

»Mr. Raha. Es ist wohl besser, Sie gehen jetzt.«

»Es wäre mir unmöglich, zu gehen, ohne Ihnen zu sagen, dass Sie mich heute Abend missverstanden haben. Deswegen bin ich noch einmal zurückgekehrt. Ich habe eine lange Reise hinter mir. Unter diesen Umständen kann ich nicht gehen.«

In der Ferne tauchte ein Schatten auf, der sich gegen den Rahmen der Tür zum Salon abzeichnete. Es war Uma. Sie hielt die Hände wie einen Trichter an den Mund und rief in die Nacht hinaus. »Dolly, wo bist du? Im Garten?«

Dolly senkte die Stimme. »Mr. Raha, wenn ich etwas Unrechtes oder Unfreundliches gesagt habe, tut es mir Leid. Ich bin mir sicher, dass Sie nichts Böses im Sinn hatten. Doch es war ein Fehler, hierher zu kommen, und Sie täten wohl daran, es so schnell wie möglich zu vergessen. Es ist bedauerlich, dass Sie so viel Zeit und Mühe aufgewendet haben.«

»Es war keine Mühe.«

»Es gibt nichts mehr zu sagen, Mr. Raha.« Dolly legte ihre Handflächen aneinander. »Ich muss jetzt gehen. Ich glaube nicht, dass wir uns wieder sehen werden, aber ich wünsche Ihnen alles Gute. *Namaste.*«

Die Königin empfing den Verwalter, wie sie es immer tat. Sie hatte sich in ihrem verschnörkelten schwarzen Armsessel niedergelassen, mit dem Rücken zur Tür. Ihr Gesicht glich einer gemalten Maske, ihre Lippen waren ein rotes Sonnenrad. Ihre Elfenbeinhaut wirkte in dem dämmrigen Licht beinahe durchsichtig. Sie trug einen *htamein* aus roter Seide, und ihre bestrumpften Füße steckten in schwarzen Pantoffeln, die mit goldenen Fransen verziert waren.

Sie bedeutete dem Verwalter, sich zu setzen und begann dann ohne Umschweife auf Hindustani zu sprechen. »Es ist der Wunsch Seiner Majestät, des Königs, Verwalter-*sahib*, Sie von dem Umstand in Kenntnis zu setzen, dass unsere älteste Tochter, Prinzessin Ashin Hteik Su Myat Phaya Gyi ein Kind erwartet und die Niederkunft nur noch ein oder zwei Wochen auf sich warten lässt. Wir wären dankbar, wenn Sie Ihren Vorgesetzten bei der indischen Regierung diese freudige Nachricht übermitteln könnten.«

Ohne nachzudenken, verbesserte der Verwalter die Königin. »Aber Hoheit, das kann nicht sein, denn die Prinzessin hat keinen Gatten.«

»Ihrer Ansicht nach, womöglich.«

»Dies ist keine Ansichtssache«, sagte der Verwalter. »Ich habe niemals eine Genehmigung zur Verheiratung der Prinzessin erteilt. Und so kann sie rechtlich nicht verheiratet sein.«

Die Königin schwieg einen Augenblick, dann erschien ein schwaches Lächeln auf ihrem Gesicht.

»Verwalter-*sahib*. Sie sind doch stets so gut informiert. Ich bin überrascht, dass keine Ihrer Quellen Ihnen je zugetragen hat, dass Kinder auch ohne Genehmigung geboren werden können.«

»Sie wollen damit sagen, das Kind …«

»Ja. Ihren Gesetzen zufolge wird dieses Kind ein Bastard sein.«

»Und der Vater?«

»Sie sind ihm schon oft begegnet.« Die Königin sah ihn mit unbeirrbarem Blick durchdringend an. »Es handelt sich um unseren Kutscher, einen tadellosen jungen Mann.«

Erst jetzt begann der Verwalter, die volle Tragweite ihrer Worte zu begreifen. »Aber was soll ich berichten? Was um alles in der Welt soll ich der Regierung sagen?«

»Sie werden übermitteln, was man Ihnen mitgeteilt hat. Sie werden sagen, dass unsere Tochter sehr bald ein Kind bekommen wird und dass Mohan Sawant der Vater ist.«

»Aber Hoheit«, sagte der Verwalter, »bedenken Sie doch den Ruf der Prinzessin, bedenken Sie doch Ihren Platz in der Gesellschaft.«

»Unseren Platz? Und wo genau wäre der, Verwalter-*sahib*?«

»Ihr Gatte ist König von Birma, wenn auch abgesetzt. Ihre Tochter ist eine Prinzessin.«

»Ich versichere Ihnen, Verwalter-*sahib*, dass gerade Sie sich nicht bemühen müssen, uns daran zu erinnern.«

Er spürte, wie auf seiner Stirn der Schweiß ausbrach. Noch war Zeit, so sagte er sich. Die Angelegenheit konnte diskret bereinigt werden, ohne dass eine Andeutung darüber an die Öffentlichkeit gelangte. Den jungen Mann konnte man zwingen, augenblicklich in sein Dorf und zu seiner Familie zurückzukehren. Wenn er sich weigerte, würden sich Mr. Wright und seine Männer der Angelegenheit annehmen.

»Hoheit, ich bitte inständig darum, die Sache zu überdenken. Ist es angemessen für eine Prinzessin von Birma, sich mit einem Hausangestellten zu verbinden, mit einem Bediensteten?«

Den Lippen der Königin entfuhr ein winziges trillerndes Lachen. »Verwalter-*sahib*, Mohan Sawant ist weniger Bediensteter, als Sie es sind. Zumindest hegt er keine Wahnbilder über seinen Platz auf dieser Welt.«

Der Verwalter starrte sie an. »Ich bin aufrichtig erstaunt über die Tatsache, dass Hoheit augenscheinlich gewillt ist, einen derartigen Skandal ans Licht zu bringen.«

»Skandal?« Der Blick der Königin wurde hart, als sie das englische Wort wiederholte. »Sie besitzen die Unverfrorenheit, hierher zu kommen und uns etwas von *Skandalen* zu erzählen? Was meine Tochter getan hat, birgt keinen *Skandal;* der *Skandal* liegt in dem, was Sie uns angetan haben; in den Umständen, in die Sie uns herabgewürdigt haben; allein unsere Anwesenheit an diesem Ort. Was haben meine Töchter jemals getan, Verwalter-*sahib*, das rechtfertigen würde, ihr Leben in diesem Gefängnis zu fristen? Haben sie sich eines Verbrechens schuldig gemacht? Wurden sie je vor Gericht gestellt oder verurteilt? Wir haben von Ihnen und Ihren Amtsbrüdern so viele Lektionen gelernt, was die Unmenschlichkeit der Könige von Birma und die Menschlichkeit der *angrez* anbelangt; Tyrannen seien wir, so haben Sie gesagt, Feinde der Freiheit, Mörder. Die Engländer allein wüssten, was Freiheit ist, so hat man uns gesagt; sie mordeten keine Könige und Prinzen; sie regierten durch Gesetze.

Wenn das so ist, warum wurde König Thebaw dann niemals vor Gericht gestellt? Wo sind diese Gesetze, von denen man uns ständig erzählt? Ist es ein Verbrechen, sein Land gegen Eindringlinge zu verteidigen? Würden die Engländer nicht das Gleiche tun?«

Dem Verwalter war bewusst, dass die angemessene Erwiderung in einer Geste des Protestes bestanden hätte, in einer Zurschaustellung von Entrüstung. Doch unter dem harten, prüfenden Blick der Königin vermochte er nicht die richtigen Worte zu finden.

»Hoheit«, sagte er schließlich. »Ich bin nicht Ihr Feind. Ganz im Gegenteil, ich habe Ihnen gegenüber viele Male zum Ausdruck gebracht, dass ich Ihre Klagen für begründet erachte. Doch unglücklicherweise liegt diese Angelegenheit nicht in meinen Händen. Bitte glauben Sie mir, wenn ich sage, dass mir allein Ihr Bestes am Herzen liegt. Allein aus Sorge um Sie und Ihre Familie erbitte ich, Ihre Entscheidung noch einmal zu überdenken, diesen Mann – diesen Kutscher – in Ihre Familie aufzunehmen. Ich flehe Sie an, Hoheit, bedenken Sie, wie man diese Angelegenheit in der Öffentlichkeit empfinden wird – und wie man auf den Schaden, den das Ansehen Ihrer Familie nehmen kann, reagieren wird.«

Die Königin neigte den Kopf. »Wir stehen nicht im Dienste der Öffentlichkeit, Verwalter-*sahib*. Die Meinung anderer im Allgemeinen ist für uns von absoluter Bedeutungslosigkeit.«

»Wie ich sehe, steht Ihr Entschluss fest.«

»Schämen Sie sich, Verwalter-*sahib*. Sie erdreisten sich, über das Betragen meiner Kinder zu richten; schämen Sie sich für die Impertinenz, dieses Haus zu betreten und mir vorzuhalten, einen Skandal auszulösen.«

Der Verwalter erhob sich. »Hoheit, darf ich nun eine allerletzte Erwägung machen? Ich erwarte nicht, dass Sie diesem Umstand großes Gewicht beimessen, und dennoch habe ich wohl das Recht, es zu erwähnen. Sie sollten sich der Tatsache bewusst sein, Hoheit, dass – wenn diese Angelegenheit publik wird – ich, als Ihr diensthabender Hüter, derjenige sein werde, der aller Wahrscheinlichkeit nach wohl die Verantwortung hierfür übernehmen muss. In der Tat würde das wohl mit an Sicherheit grenzender Wahrscheinlichkeit das Ende meines Dienstes hier als Verwalter bedeuten.«

»Ich versichere Ihnen, Verwalter-*sahib*«, sagte die Königin lachend, »dass wir alle uns dessen bewusst sind.« Sie lachte wieder und hob geziert ihre winzige Hand, um den Mund zu bedecken. »Ich bin sicher, Sie werden einen Weg finden, um sich zu schützen. Das tun Beamte doch für gewöhnlich. Und wenn nicht, dann können Sie nur sich selbst die Schuld dafür geben.«

Dem gab es nichts mehr hinzuzufügen. Der Verwalter murmelte ein paar Worte des Bedauerns und entschuldigte sich. Auf dem Weg hinaus entdeckte er Sawant, der gerade das Pförtnerhäuschen verließ. Aus dem Inneren vernahm er eine Frauenstimme. Als er an der Tür vorbeiging, den Blick diskret abgekehrt, erfasste ihn ein Hauch der heißen stickigen Luft, die in dem Häuschen herrschte. Der Verwalter beschleunigte seinen Gang. Hier also sollten sie beisammenwohnen, der Kutscher und die Erste Prinzessin, in diesem winzigen Verschlag? Eine Überfülle von Bildern zogen vor seinem inneren Auge herauf: Sawant, der am Türrahmen lehnte, über seinen gewichsten Schnurrbart strich, das Mädchen mit einem Lächeln lockte; die Prinzessin, die sich durch seine unverschlossene Tür hineinstahl, während die anderen Hausbewohner schliefen; der schmuddelige winzige Raum, nach Schweiß stinkend und erfüllt von ihren gedämpften Schreien; das Quietschen einer Pritsche.

Der Verwalter bestieg eilig seine Kutsche und rief Kanhoji ungeduldig zu: »*Chalo! Jaldi chalo, jaldi,* zur Residenz, schnell!« Schwer atmend beugte er sich weit aus dem Fenster, doch auch die kühle Nachtluft vermochte den Geruch jenes Raumes nicht aus seiner Nase zu vertreiben. Das also sollte Liebe sein? Die Paarung im Dunkel der Nacht, eine Prinzessin von Birma und ein Torwächter aus Maharashtra, bloßer unbeschwerter Austausch von Körpersäften?

Und die Königin mit ihren stechenden schwarzen Augen? Er hatte einmal gehört, dass sie Thebaw wirklich immer geliebt habe. Doch was konnten sie schon von der Liebe wissen oder von irgendeiner feineren Gemütsregung, diese blutrünstigen Aristokraten, diese Halbgebildeten, die nie in ihrem Leben ein Buch gelesen, niemals mit wahrer Freude ein Gemälde betrachtet hatten? Was mochte solch einer Frau die Liebe bedeuten, dieser Mörderin, die verantwortlich war für das Abschlachten unzähliger eigener Verwandter? Und doch stand außer Frage, dass sie für ihren Ehemann die Gefangenschaft der Freiheit vorgezogen hatte, ihre eigenen

Töchter zu zwanzig Jahren im Exil verdammt hatte. Würde Uma das Gleiche für ihn tun? Oder irgendjemand anderes? Ihn schauderte. Er streckte die Arme aus und stützte sich gegen die Seitenwände der Kutsche.

Uma war wach und wartete auf ihn. Sie kam an die Tür gelaufen, um ihn hereinzulassen, und scheuchte die Angestellten fort. »Was ist geschehen? Was hat sie gesagt? Erzähl es mir.«

»Wo ist Dolly?«, fragte der Verwalter.

»Sie war müde. Sie ist sofort ins Bett gegangen.«

»Komm mit.«

Der Verwalter führte sie in ihr gemeinsames Schlafzimmer und schloss die Tür.

»Du hast es gewusst. Oder nicht?«

»Was gewusst?«

»Uma, was immer ich sein mag, ich bin kein Idiot. Ich spreche von der Schwangerschaft der Prinzessin.«

Uma setzte sich auf die Kante des mit einem Moskitonetz umspannten Bettes und hielt den Blick gesenkt.

»Dann hast du es also gewusst, nicht wahr?«

»Ja.«

»Dolly hat es dir erzählt.«

»Ja.«

»Und es ist dir niemals in den Sinn gekommen, mir etwas zu sagen? Dass diese Angelegenheit von erheblichem Belang sein könnte? Dass es für mich Konsequenzen haben könnte?«

»Wie hätte ich dir davon erzählen können? Ich habe mein Versprechen gegeben, es nicht zu tun.«

Er stellte sich neben sie und sah hinab auf ihren gesenkten Kopf. »Und das Versprechen an Dolly hat dir mehr bedeutet als das Band zwischen uns, zwischen dir und mir?« Sanft nahm er ihre Hände zwischen seine. »Uma, sieh mich an. Wieso konntest du mir nicht vertrauen? Habe ich dich jemals in irgendeiner Weise hintergangen? Hast du geglaubt, ich würde es nicht für mich behalten?«

»Ich habe es versprochen.«

Er sah sie an wie betäubt. »Du hast es seit Tagen gewusst, vielleicht auch seit Monaten. Wir waren die ganze Zeit zusammen. Hast du nicht ein einziges Mal das Bedürfnis gespürt, mit mir darüber zu sprechen? Nicht mit mir als Verwalter von Ratnagiri, nicht einmal mit mir als Ehemann, nur als Gefährten, als jemanden, in dessen Gesellschaft du deine Tage verbringst?«

Sie entzog ihm ihre Hände. Was wollte er von ihr? Sie war ihm stets zu Befehl, in allen Belangen. Sie besuchte den Club, wenn er es wünschte; sie hielt all ihre Termine ein. Was konnte sie ihm sonst noch geben?

Uma begann zu schluchzen und schlug die Hände vors Gesicht. Er hatte keine Verwendung für die Tugenden einer Ehefrau, die sie ihm zu bieten hatte: In Cambridge hatte man ihn gelehrt, mehr zu verlangen; sicherzugehen, dass es nichts gab, was in der Schwebe blieb, und auch mit kleiner Münze, mit der von Freundlichkeit und Geduld, um die Seele einer Frau zu werben. Diese Vorstellung machte ihr Angst: Das war Unterwerfung, die die Grenzen des Anstandes überschritt und auch ihre Vorstellungskraft. Sie konnte sich nicht überwinden, darüber nachzudenken. Alles wäre besser, als sich zu ergeben.

8

Uma hatte das Gefühl, als sei sie nach vielen langen durchwachten Stunden gerade endlich eingeschlafen, als sie eine Stimme neben sich hörte: *»Memsahib! Memsahib!«*

Verschlafen drehte sie sich um und schob die Kissen an das blanke Kopfteil zurück. *»Memsahib!«* Es war eine *ayah,* verschleiert von dem gebauschten Moskitonetz. »Stehen Sie auf, *memsahib*! Stehen Sie auf!« Die Fenster waren geöffnet, und gleißendes Sonnenlicht ergoss sich über den Boden. Der Geruch von frisch geschnittenem Gras hing in der Luft. Uma hörte das Zischen der Sensen im Garten und ihr fiel ein, dass sie die *malis* angewiesen hatte, den Rasen zu mähen.

»Aufwachen, *memsahib*. Im *baithak-khana* wartet ein Herr.«

»Ein Herr? Wer?«

»Derselbe, der gestern Abend zum Dinner hier war – der *baharka*-Herr.«

»Raha?« Uma setzte sich abrupt auf. »Was sucht er hier?«

»Er hat nach Ihnen gefragt. Und nach Dolly-*memsahib*.«

»Hast du ihr Bescheid gegeben?«

»Dolly-*memsahib* ist nicht da. Sie ist ganz früh heute Morgen gegangen.«

»Wann?«

»Sehr früh. Kanhoji hat sie nach ›Outram House‹ gefahren.«

Irgendwie hatte sich das Moskitonetz um Uma herumgeschlungen. Sie konnte ihr Gesicht nicht befreien.

»Wieso hat man mich nicht unterrichtet?«

»Verwalter-*sahib* hat befohlen, Sie nicht zu wecken.«

Uma zerrte ungeduldig am Netz. Dann war ein Reißen zu hören, und mit einem Mal öffnete sich ein Schlitz vor ihr. Sie schlüpfte hindurch und schwang die Beine über den Bettrand.

So überstürzt aufzubrechen, ohne ein Wort zu sagen, sah Dolly nicht ähnlich.

»Lass Tee in den *baithak-khana* bringen«, wies sie die *ayah* an. »Und sag dem Herrn, dass ich bald bei ihm sein werde.«

Sie zog sich geschwind an und eilte aus ihrem Schlafzimmer. Der Schicklichkeit wegen nahm sie die *ayah* mit in den Salon und hieß sie, sich an die Tür zu hocken.

»Mr. Raha?«

Er stand auf der anderen Seite und blies Rauch zu einem offenen Fenster hinaus. Als er ihre Stimme hörte, fuhr er herum und warf seine Zigarre fort. Er war »englisch« gekleidet – in einen weißen Leinenanzug.

»Madame Verwalter, es tut mir sehr Leid, wenn ich Sie gestört habe ...«

»Nein. Nein, überhaupt nicht.« Uma musste husten. Scharfer Tabakgeruch hing wie Nebel in der Luft.

»Es tut mir Leid.« Entschuldigend wedelte er eine Rauchwolke fort. »Ich bin gekommen, um Ihnen zu danken ... für gestern Abend.« Er hielt inne und schluckte vernehmlich, als wolle er sich sammeln, um etwas Wichtiges zu sagen. »Und ich wollte auch Miss Sein danken, wenn ich dürfte.«

»Dolly? Aber sie ist nicht hier. Sie ist zurückgefahren, nach ›Outram House‹.«

»Oh.« Er ließ sich in einen Stuhl fallen. Seine Lippen bewegten sich stumm, als spreche er zu sich selbst. Uma fiel auf, dass er sich nicht frisiert hatte und seine Augen von Schlafmangel gerötet waren.

»Darf ich fragen, ob sie heute noch einmal hier erwartet wird?«

»Mr. Raha«, sagte Uma leise. »Ich muss sagen, ich bin ein wenig erstaunt darüber, dass Sie sich so sehr mit jemandem befassen, den Sie doch kaum kennen.«

Er sah sie an. »Madame Verwalter ...«

»Ja?«

»Es gibt etwas, das ich Ihnen sagen sollte.«

»Fahren Sie fort.«

»Ich war nicht vollkommen aufrichtig zu Ihnen. Vielmehr zu Ihrem Onkel.«

»Wie meinen Sie das?«

»Ich bin Miss Sein gestern nicht zum ersten Mal begegnet. Um die Wahrheit zu sagen, bin ich wegen ihr hergekommen. Ich war auf der Suche nach ihr.«

»Wie bitte?« Uma versuchte zu lachen. »Da muss ein Irrtum vorliegen, Mr. Raha. Sie meinen sicherlich jemand anderes. Sie können Dolly vorher noch nie begegnet sein. Dolly hat ihr ganzes Leben hier verbracht. Das kann ich Ihnen versichern. Sie hat Ratnagiri seit ihrem zehnten Lebensjahr nicht mehr verlassen.«

»Das Mädchen, von dem ich gestern Abend erzählt habe – das Mädchen im Glaspalast.«

»Ja?«

»Das war sie – Dolly, Miss Sein.«

Umas Augen brannten vom Rauch der Zigarre. Unsicher erhob sie sich und trat durch eine Terrassentüre hinaus in den Garten. »Kommen Sie, Mr. Raha.«

Ohne auf ihn zu warten, ging sie über den frisch gemähten Rasen. Die *malis* waren damit beschäftigt, das geschnittene Gras zusammenzurechen; es war für ihre Ziegen und Kühe bestimmt. Als Uma vorbeiging, sahen sie auf und grüßten.

Rajkumar holte sie am unteren Ende des Gartens ein, gerade als Uma die mit Ranken bewachsene Pforte öffnete. »Dies alles muss Ihnen sehr seltsam vorkommen.«

»Ja. In der Tat.«

Sie führte ihn zu ihrem Platz unter dem Pipal-Baum. Im Tal unter ihnen glitzerte der Kajali wie Glas.

»Ich wusste nicht, dass ich sie hier finden würde«, sagte Rajkumar. »Nicht sicher. Es war nur ein Ort, mit der Suche zu beginnen – ein Weg, mit mir selbst eine Rechnung zu begleichen. Solange ein Ort existierte, an dem ich Nachforschungen anstellen konnte, musste ich da hin. Ich hatte keine andere Wahl. Ich war davon überzeugt, dass die Angelegenheit damit erledigt wäre: Ich dachte, sie sei bestimmt verheiratet oder würde das Kind eines anderen unter dem Herzen tragen. Oder sie wäre tot oder hätte sich verändert, sei nicht wieder zu erkennen. Und die Angelegenheit wäre damit erledigt gewesen, ihr Anblick würde die Erinnerung aus meinem Gedächtnis löschen und mich befreien. Und dann habe ich gestern Abend Ihr Haus betreten, und da stand sie. Ich habe sie sofort erkannt. Ihr Gesicht, ihren Ausdruck. Und dann ist mir die Angelegenheit tatsächlich aus den Händen geglitten, doch auf andere Weise, als ich es erwartet hätte.«

»Und Sie haben sie wirklich nur dieses eine Mal gesehen?«

»Zweimal. In Mandalay. Aber selbst, wenn ich sie tausendmal gesehen hätte, wäre es nicht anders gewesen. Das weiß ich. Dessen bin ich mir sicher. Als ich sehr jung war, vor sehr langer Zeit, habe ich auf einem Boot gearbeitet, auf einem Sampan aus Chittagong. Das war sogar noch vor der Zeit, als ich nach Mandalay gekommen bin. Eines Tages gerieten wir in einen Sturm. Wir waren auf offener See, und der Sturm kam sehr plötzlich auf, so wie es vor der Küste von Bengalen oft der Fall ist. Wasser begann ins Boot zu laufen, über das Heck. Man hat mich an den Mast gebunden und mir einen Eimer zum Schöpfen in die Hand gedrückt. Der Himmel wurde so schwarz, dass ich nichts mehr um mich herum erkennen konnte, außer wenn es blitzte. Bei einem dieser Blitze habe ich etwas gesehen. Es war ein Tier, eine kleine Schildkröte mit grünem Panzer. Eine Welle hatte sie an Bord gespült, und sie hatte sich in irgendeinem Netz verfangen. Ich konnte sie nicht erreichen, und die Wellen trafen das Boot so hart, dass ich es nicht wagte, mich loszubinden. Wir waren beide gefesselt, die Schildkröte und ich. Bei jedem Blitz hob ich den Blick, und da war sie. Und so ging es die lange, lange Nacht hindurch: Das Tier und ich, wir schauten uns an, über

Wind und Wellen hinweg. Gegen Morgen ließ der Sturm nach. Ich löste mein Seil und befreite die Schildkröte aus dem Netz. Bis zum heutigen Tage sehe ich sie genau vor mir. Wenn Sie jetzt eintausend Schildkröten vor mich hinsetzen würden, sie wären nicht so wirklich für mich wie dieses eine Tier.«

»Warum erzählen Sie mir das, Mr. Raha?«

»Wem sonst könnte ich davon erzählen?«

»Erzählen Sie es Dolly.«

»Ich habe es versucht. Gestern Abend. Ich habe gesehen, wie sie in den Garten gegangen ist, und nachdem ich mich von Ihnen verabschiedet habe, bin ich ihr nachgegangen.«

»Was hat sie gesagt?«

»Sie war entschieden wütend – so wie sie es beim Abendessen gewesen war. Sie stritt alles ab, was ich erzählt hatte. Sie sagte mir, ich solle abreisen. Dass sie mich nicht wiedersehen wolle. Ich war die ganze Nacht lang wach und habe überlegt, was ich tun solle. An einem anderen Ort hätte ich Menschen, an die ich mich wenden könnte: Meine Freunde würden von ihren Freunden in Erfahrung bringen, was in ihr vorgeht. Ich würde jemanden bitten, mit ihrer Familie zu sprechen. Dann würde ich ihren Vater aufsuchen. Wir würden über Geld sprechen und Vereinbarungen treffen. Solche Dinge eben. Ich hätte Hilfe. Jemanden, der für mich sprechen würde.«

»Ja.« Uma nickte. »Es würde Vermittler geben. Menschen, die es besser verstehen, uns dem anderen zu erklären, als wir selbst es vermögen.«

Er hatte Recht, das wusste sie – auf diese Art gingen solche Dinge vor sich. Jemand trug die Kunde von Ohr zu Ohr, und so machte sie die Runde – ein Wispern, das sich wie eine Ranke über das Spalier eines Treibhauses fortbewegt. Genau so war es auch bei ihr gewesen. Eines Abends war auf dem gepflasterten Hof des Hauses ihrer Familie in Kalkutta klappernd eine Kutsche vorgefahren – vor jenem Haus, dem ihr Vater den Namen Lankasuka gegeben hatte. Jemand hatte laut an die Vordertüre geklopft. Es war schon spät gewesen, nach dem Abendessen. Ihr Vater hatte in seinem Arbeitszimmer gesessen und an seiner Abhandlung über Tempelarchitektur gearbeitet. Ihre Mutter hatte sich gerade zurechtgemacht, um ins Bett zu gehen. »Es muss jemand gestorben sein«, hatte ihre Mutter erklärt. »Zu so später Stunde können nur schlechte Nachrichten kommen.«

Uma und ihr kleiner Bruder waren hinaus auf den Balkon gelaufen, der auf den Hof hinausging. Unten an der Türe hatte eine ihrer Tanten gestanden. »Ist jemand gestorben?«, hatte Uma gerufen.

»Gestorben?« Ihre Tante war in Gelächter ausgebrochen. »Nein, du dummes Mädchen. Lass mich hinein.«

Uma und ihr Bruder hatten an der Türe belauscht, was die Besucherin mit ihrer Mutter zu besprechen hatte. Sie hörten, wie der Name des Verwalters erwähnt wurde, der ihnen nicht unbekannt war. In verschiedenen Zeitungen und Magazinen hatten sie gerade erst etwas über ihn gelesen. Er stand in dem Ruf, ein geistreicher Mann zu sein. Als Student hatte er sich an der Universität von Kalkutta derart hervorgetan, dass die wohlhabenden Familien aus seiner Nachbarschaft zusammengelegt und ihn nach Cambridge geschickt hatten. Von dort war er gewissermaßen als kleiner Held zurückgekehrt, denn man hatte ihn in den indischen Staatsdienst aufgenommen, in die bedeutendste und mächtigste Organisation des Empires.

Es stellte sich heraus, dass er Uma bei einer *Puja* gesehen hatte: Damals war sie ein Schulmädchen von dreizehn Jahren gewesen. Bei seiner Rückkehr aus Cambridge hatte er Nachforschungen über sie angestellt. Seine Familie war nicht allzu erfreut darüber. Sie hatten Angebote aus der ganzen Stadt und waren der Meinung, er könne eine sehr viel bessere Partie machen. Er aber ließ nicht locker und beharrte darauf, keine konventionelle Heirat eingehen zu wollen. Er würde es mit Europäern zu tun haben: Eine konservative, häusliche Ehefrau wäre nicht das Richtige für ihn. Er brauchte ein Mädchen, das fähig und bereit wäre, sich in die Gesellschaft zu integrieren; jung müsste sie sein, und willens, sich die moderne Lebensart anzueignen.

»Und da fragt er nach meiner Uma?«

Der ungläubige Schrei ihrer Mutter hatte durch das ganze Haus gehallt. Uma war bei weitem nicht das hübscheste oder vollkommenste Mädchen in ihren Kreisen. Sie konnte weder singen noch nähen. Ihr Haar war nicht glatt, und sie war zu klein, um wirklich anmutig zu sein.

»Meine Uma?«

Mit vor Staunen offen stehendem Mund war Umas Bruder von ihr zurückgewichen. »Du!« Um ihn zu ärgern, hatte sie gesagt: »Also *dich* kann er wohl kaum heiraten.« Da war er in Tränen ausgebrochen, als hätte er genau das im Stillen erhofft.

»Wieso ich?« Immer und immer wieder hatte Uma diese Frage gestellt, all den üblichen Vermittlern und Zwischenhändlern. Doch die beste Antwort, die man ihr geben konnte, war lediglich: »Er ist der Meinung, dass du schnell lernen kannst.«

Ihre Hochzeit war anders als alles bisher Dagewesene: Der Gouverneur kam, außerdem viele englische Staatsdiener und Offiziere der Armee. An Stelle eines *shehnai*-Musikanten spielte eine Militärkapelle aus Fort William. Als sie dann im blumengeschmückten Brautgemach allein gewesen waren, hatten sie lange schweigend auf dem Bett gesessen, beide gleichermaßen gefangen von ihrer Schüchternheit. Sie hatten auf die Stimmen von Freunden und Verwandten gehorcht, die sich lachend vor dem geschlossenen Raum versammelt hatten und die üblichen frivolen Scherze machten. Schließlich hatte er, zu Umas Erleichterung, zu reden begonnen. Er hatte ihr von Cambridge erzählt, von gepflasterten Straßen und steinernen Brücken und von den Konzerten, die er besucht hatte. Er hatte eine Melodie gesummt. Sie stamme von seinem Lieblingskomponisten, hatte er ihr erklärt. Ihr gefiel die Lebhaftigkeit der Melodie und so fragte sie ihn nach dem Namen. Er war geschmeichelt von ihrem Interesse. »Es ist ein Ausschnitt aus einem Lied von Schubert«, erklärte er. »Es heißt ›Die Forelle‹.«

»Es ist hübsch. Summ es noch einmal.«

Dann war sie eingeschlafen und Stunden später von seinen Berührungen wieder erwacht. Der Schmerz war nicht so furchtbar gewesen, wie sie gedacht hatte, nicht viel schlimmer, als wenn man zum Arzt ging, und das Zimmer war sehr dunkel gewesen, was es ihr leichter machte. Als ihre Mutter sie am nächsten Morgen fragte, war Uma verlegen, weil sie keine Schauergeschichten erzählen konnte, so wie alle anderen.

»Er war nett, zärtlich.«

»Was mehr will man verlangen?«, hatte ihre Mutter gesagt. »Bewahre dein großes Glück, Uma. Lass keinen Tag vergehen, ohne dich dankbar zu erweisen für das, was du bekommen hast.«

Einen Monat danach, in einem Zug, hatte der Verwalter sie plötzlich gefragt, ob sie sich noch an den Namen der Melodie erinnern könne, die er in jener Nacht gesummt hatte. Doch ihr Kopf war vollkommen leer gewesen. Sie waren auf dem Weg durch die völlig platte Ebene des westlichen Rajputana gewesen, und Uma war von der Landschaft wie hypnotisiert gewesen. »Ich kann mich nicht entsinnen«, hatte sie gesagt. Mit enttäuschter Miene hatte er sich unvermittelt von ihr abgewandt. Sie hatte gespürt, wie ein Zittern der Bestürzung langsam durch ihren Körper kroch, wie eine Lähmung: Dies war erst der Anfang, das wusste sie. Diese winzigen Episoden der Enttäuschung, die einander in rascher Reihe folgen würden wie an einer langen bleiernen Kette.

Rajkumars Stimme holte sie zurück in die Gegenwart. »Werden Sie mir helfen, Madame? Sie sind der einzige Mensch, über den ich Dolly jetzt noch erreichen kann. Es gibt niemanden, an den ich mich sonst wenden könnte.«

Uma versuchte, sich Dolly mit den Augen dieses Mannes vorzustellen, der hier neben ihr saß, dieser vollkommen Fremde: Mit einem Mal spürte sie, wie ihr Herz sich bis zum Rande mit Zärtlichkeit füllte, mit Liebe: Wessen Liebe fühlte sie da? War es seine? Oder ihre eigene? Oder vielleicht beides? Was würde sie tun, wenn Dolly fortging? Allen Glanz in ihrem Leben hatte Dolly ihr gebracht, dabei hätte es doch eigentlich umgekehrt sein sollen.

Schließlich war Dolly doch die Gefangene. Und sie war die Glückliche, Mrs. Uma Dey, von der alle Welt sich fragte, was sie je mehr erwarten könne? Aber wenn sie jetzt darüber nachdachte, wie Ratnagiri ohne Dolly sein würde, füllten sich ihre Augen mit Tränen. Sie stützte sich auf die Bank, um nicht den Halt zu verlieren, und ihre Hand streifte die seine.

»Madame? Mrs. Dey?« Er sah sie besorgt an. »Mrs. Dey, geht es Ihnen gut?«

»Ja, ja.« Schnell zog sie ihre Hand zurück. »Mir ist nur etwas schwindelig. Ich weiß nicht, was mit mir los ist.«

»Sollen wir wieder hineingehen?«

»Ja.« Sie stand auf. »Mr. Raha, Sie haben mir noch immer nicht gesagt, was genau Sie von mir erwarten.«

»Vielleicht könnten Sie mit ihr sprechen?«

»Sie müssen selbst mit ihr sprechen, Mr. Raha. Sich alleine auf Vermittler zu verlassen, hat noch niemals zu etwas Gutem geführt.«

Rajkumar sah sie eindringlich an, und dann sagte er überraschend: »Der Verwalter ist ein anständiger Mann, Mrs. Dey, ein guter Mann. Männer wie er sind mehr wert...«

»Ja, natürlich«, unterbrach Uma ihn schnell. »Ja. Kommen Sie, wir gehen wieder hinein.«

Die *ayah* führte Dolly in den Salon und deutete auf die offene Terrassentüre.

»Madame ist in den Garten gegangen – vor ein paar Minuten erst.«

Dolly nickte: Natürlich, zu dieser Tageszeit war Uma stets unter ihrem Pipal-Baum zu finden. Dolly eilte die Wiese hinunter, an den grüßenden *malis* vorbei, auf das Rankentor zu. Gerade, als sie sich an dem Riegel zu schaffen machte, hörte sie Stimmen. Noch ehe sie umkehren konnte, standen Uma und Rajkumar vor ihr. Ganz plötzlich waren sie aus dem knorrigen grauen Bart des Pipal-Baumes aufgetaucht. Sie blieben stehen und starrten sich an, alle drei.

Uma war die Erste, die ihre Stimme wieder fand. »Mr. Raha«, sagte sie leise, »ich hoffe, Sie nehmen es mir nicht übel, aber dürfte ich Sie wohl bitten, uns eine Minute zu entschuldigen? Ich würde gerne mit Dolly sprechen – nur ein paar Worte. Vielleicht könnten Sie hier an der Gartenpforte auf uns warten?«

»Natürlich.«

Uma nahm Dolly am Arm. »Komm, wir setzen uns ein bisschen unter den Baum.«

Als sie sich ihren Weg durch den dichten Vorhang aus Hängewurzeln bahnten, flüsterte Dolly: »Was macht er hier, Uma? Was will er?«

»Er hat gesprochen. Von dir.«

»Was hat er gesagt?«

»Ich glaube, er hat versucht, mir zu sagen, dass er dich liebt.« Uma setzte sich unter den Baum und zog Dolly neben sich auf die Bank.

»Oh, Uma!« Dolly schlug die Hände vors Gesicht. »Letzte Nacht, bei euch im Garten, da hat er mir so viele Dinge gesagt. Es war alles so seltsam, so beunruhigend. Ich konnte nicht schlafen, ich musste immer an zu Hause denken – Mandalay, den Palast, die Wände aus Glas.«

»Er sagt, du hättest keinerlei Erinnerung an ihn.«

»Das habe ich auch geglaubt.«

»Aber du erinnerst dich doch?«

»Ich weiß es nicht, Uma. Ich erinnere mich an jemanden, einen Jungen mit sehr dunkler Haut: Ich erinnere mich, wie mir jemand ein kleines Päckchen mit etwas zu essen gegeben hat; ich erinnere mich, wie Evelyn gesagt hat, nimm es, nimm es. Aber alles ist verschwommen. Es ist so lange her, und immer, wenn ich daran denke, bekomme ich Angst.«

»Ich glaube, er liebt dich wirklich, Dolly.«

»Er liebt eine Erinnerung. Das bin nicht ich.«

»Aber was ist mit dir, Dolly? Was fühlst du?«

»Ich habe Angst, Uma. Ich habe in der Vergangenheit so schreckliche Fehler gemacht. Ich habe mir selbst versprochen, mir nie wieder zu gestatten, noch einmal solch einen Fehler zu machen.«

»Welche Fehler?«

»Uma, ich habe dir nie davon erzählt, aber vor vielen Jahren dachte ich, ich wäre in Mohanbhai verliebt – in unseren Kutscher. Doch dann hat die Prinzessin es herausgefunden. Sie hat uns gedroht. Ich glaube, sie war damals selbst schon in Sawant verliebt.«

»Wolltest du ihn heiraten?«

»Ich weiß es nicht, Uma. Ich war noch sehr jung, und ich wusste nicht wirklich, was mit mir geschah. Tagsüber habe ich ihn aus meinen Gedanken verbannt, aber nachts bin ich immer erwacht und dachte: Wieso können wir nicht einfach davonlaufen? Wieso kann ich meine Sachen nicht einfach in ein Bündel schnüren, jetzt gleich, und zu ihm hinuntergehen und ihn wecken und sagen, Mohan, lass uns gehen, hier in ›Outram House‹ gibt es keine Zukunft für uns? Aber wohin hätten wir gehen sollen? Und was hätten wir getan? Seine Familie ist sehr arm, und sie sind von ihm abhängig. Tief in meinem Herzen wusste ich, dass er wohl nicht gegangen wäre, auch wenn ich ihn angefleht hätte. Und das war das Schlimmste von allem, diese Demütigung. Also, habe ich mir gesagt, bin ich in meinem Herzen auch ein Diener geworden, so wie er?«

»Hast du es ihm je gesagt?«

»Nein. Wir haben nie miteinander gesprochen, außer über alltägliche Dinge. Und nach einer Weile sind die Träume verschwunden, und ich dachte, nun bin ich frei von ihm, endlich ist alles wieder gut. Aber letzte Nacht, als ich in eurem Gästezimmer lag, da habe ich wieder geträumt. Ich war in ›Outram House‹, in meinem Bett. Neben meinem Fenster stand ein Mangobaum. Ich stand auf und schnürte meine Sachen zu einem Bündel und hängte es mir über den Rücken. Ich kletterte hinunter und rannte über den Hof zum Pförtnerhäuschen. Die Tür stand offen, und ich ging hinein. Es war dunkel, und alles, was ich von ihm sehen konnte, war sein weißer *langot*. Er war zwischen den Beinen straff geknotet und hob und senkte sich mit seinem Atem. Ich legte eine Hand auf seinen Körper. Meine Knöchel passten genau in die Kuhle unter seinem Hals. Er wachte auf und sah mich an und berührte mein Gesicht. Und dann sagte er: Sollen wir gehen? Wir gingen hinaus, und als wir im Mondlicht standen, sah ich, dass es nicht Mohanbhai war.«

»Wer war es dann?«

»Er.« Sie deutete mit dem Kopf zur Gartenpforte hinüber, wo sie Rajkumar zurückgelassen hatten.

»Und dann?«

»Bin ich aufgewacht. Ich war völlig verängstigt. Ich war in eurem Haus, in diesem Schlafzimmer. Ich hätte es nicht ertragen, noch einen Augenblick länger zu bleiben. Ich bin gegangen und habe Kanhoji aufgeweckt.«

»Dolly. Ich finde, du musst es ihm sagen.«

»Wem?«

»Mr. Raha.«

»Nein.« Dolly fing an zu schluchzen, den Kopf an Umas Schulter gelehnt. »Nein, Uma. Alles, woran ich jetzt denken kann, ist die Geburt meines Kindes. In meinem Kopf ist kein Platz für irgendetwas anderes.«

Zärtlich streichelte Uma über Dollys Kopf. »Es ist nicht dein Kind, Dolly.«

»Aber es hätte meines sein können.«

»Dolly, hör mir zu.« Uma legte ihr die Hände auf die Schultern und zwang Dolly, sie anzusehen. »Dolly, glaubst du mir, wenn ich dir sage, dass ich dich liebe, wie ich noch niemals zuvor jemanden geliebt habe? Ehe ich dich getroffen habe, war ich nur ein Mädchen. Du hast mir gezeigt, was Mut ist, was menschliche Wesen erdulden können. Der Gedanke, ohne dich zu sein, ist mir unerträglich. Ich glaube, ich könnte es keinen Tag lang aushalten, wenn du nicht hier wärst. Aber ich weiß auch dies, Dolly: Du musst gehen, solange du noch kannst. Du musst jetzt gehen. Wenn du in ›Outram House‹ bleibst, dann wird die Geburt dieses Kindes dir den Verstand rauben.«

»Sag das nicht, Uma.«

»Dolly, hör mir zu. Dieser Mann liebt dich. Davon bin ich überzeugt. Du musst dir zumindest gestatten, ihm zuzuhören.«

»Uma, ich kann nicht. Nicht jetzt. Das Kind kommt bald. Wenn er letztes Jahr gekommen wäre ...«

»Dann musst du ihm das selbst sagen. Das bist du ihm schuldig.«

»Nein, Uma. Nein.«

Uma erhob sich. »Ich gehe jetzt und schicke ihn her. Es dauert nur eine Minute.«

»Uma, geh nicht, bitte!« Dolly umklammerte Umas Hände. »Bitte nicht.«

»Du musst es tun, Dolly. Es gibt keinen anderen Weg. Ich schicke ihn her. Dann gehe ich ins Haus. Ich warte auf dich. Komm und erzähl mir, was geschehen ist.«

Rajkumar entdeckte sie, als er sich seinen Weg um den Baum bahnte: Dolly saß aufrecht auf der steinernen Bank, die Hände im Schoß gefaltet. Er warf seine beinahe aufgerauchte Zigarre fort und steckte eine neue zwischen die Lippen. Seine Hände zitterten derart, dass er mehrere Versuche benötigte, um ein Streichholz anzuzünden.

»Miss Dolly.«

»Mr. Raha.«

»Mein Name ist Rajkumar. Ich würde mich freuen, wenn Sie mich so nennen würden.«

Zögernd formten ihre Lippen die Silben. »Rajkumar ...«

»Danke.«

»Uma wollte, dass ich mit Ihnen spreche.«

»Ja?«

»Aber, um ehrlich zu sein, ich habe Ihnen nichts zu sagen.«

»Dann lassen Sie mich …«

Sie hob die Hand, um ihn zu unterbrechen. »Bitte. Lassen Sie mich aussprechen. Sie müssen mich verstehen. Es ist unmöglich.«

»Wieso ist es unmöglich? Ich würde es gerne wissen. Ich bin ein praktisch veranlagter Mann. Sagen Sie es mir, und ich werde versuchen, etwas daran zu ändern.«

»Es gibt ein Kind.«

»Ein Kind?« Rajkumar nahm die Zigarre aus dem Mund. »Wessen Kind? Ihres?«

»Die Erste Prinzessin bekommt ein Kind. Der Vater arbeitet in ›Outram House‹. Auch ich war einst in ihn verliebt – in den Vater des Kindes der Ersten Prinzessin. Das sollten Sie wissen. Ich bin nicht mehr das neunjährige Mädchen aus Mandalay.«

»Lieben Sie ihn immer noch?«

»Nein.«

»Dann ist alles andere für mich nicht von Belang.«

»Mr. Raha, verstehen Sie doch. Es gibt Dinge, die man nicht ändern kann, egal, wie viel Geld man besitzt. Zu einer anderen Zeit, an einem anderen Ort, da wären die Dinge für uns vielleicht anders gewesen. Aber nun ist es zu spät. Hier bin ich zu Hause. Ich habe mein ganzes Leben hier verbracht. Mein Platz ist hier in ›Outram House‹.«

Die Hoffnungen, die ihn aufrecht gehalten und bis hierher geführt hatten, begannen sich ganz langsam aufzulösen. Er hatte alles gesagt, was er sagen konnte. Ihm fiel nichts weiter ein, womit er sie hätte überzeugen können, und sie brachte ihn zum Schweigen, noch ehe er überhaupt begonnen hatte.

»Bitte. Ich flehe Sie an. Sagen Sie nichts mehr. Sie verursachen bloß unnötigen Schmerz. Es gibt Dinge auf dieser Welt, die nicht sein können, wie sehr wir sie auch wünschen mögen.«

»Aber es kann sein … könnte sein, wenn Sie sich nur gestatten würden, darüber nachzudenken.«

»Nein. Sagen Sie bitte nichts mehr. Ich habe mich entschieden. Es gibt nur noch eines, worum ich Sie bitten möchte.«

»Und das wäre?«

»Ich bitte Sie, Ratnagiri zu verlassen, so schnell Sie können.«

Er wich zurück und senkte dann den Kopf.

»Ich sehe keinen Grund, diese Bitte abzulehnen.« Ohne ein weiteres Wort drehte er sich um und ging fort, verschwand in dem Schatten des bärtigen Pipal.

9

Sawant.«

Der König ließ das Fernglas sinken und deutete hinaus auf die Bucht. Am Landungssteg lag ein Boot vertäut, ein großes Binnenfahrzeug, das in dieser Gegend als *hori* bekannt war: ein Katamaran mit tiefem Rumpf und einem einzigen Ausleger.

»Sawant. Er reist ab.«

»Min?« Es war noch sehr früh, und Sawant hatte dem König gerade die Tasse Tee gebracht, die er bei Tagesanbruch zu trinken pflegte.

»Der Mann, der dieser Tage mit dem Dampfer aus Bombay gekommen ist. Er reist ab. Am Landungssteg wird gerade sein Gepäck verladen.«

»Min, heute fährt kein Dampfschiff.«

»Er hat ein Boot angeheuert, ein *hori*.« Zu dieser Jahreszeit, kurz nach Ende des Monsuns, veränderten sich die herrschenden Strömungen, und das Gewässer um die Mündung der Bucht wurde für kurze Zeit außerordentlich gefährlich. Während dieser Woche waren *horis* die einzigen Segelboote, die es mit den wirbelnden Strudeln aufnehmen konnten.

»Min.« Sawant stellte die Teekanne neben den Sessel des Königs und verließ den Raum, so schnell er es mit dem Rücken zur Türe vermochte.

Abgesehen von dem König und Sawant lag der Rest des Hauses noch in tiefem Schlaf. Das Vorzimmer, in dem Dolly schlief, lag nur einige Türen weiter den Flur hinunter. Dolly hatte die Zimmer inzwischen mehr oder weniger für sich allein, denn die Erste Prinzessin verbrachte die meiste Zeit bei Sawant im Pförtnerhäuschen und kam nur noch selten hinauf.

Sawant stieß Dollys Türe auf und schlüpfte hinein. Schlafend lag sie auf derselben schmalen Klappliege, die ihr in den vergangenen zwanzig Jahren als Bettstatt gedient hatte. Während der Nacht hatte sich ihr Haar gelöst, und nun lag es wie ein Fächer ausgebreitet auf dem Kopfkissen. Wenn sie so ruhig dalag, schien ihre Haut beinahe durchsichtig zu sein, und ihr Gesicht besaß die heitere Schönheit einer Tempelschnitzerei. Sawant stand über ihrem Bett und beobachtete den langsamen Rhythmus ihres Atems. Er zögerte.

Gestern hatte er auf dem Weg in sein Dorf an der Bucht einen Ziegenhirten getroffen, der gerade aus der Richtung gekommen war, in der die Residenz lag. Sie hatten sich eine Zeit lang unterhalten – über den Pipal-Baum, über die *memsahib* des Verwalters, über den reichen Prinzen aus Birma, und wie er von Dolly betört war.

Es war unmöglich, sich »Outram House« ohne Dolly vorzustellen; unmöglich, sich Ratnagiri vorzustellen, ihrer Gegenwart beraubt. Aber besser, als zu sehen, wie sie ihr Leben verschwendete, vor seinen Augen. Nein, das war er ihr schuldig. Er kniete neben ihr nieder und hob die Hand.

Sie trug einen verknitterten Schlaf-Sari. Der Stoff war weiß und lag wie ein Schleier auf ihren zarten Gliedern. Sawant dachte daran zurück, als sie zusammen auf seiner durchhängenden Pritsche gesessen hatten, seinen blutverschmierten *langot* über ihre verschränkten Beine gebreitet. Gerade als er sie berühren wollte, hielt er inne. Der Gedanke, ohne Dolly zu sein: Es war Wahnsinn! Behutsam zog er sich zurück. Doch dann hielt er wieder inne. Nein, er war es ihr schuldig.

Plötzlich schlug sie die Augen auf. »Du!« Sie setzte sich kerzengerade auf und schlug die Arme vor der Brust zusammen.

Sawant legte ihr einen Finger auf die Lippen. »Still! Alle schlafen. Schnell. Zieh dich an.«

»Wieso?«

»Er reist ab. Dein Mann.«

Bestürzt riss sie die Augen auf. »So schnell?«

»Ja.«

»Aber heute fährt kein Dampfer. Und ich habe nicht geglaubt, dass er zu dieser Jahreszeit einfach so fahren könnte.«

»Er hat ein *hori* angeheuert.«

»Aber ist es nicht schon zu spät?«

»Nein. Sie können nicht ablegen, ehe es heller geworden ist. Schnell. Du musst ihn aufhalten. Für dich ist schon zu viel verkehrt gelaufen, Dolly. Nicht noch einmal. Komm. Schnell.«

»Wie?«

»Ich schirre den Einspänner an und fahre dich nach Mandvi hinunter. Schnell.«

Als sie angezogen war, stand die Kutsche bereit. Sawant hatte sein schnellstes Pferd eingespannt, eine graue Stute. Er reichte Dolly die Hand, um ihr hinaufzuhelfen, und dann ließ er die Spitze seiner Peitsche über dem Kopf der Stute schnalzen. Der Einspänner machte einen Ruck vorwärts, und schon waren sie auf dem Weg. Sie polterten den Hügel hinunter, an den Polizeiposten vorbei, am Gefängnis, an den Verwaltungsgebäuden. Als sie am Jhinjhinaka-Basar vorbeirasten, jagte ihnen jaulend ein Rudel Hunde hinterher. Schon von weitem konnten sie das *hori* sehen, gerade, als die Leinen eingeholt wurden und das Boot rudernd ablegte, hinaus in die Bucht.

»Mohanbhai!«

Er knallte mit der Peitsche. »Es geht nicht schneller, Dolly.«

Als sie den Landungssteg endlich erreichten, war das Boot bereits in weiter Ferne, beinahe schon an der Mündung zum offenen Meer. »Lauf, Dolly, lauf!« Sawant sprang hinunter und packte das Geschirr der Stute. »Lauf! Lauf!«

Winkend rannte Dolly den Landungssteg hinunter. In der Ferne verlangsamte das Boot die Fahrt und versuchte, den Bug durch die Untiefen und Strömungen zu manövrieren. Das Heck hüpfte wie wild auf und ab, als das *hori* das raue Gewässer der offenen See erreichte. Noch wenige Minuten, und es hätte die Bucht hinter sich. Dolly winkte wieder, und gerade, als sie aufgeben wollte, begann der Bug des *hori* abzudrehen, fort von der Mündung der Bucht. Das schwere Boot beschrieb einen Halbkreis um die gesamte Bucht und kam langsam wieder auf das Ufer zu. Das *hori* lag hoch über dem Wasser, und mit einem Sprung überwand Rajkumar mühelos den Abstand zwischen Dollbord und Landungssteg.

Er ging auf sie zu und zog an seiner Zigarre. »Ja?«

Dolly spürte, wie sie rot wurde, wie das Blut in ihre Wangen schoss. »Mr. Raha.« Dolly wählte ihre Worte mit Bedacht. »Zu dieser Jahreszeit ist die Strömung überaus gefährlich, und der Dak-Bungalow wurde für eine ganze Woche gemietet. Für eine derart überstürzte Abreise besteht nicht der geringste Grund.«

»Aber Sie waren es doch, die …«

»Ja. Aber manchmal gibt es einen Unterschied zwischen dem, was man sagt und dem, was man möchte …«

Sehr langsam, als lähme der Zweifel seine Hand, nahm Rajkumar die Zigarre aus dem Mund. Dann brach er in Gelächter aus und warf den Stumpen hoch in die Luft. Seite an Seite standen sie da, sahen lachend nach oben und beobachteten, wie die Zigarre, sich über ihren Köpfen drehend, immer höher stieg. Plötzlich brach die glühende Spitze auseinander, und ein Funkenregen fiel auf sie nieder.

Es war, als regnete ein himmlisches Feuerwerk auf sie herab.

Der Verwalter machte keinen Hehl aus seiner Begeisterung, als Uma ihm erzählte, dass Dolly und Rajkumar beschlossen hatten, zu heiraten. »Fabelhaft!«, sagte er. »Fabelhaft.« Uma erklärte ihm, Dolly wünsche sich eine ruhige Zeremonie in kleinstem Rahmen. Sie war davon überzeugt, dass die Königin alles daran setzen würde, die Hochzeit zu verhindern, wenn sie davon erführe.

In der Hochstimmung des Augenblicks ließ der Verwalter sich zu mehreren Vorschlägen hinreissen. Wieso sollte die Zeremonie nicht in der Residenz stattfinden? Er persönlich würde die Heiratserlaubnis erteilen und höchstselbst die Trauung vollziehen. Und hinterher vielleicht Champagner … Nur für sie vier. Uma solle dafür sorgen, dass von der letzten Lieferung Eis aus Bombay noch genügend übrig bliebe. Die überschäumende Begeisterung in der Stimme ihres Mannes erweckte in Uma den Verdacht, er könne es kaum erwarten, Dolly aus seinem Leben verschwinden zu sehen.

Der Tag der Trauung kam. Uma hatte zwei Girlanden aus Ringelblumen und Jasmin vorbereitet, die sie mit Blumen aus dem Garten selbst gebunden hatte. Als die standesamtliche Trauung im privaten Arbeitszimmer des Verwalters vorüber war, bekränzten Dolly und Rajkumar sich gegenseitig und strahlten dabei wie die Kinder.

Das Paar wollte die Hochzeitsnacht im Dak-Bungalow verbringen. Mit Hilfe der Ersten und der Zweiten Prinzessin hatte Dolly ein paar ihrer persönlichen Habseligkeiten und ein Bündel Kleidung aus »Outram House« herausgeschmuggelt. Die Erste Prinzessin hatte ihr ein Paar Ohrringe geschenkt und die Zweite einen Armreif aus Jade. Sie freuten sich für Dolly und wussten, dass es den anderen Mädchen ebenso gehen würde. Doch sie waren übereingekommen, dass es besser sei, die Neuigkeiten fürs Erste vor den zwei jüngeren Prinzessinnen geheim zu halten. Wenn erst alles unterschrieben und besiegelt war, konnte Dolly mit ihrem neuen Ehemann nach »Outram House« gehen und dem Königspaar ihre Aufwartung machen.

Alles verlief nach Plan, bis Dolly und Rajkumar die Heiratsurkunde unterzeichnen sollten. Uma war die einzig verfügbare Zeugin, und Dolly wehrte sich dagegen, einen der Träger zu bitten. Genau in diesem Augenblick erschien auf wundersame Weise Mrs. Khambatta, eine Fotografin aus Bombay. Sie fuhr in einer Kutsche vor, behangen mit ihren Taschen und ihrer Kamera. Rajkumar rannte hinaus und kam mit der Fotografin im Schlepptau zurück. Sie erklärte sich augenblicklich bereit, als Trauzeugin zu fungieren, und nachdem alles geregelt war, gingen sie alle hinaus in den Garten. Der Verwalter rief nach Champagner. Vom Meer wehte eine sanfte Brise herauf. Das Licht war mild und golden.

Mrs. Khambattas Fotoapparat war ein Produkt ausgefeilter Handwerkskunst. Es handelte sich um eine Graflex aus dem Jahre 1901, eine Spiegelreflexkamera mit würfelartigem Gehäuse, Balgenauszug und Kapuze. Mit einem Globe-Weitwinkelobjektiv ausgestattet, war diese Kamera wie eigens geschaffen für das Panorama, das sich vor der Linse ausbreitete. Ehe Mrs. Khambatta ihre erste Fotoplatte belichtete, verbrachte sie eine geschlagene halbe Stunde mit ihrem fernrohrartigen optischen Belichtungsmesser von Hurter & Driffield. Sie blickte durch die Röhre und eichte den Einstellring auf Zeit und Breitengrad. Dann schließlich gab sie mit erhobener Hand ein Zeichen und belichtete mehrere Platten in schneller Folge, wobei sie jedes Mal von ihrer Kamera zurücktrat und die Gruppe in Augenschein nahm, ehe sie wieder den Auslöser des Guery-Verschlusses drückte.

Als es dunkel wurde, suchten Rajkumar und Dolly ihre Habseligkeiten zusammen. Uma stellte ihnen Kanhojis Kutsche zur Verfügung. Doch auf dem Weg zum Dak-Bungalow änderte Dolly ihre Meinung.

»Lass uns sofort nach ›Outram House‹ fahren«, sagte sie zu Rajkumar. »Lass uns mit der Königin sprechen. Bringen wir es hinter uns.«

Als sie ankamen, war es bereits dunkel. Im Zimmer des Königs brannte eine Lampe und eine weitere bei Sawant im Pförtnerhäuschen. Die Prinzessinnen waren sicher alle unten, um eine einzige Lampe versammelt, um Öl zu sparen, vermutete Dolly. Wie überrascht sie sein würden! Das Tor war verschlossen, und so bat sie Kanhoji, den Klopfer zu betätigen. Er versuchte es ganze fünf Minuten lang, doch niemand öffnete ihnen.

Dolly ging ans Fenster des Pförtnerhäuschens und klopfte an die hölzernen Fensterläden.

»Mohanbhai«, rief sie. »Mach das Tor auf. Ich bin es, Dolly. Ich bin gekommen, um mich zu verabschieden. Mach auf.«

Innen ging das Licht aus, und ein oder zwei Minuten später flüsterte eine Stimme: »Dolly?«

»Wo bist du, Mohanbhai?«

»Hier. Am Tor.« Er lugte durch die Lücke zwischen Tor und Mauer. »Dolly, Mebya weiß Bescheid. Sie hat mir befohlen, dich nicht hereinzulassen. Ich darf das Tor nicht öffnen.«

Dolly rang nach Atem. Wie konnte sie Ratnagiri verlassen, ohne Abschied zu nehmen, ohne Min und Mebya und den Prinzessinnen Lebewohl zu sagen? »Aber Mohanbhai! Ich bin es, Dolly. Lass mich hinein.«

»Ich kann nicht, Dolly. Du weißt, dass ich es tun würde, wenn ich könnte. Aber Mebya ist außer sich vor Wut: Du weißt, wie zornig sie werden kann.«

Es wurde still. Dann erschien oben auf dem Tor ein Bündel Kleider.

»Mebya hat ein paar deiner Sachen zusammenpacken lassen«, sagte Sawant. »Sie sagte mir, ich solle dafür sorgen, dass du das hier bekommst.«

Dolly ließ das Bündel zu Boden fallen.

»Mohanbhai, lass mich ein.« Dolly flehte ihn an. »Nur für ein paar Minuten. Nur, um Lebewohl zu sagen.«

»Ich kann nicht, Dolly. Mebya hat gesagt, sie wirft mich hinaus, wenn ich das tue. Sie hat gesagt, wir dürfen deinen Namen in diesem Haus nie wieder erwähnen.«

Dolly begann zu schluchzen und schlug mit dem Kopf gegen das hölzerne Tor.

»Weine nicht, Dolly.« Sawant spähte durch die Lücke. »Wir werden dich sehr vermissen, wir alle. Schau, da oben, die Mädchen winken dir zu.«

Eng aneinander gedrängt standen die vier Prinzessinnen an einem der Fenster im oberen Stock. Sie winkten, und Dolly versuchte, zurückzuwinken, doch ihre Beine gaben einfach nach. Schluchzend fiel sie auf die Knie. Rajkumar eilte zu ihr und half ihr auf. Er stützte sie mit einem Arm und hob mit der anderen Hand das Kleiderbündel auf. Dann half er ihr in die Kutsche.

»Komm, Dolly, lass uns gehen. Wir können nichts tun.« Er musste sie förmlich hochheben, um sie in die Kutsche zu bekommen.

»Chalo, chalo, jaldi chalo.«

Als sie an den Polizeibaracken neben dem Exerzierplatz vorbeifuhren, kamen einige der Frauen mit ihren Kindern heraus, um zu winken. Sie alle schienen zu wissen, dass Dolly fortging.

Sie winkte zurück und wischte sich dabei entschieden die Tränen aus dem Gesicht. Diesen letzten Anblick der Gasse würde sie sich nicht nehmen lassen: die krummen Kokospalmen, der Union Jack, der auf seiner schiefen Fahnenstange über dem Gefängnis wehte, der wackelige Teestand am Anfang der Gasse. Dies war ihre Heimat, diese schmale Gasse mit den bemoosten Lateritmauern. Und Dolly wusste, dass sie sie niemals wieder sehen würde.

Sie saß vornübergebeugt auf der Bank und umklammerte ihr Bündel alte Kleider. Ein Kleiderbündel, wieder einmal: Nur, dass sie es diesmal nicht auf dem Kopf trug.

Uma hatte die Hand schon erhoben, um anzuklopfen, da merkte sie, dass die Tür zum Büro des Verwalters ein wenig offen stand. Sie konnte ihn durch den Spalt hindurchsehen. Aufrecht saß er auf seinem Stuhl mit der hohen Lehne. Seine Augengläser hingen an einer Kette um seinen Hals, und er starrte in die Luft.

Als sie klopfte, schrak er hoch und drehte sich zu ihr um. »Herein.«

Sie nahm ihm gegenüber Platz, auf einem Stuhl ohne Armlehnen. Sie vermutete, dass hier normalerweise sein Sekretär saß, der kleine Mr. Ranade, mit einem Block auf den Knien, um das Diktat niederzuschreiben. Schweigend sahen sie sich über den breiten, mit Leder bezogenen Schreibtisch an. Vor ihm lag ein geöffneter Brief, und Uma bemerkte nebenbei, dass er mit einer verschnörkelten Rose aus rotem Wachs versiegelt gewesen war. Sie ließ als Erste den Blick sinken, und erst da ergriff er das Wort.

»Du bist gekommen, um mir zu sagen, dass du nach Hause fahren möchtest«, sagte er. »Habe ich Recht?«

Sie nickte. »Ja.«

»Darf ich fragen, wieso?«

»Ich bin hier überflüssig. Es gibt nichts, was ich für dich tun kann, was du nicht selbst besser machen könntest. Und nun, da Dolly fort ist …«

Er räusperte sich und fiel ihr ins Wort. »Und darf ich fragen, wann du zurückzukehren gedenkst?«

Uma antwortete nicht und sah schweigend hinunter auf ihren Schoß.

»Nun?«

»Du hast etwas Besseres verdient als mich.«

Brüsk wandte er das Gesicht ab, sodass sie nur noch sein Profil sehen konnte.

»Du kannst wieder heiraten«, sagte sie schnell. »Dir eine andere Frau nehmen. Ich werde dafür sorgen, dass meine Familie nichts dagegen einzuwenden hat.«

Er hob einen Finger, um sie zum Schweigen zu bringen.

»Könntest du mir wohl erklären«, sagte er mit kalter, förmlicher Stimme, »was ich falsch gemacht habe? Habe ich dich schlecht behandelt? Mich schlecht benommen?«

»Nein. Niemals.« Tränen stiegen ihr in die Augen und nahmen ihr die Sicht. »Du warst immer freundlich und geduldig. Ich kann mich über nichts beklagen.«

»Ich habe einst von einer Ehe geträumt, wie ich sie mir vorstellte.« Er sprach eher zu sich selbst als zu ihr. »Mit einer Frau zusammenzuleben, die mir ebenbürtig ist, an Geist und Intellekt. Dies erschien mir als das Wundervollste, was das Leben zu offenbaren hatte. Die Welt der Literatur, der Kunst zusammen zu entdecken: Was könnte kostbarer sein, was erfüllender? Doch was ich einst erträumte, ist noch nicht möglich, nicht hier in Indien, nicht für uns.« Er ließ die Finger über den Brief gleiten, der vor ihm auf dem Tisch lag, und zupfte abwesend an dem großen Wachssiegel. »Also willst du zurückgehen und wieder bei deinen Eltern leben?«

»Ja.«

»Du hast einen guten Zeitpunkt gewählt.« Er lächelte sie an, auf die ihm eigene schmallippige, ironische Weise. »Du hättest sowieso schon bald deine Sachen packen müssen.«

»Wieso?« Uma war mit einem Mal hellwach. »Wovon sprichst du?«

Er nahm den Brief vom Tisch und tippte mit seinem Zwicker darauf. »Dieser Brief ist vom Obersten Verwaltungsdirektor in Bombay. Er war heute in der Post. Ein Verweis, gewissermaßen. Die Schwangerschaft der Prinzessin hat unsere Lehrmeister mit einem Schlag auf die Ungeheuerlichkeit dessen aufmerksam gemacht, was sie dieser Familie angetan haben. All jene Briefe, die ich und meine Vorgänger geschrieben hatten, waren ohne Wirkung. Doch der Hauch von Rassenmischung hat sie in Alarmzustand versetzt, wie nichts anderes es je vermocht hätte. Sie wünschen strikte Rassentrennung. Die Aussicht, sich mit einem Mischlingsbastard herumschlagen zu müssen, hat sie dazu verleitet, auf ihren Schreibtischen zu wüten. Und ich bin zum Sündenbock für zwanzig Jahre Pflichtversäumnis erkoren worden. Meine Amtszeit hier ist beendet, und ich werde aufgefordert, nach Bombay zurückzukehren.«

Er legte die Fingerspitzen aneinander und lächelte sie über den Tisch hinweg an, auf seine schmallippige, ironische Weise.

»Wie ich schon sagte, du hast einen guten Zeitpunkt gewählt.«

Im Bootshaus von Ratnagiri gab es ein Ruderboot, das nur sehr selten benutzt wurde. Es handelte sich um das Rennruderboot, das einst dem legendären Mr. Gibb gehört hatte.

Der Verwalter hatte die Angewohnheit, mehrere Male in der Woche zum Bootshaus von Ratnagiri hinunterzugehen. Damals in Cambridge hatte er etwas gerudert, und er hätte diesen Sport gerne ausführlicher betrieben, hätten ihn seine Prüfungen für den Staatsdienst nicht zu sehr in Anspruch genommen. Er mochte die Konzentration, die das Rudern erforderte, das Gefühl vollkommen regelmäßiger Fortbewegung, schnell und dennoch ohne Hast. Außerdem beseelte ihn ein beinahe religiöser Glaube an die Bedeutung körperlicher Ertüchtigung.

Als er an diesem Tag das Bootshaus betrat, fiel sein Blick auf das Rennboot von Mr. Gibb. Der ältere *chowkidar*, in dessen Obhut sich das Bootshaus befand, erzählte oft von Mr. Gibb. Er hatte zu den Hellblauen, der Rudermannschaft von Cambridge, gehört und war außerdem ein geschickter Segler gewesen. Mr. Gibb war der Einzige in der Geschichte des Ratnagiri-Clubs, dem es jemals gelungen war, das schlanke, zerbrechliche Boot hinaus aufs offene Meer zu rudern und auch lebendig wieder zurückzukehren.

Als er Ratnagiri verließ, hatte Mr. Gibb dem Bootshaus sein Boot vermacht. Seit jenen Tagen war es beinahe so etwas wie ein Denkmal geworden, ein Relikt von Mr. Gibb. Es lag in einer Ecke des Schuppens und wurde niemals benutzt. Der Verwalter sagte zu dem *chowkidar*: »Was ist mit diesem hier?«

»Das war Mr. Gibbs Boot. Mit diesem Boot ist Gibb-*sahib* immer aufs offene Meer hinausgerudert.«

»Ist es funktionstüchtig?«

»Ja, *sahib*, natürlich.« Der *chowkidar* war stolz auf seine Aufgabe, und er arbeitete hart dafür, dass all seine Boote gut in Schuss blieben.

»Nun, dann will ich es heute vielleicht einmal damit probieren.«

»Sie, *sahib*?« Der *chowkidar* schnaufte. »Aber Mr. Gibb war ein sehr erfahrener Ruderer...«

Der Verwalter versuchte, die Beherrschung zu bewahren. »Ich bin sicher, ich kann damit umgehen«, sagte er kalt.

»Aber *sahib*...«

»Tu, was man dir sagt.«

Das Boot wurde zu Wasser gelassen. Der Verwalter kletterte hinein und nahm die Ruder auf. Er ruderte einmal quer durch die

Bucht und machte dann kehrt. Er fühlte sich eigentümlich beschwingt. Die Lücke zwischen den beiden Landarmen, die die Bucht umfingen, begann ihn zu locken.

Der Verwalter hatte nun schon einige Wochen darüber nachgedacht, es einmal mit der Passage aufs offene Meer zu versuchen. Er hatte die Fischer dabei beobachtet, wie sie aus der Bucht hinausschlüpften und sich die Stelle genau gemerkt, die Route, auf der sie ihre Boote hinaus aufs offene Meer lenkten.

Eines Tages, so hatte er sich immer wieder gesagt, eines Tages … Er würde mit einem kleinen, experimentellen Vorstoß beginnen, gewissermaßen, um das Gewässer zu testen. Eines Tages. Doch nun gab es keine Tage mehr. Nächste Woche würde er wieder in Bombay sein, in einem Büro ohne Fenster, und würde sich mit kommunaler Steuererhebung herumschlagen.

Er bemerkte kaum, dass sein Boot sich gewendet hatte und vom Kurs abgekommen war. Dass sich sein Bug westwärts gewandt hatte und schon auf die Öffnung der Bucht hinzeigte. Es war, als würde das Ruderboot vom Geist eines anderen zurückgefordert, als würde es von selbst gelenkt. Der Verwalter spürte sich seltsam sicher und friedlich. Das Beste war, diese Dinge Männern wie Mr. Gibb zu überlassen; bei ihnen war man gut aufgehoben, sicher, behütet.

Es gab keinen Grund für eine eilige Rückkehr in die Residenz. Dort wartete niemand auf ihn. Das Meer erschien ihm warm und einladend, und das Ruderboot schien seinen Weg genau zu kennen.

Hoch über der Bucht, in »Outram House«, betrat der König seinen Balkon, das goldene Fernglas seines Vaters fest im Griff. Er hatte beinahe die ganze Nacht hindurch wach gelegen und war an diesem Tag sogar noch früher aufgestanden als gewöhnlich. Dollys Abreise hatte im Haus für Unruhe gesorgt. Er war sehr feinfühlig, was diese Dinge betraf. Sie regten ihn auf. In seinem Alter war es nicht leicht, mit Veränderungen umzugehen. Es fiel ihm schwer, Schlaf zu finden.

Er hielt das Fernglas an die Augen. Das Licht war schlecht. Die Fischer aus Karla waren noch nicht draußen.

Dann sah er die schlanke, dünne Form eines Rennbootes über das dunkle Wasser gleiten. Die starken Schläge des Ruderers folgten einem gleichmäßigen Rhythmus; der Mann berührte mit der Stirn beinahe die Knie, ehe er sich wieder streckte.

Der König war verblüfft. Es war schon lange her, seit er zuletzt beobachtet hatte, wie ein Ruderboot aufs offene Meer zuhielt – zuletzt zu Mr. Gibbs Zeiten, und das lag schon weit zurück, länger als zehn Jahre. Und selbst Mr. Gibb hatte es nie gewagt, während des Monsuns hinauszufahren. Er hätte nicht einmal daran zu denken gewagt, denn er kannte die Strömungen, die während des großen Regens gegen das Ufer trieben.

Starr vor Staunen beobachtete der König, wie das stromlinienförmige Boot auf die weiße Linie zuschoss, die das ruhige Gewässer in der Bucht von der monsungepeitschten See trennte. Mit einem Mal bäumte sich das Boot auf, und sein Bug schoss aus dem Wasser empor in die Luft. Der Ruderer riss einen Arm in die Höhe, dann plötzlich erfasste ihn ein Sog, packte ihn und zog ihn hinunter, unter die Wasseroberfläche. Erschrocken sprang der König auf. Er umklammerte das Geländer, beugte sich hinunter und schrie: »Sawant! Sawant!«

Es war früh am Morgen, und seine Stimme war mit den Jahren immer schwächer geworden. Sawant lag in seinem Häuschen in tiefem Schlaf, einen Arm beschützend über die Erste Prinzessin gelegt.

»Sawant! Sawant!«

Die Königin hörte schließlich Thebaws Rufe. Auch sie hatte die ganze Nacht lang wach gelegen – in Gedanken an Dolly, Erinnerungen nachhängend: Wie sie als kleines Kind zu ihr gekommen war, dass sie der einzige Mensch im Palast gewesen war, der es verstanden hatte, die Zweite Prinzessin zu beruhigen, dass sie geblieben war, als alle anderen sie verlassen hatten.

»Sawant.«

Sie kletterte langsam aus dem Bett und ging hinüber, um nachzusehen, was der König auf dem Herzen hatte.

Der König zeigte auf ein paar zerschellte Wrackteile, die in der Ferne auf dem Wasser trieben, am anderen Ende der Bucht. »Der Verwalter.«

Die Königin blickte lange Zeit durch sein goldenes Fernglas.

»Ist er tot?«

»Ich glaube schon.«

Wenn jener Mann nicht gewesen wäre, dann wäre Dolly heute noch in »Outram House«. Dolly, die sie selbst angenommen und aufgezogen und geliebt hatte wie ihr eigenes Kind. Doch nun war Dolly fort, und es war gerecht, dass er jetzt dafür bezahlte. Sie beugte sich über das Geländer und spuckte hinunter in den Garten, in Gedanken an den Tod ihres Kerkermeisters.

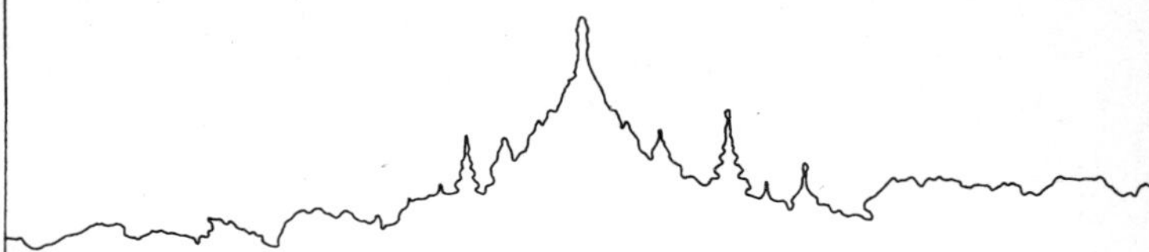

DRITTER TEIL

Der Baum, auf dem Geld wächst

I

Die Pier für Passagiere an der Barr Street in Rangun war eine wahre Kuriosität. Das Empfangsgebäude war einem schwimmenden Pavillon nachempfunden, aus erlesenen Hölzern gebaut und mit einem Spitzdach, das an eine Alpenhütte erinnerte. Saya John hielt sich an einem der geschnitzten Pfosten fest und beugte sich weit über das Geländer des Landungssteges, um nach der *Nuwara Eliya* Ausschau zu halten, jenem Dampfschiff, auf dem Rajkumar zusammen mit Dolly nach Rangun zurückkehren wollte. Das Schiff war noch in weiter Ferne, als es schließlich in Sicht kam. Es passierte die Mündung der Pazundaung-Bucht und hatte gegen die starken Strömungen zu kämpfen, die die schlammige Oberfläche des Flusses aufwirbelten.

Da die Baracke in Kemendine, auf dem Holzlagerplatz von Rajkumar, nicht geeignet war, zwei Menschen zu beherbergen, hatten Rajkumar und Dolly beschlossen, fürs Erste eine großzügige Wohnung im zweiten Stock von Saya Johns Haus in der Blackburn Lane zu beziehen. Saya John hatte Rajkumar ein Telegramm geschickt und ihm mitgeteilt, er und Dolly seien ihm herzlich willkommen. Sie könnten so lange bleiben, bis sie sich selbst ein angemessenes Heim geschaffen hatten.

Das weite Becken der Pazundaung-Bucht markierte das südliche Ende der Stadt. Entlang des Ufers konzentrierten sich die meisten Sägewerke und Reismühlen von Rangun – darunter auch der Holzlagerplatz, der Rajkumars Hauptgeschäftsfeld darstellte. Als das Dampfschiff mit der Bucht auf gleicher Höhe war, konnte Rajkumar, der am Bug der *Nuwara Eliya* stand, einen kurzen Blick auf die Teakholz-Baracke werfen, die ihm als Büro diente. Dann öffnete sich die ganze Uferfront Ranguns vor seinen Augen: Die Botataung-Pagode, die stattlichen Häuser an der Uferpromenade und in der Ferne der goldene *hti* der Shwe-Dagon-Pagode.

Rajkumar konnte es kaum mehr erwarten. Er wandte sich ab und eilte in seine Kabine. Schon seit dem frühen Morgen hatte er versucht, Dolly dazu zu bewegen, mit ihm hinauszukommen. Er wollte ihr unbedingt den Anblick der Stadt vom Fluss aus zeigen; wollte unbedingt wissen, ob sie von ihrer Reise vor fünfundzwanzig Jahren irgendwelche Erinnerungen daran behalten hatte. Doch in den letzten drei Tagen war Dolly stiller und stiller geworden, während Birma unaufhaltsam immer näher gekommen war. An diesem Morgen hatte sie sich geweigert, an Deck zu gehen; sie sei seekrank, hatte sie erklärt; sie wolle später nachkommen, wenn sie sich besser fühle; im Augenblick aber habe sie nur den Wunsch, sich auszuruhen und sich zu sammeln.

Aber dazu war jetzt keine Zeit mehr. In wenigen Minuten schon würden sie die Pier erreicht haben. Rajkumar stürmte in die Kabine und rief mit aufgeregter Stimme: »Dolly, wir sind zu Hause! Komm – komm mit hinaus …« Doch sie antwortete nicht, und er verstummte. Dolly saß zusammengekrümmt auf ihrem Bett, der Kopf ruhte auf den Knien. Sie trug den rotseidenen *htamein*, den sie für diese Gelegenheit herausgesucht hatte.

»Was ist mir dir, Dolly?« Rajkumar berührte sanft ihre Schulter und merkte, dass sie zitterte. »Was ist geschehen?«

»Nichts.« Sie schüttelte seine Hand ab. »Es geht mir gut. Ich komme nach; lass mich einfach nur hier sitzen, bis alle anderen von Bord gegangen sind.«

Rajkumar wusste genau, dass er ihre Ängste nicht auf die leichte Schulter nehmen durfte. »Also gut«, sagte er. »Ich hole dich in zwanzig Minuten ab.«

»Ja. Bis dahin bin ich bereit.«

Dolly blieb sitzen, wie sie war, den Kopf auf den Knien, und versuchte ruhig zu werden. Als das Dampfschiff festmachte, spürte sie einen Ruck, und dann vernahm sie die Stimmen von Kulis und Trägern, die durch die Gänge hallten. Von der dunklen Wasseroberfläche wurde schillerndes Licht reflektiert, das durch ein Bullauge kräuselnde Muster auf die Decke ihrer Kabine malte. Nach einer Weile öffnete sich quietschend die Tür, und Rajkumars Stimme ertönte: »Dolly …«

Sie hob den Kopf und sah, dass Rajkumar jemanden in die Kabine schob: einen kleinen, fülligen, eulengleichen Mann, der einen grauen Anzug und einen Filzhut trug. Der Besucher lüftete den Hut und lächelte. Sein Lächeln war so breit, dass seine Augen beinahe in den tiefen Falten seines Gesichtes verschwanden. Das musste Saya John sein, so viel war Dolly klar, und dieses Wissen schürte ihre Befürchtungen mehr als alles andere. Vor dieser Begegnung hatte sie sich am meisten gefürchtet: Rajkumar hatte ihr derart ausführlich von seinem Mentor erzählt, dass Saya John in ihren Augen einem Schwiegervater gleichkam, den man entweder zu fürchten und milde zu stimmen hatte, oder gegen den man auf ewig Widerstand leisten und kämpfen musste – Dolly hatte keine Ahnung, wie sich die Dinge zwischen ihnen entwickeln würden. Als sie ihm nun von Angesicht zu Angesicht gegenüber stand, legte sie ihre Hände unsicher zum indischen Gruß aneinander, aller Macht langer Gewohnheit zum Trotz.

Saya John lachte und ging geschwind auf sie zu. Auf Birmanisch sagte er zu ihr: »Ich habe etwas für dich.« Sein Akzent war stark gefärbt. Er zog ein in Seidenpapier gewickeltes filigranes goldenes Armband aus der Tasche. Er fasste Dolly am Handgelenk und streifte ihr das Armband über die Knöchel. »Es hat meiner Frau gehört«, sagte er. »Ich habe es für dich aufbewahrt.«

Sie schüttelte ihr Handgelenk, und das Armband bewegte sich. Die polierten Facetten glitzerten in den Lichtflecken, die durch die Bullaugen fielen. Saya John legte ihr einen Arm um die Schultern, und Dolly spürte, wie sich ihre Befürchtungen unter dem Druck seiner Hand einfach in nichts auflösten. Scheu sah sie ihn an und lächelte: »Ich werde es in Ehren halten.«

Rajkumar hatte an der Tür gestanden und die beiden beobachtet. Nun sah er einen Lichtstrahl die Nebel durchdringen, die seine Frau in den letzten Tagen umhüllt hatten. »Kommt«, sagte er schnell. »Lasst uns gehen. Die Kutsche wartet.«

Auf dem Weg zur Blackburn Lane fasste Saya John noch einmal in seine Tasche und sagte: »Für dich habe ich auch etwas, Rajkumar.« Er zog einen kleinen, kugelrunden Gegenstand heraus, der ebenfalls in Seidenpapier geschlagen war. Vorsichtig reichte er Rajkumar die Kugel.

Rajkumar entfernte das Papier und hielt einen schwammartigen

Ball in der Hand, der aus weißlich grauen Fäden gemacht war, die wie bei einem Wollknäuel umeinander gewickelt waren. Er hob die Kugel ans Gesicht und rümpfte die Nase, als er den fremdartigen Geruch bemerkte. »Was ist das?«

»Kautschuk«, sagte Saya John.

»Kautschuk?« Rajkumar hatte den Ausdruck schon einmal irgendwo gehört, doch hatte er keine Vorstellung, was er bedeuten mochte. Er reichte Dolly den Ball. Sie schnupperte daran und fuhr zurück. Der Geruch war eher menschlich als pflanzlich, er erinnerte an Körpersekrete, ähnlich wie Schweiß.

»Woher hast du das, Saya?«, fragte Rajkumar verwirrt.

»Aus meiner Heimatstadt – aus Malakka.«

Auch Saya John war auf Reisen gewesen, während Rajkumar sich nach Indien begeben hatte. Er war nach Osten gefahren, nach Malaya. Er hatte Freunde besucht und bei angeheirateten Verwandten vorbeigeschaut. Er hatte in Malakka Halt gemacht, um das Grab seiner Frau zu besuchen. Er war einige Jahre nicht dort gewesen, und ihm war sofort aufgefallen, dass sich in der Zwischenzeit etwas verändert hatte, dass etwas Neues im Gange war. Jahre lang, so weit seine Erinnerung zurück reichte, war Malakka eine langsam sterbende Stadt gewesen. Der Hafen war zunehmend versandet, und die Händler waren abgewandert, in Richtung Norden nach Penang oder in Richtung Süden nach Singapur. Doch mit einem Mal zeigte sich Malakka mit völlig neuem Gesicht; in den verkalkten Adern der verschlafenen alten Stadt pulsierte neues Leben. Eines Tages nahm ihn John Martins, ein alter Freund, mit hinaus in die Außenbezirke der Stadt, an eine Stelle, an die er sich noch aus seiner Kindheit erinnerte, eine Gegend, die einst dutzende von Gewürzgärten beherbergt hatte, wo sich der Pfeffer über Spaliere gerankt hatte. Doch nun waren die Ranken allesamt verschwunden, und an ihrer Stelle zogen sich lange ordentliche Reihen von anmutigen Setzlingen mit schlanken Stämmen.

Saya John hatte sich die Bäume genau angesehen, doch es war ihm nicht gelungen, sie zuzuordnen. »Was sind das für Pflanzen?«

»Kautschuk.«

Etwa neun Jahre zuvor hatte Tan Chay Yan, Sprössling einer bekannten chinesischen Familie aus Malakka, seinen Pfeffergarten in eine Kautschukplantage verwandelt. 1897 hatte das jedermann für Irrsinn gehalten. Alle Welt hatte ihm damals davon abgeraten. Kautschuk war bekanntermaßen mit großem Risiko behaftet. Mr. Ridley, der Direktor der Botanischen Gärten in Singapur, hatte seit Jahren versucht, britische Plantagenbesitzer dazu zu bewegen, es mit Kautschuk zu versuchen. Die Behörden in London hatten ein Vermögen investiert und viele Menschenleben aufs Spiel gesetzt, um Samen und Ableger aus Brasilien herauszuschmuggeln. Doch auch Mr. Ridley musste sich eingestehen, dass es bis zu zehn Jahre dauern konnte, bis eine Kautschukplantage ertragfähig wurde. Diese Vorstellung schreckte die europäischen Plantagenbesitzer in Malakka ab. Tan Chay Yan blieb jedoch unverdrossen, und nach nur drei kurzen Jahren gelang es ihm, seine Kautschukbäume zum ersten Mal zu melken. Nun folgten alle seinem Beispiel und pflanzten Kautschukbäume an, selbst jene überaus konservativen britischen Unternehmen, die für ihre mangelnde Risikobereitschaft bekannt waren. Malakka wurde mit Geld überschwemmt. Die B. F. Goodrich-Fabriken hatten ihre Vertreter sogar aus dem fernen Akron in Ohio nach Malakka geschickt, um die malaiischen Farmer dazu zu überreden, dieses neue Gewächs anzupflanzen. Gummi war das Material des neuen Zeitalters; die nächste Generation von Maschinen würde nicht mehr ohne diesen unentbehrlichen Puffer auskommen. Die neuesten Automobile hatten dutzende von Kautschukteilen; die Märkte waren praktisch bodenlos, und die Profite übertrafen alle Vorstellungen.

Saya John hatte Nachforschungen angestellt. Er hatte sich von Fachleuten erklären lassen, was nötig war, um Kautschuk anzubauen. Die Antworten waren stets knapp und bündig: Land und Arbeitskräfte waren die wichtigsten Rohstoffe, die ein Farmer brauchte. Saatgut und Setzlinge waren leicht zu bekommen. Und von den beiden genannten Rohstoffen war an das Land leichter heranzukommen; was die Arbeitskräfte betraf, so waren schon jetzt Engpässe zu verzeichnen. Die britische Kolonialverwaltung schielte bereits nach Indien, um die Plantagen mit Kulis und Arbeitern zu versorgen.

Saya John hatte mit dem Gedanken gespielt, für Matthew ein Stück Land zu kaufen. Er hatte schnell gemerkt, dass die Grundstückspreise um Malakka steil angestiegen waren; man hatte ihm geraten, nach Norden zu reisen, in Richtung der Grenze zu Siam. Noch immer nicht ganz von der Idee überzeugt, hatte er sich auf den Weg gemacht: Er war zu alt, um sich in ein neues Unternehmen zu stürzen, das war ihm klar; doch mit Rajkumar konnte er sicher rechnen – er würde wissen, wie man an Arbeitskräfte kommen konnte –, und dann war da natürlich noch immer Matthew, der seit vielen Jahren in Amerika war. Niemand wusste, was genau Matthew dort eigentlich tat; das Letzte was er gehört hatte, war, dass sein Sohn an die Ostküste gezogen war, nach New York. Vor einiger Zeit hatte Saya John einen Brief bekommen; Matthew hatte irgendetwas darüber geschrieben, dass er auf der Suche nach einer neuen Aufgabe sei – und kein Wort darüber, dass er nach Hause kommen wolle. Womöglich war dies genau das Richtige, um den Jungen zur Heimkehr zu bewegen; ein riesengroßes neues Unternehmen, dem er sich mit Haut und Haaren widmen konnte; das ganz allein ihm gehören würde; etwas, das er mit eigenen Händen aufbauen konnte. Saya John sah schon genau vor sich, wie er an Matthews Seite alt wurde – der Junge würde eine Familie haben, Kinder; sie würden alle zusammen an einem friedlichen Ort leben, umgeben von Bäumen und Grün.

Diese Ideen gingen ihm im Kopf herum, als er aus dem Fenster eines Zuges den vollkommenen Ort entdeckte: Den Südhang eines Berges, eines erloschenen Vulkans, der aus der Ebene aufragte wie der Kopf eines Fabelwesens. Dieser Ort war die reinste Wildnis, ein Dschungel; doch er lag in der Nähe einer großen Eisenbahnstrecke und war von der Insel Penang und dem Hafen Butterworth aus leicht zu erreichen.

»Ich habe dort Land gekauft«, sagte Saya John zu Rajkumar, »und nun wartet es auf den Tag, an dem Matthew zurückkehrt.«

Rajkumar war frisch vermählt und in freudiger Erwartung aller Annehmlichkeiten, die ihm sein neues häusliches Leben bescheren würde, und er war nicht in der Stimmung, seinen Mentor ernst zu nehmen: »Aber Saya. Was weiß Matthew denn schon über Kautschuk oder Plantagen?«

»Das spielt keine Rolle. Er wird es lernen. Und natürlich wird er deine Unterstützung haben. Wir drei werden Partner sein, du, ich und Matthew.«

Rajkumar zuckte die Achseln. »Saya, ich habe noch weniger Ahnung von diesen Dingen als Matthew. Ich bin im Teakgeschäft zu Hause.«

»Der Holzhandel gehört der Vergangenheit an, Rajkumar. Du musst nach vorne schauen, und wenn es einen Baum gibt, von dem man sagen könnte, dass Geld auf ihm wächst, dann ist es dieser Baum – Kautschuk.«

Rajkumar spürte, dass Dolly ängstlich fragend seine Hand drückte. Er gab ihr einen beruhigenden Stups, als wolle er sagen: Es ist nichts weiter als die Laune eines alten Mannes; du musst dir keine Sorgen machen.

Frisch verwitwet kehrte Uma nach Lankasuka zurück, in das Haus ihrer Eltern in Kalkutta. Ihre Familie war nicht groß: Von ihren Eltern abgesehen hatte sie nur einen einzigen, sehr viel jüngeren Bruder. Ihr Elternhaus war geräumig und bequem, aber beileibe nicht stattlich: Es bestand aus zwei Stockwerken mit jeweils einem halbrunden Balkon. Die Zimmer waren luftig und hell, mit hohen Decken und Steinfußböden, die auch in der größten Sommerhitze angenehm kühl blieben. Doch Umas Heimkehr war keine glückliche. Ihr Vater war Archäologe und Gelehrter. Er gehörte nicht zu den Menschen, die auf strikte Einhaltung all der üblichen Regeln bestanden, die eine Hindu-Witwe zu befolgen hatte, doch er war auch nicht so aufgeklärt, als dass ihm die Strenge der Nachbarschaft zur Gänze gleichgültig gewesen wäre. Im Rahmen seiner Möglichkeiten tat er alles, um die Härte der Situation, in der sich seine Tochter befand, zu mildern. Als Witwe im Haus ihrer Eltern musste Uma dennoch starre Zwänge und empfindliche Verluste auf sich nehmen: Ihr Kopf wurde kahl geschoren; sie durfte weder Fisch noch Fleisch zu sich nehmen und keine andere Farbe tragen als Weiß. Sie war achtundzwanzig Jahre alt, und vor ihr lag ein ganzes Leben. Die Monate verstrichen, und es kristallisierte sich heraus, dass man über eine andere Lösung würde nachdenken müssen.

Uma war zu einer finanziell unabhängigen Frau geworden, Begünstigte einer beträchtlichen Pension. Der Verwalter hatte einen der einträglichsten Posten des Empires innegehabt, und nach seinem Tode entdeckte man, dass er viele scharfsinnige Investitionen getätigt hatte, und einige davon auch in Umas Namen. Da für ihr Auskommen gesorgt war und sie keinerlei Kinder hatte, um die sie sich kümmern musste, sprach nichts dafür, zu Hause zu bleiben und alles dafür, fortzugehen. Als sie einen Brief von Dolly erhielt, in dem sie Uma nach Rangun einlud, war die Angelegenheit beschlossen. Es lag auf der Hand, dass die besten Möglichkeiten für Uma bestünden, wenn sie ins Ausland ginge.

Während der gesamten Überfahrt hielt Uma ihren Kopf bedeckt. Sie trug einen Schal, um ihren geschorenen Schädel zu verbergen. Dolly und Rajkumar holten sie an der Pier in der Barr Street ab, und in dem Augenblick, als sie von Bord ging, zog Dolly ihr den Schal vom Kopf.

»Warum verbirgst du dein Gesicht?«, sagte sie. »Ich finde, du siehst sehr nett aus.«

Dolly und Rajkumar fuhren mit Uma ohne Umwege zu ihrem neuen Haus in Kemendine: Sie waren gerade erst umgezogen, und an dem Haus wurde noch immer gebaut. Das Wohnhaus wirkte etwas willkürlich und in Windeseile errichtet und von seiner Struktur her eher altmodisch – zwei Stockwerke hoch, mit Räumen, die ineinander übergingen und allesamt um einen quadratischen Innenhof gruppiert waren. Das Haus hatte glänzend rote Steinböden, und zum Innenhof hinaus lagen umlaufende Balkone, die wie Wandelgänge wirkten, verziert mit schmiedeeisernen Geländern. Entlang der Mauern, die das Grundstück begrenzten, lagen einige kleinere Außengebäude. Sie dienten den Wachen, Gärtnern und anderen Angestellten als Unterkünfte.

Rangun war für Dolly beinahe ebenso fremd wie für Uma, und so begannen sie gemeinsam, die Stadt zu entdecken: Sie erklommen die Stufen zur Shwe-Dagon-Pagode; sie besuchten Umas Onkel in der *kala-basti*, dem indischen Viertel; sie besuchten die Ponyrennen auf der Kyaikasan-Rennbahn; sie schlenderten durch die schmalen Gassen von Syriam am anderen Ufer des Flusses, sie unternahmen Spaziergänge rund um die königlichen Teiche und machten Ausflüge in die nähere Umgebung. Wohin sie auch kamen, wurde Dolly hofiert, umhegt, von wahren Horden Bekannter belagert und mit endlosen Fragen über den König und die Königin und ihrem Leben in der Fremde bestürmt. Das Exil der königlichen Familie war in Birma ein Thema öffentlichen Interesses, und das Schicksal der Exilanten geteilt zu haben, machte Dolly selbst zu einer Art Berühmtheit.

Uma verlebte äußerst angenehme Tage. Die Einladungen an Dolly schlossen sie stets mit ein, und es gab immer viel zu tun. Doch die Wochen verstrichen, und ihr wurde die Distanz immer schmerzvoller bewusst, die zwischen Dollys überschwänglicher Lebensfreude und ihrer eigenen Situation lag. Uma hatte in der Vergangenheit oft über Dollys Heirat nachgedacht: War sie Rajkumars Frau geworden, um dem Gefängnis von »Outram House« zu entrinnen? Oder hatte sie sich schlicht und einfach verliebt und weiter nichts? Wenn Uma die beiden jetzt zusammen beobachtete, wurde ihr klar, dass sich diese Gründe nicht zwingend ausschlossen. Jedes dieser Motive hatte seinen Teil zur Schöpfung eines Ganzen beigetragen, wie die Teile eines durcheinander geratenen Puzzles. Ebenso wurde ihr bewusst, dass sie es hier mit einer Vollkommenheit zu tun hatte, die sie, die immer stolz darauf gewesen war, sich selbst genau zu kennen, niemals erfahren hatte und vielleicht auch niemals erfahren würde, weil sich ihr nie die Möglichkeit offenbart hatte, die Gunst der Stunde zu nutzen, so wie es bei Dolly der Fall gewesen war.

Dolly und Rajkumar schienen nur sehr wenig über Neigungen und Abneigungen des anderen zu wissen, über Vorlieben und Gewohnheiten, und auf wundersame Weise war es dennoch so – und das erkannte auch Uma – dass dieses gegenseitige Nichtbegreifen das Band zwischen ihnen nicht etwa schwächte, sondern es im Gegenteil noch zu stärken schien. Im Gegensatz dazu hatte es zwischen ihr und dem Verwalter für jedwede Situation klar definierte Regeln und Vereinbarungen gegeben; wann immer eine Frage aufgetaucht war bezüglich dessen, was einer von ihnen wollte oder mochte, konnten sie stillschweigend auf Gewohnheit und Etikette zurückgreifen. Rückblickend erkannte Uma, dass sie dem Verwalter sehr viel ähnlicher war, als sie es sich jemals eingestanden hatte; dass auch sie ein Geschöpf von Regeln und Methode und verbissener Beharrlichkeit war und auf diesem Gebiet ganz anders als Dolly.

Die Tage vergingen, und Uma wurde sich einer zunehmenden

Trauer bewusst – ein Gefühl, das stärker war als jedes andere, das sie bis dahin gekannt hatte. Im klaren Licht des Zurückschauens erkannte sie die Wahrheit jener Worte, die die Leute immer benutzt hatten, um den Verwalter zu beschreiben – *er ist ein guter Mann.* Er war in der Tat ein guter Mann gewesen, ein aufrichtiger Mann, ein Mann mit ungewöhnlichen Gaben, den der Zufall in Umstände hineingeboren hatte, die ihm keinen angemessenen Weg boten zur Erfüllung dessen, was er an Talenten besaß. Als Bezirksverwalter hatte er zwar große Macht besessen, doch hatte ihm diese Stellung nichts als Unbehagen und Unsicherheit gebracht. Uma rief sich die nervöse, ironische Art wieder ins Gedächtnis, mit der ihr Mann seiner Rolle als Verwalter nachgekommen war. Sie erinnerte sich daran, wie er sie bei Tisch beobachtet hatte, an die unerträgliche Genauigkeit seiner Kontrolle, an all die Anstrengungen, die er gemacht hatte, um sie in ein Spiegelbild dessen zu verwandeln, was er für sich selbst stets angestrebt hatte. Wenn sie nun darüber nachdachte, schien es, als habe es keinen einzigen Augenblick gegeben, an dem er nicht von der Furcht verfolgt worden war, seine britischen Kollegen könnten ihn für unfähig halten. Und doch schien alle Welt sich einig zu sein, dass er zu den erfolgreichsten Indern seiner Generation gehört hatte; ein Vorbild für seine Landsleute. Bedeutete dies, dass ganz Indien eines Tages zu einem Schatten dessen würde, was er gewesen war? Millionen von Menschen, die sich darum bemühten, ihr Leben in Einklang mit unverständlichen Regeln zu bringen? Da war es schon besser, das zu sein, was Dolly gewesen war: eine Gefangene, die sich bezüglich ihrer Umstände keinerlei Illusionen machte; der die Abmessungen ihres Kerkers bestens vertraut waren, und die innerhalb dieser Grenzen nach Zufriedenheit suchen konnte. Doch Uma war nicht wie Dolly und würde auch niemals so sein; ein Teil von ihr war auf immer zur Schöpfung des Verwalters geworden, und wenn es schon nichts brachte, diese Verunstaltung zu betrauern, so war es ihre Pflicht, ihre Fähigkeiten darauf zu verwenden, ein Heilmittel dagegen zu finden.

Eines Tages sagte Rajkumar zu ihr: »Alles, was wir haben, verdanken wir dir. Wenn du jemals etwas brauchen solltest, dann möchten wir, dass du zuerst zu uns kommst.« Uma lächelte. »Egal, was?«

»Selbstverständlich.«

Sie holte tief Luft. »Also, dann möchte ich euch darum bitten, mir eine Überfahrt nach Europa zu buchen …«

Während Umas Schiff westwärts fuhr, wurde in seinem Kielwasser eine Woge von Briefen und Postkarten auf Dollys Türschwelle in Kemendine angespült. Aus Colombo erreichte sie ein Bild von dem See am Fuße des Lavinia und dazu ein paar Zeilen, in denen Uma schrieb, an Bord habe sie eine Freundin der Familie getroffen, Kadambari Dutt – eine jener berühmten Hatkhola Dutts aus Kalkutta, eine Cousine der Dichterin Toru Dutt und verwandt mit dem bemerkenswerten Schriftsteller und Gelehrten Romesh Dutt. Frau Dutt sei ein gutes Stück älter als sie selbst und habe eine Zeit lang in England gelebt; sie sei sehr erfahren und wisse über vieles Bescheid – die vollkommene Reisebegleitung, ein Geschenk des Himmels. Sie fühlten sich sehr wohl miteinander.

Aus Aden kam eine Postkarte, die eine Meerenge zeigte, rechts und links von hohen Klippen gesäumt. Uma schrieb, sie sei entzückt gewesen, als sie erfuhr, dass diese Wasserstraße – die Verbindung zwischen dem Indischen Ozean und dem Roten Meer – im Arabischen als *Bab al-Mandab* bekannt war, das ›Klagetor‹ – sie hätte sich keinen passenderen Namen dafür ausdenken können.

Aus Alexandria kam ein Bild von einer Festung und dazu ein paar sarkastische Bemerkungen darüber, um wie viel freundlicher die Europäer doch geworden seien, seit sie den Suezkanal hinter sich gelassen hatten. Uma sei darüber sehr erstaunt gewesen, doch Frau Dutt habe ihr erklärt, dass es schon immer so gewesen sei: Die Luft des Mittelmeeres habe irgendetwas an sich, das selbst die hartgesottensten Kolonialisten in umgängliche Demokraten verwandle.

Aus Marseille schickte Uma dann endlich ihren ersten längeren Brief. Sie und ihre neue Freundin hatten beschlossen, ein paar Tage in dieser Stadt zu verbringen. Bevor sie an Land gingen, hatte Frau Dutt sich umgezogen und war in einem europäischen Rock aufgetaucht. Sie hatte Uma angeboten, ihr einen Rock zu leihen, doch Uma hatte abgelehnt. Und so war sie in einem Sari von Bord gegangen. Sie waren noch nicht weit gekommen, als Uma – ausgerechnet! – für eine Kambodschanerin gehalten wurde. Unzählige

Menschen hatten sich um sie versammelt und sie gefragt, ob sie Tänzerin sei. Es stellte sich heraus, dass der kambodschanische König Sisowath der Stadt vor kurzem einen Besuch abgestattet hatte. In seinem Gefolge war auch eine Gruppe Palasttänzer gewesen. Die Tänzer hatten in der Stadt für großes Aufsehen gesorgt. Alle Welt war verrückt nach ihnen. Auguste Rodin, der große Bildhauer, war eigens aus Paris angereist, um sie zu skizzieren. Uma hatte es beinahe Leid getan, die Menschen enttäuschen zu müssen, indem sie erklärte, sie sei Inderin und nicht aus Kambodscha.

Sie und Frau Dutt hatten wunderbare Tage miteinander verbracht; sie waren durch die Stadt geschlendert, hatten die Sehenswürdigkeiten besucht und sogar einen Ausflug aufs Land unternommen. Es war seltsam gewesen, aufregend, berauschend und erheiternd – zwei Frauen, die alleine reisten, gänzlich unbehelligt, und die nichts weiter als die üblichen neugierigen Blicke auf sich zogen. Uma hatte sich gefragt, warum es nicht möglich war, zu Hause das Gleiche zu tun – warum Frauen nicht einmal daran denken durften, allein durch Indien zu reisen und in gewisser Weise die Freiheit zu feiern; und der Gedanke verstörte sie, dass dieses Privileg – diese Art Freiheit genießen zu dürfen, und sei sie auch nur vorübergehend – ihr nur auf Grund ihrer besonderen Umstände vergönnt war, auf Grund ihrer Heirat und weil sie nun genügend Geld besaß, um auf Reisen zu gehen. Sie hatte sich mit Kadambari lange darüber unterhalten. Warum sollte es nicht möglich sein, dass diese Freiheiten für jeden galten, für Frauen auf der ganzen Welt? Und ihre Freundin hatte gesagt, dass dies einer der großen Vorteile war, den die britische Herrschaft über Indien mit sich brachte; die Briten hatten den Frauen Rechte und Schutz zugebilligt, die sie noch niemals zuvor genossen hatten. Und hier war Uma ihre neue Freundin zum ersten Mal äußerst unangenehm gewesen. Umas Gefühl hatte ihr gesagt, dass dieses Argument verfehlt war, unbegründet und unlogisch – wie sollte es möglich sein, mit Hilfe von Unterwerfung Freiheit zu gewähren? Indem man einen Käfig öffnete und ihn gleichzeitig in einen größeren Käfig hineinstellte? Wie konnte irgendein Teil eines Volkes auf Freiheit hoffen, wo doch die Gesamtheit dieses Volkes unterworfen war? Uma hatte ein langes Streitgespräch mit Frau Dutt geführt, und am Ende hatte sie ihre

Freundin davon überzeugt, dass ihre Sicht der Dinge die richtige war. Uma hatte dies als großen Triumph empfunden – denn Frau Dutt war erheblich älter als sie (und auch viel gebildeter), und bis zu diesem Augenblick war es stets sie gewesen, die Uma gesagt hatte, wie dieses oder jenes zu betrachten war.

Dolly las diesen Brief im Bett. Eine Hebamme hatte ihr ein stechendes Gebräu verschrieben, und sie versuchte, sich auszuruhen. Vor einigen Wochen hatte sich zum ersten Mal der Verdacht in ihr geregt, sie könne schwanger sein, und diese Vermutung hatte sich gerade bestätigt. Und nun sah sie sich einer strikten Diät unterworfen, die unzählige Kräuteraufgüsse und viel Ruhe beinhaltete. Doch in einem Haushalt, der so geschäftig und ungeordnet war wie der ihre, war es nicht immer leicht, zur Ruhe zu kommen. Selbst als sie sich hinsetzte, um Umas Brief zu lesen, gab es fortwährend irgendwelche Unterbrechungen – der Koch und U Ba Kyaw und die Maurer platzten ständig herein, um ihre Anweisungen entgegenzunehmen. Also versuchte sie, zwischen den Gedanken an das Abendessen und der Überlegung, wie viel Geld sie U Ba Kyaw für seinen Besuch zu Hause vorschießen solle, an Uma zu denken, die ihre Freiheit genoss, und die alleine und auf sich gestellt durch Europa reiste. Sie konnte nachempfinden, wieso Uma so viel Freude daran hatte, obwohl sie selbst sich nichts aus dergleichen gemacht hätte. In ihrem Kopf schien kein Platz für andere Dinge zu sein, als für die überladene Ereignislosigkeit ihres täglichen Daseins. Dolly wurde bewusst, dass sie kaum jemals einen Gedanken an Fragen wie Freiheit oder Unabhängigkeit oder andere Dinge in dieser Richtung verschwendete.

Als sie einen Stift zur Hand nahm, um Uma zu antworten, fiel ihr nichts ein; die Zufriedenheit ihres Alltages ließ sich nur schwer in Worte fassen: Sie konnte zum Beispiel versuchen, Uma etwas über ihre Freundin Daw Thi zu schreiben, die letzten Mittwoch vorbeigeschaut hatte, und darüber, wie sie beide zu Rowe & Co. gefahren waren, um sich die neuen Möbel anzusehen; oder sie konnte ihr von dem letzten Besuch auf der Rennbahn berichten und wie Rajkumar beinahe eintausend Rupien gewonnen hatte und im Scherz gesagt hatte, er würde ein Pony kaufen. Doch nichts von alledem schien es wirklich wert zu sein, zu Papier gebracht zu werden – und erst recht nicht im Vergleich zu so wichtigen Themen, wie sie Uma momentan zu beschäftigen schienen. Sie könnte auch über ihre Schwangerschaft schreiben, über Rajkumars Freude, darüber, wie er sofort begonnen hatte, nach einem Namen zu suchen (natürlich würde dieses Kind ein Junge werden). Doch in diesen Dingen war Dolly sehr abergläubisch. Weder sie noch Rajkumar würden irgendjemandem davon erzählen, bis es sich wirklich nicht mehr vermeiden ließe. Und auch aus einem anderen Grund wollte sie Uma nichts darüber schreiben: Es wäre, als würde sie vor ihrer Freundin damit prahlen und deren eigene Kinderlosigkeit noch unterstreichen.

Zwei Monate verstrichen, ohne dass sie etwas von Uma hörte. Die Tage vergingen, und Dolly fiel es immer schwerer, Schlaf zu finden. Nachts krümmte sie sich vor stechenden Bauchschmerzen in ihrem Bett. Sie bezog ein Schlafzimmer für sich allein, damit sie Rajkumar nicht störte. Die Hebamme versicherte ihr, es sei alles in bester Ordnung, doch ihre Worte vermochten Dolly nicht zu beruhigen: Von Tag zu Tag nahm die Gewissheit zu, dass etwas geschehen war. Dann verwandelten sich die bereits vertrauten Schmerzen eines Nachts in Krämpfe, die Dollys ganzen Unterleib schüttelten. Sie merkte, dass sie eine Fehlgeburt hatte, und schrie nach Rajkumar. Er weckte das ganze Haus auf und jagte seine Leute in alle vier Himmelsrichtungen davon – er schickte nach Ärzten, Schwestern, Hebammen – doch es war zu spät, und als der tote Fötus zur Welt kam, war Rajkumar mit Dolly allein: Rajkumar bewahrte zum Glück die Nerven, und es gelang ihm, Dolly über die schlimmsten Augenblicke dieser schweren Prüfung hinwegzuhelfen.

Als Umas nächster Brief eintraf, war Dolly noch immer nicht vollständig genesen. Der Brief trug eine Adresse in London als Absender und wurde mit überschwänglichen Entschuldigungen und einem versteckten Vorwurf eröffnet: Uma schrieb, der Gedanke, dass sie beide so viele Monate hatten verstreichen lassen, ohne sich zu schreiben, mache sie traurig. Sie selbst sei in London sehr beschäftigt, sagte sie. Frau Dutt habe ihr bei der Suche nach einer Unterkunft geholfen – sie sei nun zahlender Gast bei einer älteren Missionarin, die einen Großteil ihres Lebens in Indien verbracht hatte.

Die Übereinkunft funktioniere ausgezeichnet, und Uma konnte sich nicht über einen Mangel an Gesellschaft beklagen.

Bereits kurz nach ihrer Ankunft in London hatten sich viele Menschen bei ihr gemeldet: Die meisten waren ehemalige Freunde des Verwalters, hauptsächlich Engländer. Einige hatten ihren verstorbenen Mann in Cambridge kennen gelernt, andere hatten mit ihm zusammen in Indien gearbeitet. Sie waren alle sehr nett zu Uma, hatten ihr die Stadt gezeigt und sie zu jenen Veranstaltungen mitgenommen, die auch der Verwalter gerne besucht hatte – Konzerte, Theatervorführungen, Lesungen in der Royal Academy. Nach einer Weile hatte Uma sich gefühlt, als befinde sie sich aufs Neue in der Gesellschaft des Verwalters; sie hörte seine Stimme, die ihr etwas über die Drury Lane oder Covent Garden erzählte und sie dabei auf bedeutende Einzelheiten aufmerksam machte; die ihr sagte, was gutem Geschmack entsprach und was nicht.

Glücklicherweise hatte sie aber auch den Kontakt zu ihrer Reisebegleiterin Frau Dutt aufrecht erhalten. Es stellte sich heraus, dass Frau Dutt jeden oder beinahe jeden indischen Haushalt in London kannte. Über sie hatte Uma viele interessante Menschen kennen gelernt, von denen eine Dame namens Cama den größten Eindruck auf sie gemacht hatte. Sie war eine Parsin aus Bombay und wirkte auf den ersten Blick eher europäisch als indisch – durch ihre Kleidung, ihre Art und ihr Auftreten. Und doch hatte Uma noch nie zuvor jemanden getroffen, der offener und ehrlicher über indische Belange gesprochen hatte, als diese Frau es tat. Madame Cama war so freundlich gewesen, Uma in ihre Kreise einzuführen. Diese Menschen waren für Uma völlig neu – interessante und idealistische Männer und Frauen, deren Ansichten und Gefühle ihr direkt aus der Seele zu sprechen schienen. Durch diese Menschen begann Uma zu realisieren, dass eine Frau in ihrer Position aus dem Ausland viel zum Kampfe Indiens beitragen konnte.

Vor kurzem nun hatte Madame Cama sie bedrängt, in die Vereinigten Staaten zu reisen. Sie habe Freunde in der irischen Gemeinde New Yorks, so sagte sie, von denen viele Sympathien für die indische Sache hegten. Sie war der Meinung, für Uma sei es wichtig, diese Leute kennen zu lernen, und sie war außerdem der Ansicht, Uma könne Gefallen daran finden, in dieser Stadt zu leben.

Uma machte sich ernsthaft Gedanken über diesen Vorschlag. Eines war ihr in jedem Falle klar: In England würde sie nicht lange bleiben. In London wurde sie von dem Gefühl verfolgt, dass die ganze Stadt sich verschworen hatte, sie unentwegt an ihren verstorbenen Mann zu erinnern.

Erschöpft von der Lektüre dieses Briefes ließ Dolly ihn auf ihren Nachttisch gleiten. Als Rajkumar später nach Hause kam, sah er den Brief dort liegen und nahm ihn zur Hand.

»Von Uma?«

»Ja.«

»Was schreibt sie?«

»Lies es selbst.«

Rajkumar strich glättend über die Seiten und las den Brief, ganz langsam. Dabei folgte er Umas enger Schrift mit dem Zeigefinger und bat Dolly bei Worten, die er nicht verstand, um Erklärung. Dann faltete er den Brief zusammen und legte ihn zurück auf das Nachttischchen.

»Sie schreibt, sie wolle nach New York gehen.«

»Ja.«

»Matthew lebt auch in New York.«

»Ja. Das hatte ich ganz vergessen.«

»Du solltest ihr seine Adresse geben. Wenn sie wirklich nach New York geht, könnte Matthew ihr helfen, sich dort niederzulassen.«

»Das stimmt.«

»Und wenn du ihr schreibst, dann könntest du ihr auch gleich sagen, dass Saya John sich um Matthew Sorgen macht. Er hat Matthew geschrieben und ihn gebeten, nach Hause zu kommen – aber Matthew hat ihm nicht geantwortet. Sayagyi kann nicht begreifen, warum er nicht zurückkommen will. Vielleicht gelingt es Uma, das Rätsel zu lösen.«

Dolly nickte. »Das mache ich«, sagte sie. »Dann weiß ich wenigstens, worüber ich schreiben soll.«

Sie verbrachte eine Woche damit, an dem Brief zu feilen und schrieb nie mehr als einen Absatz auf einmal. Über ihren Zustand ließ sie kein Wort verlauten. Da sie Uma nichts von ihrer Schwangerschaft geschrieben hatte, schien es ihr nicht angebracht, nun von der Fehlgeburt zu berichten. Sie schrieb hauptsächlich über Saya John und Rajkumar und adressierte den Brief an Umas Adresse in London.

Als Dolly wieder von ihr hörte, hatte Uma bereits den Atlantik überquert und war seit mehreren Wochen in New York. Wieder war ihr Brief voll von Entschuldigungen, weil sie nicht eher geschrieben hatte – sie hatte so viel zu erzählen, dass sie nicht wusste, wo sie beginnen sollte. New York hatte sich als Erfüllung dessen erwiesen, wovon sie geträumt hatte – eine Art Hafen für jemanden wie sie. Nur war der Schutz, den dieser Hafen gewährte, nicht Ruhe und Frieden, sondern das absolute Gegenteil. Die Stadt war wie dafür geschaffen, sich in den Menschenmassen zu verlieren. Uma hatte beschlossen, fürs Erste hier zu bleiben. Schon während der Überfahrt wusste sie, dass New York eine Stadt nach ihrem Geschmack sein würde. Denn unter den Passagieren waren viele Menschen gewesen, die, genau wie sie selbst, der rücksichtslosen Heuchelei Europas müde waren.

Doch Uma hatte Dolly auch etwas über die Angelegenheit zu berichten, die ihre Freundin in ihrem Brief erwähnt hatte. Kurz nach ihrer Ankunft in Amerika hatte sie Matthew Martins getroffen. Er hatte sie in der Ramakrishna Mission in Manhattan besucht, wo sie nach ihrer Ankunft vorübergehend wohnte. Er hatte ganz und gar nicht ihren Vorstellungen entsprochen. Er ähnelte seinem Vater nur sehr entfernt. Er war groß und athletisch, sehr gut aussehend und von weltgewandtem Auftreten. Uma hatte schnell gemerkt, dass Matthew eine große Leidenschaft für Automobile hegte; es war sehr lehrreich gewesen, mit ihm durch die Straßen zu schlendern, denn er hatte hierhin und dorthin gedeutet und wie ein Zauberer verkündet: ›Hier sehen wir einen nagelneuen 1908er Hutton; dort ist ein Beeston Humber, das dort ist ein Gaggenau …‹

Das Rätsel um seinen Widerstand, New York zu verlassen, war schnell gelöst. Es stellte sich heraus, dass er eine amerikanische Verlobte hatte, eine Frau namens Elsa Hoffman. Er hatte die beiden miteinander bekannt gemacht, und Uma war der Meinung, Elsa sei eine sehr angenehme Frau. Sie war sehr lebhaft und gutmütig, auf typisch amerikanische Weise, außerdem war sie mit ihrem freundlichen, herzförmigen Gesicht und den langen schwarzen Haaren überaus ansehnlich. Sie und Elsa waren schnell gute Freundinnen geworden, und eines Tages hatte Elsa ihr gestanden, dass sie heimlich mit Matthew verlobt sei; sie hatte ihrer Familie nichts davon erzählt, weil sie wusste, dass ihre Eltern nicht einverstanden wären und weil sie Angst hatte, sie könnten versuchen, sie fortzuschicken. Und auch Matthew war sich nicht sicher, wie sein Vater reagieren würde – weil Elsa Amerikanerin war und noch dazu evangelisch. Uma hatte das Gefühl, dass allein hierin der Grund dafür verborgen lag, weshalb Matthew nicht nach Hause zurückkehren wollte. Wenn Saya John nur eine kleine Andeutung machen würde, dass Matthew in dieser Angelegenheit nichts zu befürchten habe, so wäre es doch sehr wahrscheinlich, dass sein Sohn sich bezüglich seines Aufenthaltes in Amerika eines anderen besinnen würde …

Als Dolly dieser Brief erreichte, war sie vollkommen genesen. Sie war so aufgeregt, als sie Umas Bericht gelesen hatte, dass sie beschloss, Rajkumar sofort und auf der Stelle im Holzlager zu besuchen, um ihm die Neuigkeiten zu überbringen. In einer Mietdroschke fuhr sie durch die Vorortsstraßen von Kemendine, über den schwarzen Schotter der Uferpromenade, wo die Frachtschiffe sich dicht an dicht an die Kaimauer drängten, an der Botataung-Pagode mit ihren Goldfischbecken vorbei, über den Bahnübergang und durch die engen Gassen von Pazundaung zu dem von Mauern umgebenen Gelände, das Rajkumars Holzlager beherbergte. Auf dem Lagerplatz war eine Gruppe Elefanten damit beschäftigt, Stämme zu stapeln. Dolly entdeckte Rajkumar im Schatten der auf Pfählen stehenden Holzbaracke, die ihm als Büro diente. Mit *longyi* und Weste bekleidet, Haare und Gesicht mit Sägemehl bestäubt, stand er da und rauchte eine Zigarre.

»Dolly!« Rajkumar war erstaunt, sie auf dem Lagerplatz zu sehen.

»Ich habe Neuigkeiten.« Sie winkte mit dem Brief.

Sie kletterte die Leiter zu seinem Büro hinauf. Während Rajkumar Umas Brief las, stand Dolly über ihn gebeugt, und als er zu Ende gelesen hatte, sagte sie: »Was denkst du, Rajkumar? Glaubst du, Sayagyi hätte etwas einzuwenden – weil die Verlobte von Matthew keine Katholikin ist?«

Rajkumar lachte. »Sayagyi ist doch kein Heiliger«, sagte er. »Er behält seine Auffassung von Religion für sich. In all den Jahren, die ich für ihn gearbeitet habe, hat er mir nicht ein einziges Mal gesagt, ich solle zur Kirche gehen.«

»Trotzdem musst du behutsam sein, wenn du es ihm erzählst ...«

»Das werde ich. Ich werde ihn gleich heute besuchen. Ich glaube, er wird erleichtert sein, wenn er erfährt, dass es keine anderen Gründe gibt.«

Bald darauf merkte Dolly, dass sie wieder schwanger war. Sie vergaß Matthew und Elsa und sogar Uma. Sie verwendete all ihre Kraft darauf, zu verhindern, dass noch einmal etwas geschah. Sieben Monate vergingen wie im Flug, und dann wurde sie auf Anraten der Ärzte in ein Missionskrankenhaus an der Dufferin Street eingewiesen, nicht weit von Kemendine.

Eines Tages kam Saya John sie besuchen. Er setzte sich an ihr Bett und nahm ihre Hand in seine. »Ich bin gekommen, um dir zu danken«, sagte er.

»Wofür, Sayagyi?«

»Dafür, dass du mir meinen Sohn zurückgegeben hast.«

»Was meinst du damit, Sayagyi?«

»Matthew hat mir einen Brief geschrieben. Er kommt nach Hause. Er ist bereits dabei, alle nötigen Vorkehrungen zu treffen. Ich weiß, dass du diejenige bist, der mein ganzer Dank gebührt. Ich habe noch nicht einmal Rajkumar davon erzählt. Ich wollte, dass du es als Erste erfährst.«

»Nein, Sayagyi – der Dank gebührt Uma. Sie hat es bewirkt.«

»Ihr beide.«

»Und Matthew? Kommt er allein?«

Saya John lächelte. Seine Augen strahlten. »Nein. Er bringt seine Braut mit nach Hause. Sie wollen unmittelbar vor ihrer Abreise per Sondergenehmigung heiraten, damit sie gemeinsam reisen können.«

»Was hat das nun für Folgen, Sayagyi?«

»Es bedeutet, dass es auch für mich an der Zeit ist, umzuziehen. Ich werde meinen Besitz hier verkaufen. Dann werde ich nach Malaya ziehen und alles für die beiden vorbereiten. Aber bis dahin ist noch viel Zeit. Zur Geburt deines Kindes werde ich hier sein.«

Sechs Wochen später wurde Dolly von einem gesunden, acht

Pfund schweren Jungen entbunden. Zur Feier des Tages sperrte Rajkumar sein Holzlager zu und versprach seinen Angestellten einen Bonus in der Höhe eines Wochenlohns. Ein Astrologe wurde gerufen, um ihnen bei der Wahl des Namens zur Seite zu stehen: Das Kind sollte zwei Namen bekommen, so wie es bei den Indern in Birma Sitte war. Nach mehrwöchigen Beratungen wurde beschlossen, dass der birmanische Name des Jungen Sein Win lauten sollte; der indische Name aber solle Neeladhri sein – kurz Neel. Die Namen wurden gerade noch rechtzeitig verkündet, ehe Saya John nach Malaya aufbrach.

Vier Jahre später bekam Dolly wieder einen Sohn. Wie Neel bekam auch er zwei Namen: der birmanische lautete Tun Pe und der indische Dinanath. Letzterer wurde schnell zu Dinu verkürzt, und zu Hause riefen ihn alle mit diesem Kosenamen.

Kurz nach der Geburt erhielt Rajkumar einen Brief von Saya John. Wie der Zufall es wollte, hatte auch Elsa gerade ein Kind bekommen, ihr erstes. Es war ein Mädchen und trug den Namen Alison. Außerdem hatten Matthew und Elsa beschlossen, ein eigenes Haus zu bauen. Es sollte auf der Plantage stehen. Das Land war bereits gerodet worden, und das Datum für den ersten Spatenstich stand fest. Für Saya John war es sehr wichtig, dass Rajkumar und Dolly mit ihren Kindern an der Zeremonie teilnahmen.

In den Jahren, die vergangen waren, seit Saya John Rangun verlassen hatte, war Rajkumar sehr oft zwischen Birma, Malaya und Indien hin und her gereist. Als Teilhaber der Plantage war er für die lückenlose Versorgung mit Arbeitern verantwortlich. Die meisten von ihnen stammten aus dem Bezirk Madras in Südindien. Zwar hatte Rajkumar Dolly stets über die Entwicklung der Plantage auf dem Laufenden gehalten, doch all seinem Flehen zum Trotz hatte sie ihn nie auf seine Reisen nach Malaya begleitet. Sie reise nicht gerne, hatte sie erklärt; es sei bereits schwer genug für sie gewesen, Ratnagiri zu verlassen und nach Birma zu gehen; sie verspürte keinerlei Drang, irgendwohin zu gehen. Und so war Dolly Matthew und Elsa noch niemals begegnet.

Rajkumar zeigte Dolly den Brief von Saya John und sagte: »Wenn du jemals in deinem Leben dorthin reist, dann ist jetzt der richtige Zeitpunkt dafür.« Nachdem Dolly den Brief gelesen hatte, stimmte sie zu. »Also gut; ich werde fahren.«

Von Rangun aus führte sie eine dreitägige Reise auf die Insel Penang im Norden Malayas. An ihrem letzten Tag auf See zeigte Rajkumar Dolly einen fernen blauen Klecks am Horizont. Der Fleck wuchs beständig und wurde bald zu einem zerklüfteten Gipfel, der sich wie eine Pyramide aus dem Meer erhob. Völlig isoliert schwebte er über dem Wasser. Ringsum war kein Land in Sicht.

»Das ist der Gunung Jerai«, erklärte Rajkumar. »Dort liegt die Plantage.« In den vergangenen Jahren, so erzählte er ihr, als der Dschungel gerodet wurde, da hatte es gewirkt, als wäre der Vulkan wieder zum Leben erweckt worden: Auf der Reise nach Penang hatte Rajkumar stets schwarze Rauchwolken gesehen, die vom Berg in den Himmel aufstiegen. »Doch das ist schon lange her. Die Gegend hat sich wirklich sehr verändert.«

Das Dampfschiff lief in Georgetown ein, dem Haupthafen der Insel Penang. Von dort aus waren es noch einige Stunden Fahrt bis zur Plantage. Zuerst setzten sie mit einer Fähre über einen schmalen Kanal nach Butterworth über, von wo der Eisenbahnverkehr und die Straßen ihren Anfang nahmen. Dort bestiegen sie einen Zug, der sie durch eine Landschaft aus üppigen Reisfeldern und dichten Kokoshainen nach Norden brachte. Vor ihnen lag, durch die Fenster des Waggons immer sichtbar, das emporragende Massiv des Gunung Jerai, den Gipfel in nebligen Dunst gehüllt. Der Berg erhob sich steil aus der Ebene, die westlichen Hänge fielen direkt hinab in das glitzernde blaue Wasser der Andamanensee. Dolly, die sich inzwischen an die Flusslandschaft von Südbirma gewöhnt hatte, war fasziniert von der üppigen Schönheit dieser Küstenlandschaft. Sie fühlte sich an Ratnagiri erinnert, und zum ersten Mal seit vielen Jahren vermisste sie ihren Skizzenblock.

Dieser Teil ihrer Reise endete in Sungei Pattani, einem Städtchen am Fuße der windgeschützten Seite des Berges. Der Bahnhof war klein, und Dolly entdeckte Saya John sowie der Zug eingefahren war. Er war älter geworden und wirkte kleiner als früher. Als der Zug ruckend zum Stillstand kam, spähte er gerade kurzsichtig in eine Zeitung. An seiner Seite standen ein großer Mann in Khakihosen und eine Frau in einem knöchellangen schwarzen Kleid.

Noch ehe Rajkumar auf die beiden zeigte, wusste Dolly, dass es sich um Matthew und Elsa handeln musste.

Als der Zug anhielt, kam Elsa an Dollys Fenster gelaufen. Das Erste, was sie sagte, war: »Ich hätte dich überall erkannt. Umas Beschreibung war perfekt.«

Dolly lachte. »Ich dich auch – euch beide.«

Vor dem behelfsmäßigen Bahnhofsgebäude lag ein großer Platz. Und mitten auf diesem Platz wuchs ein kleiner Setzling, nicht viel größer als Dolly selbst.

»Was ist das denn?«, fragte Dolly verwirrt. »Das ist doch ein Padaukbaum, nicht wahr?«

»Hier werden sie *angsana* genannt«, erklärte Elsa. »Den hat Matthew kurz nach Alisons Geburt gepflanzt. Er sagt, in ein paar Jahren ist er zu einem großen Sonnenschirm herangewachsen, der seinen Schatten über den gesamten Bahnhof wirft.«

Dann wurde Dollys Blick von etwas anderem angezogen. Vor dem Bahnhof stand ein nagelneues Automobil – ein glänzendes Fahrzeug mit tiefem Dach, abgerundeter Kühlerhaube und funkelnden Speichenrädern. Es war der einzige Wagen weit und breit, und es hatte sich bereits eine kleine Menschenmenge versammelt, um die Messingscheinwerfer und den glänzenden schwarzen Lack zu bewundern.

Der Wagen gehörte Matthew. »Das ist ein Oldsmobile Defender«, verkündete er stolz. »Eigentlich ein ziemlich bescheidenes Fahrzeug, dafür aber so gut wie neu, das diesjährige Modell, original 1914. Der Wagen hat im Januar die Fabrik verlassen, und sechs Monate später war er bei mir.« Dolly fiel auf, dass Matthew sprach wie ein Amerikaner und dass seine Stimme ganz anders klang als die seines Vaters.

Es war eine ansehnliche Gesellschaft. Dinu und Neel hatten ihre *ayah* dabei, und außerdem gab es noch einen Mann, der ihnen mit dem Gepäck zur Hand ging. Der Wagen war nicht groß genug für sie alle. Als Dolly, Elsa und die Kinder Platz genommen hatten, konnte nur die *ayah* noch einsteigen und natürlich Matthew, der sich ans Steuer setzte. Die anderen folgten in einem Einspänner.

Sie fuhren durch Sungei Pattani, durch breite Straßen, die mit ziegelgedeckten Geschäftshäusern gesäumt waren – Ladenfronten, deren aneinander gereihte Fassaden lang gestreckte, anmutige Arkaden bildeten. Und dann ließen sie die Stadt hinter sich, und der Wagen begann, bergauf zu fahren.

»Wann hast du zuletzt von Uma gehört?«, fragte Dolly Elsa.

»Ich habe sie letztes Jahr gesehen«, sagte Elsa. »Ich bin in die Staaten gereist, um Urlaub zu machen, und wir haben uns in New York getroffen.« Uma war inzwischen in eine eigene Wohnung gezogen. Sie hatte zu arbeiten begonnen, als Korrekturleserin bei einem Verleger. Doch daneben war sie noch mit anderen Dingen beschäftigt. Elsa sagte, sie habe den Eindruck, als habe Uma sehr viel zu tun.

»Was genau macht sie denn neben ihrer Arbeit?«

»Hauptsächlich politische Dinge, glaube ich«, antwortete Elsa. »Sie hat von Versammlungen und Reden gesprochen, und dass sie für irgendeine Zeitschrift schreibt.«

»Ach so?« Dolly dachte immer noch darüber nach, als Elsa nach vorne deutete. »Schau – die Plantage. Hier fängt sie an.«

Die Straße führte steil bergan. Sie war staubig und zu beiden Seiten dicht bewaldet. Vor sich erblickte Dolly einen breiten Torbogen, der sich quer über die Straße erstreckte. In riesigen Goldlettern prangte auf einem Schild eine Aufschrift. Dolly las die Worte laut, ließ sie auf der Zunge zergehen: »Kautschuk-Plantage Morningside«.

»Der Name war Elsas Idee«, sagte Matthew.

»Als Kind habe ich in der Nähe eines Parks gewohnt, der Morningside hieß. Ich habe den Namen immer geliebt.«

Unmittelbar hinter dem Tor ging ein Riss durch den dichten grünen Vorhang, der den Berg bedeckte. So weit das Auge reichte, erstreckten sich vor ihnen akkurate Reihen mit Setzlingen, die einander glichen wie ein Ei dem anderen, mit exaktem geometrischem Ebenmaß platziert. Der Wagen fuhr über eine kleine Anhöhe, und vor ihnen öffnete sich eine Senke, ein flaches Becken, eingebettet in die Talsohle eines geschwungenen Hügels. Das Becken war gerodet worden, und in der Mitte lag ein Stückchen nacktes Land. Unmittelbar daneben standen zwei windschiefe, mit Blech gedeckte Gebäude, kaum mehr als primitive Hütten.

»Sie waren als Gutsverwaltung gedacht«, sagte Elsa entschuldigend. »Aber vorübergehend haben wir uns dort einquartiert. Ich fürchte, es ist sehr einfach – es ist wirklich an der Zeit, dass wir ein wohnliches Zuhause für uns schaffen.«

Als sie sich eingerichtet hatten, machten Elsa und Dolly einen Spaziergang durch die Kautschukhaine. Jeder Baum trug eine schräge Schnittwunde quer über dem Stamm, unter der eine halbierte Kokosnussschale angebracht war. Elsa wischte mit dem Zeigefinger durch eine Schale und holte ein getrocknetes, halbmondförmiges Stück Latexmasse heraus. »Das nennt man Schalen-Klumpen«, erklärte Elsa und gab Dolly das Latex in die Hand. Dolly hielt sich den porösen grauen Klumpen an die Nase. Er roch sauer und ein wenig ranzig. Sie ließ ihn wieder in die Schale fallen.

»Jeden Morgen durchkämmen die Arbeiter die Reihen und sammeln die Klumpen ein«, sagte Elsa. »Kein einziger Tropfen Latex darf verloren gehen.«

Die beiden Frauen spazierten bergauf durch die Kautschukbäume, vor sich den wolkenbedeckten Gipfel des Gunung Jerai. Der Boden zu ihren Füßen war weich und federnd, gepolstert von einem Teppich aus toten Blättern, die die Bäume abgeworfen hatten. Der Hang vor ihnen war gemustert mit den Schatten tausender Stämme, die alle exakt gleich aussahen, als wäre das Muster von einer Maschine in den Hang gekerbt worden. Es war wie in der Wildnis und zugleich das genaue Gegenteil davon. Dolly war bereits einige Male in Huay Zedi gewesen, und sie liebte die spannungsgeladene Stille des Dschungels. Diese Umgebung aber war weder Stadt noch Land noch Wald: Etwas Unheimliches lag in dieser Gleichförmigkeit, in der Tatsache, dass es möglich war, einer Landschaft von derartig natürlicher Üppigkeit ein solches Gleichmaß aufzuzwingen. Dolly rief sich ins Gedächtnis, wie groß ihre Verwunderung gewesen war, als der Wagen die berauschende Überfülle des Dschungels abrupt verlassen hatte und in die geordnete Geometrie der Plantage eingetaucht war. »Es ist, als würde man ein Labyrinth betreten«, sagte sie zu Elsa.

»Ja, und du würdest dich wundern, wie einfach es ist, sich hier zu verirren.«

Sie kamen auf eine große Lichtung. Elsa blieb stehen. »Hier«, sagte sie, »wird Haus Morningside stehen.«

Dolly drehte sich um die eigene Achse. Die Aussicht war nach allen Seiten Aufsehen erregend. Im Westen senkte sich der Berg sanft hinab in das vom Sonnenuntergang rot gefärbte Meer; im Norden blickte der bewaldete Gipfel des Gunung Jerai genau auf sie herunter.

»Es ist ein bezauberndes Fleckchen Erde«, sagte Dolly. Doch gleichzeitig wurde ihr bewusst, dass sie hier nicht leben wollte, unter dem finsteren Blick des Berges, in einem Haus, das verloren war in einem Labyrinth aus Bäumen.

»Ist es nicht wunderschön hier?«, fragte Elsa. »Du hättest es mal sehen müssen, ehe die Lichtung gerodet worden ist.«

Als Elsa das erste Mal hierher kam, war sie entsetzt gewesen. Die Landschaft war von unvorstellbarer Schönheit, doch es war purer Urwald – dichter, gewaltiger, unüberschaubarer, undurchdringlicher Dschungel. Zu Fuß hatte Matthew sie ein kleines Stück hineingeführt, und Elsa hatte das Gefühl gehabt, durch das mit Teppich ausgelegte Mittelschiff einer Kirche zu gehen. Die Wipfel der Bäume stießen weit über ihnen zusammen und formten eine endlose, gewölbte Decke. Es war schwer, beinahe unmöglich gewesen, sich vorzustellen, diese Böschungen seien brach, bewohnbar gemacht, bepflanzt mit ordentlichen Baumreihen.

Sobald die Rodung des Dschungels begonnen hatte, war Matthew auf das Grundstück gezogen. Als Quartier hatte ihm eine kleine Hütte gedient – dort, wo jetzt das Verwaltungsgebäude der Plantage stand. Elsa hingegen hatte in einem gemieteten Haus auf Penang gewohnt. Sie hätte es vorgezogen, bei Matthew zu sein, doch er gestattete es nicht. Es sei zu gefährlich, sagte er – wie ein Schlachtfeld, auf dem der Dschungel jedes Stückchen zäh verteidigte. Eine Zeit lang hatte auch Saya John bei Matthew gewohnt, doch dann war er krank geworden und musste nach Penang ziehen. Obwohl die Idee zu dieser Plantage von ihm gekommen war, konnte er sich keine Vorstellung davon machen, was es bedeutete, diese Idee zu verwirklichen.

Monate vergingen, bis Matthew Elsa endlich erlaubte, ihn zu besuchen, und sie verstand, wieso er versucht hatte, sie fern zu halten. Der Hügel sah aus, als sei er von Seuchen und Katastrophen heimgesucht worden. Riesige Streifen Land waren übersät von Asche und verkohlten Baumstümpfen. Matthew wirkte eingefallen und hager und hustete unaufhörlich. Elsa bekam auch die Baracken der Arbeiter zu sehen – winzige Hütten mit Dächern aus Zweigen und Blättern. Bei den Arbeitern handelte es sich ausschließlich um Inder aus Madras. Matthew hatte inzwischen gelernt, Tamil zu sprechen, doch sie selbst verstand kein Wort von dem, was sie sagten. Elsa hatte auch einen Blick in die Lehmhütte geworfen, wo die Arbeiter behandelt wurden, wenn sie krank waren. Es herrschte unvorstellbares Elend, der Boden war mit Unrat bedeckt. Elsa hatte vorgeschlagen, zu bleiben und als Krankenschwester zu arbeiten, doch Matthew hatte sich geweigert. Sie musste wieder nach Penang zurückkehren.

Bei Elsas nächstem Besuch aber hatten die Dinge sich derart verwandelt, dass es ihr wie ein Wunder erschien. Hatte sie sich das letzte Mal gefühlt, als würde sie ein Seuchenlager betreten, so spazierte sie nun durch einen frisch angelegten Garten. Der Regen hatte die Asche fortgespült, die verkohlten Baumstümpfe waren entfernt worden, und die ersten Kautschuksetzlinge begannen schon zu wachsen.

Zum ersten Mal hatte Matthew ihr erlaubt, in seinem Häuschen zu übernachten. Bei Tagesanbruch hatte sie zum Fenster hinausgesehen. Draußen hatte sich der Morgen über eine Seite des Berges ergossen und hatte über ihrem Land ausgebreitet gelegen wie ein goldenes Laken.

»Und da habe ich Matthew gesagt, dass es nur einen einzigen Namen für dieses Land gebe: Morningside.«

Später dann zeigte Elsa Dolly die Entwürfe für das Haus. Sie wollte, dass es aussah wie die herrschaftlichen Häuser, die sie von Long Island in Erinnerung hatte. Mit einem Türmchen, steilen Giebeln und mit einer umlaufenden Veranda, damit man nach allen Seiten die wunderbare Aussicht genießen konnte. Nur das Dach sollte im östlichen Stil gehalten sein, rot, mit geschnitzten, nach oben gebogenen Traufen.

Während die Frauen sich über die Skizzen beugten, las Saya John die Zeitung, die er am Bahnhof gekauft hatte. Es war die Vortagesausgabe der *Straits Times*, die in Singapur erschien. Plötzlich sah er auf und winkte sehr aufgeregt zu Rajkumar und Matthew hinüber.

»Seht euch das an!«, rief er.

Er knickte die Zeitung und zeigte auf einen Bericht über die Ermordung des Erzherzogs Franz Ferdinand in Sarajewo. Rajkumar und Matthew lasen die ersten Zeilen und zuckten dann verständnislos die Achseln.

»Sarajewo?«, fragte Rajkumar. »Wo liegt das?«

»Weit weg.« Matthew lachte.

Keiner von ihnen hätte sich träumen lassen, dass dieser Vorfall Auslöser für einen Krieg sein könne, der fünfzig Millionen Menschenleben fordern würde. Und ebenso wenig ahnten sie, dass Kautschuk zu einem entscheidenden strategischen Material in diesem Krieg werden würde: dass in Deutschland das Wegwerfen von Gegenständen, die aus Kautschuk gemacht waren, unter Strafe gestellt werden würde, und dass man U-Boote aussenden würde, um Kautschuk und Gummi zu schmuggeln; dass dieses Material wertvoller werden würde als je zuvor.

2

Schon als Neel und Dinu noch sehr klein waren, wurde offensichtlich, dass jeder von ihnen nach einem Elternteil geraten war. Neel sah Rajkumar sehr ähnlich. Er war groß und stämmig und wirkte in Statur und Hautfarbe mehr indisch als birmanisch. Dinu andererseits hatte die feinen Züge seiner Mutter geerbt, genau wie ihren Elfenbeinteint und den zartgliedrigen Körperbau.

Jedes Jahr im Dezember fuhren Dolly und Rajkumar mit ihren Söhnen nach Huay Zedi. Doh Say und Naw Da waren vor einigen Jahren in ihre alte Heimat zurückgekehrt. Der Erfolg von Rajkumars Unternehmen hatte Doh Say zu einem wohlhabenden Mann gemacht, und er besaß einige Häuser in Huay Zedi und der näheren Umgebung. Eines dieser Häuser war eigens für die jährlichen Besuche von Dolly und Rajkumar vorgesehen. Dollys Söhne mochten diese Reisen, insbesondere Neel, der sich mit einem von Doh Says Söhnen angefreundet hatte, Raymond, einem bodenständigen, nachdenklichen Jungen. Auch Dolly freute sich immer auf den jährlichen Besuch in Huay Zedi. Seit sie auf Morningside gewesen war, hatte sie wieder begonnen zu zeichnen, und so saß sie oft am Fluss, den Skizzenblock auf den Knien, während Dinu zu ihren Füßen spielte. Bei einer dieser Reisen wurde Dinu plötzlich krank. Weder Dolly noch Rajkumar waren außerordentlich besorgt. Dinu war sehr anfällig, und es gab kaum einmal eine Woche, in der er vollkommen frei von Erkältung, Husten oder Fieber war. Andererseits war Dinu von Geburt an mit einer Robustheit gesegnet, die dafür sorgte, dass er permanent gegen seinen schlechten Gesundheitszustand ankämpfte, und seine Fieberanfälle hielten selten länger als ein oder zwei Tage an. So waren Dolly und Rajkumar zuversichtlich, dass Dinu bald wieder auf den Beinen sein würde. Sie beschlossen, in Huay Zedi zu bleiben.

Das Haus, in dem sie wohnten, erinnerte stark an ein *tai* in einem Teakholzlager. Es ruhte etwa sechs Fuß über dem Boden auf massiven Holzpfählen und lag leicht zurückversetzt von den übrigen Häusern, ein kleines Stückchen den dicht bewaldeten Hang hinter dem Dorf hinauf. Direkt hinter dem *tai* erhob sich der Dschungel wie eine Klippe, die es von drei Seiten umschloss. Nur vom Balkon aus konnte man den Fluss von Huay Zedi in seinem Kiesbett und die emporsteigende Bambusspitze der Kirche sehen.

Wie in allen *tais* waren die Räume in einer Reihe angeordnet. Einer ging in den nächsten über. Nun, da Dinu krank war, entschied Dolly, die üblichen Schlafgewohnheiten der Familie zu ändern. Nachts nahm sie das kranke Kind zu sich ins Bett und verbannte Rajkamur in einen der innen liegenden Räume. Den schlafenden Dinu an ihrer Seite, glitt Dolly hinüber in einen Traum. Sie sah sich selbst, wie sie das Moskitonetz hochhob, aus dem Bett stieg und sich in einen Korbsessel auf dem Balkon setzte. Das *tai* war in Dunkelheit gehüllt, doch die Nacht war belebt von Zikaden und Leuchtkäfern. Zwei Türen weiter konnte sie Rajkumars schwere, gleichmäßige Atemzüge hören. Sie sah sich selbst eine Weile in dem Stuhl sitzen, und dann, als etwas Zeit verstrichen war, sprach jemand zu ihr. Die Stimme war ihr wohl vertraut. Es war Thebaw. Er sagte etwas mit großer Dringlichkeit zu ihr. Und wie so oft in Träumen vermochte Dolly nicht, die Worte auseinander zu halten, doch sie verstand genau, was er ihr zu sagen versuchte.

Sie schrie.

Rajkumar stolperte heraus, eine Kerze in der Hand, und fand Dolly in einem Stuhl sitzend auf der Veranda. Dolly schaukelte vor und zurück und hielt sich selbst mit zitternden Armen umfangen.

»Was ist passiert?«

»Wir müssen abreisen«, sagte sie. »Wir müssen Dinu nach Rangun ins Krankenhaus bringen.«

»Wieso?«

»Nicht jetzt. Ich erzähl es dir später.«

Als sie Huay Zedi verließen, war es noch dunkel. Doh Say stellte ihnen zwei Ochsenkarren zur Verfügung und begleitete sie persönlich zu der Anlegestelle am Fluss, wo Rajkumar sein Motorboot und die Besatzung zurückgelassen hatte. Sie erreichten Rangun in der folgenden Nacht. Dinu wurde umgehend in ein Krankenhaus auf der Mission Road gebracht.

Nach eingehenden Untersuchungen nahmen die Ärzte Dolly und Rajkumar beiseite. Der Junge habe Kinderlähmung, sagten sie; wenn Dolly ihn nicht so schnell ins Krankenhaus gebracht hätte, dann wäre er wohl verloren gewesen.

»Ich wusste, dass ich ihn herbringen musste«, sagte Dolly.

»Woher wusstest du das?«

»Jemand hat es mir gesagt.«

»Wer?«

»Das ist unwichtig. Wichtig ist, dass wir hergekommen sind.«

Dolly blieb die Nacht hindurch im Krankenhaus, und am nächsten Morgen brachte eine Krankenschwester ihr ein Tablett mit Frühstück. »Haben Sie es schon gehört, Ma'am?«, fragte die Schwester. »Der alte König ist gestorben.«

Das Tablett rutschte von Dollys Schoß. »Wann?«, fragte sie.

»Also«, die Schwester zählte die Tage an den Fingern ab, »ich glaube, es muss in der Nacht passiert sein, ehe Sie gekommen sind.«

Schuld am Tod des Königs hatte Dollys einstige Schutzbefohlene, die Zweite Prinzessin. Eines frostigen Dezembertages im Jahr 1916 brannte sie mit einem birmanischen Bürgerlichen durch und versteckte sich in der Residenz von Ratnagiri. Das war der Anfang vom Ende.

Bis zu diesem Zeitpunkt war vieles in Ratnagiri anders geworden. Die Erste Prinzessin hatte ihr Kind zur Welt gebracht, ein Mädchen (ein Ereignis, das Dolly nur um wenige Wochen verpasst hatte). Das Kind wurde im Scherz Baisu, Dickerchen, gerufen, und zu aller Überraschung war sie schon bald der Liebling der Königin geworden.

Bald nach der Geburt des Kindes sah sich die Bezirksverwaltung auf einmal im Stande, die Mittel zum Bau des lange versprochenen königlichen Palastes bereitzustellen. Und so war auf dem Hügel gegenüber der Residenz ein Herrenhaus entstanden. Es war vollendet ausgestattet, mit Empfangshalle, Empore, Außengebäuden, fließend Wasser und einer Garage zur Beherbergung der beiden Automobile, die dem König und der Königin jüngst zur Verfügung gestellt worden waren (das eine ein Ford, das andere ein De Dion). Ganz Ratnagiri war auf den Beinen, um den Umzug zu feiern. Jubelnde Menschenmengen säumten die Straßen, als die königliche Familie zum letzten Mal durch das Tor von »Outram House« fuhr. Doch es war wie bei allen Umzügen – der neue Wohnsitz offenbarte schon bald gewisse Nachteile. Der Unterhalt erforderte die Rekrutierung einer kleinen Armee. Siebenundzwanzig Torhüter, zehn Boten, sechs *hazurdars* und zahllose andere Bedienstete, Reinemachefrauen, *sweeper* und *ayahs* – insgesamt die stolze Anzahl von einhunderteinundsechzig Angestellten. Darüber hinaus kamen inzwischen mehr Besucher aus Birma und mit ihnen noch viel mehr Anhang. Wie wollte man die durchfüttern? Wie sich um sie kümmern? Niemand wusste, wie das ohne Dolly bewältigt werden sollte.

Und dann, eines Morgens, verschwand die Zweite Prinzessin. Nachforschungen ergaben, dass sie mit einem jungen Mann davongelaufen war und in der Residenz Zuflucht gesucht hatte. Der König schickte Sawant mit der Nachricht zu seiner Tochter, sie solle umgehend in den Palast zurückkehren. Er stand an einem Fenster und hielt das Fernglas auf den De Dion gerichtet, während sich der Wagen über den Hügel entfernte. Als er wieder zum Vorschein kam, sah der König, dass seine Tochter nicht darin saß. Das Fernglas fiel ihm aus den Händen. Er stürzte zu Boden und griff sich an den linken Arm. Binnen einer Stunde erschien der Arzt und verkündete, Thebaw habe einen Herzanfall erlitten. Zehn Tage später starb der König.

Die Königin ließ verlautbaren, der Zweiten Prinzessin sei es auf alle Zeiten verwehrt, ihr unter die Augen zu treten.

»Und die Beerdigung, Dolly«, schrieb die Erste Prinzessin im ersten von mehreren heimlichen Briefen. »Es war so eine erbärmliche und trübselige Angelegenheit, dass Ihre Majestät sich schlicht weigerte, daran teilzunehmen. Die Regierung wurde von einem einfachen Bezirksverwalter repräsentiert! Der Anblick hätte dich zum Weinen gebracht. Niemand mochte glauben, dass dies die Beerdigung des letzten Königs von Birma war! Unser Wunsch war es, den Sarg derart zu präparieren, dass wir in der Lage wären, die Überreste eines Tages nach Birma zu bringen. Doch als die Behörden davon erfuhren, brachten sie den Sarg gewaltsam von uns fort. Sie fürchten, dass der Leichnam des Königs in Birma zu einer Art Pilgerstätte wird! Auf seinem Grab haben sie ein Denkmal errichtet, beinahe über Nacht, um es uns unmöglich zu machen, ihn zurückzuholen! Dolly, du hättest hier bei uns sein sollen! Wir haben dich alle vermisst, selbst Ihre Majestät, obgleich sie es natürlich niemals gesagt hätte, war sie es doch, die uns verboten hat, je wieder deinen Namen zu nennen.«

Während der gesamten Dauer von Dinus Genesung verließ Dolly das Gelände des Krankenhauses nicht ein einziges Mal. Ihnen stand ein eigenes Zimmer zur Verfügung – geräumig und sonnig und voller Blumen. Vom Fenster aus konnten sie den majestätischen, glänzenden *hti* der Shwe-Dagon-Pagode sehen. Rajkumar tat alles, was in seiner Macht stand, um für ihre Bequemlichkeit zu sorgen. Wenn es Zeit war zu essen, fuhr U Ba Kyaw ins Krankenhaus hinüber und brachte ihnen in einem riesigen Messingbehälter frisch zubereitete Mahlzeiten. Das Krankenhaus wurde dazu bewegt, die Hausordnung etwas zu lockern. Zu jeder Tageszeit schauten Freunde herein, und Rajkumar und Neel blieben bis spät in den Abend und fuhren erst nach Hause, wenn es für Dinu Zeit wurde, ins Bett zu gehen.

Dinu ertrug seinen monatelangen Aufenthalt im Krankenhaus mit beispielhaftem Gleichmut, der ihm die Hochachtung des gesamten Personals einbrachte. Obwohl er die Gewalt über sein rechtes Bein zum Teil eingebüßt hatte, waren die Ärzte zuversichtlich, dass er sich gut erholen und nur ein leichtes Hinken noch an die ausgestandene Krankheit erinnern würde.

Nach Dinus Entlassung kehrten sie nach Hause zurück, und Dolly bemühte sich sehr darum, wieder zu ihrer häuslichen Routine zurückzufinden. Dinu bekam ein eigenes Zimmer und wurde einer *ayah* anvertraut. In den ersten Tagen schien er sich nicht zu beklagen. Dann, eines Abends, es war schon spät, erwachte Dolly plötzlich, weil sein Atem ihr Gesicht streifte. Er stand vor ihr, auf eine Seite des Bettes gestützt. Er hatte die *ayah* schnarchend in seinem Zimmer zurückgelassen und war, das rechte Bein nachziehend, den Flur hinunter bis zu ihr gekrochen. Dolly zog ihn zu sich hinein, barg seinen knochigen Körper an ihrer Brust und atmete den zarten Regenduft seiner Haare ein. In dieser Nacht schlief sie besser als in all den Nächten der vergangenen Wochen.

Tagsüber, während Dinu seine Gehübungen machte, war Dolly stets um ihn und sprang herbei, um Stühle und Tische aus seinem Weg zu räumen. Dolly beobachtete ihren Sohn bei seinem Kampf darum, die Beweglichkeit zurückzugewinnen, und sie begann, ihn für seine Zähigkeit und Unverwüstlichkeit zu bewundern – für die Willensstärke, die ihn dazu brachte, sich wieder und wieder aufzuraffen, bis es ihm gelang, ein oder zwei Schritte weiter zu humpeln als beim vorherigen Mal. Doch sie sah auch, dass dieser tagtägliche Kampf ihn veränderte. Er war in sich gekehrter als vor der Krankheit und schien, was Reife und Selbstbeherrschung betraf, um Jahre gealtert zu sein. Seinem Vater und seinem Bruder gegenüber verhielt er sich abweisend und kalt, als wehre er befangen ihre Versuche ab, ihn in ihre überschwänglichen Spiele mit einzubeziehen.

Dollys Anteilnahme an Dinus Genesung beherrschte ihr ganzes Sein. Sie kümmerte sich weniger und weniger um ihren Freundeskreis und um die geschäftige Fülle von Betätigungen, die vor der Krankheit ihren Alltag bestimmt hatten – die Versammlungen, die Teegesellschaften, die Picknicks. Wenn doch einmal zufällig eine Freundin oder eine Bekannte vorbeischaute, kam es zu peinlichen Gesprächspausen. Dolly heuchelte zwar Interesse an den Geschichten ihres Besuchs, ohne jedoch dem Gespräch auch nur ein einziges Wort beizusteuern. Wenn sie gefragt wurde, was sie mit ihrer Zeit anfing, gelang es ihr kaum, sich zu erklären. Die winzige

Spanne, mit der Dinus Fortschritte sich messen ließen – ein oder zwei Schritte mehr auf einmal, ein kleines Stückchen weiter – machte es ihr unmöglich, anderen die Fröhlichkeit oder die niedergeschlagene Leere mitzuteilen, die das Verstreichen jedes einzelnen Tages begleiteten. Ihre Freundinnen pflegten höflich zu nicken, wenn sie Dollys Erklärungen lauschten, und wenn sie wieder gingen, wusste Dolly, dass bis zum nächsten Wiedersehen viel Zeit vergehen würde. Verwunderlich daran war, dass Dolly an Stelle von Bedauern nur Erleichterung verspürte.

An einem Wochenende sagte Rajkumar zu ihr: »Du bist seit Wochen nicht mehr aus dem Haus gewesen.« Er unterhielt ein Pferd, das am Rennen um den »Gouvernor's Cup« im Rennverein von Rangun teilnahm, und er bestand darauf, dass sie ihn zu dem Rennen begleitete.

Das Ankleiden empfand Dolly beinahe wie ein fast vergessenes Ritual. Sie ging die Auffahrt hinunter, und als sie in den Wagen stieg, verneigte sich U Ba Kyaw, als hieße er sie nach langer Abwesenheit willkommen. Bei dem Automobil handelte es sich um einen Pic-Pic – einen 1920er Piccard-Picet aus Schweizer Manufaktur – ein geräumiges, robustes Fahrzeug, bei dem eine Glasscheibe den Fahrer von der Fahrgastkabine trennte. Der Pic-Pic umrundete den Royal Lake, passierte den chinesischen Friedhof, und dann kam der Rangun Club in Sicht. Dolly fühlte jetzt auch, dass sie eine lange Zeit nicht mehr fortgewesen war. All die vertrauten Bilder erschienen ihr neu und aufregend – die schimmernde Spiegelung der Shwe-Dagon-Pagode auf dem See, das lang gezogene niedrige Gebäude des Bootsclubs, das geduckt am Ufer lag. Sie saß weit nach vorn gebeugt auf ihrem Sitz, das Gesicht halb zum Fenster hinausgelehnt, als sähe sie die Stadt zum allerersten Mal.

Die Polizei hatte die Straßen rund um die Rennbahn abgesperrt, doch man erkannte den Pic-Pic, und sie wurden durchgewunken.

Die Zuschauertribünen sahen festlich aus. Über den Rängen flatterten Wimpel und Fahnen. Auf dem Weg zu Rajkumars Loge winkte Dolly vielen Leuten zu, deren Namen ihr entfallen waren. Als sie sich hingesetzt hatte, kamen unzählige Freunde und Bekannte vorbei, um sie zu begrüßen.

Nach einer Weile merkte sie, dass Rajkumar ihr – hinter seinem

Programm versteckt – Namen zuflüsterte, um sie daran zu erinnern, mit wem sie es zu tun hatte. »U Tha Din Gyi, einer der Verwalter des Rennvereins, U Ohn, der Preisrichter, Mr. MacDonald, der Totalisator, zuständig für die Wetten ...«

Jedermann war sehr freundlich. Der alte Mr. Piperno, seines Zeichens Buchmacher, schickte einen seiner Söhne zu ihr, um zu fragen, ob sie eine Wette setzen wolle. Dolly war gerührt und nannte wahllos einige Pferde aus ihrem Programmheft. Die Kapelle des Gloucestershire-Regiments kam einmarschiert und spielte ein Ständchen aus Friedemanns »Lola«. Darauf folgten ein Tusch und dann ein anderes Stück. Rajkumar stieß Dolly am Arm.

»God Save the King«, zischte er.

»Verzeihung«, sagte sie und erhob sich schnell. »Ich habe nicht aufgepasst.«

Dann begann zu ihrer Erleichterung das Rennen. Zwischen den einzelnen Läufen lagen lange Pausen. Während um sie herum alles in heller Aufregung war, begannen Dollys Gedanken abzuschweifen. Seit Wochen hatte sie Dinu nicht mehr so lange allein gelassen – aber er hatte vermutlich nicht einmal gemerkt, dass sie fort war.

Ein plötzlicher Beifallssturm brachte sie mit einem Ruck zurück in ihre Umgebung. Neben ihr saß Daw Thi, die Frau von Sir Lionel Ba Than, einem der Verwalter des Clubs. Daw Thi trug ihr berühmtes Rubincollier und spielte gelangweilt mit den daumennagelgroßen Steinen. Dolly bemerkte, dass die Frau sie erwartungsvoll ansah.

»Was ist geschehen?«, fragte sie.

»Lochnivar hat gewonnen.«

»Ach?«, sagte Dolly.

Daw Thi sah sie lange an und brach in Gelächter aus. »Dolly, Sie Dummerchen«, sagte sie, »haben Sie es etwa vergessen? Lochnivar ist das Pferd Ihres Mannes.«

Auf der Rückfahrt war Rajkumar ungewöhnlich wortkarg. Als sie beinahe wieder zu Hause waren, beugte er sich vor und schob mit Schwung die Scheibe hoch, die den Fahrersitz vom Fond trennte. Dann drehte er sich zu ihr um und sah sie ein wenig unsicher an. Nach seinem Besuch in der Box des Siegers war er zu Champagner genötigt worden, und nun war er ein wenig betrunken.

»Dolly?«, sagte er.

»Ja?«

»Etwas ist mit dir geschehen.«

»Nein.« Sie schüttelte den Kopf. »Nein. Nichts ist geschehen.«

»Du hast dich verändert… Du entfernst dich von uns.«

»Von wem?«

»Von mir… von Neel…«

Dolly zögerte. Sie wusste, dass sie ihren älteren Sohn in jüngster Zeit vernachlässigt hatte. Aber Neel war voller Energie, voller Ausgelassenheit und lautstarker Gutmütigkeit, und Rajkumar liebte ihn abgöttisch. Mit Dinu hingegen war er nervös und ungeduldig; Schwäche und Gebrechlichkeit verunsicherten ihn. Niemals hätte Rajkumar im Traum daran gedacht, dass seine eigene Familie einmal davon betroffen sein könnte.

»Neel braucht mich nicht auf die gleiche Weise, wie Dinu mich momentan braucht.«

Rajkumar nahm ihre Hand. »Dolly, wir alle brauchen dich. Du kannst nicht in dir selbst verschwinden. Du kannst dich nicht von uns entfernen.«

»Natürlich nicht.« Sie lachte unbehaglich. »Wohin sollte ich gehen, wenn ich von euch fortginge?«

Er ließ ihre Hand fallen und drehte sich fort. »Manchmal glaube ich, dass du schon gegangen bist – dich hinter einer Wand aus Glas vor uns verbirgst.«

»Was für eine Wand?«, schrie sie. »Wovon sprichst du?« Sie blickte auf und sah ihr eigenes Spiegelbild im Rückspiegel des Pic-Pic. Sie biss sich auf die Lippen und sagte kein Wort mehr.

Dieser Wortwechsel wirkte wie ein Schock auf sie. Zu Beginn vermochte sie keinen Sinn darin zu erkennen. Doch nach ein oder zwei Tagen kam sie zu dem Schluss, dass Rajkumar Recht hatte, dass sie mehr ausgehen musste, und wenn es nur auf den schottischen Markt war, um sich bei den Ständen umzusehen. Dinu war schon wieder viel unabhängiger; bald würde es Zeit sein, ihn einzuschulen. Sie würde sich daran gewöhnen müssen, ohne ihn zu sein, und davon abgesehen tat es ihr nicht gut, immer hinter den Mauern des Hauses eingesperrt zu sein.

Sie begann, auf eigene Faust kleine Ausflüge zu unternehmen.

Eines Morgens blieb sie mitten im belebtesten Teil der Stadt stecken, in der Nähe des neuen Rathauses von Rangun. Direkt vor ihr, an der Kreuzung der Dalhousie Street und der Sule Pagoda Street lag ein belebter Verkehrskreisel. Ein Ochsenkarren war mit einer Rikscha zusammengestoßen; jemand war verletzt. Eine Menschenmenge hatte sich gebildet, und die Luft war voll von Staub und Lärm.

In der Mitte des Verkehrskreisels lag die Sule-Pagode. Sie war frisch getüncht und erhob sich über den belebten Straßen wie ein Fels in der Brandung. Dolly war schon unzählige Male an der Pagode vorbeigefahren, doch sie war noch niemals hineingegangen. Sie bat U Ba Kyaw, in der Nähe zu warten, und stieg aus dem Wagen.

Vorsichtig bahnte Dolly sich ihren Weg quer über den überfüllten Verkehrskreisel und erklomm einige Treppenstufen. Sie zog die Schuhe aus und fand sich auf einem kühlen, mit Marmor ausgelegten Fußboden wieder. Der Lärm der Straße war verstummt, und die Luft war rein und frei von Staub. In einem der kleineren Schreine, die die kreisrunde Haupthalle der Pagode umgaben, erblickte Dolly eine Gruppe singender Mönche in safranfarbenen Kutten. Sie trat ein und kniete auf einer Matte hinter ihnen nieder. Direkt vor ihr befand sich in einer erhöhten Nische eine kleine vergoldete Buddhafigur, die die *bhumisparshamudra* zeigte: Der Mittelfinger der rechten Hand berührt die Erde. Unter der Figur häuften sich Blumen – Rosen, Jasmin, rosafarbene Lotosblüten –, und die Luft war erfüllt von ihrem berauschenden Duft.

Dolly schloss die Augen und versuchte, sich auf den Gesang der Mönche zu konzentrieren, doch stattdessen hallte Rajkumars Stimme in ihren Ohren: »Du hast dich verändert ... du entfernst dich von uns.« In der Stille dieses Ortes bekamen die Worte einen anderen Klang. Sie erkannte, dass er Recht hatte, dass die Geschehnisse der jüngsten Vergangenheit sie ebenso verändert hatten wie Dinu.

Als sie im Krankenhaus neben Dinu im Bett gelegen hatte, hatte sie auf Stimmen gelauscht, die während des Tages nicht zu hören waren: das Murmeln besorgter Verwandter; ferne Schmerzensschreie; Frauen in ihrer Totenklage. Es war, als hätte die Stille der

Nacht die Wände porös gemacht und ihr Zimmer würde von einer unsichtbaren Welle aus Niederlage und Leid überflutet. Je mehr sie diesen Stimmen zuhörte, desto direkter schienen sie zu ihr zu sprechen. Manchmal schien der Tonfall die Vergangenheit zu beschwören, und dann wieder schienen Warnungen darin zu liegen.

Eines Nachts hatte sie gehört, wie eine alte Frau nach Wasser rief. Es war eine schwache Stimme – ein heiseres, rasselndes Flüstern –, doch sie hatte den ganzen Raum erfüllt. Obwohl Dinu tief und fest schlief, hatte Dolly ihm eine Hand auf das Ohr gehalten. Eine Weile hatte Dolly starr auf der Seite gelegen, sich an ihr Kind geklammert und den schlafenden Körper dazu benutzt, das Geräusch auszusperren. Dann war sie aufgestanden und schnell den Flur hinuntergelaufen. Eine Schwester mit weißer Haube hatte sie aufgehalten: »Was tun Sie hier?«

»Da war eine Stimme«, hatte Dolly gesagt, »jemand hat nach Wasser gerufen …« Sie hatte die Schwester gezwungen zu lauschen.

»Ach ja«, hatte die Frau leichthin erwidert. »Das kommt aus der Malariastation unter uns. Jemand liegt im Delirium. Gehen Sie wieder in Ihr Zimmer.« Kurz darauf war das Stöhnen verstummt, doch Dolly hatte die ganze Nacht lang wach gelegen, gejagt vom Klang dieser Stimme.

Ein anderes Mal war sie aus ihrem Zimmer geschlüpft und hatte auf dem Flur eine Krankenbahre entdeckt. Darauf lag die Leiche eines Jungen, zugedeckt mit einem weißen Laken. Obwohl Dinu friedlich schlafend nur einen Schritt von ihr entfernt gewesen war, war es Dolly nicht gelungen, die Panik zu unterdrücken, die sie beim Anblick der abgedeckten Bahre durchfuhr. Sie war auf die Knie gesunken, mitten auf dem Gang, und hatte das Tuch von dem Leichnam des Kindes gezogen. Es war ein Junge in Dinus Alter gewesen und ihm nicht unähnlich. Dolly hatte hysterisch zu weinen begonnen, von Schuldgefühlen ebenso überwältigt wie von Erleichterung. Eine Schwester und ein Pfleger mussten sie hochheben und zurück in ihr Bett tragen.

In jener Nacht hatte sie wiederum keinen Schlaf gefunden. Sie hatte an den Leichnam des Jungen gedacht; sie hatte darüber nachgedacht, wie ihr Leben ohne Dinu sein würde; sie hatte an die Mutter des toten Jungen gedacht. Sie hatte begonnen zu weinen – es war, als habe sich ihre Stimme mit der jener unbekannten Frau vermischt; als verbinde sie alle ein unsichtbares Band – sie, Dinu, das tote Kind, die Mutter.

Als sie nun auf dem Boden der Sule-Pagode kniete, kam ihr die Stimme von König Thebaw wieder in den Sinn, damals in Ratnagiri: In seinen späteren Jahren schien es, als hätte sich der König mehr und mehr auf die Weisheiten besonnen, die er einst als Novize gelernt hatte. Sie erinnerte sich an ein Wort, das er oftmals gebraucht hatte – *karuna,* ein Wort aus der Lehre Buddhas, das Pali-Wort für Erbarmen, für das Einssein aller Lebewesen, für die wechselseitige Anziehung alles Lebendigen. Eine Zeit wird kommen, so hatte er zu den Mädchen gesagt, da werdet auch ihr entdecken, was dieses Wort bedeutet, *karuna,* und von dem Augenblick an wird euer Leben nie wieder so sein, wie es war.

Bald nach der Beerdigung schrieb die Königin ihren Kerkermeistern mit der Bitte um Erlaubnis, nach Birma zurückzukehren. Ihr Gesuch wurde abgelehnt, aus Gründen der Sicherheit, wegen des Krieges in Europa. Man befürchtete, ihre Anwesenheit könne in dieser für das Empire schwierigen Situation aufrührerisch wirken. Erst nach Ende des Krieges gestattete man der Königin und ihren Töchtern, in die Heimat zurückzukehren.

Nun gab die Erste Prinzessin Anlass zu einer neuen Krise. Würde sie Ratnagiri verlassen und mit ihrer Mutter zurück nach Birma gehen? Oder würde sie bei Sawant bleiben?

Die Prinzessin gab ihrem Gatten ein Versprechen: Sie würde mit ihrer Mutter nach Birma reisen und zurückkehren, sobald Ihre Majestät sicher in ihrem neuen Zuhause angekommen sei und sich dort eingerichtet hätte. Sawant nahm sie beim Wort und erhob keinerlei Einspruch. Doch ging er am Tag der Abreise der königlichen Familie schweren Schrittes hinunter zum Landungssteg von Mandvi: Er war in seinem tiefsten Inneren überzeugt, dass er und seine Kinder die Prinzessin das letzte Mal sahen.

Die Reisegruppe der Königin bewegte sich langsam quer über den indischen Subkontinent. Von Bombay aus reisten sie mit der Eisenbahn nach Osten. In Kalkutta wurde die Königin mit ihrem Gefolge im Grand Hotel untergebracht. Der Zufall wollte es, dass auch die Zweite Prinzessin mit ihrem Ehemann inzwischen in Kalkutta lebte. Sie konnte die Anwesenheit ihrer Mutter und Schwestern schwerlich ignorieren. Eines Abends nahm die verstoßene Prinzessin all ihren Mut zusammen und begab sich zum Grand Hotel, um der Mutter ihre Aufwartung zu machen.

Die Königin weigerte sich jedoch schlicht, ihre Tochter oder ihren Schwiegersohn zu empfangen. Die Prinzessin, die ihre Mutter nur allzu gut kannte, trat bereitwillig den Rückzug an – nicht so ihr Ehemann, der die Tollkühnheit besaß, Ihrer Majestät unaufgefordert unter die Augen zu treten. Dieser Angriff wurde geschwind abgewehrt. Mit einem einzigen wütenden Schrei schlug die Königin ihren missratenen Schwiegersohn in die Flucht, die marmorne Treppe hinab. Zu seinem Unglück trug er Schuhe mit glattlederner Sohle. Er rutschte aus und segelte Hals über Kopf in die Halle, wo gerade ein Kammerorchester vor ausgewähltem Publikum eine Serenade gab. Wie eine springende Forelle landete er inmitten der Streicher. Ein Cello zersplitterte, und eine Violine ließ die Saiten schwirren. Ganz in der Nähe saß die Dritte Prinzessin, deren Nerven von der Reise aufs Äußerste gespannt waren. Sie bekam einen hysterischen Anfall, und man sah sich außer Stande, sie zu beruhigen. Man musste nach einem Arzt rufen.

Am 16. April 1919 gingen die Königin und ihr Gefolge an Bord der *R. M. S. Arankola.* Vier Tage später erreichten sie Rangun, wo man sie, ohne Aufsehen zu erregen, in einem Wohnhaus an der Churchill Road verschwinden ließ. Zwei Wochen vergingen in einem Wirbel von Geschäftigkeit. Dann überraschte die Erste Prinzessin jedermann mit der Ankündigung, sie treffe Vorbereitungen, zu Sawant zurückzukehren. Die Berater der Familie rangen die Hände. Man ließ anklingen, als älteste Tochter habe die Prinzessin gewissermaßen die Pflicht, bei ihrer Mutter zu bleiben – schließlich sei es statthaft und schon oft geschehen, im Interesse der Vernunft und des Anstandes ein Versprechen zu brechen. Niemand hegte ernsthafte Zweifel daran, dass ein Weg gefunden werden könne, still und leise die Tür hinter Sawant zu schließen.

Nun aber zeigte sich, dass die Erste Prinzessin eine wahre Tochter ihrer Dynastie war, Zoll für Zoll eine Konbaung – ihre Liebe zu dem ehemaligen Kutscher der Familie erwies sich als ebenso unerschütterlich wie die Hingabe ihrer Mutter zu dem ehemaligen König. Sie bot ihrer Familie die Stirn, ging zurück zu Sawant und verließ Ratnagiri nie wieder. Sie lebte für den Rest ihres Lebens mit ihrem Mann und den Kindern in einem kleinen Haus im Außenbezirk der Stadt. Dort starb sie achtundzwanzig Jahre später.

Die Zweite Prinzessin und ihr Ehemann lebten mehrere Jahre lang in Kalkutta, ehe sie in den Erholungsort Kalimpong bei Darjeeling zogen und dort ein Geschäft eröffneten.

So kam es, dass sich von den vier Prinzessinnen jene zwei, die in Birma geboren waren, entschieden hatten, in Indien zu leben. Die jüngeren Schwestern aber, beide in Indien geboren, beschlossen, sich in Birma niederzulassen. Beide heirateten und bekamen Kinder. Die Königin hingegen verbrachte die letzten Jahre in ihrem Haus in der Churchill Road in Rangun. Was immer sie den Kolonialbehörden an Geld aus der Tasche ziehen konnte, stiftete sie religiösen Wohltätigkeitszwecken oder verwendete es dazu, Mönche zu speisen. Sie trug niemals wieder etwas anderes als Weiß, die birmanische Farbe der Trauer.

Nachdem die Königin in Rangun angekommen war, hatte Dolly ihr mehrmals geschrieben, mit der Bitte, ihr in der Residenz ihre Aufwartung machen zu dürfen. Sie erhielt nie eine Antwort.

1925 starb die Königin, sechs Jahre nach ihrer Rückkehr aus dem Exil in Ratnagiri.

3

Einige Jahre später, 1929, erhielt Dolly einen Brief aus New York. Er kam von Uma. Sie schrieb, um mitzuteilen, dass sie Amerika verlassen wolle. Uma war inzwischen fünfzig Jahre alt und seit mehr als zwanzig Jahren nicht mehr in Indien gewesen. Ihre Eltern waren während ihrer Abwesenheit gestorben und hatten ihr das Erdgeschoss ihres Hauses Lankasuka vermacht (der erste Stock war ihrem Bruder zugefallen, der inzwischen verheiratet und Vater von drei Kindern war). Und so hatte sie beschlossen, nach Hause zurückzukehren, nach Kalkutta, und sich dort niederzulassen.

Sie habe zahlreiche Einladungen bekommen, nach Tokio, nach Schanghai und Singapur, so schrieb sie, und so habe sie beschlossen, über den Pazifik und nicht über den Atlantik nach Indien zu reisen. Außerdem würde diese Route es erlauben, endlich ihre Freunde zu besuchen – Matthew und Elsa in Malaya und natürlich Dolly und Rajkumar in Rangun. Uma schlug in ihrem Brief vor, Dolly und sie könnten sich auf Morningside treffen und zwei Wochen dort verbringen: erholsame Ferien, in deren Anschluss sie gemeinsam nach Birma reisen könnten – nach so vielen Jahren gebe es viel aufzuholen. Noch schöner wäre, wenn Dolly Neel und Dinu mitbringen könnte: So hätte sie endlich Gelegenheit, die Jungen kennen zu lernen.

Dolly war zutiefst aufgewühlt von diesem Brief. Obwohl sie froh war, endlich wieder von ihrer Freundin zu hören, hegte sie doch Zweifel: Einer Freundschaft neues Leben einzuhauchen, die so lange Jahre geruht hatte, war kein einfaches Unterfangen. Sie konnte nicht umhin, Uma für ihre Freimütigkeit zu bewundern: Dolly war sich durchaus im Klaren darüber, dass sie selbst sich mehr und mehr von der Welt zurückzog, nur noch ungern ausging, geschweige denn reiste. Sie war zufrieden mit dem Leben, das sie führte, doch es machte ihr zu schaffen, dass ihre Söhne erst so wenig von der Welt gesehen hatten – von Indien oder Malaya oder irgendeinem anderen Land. Es war nicht richtig, dass sie in ihrem Leben nichts anderes als Birma kennen lernen sollten. Niemand wusste zu sagen, was die Zukunft brachte. Selbst durch die geschlossenen Fensterläden ihres Zimmers hindurch vermochte Dolly die Unruhe zu verspüren, die über dem Land lag.

Dolly war seit über fünfzehn Jahren nicht auf Morningside gewesen, seit jenem ersten Besuch damals, und auch ihre Söhne nicht. Es war sehr unwahrscheinlich, dass Rajkumar einwilligen würde, sie zu begleiten. Seine Geschäfte forderten ihn mehr als je zuvor, und oft geschah es, dass sie ihn viele Wochen kaum zu Gesicht bekam. Als sie mit ihm über Umas Vorschlag sprechen wollte, schüttelte er nur heftig den Kopf, ganz, wie sie es vorausgesehen hatte: Nein, er habe zu viel zu tun, er könne unmöglich fort.

Was Dolly selbst betraf, so fand sie mehr und mehr Gefallen an der Vorstellung, sich mit Uma auf Morningside zu treffen. Es wäre schön, Matthew und Elsa wieder zu sehen. Die Martins hatten sie einmal mit ihren beiden Kindern in Rangun besucht – nach Alison hatten sie noch einen Sohn mit Namen Timmy bekommen. Die Kinder waren damals alle noch sehr klein gewesen, und sie hatten sich gut verstanden. Selbst Dinu, der von Natur aus introvertiert war und nicht leicht Freunde fand, hatte sich wohl gefühlt. Doch das war schon lange her. Dinu war inzwischen vierzehn Jahre alt und Schüler der renommierten St. James's School in Rangun. Neel war achtzehn, ein muskulöser und aufgeschlossener junger Mann, der mit größtem Widerwillen sein Studium am Judson College absolvierte. Er konnte es kaum erwarten, endlich in das Holzgeschäft einzusteigen, doch Rajkumar weigerte sich, seinen Sohn in das Familienunternehmen aufzunehmen, ehe dessen Ausbildung abgeschlossen war.

Als Dolly bei Neel vorfühlte, wie es ihm gefiele, nach Morningside zu reisen, war er sofort Feuer und Flamme, begierig darauf, fortzukommen. Dolly war nicht sehr erstaunt. Sie wusste, dass er stets auf der Suche nach Mitteln und Wegen war, um seine Kurse zu schwänzen. Dinus Begeisterung hingegen hielt sich sehr in Grenzen, doch er war bereit, sich auf einen Handel einzulassen. Er würde sie begleiten, sagte er, wenn sie ihm dafür bei Rowe & Co. einen Brownie-Fotoapparat kaufte. Dolly war einverstanden; ihr lag viel daran, sein Interesse für die Fotografie zu fördern – teils, weil sie es darauf zurückführte, dass er als kleiner Junge die Angewohnheit gehabt hatte, ihr beim Zeichnen über die Schulter zu schauen, und teils, weil sie glaubte, dass sie alles fördern sollte, was ihm half, sich ein wenig zu öffnen für andere Dinge der Welt.

Die Vorbereitungen waren rasch in die Wege geleitet. Briefe flogen förmlich zwischen Birma, Malaya und den Vereinigten Staaten hin und her. (Erst kürzlich war Rangun in den Besitz einer Luftpoststelle gekommen, was die Kommunikationswege erheblich verkürzte.) Im April des folgenden Jahres ging Dolly mit ihren zwei Söhnen an Bord eines Dampfers in Richtung Malaya. Rajkumar begleitete seine Familie, um Abschied zu nehmen, und nachdem Dolly an Bord gegangen war, hielt sie an der Reling nach ihm Ausschau. Wild winkend versuchte er, sie auf etwas aufmerksam zu machen. Sie blickte hinunter zum Bug des Dampfers und sah, dass sie auf der *Nuwara Eliya* war, ebenjenem Schiff, mit dem sie vor Jahren kurz nach ihrer Hochzeit nach Rangun gekommen war. Es war ein merkwürdiger Zufall.

Als die *Nuwara Eliya* in Georgetown einlief, wurden sie von Matthew und seiner Familie erwartet. Dinu entdeckte sie zuerst, durch den Sucher seiner Brownie: »Da... da drüben... schaut!« Dolly lehnte sich über die Reling und beschirmte die Augen mit der Hand. Matthew sah sehr vornehm aus, sein Kopf war von dichtem Grau überzogen. Elsa war seit ihrer letzten Begegnung ein wenig matronenhaft geworden, jedoch auf fürstliche und sehr beeindruckende Weise. Direkt neben ihr stand Timmy. Er war groß für sein Alter und dünn wie eine Bohnenstange. Auch Alison war da. Sie trug eine Schuluniform und hatte ihr Haar zu langen Zöpfen geflochten. Sie schien Dolly ein ungewöhnliches Mädchen zu sein, ihr Gesicht eine faszinierende Mischung aus Merkmalen beider Eltern. Sie hatte Matthews Wangenknochen und Elsas Augen, ihr seidiges Haar und den aufrechten Gang. Es war schon jetzt offensichtlich, dass sie zu einer wahren Schönheit heranwuchs.

Matthew kam an Bord und geleitete sie vom Schiff. Sie wollten die Nacht in Georgetown verbringen, und er hatte für sie alle Hotelzimmer gebucht. Uma sollte am nächsten Tag eintreffen, und dann wollten sie alle zusammen nach Morningside aufbrechen. Matthew hatte zwei Wagen und einen Chauffeur mitgebracht. Sie warteten in Butterworth, drüben auf dem Festland.

Am nächsten Morgen, nach dem Frühstück, gingen die sieben hinunter zum Hafen. Auf der Pier herrschte lärmendes Gedränge. Es hatte sich bereits eine beträchtliche Menschenmenge versammelt, die zum Großteil aus Indern bestand. Viele von ihnen trugen Blumen und Girlanden. Angeführt wurde die Versammlung von zwei prunkvollen, farbenprächtigen Figuren, einem in Safran gewandeten *sadhu* und dem Sikh-Führer Gyani Singh, mit rauschendem Bart und buschigen weißen Augenbrauen. Neel, für seine neunzehn Jahre sehr stämmig und selbstbewusst, bahnte sich einen Weg durch die Menge, um zu erfahren, was dieser Wirbel zu bedeuten hatte. Ziemlich verwirrt kehrte er wieder zurück.

»Ich habe sie gefragt, was sie hier machen, und sie sagten: ›Wir sind gekommen, um Uma Dey willkommen zu heißen.‹«

»Glaubst du wirklich, sie meinen unsere Uma?«, fragte Dolly Elsa ungläubig.

»Ja, natürlich. Es können kaum zwei Uma Deys auf demselben Schiff sein.«

Dann kam das Schiff in Sicht, und laute Freudenrufe erschallten: *»Uma Dey zindabad, zindabad* – Lang lebe, lang lebe Uma Dey.« Darauf folgten andere Rufe und Sprechgesänge, alle auf Hindustani: *»Inqalab zindabad«* und *»Halla bol, halla bol!«* Als das Schiff anlegte, stürmten die Anführer mit Girlanden und mit Ringelblumen die Gangway hinauf. Dann erschien Uma am oberen Ende der Gangway, und die Menge brach in wilden Jubel aus. *»Uma Dey zindabad, zindabad!«* Für eine Weile herrschte vollkommenes Durcheinander.

Vom anderen Ende der Pier aus konnte Dolly sehen, dass Uma vollkommen überrascht war. Sie war ganz offensichtlich nicht auf diesen Empfang vorbereitet und wusste nicht, wie sie reagieren sollte. Uma musterte die Menge, als suche sie jemanden. Dolly hob den Arm und winkte. Die Geste erregte Umas Aufmerksamkeit, und sie begann zu strahlen. Dann winkte sie entschuldigend zurück und machte eine Geste der Hilflosigkeit. Dolly gab ihr ein Zeichen, um sie zu beruhigen – keine Angst, wir warten auf dich.

Uma wurde die Gangway hinuntergeleitet, und es gab noch mehr Girlanden und Begrüßungsreden, während jedermann in der prallen Sonne schwitzte. Dolly versuchte sehr, sich auf das, was gesagt wurde, zu konzentrieren, doch ihre Augen wanderten immer wieder zu ihrer Freundin. Uma war hager geworden, und ihre Augen lagen tief in den Höhlen, als wollten sie protestieren gegen das hektische und unstete Leben, das Uma führte. Gleichzeitig aber hatte sie etwas Neues an sich. Sie strahlte Selbstbewusstsein aus; offensichtlich war sie es gewohnt, dass man ihr zuhörte, und als es an ihr war, zu sprechen, da merkte Dolly – mit wachsender Ehrfurcht –, dass Uma genau zu wissen schien, was sie sagen und wie sie mit der Menschenmenge umgehen musste.

Dann waren die Reden plötzlich vorüber, und Uma bahnte sich einen Weg durch die Menge. Und mit einem Mal stand sie vor Dolly, mit weit ausgebreiteten Armen: So eine lange Zeit! So eine lange Zeit! Sie lachten und umarmten einander und hielten sich fest, während die Kinder etwas abseits standen und ein wenig spöttisch zusahen.

»Elsa, wie gut du aussiehst! Und deine Tochter – sie ist eine Schönheit!«

»Du siehst auch gut aus, Uma.«

Uma lachte. »Du musst mich nicht anschwindeln. Ich sehe doppelt so alt aus, wie ich bin.«

Dolly hakte sich bei ihrer Freundin unter: »Wer sind all diese Menschen, Uma? Wir waren vollkommen fassungslos …«

»Sie gehören einer Gruppierung an, mit der ich zusammengearbeitet habe«, sagte Uma schnell. »Eine Gruppe, die sich Indische Unabhängigkeitsliga nennt. Ich habe ihnen nicht erzählt, dass ich herkomme, aber es hat sich wohl auch so herumgesprochen …«

»Aber was wollen sie hier, Uma? Warum sind sie gekommen?«

»Das erzähle ich dir später.« Uma nahm Dolly bei der Hand und hakte sich bei Elsa unter. »Es gibt so viel zu erzählen, und ich habe Angst, dass mir die Zeit davonläuft …«

Am Nachmittag setzten sie mit der Fähre nach Butterworth über, wo sie von Matthews Automobilen erwartet wurden. Es waren zwei Wagen – der eine länger als jeder andere, den Dolly jemals zu Gesicht bekommen hatte, beinahe so lang wie ein Eisenbahnwaggon. Dies sei ein Duesenberg-Modell-J-Tourenwagen, so erklärte Matthew, mit hydraulischem Bremssystem und einem 6,9-Liter-Acht-Zylinder-Motor. Der Wagen besaß kettenbetriebene, oben liegende Nockenwellen und brachte es im zweiten Gang auf neunzig Meilen in der Stunde. Im höchsten Gang brachte er es gar auf einhundertundsechzehn.

Matthew war begierig darauf, Neel und Dinu den Duesenberg vorzuführen, und so stiegen sie, zusammen mit Timmy und Alison, bei ihm ein. Dolly, Uma und Elsa folgten ihnen auf etwas moderatere Weise in dem Wagen, den Matthew Elsa zu ihrem fünfzigsten Geburtstag geschenkt hatte – einem prachtvollen braun-goldenen Isotta Fraschini Modell 8a Berlin mit kraftverstärkten Bremsen. Die Karosserie stammte von Castagna, und die Polsterung war aus feinstem florentinischem Leder gearbeitet.

Der Isotta Fraschini fuhr nach Norden, und die Sonne stand tief über der Andamanensee. Bei Einbruch der Dunkelheit kamen sie durch Sungei Pattani, und dann erklommen sie die Hänge des Gunung Jerai, während die Scheinwerfer des Isotta Fraschini Schwaden aus Staub anstrahlten. Sie fuhren durch den großen Torbogen des Gutes und einen roten, staubigen Lehmweg hinauf. Dann bog der Wagen um die Kurve, und das Herrenhaus kam in Sicht. Beeindruckend hob es sich von den dahinter liegenden Hängen ab. Alle Fenster und Türen waren hell erleuchtet. Ein rundes Türmchen bildete den Mittelpunkt des Hauses. Ringsum erstreckten sich weitläufige Veranden, und das Dach, im chinesischen Stil gebaut, schwang sich sanft aufwärts.

»Das ist Morningside«, verkündete Elsa.

Dolly war geblendet: In der tiefschwarzen Dunkelheit war es, als verströme das Haus ein überirdisches Leuchten; als ergieße sich das Licht aus irgendeiner inneren Quelle, als sprudle es direkt aus dem Vulkan hervor, auf dem das Haus gebaut war.

»Elsa, das ist prächtig«, sagte Uma. »Man kann es nicht anders beschreiben. Ich glaube, es ist das allerschönste Haus, das ich jemals gesehen habe ...«

Im Inneren erstrahlte das Haus im warmen Ton von poliertem Holz. Auf dem Weg zum Abendessen verirrten Uma und Dolly sich in den langen Fluren, verwirrt von den vielen erlesenen Einzelheiten der Innenausstattung: Der Parkettboden war in einem raffinierten Muster verlegt, und die Wände waren mit kostbaren, fein gemaserten Hölzern getäfelt. Elsa ging in den oberen Stock, um nach den beiden zu sehen, und fand sie, als sie gerade ehrfurchtsvoll das Treppengeländer der Haupttreppe streichelten, die sich um das Zentrum des Hauses wand.

»Wie wunderschön das ist.«

»Gefällt es euch?« Elsas Gesicht strahlte vor Freude. »Als wir Morningside damals gebaut haben, sagte Matthew eines Tages: ›Alles, was ich besitze, verdanke ich auf die eine oder andere Weise Bäumen – Teak und Kautschuk.‹ Und so dachte ich mir, das ist es: Morningside wird dem Holz ein Denkmal setzen. Ich habe Rajkumar beauftragt, mir das beste Teakholz aus Birma zu schicken; ich habe Leute nach Celebes und nach Sumatra geschickt. Ihr werdet merken, dass jeder einzelne Raum mit einem anderen Holz ausgestattet ist ... «

Elsa begleitete sie hinunter und führte sie in das Speisezimmer. Es war sehr groß und wurde beherrscht von einem langen Tisch aus poliertem Hartholz. Die Wände waren mit geflochtenem Bambus verkleidet, und die Lichter, die von der Decke hingen, saßen in leuchtenden Nestern aus Rattan. Als sie eintraten, erhob sich Saya John von seinem Platz und ging Uma und Dolly langsam, auf einen Stock gestützt, entgegen: Er wirkte kleiner als früher und erinnerte ein wenig an einen Gnom, als wäre sein Körper im Verhältnis zu seinem Kopf übermäßig geschrumpft.

»Willkommen, willkommen.«

Beim Abendessen saßen Uma und Dolly zwischen Matthew und Saya John, und beide waren sehr damit beschäftigt, ihre Teller stets aufs Neue zu füllen.

»Das ist *gulai tumis,* Fisch, gekocht mit rosa Ingwerkeimlingen, *bunga kantan.*«

»Und dies?«

»Gebratene Garnelen in Palmblättern.«

»Erdnussfladen.«

»Neunlagige Reiskuchen.«

»Hühnchen mit den blauen Blüten der Schmetterlingswicke – *bunga telang.*«

»Eingelegter Fisch mit Kurkuma, Limettenblättern und Minze.«

»Ein Salat aus geschnetzeltem Tintenfisch, Knöterich und *duan kado*, einer Kletterpflanze, die duftet wie ein ganzer Gewürzgarten.«

Jeder Bissen bescherte ihren Gaumen neue Genüsse, ungewöhnliche Aromen und Geschmacksrichtungen, die ebenso fremd wie köstlich waren. Uma rief: »Wie nennt sich diese Küche? Ich dachte, in New York hätte ich alles gegessen, was es gibt, aber so etwas Gutes habe ich noch nie gekostet.«

Saya John lächelte. »Dann mundet Ihnen unsere *nyonya*-Küche also?«

»Ich habe noch niemals zuvor etwas so Wunderbares gegessen. Wo kommt das her?«

»Aus Malakka und Penang«, sagte Elsa lächelnd. »Eines der letzten großen Geheimnisse dieser Erde.«

Schließlich konnte Uma nicht mehr essen, sie schob ihren Teller fort und ließ sich zurücksinken. Sie wandte sich an Dolly.

»So viele Jahre.«

»Beinahe auf den Tag einundzwanzig Jahre ist es her, seit wir uns zuletzt in Rangun gesehen haben.«

Nach dem Abendessen begleitete Dolly Uma in ihr Schlafzimmer. Mit gekreuzten Beinen setzte sie sich auf das Bett und sah zu, wie Uma sich an dem Frisiertisch die Haare kämmte.

»Uma«, sagte Dolly schüchtern, »weißt du, ich denke immer noch nach …«

»Über was denn?«

»Über den Empfang, den man dir heute am Hafen bereitet hat – die vielen Menschen …«

»Ach, du meinst die Liga.« Uma ließ den Kamm sinken und lächelte Dollys Spiegelbild an.

»Ja. Erzähle mir davon.«

»Es ist eine lange Geschichte, Dolly. Ich weiß gar nicht, wo ich anfangen soll.«

»Das ist doch unwichtig. Fang einfach irgendwo an.«

Es habe in New York begonnen, sagte Uma. Dort sei sie zum ersten Mal mit der Liga in Berührung gekommen, eingeführt von Freunden, anderen Indern. Es gab in New York City nicht viele Inder, doch die waren eng miteinander verbunden. Einige hatten hier Zuflucht vor der Überwachung des Geheimdienstes des Empires gesucht. Andere waren gekommen, weil es möglich war, eine relativ günstige Ausbildung zu genießen. Aber sie waren beinahe ohne Ausnahme leidenschaftlich politisch. Unter diesen Umständen des Exils war es fast unmöglich, neutral zu bleiben. An der Columbia University wirkte der geniale und im höchsten Maße mitreißende Dadasaheb Ambedkar; außerdem Taraknath Das, höflich, was seine Umgangsformen betraf, doch mit einem widerspenstigen Geist ausgestattet. In Midtown lag die Ramakrishna Mission, untergebracht in einem winzigen Apartment und mit einem einzigen, safrangewandeten *sant* und zahlreichen amerikanischen Sympathisanten bemannt. Downtown, in einem Mietshaus südlich der Houston Street, gab es einen exzentrischen *raja,* der sich für Indiens Bolivar hielt. Nicht, dass Amerika besonders aufgeschlossen gewesen wäre, was diese Menschen oder ihre Ideen betraf. Man beachtete sie schlicht und einfach nicht, war gänzlich desinteressiert. Und genau diese Gleichgültigkeit bot ihnen eine gewisse Art von Schutz.

Bald schon wurde Umas Wohnung zu einem Knotenpunkt dieses kleinen, aber dicht gewobenen Netzes. Sie und ihre Landsleute fühlten sich wie Entdecker oder Verstoßene; sie sahen sich aufmerksam um, beobachteten und analysierten die Einzelheiten dessen, was um sie herum geschah, und versuchten, für sich und ihr Land eine Lehre daraus zu ziehen. Sie waren Zeugen der Geburt des neuen Jahrhunderts in Amerika und daher in der Lage, alle Höhen und Tiefen und Strömungen einer neuen Epoche hautnah zu erleben. Sie besuchten Fabriken und Produktionsstätten und die neuesten hochmodern ausgestatteten Güter. Sie beobachteten die Entstehung neuer Arbeitsmodelle, die ihrerseits nach neuen Fortbewegungsmethoden und neuen Gedankengängen verlangten. Sie erkannten, dass Bildung in der modernen Welt, die vor ihnen lag, von entscheidender Bedeutung war. Sie erkannten, dass die Schulbildung zu einer äußerst dringlichen Angelegenheit wurde, die jede moderne Nation umgehend zur Pflicht machen musste. Von ihren Spähern, die ostwärts ausgezogen waren, erfuhren sie, dass auch Japan sich sehr schnell in diese Richtung bewegte. In Siam war die Schulbildung zu einem wahren Kreuzzug der königlichen Familie geworden.

In Indien dagegen verschlang das Militär den Großteil der öffentlichen Gelder. Obwohl die Armee zahlenmäßig eher klein war, beanspruchte sie über sechzig Prozent der staatlichen Einnahmen. Das war mehr als in jenen Ländern, die als »Militärnationen« verschrien waren. Indien war wie eine riesige Festung, und der verarmte Bauer war derjenige, der zweifach bezahlen musste – für den Unterhalt der Besatzerarmee und für die britischen Feldzüge im Osten.

Was würde aus Indiens Bevölkerung werden, wenn die Zukunft, die Amerika ihr vorgeführt hatte, der Normalzustand der übrigen Welt würde? Ihnen wurde klar, dass nicht sie selbst und auch nicht die nachfolgende Generation den wahren Preis für dieses Empire würden bezahlen müssen; dass die Zustände in ihrer Heimat dazu führen würden, dass ihre Nachkommen als Krüppel in das neue

Zeitalter hineinstolperten, denen das grundlegende Rüstzeug zum Überleben fehlte; dass sie in Zukunft sein würden, was sie in der Vergangenheit niemals waren, eine Bürde für den Rest der Welt. Und sie erkannten, dass die Zeit davonlief, dass es bald schon unmöglich sein würde, den Einfallswinkel zu verändern, mit dem ihr Land in die Zukunft eintrat; dass ein Zeitalter bevorstand, in dem selbst der Sturz des Empires und der Rückzug der Besatzer nichts mehr würde ändern können; dass die Flugbahn ihrer Heimat auf einen unverrückbaren Kurs geriet, der unerbittlich auf eine Katastrophe zusteuerte.

Was sie sahen und dachten, brannte sie aus. Sie alle waren zu einem gewissen Grade verstümmelt von dem Wissen um das Böse, das ihr Feind war. Einige kamen ein wenig aus dem Gleichgewicht, einige verloren den Verstand, andere gaben schlicht auf. Einige wurden zu Kommunisten, einige nahmen Zuflucht in der Religion, forschten in den Schriften nach Aussagen und Gebetsformeln, um sie sich wie Balsam auf die Seele zu legen.

Unter Umas Zeitgenossen in New York waren viele, die ihre Ideen von einem regelmäßig erscheinenden Flugblatt bezogen, das von indischen Studenten im kalifornischen Berkeley herausgegeben wurde. Diese Publikation trug den Namen *Ghadar*, benannt nach dem Hindustani-Wort für den Aufstand von 1857, und diejenigen, die sie herausbrachten, waren als Ghadar-Partei bekannt. Sie erfuhren große Unterstützung von Indern, die sich im späten neunzehnten und frühen zwanzigsten Jahrhundert an der Pazifikküste niedergelassen hatten. Viele dieser Immigranten waren Sikhs – ehemalige Soldaten der britisch-indischen Armee. Die Erfahrungen, die sie in Amerika oder Kanada sammeln konnten, hatten viele ehedem loyale Inder zu Revolutionären gemacht; sie erkannten eine Verbindung zwischen ihrer Behandlung im Ausland und der Unterjochung Indiens und wurden zu glühenden Feinden der Weltmacht, der sie einst gedient hatten. Einige von ihnen konzentrierten sich in ihren Bemühungen darauf, jene Freunde und Verwandten zu ihrem neuen Glauben zu bekehren, die noch immer in der britisch-indischen Armee dienten. Andere begaben sich auf die Suche nach Verbündeten im Ausland und entwickelten allmählich Verbindungen zur irischen Widerstandsbewegung in Amerika.

Die Inder waren, was die Künste der Volksaufwiegelung betraf, vergleichsweise Novizen. Die Iren waren ihnen Ratgeber und Verbündete, sie unterwiesen sie in ihren Methoden der Organisation, zeigten ihnen, wie man Waffen beschaffte und in die Heimat schickte; sie unterwiesen sie in ihrer Technik, jene Landsleute zur Rebellion anzustacheln, die dem Empire als Soldaten dienten. Die Rassenschranke verbot es den Indern, mit den Iren in deren Pubs zu trinken. Doch manchmal marschierte ein kleines indisches Kontingent am St. Patricks-Tag inmitten der irischen Parade. Sie trugen ihre eigenen Banner und waren in *shervanis* und Turbane gekleidet, in *dhotis* und *kurtas, angarkhas* und *angavastrams.*

Nach Beginn des Ersten Weltkrieges war die Ghadar-Partei auf Druck der britischen Geheimdienste in den Untergrund gegangen und hatte sich dort allmählich in eine Vielzahl kleinerer Gruppierungen aufgesplittert. Die bedeutendste dieser Splitterparteien war die indische Unabhängigkeitsliga, mit tausenden von Partisanen unter den Indern auf dem asiatischen Kontinent. Und eben diese Niederlassungen hatte Uma in Ostasien besucht.

An dieser Stelle fiel Dolly, die ihre Verwirrung kaum noch verbergen konnte, ihrer Freundin in Wort. »Aber Uma«, sagte sie, »wenn es stimmt, was du mir da erzählst, warum habe ich dann noch nie etwas von der Liga gehört? Die Zeitungen sind voll von Mahatma Gandhi, aber von deiner Liga spricht nie jemand.«

»Das liegt daran, Dolly, dass Gandhi die loyale Opposition anführt. Wie viele andere Inder hat auch er sich dazu entschlossen, sich mit dem Samthandschuh des Empires zu befassen, anstatt nach seiner eisernen Faust zu schlagen. Ihm ist nicht klar, dass, solange die indischen Soldaten loyal bleiben, das Empire auf sicherem Posten ist. Wann immer sich eine Opposition formiert, wird die indische Armee sie niederkämpfen – nicht nur in Indien, sondern auch in Birma, Malaya, Ostafrika, egal wo. Und natürlich setzt das Empire alles daran, die Gewalt über diese Soldaten in der Hand zu behalten: Die Rekruten dürfen nur aus ganz bestimmten Kasten stammen; sie werden vollkommen fern gehalten von politischer Diskussion und der breiten Gesellschaft; sie werden ruhig gestellt, indem man ihnen Land gibt und ihren Kindern Arbeit.«

»Und was wollt ihr tun?«, fragte Dolly.

»Wir wollen den Soldaten die Augen öffnen. Das ist nicht so schwierig, wie du vielleicht denkst. Viele ehemalige Soldaten haben Führungspositionen in der Liga inne. Gyani Amreek Singh zum Beispiel – erinnerst du dich an ihn? Der auffällige Sikh-*gyani,* der heute an der Pier gewesen ist – erinnerst du dich?«

»Ja.«

»Ich werde dir eine Geschichte über ihn erzählen. Ich bin ihm vor vielen Jahren zum ersten Mal begegnet, in Kalifornien. Er ist selbst lange Zeit Soldat gewesen. Auch er diente einst in der britisch-indischen Armee. Er war bis zum Rang eines Unteroffiziers aufgestiegen, ehe er desertierte. Die erste Rede, die ich von ihm hörte, handelte von der Notwendigkeit, den indischen Soldaten die Augen zu öffnen. Nach einer Weile sagte ich zu ihm: ›Gyaniji, du hast selbst in dieser Armee gedient; warum hast du so lange gebraucht, um zu verstehen, dass man dich dazu benutzt hat, andere zu unterwerfen?‹«

»Und was hat er dir geantwortet?«, wollte Dolly wissen.

»Er sagte: ›Das verstehst du nicht. Wir sind nie auf die Idee gekommen, dass man uns dazu benutzt hat, andere zu unterwerfen. Wir dachten, wir würden sie befreien. Denn das hat man uns erzählt – dass wir diese Leute von ihren gemeinen Herrschern und deren bösen Bräuchen befreiten. Wir glaubten daran, weil auch sie daran glaubten. Wir haben sehr lange gebraucht, um zu verstehen, dass sie unter Freiheit ihre Herrschaft, ihr Gesetz verstanden: dass sie ihr Empire für die Freiheit hielten.‹«

Dolly nickte lächelnd. »Und sonst, Uma? Hast du jemals jemanden kennen gelernt? Einen Mann? Hast du mit deinen Revolutionären niemals über etwas anderes als über Politik gesprochen?«

Uma quittierte dies mit einem schmalen Lächeln. »Ich habe viele Männer kennen gelernt, Dolly. Aber wir waren immer wie Brüder und Schwestern – und so haben wir uns auch angesprochen, *bhai* und *bahin.* Ich glaube, diese Männer haben in mir wohl so etwas wie die perfekte Frau gesehen, weil sie wussten, dass ich Witwe bin – ein Symbol der Reinheit –, und, um ehrlich zu sein, es hat mir nie viel ausgemacht. So ist das mit der Politik – hast du dich erst einmal darauf eingelassen, dann verdrängt sie alles andere aus deinem Leben… «

4

Als Uma am nächsten Morgen erwachte, war das Frühstück auf einer Veranda angerichtet worden, die den Blick den Hang hinunter auf die strahlend blaue Andamanensee freigab. Neel und Timmy lehnten am Geländer und unterhielten sich über Autos. Alison und Dinu hörten ihnen zu, ohne sich an dem Gespräch zu beteiligen. Als Uma sie so ansah, kam ihr in den Sinn, dass sie diese Kinder noch gestern nicht erkannt hätte, wenn sie ihnen auf der Straße begegnet wäre. Und doch vermochte sie nun in ihren Gesichtern die Geschichte ihrer eigenen Freundschaften und die Lebensläufe ihrer Freunde abzulesen – die Ereignisse und Flugbahnen, die Elsas Leben mit dem von Matthew zusammengebracht hatten, das von Dolly mit dem von Rajkumar, Malakka mit New York, Birma mit Indien.

»Die Kinder« – hier standen sie, direkt vor ihren Augen. Ein ganzer Tag war vergangen, und sie hatte noch mit keinem von ihnen auch nur ein einziges Wort gewechselt. Ehe sie San Francisco verlassen hatte, war sie in ein Geschäft gegangen, um Geschenke zu kaufen, und schließlich war sie in der Abteilung mit Babysachen und Rasseln und Silberlöffeln gelandet. Mit einem Ruck hatte sie sich daran erinnert, dass die »Kinder« beinahe schon erwachsen waren – Neel war um die zwanzig, Dinu und Alison etwa sechzehn und auch Timmy nur zwei Jahre jünger. Ihr kam in den Sinn, dass auch ihre eigenen Kinder – hätte sie jemals welche gehabt – etwa im gleichen Alter sein würden und dass sie dann wohl alle Freunde wären. Dass, wenn das Leben und die Beziehungen unter den Menschen wie ein großes Gemälde anzusehen wären, die nächste Generation bereits neue Farben auf dieser Leinwand gemischt hätte. Doch es hatte nicht sein sollen, und nun fühlte sich Uma auf einmal merkwürdig scheu, wie sie so dasaß und dem typisch jugendlichen Wortgeplänkel der Kinder ihrer Freundinnen lauschte. Sie überlegte, was sie zu ihnen sagen könnte, und ihr fiel auf, dass sie keine Ahnung hatte, womit sie ihre Zeit verbrachten, was sie für Interessen hatten, welche Bücher sie lasen.

Sie spürte, dass sie in ein Schweigen fiel, das – so viel war Uma klar – bald unüberbrückbar wäre, wenn man zuließ, dass es sich weiter ausbreitete. Und so, weil sie der Mensch war, der sie war, tat sie genau das, was sie auch auf einer politischen Versammlung getan hätte. Sie stand auf und verschaffte sich Gehör: »Ich habe euch etwas zu sagen, also hört mir bitte zu. Ich habe das Gefühl, ich muss mich mit jedem Einzelnen von euch allein unterhalten, sonst werde ich niemals wissen, was ich mit irgendeinem von euch überhaupt reden soll ...«

Mit großen Augen drehten sich alle um und sahen Uma an. Sie dachte bei sich: Was habe ich getan? Ich habe sie eingeschüchtert. Ich habe sie für immer verloren. Aber dann, als diesen jungen Menschen langsam dämmerte, was Umas Worte zu bedeuten hatten, fingen sie an zu lächeln. Uma hatte den Eindruck, als hätte wohl noch nie zuvor ein Erwachsener so mit ihnen gesprochen. Bis jetzt hatte anscheinend noch keiner in ihnen ernsthafte Gesprächspartner gesehen.

»Na dann, Alison, machen wir einen Spaziergang.«

Von diesem Augenblick an war alles ganz leicht. Sie schienen geradezu versessen darauf zu sein, ihr die Plantage zu zeigen, mit ihr spazieren zu gehen. Sie nannten Uma »Tante«, und auch das war auf seltsame Weise angenehm. Bald waren sie nicht mehr einfach nur »die Kinder«. Jeder Einzelne von ihnen wurde für Uma unverwechselbar: Timmy war der Zuversichtliche, der genau wusste, was er wollte. Er wollte nach Amerika gehen und dort studieren, genau, wie Matthew es getan hatte, und dann wollte er sein eigenes Unternehmen gründen. Neel war der Ruhige, ein wenig schüchtern, ein wenig unbeholfen. Uma konnte ziemlich deutlich seinen Vater in ihm erkennen, doch überlagert von einer Generation des Wohlstands und des bequemen Lebens. Alison war die Rätselhafte, manchmal ruhig und nachdenklich, dann wieder voll ungebändigter Überschwänglichkeit, Gelächter und scharfsinniger, intelligenter Konversation. Uma war überrascht, als sie erfuhr, dass Alison keinerlei Absichten hegte, nach Amerika zu gehen wie ihr Bruder. Etwas in ihr war bereits auf undefinierbare Weise amerikanisch, eine gewisse Haltung, eine Mimik, eine gewisse Art von Eifer. Als Uma dies aber zur Sprache brachte, erklärte Alison sich für einen passionierten Nesthocker. Sie wollte nichts weiter, so sagte sie, als auf Morningside zu leben und ihrem Vater dabei zu helfen, die Plantage zu leiten.

Nur Dinu verunsicherte sie vollkommen. Wann immer Uma versuchte, sich mit ihm zu unterhalten, erschien er ihr missmutig und mürrisch, und die Bemerkungen, die er von Zeit zu Zeit fallen ließ, waren derart bissig, dass sie an Bitterkeit grenzten. Wenn er sprach, dann in einzelnen, abgehackten Ausbrüchen, wobei er die Hälfte seiner Worte verschluckte und den Rest geradezu hervorschleuderte. Diese Art zu sprechen hinderte Uma daran, etwas zu sagen, aus Angst, es könne so aussehen, als würde sie ihn unterbrechen. Sobald Dinu einen Fotoapparat in Händen hielt, schien er sich etwas zu entspannen. Aber es war natürlich unmöglich, sich mit jemandem zu unterhalten, der nichts anderes als seinen Sucher im Kopf hatte.

Eines Morgens sagte Alison zu Uma: »Ich möchte dir etwas zeigen. Wollen wir eine Spazierfahrt machen?«

»Ich bitte darum!«

Dinu war in Hörweite, und die Einladung wurde so ausgesprochen, dass er eindeutig dabei sein sollte. Doch Alisons Vorschlag schien ihn vor Schüchternheit geradezu erstarren zu lassen. Er wollte sich zurückziehen und schleifte demonstrativ seinen linken Fuß nach.

»Dinu, willst du nicht mitkommen?«, fragte Alison.

»Ich weiß nicht…« Er wurde blass und murmelte verwirrt vor sich hin.

Uma beobachtete ihn scharf, und mit einem Mal wurde ihr klar, dass der Junge im Geheimen in Alison vernarrt war. Sie musste lächeln. Daraus würde nie etwas werden, so viel wusste sie. Die beiden hätten nicht verschiedener sein können. Er, ein Schattenwesen, und sie, ein Geschöpf, das im hellen Schein leuchtend stand. Er würde sein ganzes Leben lang unausgesprochene Sehnsüchte hegen. Uma war versucht, ihn an den Schultern zu packen und aufzuwecken.

»Komm schon, Dinu«, sagte sie mit schroffem, gebieterischem Tonfall. »Sei nicht kindisch.«

»Ja, komm schon«, sagte Alison fröhlich. »Ich glaube, es wird dir gefallen.«

»Kann ich meinen Fotoapparat mitnehmen?«

»Natürlich.«

Sie gingen die geschwungene Mahagonitreppe hinunter und traten hinaus auf die mit Kies bestreute Auffahrt. Vor der Veranda parkte ein kleiner, kirschroter Roadster. Es war ein Sechs-Liter-Paige-Daytona, ein Dreisitzer mit einem einzelnen Rücksitz, der sich wie eine Schublade herausziehen ließ und auf dem Trittbrett ruhte. Alison klappte den Rücksitz für Dinu aus und hielt Uma dann die Beifahrertür auf.

»Alison!« In Umas Stimme klang Überraschung. »Lässt dich dein Vater seine Autos fahren?«

Alison grinste. »Nur dieses hier«, sagte sie. »Wehe, ihm käme zu Ohren, wir würden den Duesie oder den Isotta fahren.« Sie ließ den Motor an, der Wagen machte einen Satz nach vorn und feuerte einen Hagel Kieselsteine gegen die Veranda.

»Alison!«, schrie Uma und krallte sich an der Tür fest. »Du fährst viel zu schnell!«

»Das ist nicht halb so schnell, wie ich gerne fahren würde.« Alison lachte und warf den Kopf zurück. Der Wind fuhr durch ihre Haare und breitete sie hinter ihr aus wie ein Segel. Sie brausten durch das Tor am Fuße des Gartens und tauchten unvermittelt in die schweigende Dämmerung der Plantage ein. Zu beiden Seiten ragten schmale Bäume mit langen Blättern empor, die sich einander über ihren Köpfen zuneigten. Die Baumreihen erstreckten sich, so weit das Auge reichte, und verdichteten sich zu langen, kerzengeraden Tunnels. Sie rauschten in Schwindel erregender Fahrt vorbei, tausende und abertausende Bäume, einer exakt wie der andere, bis hin zur Anordnung ihrer Zweige. Es war, als starrte man auf Streifen einer sich rasend schnell bewegenden Leinwand. Uma fühlte sich benommen und senkte den Blick.

Auf einmal hörten die Baumreihen auf, und ein kleines Dörfchen tauchte auf – die Straße entlang reihte sich Hütte an Hütte – kleine Verschläge aus Ziegeln und Mörtel, bedeckt von aufeinander getürmten Wellblechplatten. Die Verschläge waren alle gleich, und doch präsentierte sich ein jedes trotzig mit unterschiedlichem Gesicht. Einige waren nett und sauber, und in den Fenstern flatterten Vorhänge, während andere wahre Bruchbuden waren, wo sich der Unrat neben dem Eingang häufte.

»Die Kuli-Quartiere«, sagte Alison und verringerte kurz das Tempo. Einen Augenblick später hatten sie die Ansiedlung schon wieder hinter sich gelassen, und der Wagen beschleunigte aufs Neue. Wieder umschloss sie ein Tunnel gewölbter Baumstämme, und sie verschwanden in einer Röhre kaleidoskopischer Linien.

Die Straße endete an einem Bach. Ein Wasserlauf ergoss sich über eine schräge Felswand, die Oberfläche war von winzigen Wellen gekräuselt. Auf der anderen Seite stieg der Berg steil an, eingehüllt in dichten, undurchdringlichen Wald. Alison lenkte den Wagen auf eine geschützte Lichtung und stieß die Fahrertür auf.

»Hier endet die Plantage«, sagte sie. »Ab jetzt müssen wir laufen.« Sie nahm Uma bei der Hand und half ihr, vorsichtig den Wasserlauf zu überqueren. Am anderen Ufer wand sich ein Pfad die Hänge des Gunung Jerai hinauf, direkt in den Urwald hinein. Es ging steil bergauf, und bald war Uma außer Atem.

»Ist es noch weit?«, rief sie Alison zu, die vor ihr ging.

»Nein. Wir sind fast da.«

»Wo denn?«

Plötzlich holte Dinu auf und trat an ihre Seite. »Sieh mal.« Ihr Blick folgte seinem ausgestreckten Zeigefinger. Durch ein Gewirr von Ranken und Bambus konnte sie Teile roten Gemäuers erkennen. »Na, so was«, sagte sie. »Es sieht aus wie irgendeine Ruine.«

Aufgeregt eilte Dinu Alison hinterher. Uma holte die beiden an einer Stelle ein, wo der Hang sich auf einen flachen, steinigen Felsvorsprung öffnete. Direkt vor ihr befanden sich zwei Bauten, die an Grabmäler erinnerten, auf quadratischen Sockeln errichtet: von Mauern umgebene Kammern einfacher Bauart, jede mit einem Durchgang, der in einen kleinen Raum führte. Die Steinwände waren bemoost und die Dächer etwas nach innen eingesunken.

»Ich habe gehofft, Tante Uma könnte uns etwas darüber sagen.«

»Warum denn ich?«

»Dein Vater war doch Archäologe, oder nicht?«

»Ja, aber...« Uma schüttelte langsam den Kopf. »Ich habe nicht sehr viel von ihm gelernt...«

Der Anblick war betörend: das verfallene rote Gemäuer gegen

das wirre Grün des Urwaldes und im Hintergrund der erloschene Vulkan, der sich klar und ruhig erhob, um seinen Gipfel einen Heiligenschein aus Wolken. Vollkommen versunken fotografierte Dinu die Ruinen. Er umkreiste die Bauten, so schnell sein Fuß es ihm erlaubte. Uma verspürte einen Stich. Wenn ich in seinem Alter wäre, hätte mich dies hier ebenso in Bann geschlagen, es hätte mein Leben verändert; ich wäre immer und immer wieder hierher zurückgekehrt; es würde mich nicht mehr loslassen, bis ich endlich genug davon hätte; ich würde das Bedürfnis haben, es abzutragen und mitzunehmen.

»Tante Uma!« Dinu rief ihr quer über die Lichtung etwas zu. »Was ist das – diese Ruinen?«

Sie ließ ihren Daumen über das rissige Gemäuer gleiten. »Ich glaube, es handelt sich um etwas, das mein Vater *chandi* nannte«, antwortete sie leise. »Tempel.«

»Was für Tempel?«, fragte Dinu. »Wer hat sie gebaut?«

»Ich würde sagen, es handelt sich entweder um hinduistische oder um buddhistische Tempel.« Enttäuscht über ihre eigene Unwissenheit warf sie die Hände hoch. »Ich wünschte, ich könnte euch mehr darüber erzählen.«

»Glaubst du, sie sind alt?«, fragte Dinu.

»Ja«, sagte Uma. »Ganz sicher. Schau mal, wie verwittert die Steine sind. Ich glaube, diese Tempel sind wirklich sehr, sehr alt.«

»Ich wusste, dass sie alt sind«, rief Alison triumphierend. »Ich wusste es. Daddy hat mir nicht geglaubt. Er sagt, hier kann es überhaupt nichts Altes geben, weil hier nur der Urwald war, als er zum ersten Mal hergekommen ist.«

Auf seine unvermittelte Art drehte Dinu sich zu Alison um: »Und wie hast du diesen Ort entdeckt?«

»Mein Vater nimmt uns manchmal zum Schießen mit in den Dschungel«, sagte Alison. »Und eines Tages sind wir darüber gestolpert.« Sie nahm Dinu bei der Hand. »Ich will dir etwas zeigen. Komm mit.«

Sie führte ihn zu dem größeren der beiden Bauten. Im Türpfosten war ein Bildnis zu sehen, ein verwitterter Ganesh, in bemoosten Stein gehauen.

»Wir haben das Bildnis auf dem Boden gefunden«, sagte Alison, »und sie wieder zurückgestellt – sie schien einfach dorthin zu gehören.«

Uma betrachtete Dinu und Alison, umrahmt von dem verfallenen Durchgang, Seite an Seite. Sie wirkten sehr jung, eher wie Kinder als wie Jugendliche. »Gib mir deinen Fotoapparat«, rief sie Dinu zu. »Ich werde eine Aufnahme von euch beiden machen.«

Sie nahm ihm die Brownie ab und trat einen Schritt zurück, das Auge am Sucher. Es versetzte Uma einen Stich, die beiden so eingerahmt zu sehen. Mit einem Mal verstand sie, warum die Leute Hochzeiten für ihre Kinder arrangierten. Es war eine Möglichkeit, die Zukunft der Vergangenheit anzupassen, seine Bindungen fest mit seinen Erinnerungen und seinen Freunden zu verknüpfen. Dinu und Alison – wenn sie doch nur besser zueinander passen würden; wie wundervoll das wäre, die Vereinigung so vieler Geschichten. Dann erinnerte sie sich wieder daran, was sie eigentlich hatte tun wollen, und schalt sich selbst, weil sie über Dinge nachdachte, die sie nichts angingen.

Sie drückte auf den Auslöser und gab Dinu seine Kamera zurück.

Der Tag auf der Plantage begann sehr früh. Uma wurde jeden Morgen lange vor Sonnenaufgang von Matthews Schritten geweckt, wenn er die große Treppe hinunter und hinaus zu seinem Wagen ging. Aus ihrem Fenster konnte sie das Licht der Autoscheinwerfer den Hügel hinabverfolgen. In der Dunkelheit kurz vor der Morgendämmerung leuchteten sie für Matthew auf dem Weg ins Büro der Plantage.

Eines Morgens fragte sie ihn: »Wohin fährst du so früh am Morgen?«

»Zum Appell.«

»Was ist das?«

»Neben dem Plantagenbüro liegt der Versammlungsplatz. Dort finden sich jeden Morgen die Melker ein, und die Anführer weisen ihnen die Arbeit des Tages zu.«

Der Jargon machte sie neugierig: Appell, Anführer, Melker. »Darf ich mitkommen?«

»Natürlich.«

Am nächsten Morgen begleitete Uma Matthew ins Büro. Über

Abkürzungen schlängelten sie sich den Hang hinunter. In langen Reihen versammelten sich die Melker im hellen Schein von Petroleumlampen vor den blechgedeckten Bürogebäuden der Plantage. Bei den Arbeitern handelte es sich ausschließlich um Inder, zum größten Teil um Tamilen. Die Frauen waren in Saris gekleidet, und die Männer trugen Sarongs.

Die Zeremonie, die nun folgte, war eine Mischung aus Militärparade und Schulversammlung. Sie wurde von Mr. Trimble, dem Gutsverwalter, einem fülligen Eurasier, geleitet. Die Melker nahmen ordentlich in geraden Reihen Aufstellung, die Gesichter einem großen Fahnenmast zugewandt, der auf der gegenüberliegenden Seite des Versammlungsplatzes stand. Mr. Trimble hisste den Union Jack und stand dann steif salutierend unter der wehenden Fahne, hinter sich zwei Reihen indischer Aufseher – diese waren die »Anführer«.

Unter Mr. Trimbles aufmerksamem Blick traten die Anführer ihren Dienst an. Sein Benehmen schwankte zwischen dem eines gestrengen Zuchtmeisters und dem eines zackigen Feldwebels. Ab und zu schoss er mitten in die Reihen, den Rohrstock unter seinen Arm geklemmt. Für einige Melker hatte er ein Lächeln und ein kurzes Wort der Ermunterung; bei anderen machte er einen großen Auftritt daraus, die Geduld zu verlieren, mit wilden Gesten und Schimpftiraden auf Tamil und Englisch, wobei er sich das Objekt seines Zorns mit der Spitze seines Zeigestockes förmlich herauspickte: »Du Hund von einem Kuli, heb dein schwarzes Gesicht hoch und schau mich an, wenn ich mit dir spreche …«

Uma verstörte dieses Spektakel. Sie hatte das Gefühl, etwas völlig Archaischem beizuwohnen, einer Verhaltensweise, von der sie geglaubt hatte, sie sei glücklicherweise ausgestorben.

Auf dem Rückweg fragte Matthew sie, wie der »Appell« ihr gefallen hatte, und Uma hatte Schwierigkeiten, ihre Stimme unter Kontrolle zu halten.

»Matthew, ich bin sprachlos. Es war, als würde ich etwas sehen, das gar nicht mehr existiert: Ich fühlte mich in den amerikanischen Süden vor dem Bürgerkieg zurückversetzt, in Onkel Toms Hütte!«

»Ach, komm schon. Übertreibst du nicht ein wenig? Unsere

Melker sind wohl genährt und gut versorgt. Und ihnen geht es sehr viel besser, als wenn sie dort wären, wo sie hergekommen sind.«

»Behaupten dies nicht alle Herren von ihren Sklaven?«

Matthew hob die Stimme. »Es sind keine Sklaven, Uma.«

»Nein, natürlich nicht.« Uma berührte versöhnlich seinen Arm. »Nein. Aber hast du die Angst in ihren Gesichtern gesehen, als dieser Mann – der Verwalter – sie angeschrien hat?«

»Er tut nur seine Arbeit, Uma. Es ist sehr harte Arbeit, und er macht sie sehr gut. Die Leitung einer Plantage ist kein Kinderspiel, weißt du? Wenn man sich umsieht, ist alles sehr grün und wunderschön – wie ein Wald. Aber in Wirklichkeit ist es eine riesige Maschine, konstruiert aus Holz und Fleisch. Und in jeder Kurve, bei jeder Wendung leistet diese Maschine Widerstand, sie bekämpft einen, sie wartet nur darauf, dass man aufgibt.«

Matthew brachte den Wagen zum Stehen. »Ich will dir etwas zeigen.« Er öffnete die Fahrertür und ging voran zu einer Ansammlung Kautschukbäume. »Komm. Hier entlang.«

Inzwischen war das erste Licht des Tages angebrochen, und über dem Gipfel des Gunung Jerai kamen die ersten Sonnenstrahlen hervor. Dies war die einzige Zeit des Tages, zu der die Höhenlagen des Berges sichtbar waren, frei von dem Dunst, der später von der aufgeheizten Ebene aufstieg. Auf den Hängen über ihnen erwachte der Dschungel langsam zum Leben, Vogelschwärme erhoben sich aus dem Baldachin des Waldes, und unsichtbare Affenhorden segelten durch die Wipfel der Bäume, hinter sich ein Fahrwasser aus rauschenden Blättern.

Von den Kautschukbäumen tropfte langsam der Tau herab. Matthew lehnte sich an einen Stamm und zeigte hinauf. »Sieh dir diesen Baum an«, sagte er. »Und dann sieh dir die anderen Bäume an. Würdest du nicht auch sagen, dass sie alle gleich sind?«

»Ja.« Uma nickte. »Erst neulich ist es mir aufgefallen. Sogar die Äste verzweigen sich auf exakt der gleichen Höhe und auf genau die gleiche Art.«

»Das sollen sie auch. Wir haben eine unglaubliche Menge menschlichen Scharfsinn darauf verwandt, diese Bäume genau gleich zu machen. Sie werden Klone genannt, weißt du, und Wissenschaftler haben jahrelang daran gearbeitet. Die meisten unserer

Bäume sind eine geklonte Sorte namens Avros – von den Holländern in den Zwanzigerjahren auf Sumatra entwickelt. Wir geben sehr viel Geld dafür aus, hundertprozentig erprobten Klonsamen zu bekommen. Aber ich will dir etwas zeigen.«

Er zeigte auf eine Kokosschalenhälfte, die am Stamm des Baumes befestigt war, unterhalb einer langen spiralförmigen Schnittwunde in der Rinde. »Siehst du, wie viel Latex dieser Baum über Nacht produziert hat? Die Schale ist halb voll, das ist ziemlich normal. Wenn du diese Baumreihe abschreiten würdest, würdest du entdecken, dass die meisten Bäume ungefähr die gleiche Menge Latex hergegeben haben. Aber jetzt sieh einmal hierher.« Er ging voran zu einem anderen Baum. »Sieh einmal in diese Schale.«

Uma schaute hinein und sah, dass die Schale beinahe leer war. Sie fragte: »Ist mit diesem Baum etwas nicht in Ordnung?«

»Nicht, soweit ich das beurteilen kann«, antwortete Matthew. »Er sieht gesund aus – kein Unterschied zu den anderen Bäumen. Denk nur einmal an all die Anstrengungen, ihn genauso zu machen wie den Rest. Und doch …« Matthew deutete auf die beinahe leere Schale. »… das ist das Ergebnis.«

»Und was ist deiner Meinung nach der Grund dafür?«

»Botaniker werden dir ihre Meinung dazu sagen und Geologen eine andere und Bodenspezialisten wieder etwas anders. Aber wenn du mich fragst, ist der Grund ganz einfach.«

»Woran liegt es?«

»Er wehrt sich.«

Uma lachte überrascht auf. »Das kann doch nicht dein Ernst sein.«

»Ich habe diesen Baum gepflanzt, Uma. Ich habe gehört, was all die Experten dazu sagen. Aber die Melker wissen es besser. Sie haben eine Redensart, weißt du? – ›Jeder Kautschukbaum in Malaya wurde mit einem indischen Leben bezahlt.‹ Sie wissen, dass es Bäume gibt, die nicht tun, was die anderen tun, und sie sagen auch warum – dieser hier setzt sich zur Wehr.«

Auf dem Hang unter ihnen konnte man durch die Baumstämme hindurch die Plantagenbüros erkennen. Matthew zeigte mit einer ausladenden Handbewegung hinunter.

»Dies ist mein kleines Reich, Uma. Ich habe es geschaffen. Ich habe es dem Dschungel genommen und es zu dem gemacht, was ich haben wollte. Und nun, da es mir gehört, sorge ich sehr gut dafür. Oberflächlich betrachtet wirkt alles hier zahm, domestiziert, alle Teile wirken sorgsam aufeinander abgestimmt. Aber sobald man versucht, die ganze Maschine in Gang zu bringen, entdeckt man, dass jedes einzelne Stück sich wehrt. Das hat nichts mit mir zu tun oder mit Recht und Unrecht. Ich könnte aus diesem Ort das bestgeführte kleine Königreich der Welt machen, und noch immer würde es sich zur Wehr setzen.«

»Und was ist der Grund dafür?«

»Es ist alles Natur. Die Natur, die diese Bäume geschaffen hat, und die Natur, die uns geschaffen hat.«

»Dann willst du also sagen, dass …« – Uma fing an zu lachen – »einige deiner Bäume einen rebellischen Instinkt besitzen?«

»Nicht so direkt formuliert.«

»Aber Matthew«, Uma musste wieder lachen, »was um alles in der Welt willst du tun, wenn deine Melker sich entschließen, es den Bäumen gleichzutun?«

Jetzt war es an Matthew zu lachen. »Wollen wir hoffen, dass es niemals so weit kommt.«

Weil sie nach Tagesanbruch nicht mehr schlafen konnte, gewöhnte Uma sich an, lange Spaziergänge durch die Kautschukhaine zu unternehmen. Seit Jahren war sie nicht mehr so früh aufgestanden. Die Morgendämmerung war voller Entdeckungen. An manchen Tagen tauchten Gruppen von Kautschukmelkern plötzlich aus dem goldenen Morgennebel auf, Nebelranken in ihren Saris und Sarongs. Sie gingen ganz nah an ihr vorüber, nichts von ihrer Anwesenheit ahnend und völlig damit beschäftigt, miteinander Schritt zu halten. Ihre sensenartigen Messer glitzerten im Zwielicht, während sie Rindenstücke von den Bäumen schälten.

Auf einem dieser frühmorgendlichen Spaziergänge merkte Uma, dass ihr jemand folgte. Sie blickte über ihre Schulter und sah gerade noch, wie sich eine Gestalt davonmachte. Es war entweder ein Junge oder ein Mann gewesen, sie vermochte es nicht zu sagen. In den Kautschukhainen war es leicht, etwas aus den Augen zu verlieren, und ganz besonders im Zwielicht der Dämmerung. Die Anordnung der Bäume war derart beschaffen, dass sich die Perspektive der Dinge plötzlich verschob, und man nicht zu sagen vermochte, wo sie sich – im Verhältnis zum Betrachter – befanden.

Als sie am nächsten Tag das Rascheln von Blättern hinter sich vernahm, war sie diejenige, die sich versteckte. Diesmal gelang es ihr, aus der Ferne einen Blick auf ihren Verfolger zu werfen. Es war ein Junge, dünn, hager und dunkelhäutig. Er trug ein Hemd und einen karierten Sarong. Sie nahm an, er sei der Sohn eines Arbeiters.

»He, du …«, rief sie. Ihre Stimme hallte durch den Blättertunnel. »Wer bist du? Komm her.« Plötzlich sah sie das Weiß seiner Augen im Dunkeln aufblitzen. Dann war er wieder verschwunden.

Später im Haus beschrieb Uma Alison den Jungen. »Weißt du, wer das sein könnte?«

»Ja.« Alison nickte. »Er heißt Ilongo. Er gehört in die Kuli-Quartiere. Ist er dir nachgegangen?«

»Ja.«

»Das tut er manchmal. Sei unbesorgt. Er ist vollkommen harmlos. Wir nennen ihn den Idioten von Morningside.«

Uma beschloss, sich mit dem Jungen anzufreunden. Sie fing es sehr behutsam an, nahm jeden Morgen kleine Geschenke mit auf ihre Spaziergänge – Orangen, Süßigkeiten, ein paar Bleistifte. Wenn sie ihn entdeckte, blieb sie stehen und rief: »Ilongo, Ilongo, komm her.« Dann legte sie ihre Mitbringsel auf die Erde und ging weiter. Schon bald hatte er den Mut, sich zu nähern. Die ersten Male machte Uma nicht den Versuch, zu sprechen. Sie legte ihre Geschenke nieder und sah ein Stückchen entfernt dabei zu, wie er sie aufhob. Er war etwa zehn Jahre alt, doch er war groß für sein Alter und sehr dünn. Er hatte riesige, ausdrucksvolle Augen; wenn Uma ihn ansah, zweifelte sie daran, dass er wirklich ein Schwachkopf war.

»Ilongo«, sprach sie ihn eines Tages auf Englisch an, »wieso gehst du mir nach?«

Weil er nicht antwortete, wechselte sie zu Hindustani und wiederholte ihre Frage. Das zeigte umgehend Wirkung. Er spuckte einen Orangenkern aus und fing plötzlich an zu sprechen.

»Wenn meine Mutter zum Appell gegangen ist, habe ich keine Lust, den ganzen Tag allein zu Haus zu bleiben.«

»Bist du denn allein zu Haus?«

»Ja.«

»Was ist mit deinem Vater?«

»Mein Vater ist nicht hier.«

»Wieso? Wo ist er denn?«

»Das weiß ich nicht.«

»Hast du ihn denn nie kennen gelernt?«

»Nein.«

»Weißt du, wo er wohnt?«

»Nein. Aber meine Mutter hat ein Bild von ihm. Er ist ein bedeutender Mann, sagt meine Mutter.«

»Zeigst du mir das Bild?«

»Ich muss erst meine Mutter fragen.« Dann erschrak er vor irgendetwas und verschwand wieder zwischen den Bäumen.

Als sie ein paar Tage später an einer Reihe Kautschukmelker vorbeikamen, deutete Ilongo auf eine Frau. Sie hatte ein kräftiges, breites Gesicht und trug einen silbernen Nasenring. »Das ist meine Mutter«, sagte er. Uma wollte zu der Frau hinübergehen, doch der Junge bekam Angst. »Nein. Sie muss arbeiten. Der Anführer wird sie bestrafen.«

»Aber ich würde gerne mit ihr sprechen.«

»Nachher. Bei uns zu Hause. Komm um fünf Uhr wieder her, dann bringe ich dich hin.«

An diesem Abend begleitete Uma Ilongo zu den Baracken. Seine Hütte war klein, aber sauber und ordentlich. Zu Ehren von Umas Besuch hatte Ilongos Mutter sich einen hellen, pfauengrünen Sari angezogen. Sie schickte den Jungen zum Spielen hinaus und setzte einen Kessel Wasser auf, um Tee zu kochen.

»Ilongo hat mir erzählt, Sie hätten ein Bild von seinem Vater.«

»Ja.« Die Frau reichte ihr einen verblassten Zeitungsausschnitt.

Uma erkannte das Gesicht auf Anhieb. Ihr wurde klar, dass sie es die ganze Zeit über gewusst, sich aber innerlich geweigert hatte, es sich einzugestehen. Sie schloss die Augen und drehte das Bild nach unten, damit sie es nicht ansehen musste. Es war Rajkumar.

»Wissen Sie, wer dieser Mann ist?«, fragte sie schließlich.

»Ja.«

»Wissen Sie, dass er verheiratet ist?«

»Ja.«

»Wie ist es dazu gekommen? Zwischen Ihnen und ihm?«

»Man hat mich zu ihm geschickt. Damals auf dem Schiff, als ich hergekommen bin. Man hat mich aus dem Frachtraum herausgerufen und hinauf in seine Kabine geführt. Ich konnte nichts dagegen tun.«

»War es das einzige Mal?«

»Nein. Danach hat er jahrelang nach mir geschickt, immer wenn er hier war. Er war nicht so übel, besser als manche anderen. Einmal war er mit seiner Frau hier, da habe ich sie gesehen. Ich sagte zu ihm, sie ist so schön, wie eine Prinzessin – was willst du da mit einer Frau wie mir?«

»Und was hat er gesagt?«

»Er hat mir gesagt, seine Frau habe sich von der Welt abgewandt; dass sie das Interesse an ihrem Heim verloren habe, an ihrer Familie, an ihm ...«

»Und wann haben Sie ihn zuletzt gesehen?«

»Vor vielen Jahren. Als ich ihm gesagt habe, dass ich schwanger bin, hat er aufgehört, mich zu treffen.«

»Wollte er denn nichts mit dem Jungen zu tun haben – mit Ilongo?«

»Nein. Aber er schickt mir regelmäßig Geld.«

»Warum haben Sie nicht mit seiner Frau gesprochen? Oder mit den Martins? Sie könnten etwas unternehmen. Was er getan hat, war ganz und gar falsch. Er darf Sie nicht so im Stich lassen.«

Ilongos Mutter warf ihrer Besucherin einen Blick zu und sah, dass die Frau vor Empörung rot angelaufen war. Ein ängstlicher Ton schlich sich in ihre bisher so sachliche Stimme. »Madame, Sie werden doch niemandem davon erzählen?«

»Sie können sich sicher sein, dass ich das tun werde«, gab Uma zurück. »Das ist ganz und gar schändlich. Wenn nötig, werde ich zur Polizei gehen ...«

Die Frau bekam es mit der Angst zu tun. Sie eilte auf Uma zu und fiel vor ihr auf die Knie. »Nein«, sagte sie und schüttelte heftig den Kopf. »Nein. Nein. Bitte verstehen Sie doch. Ich weiß, dass Sie mir helfen wollen, aber Sie sind eine Außenstehende. Sie wissen nicht, wie die Dinge hier sind.«

»Was erwarten Sie denn von mir?« Zornig stand Uma auf. »Wollen Sie, dass ich tue, als wäre nichts geschehen? Dass er damit davonkommt?«

»Dies ist meine Sache. Sie haben kein Recht, mit irgendjemandem darüber zu sprechen ...«

Uma keuchte vor Zorn. »Ich verstehe das nicht«, sagte sie. »Dieser Mann sollte für das, was er Ihnen angetan hat, bestraft werden – Ihnen und seiner eigenen Frau und Familie. Warum wollen Sie, dass niemand von dieser Angelegenheit erfährt?«

»Weil es mir nicht hilft, wenn er bestraft wird. Das wird die Dinge für alle nur schlimmer machen. Es wird kein Geld mehr kommen. Es wird Ärger geben. Ich bin kein Kind. Es ist nicht an Ihnen, diese Entscheidung für mich zu treffen ...«

Tränen der Enttäuschung traten Uma in die Augen. So oft schon hatte sie auf die Frauen geschimpft, die zuließen, dass sie in diesem Labyrinth aus Angst gefangen blieben – doch als sie sich nun mit diesen Zuständen konfrontiert sah, war sie gänzlich hilflos, selbst ein Teil des Irrgartens.

»Madame, bitte geben Sie mir Ihr Wort, dass Sie mit niemandem darüber sprechen werden. Ich lasse Sie nicht eher gehen, als bis Sie es mir versprochen haben.«

Uma blieb nichts übrig, als unter diesem Zwang mit dem Kopf zu nicken.

5

Von diesem Moment an nahm Umas Reise einen unwillentlichen, irrealen Verlauf. Eindrücke und Ereignisse prasselten unaufhörlich auf sie nieder wie Hagelkörner, die gegen ein Fliegengitter schlagen.

An ihrem letzten Tag auf Morningside führte sie mit Dinu eine Unterhaltung, die sie vollkommen überraschte. Ihr war aufgefallen, dass Dolly außerordentlich viel Zeit allein verbrachte, dass sie beinahe den ganzen Vormittag in ihrem Zimmer blieb und selten vor Mittag herunterkam.

Endlich gab sie ihrer Neugierde nach und fragte Dinu: »Wieso frühstückt Dolly nie mit uns? Wieso kommt sie immer erst so spät herunter?«

Dinu sah sie überrascht an. »Weißt du das nicht? Sie absolviert am Morgen ihr *te-ya-tai*.«

»Was ist das?«

»Ich weiß nicht, wie ich dir das erklären soll… Man könnte sagen, sie meditiert.«

»Oh.« Uma machte eine Pause, um diese Information zu verdauen. »Und wann hat das angefangen?«

»Das weiß ich nicht. Sie tut das schon, so lange ich mich erinnern kann…«

»Hat es mal eine Zeit gegeben, als sie das nicht getan hat?«

»Ich erinnere mich nicht…«

Uma wechselte schlagartig das Thema und schnitt es nicht wieder an.

Der nächste Halt auf Umas Reiseroute war ausgerechnet Rangun. Sie hatte ihre Reise derart geplant, dass sie zusammen mit Dolly, Neel und Dinu von Malaya nach Birma reisen konnte. Sie hatte einen Monat bei Dolly und Rajkumar verbringen und dann nach Kalkutta weitersegeln wollen. Dies war derjenige Teil ihrer Reise, auf den sie sich bei den Vorbereitungen am meisten gefreut hatte. Sie hatte sich die vielen gemeinsamen Stunden vorgestellt, die sie während der Überfahrt mit Dolly verbringen würde, in Gespräche vertieft, wie sie es einst getan hatten. Jetzt aber erfüllten die Gedanken daran sie mit Furcht. Doch als sie erst an Bord gegangen waren, zerstreuten sich die Belastungen der vergangenen Tage auf beinahe magische Weise. Stück für Stück kehrte die alte Vertrautheit wieder zurück, bis Uma es sogar wagte, sich über Dollys tagtägliche Klausuren zu äußern.

Eines Morgens, als sie zusammen auf Deck waren, sagte Uma: »Weißt du, Dolly, nach unserem ersten Abend auf Morningside, da dachte ich, es wäre wieder wie früher. Erinnerst du dich noch an Ratnagiri, Dolly, wie wir manchmal die ganze Nacht hindurch geredet haben, und wenn wir dann wieder aufgewacht sind, haben wir sofort weitergeredet, als wäre der Schlaf nur eine kurze Unterbrechung gewesen? Auf Morningside habe ich mir jeden Morgen gesagt, heute gehe ich mit Dolly spazieren, und wir setzen uns unter einen Baum und sehen hinaus aufs Meer. Aber du warst nie da. Du warst nicht mal zum Frühstück unten. Und deshalb habe ich eines Tages Dinu gefragt, und er hat mir erzählt, warum du immer so lange in deinem Zimmer bleibst ...«

»Ich verstehe ...«

»Ich habe so sehr versucht, dir etwas von meinem Leben zu erzählen, und du hast niemals auch nur ein Wort über deines verloren; nichts über das, was in dir vorgeht und wie du deine Zeit verbringst ...«

»Was hätte ich denn sagen sollen, Uma? Wenn mir die Worte leichter fielen, dann hätte ich es vielleicht getan. Aber ich wusste nicht, was ich sagen sollte. Und ganz besonders dir ...«

»Wieso besonders mir?«

»Bei dir habe ich immer das Gefühl, mich rechtfertigen zu müssen – eine Erklärung zu geben.«

Uma wusste, dass Dolly nicht Unrecht hatte.

»Vielleicht hast du Recht, Dolly. Vielleicht wäre es mir schwer gefallen, es zu verstehen. Es stimmt, ich bin kein religiöser Mensch – aber ich hätte versucht, es zu verstehen, einzig und allein, weil du es bist. Und ich versuche es immer noch, Dolly, wenn du mich nur lässt.«

Dolly schwieg einen Augenblick. »Es ist sehr schwer, einen Anfang zu finden, Uma. Erinnerst du dich noch, dass ich dir über Dinus Krankheit geschrieben habe? Als es damals ausgestanden war, hatte ich das Gefühl, etwas in mir hätte sich verändert. Ich konnte nicht zu dem Leben zurückkehren, dass ich vorher geführt hatte. Nicht, dass ich mit Rajkumar unglücklich gewesen wäre, oder dass ich nichts mehr für ihn empfunden hätte. Es war einfach so, dass mich die Dinge, die ich tat, überhaupt nicht mehr interessierten. Es war dieses Gefühl, das man hat, wenn der Tag leer ist und man rein gar nichts zu tun hat – und es ging immer so weiter, Tag für Tag. Dann habe ich von einer alten Freundin gehört – wir haben sie damals Evelyn genannt. Ich hörte, sie sei in Sagaing, in der Nähe von Mandalay, und dass sie inzwischen Vorsteherin eines *mitila-kyaung* sei – wie nennt man es? – eines buddhistischen Frauenklosters. Ich bin hingefahren, um sie zu besuchen, und ich wusste auf Anhieb, dass ich genau dort sein wollte – dass *das* mein Leben sein würde.«

»Dein Leben!« Uma starrte sie entsetzt an. »Aber was ist mit deinen Söhnen?«

»Ihretwegen – und wegen Rajkumar – bin ich noch nicht gegangen. Ich möchte, dass sie versorgt sind, sich irgendwo niedergelassen haben – vielleicht in Indien, auf jeden Fall außerhalb von Birma. Sobald sie sicher sind, bin ich frei, nach Sagaing zu gehen ...«

»Sicher? Aber sind sie denn dort, wo sie jetzt sind, nicht sicher?«

»In Birma hat sich vieles verändert, Uma. Ich habe Angst. Es gibt viele Unruhen, es herrscht eine Menge Widerstand, und ein Großteil davon richtet sich gegen Inder.«

»Aber wieso?«

»Geld, Politik«, Dolly hielt inne, »so viele verschiedene Gründe, wer weiß es schon genau? Indische Geldverleiher haben beinahe das gesamte Ackerland übernommen. Die meisten Geschäfte werden von Indern betrieben. Es herrscht die Meinung, die reichen Inder würden leben wie die Kolonialherren, sich über die Birmanen erheben. Ich weiß nicht, was davon richtig und was falsch ist, aber ich weiß, dass ich Angst um die Jungen habe – und um Rajkumar. Vor einiger Zeit wurde Dinu auf der Straße beschimpft. Sie haben ihm *zerbadi* nachgerufen – ein Schimpfname für Leute, die zur Hälfte indisch und zur Hälfte birmanisch sind. Und in Rangun haben eines Tages Männer meinen Wagen umringt und mir mit den Fäusten gedroht. Warum tut ihr das, habe ich sie gefragt. Was habe ich euch getan? Anstatt mir zu antworten, haben sie angefangen zu singen – *amoytha kwe ko mayukya pa net ...*«

»Was bedeutet das?«

»Es ist ein politisches Lied. Im Kern besagt es, dass Birmanen keine Ausländer heiraten sollen – dass Frauen wie ich, die mit Indern verheiratet sind, ihr eigenes Volk verraten haben.«

»Hast du etwas zu ihnen gesagt?«

»Ja. Ich war sehr wütend. Ich habe gesagt, wisst ihr, dass ich zwanzig Jahre meines Lebens mit Birmas letztem König im Exil verbracht habe? Ihr hier, ihr habt uns vergessen. Das bisschen Glück, das wir noch hatten, das haben uns die Inder gegeben.«

»Und was haben sie darauf geantwortet?«

»Sie haben dumm dreingeschaut und sind abgezogen. Aber wer weiß, was sie das nächste Mal tun werden?«

»Hast du mit Rajkumar darüber gesprochen – über deinen Wunsch, dass die Familie Birma verlässt?«

»Ja, natürlich, aber er will nichts davon hören. Er sagt, ich hätte keine Ahnung. Die Wirtschaft würde ohne die indischen Unternehmer nicht funktionieren. Das Land würde zusammenbrechen. Diese Proteste gegen die Inder seien das Werk von Aufwieglern und Störenfrieden, die nur versuchten, die Öffentlichleit aufzuhetzen. Ich habe versucht, ihm klarzumachen, dass er derjenige ist, der nicht versteht; dass das Birma von heute nichts mehr mit dem Birma zu tun hat, das er als Elfjähriger kennen gelernt hat. Aber er hört natürlich nicht zu …« Dolly hielt inne. »Wenn wir da sind, wirst du selbst sehen, wie es ist.«

Am darauf folgenden Nachmittag erreichten sie Rangun. Während des Anlegemanövers neben dem schwimmenden Pavillon des Passagierlandungssteges an der Barr Street entdeckte Uma Rajkumar. Er stand im Schatten des mit Ornamenten verzierten Dachvorsprunges. Er lächelte sie breit an und winkte. Sein Haar wurde an den Schläfen bereits grau, und mit seiner breiten Brust wirkte er größer und massiger als je zuvor. Uma biss die Zähne zusammen und zwang sich, zu lächeln.

Sie fuhren in Rajkumars neuem Wagen, einem grauen 1929er Packard Saloon, nach Kemendine. Während der Fahrt machte Rajkumar sie auf Veränderungen in der Umgebung aufmerksam. Uma erkannte die Stadt nicht wieder. Es gab feudale Hotels, riesige Banken, elegante Restaurants, Kaufhäuser mit Arkaden und sogar Nachtclubs. Das einzige Wahrzeichen, dem all diese Veränderungen anscheinend nichts anhaben konnten, war die Shwe-Dagon-Pagode. Sie war noch genau so wie in Umas Erinnerung, der anmutige, vergoldete *hti* schwebte über der Stadt wie eine Segnung.

Auch das Haus hatte sich verändert. Zwar machte es noch immer diesen willkürlichen, ungeordneten Eindruck, doch es war viel größer geworden, mit zusätzlichen Stockwerken und wild wuchernden Seitenflügeln. Wohin Uma auch blickte, sah sie Hausmeister, Gärtner, *chowkidars.*

»Wie sehr euer Haus gewachsen ist!«, sagte Uma zu Dolly. »Du könntest eine ganze Armee beherbergen!«

»Rajkumar will, dass es groß genug ist, damit auch die Jungen hier leben können«, antwortete Dolly. »Jeder von ihnen hat sein eigenes Stockwerk. Rajkumar sieht sich selbst als Oberhaupt einer dieser riesigen Großfamilien unter einem Dach, die von Generation zu Generation anwachsen.«

»Das macht nicht gerade den Eindruck, als hättest du leichtes Spiel darin, ihn davon zu überzeugen, auszuwandern.«

»Nein. Das wird sehr schwer werden …«

Später brachte Dinu einen birmanischen Schulfreund mit, um ihn Uma vorzustellen. Er hieß Maung Thiha Saw und war ein linkischer Junge mit wachem Blick, einem gewaltigen schwarz glänzenden Haarschopf und dicken, fettigen Brillengläsern.

»Kommt«, sagte Uma. »Wir wollen uns draußen unterhalten, vielleicht ist es dort ein bisschen kühler.«

Sie gingen hinunter und unternahmen einen kleinen Spaziergang über das Gelände. Am Eingangstor befand sich ein Strommast, und während sie darauf zugingen, neigte sich der Mast auf einmal. Uma blieb wie angewurzelt stehen und fuhr sich mit der Hand über die Augen. Dann gaben mit einem Mal ihre Füße nach. Sie hatte das Gefühl, ihre Beine würden sie nach vorne schleudern.

»Dinu!«, schrie sie. »Was ist das?«

»Ein Erdbeben!« Dinu legte beschützend einen Arm um ihre Schultern. Die drei drängten sich eng zusammen und umarmten einander. Es schien eine Ewigkeit zu dauern, ehe die Erde wieder zur Ruhe kam. Vorsichtig lösten sie sich voneinander und sahen sich prüfend um. Plötzlich fing Maung Thiha Saw, die Augen starr vor Schreck auf einen Punkt am Horizont gerichtet, an zu schreien.

»Nein!«

Uma wirbelte herum, gerade noch rechtzeitig, um mit eigenen Augen zu sehen, wie der große goldene *hti* der Shwe-Dagon-Pagode umkippte.

Kurze Zeit später traf Uma Vorbereitungen für eine Rundreise durch Birma, die sie zusammen mit Genossen der Indischen Unabhängigkeitsliga unternehmen wollte. Von Rangun aus fuhren sie Richtung Osten nach Moulmein und von dort aus weiter nach Norden, um die Städte Taunggyi, Toungoo, Meiktila und Mandalay zu besuchen. Allerorten begegneten Uma Anzeichen für die tiefer werdende Kluft zwischen den Indern und ihren birmanischen Nachbarn. Unter Studenten und Nationalisten herrschten aufwieglerische Bestrebungen, die Verwaltung Birmas von jener Britisch Indiens abzuspalten. Viele Inder im Land sahen darin ein alarmierendes Zeichen. Sie waren davon überzeugt, dass die Abspaltung eine unmittelbare Bedrohung ihrer persönlichen Sicherheit bedeuten würde.

Uma war von dieser Kontroverse innerlich gespalten. Einerseits hatte sie Verständnis für die Ängste der indischen Minderheit, doch gleichzeitig war sie zutiefst darüber beunruhigt, dass diese Menschen glaubten, ihre Sicherheit sei gerade in dem zu suchen, was sie selbst für die Wurzel allen Übels hielt – in dem Modell der britischen Weltherrschaft und dessen Taktik, die eigene Unentbehrlichkeit sicherzustellen, indem es seine Untertanen gegeneinander aufwiegelte. Bei ihrer Rückkehr nach Rangun hatte Uma es eilig, Dolly um Verzeihung zu bitten: »Dolly, ich hoffe, du kannst mir verzeihen, dass ich damals deine Befürchtungen so leichtfertig abgetan habe. Inzwischen ist mir klar geworden, dass es in der Tat eine Menge gibt, worüber man sich Sorgen machen muss. Offen gesagt, ich bin äußerst beunruhigt ...«

Einige Tage vor ihrer Weiterreise nach Kalkutta unternahm Uma mit Dolly eine frühmorgendliche Fahrt in dem grauen Packard. Ihr erstes Ziel war das Haus in der Churchill Road, in dem Königin Supayalat vor wenigen Jahren gestorben war.

»Hast du sie jemals wieder gesehen, Dolly?«, fragte Uma.

»Nein.« Dolly schüttelte langsam den Kopf. »In ihren Augen saß ich im gleichen Boot wie die Zweite Prinzessin, für alle Zeit aus ihrer Gegenwart verbannt ...«

Auf dem Rückweg fuhren sie an der Sule-Pagode vorbei. Die Straßen kamen ihnen für die Tageszeit ungewöhnlich ruhig vor. »Ich frage mich, warum keine Rikschas und Straßenhändler unterwegs sind ...« Dolly verstummte und sah sich um. »Wie merkwürdig. Ich kann keinen einzigen Inder entdecken.«

An einer Straßenecke in der Ferne sahen sie eine lange Reihe Männer. Als der Packard daran vorüberfuhr, konnten sie erkennen, dass die Männer anstanden, um sich die Brust mit tätowierungsartigen Zeichen bemalen zu lassen. Dolly reagierte augenblicklich. Sie beugte sich zu U Ba Kyaw nach vorn und schüttelte ihn.

»Dolly! Was ist los? Was geht hier vor?«, fragte Uma.

»Wir müssen sofort umkehren. Wir müssen zurückfahren – zurück nach Hause.«

»Wegen dieser Männer? Wieso? Hat es etwas mit diesen Tätowierungen zu tun?«

»Das sind keine Tätowierungen, Uma. Diese Bemalung tragen Soldaten, die in den Krieg ziehen ...« Dolly trommelte sich mit den Fäusten verstört auf die Knie. »Ich glaube, dass irgendetwas in der Luft liegt. Wir müssen die Jungen suchen – und Rajkumar. Wenn wir uns beeilen, können wir sie vielleicht davon abhalten, das Haus zu verlassen ...«

Etwa zwanzig Meter vor dem Packard sprang ein Mann von einem Fußweg herunter und rannte auf die Straße. Uma und Dolly sahen ihn erst, als er in einer Ecke der großen, gebogenen Windschutzscheibe des Packard auftauchte. Der Mann war Inder, ein Rikscha-Zieher, bekleidet mit einer zerschlissenen Weste und einem *longyi*. Er rannte, so schnell er konnte, Schweißperlen rannen von seinen Armen herunter. Eine Hand krallte sich vor ihm ins Nichts, während er mit der anderen krampfhaft seinen *longyi* festhielt, um zu verhindern, dass sich der Stoff zwischen seinen Beinen verfing. Er hatte ein sehr dunkles Gesicht und leuchtend weiße, hervorquellende Augen. Zwei Schritte trugen ihn von der Ecke der Windschutzscheibe hin zur Mitte; er drehte sich um und warf einen Blick über die Schulter, und ihm quollen beinahe die Augen aus dem Gesicht. Jetzt konnten die beiden Frauen erkennen, dass der Inder verfolgt wurde. Ihm war ein Mann dicht auf den Fersen, nur zwei Schritte hinter ihm. Er hatte einen nackten Oberkörper und trug eine schwarze Bemalung quer über der Brust. Der Verfolger hielt etwas in der Hand, doch sie konnten nicht erkennen, was es war, weil der Gegenstand unterhalb der Windschutzscheibe unsichtbar war. Dann drehte der Mann plötzlich seine Schultern und zog die Arme zurück in die Luft wie ein Tennisspieler, der seinen Aufschlag vorbereitet. Jetzt konnten sie sehen, dass er ein *da* in der Hand hielt, eine lange, blitzende Klinge mit einem kurzen Griff, teils Schwert, teils Axt. Die Frauen saßen wie gelähmt in ihren Sitzen, während das *da* mit kreisender Bewegung durch die Luft flog. Der Rikscha-Zieher hatte das andere Ende der Windschutzscheibe beinahe erreicht, als sein Kopf auf einmal wie ein abgeschlagener Ast umknickte und über sein Rückgrat hinunterhing, nur noch von einem schmalen Streifen Fleisch gehalten. Doch der Körper des Mannes fiel nicht sogleich zu Boden. Für den ewig erscheinenden Bruchteil einer Sekunde blieb der enthauptete Leib aufrecht stehen. Er vollendete den nächsten Schritt und stürzte dann auf den Asphalt.

Automatisch tastete Umas Hand nach dem Türgriff.

»Was tust du da?«, schrie Dolly. »Halt!«

»Wir müssen ihm helfen, Dolly. Wir können ihn doch nicht einfach da auf der Straße liegen lassen …«

»Uma, bist du verrückt geworden? Wenn du jetzt aus dem Wagen steigst, dann wirst du auch getötet …« Sie versetzte Uma einen Stoß und schubste sie in den Fußraum des Wagens. »Uma, versteck dich. Wir dürfen nicht riskieren, dass sie dich entdecken.« Sie befahl Uma, sich flach auf den Boden zu legen, und zerrte dann die Stoffbezüge von der Rücksitzbank. »Ich decke dich damit zu. Bleib still liegen und gib keinen Mucks von dir!«

Uma legte ihren Kopf auf den Boden und schloss die Augen. Das Gesicht des Rikscha-Ziehers tauchte vor ihr auf. Sie sah wieder, wie sein Kopf nach hinten wegknickte. In dem Augenblick, als der enthauptete Leib noch aufrecht gestanden hatte, sich noch immer vorwärts bewegt hatte, da hatte sie diese weißen Augen gesehen, wie sie da hilflos über den Rücken hingen. Der Blick dieser Augen schien genau in den Wagen gerichtet zu sein, genau auf sie. Uma spürte Übelkeit in sich aufsteigen, und dann erbrach sie sich in einem Schwall durch Mund und Nase auf die Fußmatte des Wagens.

»Dolly.« Sie wollte gerade den Kopf heben, doch Dolly versetzte ihr einen heftigen Schlag. Der Wagen musste scharf bremsen und blieb dann unvermittelt stehen. Umas Gesicht war nur wenige Zentimeter von der besudelten Fußmatte entfernt. Irgendwo über ihr redete Dolly mit irgendjemandem – mit einigen Männern –, sie erklärte etwas auf Birmanisch. Die Unterhaltung dauerte nur ein oder zwei Minuten, und doch schien eine Ewigkeit zu vergehen, ehe der Wagen sich wieder in Bewegung setzte.

Die Unruhen dauerten mehrere Tage, und die Zahl der Toten und Verletzten ging in die Hunderte. Sicher wären noch mehr Todesopfer zu beklagen gewesen, hätte es nicht viele Birmanen gegeben, die Inder vor dem Mob gerettet und ihnen in ihren Häusern Zuflucht gewährt hätten. Später stellte sich heraus, dass ein Zusammenstoß von indischen und birmanischen Arbeitern auf den Docks der Auslöser für die Unruhen gewesen war. Viele Anschläge richteten sich gegen Geschäfte von indischen oder chinesischen Eigentümern, und auch einer von Rajkumars Holzlagerplätzen war betroffen. Drei seiner Arbeiter wurden getötet und viele weitere verletzt.

Bei Ausbruch der Unruhen war Rajkumar zu Hause gewesen. Weder er noch ein anderes Mitglied der Familie war verletzt worden. Neel hatte sich zu dem Zeitpunkt glücklicherweise nicht in der Stadt befunden, und Dinu war von seinem Freund Maung Thiha Saw sicher von der Schule nach Hause geleitet worden.

Ungeachtet seiner Verluste war Rajkumar unerbittlicher denn je, wenn es darum ging, in Birma zu bleiben. »Ich habe mein ganzes Leben hier verbracht. Alles, was ich habe, ist hier in Birma. Ich bin nicht derart feige, bei den ersten Anzeichen von Unruhen alles aufzugeben, was ich mir hart erarbeitet habe. Und außerdem, was gibt dir Grund zu der Annahme, dass wir in Indien eher willkommen wären, als wir es hier sind? In Indien kommt es ständig zu irgendwelchen Aufständen – woher willst du wissen, dass uns dort nicht dasselbe widerfährt?«

Uma sah, dass Dolly kurz vor einem Nervenzusammenbruch stand, und so entschloss sie sich, in Rangun zu bleiben, bis die Krise überstanden war. Aus einer Woche wurde ein Monat und dann noch einer. Wann immer sie davon sprach, endlich abzureisen, bat Dolly sie inständig darum, noch etwas länger zu bleiben: »Es ist noch nicht vorüber – ich spüre es in der Luft.«

Die Wochen vergingen, und die spürbare Unruhe, die über der Stadt lag, verdichtete sich weiter. Es kam zu außergewöhnlichen Zwischenfällen. Man sprach von Problemen im Irrenhaus von Rangun, wo mehrere tausend obdachlose Inder nach den Unruhen untergebracht worden waren. Im Gefängnis der Stadt brach unter den Gefangenen eine Meuterei aus, deren Niederwerfung wieder viele Menschenleben kostete. Gerüchte machten die Runde, die besagten, ein noch größerer Aufstand als der vorhergehende stünde kurz bevor.

Eines Tages sprach Dolly auf der Straße ein Fremder an. »Ist es wahr, dass Sie zu König Thebaws Zeiten im Palast von Mandalay gearbeitet haben?« Als Dolly die Frage bejahte, lächelte der Fremde sie an. »Seien Sie bereit. Bald schon wird es wieder eine Krönung geben. Ein Prinz ist gefunden, der Birma befreien wird...«

Einige Tage später hörten sie, dass es tatsächlich eine Art Krönung gegeben hatte, nicht weit entfernt von Rangun. Ein Heiler namens Saya San hatte sich – unter Beachtung aller Traditionen – selbst zum König von Birma gekrönt. Er hatte einen kunterbunten Trupp Soldaten um sich geschart und ihnen befohlen, die Vertreibung König Thebaws zu rächen.

Diese Gerüchte erinnerten Uma an die Ereignisse, die dem Ausbruch des indischen Aufstands von 1857 vorausgegangen waren. Auch damals, lange ehe der erste Schuss abgegeben worden war, hatte es auf den weiten Ebenen des indischen Nordens Anzeichen für Schwierigkeiten gegeben. *Chapatis* – die wohl gewöhnlichste Alltagsnahrung in Indien überhaupt – waren von Dorf zu Dorf gewandert, wie zur Warnung. Niemand wusste, woher sie gekommen waren oder wer sie in Umlauf gebracht hatte – aber irgendwie hatten die Menschen gewusst, dass große Ereignisse ihre Schatten vorauswarfen.

Umas Vorahnungen erwiesen sich als richtig. Der Aufstand nahm im Bezirk Tharawaddy seinen Anfang, wo ein Forstaufseher und zwei Dorfvorsteher getötet wurden. Am darauf folgenden Tag besetzten Aufständische einen Bahnhof. Eine Kompanie indischer Truppen wurde entsandt, um die Rebellen niederzuschlagen. Doch auf einmal waren die Aufständischen überall. In Insein, in Yamthin und in Pyapon. Wie Schatten tauchten sie aus den Wäldern auf, die Körper mit magischen Bemalungen verziert. Sie kämpften wie Besessene, stürzten sich mit nacktem Oberkörper in das Geschützfeuer, attackierten Flugzeuge mit Katapulten und Speeren. Von der Landbevölkerung erklärten tausende dem künftigen König die Treue. Die kolonialen Machthaber setzten sich zur Wehr, indem sie weitere indische Streitkräfte schickten, um die Rebellion zu ersticken. Dörfer wurden besetzt, hunderte Birmanen getötet und tausende verletzt.

Für Uma waren der Aufstand und die Methoden seiner Zerschlagung Höhepunkt eines Monate währenden Albtraumes. Wieder einmal wurden indische Soldaten dazu benutzt, das Empire zu stützen. Ihr erschien dies wie die Bestätigung ihrer schlimmsten Befürchtungen. In Indien schien niemand von diesen Vorgängen Notiz zu nehmen. Sie schienen niemanden zu bekümmern. Es war dringend notwendig, dass jemand das Volk davon in Kenntnis setzte.

Die niederländische Fluggesellschaft KLM hatte gerade damit begonnen, eine Reihe von Städten zwischen Batavia und Amsterdam mit einer Flugroute zu verbinden. Es gab regelmäßigen Flugverkehr zwischen der neuen Rollbahn Mingaladon in Rangun und Dum-Dum in Kalkutta. Der Flug von Rangun nach Kalkutta dauerte etwa sechs Stunden – einen Bruchteil der Zeit, die man für eine Reise mit dem Schiff benötigte. Uma war inzwischen zu sehr in Unruhe, um eine viertägige Schiffsreise auf sich zu nehmen. Rajkumar kaufte ihr einen Flugschein für die KLM.

Die Fahrt zur Rollbahn von Mingaladon war tränenreich. »Ich kann nicht fassen, was ich hier zu sehen bekommen habe – es ist wieder die gleiche Geschichte, indische Soldaten werden benutzt, um für das Empire zu töten, um gegen ein Volk zu kämpfen, dem sie eigentlich in Freundschaft verbunden sein sollten …«

Rajkumar fiel ihr ins Wort: »Uma, du redest Unsinn.«

»Was meinst du damit?«

»Uma – hast du dich auch nur einen Augenblick lang gefragt, was ohne den Einsatz dieser Soldaten geschehen würde? Du hast die Unruhen miterlebt. Du hast gesehen, was passiert ist. Was würden die Aufständischen uns wohl antun – mir, Dolly, den Jungen? Verstehst du nicht, dass diese Soldaten nicht nur das Empire beschützen, sondern genauso Dolly und mich?«

All die Wut, die Uma seit Morningside unterdrückt hatte, brach sich jetzt Bahn. »Rajkumar, du befindest dich wohl kaum in der richtigen Position, um eine Meinung zu äußern. Leute wie du sind für diese ganze Tragödie verantwortlich. Hast du jemals über die Konsequenzen deines Tuns nachgedacht, als du diese Menschen hierher verschifft hast? Was du und deinesgleichen getan habt, ist viel schlimmer als die übelsten Taten der Europäer.«

Rajkumar hatte es sich zur Regel gemacht, sich mit Uma auf kein politisches Streitgespräch einzulassen. Jetzt aber war auch er wütend, und etwas in ihm ließ alle Vorsicht fahren. »Was dich betrifft, so hast du Meinungen über etwas zu viele Dinge, Uma – über Dinge, von denen du rein gar nichts verstehst. Seit Wochen höre ich dich nun an allem, was dir begegnet, herumkritisieren. An den Zuständen in Birma, an der Behandlung der Frauen, am Zustand Indiens, an den Gräueltaten des Empires. Aber was hast du selbst jemals getan, das dir das Recht geben würde, diese Ansichten zu vertreten? Hast du jemals selbst etwas geschaffen? Hast du auch nur einem einzigen Menschen Arbeit gegeben? Hast du je in irgendeiner Weise das Leben eines anderen verbessert? Nein. Alles, was du tust, ist dich zurücklehnen, als würdest du über uns alle erhaben sein, und unentwegt zu kritisieren. Einem feineren Kerl als deinem Ehemann bin ich selten begegnet, und du, du hast ihn in den Tod getrieben mit deiner Selbstgefälligkeit …«

»Wie kannst du es wagen!«, schrie Uma. »Wie kannst du es wagen, so mit mir zu sprechen! Gerade du – der kaum besser ist als irgendein Vieh, du, mit deiner Habgier und deiner Entschlossenheit, an dich zu raffen, was immer du bekommen kannst – egal, zu welchem Preis. Glaubst du wirklich, niemand wüsste etwas von deinen Verbrechen, von den Dingen, die du den Menschen angetan hast, die in deiner Gewalt waren – den Frauen und Kindern, die sich nicht wehren konnten? Du bist ein Sklaventreiber und ein Frauenschänder, Rajkumar. Vielleicht glaubst du, dass du dich niemals für die Dinge, die du getan hast, wirst rechtfertigen müssen, aber da täuschst du dich.«

Ohne ein weiteres Wort zu Uma beugte sich Rajkumar zu U Ba Kyaw nach vorn und befahl ihm, anzuhalten. Dann stieg er mitten auf der Straße aus und sagte zu Dolly: »Ich komme schon zurück in die Stadt. Verabschiede du sie.«

Als sie Mingaladon erreichten, stand das Flugzeug bereits wartend auf dem Rollfeld. Es war eine dreimotorige Fokker F-VIII mit silbernem Rumpf und Flügeln, die von Streben gestützt wurden.

Als sie ausgestiegen waren, sagte Dolly mit leiser Stimme: »Uma, du bist sehr wütend auf Rajkumar, und ich weiß vermutlich auch, wieso. Aber du solltest nicht zu hart mit ihm ins Gericht gehen, weißt du? Du musst wissen, dass auch ich einen Teil der Schuld trage ...«

Dann standen sie an den Toren zur Rollbahn, und Uma hielt Dolly fest umklammert.

»Dolly, wird nun alles anders werden – auch für uns, für dich und mich?«

»Nein. Natürlich nicht. Ich komme dich in Kalkutta besuchen, wann immer ich kann. Es wird alles gut werden.«

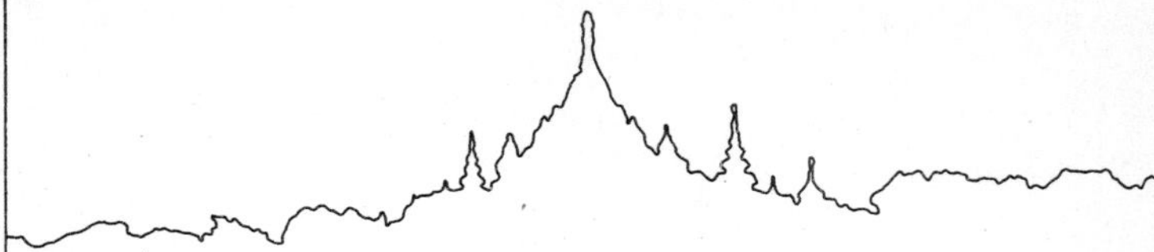

VIERTER TEIL

Die Hochzeit

1

In Kalkutta, auf der anderen Seite des Golfs von Bengalen, wartete Umas Bruder mit seiner Familie an der Landebahn von Dum-Dum, um sie abzuholen. Ihr Bruder war ein stiller und etwas farbloser Mann, der in der Rechnungsabteilung einer Reederei arbeitete. Seine Frau litt unter schwerem Asthma und ging nur selten aus dem Haus. Von den Kindern war Bela mit sechs das jüngste. Ihre Geschwister waren Zwillinge und ganze sieben Jahre älter. Der eine Zwilling war ein Junge, Arjun; der andere war ein Mädchen und hörte innerhalb der Familie auf den Kosenamen Manju. Ihr Taufname war – ein erstaunlicher Klang – »Brihannala«, der sich dem täglichen Gebrauch beharrlich widersetzte.

Für die Zwillinge war Umas Ankunft in Kalkutta ein Ereignis ohnegleichen. Und das nicht nur wegen ihres legendären Rufes, sondern zumindest teils auch deswegen, weil bislang noch niemand in der Familie Gelegenheit gehabt hatte, nach Dum-Dum zu fahren. Es war gerade zehn Jahre her, dass in Kalkutta erstmals ein Flugzeug gesehen wurde: 1920 hatte eine jubelnde Menge eine Handley-Page auf der Rennbahn begrüßt. Seither waren auch Maschinen der Imperial Airways und der Air France in der Stadt gelandet. Aber es war die KLM, die mit den ersten regelmäßigen Passagierflügen begonnen hatte, und das dramatische neue Geschehen der Landungen und Starts hatte die Stadt über Monate in Bann gehalten.

Im Haus herrschte eine derartige Aufregung, dass die Familie etwas Unerhörtes tat und für diesen Tag ein Auto mietete, einen neuen 1930er Austin Chummy. Aber die Erwartungen der Zwillinge wurden enttäuscht, als sie an der Dum-Dum-Landebahn ankamen: Da war nichts als eine Teerfläche, von Reisfeldern und Kokospalmen begrenzt. Diese Art zu reisen war zu neu, als dass sich ein zeremonielles Drum und Dran hätte entwickeln können; von dem Pomp, der einen Ausflug zu den Docks begleitete, war nichts zu sehen: keine Matrosen in Uniform, keine Schirmmützen, keine mit Bändern geschmückten Hafenmeister. Die Abfertigung fand in einem Schuppen mit Blechdach statt, und das Personal bestand aus mundfaulen Mechanikern in ölfleckigen Arbeitsmonturen. Das Gefühl, dass der Anlass ein besonderer war, rührte von Umas Anhängern her, die gekommen waren, um sie zu begrüßen.

Der Wartebereich bestand aus einem kleinen, mit Draht eingezäunten Verschlag ohne Dach. Die gründlich eingeschüchterte Familie wurde von Umas begeisterten Anhängern immer weiter zurückgedrängt. Sie hörten die Fokker F-VIII, als sie noch von Wolken verdeckt war. Arjun erspähte sie als Erster, als sie die Wolkenwand durchbrach; der gedrungene silbrige Rumpf glitzerte zwischen den Flügeln des Doppeldeckers. Das Flugzeug wackelte über den Palmen, als es zur Landung ansetzte.

Sie mussten lange in der Sonne auf Uma warten. Als die Leute vorne zu jubeln anfingen, wussten sie, dass Uma abgefertigt worden war, und dann war sie plötzlich da, höchstpersönlich, in einem schlichten weißen Baumwoll-Sari.

Für die Zwillinge war Uma ein legendäres Wesen, die rebellische Tante, die sich der Politik verschrieben hatte, statt sich mit dem üblichen Los einer Hindu-Witwe abzufinden. In ihrer Gegenwart verfielen sie in ehrfürchtiges Schweigen; es schien unglaublich, dass ihre Heldin eine zarte Frau mit ergrauendem Haar und einem abgehärmten Gesicht sein sollte.

Auf dem Rückweg nach Lankasuka saßen sie zusammengedrängt in dem Austin und tauschten Neuigkeiten aus. Dann tat Uma etwas, das für ihre Verwandten völlig überraschend kam: Unerklärlicherweise, ohne ersichtlichen Grund, fing sie an zu weinen. Sie starrten sie entgeistert an, als sie in ihren Sari schluchzte. Eingeschüchtert von ihrem sagenhaften Ruf, brachten sie es nicht über sich, sie zu berühren; stumm saßen sie da, zappelten herum, und keiner wagte zu sprechen. Als die Fahrt fast zu Ende war, fasste Uma sich. »Ich weiß nicht, was in mich gefahren ist«, sagte sie zu niemandem im Besonderen. »Die letzten Monate waren sehr schwer – mir ist, als erwachte ich aus einem schrecklichen Traum. Ich muss versuchen, diese Zeit hinter mir zu lassen …«

Es verging eine Weile, bis die Familie Uma wieder zu Gesicht bekam. In den folgenden Monaten verwandte sie ihre ganze Kraft darauf, den birmanischen Aufstand in der indischen Öffentlichkeit bekannt zu machen. Sie schickte Artikel an die *Modern Review* in Kalkutta und schrieb Briefe an die größeren Zeitungen; sie gab sich alle Mühe, ihren Landsleuten bewusst zu machen, dass indische Soldaten dazu gebracht worden waren, bei der Unterdrückung des Aufstands mitzuwirken. Ihre Schreiben zeigten keine merkliche Wirkung. Die indische Öffentlichkeit war von der Lokalpolitik voll in Anspruch genommen und konnte kaum Zeit für Birma erübrigen. Als Uma eines Tages eine bengalische Zeitung aufschlug, sah sie ein grausiges Bild: sechzehn abgetrennte Köpfe, die auf einem Tisch aufgereiht waren. In dem Begleitartikel hieß es: »Dies sind die Köpfe von birmanischen Aufständischen, die im Bezirk Prome in Birma auf Truppen des Empires stießen. Es ist anzunehmen, dass sie im militärischen Hauptquartier in Prome zur Schau gestellt wurden, zu dem Zweck, die Herzen derjenigen, die möglicherweise zur Aufwiegelei neigten, mit Schrecken zu erfüllen.«

Uma riss den Artikel mit zitternden Händen heraus. Sie trug ihn zu ihrem Schreibtisch, um ihn in dem Ordner abzulegen, in dem sie ihre Zeitungsausschnitte aufbewahrte. Dabei fiel ihr Blick auf das Mäppchen, das die Überbleibsel ihres KLM-Flugscheins enthielt; es hatte seit ihrer Ankunft vergessen auf einer Ecke des Schreibtisches gelegen.

Als sie es jetzt betrachtete, dachte sie an die Stadt, die sie in der silbrigen Fokker verlassen hatte; sie dachte an die Geschäftsleute – die Holzkaufleute und Ölhändler –, die ihre Mitreisenden gewesen waren; sie dachte daran, wie sich alle dazu beglückwünscht hatten, beim Anbruch eines neuen Zeitalters zugegen zu sein, einer Ära, in der die Luftfahrt die Welt so klein werden ließe, dass die Trennungen der Vergangenheit verschwänden. Umas Gedanken hatten die gleiche Richtung genommen: Als sie von oben auf die schäumenden Wellen des Golfs von Bengalen herabsah, schien es unmöglich, nicht daran zu glauben, dass die geschrumpfte Welt, die dieses Flugzeug hervorgebracht hatte, eine bessere war als die vorausgegangene.

Und nun, sechs Monate später, dieses Bild – sechzehn abgetrennte Köpfe, von der herrschenden Macht zur Schau gestellt –, ein Bild, so mittelalterlich, wie man es sich nur vorstellen konnte. Sie rief sich in Erinnerung, dass Prome der Sitz der großen Shwe-Sandaw-Pagode war, die fast ebenso verehrt wurde wie die Shwe-Dagon-Pagode in Rangun. Ihr kam in den Sinn, was ein Mitreisender ihr erzählt hatte, ein großer, dunkelhäutiger Ölhändler. Am Tag des großen Erdbebens hatte er in dem englischen Club in Prome gesessen, gleich neben der Shwe-Sandaw-Pagode. Direkt vor seinen Augen hatte die Pagode durch die Erdstöße einen Riss bekommen. Ein großer Teil war auf das Grundstück des Clubs heruntergekracht.

Vor ihren Augen entstanden Bilder der Erinnerung: von dem entsetzlichen Anblick, eingerahmt in der Windschutzscheibe von Dollys Packard; von Rajkumar und seinen endlosen Treuebrüchen, von dem Streit im Auto auf dem Weg zum Flugplatz, vom Tod der sechzehn Aufständischen und ihrer grausamen Enthauptung.

Dieser Tag markierte den Anfang einer Wandlung in Uma, die nicht weniger grundlegend war als die Umwälzung, die nach dem Tod des Verwalters eingetreten war. Nach der Niederschlagung des Saya-San-Aufstandes in Birma fing sie an, ihre politischen Ideen in ihrer Gesamtheit zu überdenken. Ein Aufstand wie dieser war es gewesen, auf den sie und ihre politischen Verbündeten in der Ghadar-Partei einst ihre Hoffnungen gesetzt hatten. Aber jetzt erkannte sie, dass ein von Legenden und Mythen angeregter Volksaufstand keine Chance hatte, sich gegen eine Macht wie das Empire zu behaupten, das so geschickt und skrupellos seine Übermacht entfaltete, so gekonnt Meinungen beeinflusste. Im Rückblick wurde deutlich, dass unbewaffnete, technisch rückständige Länder wie Indien und Birma nicht hoffen konnten, eine gut organisierte und überaus moderne Militärmacht zu besiegen; dass selbst wenn ein solcher Versuch erfolgreich wäre, dies mit dem Preis eines unvorstellbaren Blutvergießens bezahlt werden würde – ein Saya-San-Aufstand in vielhundertfacher Vergrößerung –, wobei die Inder dermaßen gegeneinander ausgespielt würden, dass ein Sieg ebenso unerwünscht käme wie eine Niederlage.

Früher hatte sie nichts von Mahatma Gandhis politischen Ansichten gehalten. Gewaltlosigkeit war für sie eine Philosophie des

Wunschdenkens gewesen. Jetzt erkannte sie, dass der Mahatma ihr in seiner Denkweise um Jahrzehnte voraus gewesen war; Luftschlösser waren vielmehr die romantischen Vorstellungen von Rebellion gewesen, die sie in New York gehegt hatte. Sie erinnerte sich an die Worte des Mahatma, die sie oft gelesen und stets missachtet hatte: dass die Bewegung gegen den Kolonialismus ein Aufstand unbewaffneter Inder gegen jene war, die Waffen trugen – Inder wie Engländer –, und dass ihre gewählten Instrumente die Waffen der Waffenlosen waren, dass gerade ihre Schwäche ihre Kraftquelle war.

Gedacht, getan. Sie schrieb dem Mahatma und bot ihm ihre Dienste an, woraufhin er sie in seinen Aschram in Wardha einlud.

2

Schon als ganz kleine Kinder wurden Umas älterer Neffe und ihre Nichte, die Zwillingskinder, wegen ihrer Schönheit gepriesen. Manju und Arjun war ein gemeinsamer Zug zu Eigen, der ihnen einen außerordentlichen Reiz verlieh: ein Grübchen, das erschien, wenn sie lächelten, aber nur auf einer Wange, bei Manju auf der rechten und bei Arjun auf der linken. Wenn sie zusammen waren, sah es aus, als sei ein Kreis geschlossen, eine Symmetrie vollendet worden.

Aufgrund der Beachtung, die ihr Aussehen ihr eintrug, war Manju sich ihrer Erscheinung schon sehr früh bewusst; sie wusste genau, welchen Eindruck sie auf die Leute machte. In dieser Hinsicht war Arjun das Gegenteil von ihr: Er war nachlässig, ja nahezu schlampig und tat nichts lieber als in einer fadenscheinigen Weste, einen *longyi* um die Taille geknotet, im Haus herumzutrödeln.

Arjun war einer jener uneinsichtigen Jungen, über die Lehrer klagen, dass ihre Leistungen hinter ihren Möglichkeiten zurückbleiben; jedermann wusste, dass er die Intelligenz und die Fähigkeit besaß, ein guter Schüler zu sein, doch schienen seine Interessen einzig darin zu bestehen, den Mädchen schöne Augen zu machen und Schundromane zu lesen. Bei den Mahlzeiten trödelte er träge über seinem Teller, wenn alle anderen schon fertig waren; er kaute auf

Fischgräten herum und lutschte die letzten Reste von matschigem Reis mit *dal* von seinen Fingern. Als Arjun älter wurde, bot er der ganzen Familie zunehmend Anlass zur Besorgnis. Sie schüttelten die Köpfe und sagten: »Wird der Junge es je zu etwas bringen?«

Und dann, an einem heißen Tag im April, wurde Lankasukas nachmittägliche Mattigkeit von Arjuns Stimme erschüttert, mit der er wilde Juchzer und Schreie ausstieß. Alles rannte auf den Balkon, um in den Hof hinunterzusehen.

»Arjun, was ist bloß in dich gefahren?«, fragte seine Mutter.

»Man hat mich angenommen! Man hat mich angenommen!« Arjun tanzte im Hof herum, wie gewöhnlich mit seiner schmutzigen Weste und dem zerrissenen *longyi* bekleidet, und schwenkte einen Brief in der Hand.

»Angenommen, wo?«

»Auf der indischen Militärakademie in Dehra Dun.«

»Dummer Junge. Was redest du da?«

»Doch, es ist wahr.« Arjun kam die Treppe hinaufgerannt, mit hochrotem Gesicht, die Haare fielen ihm über die Augen. »Sie haben mich als Offiziersanwärter angenommen.«

»Aber wie war das möglich? Woher wissen sie überhaupt, wer du bist?«

»Ich bin zu einer Musterung angetreten, Mama. Ich war dort, mit…« – er nannte einen Schulfreund – »…und ich habe dir nichts gesagt, weil ich nicht dachte, dass sie mich nehmen würden.«

»Aber das ist unmöglich.«

»Sieh doch.«

Sie reichten das Schreiben von Hand zu Hand, bewunderten das feine steife Briefpapier und das geprägte Emblem in der oberen rechten Ecke; sie hätten nicht erstaunter sein können, wenn er verkündet hätte, dass ihm Flügel gewachsen seien oder ein Schnabel. In Kalkutta war es zu jener Zeit nahezu unerhört, dass jemand in die Streitkräfte aufgenommen wurde. Über Generationen war die Rekrutierung in der britisch-indischen Armee von Rassenpolitik bestimmt gewesen, die die meisten Männer im Land ausschloss, auch die Bengalen. Außerdem war es bis vor kurzem für Inder nicht möglich gewesen, eine Offizierslaufbahn einzuschlagen. Die Gründung der indischen Militärakademie in Dehra Dun lag erst fünf

Jahre zurück, und die Tatsache, dass dort einige Plätze einer öffentlichen Musterung offen standen, war nahezu unbeachtet geblieben.

»Wie konntest du das tun, Arjun? Und ohne uns etwas zu sagen.«

»Ich sage doch, ich hätte nie gedacht, dass sie mich nehmen würden. Außerdem behaupten immer alle, ich würde es nie zu etwas bringen – da dachte ich, na schön, das wollen wir doch mal sehen.«

»Warte nur, bis dein Vater nach Hause kommt.«

Aber Arjuns Vater war keineswegs verstimmt über die Neuigkeit, im Gegenteil. Er war so erfreut, dass er sogleich eine Dankesprozession zum Tempel in Kalighat veranstaltete. »Der Junge hat jetzt sein Auskommen, und wir brauchen uns keine Sorgen mehr zu machen.« Die Erleichterung stand ihm deutlich ins Gesicht geschrieben. »Dies ist eine todsichere Laufbahn; ob er seine Sache gut macht oder nicht, er wird auf der Leiter nach oben steigen. Am Ende bekommt er eine exzellente Pension. Wenn er die Akademie durchläuft, hat er zeit seines Lebens ausgesorgt.«

»Aber er ist doch noch ein Junge, was ist, wenn er verwundet wird? Oder Schlimmeres?«

»Unsinn. Das Risiko ist sehr gering – es ist eine Arbeit wie jede andere. Und denk nur an den Status, das Prestige …«

Umas Reaktion war eine noch größere Überraschung. Seit sie Mahatma Gandhi in seinem Aschram in Wardha besucht hatte, war ihre politische Ausrichtung eine andere. Sie war in die Kongresspartei eingetreten und arbeitete seither im Frauenflügel der Partei. Arjun hatte erwartet, dass sie versuchen würde, ihm die militärische Laufbahn auszureden. Doch stattdessen sagte sie: »Mahatma Gandhi meint, dass das Land von gewissenhaften Männern in der Armee nur profitieren kann. Indien braucht Soldaten, die ihren Vorgesetzten nicht blind gehorchen …«

Manjus Laufbahn nahm eine ganz andere, dramatische Wendung. Mit einundzwanzig Jahren fiel sie einem berühmten Filmregisseur auf, dessen Nichte mit ihr das College besuchte. Der Regisseur, ein Mann von mächtiger Reputation, war, wie allgemein bekannt war, auf der Suche nach einer Hauptdarstellerin. Die Sache hatte in Kalkutta für große Aufregung gesorgt.

Manju wurde ohne ihr Wissen im College entdeckt. Sie erfuhr

es erst, als sie eine Einladung zu Probeaufnahmen erhielt. Manju wollte instinktiv ablehnen; sie war schüchtern und befangen, und sie konnte sich schwer vorstellen, dass sie jemals Freude an der Schauspielerei haben würde. Aber als sie an diesem Nachmittag nach Lankasuka zurückkehrte, merkte sie, dass die Einladung nicht so leicht abzutun war, wie sie gedacht hatte: Zweifel stellten sich ein.

Manjus Schlafzimmer hatte ein großes Fenster. Gewöhnlich hatten sie und Arjun auf der Fensterbank gesessen, wenn sie sich unterhielten. Noch nie hatte sie etwas ganz allein entscheiden müssen; ob es um die Farbe eines Saris ging oder um die Wahl einer Freundin, immer hatte sie Arjun gehabt, mit dem sie sich beraten konnte. Aber nun war Arjun viele hundert Meilen weit fort im Hauptquartier seines Bataillons in Saharanpur in Nordindien.

Sie saß allein auf der Fensterbank, flocht und löste ihre Haare und beobachtete die nachmittäglichen Badenden, die im nahe gelegenen See plantschten. Bald darauf stand sie auf und holte die alte Keksdose, in der sie Arjuns Briefe aufbewahrte. Die ältesten stammten aus seiner Zeit als Offiziersanwärter, und auf dem Briefpapier war das Emblem der indischen Militärakademie eingeprägt. Die Blätter knisterten zwischen Manjus Fingern. Wie schön er schrieb – in wohlgesetzten Sätzen und Absätzen. Wenn sie zusammen waren, sprachen sie immer bengalisch, aber die Briefe waren auf Englisch verfasst – ein fremdartiges, idiomatisches Englisch mit Slangausdrücken, die sie nicht kannte und nicht im Wörterbuch finden konnte. Er hatte mit einem anderen Offiziersanwärter, Hardayal Singh – von seinen Freunden »Hardy« genannt – in einem Lokal »ein Fass aufgemacht«, wo sie massenhaft Sandwiches »verputzt« und Unmengen Bier »gekippt« hatten.

Sein letzter Brief war erst vor wenigen Tagen gekommen. Das Briefpapier war jetzt anders, es war mit den Insignien seines neuen Regiments versehen. Dies war das I. Jat-Infanterieregiment. »Es ist ruhig hier«, schrieb er, »denn wir sind in unserem Stützpunkt in Saharanpur. Du denkst vermutlich, wir verbringen unsere ganze Zeit damit, in der Sonne zu marschieren. Aber das ist nicht der Fall. Das einzig Schwierige ist, morgens früh aufzustehen, um mit den Männern zur Leibesertüchtigung auf den Exerzierplatz zu gehen. Danach ist es ziemlich ruhig; wir schlendern herum, nehmen Paraden ab und sehen den Unteroffizieren zu, wenn sie die Männer exerzieren lassen und an der Waffe ausbilden. Aber das dauert allenfalls ein paar Stunden, und dann ziehen wir uns um zum Frühstück, das es um neun Uhr gibt (Unmengen Eier, Speck und Schinken). Dann gehen ein paar von uns in die Schreibstube und warten, nur für den Fall, dass jemand von den Männern hereingebracht wird. Hin und wieder gehen die Fernmeldeoffiziere die neuesten Gebietscodes mit uns durch, oder wir werden im Kartenlesen oder in doppelter Buchführung unterwiesen. Dann gibt es Mittagessen – und Bier und Gin, wenn man will (aber keinen Whisky) –, und danach kann man auf seine Stube gehen. Später ist meistens Zeit für ein Fußballspiel mit den Männern. Gegen halb acht finden wir uns auf dem Rasen der Offiziersmesse ein, um vor dem Abendessen ein paar Whiskys zu trinken. Wir nennen die Messe die »Schonung«, ein Scherz, denn Topfpflanzen gehen in dem Augenblick ein, wenn sie hereingestellt werden – niemand weiß, warum. Einige Burschen sagen, das kommt vom »Muff der verblichenen Heerscharen«. Wir lachen über die Schonung, aber ich sage dir, manchmal, wenn das Abendessen halb vorbei ist oder wenn wir einen Trinkspruch ausbringen, blicke ich mich um, und noch jetzt, nachdem ich schon so viele Monate hier bin, kann ich mein Glück einfach nicht fassen ...«

Das letzte lange Gespräch mit Arjun hatte Manju auf eben dieser Fensterbank geführt. Es lag etwas mehr als ein Jahr zurück, gleich nachdem er seinen Abschluss auf der Militärakademie gemacht hatte. Sie nannte ihn immer noch gern Leutnant Arjun – teils, um ihn aufzuziehen, aber auch, weil ihr der Klang gefiel. Sie war enttäuscht gewesen, dass er seine Uniform nicht öfter trug, aber er hatte sie ausgelacht, als sie es ihm sagte.

»Warum kannst du vor deinen Freundinnen nicht so mit mir angeben, wie ich bin?«

In Wahrheit waren die meisten ihrer Freundinnen auf dem College ohnehin schon in ihn verliebt. Sie quälten sie mit Fragen nach Neuigkeiten von ihm, und wenn sie bei ihr zu Hause waren, gaben sie sich erstaunlich viel Mühe, sich bei der Familie einzuschmeicheln – natürlich in der Hoffnung, dass man sich ihrer erinnern würde, wenn die Zeit käme, eine Braut für Arjun zu finden.

Bevor er auf die Akademie gegangen war, hatte sie nie ganz verstanden, was ihre Freundinnen an ihm fanden; für sie war er einfach Arjun, sein Gesicht war das Gesicht ihres Bruders. Dann kam er auf Besuch nach Hause, und es war, als sähe sie ihn zum ersten Mal – sie musste zugeben, dass er sehr beeindruckend aussah mit dem Schnurrbart, der ihm gut stand, und dem kurz geschnittenen Haar. Sie war eifersüchtig gewesen, hatte gefürchtet, er wolle sich nicht mit ihr abgeben. Aber er hatte ihre Befürchtungen rasch zerstreut. Er saß jeden Tag auf der Fensterbank, wie üblich in seiner Weste und dem schmuddeligen alten *longyi*. Sie plauderten stundenlang, und sie schälte ihm Apfelsinen, Mangos oder Litschis – er war so hungrig wie eh und je.

Er hatte endlos über das I. Jat-Infanterieregiment gesprochen. Er hatte sich bei einem halben Dutzend anderer Regimenter beworben, aber von Anfang an wollte er eigentlich nur zu einem, dem I. Jat-Infanterieregiment. Teils deswegen, weil sein Freund Hardy sich ebenfalls dort beworben hatte und es so gut wie sicher war, dass er angenommen würde – er stammte aus einer alten Soldatenfamilie, sein Vater und sein Großvater hatten in diesem Regiment gedient. Aber bei Arjun war das natürlich etwas anderes – er hatte keine Verbindungen zum Militär –, und er war auf eine Enttäuschung gefasst gewesen. Daher war er außer sich vor Freude, als er erfuhr, dass das Regiment ihn genommen hatte: »Der Abend, an dem ich förmlich in das Regiment aufgenommen wurde, war wohl der glücklichste meines Lebens. Jetzt, da ich dies schreibe, wird mir klar, dass es dir vermutlich eigenartig vorkommen wird, Manju. Aber es ist nun mal die Wahrheit: Du musst bedenken, dass das Regiment für die nächsten fünfzehn, zwanzig Jahre meine Heimat sein wird – vielleicht sogar länger, wenn es mit meiner Laufbahn nicht so gut klappt und ich das Offizierspatent nicht bekomme (was Gott verhüten möge!).

Was mich jedoch wahrhaft glücklich macht, ist mein Bataillon. Das wird dich vermutlich verwundern, weil Zivilisten immer denken, dass das Regiment bei der Armee das Wichtigste ist. Aber in der indischen Armee ist ein Regiment tatsächlich nur eine Ansammlung von Symbolen – Fahnen, Flaggen und so weiter. Wir sind natürlich stolz auf unsere Regimenter, aber es sind keine Operationseinheiten, und sämtliche Bataillone eines Regiments kommen höchstens dann zusammen, wenn es einen Wechsel ihrer Farben gibt – und das passiert nur alle Jubeljahre einmal.

Die übrige Zeit lebt und arbeitet man mit seinem Bataillon, und nur darauf kommt es an: Das Leben kann die Hölle sein, wenn man mit dem falschen Haufen zusammengeworfen wird. Aber auch hier hatte ich wieder verteufeltes Glück – Hardy hat seine *fauji*-Beziehungen spielen lassen und dafür gesorgt, dass wir in dasselbe Bataillon kommen – das Erste. Offiziell sind wir das I. Jat-Infanterieregiment, aber alle nennen uns nur das I. Jat – doch stößt man hin und wieder auf einen uralten britischen Oberst, der noch unseren alten Namen benutzt, der einfach ›Royal‹ lautete. Die Geschichte sagt, das Bataillon habe in den Marathenkriegen so gut gekämpft, dass Lord Lake, als er die Küste erreichte, uns einen Ehrentitel verlieh, das Royal Batallion.

Gestern haben Hardy und ich uns die Kampfauszeichnungen des Bataillons angesehen, und ich schwöre dir, Manju, die Liste ist so lang wie mein Arm. Bei dem Aufstand gehörte unser Bataillon zu den Einheiten, die loyal geblieben sind – eine Kompanie von uns war in der Kolonne, die den alten Herrscher Bahadur Shah Zafar in seinem Versteck am Grabmal von Humayun gefangen genommen hat. Ich habe etwas entdeckt, das Dinu und Neel mit Sicherheit interessieren wird – das Royal Batallion war während General Prendergasts Marsch auf Mandalay in Birma und hat so gut gekämpft, dass es als *jaineral-sahib ki daini hath ki paltan* bekannt wurde – des Generals rechtes Bataillon.

Ehrlich gesagt, Manju, es ist schon überwältigend, sich dies alles vorzustellen. Du solltest die Liste unserer Auszeichnungen sehen: Das Viktoriakreuz für die Kämpfe an der Somme, zwei Militärverdienstkreuze für die Niederschlagung des arabischen Aufstands in Mesopotamien, ein halbes Dutzend Kriegsverdienstorden und Orden des Britischen Reiches für unseren Kampf beim Boxeraufstand in China. Wenn ich morgens aufwache, fällt es mir manchmal immer noch schwer zu glauben, dass ich tatsächlich zu diesen Männern gehöre; es macht mich so stolz, aber auch demütig, wenn ich daran denke, dass man sich dem allen würdig erweisen muss. Was mich noch stolzer macht, ist der Gedanke, dass Hardy und ich die ersten indischen Offiziere im I. Jat sein werden. Es dünkt mich eine so große Verantwortung – als würden wir das ganze Land repräsentieren!

Und obendrein haben wir einen ganz tollen Kommandanten – Oberstleutnant Buckland, den alle Bucky nennen. Vom Aussehen her würde man ihn nie für einen Soldaten halten, eher für einen Professor. Er hat in der Akademie etliche Vorlesungen gehalten, und er war so gut, dass es ihm sogar gelungen ist, Militärgeschichte interessant zu machen. Er ist auch ein Genie als Operateur, und die Männer lieben ihn: Seine Familie ist im I. Jat seit der Zeit, als wir das ›Royal‹ genannt wurden, und ich glaube, es gibt nicht einen Mann im Stützpunkt, den er nicht mit Namen kennt. Und es sind nicht nur die Namen – er weiß, aus welchem Dorf sie kommen und wer mit wessen Tochter verheiratet ist und wie viel Mitgift sie bezahlt haben. Freilich, bei meinem niedrigen Rang bin ich nicht sicher, ob er überhaupt von meiner Existenz weiß.

Heute ist Gästeabend in der Schonung, ich muss mich auf die Socken machen. Mein neuer Bursche bügelt gerade meinen Kummerbund, und der Blick, mit dem er mich ansieht, sagt mir, dass es Zeit ist, in meinen Smoking zu schlüpfen. Der Mann heißt Kishan Singh, und er ist erst seit ein paar Wochen bei mir. Ein schmächtiger Kerl mit ernstem Gesicht, und zuerst dachte ich, dass er nichts taugt, aber er hat sich sehr gut gemacht. Erinnerst du dich an das Buch, das Uma-*pishi* mir geschickt hat – die Geschichte von O. Henry? Du wirst es nicht glauben, aber ich hatte es am Bett liegen, und als ich eines Abends hereinkam, hatte er seine Nase in das Buch gesteckt. Er runzelte verwundert die Stirn. Er hatte eine irrsinnige Angst, weil er dabei erwischt wurde, wie er in mein Buch sah – er erstarrte zu einem Ölgötzen. Da habe ich ihm die Geschichte von der verlorenen Halskette erzählt – du hättest ihn sehen sollen, wie er dastand, als stünde er vorm Kriegsgericht, und die Wand anglotzte, während ich ihm Seite für Seite ins Hindustani übersetzte. Am Ende habe ich ihn mit meinem schönsten Exerzierplatzton angebellt: ›Kishan Singh! Was hältst du von dieser Geschichte?‹ Und er sagte: ›*Sahib*, das ist eine sehr traurige Geschichte…‹ Ich hätte schwören können, dass er Tränen in den Augen hatte. Sie sind sehr sentimental, die *faujis,* trotz der Schnurrbärte und blutunterlaufenen Augen. Es stimmt, was die Engländer sagen: Im Grunde ihres Herzens sind sie ganz unverdorben, das Salz der Erde – man kann sich auf ihre Treue verlassen. Genau die Sorte Mann, die man in einer brenzligen Situation an seiner Seite haben möchte.«

Arjuns Brief war es, der Manju veranlasste, die Sache mit den Probeaufnahmen noch einmal zu überdenken: Dort war ihr Zwillingsbruder, viele hundert Meilen weit fort, trank Whisky, speiste in der Offiziersmesse und ließ sich von seinem Burschen den Smoking bügeln. Und hier war sie in Kalkutta, in demselben Zimmer, in dem sie ihr ganzes Leben verbracht hatte, flocht ihr Haar zu Zöpfen, wie sie es getan hatte, seit sie sieben war. Das Schlimme war, dass er nicht einmal vorgab, Sehnsucht nach zu Hause zu haben.

Sie war jetzt auf sich selbst gestellt und würde sich überlegen müssen, was sie mit sich anfangen sollte. Von Seiten ihrer Mutter war Manjus Zukunft bereits beschlossene Sache. Sie würde das Haus als Ehefrau verlassen und keinen Tag früher. Die Mütter von zwei Heiratskandidaten hatten bereits vorgesprochen, um Manju zu »begutachten«. Eine hatte sie vorsichtig an den Haaren gezogen, um sich zu vergewissern, dass sie keine Perücke trug; die andere hatte ihre Zähne entblößt, indem sie wie bei einem Pferd mit den Fingern ihre Lippen auseinander zog, und dabei hatte sie leise geschnalzt. Ihre Mutter hatte sich hernach entschuldigt, aber deutlich gemacht, es liege nicht in ihrer Macht zu verhindern, dass sich solche Vorfälle demnächst wiederholten: Dies war Teil der Prozedur. Manju wusste, dass ihr vermutlich noch viele derartige Torturen bevorstanden. Sie las die Einladung des Regisseurs noch einmal. Das Atelier war in Tollygunge an der Endhaltestelle der Straßenbahnlinie 4, mit der sie jeden Tag zum College fuhr. Sie brauchte nur in die andere Richtung zu fahren. Es würde nicht lange dauern, dorthin zu gelangen. Sie beschloss, hinzugehen, bloß um zu sehen, was dabei herauskäme.

Doch plötzlich ergaben sich Unmengen praktische Probleme. Zum Beispiel, was sollte sie anziehen? Ihr »gutes Stück« aus Benaresseide, der Sari, den sie auf Hochzeiten trug, war im Schrank ihrer Mutter eingeschlossen. Wenn sie danach fragte, würde ihre Mutter binnen Minuten die Wahrheit aus ihr herauspressen, und dann, Probeaufnahmen ade. Außerdem, was würden die Leute sagen, wenn sie um elf Uhr morgens in einem karmesinrot und goldfarbenen Sari aus Benaresseide aus dem Haus trat? Selbst wenn es ihr gelänge, sich an ihrer Mutter vorbeizuschleichen, würde die ganze Nachbarschaft in Aufruhr sein, bevor sie das Ende der Straße erreichte.

Sie kam zu dem Schluss, dass der Regisseur sich nicht nach einer Collegeschülerin umgeschaut hätte, wenn er eine auffällig gekleidete Schauspielerin suchte. Sie entschied sich für ihren besten weißen Baumwoll-Sari, den mit den kleinen grünen Karos. Doch kaum war dieses Dilemma gelöst, stellten sich ein Dutzend neue ein. Was war mit Schminke? Puder? Lippenstift? Parfüm?

Der Morgen kam, und wie zu erwarten, ging alles schief. Der Sari, für den sie sich entschieden hatte, war nicht von dem *dhobi* zurück; sie musste einen anderen, viel älteren, mit einem zugenähten Riss im *anchal*, anziehen. Ihre Frisur wollte nicht sitzen, und so fest sie ihren Sari auch steckte, der Saum rutschte ständig herunter, sodass sie stolperte. Auf dem Weg nach draußen ging sie in den *puja*-Raum, um ein Gebet zu sprechen – sie betete nicht darum, ausgewählt zu werden, sondern nur, die nächsten paar Stunden zu überstehen, ohne sich lächerlich zu machen.

Natürlich erwischte ihre Mutter sie, als sie aus dem *puja*-Raum kam. »Manju, bist du das? Was hast du im *puja*-Raum gemacht? Bist du in Schwierigkeiten?« Sie sah Manju argwöhnisch ins Gesicht: »Und warum bist du so stark gepudert? Ist das eine Art, dich zurechtzumachen, wenn du ins College gehst?«

Manju verschwand unter dem Vorwand, ins Badezimmer zu wollen, um sich das Gesicht abzuwischen. Sie eilte die Straße hinunter zur Straßenbahnhaltestelle. Das Gesicht gesenkt, schlang sie sich den Sari über den Kopf und hoffte, den Nachbarn möge es nicht auffallen, dass sie auf die falsche Straßenbahn wartete. Gerade als sie glaubte, es sei ihr gelungen, der allgemeinen Aufmerksamkeit zu entgehen, kam der alte Nidhu-*babu* aus einer Apotheke gelaufen.

»Bist du es wirklich, Manju?« Er raffte seine *dhoti* und bückte sich, um ihr in das vom Sari verhüllte Gesicht zu sehen. »Aber warum wartest du auf der falschen Straßenseite? Dann kommst du ja nach Tollygunge.«

Sie unterdrückte ihre panische Angst, und es gelang ihr, eine Geschichte zu erfinden von einer Tante, die sie besuchen wollte.

»So?«, sagte der Apotheker und kratzte sich am Kopf. »Aber komm, dann musst du in meinem Geschäft warten. Du solltest nicht draußen in der Sonne herumstehen.«

»Mir geht es gut, wirklich«, sagte sie mit flehender Stimme. »Machen Sie sich um mich keine Sorgen. Mir fehlt nichts. Gehen Sie nur zurück in Ihr Geschäft.«

»Wenn du es sagst.« Er kratzte sich am Kopf, entfernte sich, war aber nach wenigen Minuten wieder da, mit einem Gehilfen, der einen Stuhl trug. »Wenn du schon hier warten musst«, sagte der alte Apotheker, »solltest du dich wenigstens setzen.« Sein Gehilfe stellte den Stuhl an der Straßenbahnhaltestelle ab und wischte ihn umständlich sauber.

Nachzugeben schien leichter als zu widerstreben. Manju ließ zu, dass man sie auf den Stuhl hob wie auf einen Thron, gleich neben der staubigen Haltestelle. Doch innerhalb weniger Minuten erfüllten sich ihre größten Befürchtungen: Eine Menschenmenge versammelte sich und starrte sie an. »Die Tochter von den Roys«, hörte sie den Apotheker den Umstehenden erklären. »Wohnt ein Stück weiter unten an der Straße – in dem Haus da drüben. Geht ihre Tante in Tollygunge besuchen. Schwänzt das College.«

Dann kam zu ihrer Erleichterung endlich die Straßenbahn. Der Apotheker und sein Gehilfe hielten die anderen zurück, damit sie als Erste einsteigen konnte. »Ich schicke deiner Mutter eine Nachricht«, rief der alte Mann ihr nach. »Damit sie weiß, dass du sicher auf dem Weg nach Tollygunge bist.«

»Nein«, flehte Manju händeringend und lehnte sich aus dem Fenster. »Das ist wirklich nicht nötig...«

»Was sagst du?« Der Apotheker hielt sich eine Hand ans Ohr. »Ja, ich sagte, ich schicke jemanden mit einer Nachricht zu deiner Mutter. Nein, es macht keine Umstände, überhaupt nicht...«

Manju, bereits erschüttert von diesem unglücklichen Beginn, geriet erst recht aus der Fassung, als sie zu dem Atelier kam. Sie hatte etwas Glamouröses erwartet – wie das Grand Hotel oder das Metro-Kino oder die eleganten Nachtclubs in der Park Street mit den hellen Lichtern und roten Baldachinen. Stattdessen betrat sie ein

Gebäude, das wie ein Lagerhaus oder eine Fabrik aussah, ein großer Schuppen mit einem Blechdach. Drinnen wuchteten Zimmerleute und Handlanger Leinwandkulissen und errichteten Bambusgerüste.

Ein Pförtner führte sie in die Garderobe, ein kleines, fensterloses Kabuff mit Holzwänden, die aus zersägten Teekisten gefertigt waren. Zwei Frauen lungerten davor herum, kippelten *pan* kauend auf ihren Stühlen; ihre hauchdünnen Saris schimmerten in den hell erleuchteten Spiegeln hinter ihnen. Mit zusammengekniffenen Augen musterten sie Manju, ihre Kiefer bewegten sich in vollkommenem Gleichmaß.

»Warum ist sie angezogen wie eine Krankenschwester?«, murmelte die eine der anderen zu.

»Vielleicht denkt sie, sie kommt ins Krankenhaus.« Gackerndes Lachen, dann wurde Manju ein Sari in die Hände gedrückt, eine Stoffbahn aus purpurrotem Chiffon mit einer leuchtend rosa Borte.

»Mach schon. Zieh dich um.«

»Wozu?«, wagte Manju einzuwenden.

»Passt zu deiner Hautfarbe«, herrschte die eine Frau sie an. »Zieh ihn an.«

Manju sah sich nach einem Platz zum Umziehen um. Es gab keinen.

»Worauf wartest du?«, schalt die Frau. »Beeil dich. Der Regisseur hat heute einen bedeutenden Gast. Man darf ihn nicht warten lassen.«

Seit sie erwachsen war, hatte sich Manju nie vor anderen ausgezogen, nicht einmal vor ihrer Mutter. Als ihr dämmerte, dass sie sich unter den prüfenden Blicken dieser *pan* kauenden Weiber entkleiden musste, zitterten ihr die Knie. Die Courage, die sie bis hierher begleitet hatte, begann zu schwinden.

»Mach schon«, trieben die Frauen sie an. »Der Regisseur bringt einen Geschäftsmann mit, der Geld für den Film gibt. Man darf ihn nicht warten lasen. Alles muss heute tipptopp sein.« Eine der Frauen riss Manju den Sari aus den Händen und machte sich daran, sie umzuziehen. Irgendwo in der Nähe fuhr ein Auto vor. Dem folgte begrüßendes Geschnatter. »Der Besuch ist da«, rief jemand durch die Tür. »Schnell, schnell, der Regisseur will sie jetzt jede Minute sehen.«

Die zwei Frauen liefen zur Tür, um den Neuankömmling zu beäugen.

»Sieht er nicht bedeutend aus, mit dem Bart und so?«

»Und schau nur, sein Anzug – so elegant...«

Die Frauen kamen kichernd zurück und drückten Manju auf einen Stuhl. »Ein Blick, und man sieht, wie reich er ist...«

»Ach, würde er mich doch heiraten.«

»Dich? Warum nicht mich?«

Manju starrte verständnislos in den Spiegel. Die Gesichter der zwei Frauen kamen ihr ungeheuer groß vor, ihre affektiert grinsenden Münder wirkten grotesk verzerrt. Ein scharfer Fingernagel kratzte auf ihrer Kopfhaut, und sie protestierte schreiend: »Was machen Sie da?«

»Bloß nachsehen, ob du Läuse hast.«

»Läuse?«, rief Manju aufgebracht. »Ich habe keine Läuse.«

»Die Letzte hatte welche. Und nicht bloß auf dem Kopf.« Hierauf folgte schallendes Gelächter.

»Woher wissen Sie das?«, fragte Manju herausfordernd.

»Der Sari wimmelte davon, nachdem sie ihn anhatte.«

»Der Sari!« Mit einem Schrei sprang Manju vom Stuhl, zerrte an dem Sari, den sie ihr angezogen hatten, versuchte, ihn herunterzureißen.

Die zwei Frauen konnten sich nicht mehr halten vor Lachen. »War bloß ein Scherz.« Sie erstickten beinahe an ihrem Gekicher. »Es war ein anderer Sari. Nicht dieser.«

Manju fing an zu schluchzen. »Ich will nach Hause«, sagte sie. »Bitte lassen Sie mich gehen. Schicken Sie mich nicht zu denen hinaus.«

»Das sagen alle, die hierher kommen«, beschwichtigten die Frauen. »Dann bleiben sie für immer.«

Sie fassten sie an den Armen und führten sie in das hell erleuchtete Atelier. Manju war jetzt völlig verzweifelt, ihre Nerven ließen sie im Stich. Um nicht zu weinen, hielt sie den Blick auf den Fußboden gerichtet, den Sari über den Kopf geschlungen. Ein Paar blanke schwarze Schuhe traten plötzlich in ihr Blickfeld. Sie hörte, wie man sie dem Regisseur vorstellte. Sie legte die Hände aneinander und flüsterte ohne aufzublicken: *»Nomoshkar«*, guten Tag. Dann sah sie ein zweites Paar Schuhe auf sich zukommen.

»Und dies ist mein lieber Freund«, leierte die Stimme des Regisseurs. »Herr Neeladhri Raha aus Rangun.«

Sie blickte auf. Wäre der Name nicht gefallen, hätte sie nicht gewusst, wer er war. Sie war Neel und Dinu vor vielen Jahren begegnet. Sie waren mit ihrer Mutter zu Besuch gekommen und hatten unten in der Wohnung ihrer Tante Uma gewohnt. Aber jetzt sah er ganz anders aus, mit dem gestutzten schwarzen Bart und dem Anzug.

»Neel?«

Er starrte sie mit offenem Mund an, die Zunge verharrte in einem ungeäußerten Ausruf. Nein, er hatte sie nicht erkannt; aber es verschlug ihm die Sprache, weil sie ohne jeden Zweifel die schönste Frau war, die er je gesehen hatte.

»Neel, bist du es?«, fragte Manju. »Kennst du mich nicht mehr? Ich bin Manju – die Nichte von Uma Dey.«

Er nickte langsam, ungläubig, als hätte er den Klang seines eigenen Namens vergessen. Sie flog zu ihm und schlang die Arme um seine Brust.

»O Neel«, sagte sie und wischte sich die Augen an seinem Jackett ab. »Bring mich nach Hause.«

Die Garderobe war wie verwandelt, als Manju zurückkam, um ihre Sachen zu holen. Die beiden Garderobieren behandelten sie jetzt nahezu ehrfürchtig.

»Dann kennst du ihn also?«

»Aber warum hast du uns das nicht gesagt?«

Manju verschwendete keine Zeit mit Erklärungen. Sie zog sich rasch um und ging eilends zur Tür. Neel wartete draußen neben der Beifahrertür eines neuen 1938er Delage D.8 Drophead. Er hielt ihr den Wagenschlag auf, und sie stieg ein. Das Auto roch nach Chrom und neuem Leder. »So ein schöner Wagen«, sagte sie. »Gehört er dir?«

»Nein.« Er lachte. »Der Händler hat mir angeboten, ihn mir für ein paar Tage zu leihen. Ich konnte nicht widerstehen.« Ihre Blicke begegneten sich kurz, dann sahen beide rasch fort.

»Wohin möchtest du fahren?«, fragte er. Er drehte den Zündschlüssel herum, und der Delage sprang surrend an.

»Mal sehen ...« Nun, da sie im Auto saß, wollte sie gar nicht mehr so dringend nach Hause.

Er schickte sich an, etwas zu sagen: »Tja ...«

Sie spürte, dass ihrer beider Gedanken sich in dieselbe Richtung bewegten. »Vielleicht ...« Der Satz, der in ihrem Kopf verheißungsvoll begonnen hatte, starb unvollendet auf ihrer Zunge.

»Ich verstehe.«

»Ja.«

Dieser spärliche Gedankenaustausch genügte, um alles zu vermitteln, was sie sich sagen wollten. Neel fuhr los, und sie verließen das Ateliergelände. Sie hatten kein bestimmtes Ziel, genossen einfach das sinnliche Vergnügen, in einem fahrenden Auto zu sitzen.

»Ich war so überrascht, als ich dich im Atelier sah«, sagte Neel lachend. »Möchtest du wirklich Schauspielerin werden?«

Manju fühlte, wie sie rot anlief. »Nein«, sagte sie. »Ich wollte nur mal sehen, wie das ist – zu Hause ist es so langweilig.«

Als sie dies gesagt hatte, konnte sie nicht mehr aufhören; sie erzählte ihm Sachen, die sie noch niemandem erzählt hatte: Dass sie Arjun sehr vermisste, dass seine Briefe von der Militärakademie sie im Hinblick auf ihre eigene Zukunft mit Verzweiflung erfüllt hatten, dass es ein Fluch für eine Frau sei, ein Ersatzleben durch einen männlichen Zwilling zu führen. Sie erzählte ihm sogar von den Verbindungen, die ihre Mutter für sie zu arrangieren versucht hatte, von den Müttern der Heiratskandidaten, wie sie sie an den Haaren gezogen und ihre Zähne begutachtet hatten.

Er sprach nicht viel, aber sie wusste, sein Schweigen rührte hauptsächlich daher, dass ihm einfach grundsätzlich die Worte fehlten; seine Miene hinter dem dichten schwarzen Bart war schwer zu ergründen, aber sie hatte das Gefühl, dass er verständnisvoll zuhörte und alles in sich aufnahm.

»Und du?«, fragte sie schließlich. »Bist du wirklich ein großer Filmproduzent?«

»Nein!« Das Wort platzte ihm mit der Gewalt eines Kraftausdrucks aus dem Mund. »Nein. Das war keineswegs meine Idee. *Apé* – mein Vater – hat es vorgeschlagen ...«

Eigentlich, sagte er, hatte er im Holzhandel tätig sein wollen. Er hatte gebeten, in den Familienbetrieb einsteigen zu dürfen – und hatte von seinem Vater eine Abfuhr erhalten. Rajkumar hatte ihm empfohlen, an ein anderes Arbeitsfeld zu denken; der Holzhandel sei nichts für jedermann, hatte er gesagt, schon gar nicht für eine Großstadtpflanze wie Neel. Als Neel beharrlich blieb, hatte sein Vater ihm einen Geldbetrag gegeben und gesagt, er könne wiederkommen, wenn er sein Kapital verdoppelt hätte. Aber wie? hatte Neel gefragt. Rajkumars Antwort lautete: Investiere es in Filme – irgendwas. Neel hatte ihn beim Wort genommen. Er sah sich nach einem Film um, in den er investieren konnte, war aber in Rangun nicht fündig geworden. Da hatte er sich zu der Reise nach Indien entschlossen.

»Wie lange bist du denn schon hier?«, fragte Manju. »Und warum hast du uns nicht besucht? Du hättest unten bei Uma-*pishi* wohnen können.«

Neel kratzte sich verlegen am Bart. »Ja«, sagte er, »aber weißt du, das Problem ist…«

»Ja?«

»Mein Vater versteht sich nicht gut mit deiner Tante.«

»Das spielt doch keine Rolle«, sagte Manju. »Deine Mutter kommt oft – dein Vater hätte bestimmt nichts dagegen, wenn du auch kämst.«

»Vielleicht – aber ich möchte es auch gar nicht.«

»Warum?«

»Hm.« Neel kratzte sich wieder am Bart. »Es wäre nicht recht…«

»Was?«

»Ich weiß nicht, ob ich es erklären kann.« Er blickte sie nachdenklich an, und sie sah, dass er sich um Worte bemühte für einen Gedanken, den er noch nie formuliert hatte, auch nicht für sich allein.

»Nur zu.«

»Schau«, sagte er beinahe entschuldigend, »es ist bloß so, dass ich der Einzige bin, der auf seiner Seite steht.«

Manju war verblüfft. »Wie meinst du das?«

»Ich habe einfach das Gefühl«, sagte Neel, »dass ich der Einzige bin, der auf seiner Seite steht. Nimm zum Beispiel meinen Bruder Dinu – manchmal denke ich, dass er *apé* richtig hasst.«

»Warum?«

»Vielleicht weil sie so verschieden sind.«

»Und ihr seid euch ähnlich?«

»Ja«, sagte er. »Jedenfalls möchte ich das gern glauben.«

Er wandte den Blick von der Straße und grinste Manju an. »Ich weiß nicht, warum ich dir das alles erzähle«, sagte er. »Ich komme mir vor wie ein Idiot.«

»Du bist kein Idiot – ich weiß, was du sagen willst…«

Sie fuhren weiter, mehr oder weniger aufs Geratewohl, eine Straße entlang, dann eine andere, setzten aus Sackgassen zurück, wendeten auf den breiteren Boulevards. Es war schon fast dunkel, als er sie zu Hause absetzte. Sie waren sich einig, dass es besser war, wenn er nicht mit hereinkam.

Aber am nächsten Tag trafen sie sich wieder und auch am übernächsten. Er verlängerte seinen Aufenthalt, und als ein Monat vergangen war, schickte er ein Telegramm nach Birma.

Eines Tages stand Dolly in der Tür von Umas Büro. »Dolly? Du hier?«

»Ja. Und du wirst es nicht glauben, warum…«

3

Die Hochzeit war wie eine Naturgewalt, die alles veränderte, was sie berührte. Innerhalb von wenigen Tagen verwandelte Lankasuka sich in einen riesigen, lauten Rummelplatz. Auf dem Dach machte sich eine Gruppe Arbeiter zu schaffen, die einen gigantischen Baldachin aus buntem Stoff und Bambus errichteten. In dem schattigen Garten hinter dem Haus hatte ein kleines Heer von angeheuerten Köchen Zelte aufgeschlagen und Gruben für Kochfeuer ausgehoben. Es herrschte ein Treiben wie auf einem Jahrmarkt.

Bela war mit fünfzehn die Jüngste im Haus, ein mageres, linkisches Mädchen, das spät zu einer unbeholfenen jungen Dame heranreifte. Bald verängstigt, bald heiter, wusste sie nicht, ob sie sich in die Festlichkeiten stürzen oder in ihrem Bett verkriechen sollte. Als die Hochzeit näher rückte, brach eine Flut von Telegrammen – bis dahin eine so seltene und auch gefürchtete Erscheinung – über

Lankasuka herein. Kein Tag verging, ohne dass Bela einen Briefträger mit einem rosa Umschlag die Treppe hinauflaufen sah. Arjun sollte in Begleitung seines Burschen Kishan Singh mit der Eisenbahn eintreffen. Dolly, Dinu und Rajkumar sollten zwei Tage vor der Hochzeit mit einer nagelneuen DC-3 der KLM einfliegen.

An dem Tag, als die Verwandten aus Rangun erwartet wurden, erreichte die Aufregung ihren Höhepunkt. Vorsorglich hatte die Familie sich in diesem Jahr zum Kauf eines Autos entschlossen, dessen Kosten sich Uma und ihr Bruder teilten. Just als die Hochzeitsvorbereitungen in Gang kamen, wurde das Auto ausgeliefert, ein nagelneues 1939er Modell, ein bescheidener Jowett mit 8 PS, mit einer lang gestreckten Motorhaube und einem schönen ovalen Kühlergrill. Zusätzlich stand der Hochzeitsgesellschaft ein Delage Drophead zur Verfügung, den Neel sich ein weiteres Mal beim Händler hatte leihen können.

Dum-Dum hatte sich seit Umas Rückkehr nach Indien vollkommen verändert. Die Landebahn war zu einem richtigen Flugplatz mit eigener Zollabfertigung ausgebaut worden. Man hatte hundertfünfzig Morgen Land gerodet und drei neue Rollbahnen angelegt. Es gab ein hübsches, dreistöckiges Verwaltungsgebäude mit einem verglasten Kontrollturm und einer Funkstation. Auch der Besucherbereich hatte sich verändert; man betrat eine große, hell erleuchtete Galerie mit surrenden Deckenventilatoren. An einem Ende der Galerie übertrug ein Radio die Nachrichten, am anderen Ende wurden an einer Theke Tee und Imbisse verkauft. Bela folgte Neel und Manju zu dem Imbissstand, während Uma ans andere Ende ging, um die Nachrichten zu hören. In Windeseile war sie wieder da und biss sich nervös auf die Fingerknöchel. »Hitler hat einen Pakt mit Mussolini unterzeichnet«, sagte sie. »Das könnte Krieg bedeuten …«

Fast zur gleichen Zeit sah Bela oben eine silbrige DC-3 kreisen. Sie lief ans Fenster und sah zu, wie das Flugzeug landete. Die Tür der DC-3 ging auf, und langsam kamen die Passagiere einer nach dem anderen die Treppe hinunter. Dinu erschien als Erster. Er trug einen *longyi* und ein loses Hemd, und seine Kleider schlotterten um seinen mageren Körper, als er auf dem Rollfeld stehen blieb, um auf seine Eltern zu warten.

Dolly und Rajkumar waren unter den Letzten, die ausstiegen. Dolly trug einen gestreiften grünen *longyi* und wie immer eine weiße Blume im Haar. Rajkumar ging sehr langsam, leicht auf Dolly gestützt. Sein dichtes Haar war schlohweiß, seine müden Gesichtszüge waren eingesackt und faltig.

Rajkumar war jetzt Mitte sechzig. Er hatte vor kurzem einen leichten Schlaganfall erlitten und dann entgegen dem Wunsch seines Arztes das Bett verlassen. Sein von der Depression schwer angeschlagenes Geschäft war nicht mehr so lukrativ wie ehedem. Die Teakholzindustrie hatte sich im letzten Jahrzehnt gewandelt, und Holzkaufleute vom Schlage Rajkumars waren nicht mehr zeitgemäß. Rajkumar drückten hohe Schulden, und er hatte sich gezwungen gesehen, einen großen Teil seines Besitzes zu verkaufen.

Doch was die Vorkehrungen für Neels Hochzeit betraf, war Rajkumar entschlossen, keine Rücksicht auf seine finanziellen Schwierigkeiten zu nehmen. Alles, was andere taten, wollte er größer, pompöser tun. Neel war sein Liebling, und er wollte die Hochzeit seines Sohnes zu einem Ereignis machen, das ihn für alle verpassten Festlichkeiten in seinem eigenen Leben entschädigte.

Dinu war Belas Liebling. Ihr gefiel sein Äußeres mit den schmalen, knochigen Wangen und der breiten Stirn; ihr gefielen seine Ernsthaftigkeit und die Art, wie er den Leuten zuhörte, mit aufmerksam gerunzelter Stirn, als bereite ihm das, was sie sagten, Sorgen, ihr gefiel sogar seine Art zu sprechen, in kleinen Schüben, als spritzten seine Gedanken strahlweise aus ihm heraus.

An dem Tag, als sie zum Howrah-Bahnhof fuhren, um Arjun abzuholen, richtete sie es so ein, dass sie neben Dinu saß. Sie bemerkte eine Ledertasche auf seinem Schoß.

»Was hast du da drin?«, fragte sie.

Er öffnete die Tasche und zeigte es ihr. Es war ein Fotoapparat; so einen hatte sie noch nie gesehen. »Das ist eine Rolleiflex«, sagte er. »Eine zweiäugige Spiegelreflexkamera …« Er nahm den Apparat aus der Tasche und zeigte ihr, wie er funktionierte; er ließ sich wie eine Faltschachtel öffnen, der Sucherschacht ließ sich zurückklappen, und man sah von oben hinein.

»Ich habe ein Stativ dafür«, sagte er. »Du kannst durchgucken… wenn ich es aufgestellt habe.«

»Warum nimmst du den Apparat mit zum Bahnhof?«, fragte sie. Er hob gleichmütig die Schultern. »Ich habe neulich einige Bilder gesehen«, sagte er. »Eisenbahnaufnahmen von Alfred Stieglitz, da dachte ich mir…«

Der Fotoapparat erregte Aufsehen, als Dinu ihn am Bahnhof aufstellte. Es wimmelte dort von Menschen, und viele sammelten sich staunend um den Apparat. Dinu richtete die Höhe des Stativs für Belas Größe aus. »Komm her, schau…«

Der Bahnsteig war sehr lang und hatte ein Spitzdach aus Wellblech. Das Licht der Spätnachmittagssonne sickerte durch den bogenförmigen Rand des Daches, was einen starken Effekt wie eine Hintergrundbeleuchtung erzeugte. Im Vordergrund standen viele Menschen: rot berockte Gepäckträger, hastende Teeverkäufer und wartende Reisende mit Bergen von Gepäck.

Dinu machte Bela auf Einzelheiten aufmerksam. »Das ist noch besser als die Bilder, die mir vorschwebten«, sagte er. »Die vielen Menschen und die Bewegung…«

Bela blickte wieder in den Sucherschacht, und plötzlich, wie durch Zauber, erschien Arjun im Bildausschnitt. Er hing halb aus einem Waggon und hielt sich an dem Haltegriff der offenen Tür fest. Er sprang ab, als er Bela und die anderen entdeckte, und die Stoßkraft des noch fahrenden Zuges zwang ihn, ein paar Schritte zu rennen. So kam er aus dem undurchsichtigen weißen Nebel gerannt, der dem dampfenden Schornstein der Lokomotive entströmte, und er lachte, als er den Verkäufern und Trägern auswich, die auf dem Bahnsteig ausschwärmten. Der Rock seiner Khaki-Uniform war eng um seine Taille gezogen, und seine Mütze hatte er nach hinten geschoben. Lachend, mit ausgebreiteten Armen, stürmte er zu den Seinen, hob Manju in die Höhe und schwenkte sie herum. Bela trat von dem Fotoapparat zurück, hoffte, unbemerkt zu bleiben, bis der erste Überschwang von Arjuns Heimkehr sich gelegt hatte. Aber just in diesem Moment erspähte er sie – »Bela!« Er stürzte zu ihr, hob sie hoch über seinen Kopf, ohne auf ihr Protestgeschrei zu achten. Als sie aufwärts flog und das Bahnhofsgetriebe um ihren Kopf wirbelte, blieb ihr Blick an einem Soldaten haften, der unbemerkt herangekommen war und nun einen Schritt hinter Arjun stand. Er sah jünger aus als Arjun und war von kleinerem Wuchs; sie bemerkte, dass er Arjuns Gepäck trug.

»Wer ist das?«, flüsterte sie Arjun ins Ohr.

Er warf einen Blick über die Schulter, um zu sehen, wen sie meinte. »Das ist Kishan Singh«, sagte er, »mein Bursche.«

Er ließ sie herunter und ging aufgeregt plappernd weiter zu den anderen. Bela folgte, hielt mit Kishan Singh Schritt. Sie warf ihm verstohlen einen Blick zu: Er sah nett aus, fand sie; seine Haut hatte einen Schimmer wie dunkler Samt, und obwohl er das Haar sehr kurz trug, konnte sie erkennen, dass es fein und glatt war; ihr gefiel, wie es seitlich an seiner Stirn anlag. Sein Blick war starr geradeaus gerichtet, als sei er eine wandelnde Statue. Erst als sie ins Auto stiegen, stand für Bela ohne Zweifel fest, dass er sich ihrer Gegenwart bewusst war. Ihre Blicke trafen sich einen Moment, und sein Gesichtsausdruck veränderte sich flüchtig, ließ den Anflug eines Lächelns aufscheinen.

Sie hatte nicht gewusst, dass ein Lächeln wie eine körperliche Empfindung wirken konnte – wie der Aufprall eines fliegenden Gegenstandes. Ihr schwindelte, als sie in den Drophead stieg, und auf dem ganzen Heimweg hörte sie nicht ein Wort, das die anderen sprachen.

4

Obwohl Dinu und Arjun sich schon lange kannten, waren sie nie Freunde geworden. Dinu empfand Arjun wie ein zutrauliches, tollpatschiges Haustier – einen großen Hund vielleicht oder ein gut erzogenes Muli – ein treues, schwanzwedelndes Geschöpf, aber unverbesserlich träge und kaum zu einer zusammenhängenden Äußerung im Stande. Doch so arrogant war Dinu nicht, dass er sich nicht bereitwillig eines Besseren belehren ließ. An dem Tag, als er den über den Bahnsteig rennenden Arjun fotografierte, wurde ihm schlagartig klar, dass dies ein vollkommen anderer Mensch war als der Junge, den er gekannt hatte. Arjuns Lethargie war verschwunden, seine Redeweise war nicht mehr so unzusammenhängend wie einst – und schon dies allein war ein interessanter Wandel, denn Arjuns Wortschatz schien nun hauptsächlich aus Jargon zu bestehen, durchsetzt mit Slangausdrücken in Englisch und Punjabi – jedermann war jetzt ein »Kamerad« oder *»yar«*.

Aber auf der Heimfahrt vom Bahnhof tat Arjun etwas, das Dinu in Erstaunen versetzte. Bei der Schilderung einer Kampfübung beschrieb er die Topographie eines Hügels in allen Einzelheiten. Er beschrieb die Kämme und Vorsprünge, die exakte Beschaffenheit der Vegetation und der Deckung, die vonnöten war, er nannte den Grad des Gefälles und lachte, weil sein Freund Hardy es falsch bemessen hatte, sodass seine Resultate »nicht griffen«.

Dinu verstand Worte und Bilder und die Metaphern, die beides verklammerten – nie würde er Arjun eine solche Redeweise zugeschrieben haben. Doch als Arjun mit seiner Schilderung zu Ende war, glaubte Dinu, den Hügel vor seinem inneren Auge sehen zu können. Von denen, die Arjuns Bericht gehört hatten, hatte vielleicht er allein erfasst, wie schwierig eine derartig minuziöse Erinnerung und lebendige Beschreibung war, er war tief beeindruckt, sowohl von Arjuns präziser Darstellung als auch von der jeglichen Selbstdünkel entbehrenden Lässigkeit, mit der er erzählte. »Arjun«, sagte er und fixierte ihn mit seinem starren Blick. »Ich bin erstaunt. Du hast den Hügel beschrieben, als würdest du dich an jede noch so geringfügige Einzelheit erinnern.«

»Natürlich«, erwiderte Arjun. »Mein Kommandant sagt, unter Beschuss bezahlt man für jede übersehene Kleinigkeit mit dem Leben.«

Auch das gab Dinu zu denken; er hatte zu wissen geglaubt, wie wichtig eine gute Beobachtungsgabe war, doch nie war ihm in den Sinn gekommen, dass ihr Wert in Menschenleben bemessen werden könnte. Dieser Gedanke machte ihn kleinlaut. Dinu hatte eine Soldatenausbildung in erster Linie für eine körperliche Strapaze gehalten. Es bedurfte nur dieses einen Gesprächs, um ihm zu zeigen, dass er sich geirrt hatte. Dinus Freunde waren hauptsächlich Schriftsteller und Intellektuelle, er hatte bislang nie einen Angehörigen des Militärs gekannt. Doch in Kalkutta sah er sich jetzt plötzlich von Soldaten umgeben. Arjun war erst wenige Stunden im Haus, und schon wimmelte es von seinen Freunden. Es stellte sich heraus, dass er im Ausbildungslager Fort William in Kalkutta mehrere Offiziere kannte. Sobald er mit ihnen Verbindung aufgenommen hatte, tauchten seine Freunde zu allen Tageszeiten auf, in Jeeps, gelegentlich gar in Lastwagen, ihr Kommen kündete sich durch Hupsignale und Stiefelknallen an.

»So ist es immer beim Militär, *yar*«, erklärte einer entschuldigend. »Geht ein *fauji* irgendwohin, folgt das ganze Bataillon.«

Früher hatte Dinus Einstellung zum Militär zwischen strikter Ablehnung und amüsiertem Gleichmut geschwankt. Jetzt empfand er eher Verwirrung als Feindseligkeit und interessierte sich zunehmend für die Motive, die Angehörige der Streitkräfte bewegten. Er staunte über ihren Gemeinschaftsgeist, über das Vergnügen, das es Arjun bereitete, mit den anderen »herumzublödeln«. Dies war eine Denk- und Vorgehensweise, die im Widerspruch zu allem stand, wofür Dinu eintrat und woran er glaubte. Er selbst fühlte sich immer am wohlsten, wenn er allein war. Er hatte nur wenige Freunde, und selbst bei den besten blieb ihm immer ein Rest Unbehagen, eine analytische Wachsamkeit. Dies war einer der Gründe, weshalb er solche Freude am Fotografieren hatte. Es gab keinen abgeschiedeneren Ort als eine Dunkelkammer mit dem trüben Licht und dem Chemikaliengeruch.

Arjun dagegen fand offenbar eine ungeheure Befriedigung darin, die Einzelheiten eines Plans auszuarbeiten, der ihm vorgegeben worden war – nicht unbedingt von Menschen, sondern von Dienstvorschriften. Als er einmal die Verlegung seines Bataillons von einem Ausbildungslager zum anderen schilderte, beschrieb er den Vorgang der »Verladung« mit einem Stolz, als hätte er jeden Soldaten persönlich zum Stützpunkt geleitet. Doch letztlich stellte sich heraus, dass sein Auftrag in nichts weiter bestanden hatte, als an der Tür eines Waggons zu stehen und eine Namensliste zu führen. Dinu bemerkte mit Erstaunen, dass Arjun genau daraus seine Befriedigung schöpfte – aus der Aneinanderreihung kleiner Tätigkeiten, wie dem Stapeln von Listen, die in der Verlegung eines Zuges und dann eines Bataillons gipfelten. Arjun erklärte häufig, dass beim Militär ein gründliches, erschöpfendes gegenseitiges Verständnis lebenswichtig war, das Wissen, wie jeder Einzelne in bestimmten Situationen reagieren würde. Das Paradoxe hierbei entging Dinu nicht: Wenn Arjun und seine Freunde voneinander sprachen, taten sie dies mit so übertriebener Wertschätzung, dass es schien, als würden sie Abwandlungen von sich für den allgemeinen Gebrauch erfinden. Im fantastischen Vokabularium ihrer Tischgespräche war Hardy der wie aus dem Ei gepellte Perfektionist, Arjun ein Frauenheld, ein anderer ein vollendeter *sahib* und so weiter. Diese peniblen Beschreibungen waren Teil des kollektiven Wissens um ihre Kameradschaft – eine Zusammengehörigkeit, auf die sie ungeheuer stolz waren und die sie mit Metaphern belegten, die manchmal weit über bloße Vertrautheit hinausgingen. Gewöhnlich waren sie einfach »Brüder«, doch zeitweise waren sie auch viel mehr, ja sogar die »ersten wahren Inder«. »Seht uns an«, sagten sie, »Punjabis, Marathen, Bengalen, Sikhs, Hindus, Muslime. Wo sonst in Indien kann man auf eine Gruppe wie unsere stoßen, wo Ursprung und Religion keine Rolle spielen, wo wir alle zusammen trinken, Rind- und Schweinefleisch essen können, ohne uns etwas dabei zu denken?«

Jede Mahlzeit in einer Offiziersmesse sei ein Abenteuer, sagte Arjun, eine glorreiche Verletzung von Tabus. Sie aßen Speisen, die keiner von ihnen zu Hause je angerührt hatte: Speck, Schinken und Würste zum Frühstück, Roastbeef und Schweinekoteletts zum Abendessen, sie tranken Whisky, Bier und Wein, rauchten Zigarren, Zigaretten und Zigarillos. Hier ging es nicht einfach um die Befriedigung des Appetits; jeder Mund voll hatte eine Bedeutung, stellte einen Fortschritt auf dem Weg zu einem neuen, vollkommeneren Inder dar. Alle wussten sie Geschichten zu erzählen, wie sich ihnen beim ersten Mal, als sie ein Stück Rind- oder Schweinefleisch kauten, der Magen umgedreht hatte; sie mühten sich ab, um die Bissen drinnen zu behalten, kämpften gegen ihren Abscheu an. Und sie hatten es durchgestanden, denn dies waren kleine, aber wichtige Kämpfe, die nicht nur ihre Männlichkeit auf die Probe stellten, sondern auch ihre Eignung, in die Klasse der Offiziere aufgenommen zu werden – sie mussten sich selbst und ihren Vorgesetzten beweisen, dass sie befähigt waren, Führungsaufgaben zu übernehmen, Angehörige einer Elite zu sein, dass ihre visionäre Kraft stark genug war, um sich über die Bande ihrer Scholle zu erheben, die Verhaltensweisen zu überwinden, die ihnen durch ihre

Herkunft eingeimpft worden waren. »Seht uns an«, sagte Arjun wohl nach ein, zwei Whiskys, »wir sind die ersten modernen Inder, die ersten Inder, die wirklich frei sind. Wir essen, was wir wollen, wir trinken, was wir wollen, wir sind die ersten Inder, die nicht von ihrer Vergangenheit erdrückt werden.«

Für Dinu war dies unfassbar. »Nicht, was ihr esst und trinkt, macht euch modern, sondern die Art, die Dinge zu betrachten.« Er holte Abbildungen hervor, die er aus Zeitschriften ausgeschnitten hatte, Reproduktionen von Fotografien von Stieglitz, Cunningham und Weston.

Arjun tat dies achselzuckend mit einem Lachen ab. »Für dich ist die moderne Welt bloß etwas, worüber du liest. Was du über sie weißt, hast du aus Büchern und Zeitungen – wir sind es, die tatsächlich mit Menschen aus der westlichen Welt leben.«

Dinu begriff, dass es die Verbindung mit Europäern war, die Arjun und seine Offizierskameraden sich als Pioniere sehen ließ. Sie wussten, dass die westliche Welt für die meisten ihrer Landsleute ein abstrakter Begriff war; wenngleich sie sich von England regiert wussten, hatten ganz wenige Inder schon einmal einen leibhaftigen Briten zu Gesicht bekommen, und noch weniger hatten Gelegenheit gehabt, mit einem zu sprechen. Die Engländer lebten in ihren Enklaven und gingen ihren Geschäften nach; die meisten tagtäglichen Aufgaben, die beim Regieren anfielen, wurden von Indern erledigt. Beim Militär dagegen gehörten indische Offiziere zu den Auserwählten, sie lebten in enger Nachbarschaft mit den Europäern, was für ihre Landsleute nahezu unvorstellbar war. Sie wohnten in denselben Unterkünften, aßen dieselben Speisen, taten dieselbe Arbeit; hierin unterschied sich ihre Situation von derjenigen der übrigen Untertanen des Empires.

»Wir verstehen die westliche Welt besser als ihr Zivilisten«, sagte Arjun oft. »Wir wissen, was dort in den Köpfen vorgeht. Erst wenn alle Inder sind wie wir, wird das Land wirklich modern sein.«

Die Mahlzeiten mit Arjuns Freunden waren ausgelassene Angelegenheiten, bei denen Unmengen Bier »gekippt«, laut gelacht und viele derbe Witze gemacht wurden, vorwiegend von Offizieren auf Kosten der anderen. Dergleichen bezeichneten sie als »Jux«, und meistens war es harmlos. Doch einmal brach anlässlich eines sonderbaren kleinen Vorfalls während einer Mahlzeit der Wortschwall ab. Angesichts einer Platte mit heißen, dampfenden *chapatis* sagte ein Offizier mit lauter, spöttischer »Jux«-Stimme: »Schade, dass Hardy nicht hier ist, wo er doch so gern *chapatis* isst…« Diese scheinbar harmlosen Worte hatten eine erschreckende Wirkung; der Lärm erstarb abrupt, und die Gesichter der Offiziere wurden plötzlich ernst. Derjenige, der gesprochen hatte, wurde rot, als sei er von allen Seiten zurechtgewiesen worden. Dann räusperte sich Arjun laut, als wolle er seine Freunde an die Anwesenheit Außenstehender – Dinu, Manju und Neel – erinnern, und sogleich wandte sich das Gespräch einem anderen Thema zu; die Unterbrechung währte nur einen Augenblick und blieb von allen außer Dinu unbemerkt.

Später schaute Dinu zu Arjun ins Zimmer hinein. Arjun saß im Bett, ein Buch auf den Knien und einen Brandy in der Hand. Dinu blieb wartend stehen.

»Du willst mich ausquetschen, nicht? Wegen des Vorfalls heute Abend.«

»Ja.«

»Es war nichts, wirklich.«

»Umso mehr Grund, es mir zu erzählen.«

Arjun seufzte. »Es war eine Anspielung auf meinen guten Freund Hardy.«

»Was für eine Anspielung?«

»Das ist eine lange Geschichte. Letztes Jahr hat man Hardy übel mitgespielt – für dich wird es sich idiotisch anhören…«

»Was ist passiert?«

»Willst du es wirklich wissen?«

»Ja.«

»Hardy ist ein Sardar«, sagte Arjun, »ein Sikh – aus einer alten Soldatenfamilie. Du würdest staunen, wie viele von den Kameraden aus solchen Familien kommen – ich nenne sie die wahren *faujis.* Leute wie ich, die keine Verbindungen zum Militär haben, sind die Ausnahme…«

Hardy war im Bataillonsstützpunkt in Saharanpur aufgewachsen, berichtete Arjun. Vater und Großvater hatten im I. Jat-Regiment gedient. Sie hatten als gemeine Soldaten angefangen und es bis zum

Oberst gebracht, einem Rang zwischen einem Unteroffizier und einem Offizier – höher konnte ein Inder damals nicht aufsteigen. Hardy war der Erste in seiner Familie, der als Oberst in die Streitkräfte eintrat, und er hatte es sich in den Kopf gesetzt, im I. Jat-Regiment zu dienen. Er pflegte zu scherzen, es sei sein Traum, von den alten Kameraden seines Vaters *»sahib«* genannt zu werden. Aber zwischen dem Dasein der Offiziere und dem der anderen Ränge gab es einen Unterschied, den Hardy nicht bedacht hatte. Den anderen Rängen wurde in den Messen indisches Essen serviert, das gemäß den präzisen Vorschriften ihrer verschiedenen Religionen zubereitet war. In der Offiziersmesse dagegen wurde »englisches« Essen serviert – und Hardys Problem war, dass er zu denen gehörte, die, so sehr sie sich auch bemühten, nicht auf ihr tägliches Quantum *dal-roti* verzichten konnten. Er aß brav, was in der Messe aufgetischt wurde, aber wenigstens einmal täglich verließ er unter einem Vorwand das Ausbildungslager, um sich irgendwo in der Stadt satt zu essen. Das war unter indischen Offizieren durchaus üblich, doch Hardy überschritt eine unsichtbare Grenze: Er besuchte die Messen der anderen Ränge. Er genoss diese kurzen Visiten; als Kind hatte er einige der Männer »Onkel« genannt, und er nahm an, sie würden ihm dieselbe Nachsicht und Zuneigung entgegenbringen, wie er es von früher in Erinnerung hatte. Sie würden seine Besuche geheim halten, dachte er; immerhin stammten viele von ihnen aus demselben Dorf, aus derselben Großfamilie. Viele hatten seinen Vater gekannt.

Wie sich zeigte, hatte er sich gründlich geirrt. Weit davon entfernt, froh zu sein, unter Hardy zu dienen, waren die alten Kameraden seines Vaters über seine Anwesenheit im Bataillon tief gekränkt. Sie gehörten zu der ersten Generation von Indern, die unter indischen Offizieren dienten. Viele fühlten sich unbehaglich dabei; ihre Beziehung zu den englischen Offizieren war die Quelle ihres Stolzes und ihres Prestiges. Unter Indern zu dienen war eine Minderung dieses Privilegs.

Es kam ein Tag, an dem der Kommandant des Bataillons, Oberstleutnant »Bucky« Buckland, vorschlug, Hardy das Kommando der Kompanie »C« zu übertragen. Für die Unteroffiziere der Kompanie war dies eine bittere Pille. Einige kannten Oberstleutnant

Buckland gut, sie hatten viele Jahre unter ihm gedient, und es gehörte zu ihren Aufgaben, ihn über die Vorgänge in der Einheit auf dem Laufenden zu halten. Sie schickten eine Delegation zu ihm und erklärten: Dieser Junge, Hardayal Singh, dem Sie das Kommando über die Kompanie C geben wollen – wir kennen seinen Vater, seine Schwestern sind mit unseren Brüdern verheiratet, er ist in unserem Nachbardorf zu Hause! Wie können Sie von uns erwarten, diesen Jungen als Offizier zu behandeln? Er kann ja nicht einmal die Speisen vertragen, die die Offiziere zu sich nehmen – er stiehlt sich heimlich in unsere Messen, um *chapatis* zu essen.

Oberstleutnant Buckland war über diese Beschwerden erschüttert. Es war unmöglich, nicht abgestoßen zu sein von der Kälte dieser Einstellung. Wenn es untergründiger Selbsthass war, der jemanden nur seinesgleichen vertrauen ließ, wie viel tiefer war dann die Selbstverachtung, die dahin führte, dass eine Gruppe Männer einem Menschen aus keinem anderen Grunde misstraute als dem, dass er einer der Ihren war?

Oberstleutnant Buckland erteilte den Unteroffizieren eine scharfe Rüge: »Sie leben in der Vergangenheit. Die Zeit ist gekommen, da Sie lernen müssen, Befehle von Indern entgegen zu nehmen. Dieser Mann ist der Sohn Ihres ehemaligen Kameraden: Wollen Sie ihn wirklich in aller Öffentlichkeit beschämen?«

Trotz der Schelte blieben die Unteroffiziere unerbittlich. Am Ende musste der Oberstleutnant nachgeben. Von jeher galt ein unausgesprochener Pakt zwischen den Männern und ihren englischen Offizieren: In bestimmten Angelegenheiten mussten ihre Wünsche selbstverständlich berücksichtigt werden. Dem Oberstleutnant blieb keine andere Wahl, als Hardy zu sich zu bestellen – und ihm zu sagen, dass seine Ernennung vorerst nicht durchzusetzen sei. Dies erwies sich als der schwierigste Teil der ganzen Angelegenheit: Wie sollte man Hardy die Forderung erklären? Wie verteidigt sich ein Soldat gegen die Anklage, ein heimlicher *chapati*-Esser zu sein? Wie wirkt sich das auf seine Selbstachtung aus? Oberstleutnant Buckland behandelte die Situation ungemein taktvoll, und Hardy ging aus dem Gespräch ohne sichtbare Anzeichen einer Niederlage hervor. Nur seine engsten Freunde wussten, wie tief er verletzt war, wie schwer es ihm gefallen war, den Unteroffizieren am nächsten

Tag gegenüberzutreten. Und da die Armee eine kleine, geschlossene Institution war, sprach sich immer alles herum, und von Zeit zu Zeit sagten sogar Freunde das Falsche, genau wie an jenem Abend.

»Macht das euch allen zu schaffen?«, fragte Dinu Arjun. »Ist es schwierig, von euren eigenen Leuten als Offiziere anerkannt zu werden?«

»Ja und nein«, erwiderte Arjun. »Du hast immer das Gefühl, dass sie dich genauer unter die Lupe nehmen, als sie es bei einem Engländer tun würden – mich besonders, vermute ich, weil ich so gut wie der einzige Bengale weit und breit bin. Aber du hast auch das Gefühl, dass sie sich mit dir identifizieren – dass einige von ihnen dich vorantreiben, während andere nur darauf warten, dich stürzen zu sehen. Wenn ich ihnen gegenübertrete, merke ich, dass sie sich an meine Stelle versetzen, dass sie eine Barriere überschreiten, die sich in ihren Köpfen als eine Art Wasserscheide festgesetzt hat. In dem Moment, da sie sich selbst jenseits dieser Grenze sehen, verändert sich etwas. Es kann nicht mehr sein wie vorher.«

»Wie meinst du das?«

»Ich weiß nicht, ob ich es erklären kann, Dinu. Ich will dir eine Geschichte erzählen. Einmal hat ein alter englischer Oberst unsere Messe besucht. Er erzählte lauter Geschichten aus der guten alten Zeit. Nach dem Essen hörte ich zufällig, wie er mit Bucky sprach, unserem Kommandanten. Er schnaubte und prustete durch seinen Schnurrbart; er war der Ansicht, dass die Ernennung von Indern zu Offizieren die Armee zerstören würde; alle würden sich gegenseitig an die Gurgel gehen, und das Ganze würde zerfallen. Nun ist Bucky so gerecht und anständig, wie einer nur sein kann, und er wollte das nicht auf uns sitzen lassen. Er verteidigte uns wacker und sagte, seine indischen Offiziere machten ihre Sache sehr gut. Aber im Grunde meines Herzens wusste ich, dass Bucky im Unrecht und der alte Kauz im Recht war.«

»Inwiefern?«

»Ganz einfach. Jede Institution hat ihre eigene Logik, und die britisch-indische Armee hat stets unter der Voraussetzung der Trennung zwischen Indern und Engländern funktioniert. Das System war einfach: Sie hielten sich voneinander fern, und offensichtlich empfanden beide Seiten dies als Vorteil. Du musst wissen, dass es nicht leicht ist, Männer zum Kämpfen zu bewegen. Die Engländer haben eine Methode gefunden, sie dazu zu bringen. Aber nun, mit uns in der Offiziersmesse, glaube ich nicht, dass das Bestand haben kann.«

»Warum nicht?«

Arjun stand auf und schenkte sich noch einen Brandy ein. »Weil es stimmt, was der alte Kauz gesagt hat: Wir gehen uns gegenseitig an die Gurgel.«

»Wer?«

»Inder und Engländer.«

»Wirklich? Warum? Weswegen?«

»Meistens sind es nur Kleinigkeiten. Wenn zum Beispiel in der Messe ein Engländer im Radio einen englischsprachigen Sender einstellt, kann man sicher sein, dass wenige Minuten später ein Inder indische Filmmusik einstellt. Und dann dreht jemand es wieder zurück, und so geht es weiter, bis man nur noch hoffen kann, dass es ganz ausgeschaltet wird. Und dergleichen mehr.«

»Ihr hört euch an wie kabbelnde Schulkinder.«

»Ja. Aber ich meine, dass etwas Wichtiges dahinter steckt.«

»Was?«

»Schau, wir machen alle dieselbe Arbeit, essen dieselben Speisen und so weiter. Aber den Kameraden, die in England ausgebildet wurden, wird viel mehr bezahlt als uns. Mir persönlich macht das nicht so viel aus – aber Kameraden wie Hardy nehmen diese Dinge sehr wichtig. Für sie ist es nicht einfach eine Arbeit. Sie glauben wirklich an das, was sie tun, sie glauben, dass die Engländer für Freiheit und Gleichheit einstehen. Wenn wir solch hehre Worte hören, neigen die meisten von uns dazu, sie mit Vorbehalt zu nehmen. Sie nicht. Ihnen sind diese Dinge bitter ernst, und deswegen tun sie sich so schwer, wenn sie entdecken, dass die Gleichheit, von denen man ihnen erzählt hat, ein Lockmittel ist – man lässt sie vor ihrer Nase baumeln, damit sie bei der Stange bleiben, hält sie aber stets knapp außer Reichweite.«

»Warum beschweren sie sich nicht?«

»Das tun sie zuweilen. Aber gewöhnlich gibt es keinen direkten

Anlass zur Beschwerde. Nimm Hardys Ernennung: Wem war ein Vorwurf zu machen? Hardy selbst? Den Männern? Dem Oberstleutnant ganz bestimmt nicht. Aber so ist es immer. Wenn einer von uns eine Ernennung oder Beförderung bekommt, gibt es immer diffuse Verordnungen, die alles verworren machen. Oberflächlich gesehen scheint bei den Streitkräften alles durch Dienstvorschriften geregelt zu sein, an denen es nichts zu rütteln gibt. Aber in Wirklichkeit sind da finstere Schatten, die man nie ganz sehen kann: Vorurteile, Misstrauen, Argwohn.«

Arjun kippte seinen Brandy herunter und schenkte sich noch einen ein. »Ich will dir von etwas erzählen«, sagte er, »das mir auf der Akademie passiert ist. Eines Tages ging eine Gruppe von uns in die Stadt – Hardy, ich und noch ein paar. Es fing an zu regnen, und wir traten in ein Geschäft. Der Ladenbesitzer erbot sich, uns Schirme zu leihen. Ohne zu überlegen, sagte ich, ja, gerne, das ist sehr liebenswürdig. Die anderen sahen mich an, als wäre ich verrückt geworden. ›Was fällt dir ein?‹, sagte Hardy. ›Du kannst dich nicht mit einem Schirm sehen lassen.‹ Ich war verblüfft. Ich fragte: ›Aber warum nicht? Warum kann ich mich nicht mit einem Schirm sehen lassen?‹ Hardys Antwort lautete: ›Hast du schon mal einen indischen Soldaten mit einem Schirm gesehen?‹ Ich überlegte und stellte fest, dass ich noch nie einen gesehen hatte. Ich sagte: ›Nein.‹

›Weißt du, warum nicht?‹

›Nein.‹

›Weil Schirme in der alten Zeit im Osten ein Zeichen der Überlegenheit waren. Die Engländer wollten nicht, dass ihre *sepoys* allzu anspruchsvoll wurden. Deswegen sieht man in einem Ausbildungslager keine Schirme.‹

Ich war erstaunt. Konnte das wahr sein? Ich war mir sicher, dass es dafür keine Vorschriften gab. Kannst du dir eine Regel vorstellen, die lautet: ›Inder sind gehalten, in ihren Baracken keine Schirme zu haben‹? Das ist absurd. Aber andererseits stimmte es, dass man in einem Ausbildungslager nie jemanden mit einem Schirm sah. Eines Tages fragte ich Hauptmann Anderson, den Adjutanten: ›Sir, warum benutzen wir nie Schirme, nicht mal, wenn es regnet?‹ Hauptmann Anderson ist ein kleiner, zäher, stiernackiger Kerl. Er sah mich an wie einen Wurm. Nichts hätte mich schneller zum Schweigen bringen können als seine Antwort. Er sagte: ›Wir benutzen keine Schirme, Leutnant, weil wir keine *Weiber* sind.‹«

Arjun lachte. »Und jetzt«, sagte er, »würde ich alles andere lieber tun, als mich mit einem Schirm sehen zu lassen, und wenn ich im Regen ertrinke.«

5

In diesem Jahr hatte es den Anschein, als sei der Monsun über Lankasuka hereingebrochen, lange bevor sich die ersten Wolken am Himmel zeigten. Manjus Hochzeit fand Ende Juni statt, kurz vor dem Einsetzen der Regenzeit. Die Tage waren sehr heiß, und auf der dem Park zugewandten Seite des Hauses sank der Wasserstand des Sees, sodass man nicht mehr mit den Booten hinauskonnte. Es war die Zeit des Jahres, in der sich in der Vorahnung der kommenden Sintflut sogar die Erde langsamer zu drehen schien.

Aber in Lankasuka rief die Hochzeit eine eigentümliche klimatische Abnormität hervor. Das Anwesen schien wie von einer Flut überspült, seine Bewohner hektisch flussabwärts strudelnd, fortgetragen wie von einer großen Woge bunt gemischter Dinge: Menschen, Geschenken, Besorgnis, Gelächter, Speisen. Die Kochfeuer im Hof brannten den ganzen Tag, und unter den bunten Baldachinen auf dem Dach, die für die Hochzeit errichtet worden waren, gab es nicht einen einzigen Augenblick, in dem sich nicht mehrere Dutzend Menschen zu einer Mahlzeit einfanden.

Die Tage vergingen in einem Wirbel aus Genüssen und Festlichkeiten: So, wie das steigende Wasser während der Monsunzeit nach und nach die schachbrettartigen Unterteilungen eines Reisfeldes überflutet, so schwemmte der stetige Fortgang der Hochzeitsfeier die Dämme fort, die das Leben der Menschen im Haus trennten. Umas politische Gefährtinnen in ihren weißen Saris legten ebenso Hand an wie eine große Zahl Mitglieder der Kongresspartei in ihrer Khakimontur; Arjuns Freunde in Fort William schickten Abordnungen von Köchen, Messe-Boys, Kellnern und gelegentlich sogar ganze Marschkapellen, komplett mit Fagotten und uniformierten Kapellmeistern; aus Manjus College strömten viele herbei, ebenso eine bunte Schar von Neels Bekannten aus dem Filmatelier von Tollygunge – Regisseure, Schauspieler, Eleven, Doubles, die den Schauspielerinnen und Schauspielern, die nicht singen konnten, ihre Stimme liehen, sogar die zwei schrecklichen Garderobieren, die Manju am Tag ihrer schicksalhaften Probeaufnahmen angekleidet hatten.

Auch Dolly trug ihren Teil zu der Mischung bei: Dank ihrer alljährlichen Besuche bei Uma in Kalkutta verfügte sie über eine enge Verbindung zum birmanischen Tempel der Stadt. So klein dieser Tempel auch war, seine Vergangenheit war nicht ohne Glanz – viele große Birmanen hatten sich dort aufgehalten, darunter der berühmte aktivistische Mönch U Wisara. Durch Dollys Verbindungen nahm eine beträchtliche Anzahl Mitglieder der birmanischen Gemeinde der Stadt an Manjus Hochzeit teil – Studenten, Mönche, Rechtsanwälte und sogar ein paar bullige Wachtmeister der Polizeikräfte von Kalkutta (von denen viele anglo-birmanischen Ursprungs waren).

In Anbetracht der eigenartigen Zusammensetzung der Gruppen gab es relativ wenig Unstimmigkeiten. Doch letztlich erwies es sich als unmöglich, die mächtigen Winde auszusperren, die über die Welt hinweg fegten. Einmal kam ein Freund von Uma, ein angesehener Kongressabgeordneter, nach Art von Jawaharlal Nehru gekleidet, mit einer Khakimütze und in einer langen schwarzen Shervani mit einer Rose im Knopfloch. Der elegante Politiker stand zufällig neben einem Freund von Arjun, einem Leutnant in der Uniform des XIV. Punjab-Regiments. »Und was ist das für ein Gefühl«, wandte sich der Politiker höhnisch an den Soldaten, »für einen *Inder*, diese Uniform zu tragen?«

»Wenn Sie es wissen müssen, Sir«, blaffte Arjuns Freund zurück, Hohn mit Hohn vergeltend, »diese Uniform fühlt sich recht warm an – aber ich nehme an, dasselbe ließe sich von Ihrer sagen?«

Ein andermal sah Arjun sich einer eigentümlich gemischten Menge von buddhistischen Mönchen, birmanischen Studenten-Aktivisten und Angehörigen der Kongresspartei gegenüber. Die Kongressabgeordneten hatten bittere Erinnerungen an ihre Zusammenstöße mit indischen Soldaten und Polizisten. Sie beschimpften Arjun, weil er in einer Besatzungsarmee diente.

Im Gedanken daran, dass dies die Hochzeit seiner Schwester war, gelang es Arjun, sich zu beherrschen. »Wir halten das Land nicht besetzt«, sagte er, so leichthin er konnte. »Wir sind hier, um euch zu verteidigen.«

»Wovor verteidigt ihr uns? Vor uns selbst? Vor anderen Indern? Eure Herren sind es, vor denen das Land verteidigt werden muss.«

»Hört mal«, sagte Arjun, »das ist eine Arbeit wie jede andere, und ich bemühe mich, sie so gut zu machen, wie ich kann …«

Ein birmanischer Student lächelte grimmig. »Weißt du, was wir in Birma sagen, wenn wir indische Soldaten sehen? Wir sagen: ›Da geht die Sklavenstreitmacht – sie marschiert, um weitere Sklaven für ihre Herren zu fangen.‹«

Nur unter größter Anstrengung gelang es Arjun, die Beherrschung zu bewahren; statt sich auf einen Streit einzulassen, drehte er sich um und stampfte davon. Später beklagte er sich bei Uma, aber sie zeigte überhaupt kein Mitgefühl. »Sie haben dir nur gesagt, was die meisten Leute im Land denken, Arjun«, erklärte sie unverblümt. »Wenn du stark genug bist, dich feindlichen Kugeln zu stellen, solltest du auch stark genug sein, diese Leute anzuhören.«

Für die Dauer seines Aufenthalts in Lankasuka hatte man Kishan Singh eine kleine abgelegene Kammer im hinteren Teil des Hauses zugewiesen. Dieser Raum diente ansonsten als Vorratskammer, hauptsächlich für Lebensmittel; an den Wänden standen *martabans*, große Krüge mit Eingemachtem, in den Ecken lagen haufenweise reifende Mangos und Guaven; an den Deckenbalken hingen mit Schnüren umwickelte Tontöpfe, in denen Butter und *ghee* außer Reichweite von Ameisen und Katzen aufbewahrt wurden.

Eines Nachmittags schickte man Bela in die Vorratskammer, um Butter zu holen. Die Holztür war leicht verzogen und ließ sich nicht richtig schließen. Als sie durch den Spalt lugte, sah sie Kishan Sing drinnen auf einer Matte liegen. Er hatte für die Siesta einen *longyi* angezogen; seine Khaki-Uniform hing an einem Haken. Er schwitzte in der Junihitze, sein Oberkörper war unbekleidet bis auf das ärmellose Militärunterhemd, das ihm an der Brust klebte.

Am Auf und Ab seiner Rippen sah Bela, dass er fest schlief. Sie schlüpfte in die Kammer und schlich auf Zehenspitzen um seine Matte herum. Als sie sich auf alle Viere niedergelassen hatte und die Schnüre des Buttertopfes löste, wachte Kishan Singh plötzlich auf.

Er sprang auf die Füße und fuhr in seinen Uniformrock; sein Gesicht war vor Verlegenheit rot angelaufen.

»Meine Mutter hat mich geschickt«, sagte Bela rasch. »Ich soll das hier holen.« Sie wies auf den Tontopf. Als Kishan Singh seinen Uniformrock angezogen hatte, setzte er sich mit gekreuzten Beinen auf die Matte. Er lächelte Bela an, die sein Lächeln scheu erwiderte. Sie verspürte keine Lust zu gehen; sie hatte noch nie mit ihm gesprochen, und jetzt fiel ihr so vieles ein, was sie ihn fragen wollte.

Die erste Frage, die sie hervorstieß, war diejenige, die ihr am meisten im Kopf herumging: »Kishan Singh, bist du verheiratet?«

»Ja«, sagte er ernst. »Und ich habe einen kleinen Sohn. Gerade ein Jahr alt.«

»Wie alt warst du, als du geheiratet hast?«

»Das war vor vier Jahren«, sagte er. »Also muss ich sechzehn gewesen sein.«

»Und deine Frau? Wie ist sie?«

»Sie ist aus meinem Nachbardorf.«

»Und wo ist dein Dorf?«

»Oben im Norden – weit fort von hier. In der Nähe von Kurukshetra, wo der große Kampf des Mahabharata stattfand. Deswegen sind die Männer aus unserer Gegend so gute Soldaten, sagt man.«

»Und wolltest du immer Soldat werden?«

»Nein.« Er lachte. »Überhaupt nicht – aber ich hatte keine andere Wahl.«

Die Männer seiner Familie hatten ihren Lebensunterhalt immer als Soldaten bestritten, erklärte er. Sein Vater, sein Großvater, seine Onkel – alle hatten beim I. Jat-Regiment gedient. Sein Großvater war im Ersten Weltkrieg in Paschendaele gefallen. Am Tag vor seinem Tod hatte er einen Brief an seine Familie diktiert. Er enthielt Anweisungen über die Früchte auf den Feldern und was gepflanzt werden sollte, wann gesät und wann geerntet werden musste. Tags darauf war er aus seinem Schützengraben gestiegen, um seinen verwundeten Offizier zu retten, einen englischen Hauptmann, dessen Bursche er fünf Jahre gewesen war und den er verehrte wie keinen anderen Menschen. Dafür war ihm posthum der Orden »Indian Distinguished Service Medal« verliehen worden, den seine Familie in ihrer *haveli* in einer Vitrine aufbewahrte.

»Und bis zum heutigen Tag schickt die Familie des Offiziers uns Geld – nicht, weil wir darum bitten, auch nicht aus Barmherzigkeit, sondern aus Liebe zu meinem Großvater und um zu ehren, was er für ihren Sohn getan hat…«

Bela hing an seinen Lippen und verfolgte jede Bewegung seiner Gesichtsmuskeln. »Sprich weiter.«

Auch sein Vater hatte in der Armee gedient, berichtete er. Er war bei einem Aufstand in Malaya verwundet worden. Seine Seite war durch einen Stich aufgeschlitzt und sein Dickdarm war durchbohrt worden. Die Militärärzte hatten ihr Bestes getan, dennoch waren ihm infolge der Verwundung chronische, lähmende Bauchschmerzen geblieben. Er habe weite Reisen unternommen, um Experten in Ayurveda und anderen Heilkünsten zu konsultieren; die Kosten zwangen ihn, seinen Anteil am Grund und Boden der Familie zu verschleudern. Damit sein Sohn Kishan Singh nicht dasselbe Schicksal erlitt, sollte er ein College besuchen und etwas lernen; er selbst hatte die Welt bereist – Malaya, Birma, China, Ostafrika – und nichts gelernt.

Kishan Singh wäre gern aufs College gegangen, aber als er vierzehn war, starb sein Vater. Danach stand ein Schulbesuch außer Frage; die Familie brauchte Geld. Seine Verwandten bedrängten ihn, sich beim Rekrutierungsbüro zu melden, sie sagten, es sei ein Glück für ihn, in eine Kaste geboren zu sein, der es erlaubt war, bei den Streitkräften der englischen *sarkar* zu dienen.

»Dort bist du Soldat geworden?«

Er nickte. »Ja.«

»Und die Mädchen in deinem Dorf? Wie sind sie?«

»Nicht wie du.«

Das kränkte sie. »Inwiefern? Wie meinst du das?«

»In gewisser Weise«, sagte er, »sind auch sie Soldaten. Von klein auf lernen sie, was es heißt, früh verwitwet zu sein, Kinder ohne Mann großzuziehen, ihr Leben mit verstümmelten, verkrüppelten

Ehemännern zu teilen…« In diesem Moment hörte sie die Stimme ihrer Mutter, die ihren Namen rief, und sie lief eilends aus der Kammer.

Für die Dauer der Hochzeitsfeierlichkeiten waren Rajkumar und seine Familie im Great Eastern Hotel abgestiegen (im Hinblick auf ihren alten Zwist war es für Rajkumar undenkbar, bei Uma zu wohnen, wie es Dolly sonst immer tat). Man war jedoch übereingekommen, dass Neel und Manju die Hochzeitsnacht – ihre letzte Nacht in Kalkutta – in Umas Wohnung in Lankasuka verbringen sollten.

Als der Tag kam, richteten Uma und Dolly eigenhändig das Brautgemach her. Sie gingen früh zum Blumenmarkt in Kalighat und kehrten mit dutzenden beladener Körbe zurück. Den Vormittag verbrachten sie damit, das Brautbett mit hunderten von Blumengirlanden zu schmücken. Dabei schwelgten sie in Erinnerungen an ihre eigenen Hochzeiten, und wie anders es damals gewesen war. Am Nachmittag leistete ihnen die Zweite Prinzessin Gesellschaft, die eigens von Kalimpong angereist war; damit war die Runde vollzählig.

Es war heiß, und sie waren bald schweißgebadet.

»Ich kann nicht mehr«, sagte Dolly. »Meine Hochzeit war einfacher.«

»Weißt du noch, Frau Khambatta – die mit dem Fotoapparat?«

Sie setzten sich auf den Fußboden, lachten und schwelgten in Erinnerungen.

Im Laufe des Tages gab es hundert unbedeutende Krisen, hauptsächlich wegen Kleinigkeiten, die jemand zu kaufen vergessen hatte: noch eine *dhoti* für den *purohit* und eine Hand voll frisches *durba*-Gras, einen Sari für eine vergessliche Tante – kleine Dinge, aber wichtig. Am späten Nachmittag wurde Arjun aufgetragen, mit dem Jowett der Familie rasch eine Einkaufsfahrt zu organisieren. Dinu, Uma und Bela, mit je einer Einkaufsliste bewaffnet, sollten mit ihm fahren.

Arjun lenkte den Jowett in den Hof, und die anderen stiegen ein.

»Wohin fahren wir eigentlich?«, wollte Uma wissen.

»Zum Markt in Kalighat«, antwortete Arjun.

»Dann musst du dich aber beeilen«, sagte Uma.

»Warum?«

»Dort findet heute eine große Demonstration statt – die könnte uns den Weg abschneiden.«

»Eine Demonstration?« Arjun war überrascht. »Worum um alles in der Welt geht es denn diesmal?«

Das ärgerte Uma. »Liest du denn keine Zeitung, Arjun? Es ist ein Antikriegsmarsch – wir im Kongress finden, dass England im Falle eines neuen Krieges nicht mit unserer Unterstützung rechnen kann, es sei denn, die Briten sind bereit, die indische Unabhängigkeit zu garantieren.«

»Oh, ich verstehe«, sagte Arjun achselzuckend. »Dann kann uns ja nichts passieren – es wird lange dauern, bis sie sich organisiert haben.« Dinu lachte.

Sie brauchten nur fünfzehn Minuten bis zum Markt, und binnen einer halben Stunde hatten sie ihre Einkäufe erledigt. Als sie auf dem Rückweg in eine breite Prachtstraße einbogen, sahen sie von ferne die ersten Demonstranten herankommen.

»Kein Grund zur Sorge«, sagte Arjun ruhig. »Wir sind ihnen weit voraus. Sie werden uns nicht einquetschen.« Aber noch während er sprach, fing der Motor des Jowett zu stottern an. Und plötzlich gab er den Geist auf.

»Tu doch was, Arjun!«, fuhr Uma ihn an. »Wir können hier nicht stehen bleiben.«

»Die Zündkerze«, murmelte Arjun ungläubig. »Ich hätte sie heute Morgen reinigen sollen.«

»Kannst du das nicht beheben?«

»Es wird ein paar Minuten dauern.«

»Ein paar Minuten!«, sagte Uma. »Dann sind wir von ihnen umringt. Arjun, wie konnte dir das passieren?«

»So etwas kommt vor …«

Dinu und Arjun öffneten die Motorhaube. Vor dieser Fahrt hatte der Jowett eine ganze Weile unbenutzt herumgestanden. Der Motor war jetzt ganz heiß. Bis die Zündkerze repariert war, hatte die Demonstration sie eingekeilt. Auf beiden Seiten stürmten die Marschierenden vorbei, einige scherten aus der Reihe, um das liegen gebliebene Auto und die zwei Männer, die neben der geöffneten

Motorhaube standen, zu begaffen. Arjun und Dinu stiegen wieder ein; es blieb ihnen nichts anderes übrig als abzuwarten, bis die letzten Demonstranten vorübergezogen waren.

Ein Demonstrant warf eine Broschüre durchs Fenster. Arjun hob sie auf und betrachtete das Titelblatt. Ganz oben standen ein paar kühne Sätze auf Bengali: Indische Soldaten wurden aufgefordert, sich nicht dem Empire zur Verfügung zu stellen, das ihr Land zweihundert Jahre lang unterjocht hatte. Mahatma Gandhi wurde zitiert, und eine Passage lautete: »Warum sollte Indien im Namen der Freiheit dieses teuflische Empire verteidigen, das die größte Bedrohung der Freiheit ist, welche die Welt jemals gekannt hat?«

Arjun schien ungeheuer verärgert und sagte wütend und fauchend: »Diese Idioten. Am liebsten würde ich ihnen das Pamphlet in den Hals stopfen. Man sollte meinen, sie hätten was Besseres zu tun, als in der heißen Sonne herumzumarschieren.«

»Pass auf, was du sagst, Arjun«, schalt Uma auf dem Rücksitz. »Du weißt hoffentlich, dass ich eigentlich hätte mitmarschieren sollen. Du solltest diese Leute nicht als Idioten bezeichnen – was weißt du überhaupt von diesen Dingen?«

»Oh, hm…« Arjun wollte die Sache achselzuckend abtun, als Dinu ihn unerwartet verteidigte. »Arjun hat Recht«, sagte er. »Diese Leute *sind* Idioten.«

»Was?« sagte Uma. »Wovon sprichst du, Dinu?«

»Ich spreche von Faschismus«, sagte Dinu, »und davon, warum es im Moment das Wichtigste ist, ihn zu bekämpfen. Denn wenn ein Krieg ausbricht, wird es ein Krieg sein wie kein anderer. Hitler und Mussolini gehören zu den tyrannischsten und zerstörerischsten Führern in der Geschichte der Menschheit. Sie sind grotesk, sie sind Ungeheuer. Wenn es ihnen gelingt, der Welt ihren Willen aufzuzwingen, sind wir alle verloren. Sieh doch, woran sie glauben. Ihre Ideologie dreht sich allein um die Überlegenheit bestimmter Rassen und die Minderwertigkeit anderer. Sieh, was sie den Juden antun. Und wenn es nach ihrem Willen geht, werden sie die Arbeiterbewegung in der ganzen Welt vernichten. Ihre Herrschaft wird gewalttätiger und despotischer sein, als du dir vorstellen kannst, und einige Rassen werden unterdrückt sein, andere herrschen. Und bilde dir nicht einen Augenblick ein, dass Indien und Birma besser dran sind, wenn die Engländer besiegt werden. Der Plan der Deutschen läuft schlicht und einfach darauf hinaus, das Empire zu übernehmen und an Stelle der Briten zu herrschen. Und bedenke, was in Asien geschehen wird: Die Japaner streben bereits ein großes Reich an wie die Nazis und die Faschisten. Voriges Jahr haben sie in Nanking hunderttausende unschuldige Menschen getötet. Es war ein Völkermord. Das Letzte, was wir von Saya John hörten, war, dass viele von den Verwandten seiner Frau umgebracht worden waren... an eine Mauer gestellt und erschossen, Männer, Frauen, Kinder. Denkst du, die japanische Armee würde es hier nicht genauso machen, wenn sie nach Indien käme? Wenn du das denkst, bist du im Irrtum. Sie würde es tun. Sie sind Imperialisten und Rassisten übelster Sorte. Wenn sie ihr Ziel erreichen, wird das die schlimmste Katastrophe in der Geschichte der Menschheit.«

Uma antwortete ruhig: »Dinu, du darfst nicht einen Augenblick denken, dass ich oder sonst irgendwelche Kongressangehörigen auch nur ein Quäntchen Sympathie für die Nazis und Faschisten hegen. Nicht im Geringsten. Sie sind genau, wie du sagst – ungeheuerlich, grotesk. Wie Mahatma Gandhi immer wieder erklärt hat, repräsentieren sie das genaue Gegenteil von dem, wofür wir einstehen. Doch wie ich es sehe, sind wir zwischen zwei Übeln gefangen, zwischen zwei Quellen des absolut Bösen. Für uns stellt sich die Frage, warum sollten wir eine der anderen vorziehen? Du sagst, dass der Nazismus durch Gewalt und Unterwerfung herrschen, dass er unsägliche Völkermorde begehen wird. Das alles ist wahr, ich bestreite es nicht einen Augenblick. Aber denke an die Übel, die du aufgezählt hast: Völkermord, Rassismus, Herrschen durch Aggression und Unterwerfung. Hat sich das Empire all dessen nicht schuldig gemacht? Wie viele Millionen Menschen sind bei der Bezwingung der Welt durch das Empire – bei seiner Inbesitznahme ganzer Kontinente – zu Grunde gegangen? Ich glaube nicht, dass man sie zählen kann. Schlimmer noch, das Empire ist zum Ideal für nationalen Erfolg geworden – einem nachahmenswerten Vorbild für alle Nationen. Denke an die Belgier, die losgestürmt sind, um sich des Kongos zu bemächtigen – sie haben dort zehn oder elf Millionen Menschen getötet. Und was wollten sie anderes, als etwas schaffen, das diesem Empire gleichkam? Was wollen Japan und Deutschland heutzutage anderes, als eigene Reiche schaffen?«

Bela beugte sich über den Sitz und unterbrach sie. »Wir müssen zurück«, rief sie. »Wir können nicht hier herumsitzen und streiten. Heute ist Manjus Hochzeitsnacht.«

Die letzten Demonstranten waren unterdessen vorübergezogen. Arjun ließ den Motor an und wendete den Wagen. Sie rasten nach Lankasuka.

Aber für Dinu war die Auseinandersetzung noch nicht zu Ende. Er drehte sich auf seinem Sitz herum. »Tante Uma«, sagte er, »du sprichst immer von den Übeln des Empires und davon, was die Engländer den Indern angetan haben. Aber denkst du nicht, dass sich hier schreckliche Dinge ereignet haben, bevor die Briten kamen? Sieh doch, wie die Frauen noch heute behandelt werden, sieh dir das Kastensystem an, die Unberührbarkeit, die Witwenverbrennung, lauter furchtbare, schreckliche Dinge. Die Übel, die hier verbreitet waren, waren viel schlimmer als alles, was die Engländer angerichtet haben.«

Uma erwiderte scharf: »Ich will die Erste sein, die die Schrecken unserer eigenen Gesellschaft zugibt – ich versichere dir, mir als Frau sind sie stärker bewusst als dir. Mahatma Gandhi hat immer gesagt, dass unser Kampf für die Unabhängigkeit nicht von unserem Kampf für Reformen zu trennen ist. Doch lass mich hinzufügen, dass wir uns nicht täuschen lassen dürfen von der Vorstellung, dass der Imperialismus mit Reformen einhergeht. Die Kolonialisten möchten uns dies glauben machen, aber das lässt sich klar und einfach widerlegen. Es ist wahr, dass Indien zerrissen ist von Übeln, wie du sie aufzählst – Kastenwesen, die Misshandlung von Frauen, Unwissenheit, Analphabetentum. Aber nimm zum Beispiel dein Land, Birma – dort gab es kein Kastensystem. Im Gegenteil, die Birmanen waren große Verfechter der Gleichheit. Die Frauen waren hoch angesehen – vermutlich mehr als im Westen. Die Allgemeinbildung hatte einen hohen Stand. Aber auch Birma wurde erobert und unterjocht – in mancher Hinsicht erging es den Birmanen schlechter als uns unter der Knute des Empires. Es ist schlicht eine irrige Vorstellung, dass die Kolonialisten sich hinsetzen und über Recht und Unrecht der Gesellschaft nachdenken, die sie bezwingen wollen: Nicht deswegen werden Reiche gegründet.«

Dinu lachte heiser. »Du bist so voller Entrüstung über die Briten. Und doch benutzt du die englische Sprache öfter als deine eigene.«

»Das besagt gar nichts«, blaffte Uma zurück. »Viele große jüdische Schriftsteller schreiben auf Deutsch. Denkst du, das hindert sie daran, die Wahrheit zu erkennen?«

Vom Fahrersitz rief Arjun: »Festhalten!« Er bog scharf ab und lenkte den Wagen durchs Tor. Als sie ausstiegen, vernahmen sie Rufe und den Klang von Schneckenhörnern. Sie stürmten nach oben und sahen Neel und Manju ums Feuer gehen; seine *dhoti* war mit ihrem Sari zusammengeknotet.

Unter dem Schleier ihres Saris hervor hatte Manju sich im Raum nach Arjun umgesehen. Als er endlich in seinen ölverschmierten Kleidern hereinkam, hob sie den Kopf und warf die Kapuze ab. Alle im Raum erstarrten, verwundert über den Anblick einer unverschleierten Braut. Genau da, eine Sekunde bevor Manju ihren Sari wieder über den Kopf zog, ging Dinus Blitzlicht los. Später waren sich alle einig, dass dies bei weitem das beste Bild der ganzen Hochzeit war.

Die Nacht war unerträglich heiß. Belas Bett war schweißgetränkt, trotz des elektrischen Ventilators, der an der Decke surrte. Bela konnte nicht schlafen, sie nahm den Duft der Blumen wahr, die betäubenden Gerüche der letzten, heißesten Nächte vor dem Hereinbrechen der Regenfälle. Sie dachte an Manju, die mit Neel unten in ihrem mit Blumen bestreuten Bett lag. Merkwürdig, wie die Hitze den Blumenduft verstärkte.

Ihre Kehle war staubtrocken, ausgedörrt. Sie stand auf und ging in den Flur. Das Haus war dunkel, und zum ersten Mal seit Wochen war kein Mensch zu sehen. Die Stille wirkte beinahe unnatürlich, insbesondere nach dem Tumult der vergangenen Tage. Sie schlich auf Zehenspitzen über den Flur zu der Veranda hinter dem Haus. Das Licht des Vollmonds glänzte silbern auf dem Boden. Sie warf einen Blick zu der Kammer, in der Kishan Singh schlief. Die Tür war wie immer angelehnt. Sie überlegte, ob sie die Tür schließen sollte. Sie überquerte die Veranda und spähte hinein. Kishan Singh lag auf seiner Matte, den *longyi* zwischen die Beine gesteckt. Ein Luftzug stieß die Tür etwas weiter auf. Drinnen schien es kühler zu sein. Bela trat ein und hockte sich in eine Ecke, das Kinn auf den Knien.

Plötzlich rührte er sich und setzte sich auf. »Wer ist da?«

»Ich bin es, Bela.«

»Bela?«

Sie vernahm einen besorgten Ton in seiner Stimme und begriff, dass dies mehr mit Arjun zu tun hatte als mit ihr, dass er sich fürchtete vor dem, was geschehen könnte, wenn sie in seiner Kammer angetroffen würde – die Schwester eines Offiziers, ein Mädchen, das eben fünfzehn geworden und noch unverheiratet war. Sie wollte nicht, dass er sich fürchtete. Sie rutschte über den Boden und fasste nach seiner Hand. »Keine Bange, Kishan Singh.«

»Und was, wenn …?«

»Alles schläft.«

»Trotzdem …«

Weil sie sah, dass er sich immer noch fürchtete, streckte sie die Beine aus und legte sich neben ihn. »Erzähle mir, Kishan Singh«, sagte sie, »als du geheiratet hast, wie war das – die erste Nacht mit deiner Frau?«

Er lachte leise. »Es war eigenartig«, sagte er. »Ich wusste, dass meine Freunde und Verwandten an der Tür lauschten und lachten.«

»Und deine Frau? Hatte sie Angst?«

»Ja, ich aber auch – sogar mehr als sie, gewissermaßen. Als wir später mit anderen darüber sprachen, erfuhren wir, dass es immer so ist.«

Er hätte jetzt mit ihr schlafen können, und sie würde es zugelassen haben, aber sie wusste, er würde es nicht tun; nicht, weil er sich fürchtete, sondern aus angeborenem Anstand, und sie war froh darüber; denn das bedeutete, dass es nicht unrecht war, hier zu sein. Es machte sie glücklich, einfach neben ihm zu liegen, sich seines Körpers bewusst zu sein und zu wissen, dass er sich des ihren bewusst war. »Und als dein Sohn geboren wurde«, fragte sie, »warst du dabei?«

»Nein. Sie war im Dorf, und ich war am Stützpunkt.«

»Was hast du gemacht, als du die Nachricht hörtest?«

»Ich habe bei einem Konditor Naschwerk gekauft, bin zu deinem Bruder gegangen und habe gesagt: ›*Sah'b*, hier sind Süßigkeiten.‹ Er sah mich an und fragte: ›Wozu?‹ Und ich sagte: ›*Sah'b*, ich habe einen Sohn.‹«

Sie versuchte, an Arjun in seiner Uniform zu denken, wie er mit Kishan Singh sprach. Das Bild wollte sich nicht einstellen. »Mein Bruder – wie ist er? Als Soldat, meine ich.«

»Er ist ein guter Offizier – wir Männer, wir können ihn gut leiden.«

»Ist er streng mit euch?«

»Manchmal. Von allen Indern in unserem Bataillon ist er der englischste. Wir nennen ihn ›Angrez‹, den Engländer.«

Sie lachte. »Das muss ich ihm erzählen.«

Plötzlich hielt er ihr seine Hand vor den Mund. »Pst.«

Unten rührte sich etwas. Kishan Singh setzte sich erschrocken auf. »Sie fliegen heute nach Rangun«, sagte er. »Sie werden früh auf sein. Du musst gehen.«

»Nur noch ein bisschen«, bat sie. »Es ist noch Nacht.«

»Nein.«

Er zog sie hoch und schob sie zur Tür. Als sie hinausschlüpfen wollte, hielt er sie zurück. »Warte.« Eine Hand unter ihrem Kinn, küsste er sie ganz kurz, aber innig, auf den Mund.

Als Neel Manju wachrüttelte, mochte sie nicht glauben, dass es schon Zeit war. »Nur noch ein bisschen«, bat sie. »Nur ein paar Minuten.«

Er legte sein Kinn an ihre Wange und kitzelte sie mit seinem Bart. »Manju, das Flugzeug geht um vier«, sagte er. »Wir haben keine Zeit mehr.«

Es war noch dunkel, als sich das Chaos des Aufbruchs voll entfaltete: Man fand und verlor Schlüsselringe, setzte sich auf Koffer und schnallte sie mit Gürteln zu, Türen und Fenster wurden verriegelt, überprüft und nochmals verriegelt. Eine letzte Runde Tee wurde serviert, und während die Nachbarschaft fest schlief, wurde das Gepäck in ein Auto geladen. Die Familie stand winkend im Hof: Uma, Bela, Arjun, ihre Eltern. Kishan Singh schaute von oben zu. Manju weinte ein bisschen, aber es blieb keine Zeit für ein langes Lebewohl. Neel schob Manju eilends in den Wagen und schloss die Tür.

»Nächstes Jahr sind wir wieder da.«

Weil es so früh war, waren die Straßen leer, und die Fahrt zur Flugbasis Willingdon am Ufer des Hooghly dauerte nur eine halbe Stunde. Wenige Minuten später trafen Dolly, Rajkumar und Dinu ein. Um genau vier Uhr brachte man sie zu einer Anlegestelle, wo ein schnittiges graues Motorboot wartete. Es startete dröhnend, und dann schossen sie flussaufwärts, die Decks neigten sich in gewagtem Winkel nach hinten. Es war ganz dunkel, und alles, was Manju von ihrer Umgebung sah, war der Kreis trüben Wassers, der von dem starken Bootsscheinwerfer beleuchtet wurde.

Das Boot verlangsamte das Tempo, und das Dröhnen des Motors ging in ein sanftes Wimmern über. Der Bug senkte sich wieder ins Wasser, und der Scheinwerfer schweifte über die Wasserfläche. Plötzlich ragten zwei riesige weiße Pontons aus dem Wasser, und dann strahlte der Scheinwerfer das Flugzeug an, das sie nach Rangun bringen sollte. Es war eine sehr große Maschine, ein Achtzehneinhalb-Tonnen-Flugboot. Das Emblem der Fluggesellschaft war auf das Heck des Flugzeugs gemalt, und auf die Nase war ein Name geschrieben – *Centaurus*.

»Das ist eine Martin C-130, ein Wasserflugzeug«, flüsterte Neel Manju ins Ohr. »Maschinen von diesem Typ fliegen die Pazifikstrecke für Pan Am.«

»Wie Humphrey Bogarts Flugzeug in ›Clipper nach China‹?«

»Ja.« Er lachte. »Und in ›Wir fliegen nach Rio‹ war auch so eins, weißt du noch, mit Fred Astaire und Ginger Rogers?«

Als sie durch die Tür traten, tat sich vor Manju das ganze Ausmaß der Größe dieses Flugzeugs auf: Das Innere war so geräumig wie der Salon eines Schiffes, mit tiefen, gut gepolsterten Sitzen und schimmernden Messinglampen. Manju drückte die Nase ans Fenster und sah, wie die Propeller sich zu drehen begannen. Weiße Schaumflecken erschienen unten auf dem aufgewühlten braunen Wasser, dann setzte sich der zitternde Rumpf in Bewegung, und das Kielwasser der Bugwelle breitete sich in Richtung des unsichtbaren Ufers aus, erschütterte die kleinen Inseln aus Wasserhyazinthen, die flussabwärts trieben. Ein Glucksen und Saugen entwich den

Pontons, als das Flugzeug sich gegen den Widerstand des Wassers zur Wehr setzte und die Geschwindigkeit erhöhte. Plötzlich schoss die *Centaurus* vorwärts, wie von einem Windschlag aufs Wasser katapultiert. Manju sah das windgepeitschte Wasser des Hooghly zurückfallen, als das Flugzeug langsam über den steilen Ufern des Flusses emporstieg. Bald waren die Lichter der Stadt verschwunden, und unten war nur noch Dunkelheit; sie flogen jetzt über den Sunderbans-Mangrovensümpfen auf den Golf von Bengalen zu.

Kurz darauf führte ein Steward Manju und Neel durch das Flugzeug. Sie gingen zum Navigationsraum, wo der Kapitän und der Erste Offizier nebeneinander hinter identischen Kontrollinstrumenten saßen. Der Erste Offizier erklärte, dass der Flug Kalkutta–Rangun nur eine Teilstrecke eines vierzehntägigen Elftausend-Meilen-Rundflugs sei, den die *Centaurus* von Southampton nach Sydney und zurück unternahm.

Hinter dem Navigationsraum lagen die Kabinen des Hauptdecks. Es gab einen Bereich für die Stewards, eine Mittschiffskabine, eine Raucherkabine und ein Promenadendeck, einen Bereich ohne Sitze, sodass die Passagiere sich während des Fluges die Beine vertreten konnten. So hervorragend dies alles eingerichtet war, es war die durchdachte Anlage von Küche und Anrichte, die Manju den Atem nahm. Ein Raum, nicht größer als ein durchschnittlicher Schrank, bot Platz für alle Annehmlichkeiten eines erstklassigen Restaurants – Geschirr, Leinen, Besteck und sogar frische Blumen.

Als der Morgen graute, empfahl der Steward Manju und Neel, zum Promenadendeck zu gehen, um den Sonnenaufgang zu betrachten. Sie traten gerade rechtzeitig durch den Türbogen, um zu sehen, wie die Dunkelheit der Mangrovensümpfe dem metallischen Glitzern des Golfs von Bengalen wich. In der Ferne war ein schmaler Farbstreifen am Horizont erschienen, wie Licht, das durch eine Türöffnung sickert. Der dunkle Himmel färbte sich rasch malvenfarben, nahm dann ein schimmerndes, durchscheinendes Grün an, das von karmesinroten und gelben Streifen durchzogen war.

Während Dinu den Sonnenaufgang fotografierte, überquerten Manju und Neel den Gang und blickten in die andere Richtung. Manju stieß einen Schrei aus; im Westen bot sich eine verblüffende Aussicht. Der Horizont war von einer ungeheuren dunklen Masse verdeckt, einer Wolkendecke, so ausgedehnt wie eine Bergkette – es war, als sei der Himalaya übers Meer gezaubert worden. Die Wolkenbänke waren so gewaltig, dass sie mit der flachen Unterseite beinahe die Wellen zu berühren schienen, während ihre Spitzen weit, weit über dem Flugzeug aufragten – prachtvolle Bergmassive, die zehntausende Fuß in den Himmel hineinreichten.

»Der Monsun«, sagte Neel ungläubig. »Wir sind direkt in den hereinbrechenden Regen geflogen.«

»Wird es gefährlich?«, fragte Manju.

»Für ein anderes Flugzeug vielleicht«, sagte Neel zuversichtlich. »Aber nicht für dieses.«

Sie kehrten auf ihre Plätze zurück, und bald peitschte der Regen mit einer solchen Wucht gegen die Fenster, dass Manju von der Scheibe zurückwich. Dennoch wirkte sich die sichtbare Gewalt des Wetters kaum auf das Flugzeug aus – der Geschwindigkeitsmesser in der Kabine zeigte an, dass die *Centaurus* gleichmäßig zweihundert Meilen pro Stunde flog. Nach einer Weile verkündete der Kapitän, dass die *Centaurus* die Flughöhe ändern werde, um das Unwetter zu überstehen – sie werde von den derzeitigen dreitausend Fuß auf einige hundert Fuß über Meereshöhe hinuntergehen.

Manju döste ein und wurde erst wachgerüttelt, als ein aufgeregtes Gemurmel durch das Flugzeug ging. Auf der Steuerbordseite war Land in Sicht gekommen, eine Bilderbuchinsel, von Stränden umgeben. Riesige Wellen zergingen auf dem Sand zu weißen Schaumflächen. In der Mitte der Insel stand ein schwarzweiß gestreifter Turm.

»Meine Damen und Herren«, verkündete der Kapitän, »was Sie hier sehen, ist der Leuchtturm von Oyster Reef. In Kürze werden Sie den ersten Blick auf Birma werfen können. Halten Sie nach der Arakanküste Ausschau.«

Und dann war es da – so nahe, dass man es hätte berühren können – ein dicht gewirkter Teppich aus Mangroven, von schmalen Bächen und silbrigen Flüsschen durchzogen. Als Manju durchs Fenster blickte, flüsterte Neel ihr die Geschichte ins Ohr, wie seine Großmutter – Rajkumars Mutter – irgendwo dort unten in einem der verzweigten Wasserläufe auf einem vertäuten Sampan gestorben war.

Die Stadt Akyab, die Hauptstadt von Arakan, war ihre erste Zwischenstation. »Hier«, sagte Neel stolz, »ist mein Vater geboren.« Die Basis der Fluggesellschaft lag an einem natürlichen Schifffahrtsweg, ein gutes Stück außerhalb der Stadt. Alles, was sie von Akyab zu sehen bekamen, als die *Centaurus* zur Wasserung ansetzte, war ein Uhrturm in weiter Ferne. Nach raschem Auftanken war das Flugzeug wieder in der Luft. Der Regen ließ nach, und im hellen Tageslicht zeigte sich, dass die Küstengewässer meilenweit von Riffs und großen schwimmenden Wäldern aus Seetang gesäumt waren – das alles war von oben deutlich als Flecken auf dem glitzernden Meer zu erkennen. Rangun lag jetzt direkt im Osten; die *Centaurus* drehte alsbald landeinwärts und flog über eine unbewohnte Fläche. Der Steward kam und verteilte voluminöse, ledergebundene Speisekarten.

Nach dem Frühstück blickte Manju auf quadratische Reisfelder hinunter. Einige waren schon grün, andere fingen gerade an zu sprießen; Arbeiter bewegten sich in Reihen durch den Morast und pflanzten Setzlinge um. Als das Flugzeug über ihnen flog, standen die Arbeiter auf, warfen die Köpfe zurück und schwenkten ihre großen spitzen Hüte.

Manju erblickte einen Fluss, der sich durch die Landschaft schlängelte. »Ist das der Irawadi?«, fragte sie.

»Nein«, sagte Neel, »das ist der Rangun – der Irawadi fließt nicht an der Stadt vorbei.«

Dann lenkte glitzerndes Sonnenlicht ihren Blick auf ein mächtiges Gebäude in weiter Ferne – einen vergoldeten Berg, der sich zu einem goldenen Turm verjüngte.

»Was ist das?«

»Das ist die Shwe-Dagon-Pagode«, flüsterte Neel ihr ins Ohr. »Wir sind zu Hause.«

Manju sah auf ihre Uhr und stellte fest, dass der Flug genau fünfeinhalb Stunden gedauert hatte. Es schien unmöglich, dass weniger als ein Tag vergangen war seit ihrer Hochzeitsnacht, seit Neel die Tür ihres mit Blumen übersäten Schlafzimmers geschlossen hatte. Als sie daran dachte, wie verängstigt sie gewesen war, hätte sie beinahe gelacht. Erst jetzt, als sie über der Stadt kreisten, in der sie zu Hause sein würde, kam ihr zu Bewusstsein, wie unendlich verliebt sie war. Neel war ihre Gegenwart, ihre Zukunft, die Gesamtheit ihres Daseins. Zeit und Sein hatten keine Bedeutung ohne ihn. Sie schob ihre Hand in seine und blickte wieder hinunter auf den großen schlammigen Fluss und den goldenen Turm.

»Ja«, sagte sie, »ich bin zu Hause.«

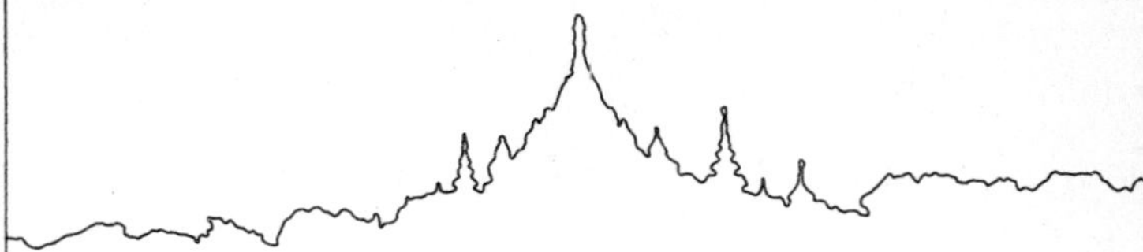

FÜNFTER TEIL

Morningside

I

Bei Kriegsbeginn stellte man für Rangun einen Luftschutzplan auf. Die Stadt wurde in Bezirke unterteilt, und für jeden Bezirk wurde ein Luftschutzkomitee gebildet. Man unterrichtete Sanitätsoffiziere über den Umgang mit Gasverletzungen, zeigte Wächtern, wie man Brandbomben erkannte; Feuerwehrmannschaften wurden aufgestellt und Erste-Hilfe-Zentren eingerichtet. Der Grundwasserspiegel von Rangun war zu hoch, um unterirdische Bunker zu bauen, doch an strategischen Punkten rund um die Stadt wurden Splittergräben ausgehoben. Regelmäßig wurden Verdunkelungen anberaumt; die Züge fuhren mit verdunkelten Fenstern in den Bahnhof von Rangun ein und wieder heraus. Luftschutzwarte und Bürgerwachen taten die ganze Nacht Dienst.

Gutmütig befolgten die Stadtbewohner die Anweisungen, und Pannen gab es kaum. Doch es ließ sich nicht leugnen, dass eine Verdunkelung in Rangun mehr einer Theatervorstellung glich als einer militärischen Übung; man spielte mit, ohne vom bevorstehenden Krieg und seinen möglichen Auswirkungen auf das eigene Leben überzeugt zu sein. In Birma wie in Indien war die öffentliche Meinung allerdings geteilt: In beiden Ländern hatten zahlreiche bedeutende Persönlichkeiten kundgetan, dass sie die Kolonialregierung unterstützten, aber viele drückten auch ihre Verbitterung darüber aus, dass die Briten in ihrem Namen den Krieg erklärt hatten, ohne bindende Zusagen für die spätere Unabhängigkeit zu machen. Die Stimmung unter Birmas Studenten-Aktivisten ließ sich mit einem Schlagwort zusammenfassen, das der charismatische junge Anführer Aung San geprägt hatte: Des Kolonialismus Schwierigkeit, sagte er, sei der Freiheit Möglichkeit. Eines Tages verschwand Aung San; es ging das Gerücht, er sei auf dem Weg nach China, um die Kommunisten um Unterstützung zu ersuchen. Später wurde bekannt, dass er stattdessen nach Japan gegangen war.

Doch all dies berührte das Leben auf der Straße, wo die Leute die Luftschutzübungen hauptsächlich als eine Art Unterhaltung, einen Zeitvertreib, zu betrachten schienen, nur am Rande. Spaßmacher schlenderten vergnügt durch die verdunkelten Straßen, junge Leute flirteten unerkannt in den Parks, Kinogänger kamen in Scharen ins Metro, um Ernst Lubitschs »Ninotschka« zu sehen; »When Tomorrow Comes« lief lange Zeit im Excelsior, und Irene Dunne wurde in der Stadt als Idol verehrt. Im Silver Grill am Fytche Square gingen Kabarett und Tanzveranstaltungen weiter wie bisher.

Dinu und sein Freund Thiha Saw gehörten zu den wenigen, die sich mit vollem Ernst dem Luftschutz widmeten. Zu Hause in Kemendine erwähnte Dinu nichts von seiner Arbeit als Luftschutzwart – teils wegen seiner natürlichen Verschlossenheit, teils, weil die Erfahrung ihn gelehrt hatte, dass er und sein Vater nie einer Meinung waren. Daher war er auf einer Versammlung von Luftschutzwarten vollkommen perplex, als er sich plötzlich leibhaftig seinem Vater gegenübersah.

»Du?«

»Du!« Es ließ sich nicht sagen, wer von beiden erstaunter war.

Nach dieser Begegnung entstand zum allerersten Mal für kurze Zeit eine Verbindung zwischen Rajkumar und Dinu. Der Kriegsausbruch hatte sie auf entgegengesetzten Wegen zu einer gemeinsamen Aufgabe geführt; Rajkumar war zu der Überzeugung gelangt, dass Birmas Wirtschaft ohne das Britische Empire zusammenbrechen würde. Dinus Unterstützung der Kriegsanstrengungen der Alliierten wurzelte in einem anderen Boden: in seinen Sympathien für die Linken, in seiner Unterstützung der Widerstandsbewegungen in China und Spanien, in seiner Bewunderung für Charlie Chaplin und Robert Capa. Anders als sein Vater hielt er nichts vom Kolonialismus – seine Ablehnung der britischen Herrschaft wurde nur noch übertroffen von seiner Verachtung für den europäischen Faschismus und den japanischen Militarismus.

Aus welchen Gründen auch immer: Dies war ein Moment, in dem Vater und Sohn übereinstimmten – etwas für beide nie Dagewesenes. Zum ersten Mal im Leben arbeiteten sie zusammen, besuchten Versammlungen, besprachen Angelegenheiten wie den notwendigen Import von Gasmasken und die Gestaltung von

Kriegsplakaten. Dieses Erlebnis war so neu, dass beide es still für sich genossen und es weder zu Hause noch anderswo erwähnten.

Eines Abends gab es während einer Verdunkelungsübung des Luftschutzes ein Gewitter. Trotz des Regens bestand Rajkumar darauf, die Männer auf ihrer Runde zu begleiten. Er war durchnässt, als er nach Hause kam. Am nächsten Morgen wachte er fröstelnd auf. Der herbeigerufene Arzt stellte eine Lungenentzündung fest. Rajkumar wurde mit einem Krankenwagen ins Hospital gebracht.

In den ersten Tagen war Rajkumar kaum bei Bewusstsein; er erkannte weder Dolly noch Dinu oder Neel. Die Ärzte beurteilten seinen Zustand als so ernst, dass sie alle übrigen Besucher abwiesen. Mehrere Tage lag er fast im Koma.

Dann ging das Fieber langsam zurück.

In klaren Momenten fasste Rajkumar seine Umgebung ins Auge. Der Zufall hatte ihn in ein Krankenzimmer gebracht, das ihm vertraut war; es war dasselbe, das Dolly und Dinu vor vierundzwanzig Jahren beherbergt hatte. Als er sich umsah, erkannte Rajkumar den Blick aus dem Fenster wieder: Die Shwe-Dagon-Pagode war genauso eingerahmt, wie er es in Erinnerung hatte. Die blauweißen Vorhänge waren etwas verblasst, aber nach wie vor makellos sauber und knisternd gestärkt; der gekachelte Fußboden war wie immer blitzblank, und die dunklen, schweren Möbel waren erkennbar dieselben; in das polierte Holz waren mit weißer Farbe Inventarnummern gestanzt.

Als Rajkumar endlich so weit genesen war, dass er sich aufsetzen konnte, bemerkte er zwei Neuerungen in dem Zimmer. Die eine war ein Ventilator von Carrier, die andere ein kleiner Rundfunkempfänger, ein 7-Röhren-Paillard mit einem magischen Auge, einem Metallgehäuse und verchromtem Rahmen. Für den Ventilator hatte Rajkumar keine Verwendung, aber das Rundfunkgerät reizte ihn. Er drehte einen Knopf und hörte einen Sender in Singapur; ein Nachrichtensprecher berichtete über die neuesten Entwicklungen im Krieg und schilderte die Evakuierung britischer Truppen aus Dünkirchen.

Von da an ließ Rajkumar das Radio die meiste Zeit laufen. Jeden Abend schaltete die Krankenschwester es aus, wenn sie das Licht löschte; Rajkumar wartete, bis ihre Schritte verklangen, dann schaltete er es wieder ein. Er legte sich auf die Seite und drehte am Knopf, wechselte von einem Sender zum anderen. Als Dolly vierundzwanzig Jahre davor in diesem Zimmer lag, war Europa von einem anderen Krieg erschüttert worden. Auch Dolly war in diesem Zimmer wach geblieben und hatte auf die Geräusche der Nacht gelauscht. Aber das Geflüster, das sie gehört hatte, war aus dem Inneren des Krankenhauses gekommen; heute war das Zimmer erfüllt von Stimmen aus aller Welt – London, Neu-Delhi, Tschungking, Tokio, Moskau, Sydney. Die Stimmen sprachen mit solcher Dringlichkeit und solchem Nachdruck, dass Rajkumar das Gefühl hatte, die Verbindung zum Gang der Ereignisse verloren zu haben und einer jener Menschen geworden zu sein, die schlafwandelnd den Weg ins Verderben gehen, weil sie die Bedeutung dessen, was rund um sie geschieht, nicht erkennen.

Zum ersten Mal seit vielen Jahren dachte er darüber nach, wie er sein Geschäft geführt hatte. Tag für Tag, Monat für Monat hatte er versucht, sämtliche Entscheidungen in die Hand zu nehmen, alle Tagesabschlüsse zu überprüfen, jede Niederlassung, jede Fabrik, jeden Lagerplatz und jede Verkaufsstelle aufzusuchen – er hatte seine Firma geführt wie eine Garküche in einem Basar, und im Laufe der Zeit war er blind geworden für die größeren Zusammenhänge.

Neel hatte ihn immer wieder bedrängt, ihm eine größere Rolle in der Geschäftsleitung zuzuweisen; er seinerseits hatte dagegen versucht, ihn auszuschließen. Er hatte ihm Geld gegeben und ihm geraten, in Filme zu investieren – ganz so, als bestäche er ein Kind mit Süßigkeiten. Die List hatte funktioniert, wenn auch nur, weil Neel zu viel Ehrfurcht vor ihm hatte, um seine Autorität in Frage zu stellen. Jetzt gingen die Geschäfte schlecht – er hatte sich geweigert, dieser Tatsache ins Gesicht zu sehen; er hatte Hinweise seiner Buchhalter und Geschäftsführer in den Wind geschlagen, hatte sie angeschrien, wenn sie versucht hatten, ihn zu warnen. Und es war eine unumstößliche Tatsache, dass er niemandem etwas vorzuwerfen hatte außer sich selbst; er hatte schlicht und einfach den Überblick verloren über das, was er tat, und über das Warum.

Als er da lag und der knackenden Stimme im Radio lauschte, wurde Rajkumar von Reue erfasst, die sich auf ihn legte wie eine feuchte, ihn erstickende Decke. Die Ärzte erklärten, er sei auf dem besten Wege zur vollkommenen Genesung, doch seine Familie konnte keine Anzeichen einer Besserung erkennen, weder in seinem Verhalten noch in seinem Aussehen. Er war jetzt Mitte sechzig, sah aber viel älter aus; seine Augenbrauen waren grau und buschig geworden, und seine Wangen waren eingefallen und bildeten überlappende Hautfalten und Hängebacken. Er schien die Menschen, die ihn besuchen kamen, kaum wahrzunehmen; wenn sie versuchten, mit ihm zu sprechen, brachte er sie oft zum Schweigen, indem er das Radio lauter drehte.

Eines Tages zog Dolly den Radiostecker heraus und schloss die Tür. »Rajkumar, was ist mit dir? Sag es mir.«

Zuerst wollte er nicht heraus mit der Sprache, aber sie setzte ihm zu, bis er antwortete.

»Ich habe nachgedacht, Dolly.«

»Worüber? Sag es mir.«

»Weißt du noch, damals, als du mit Dinu in diesem Zimmer warst?«

»Ja, natürlich.«

»An jenem Abend in Huay Zedi, als Dinu krank war und du sagtest, wir müssten mit ihm ins Krankenhaus – da dachte ich, du wärst hysterisch. Ich bin nur deinetwegen mitgekommen.«

Sie lächelte. »Ja, ich weiß.«

»Aber du hattest Recht.«

»Es war einfach Glück – ein Vorgefühl.«

»Das sagst du. Aber wenn ich jetzt zurückblicke, erkenne ich, wie oft du Recht hast. Obwohl du so ein stilles, ans Haus gefesseltes Leben führst, weißt du offenbar mehr von den Vorgängen in der Welt als ich.«

»Wie meinst du das?«

»Ich habe darüber nachgedacht, was du all die Jahre immer wieder gesagt hast, Dolly.«

»So?«

»Dass wir fortgehen sollten.«

Mit einem tiefen Seufzer der Erleichterung nahm Dolly seine Hand. »Du hast es dir also endlich überlegt?«

»Ja. Aber es ist schwer, Dolly – es ist schwer, ans Fortgehen zu denken. Ich verdanke Birma alles, was ich habe. Die Jungen sind hier aufgewachsen, sie haben nie ein anderes Zuhause gekannt. Als ich seinerzeit nach Mandalay kam, sagte der *nakhoda* meines Bootes: Dies ist ein goldenes Land – hier hungert niemand. Das hat sich für mich als wahr erwiesen, und trotz allem, was jüngst geschah, glaube ich, dass ich nie wieder ein Land so lieben kann wie dieses. Aber wenn ich etwas im Leben gelernt habe, Dolly, dann das, dass es in diesen Dingen keine Sicherheit gibt. Mein Vater war aus Chittagong und landete an der Arakanküste; ich landete in Rangun, du kamst von Mandalay nach Ratnagiri, und nun bist auch du hier. Weshalb sollten wir erwarten, dass wir den Rest unseres Lebens hier verbringen werden? Es gibt Menschen, die das Glück haben, ihr Leben dort zu beenden, wo es begann. Aber das können wir nicht verlangen. Wir dürfen es nicht als selbstverständlich nehmen, im Gegenteil – wir müssen damit rechnen, dass die Zeit kommen wird, da wir weiterziehen müssen. Statt uns von den Ereignissen vorwärts treiben zu lassen, sollten wir Pläne machen und unser Schicksal selbst in die Hand nehmen.«

»Was willst du damit sagen, Rajkumar?«

»Dass es nicht darauf ankommt, ob ich Birma als meine Heimat betrachte oder nicht. Es kommt allein darauf an, was die Leute von uns denken. Und es ist sonnenklar, dass man in Männern wie mir jetzt den Feind sieht – auf allen Seiten. Das ist die Wirklichkeit, und ich muss sie akzeptieren. Es ist jetzt meine Aufgabe, einen Weg zu finden, um sicher zu gehen, dass Dinu und Neel versorgt sind.«

»Aber sie sind doch gewiss schon versorgt?«

Rajkumar zögerte, ehe er antwortete: »Dolly, ich denke, du weißt, dass die Geschäfte in letzter Zeit nicht gut gegangen sind. Aber vermutlich kennst du nicht das ganze Ausmaß.«

»Und wie schlimm ist es?«

»Es steht nicht gut, Dolly«, sagte er leise. »Ich habe Schulden – eine ganze Menge.«

»Aber Rajkumar, wenn wir das Haus verkaufen, die Lagerplätze, unseren Anteil an Morningside – dann würde doch gewiss etwas übrig bleiben, so dass die Jungen anderswo einen Anfang machen können?«

Rajkumar hustete. »Das würde nicht reichen, Dolly. Selbst wenn wir alles verkaufen würden, beim augenblicklichen Stand der

Dinge wäre es nicht genug. Was Morningside angeht, hat Matthew seine Schwierigkeiten, wie du weißt – Kautschuk hat durch die Depression schwer gelitten. Wir dürfen es nicht überstürzen, Dolly – sonst rennen wir ins sichere Verderben. Wir müssen es sehr, sehr bedachtsam angehen. Wir müssen uns Zeit lassen.«

»Ich weiß nicht, Rajkumar.« Dolly zupfte besorgt am Zipfel ihres *htamein.* »Im Augenblick geht alles so schnell – die Leute sagen, dass der Krieg sich ausweiten, dass die Japaner eintreten könnten; sie könnten sogar Birma angreifen.«

Rajkumar lächelte zum ersten Mal seit Tagen. »Das ist unmöglich, Dolly. Du brauchst dir nur die Landkarte anzusehen. Um hierher zu kommen, müssten die Japaner Singapur und Malaya durchqueren. Singapur ist eines der am besten verteidigten Länder der Welt. Die Briten haben zehntausende von Truppen dort, Inder, Australier. An der ganzen Küste sind die 36-Zoll-Geschütze postiert. Wir dürfen uns keinen Illusionen hingeben, Dolly, wir dürfen nicht überstürzt handeln. Wenn unser Vorhaben klappen soll, müssen wir realistisch sein, wir müssen sorgfältig planen.«

Dolly beugte sich über ihn, um seine Kissen aufzuschütteln. »Dann hast du also einen Plan?«

»Noch nicht, aber ich habe nachgedacht. Was wir auch tun, es braucht Zeit – wenigstens ein Jahr, vielleicht mehr. Du musst dich vorbereiten. Ich möchte es möglich machen, dass wir Birma mit genügend Mitteln verlassen, sodass die Jungen sich sorgenfrei anderswo niederlassen können – in Indien, oder wo immer sie wollen.«

»Und danach?«

»Danach werden wir beide frei sein.«

»Um was zu tun?«

»Nun, du hast dich ja schon entschieden – du möchtest in Sagaing leben.«

»Und du?«

»Vielleicht gehe ich wieder zurück, Dolly. Manchmal denke ich daran, ruhig in Huay Zedi zu leben – Doh Say hätte bestimmt Platz für mich –, und das wäre nicht so weit von dir.«

Dolly lachte. »Du willst also alles verkaufen, uns alle entwurzeln, dies alles durchmachen, nur um zurückzukehren und still in Huay Zedi zu leben?«

»Ich denke dabei nicht an mich, Dolly – ich tue es für die Jungen.«

Rajkumar lächelte und ließ den Kopf gegen die Kissen sinken. Schon einmal in seinem Leben hatte er sich an einem Kreuzweg gesehen – das war, als er sich um seinen ersten Vertrag bei der Chota-Nagpur-Eisenbahn bemüht hatte. Er hatte angestrengt nachgedacht und einen Plan entwickelt, der funktioniert und das Fundament für seinen späteren Erfolg gebildet hatte. Auch diesmal würde er sich etwas einfallen lassen müssen, einen Plan, der funktionierte. Es würde seine letzte Herausforderung sein, der letzte zu bewältigende Berg. Danach würde er sich ausruhen. Es war keine Schande, alt zu werden und Ruhe zu suchen.

Während der ersten Kriegsmonate waren Arjun und sein Bataillon an der afghanischen Grenze stationiert. Arjun tat Dienst in der Garnison an einem kleinen Vorposten namens Charbagh in der Nähe des Khaiberpasses. An der Grenze war es ruhig – ungewöhnlich ruhig, sagten die älteren Offiziere –, und der Krieg in Europa schien sehr weit entfernt. Charbagh war mit nur einer Kompanie Soldaten bemannt, Arjun war der einzige Offizier. Die Umgebung war einmalig schön: schroffe, ockerfarbene Berge, durchsetzt mit großen, prachtvoll gefärbten Felsadern. Abgesehen vom täglichen Exerzieren und von gelegentlichen Märschen gab es wenig zu tun. Arjun verbrachte viele Stunden mit Lesen, und bald gingen ihm die Bücher aus.

Alle vierzehn Tage kam der Kommandant des Bataillons, Oberstleutnant »Bucky« Buckland, auf seiner Inspektionsrunde vorbei. Der Kommandant war ein groß gewachsener, gelehrt aussehender Mann, auf dessen kuppelförmigem, kahl werdendem Haupt ein drahtiges Haarbüschel klebte.

»Und was fangen Sie mit Ihrer Zeit an, Leutnant?«, fragte der Kommandant bei einem seiner Besuche. »Schießen Sie denn überhaupt? Ich habe gehört, hier gibt es viel Wild.«

»Eigentlich, Sir«, sagte Arjun ruhig, »lese ich Bücher.«

»So?« Der Kommandant sah ihn mit neuem Interesse an. »Ich hatte Sie nicht für eine Leseratte gehalten. Und darf ich fragen, was Sie lesen?«

Es stellte sich heraus, dass sich ihr Geschmack ergänzte. Der Kommandant machte Arjun mit Robert Graves und Wilfred Owen bekannt. Arjun lieh ihm seine Ausgaben von H. G. Wells' »Krieg der Welten« und Jules Vernes »Zwanzigtausend Meilen unter dem Meer«. Dieser Austausch machte Arjuns Leben in Charbagh angenehmer, und er sah den Besuchen des Kommandanten freudig entgegen. Dazwischen gab es lange Tage, an denen nichts geschah. Es gab wenig zu tun, außer sich gelegentlich mit einem Reisenden zu unterhalten.

Im Spätsommer kam Arjuns Freund Hardy auf dem Weg zu seinem Posten auf dem Khaiberpass vorbei. Hardy war ein stiller, scharfsichtiger Mann von mittlerer Größe und durchschnittlichem Wuchs. Ob in Uniform oder in Zivil, er war stets adrett gekleidet – die Falten seines Turbans waren exakt gelegt, sein Bart war akkurat ans Kinn gekämmt. Obwohl er aus einer alten Soldatenfamilie stammte, glich Hardy in keiner Weise den Sikh-Kriegern militärischen Zuschnitts – er sprach leise, bewegte sich langsam und hatte ständig einen Ausdruck von Schläfrigkeit im Gesicht. Er hatte ein musikalisches Gehör und war gewöhnlich als Erster in der Offiziersmesse, um die neuesten Lieder aus Hindi-Filmen zu lernen. Es war seine Gewohnheit – ärgerlich für die einen und unterhaltsam für die anderen –, die Melodien vor sich hin zu summen, wenn er seiner Arbeit nachging. Diese Marotte brachte ihm zuweilen etwas mehr als seinen verdienten Anteil an »Verulkung« ein – doch seine Freunde wussten, dass es gewisse Grenzen gab, und dann verstand er keinen Spaß mehr; wenngleich gewöhnlich nicht so schnell zu beleidigen, war Hardy unerbittlich, wenn sein Zorn entfacht war, und er nährte einen Groll lange Zeit.

Hardy hatte gerade einen Urlaub in seinem Dorf verbracht. An seinem ersten Abend in Charbagh erzählte er Arjun von merkwürdigen Gerüchten, die er in der Heimat vernommen hatte. Die meisten seiner Nachbarn hatten Verwandte beim Militär, und einige hatten von Unruhen gesprochen; es hieß, die Truppen widersetzten sich den Transportbefehlen ins Ausland. In Bombay sollte eine Sikh-Einheit gemeutert haben – eine Schwadron der Zentralindischen Reiterei. Sie hatten ihre Waffen niedergelegt und sich geweigert, an Bord des Schiffes zu gehen, das sie nach Nordafrika bringen sollte. Zwei Männer waren exekutiert worden. Ein Dutzend andere waren in die Gefängnisse der Andamanen verbannt worden. Einige dieser Männer waren aus Hardys Heimatdorf; an der Wahrheit dieser Berichte gab es keinen Zweifel.

Arjun vernahm es mit Erstaunen. »Du solltest Bucky verständigen«, sagte er. »Er sollte es wissen.«

»Er weiß es bestimmt schon«, sagte Hardy. »Und wenn er uns gegenüber nichts davon erwähnt hat, muss es einen Grund haben.« Sie sahen sich beklommen an und ließen das Thema fallen; keiner von beiden erzählte irgendjemandem von diesen Geschichten.

Wenige Monate später kehrte das I. Jat-Regiment zu seinem Bataillonsstützpunkt in Saharanpur bei Delhi zurück. Mit dem Abstieg ins Flachland erfuhr der Rhythmus ihres Lebens eine drastische Veränderung. Die Streitkräfte expandierten jetzt im Eiltempo; Regimenter stellten neue Bataillone auf, und das Hauptquartier hielt überall nach erfahrenen Leuten Ausschau. Wie allen anderen Regimentern wurden auch dem I. Jat-Regiment etliche Offiziere und Unteroffiziere »geraubt«. Plötzlich hatten sie Mühe, die Lücken in ihren Reihen zu schließen. Neu rekrutierte Kompanien wurden vom Ausbildungszentrum des Bataillons geschickt, und ein frischer Schwung Offiziere traf ein als Ersatz für jene, die fortgegangen waren. Die neuen Offiziere waren hauptsächlich im Ausland lebende englische Zivilisten, für die Ausnahmeregeln galten – Männer, die bis vor kurzem als Plantagenbesitzer, Geschäftsleute und Ingenieure tätig gewesen waren. Sie hatten kaum Erfahrung mit der indischen Armee und ihren vielfältigen Sitten und Gebräuchen.

Arjun und Hardy waren jetzt beide Leutnants und gehörten zu den wenigen in der Einheit verbliebenen regulären Armeeoffizieren. Kommandant Buckland verließ sich bei der alltäglichen Führung des Bataillons immer mehr auf sie. Zuerst bürdete er ihnen die Aufgabe auf, einen neuen Verwaltungsstab aufzubauen. Dann wurden früher als erwartet die Transportmittel des Bataillons zur vollen Stärke aufgestockt. Drei Dutzend Schwerlastwagen und ein Dutzend kleinere Lastkraftwagen trafen ein. Es stellte sich heraus, dass das Bataillon über jede Menge Maultier-Ausbilder verfügte, ihm aber Fahrer fehlten. Arjun wurde aus der Verwaltung abgezogen und zum Transportoffizier ernannt. Ihm oblag es, den neuen Fahrern die Tricks beizubringen, wie man Schwerlastwagen durch die schmalen Gassen und Basare von Saharanpur bugsierte.

Kaum hatte sich das Bataillon an seine neuen Fahrzeuge gewöhnt, als eine Schiffsladung Waffen aus Neu-Delhi geschickt wurde: 3-Zoll-Mörser, Maschinenpistolen und leichte Vickers-Berthier-Maschinengewehre. Dann kamen drei Bren-Maschinengewehre samt Panzerfahrzeugen, sechs mittelgroße Maschinengewehre und fünf Boye-Panzerfäuste, eine für jede Kompanie. Hardy wurde die Verantwortung für die Ausbildung der Männer an diesen Waffen übertragen.

Gerade als Hardy und Arjun sich eifrig in ihre neuen Aufgaben vertieften, warf der Kommandant alles wieder über den Haufen. Er zog Arjun und Hardy von den zugewiesenen Aufgaben ab und übertrug ihnen die Aufstellung eines Einheits-Mobilisierungsplans.

Unterdessen waren die meisten von Arjuns und Hardys Klassenkameraden aus der Militärakademie schon ins Ausland geschickt worden; einige dienten in Nordafrika, andere in Eritrea (wo einem von ihnen das Viktoriakreuz verliehen worden war), wieder andere im Osten – Malaya, Hongkong und Singapur. Arjun und Hardy vermuteten, dass auch sie bald ins Ausland gehen würden, um zu anderen Einheiten der indischen Armee zu stoßen. Als der Kommandant ihnen auftrug, einen Mobilisierungsplan aufzustellen, verstanden sie es als Zeichen ihrer bevorstehenden Abreise. Aber ein Monat verging ohne weitere Neuigkeiten, dann noch einer. Am Silvesterabend begrüßten sie das Jahr 1941 mit einer glanzlosen Feier. Obwohl Fachsimpeleien in der Messe verpönt waren, kehrte das Gespräch immer wieder zu der Frage zurück, wohin man sie schicken würde, nach Osten oder Westen, nach Nordafrika oder Malaya.

Die Meinungen darüber waren geteilt.

Rajkumar wurde mit der strikten Anweisung aus dem Krankenhaus entlassen, noch wenigstens einen Monat das Bett zu hüten. Als er nach Hause kam, bestand er darauf, in ein Zimmer im obersten Stockwerk des Hauses gebracht zu werden. Man schaffte ein Bett hinauf und stellte es ans Fenster. Neel kaufte ein Radio, ein Paillard, das gleiche wie das im Krankenhaus, und stellte es neben dem

Bett auf einen Tisch. Als alles genau so war, wie Rajkumar es haben wollte, legte er sich hin, einen Haufen Kissen im Rücken, und drehte sich so, dass er über die Stadt hinweg auf die Shwe-Dagon-Pagode blicken konnte.

Im Laufe der Tage nahm vor seinem inneren Auge ganz langsam ein Plan Gestalt an. Im letzten Krieg war der Preis für Nutzholz in die Höhe geschnellt; der Profit, den er damals machte, hatte ein Jahrzehnt für seinen Unterhalt gereicht. Es war keine allzu weit hergeholte Annahme, dass dergleichen wieder geschehen könnte. Die Briten und die Holländer verstärkten ihre Verteidigungsstellungen im Osten – in Malaya, Singapur, Hongkong, Java, Sumatra. Es leuchtete ein, dass sie Material benötigten. Wenn er an seinen Lagerplätzen einen Nutzholzvorrat anlegen könnte, ließe es sich möglicherweise im nächsten Jahr zu einem guten Preis verkaufen. Das Problem war die Liquidität: Er würde seine gesamten Aktivposten verkaufen oder verpfänden müssen, um an Bargeld zu kommen – er würde die Lagerplätze, die Fabriken, die Holzkonzessionen, sogar das Haus in Kemendine veräußern müssen. Vielleicht könnte er Matthew überreden, ihm seinen Anteil an Morningside auszuzahlen; das könnte bares Geld bringen.

Je mehr er darüber nachdachte, umso plausibler erschien ihm der Plan. Die Risiken waren freilich groß, aber das war immer so, wenn etwas Wichtiges auf dem Spiel stand. Doch auch der Lohn konnte sehr groß sein; genug, um seine Schulden zu tilgen und einen Neuanfang für Neel und Dinu zu finanzieren. Und es würde noch weitere Vorteile haben, die Dinge auf diese Weise zu regeln: Seine gesamten Aktivposten würden veräußert sein, wenn er seinen letzten Zug machte. Danach würde er frei sein fortzugehen – nichts würde ihn zurückhalten, es gäbe nichts mehr, was ihm Sorgen bereiten würde.

Eines Nachmittages, als Dolly ihm sein Essen brachte, legte er ihr seinen Plan dar. »Ich denke, er könnte funktionieren, Dolly«, erklärte er. »Ich glaube, das ist unsere beste Chance.«

Dolly hatte viele Einwände.

»Wie soll das alles zu Stande kommen, Rajkumar? In deinem Zustand kannst du nicht herumlaufen, nach Malaya reisen und all das.«

»Daran habe ich gedacht«, sagte er. »Neel und Dinu werden auf

Reisen gehen, nicht ich. Ich werde ihnen sagen, was sie zu tun haben. Einer kann ins Landesinnere fahren, der andere kann unseren Anteil an Morningside veräußern.«

Dolly schüttelte den Kopf. »Dinu wird nicht einverstanden sein. Er wollte nie etwas mit dem Geschäft zu tun haben, das weißt du.«

»Er hat keine Wahl, Dolly. Sollte ich heute sterben, müsste er meine Schulden bezahlen, ob es ihm passt oder nicht. Ich bitte ihn nur um ein paar Monate seiner Zeit. Danach steht es ihm frei, seinen eigenen Interessen nachzugehen.«

Dolly schwieg, und Rajkumar stupste sie am Arm. »Sag etwas, Dolly – sag mir, was du denkst.«

»Rajkumar«, sagte Dolly leise. »Dieser Plan von dir – weißt du, wie man so etwas nennt?«

»Wie?«

»Horten – Kriegsgewinnlertum.«

Rajkumar machte ein finsteres Gesicht.

»Horten bezieht sich auf lebenswichtige Artikel, Dolly. Damit befasse ich mich nicht. Mein Plan hat nichts Ungesetzliches.«

»Ich spreche nicht vom Gesetz…«

Rajkumars Ton wurde unwirsch. »Dolly, es geht nicht anders. Wir müssen diese Chance ergreifen – siehst du das nicht ein?«

Dolly stand auf. »Kommt es wirklich darauf an, was ich denke, Rajkumar? Wenn du dir dies in den Kopf gesetzt hast, wirst du es tun. Was ich denke, ist nicht wichtig.«

Spät in der Nacht, als das Haus schlief, klingelte unten im Flur das Telefon. Dolly stieg aus dem Bett, lief hin und nahm den Hörer ab, bevor das Klingeln Rajkumar aufweckte. Sie hörte die knackende Stimme der Vermittlung in der Leitung, die ihr sagte, es sei ein Ferngespräch. Die Leitung schien einen Augenblick tot zu sein, und dann hörte sie Alisons Stimme, ganz schwach, als schreie sie durch einen überfüllten Raum.

»Alison?« Sie hörte einen Laut wie ein Schluchzen. Sie hob die Stimme. »Alison, bist du das?«

»Ja.«

»Alison was gibt es?«

»Ich habe schlechte Nachrichten.«

»Ist es Saya John?«

»Nein.« Wieder Schluchzen. »... meine Eltern.«

»Alison. Es ist so schrecklich. Was ist passiert?«

»Sie waren im Urlaub. Sie fuhren durch das Cameron-Hochland. Das Auto ist eine Böschung hinuntergestürzt ...«

»Alison, Alison ...« Dolly fiel nichts ein, was sie sagen könnte. »Alison, ich würde selbst kommen, wenn ich könnte, aber Rajkumar geht es nicht gut. Ich kann ihn nicht allein lassen. Aber ich schicke jemanden – einen von den Jungen, wahrscheinlich Dinu. Es kann ein paar Wochen dauern, aber er wird kommen. Ich verspreche es dir.« Die Leitung war tot, bevor sie noch etwas sagen konnte.

2

Am Tag vor Arjuns dreiundzwanzigstem Geburtstag fuhren er und Hardy in einem geliehenen Jeep übers Wochenende nach Delhi. Als sie durch die Arkaden des Connaught-Platzes spazierten, trafen sie zufällig einen Bekannten, Kumar, einen liebenswürdigen und ungemein vergnügungssüchtigen Zeitgenossen von der Akademie.

Kumar gehörte dem XIV. Punjab-Regiment an, und sein Bataillon war gegenwärtig in Singapur stationiert; er war nur für kurze Zeit in Indien, um einen Funkspruchkurs zu absolvieren. Kumar wirkte abwesend und nachdenklich, beileibe nicht so lebhaft wie sonst. Sie aßen gemeinsam zu Mittag, und dabei berichtete Kumar ihnen von einer sehr merkwürdigen Begebenheit, die im Hauptquartier für große Beunruhigung gesorgt hatte.

Im Tyersall-Park-Camp in Singapur hatte ein indischer Soldat unerklärlicherweise einen Offizier erschossen und dann Selbstmord begangen. Die Nachforschungen ergaben, dass es sich hier nicht um einen schlichten Fall von Mord und Selbstmord handelte; im Bataillon gab es unterschwellige Unruhen. Man hatte gewisse Offiziere dieses Bataillons sagen hören, dass die Inder sich weigern sollten, an diesem Krieg teilzunehmen, denn es sei ein Wettkampf um die Oberherrschaft zwischen den Nationen England, Frankreich und Deutschland, die es für ihre gemeinsame Bestimmung hielten, andere Völker zu unterjochen. Im Hauptquartier war man sehr besorgt. Mehr als die Hälfte der Truppen in Malaya waren Inder, und es war klar, dass die Kolonie nicht zu halten sein würde, wenn sich die Unruhen ausbreiteten. Trotz des aufwieglerischen Charakters dieser Gerüchte hatte das Oberkommando sich zu einer umsichtigen, maßvollen Reaktion entschlossen: Die einzige Disziplinarmaßnahme bestand darin, einen der jüngeren Offiziere des Bataillons nach Indien zurückzuschicken.

Zufällig war der Offizier, der für die Maßnahme ausgesucht wurde, ein Muslim. Als die Nachricht von seiner Bestrafung sein Bataillon erreichte, legte eine Kompanie muslimischer Soldaten die Waffen nieder, um ihre Solidarität zu bekunden. Tags darauf legten auch viele Hindu-Soldaten des Bataillons die Waffen nieder.

So bekam der Vorfall eine neue bedrohliche Dimension. Über Generationen hatte für die Britisch-Indische Armee der Grundsatz gegolten, eine sorgsame Balance zwischen den Gegensätzen in den Truppen zu wahren. Die Kompanien eines jeden Bataillons setzten sich aus verschiedenen Kasten und Religionen zusammen – Hindus, Muslime, Sikhs, Jats, Brahmanen. Jede Kompanie hatte ihre eigene Messe, streng geführt nach den Ernährungsvorschriften der Gruppe, aus welcher die Truppen rekrutiert waren. Als zusätzliche Sicherheitsmaßnahme waren die Infanteriedivisionen so zusammengesetzt, dass indische Truppen immer durch eine bestimmte Anzahl australischer und englischer Einheiten ausgeglichen wurden.

Dass Hindu- und Muslimsoldaten sich zusammentun konnten, um einen indischen Offizier zu unterstützen, war für das Oberkommando erschreckend. Niemand musste daran erinnert werden, dass dergleichen seit dem großen Aufstand nicht mehr vorgekommen war. Auf halbe Maßnahmen wurde jetzt verzichtet. Man schickte einen Zug britischer Soldaten von den Argyll- und Sutherland-Highlanders los, um die aufständischen Inder zu umzingeln.

Bis jetzt hatte Kumar ihnen weder den Namen des betreffenden Bataillons noch den des bestraften Offiziers genannt. Wie es sich für einen guten Erzähler gehörte, hatte er den Clou bis zum Schluss aufgehoben. Es stellte sich heraus, dass das fragliche Bataillon eine Brudereinheit des I. Jat-Regiments war, ein Teil des Infanterieregiments von Hyderabad. Den Offizier, der nach Hause geschickt werden sollte, hatten sie auf der Akademie gut gekannt.

Kumar beendete die Geschichte mit einer hingeworfenen Bemerkung: »Nach Übersee zu gehen, wirkt sich zerstörerisch auf die Truppen aus«, sagte er achselzuckend. »Auf die Offiziere ebenso. Ihr werdet sehen.«

»Vielleicht bleiben wir ja verschont«, meinte Hardy hoffnungsvoll. »Es ist nicht gesagt, dass man uns ins Ausland schickt. Schließlich werden auch hier Streitkräfte gebraucht.«

Arjun widersprach umgehend. »Und was hätten wir davon? Du und ich? Wir warten das Ende des Krieges ab, und unsere Karriere ist beim Teufel. Da nehme ich doch lieber im Ausland meine Chance wahr.«

Sie gingen schweigend ihres Weges, wussten nicht, was sie von der Sache halten sollten. Kumars Geschichte war unglaublich. Sie kannten den bestraften Offizier – er war ein stiller Mensch aus einer Familie der Mittelschicht. Er war auf seine Arbeit angewiesen. Was hatte ihn zu seinem Tun bewogen? Es war schwer zu verstehen.

Und wenn die Geschichte stimmte – und davon waren sie keineswegs überzeugt –, dann hatte der Vorfall noch weitere Auswirkungen. Es bedeutete zum Beispiel, dass die anderen Mannschaften sich jetzt lieber nach ihren indischen Offizieren richteten als nach dem Oberkommando. Und das war Besorgnis erregend – für Arjun und Hardy nicht weniger als für das Oberkommando. Wenn die Männer den Glauben an die Kommandohoheit verloren, dann würden schließlich auch die indischen Offiziere als entbehrlich gelten. Dies konnten sie nur zu verhindern hoffen, indem sie mit ihren britischen Kameraden gemeinsame Sache machten. Was, wenn es wirklich zu einer Spaltung käme? Wie würden die Männer reagieren? Es ließ sich nicht sagen.

So beunruhigend die Sache war, Arjun war eigenartig heiter: Es war eine ungewohnte Verantwortung, sich als Dreiundzwanzigjähriger mit derartigen Fragen befassen zu müssen.

An diesem Abend vertauschten sie ihre Uniformen mit *kurtas* und *churidar-pajamas* und gingen in das Haus einer Tänzerin beim Ajmeri-Tor. Die Tänzerin hatte die vierzig überschritten, ihr Gesicht war weiß geschminkt, mit Augenbrauen dünn wie Drähten. Auf den ersten Blick wirkte sie starr und reizlos, aber als sie aufstand, um zu tanzen, schwand die Härte in ihrem Gesicht, ihr Körper war biegsam und geschmeidig, ihre Füße waren von wunderbarer Leichtigkeit. Als das Tempo der Trommeln schneller wurde, drehte sie sich, wirbelte im Takt herum. Ihr knielanger *angarkha* schraubte sich in engen Spiralen um sie. Ihre Brüste zeichneten sich unter dem dünnen weißen Stoff ab. Arjuns Kehle wurde trocken. Mit dem letzten Trommelschlag legte sich der Zeigefinger der Frau auf Arjuns Stirn. Sie winkte ihm, ihr zu folgen.

Arjun wandte sich verwundert an Hardy, doch sein Freund lächelte nur und stieß ihn an. »Nur zu, *yar*, du hast heute Geburtstag, nicht? Los, geh.«

Arjun folgte der Tänzerin eine schmale Treppe hinauf. Ihr Zimmer war klein und niedrig. Sie zog ihn langsam aus, löste mit den Fingernägeln das Zugband seines baumwollenen *churidar-pajamas*. Als er nach ihr griff, schob sie lachend seine Hand fort.

»Warte.«

Sie hieß ihn sich bäuchlings aufs Bett legen und massierte eine Hand voll Öl in seinen Rücken ein; ihre Fingerspitzen tippelten im Rhythmus tanzender Füße über seine Wirbelsäule. Schließlich legte sie sich, noch vollständig angekleidet, neben ihn. Er griff nach ihren Brüsten, doch sie schob seine Hand fort. »Nein, nicht so.« Sie löste ihr Zugband und führte ihn in sich hinein, sah lächelnd zu, wie er sich auf sie legte. Als er fertig war, rückte sie rasch fort, und es war, als sei gar nichts geschehen; sogar ihr Zugband war sogleich wieder an Ort und Stelle.

Sie legte einen Finger unter sein Kinn und bog seinen Kopf zurück, schürzte die Lippen, als betrachte sie ein hübsches Kind.

»So jung«, sagte sie. »Ein Knabe noch.«

»Ich bin dreiundzwanzig«, sagte er stolz.

Sie lachte: »Du siehst aus wie sechzehn.«

Als Alison Saya John die Nachricht vom Tod ihrer Eltern überbrachte, hatte er es lediglich mit einem schwachen Lächeln zur Kenntnis genommen. Es folgte eine Reihe Fragen, nahezu heiter gestellt, als sei das Geschehen bestenfalls eine entfernte Möglichkeit – eine Annahme, von Alison vorgetragen, um die lange Abwesenheit ihrer Eltern vom Esstisch zu erklären.

Alison hatte sich so vor der Auswirkung der Nachricht auf ihren Großvater gefürchtet, dass sie alles getan hatte, um gefasst zu erscheinen – sie hatte ihre Blässe mit Schminke kaschiert und einen Schal um ihr zerzaustes Haar gebunden. Sie hatte versucht, sich auf jede denkbare Möglichkeit vorzubereiten. Aber der Anblick des kindlichen Lächelns ihres Großvaters stellte sie auf eine unerträgliche Probe: Sie stand auf und lief aus dem Zimmer.

Saya John war jetzt Ende achtzig. Durch seine Lebensweise mit täglicher Frühgymnastik hatte er sich gut gehalten, und er war bei relativ guter Gesundheit. Sein Gehör hatte sich nicht merklich verschlechtert, und da seine Sehkraft ohnehin nie gut gewesen war, fand er sich auch jetzt noch im Haus und auf dem Grundstück zurecht. Vor dem Unfall hatte sein fortgeschrittenes Alter sich gelegentlich durch einen leichten Hang zur Verwirrung bemerkbar gemacht; er vergaß oft, was er vor wenigen Minuten gesagt hatte, wogegen er sich in allen Einzelheiten an Ereignisse erinnerte, die vierzig, fünfzig Jahre zurücklagen. Der Unfall beschleunigte diesen Hang erheblich. Alison sah, dass ihr Großvater die Nachricht vom Tod ihrer Eltern durchaus wahrgenommen hatte, wenngleich er sich ahnungslos stellte. Seine Reaktion war derjenigen eines Kindes auf ein unangenehmes Geräusch nicht unähnlich: Er hatte sich gleichsam mit den Fingern die Ohren zugehalten, um auszuschließen, was er nicht wissen wollte. Von Tag zu Tag sprach er immer weniger. Er kam herunter, um mit Alison zu essen, aber er saß schweigend am Tisch. Sagte er etwas zu Alison, so begannen seine Sätze fast unveränderlich mit Bemerkungen wie: »Wenn Matthew zurückkommt ...«, oder: »Wir dürfen nicht vergessen, Elsa zu sagen, dass ...«

Anfangs reagierte Alison mit unverhüllter Wut auf diese Bemerkungen, schlug mit den Händen auf den polierten Tisch und wiederholte mehrmals: »Matthew kommt nicht zurück.« Zurzeit schien ihr nichts wichtiger, als dass er das Geschehene wenigstens zur Kenntnis nahm. Darin sah sie, wenn schon keine Linderung ihres Schmerzes, so doch wenigstens eine Verteilung der schrecklichen Last. Aber Saya John lächelte während ihrer Ausbrüche, und am Ende fuhr er dort fort, wo sie ihn unterbrochen hatte: »Und wenn sie zurückkommen ...«

Es schien irgendwie unanständig, obszön – eine Entweihung der Elternschaft –, dass er einen so schweren Verlust dermaßen gelassen hinnahm. Aber sie sah, dass sie mit ihrer Beharrlichkeit und den Schlägen auf den Tisch nichts erreichte, dass ihr kein Mittel blieb, um den Schutzschild der Verwirrung zu durchdringen, den Saya John vor sich hielt. Sie zwang sich, ihren Zorn zu beherrschen, aber nur um den Preis eines weiteren Verlustes – des Verlustes ihres Großvaters, der ihr immer sehr nahe gestanden hatte. Es war, als müsse sie sich damit abfinden, dass er kein fühlendes Wesen mehr war, dass die Tröstungen der Kameradschaft, die sie verbunden hatte, für immer versiegt waren, dass er, der stets eine unerschöpfliche Quelle des Trostes gewesen, jetzt, in der Stunde ihrer größten Not, eine Last geworden war. Dies schien ihr der schlimmste Verrat zu sein, den er begehen konnte – dass er in diesem Augenblick ihrer völligen Verlassenheit zum Kind wurde. Das hatte sie sich niemals vorstellen können.

Diese Wochen wären unerträglich gewesen, hätte es da nicht einen Lichtblick gegeben. Vor einigen Jahren hatte Saya John aus einer Laune heraus das Kind einer Plantagenarbeiterin adoptiert – Ilongo, »den Jungen, der immer im Haus herumhängt«. Der Junge hatte weiterhin bei seiner Mutter gewohnt, aber Saya John hatte seine Ausbildung in der nahe gelegenen Stadt Sungei Pattani bezahlt. Später hatte er ihn auf ein technisches Institut in Penang geschickt, und Ilongo war Elektriker geworden.

Ilongo war jetzt zwanzig, ein dunkelhäutiger, kraushaariger Jüngling mit langsamen Bewegungen und leiser Redeweise, aber von imposanter Größe und Statur. Nach Beendigung seiner Ausbildung zum Elektriker war er in die Nachbarschaft von Morningside zurückgekehrt – seine Mutter bewohnte jetzt ein kleines, mit Blech gedecktes Haus an der Peripherie des Gutes.

Nach dem Unfall kam Ilongo Saya John oft in Morningside besuchen. Nach und nach und ohne unangemessen aufdringliche Besorgnis zu zeigen, nahm er dem alten Mann viele seiner täglichen Aufgaben ab. Ilongo war von zurückhaltendem, still zuverlässigem Wesen, und bald wurde er für Alison eine unentbehrliche Hilfe im Büro der Plantage. Ilongo war auf Morningside aufgewachsen und kannte alle Arbeitskräfte auf dem Gut; sie ihrerseits erkannten ihn als Autorität an wie sonst niemanden auf der Plantage. Er war auf dem Gut großjährig geworden, hatte sich aber auch jenseits der

Grenzen umgetan, hatte Malaiisch und Englisch gelernt, eine Ausbildung genossen. Er hatte es nicht nötig, die Stimme zu erheben oder Drohungen auszustoßen, um sich Respekt zu verschaffen: Sie vertrauten ihm als einem der Ihren.

Auch Saya John fand Trost in seiner Gesellschaft. Jeden Sonntag lieh sich Ilongo ein Fahrzeug des Gutes und fuhr ihn zur Church of Christ the King in Sungei Pattani. Unterwegs hielten sie bei den schattigen Arkaden der rot gekachelten Ladengeschäfte an, die die Hauptstraße der Stadt säumten. Saya John trat in ein kleines Restaurant und fragte nach dem Besitzer, Ah Fatt, einem großen Mann mit funkelnden goldenen Schneidezähnen. Ah Fatt hatte politische Verbindungen nach Südchina, und Saya John hatte sich stets als ein großzügiger Spender erwiesen, seit Japan in die Mandschurei eingefallen war. Jede Woche übergab er Ah Fatt einen Geldbetrag in einem Umschlag, damit er ihn dorthin schicke.

An den Tagen, an denen Ilongo im Haus Morningside war, bediente er das Telefon. Eines Tages kam er vom Haus geradelt, um Alison im Büro aufzusuchen.

»Da war ein Anruf.«

»Von wem?«

»Dinu Raha.«

»Was?« Alison saß an ihrem Schreibtisch. Sie blickte stirnrunzelnd auf. »Dinu? Ganz bestimmt?«

»Ja. Er hat aus Penang angerufen. Er ist gerade aus Rangun gekommen. Er kommt mit dem Zug nach Sungei Pattani.«

»Oh?« Alison dachte an die Briefe, die Dolly ihr in den Wochen nach dem Tod ihrer Eltern geschrieben hatte; sie erinnerte sich, eine Anspielung auf einen bevorstehenden Besuch gelesen zu haben – aber in dem Brief hatte es geheißen, dass Neel kommen werde, nicht Dinu.

»Ist es ganz bestimmt Dinu?«, fragte sie Ilongo wieder.

»Ja.«

Sie sah auf ihre Uhr. »Vielleicht hole ich ihn am Bahnhof ab.«

»Er sagte, das sei nicht nötig, er nimmt ein Taxi.«

»Oh? Schön, ich sehe, es ist noch Zeit.«

Ilongo ging, und sie lehnte sich zurück, drehte sich zu einem Fenster, von dem man über die Plantage hinweg auf die ferne blaue

Andamanensee blickte. Es war lange her, seit sie Besuch gehabt hatte. An den Tagen nach dem Unfall hatte ein solches Gedränge im Haus geherrscht, dass man sich kaum rühren konnte – und sie war froh darüber gewesen. Freunde und Verwandte waren aus Penang, Malakka, Singapur gekommen – Telegramme waren haufenweise eingetroffen. Timmy hatte den ganzen Weg aus New York auf sich genommen, er war mit dem *China Clipper* der Pan Am über den Pazifik geflogen. In ihrer überwältigenden Verstörung hatte Alison gebetet, Morningside möge immer voller Menschen sein. Es war unvorstellbar, dass sie mit den Räumen und Fluren allein gelassen sein würde, dem Treppenhaus, wo jede Fuge im Holz an ihre Mutter erinnerte. Aber es vergingen ein, zwei Wochen, und dann hatte sich das Haus so plötzlich geleert, wie es sich vorher gefüllt hatte. Timmy war nach New York zurückgekehrt; er hatte jetzt seine eigene Firma und konnte nicht zu lange fortbleiben. Beim Abschied hatte er ihr anheim gestellt, Morningside zu verkaufen oder zu leiten, ganz wie sie wollte. Mit der Zeit war das Gefühl des Verlassenseins der Einsicht gewichen, dass sie nicht auf die Vergangenheit sehen durfte, um die Lücken in ihrer Gegenwart zu füllen, dass sie nicht darauf hoffen durfte, dass die zurückgebliebenen Spuren des Lebens ihrer Eltern als Puffer dienen würden zwischen ihr und der schmerzenden Abgeschiedenheit von Morningside – der bedrückenden Eintönigkeit, der Einsamkeit, die daher rührte, dass sie stets von denselben Gesichtern, denselben ordentlichen Baumreihen umgeben war, dem unausweichlichen Anblick derselben Wolken, die über demselben Berg hingen.

Und jetzt war Dinu auf dem Weg nach Morningside – der sonderbare Dinu, so unverbesserlich ernst, so unbeholfen und befangen. Sie sah auf ihre Uhr und blickte aus dem Fenster. In weiter Ferne bahnte sich ein Zug seinen Weg durch die Ebene. Sie griff nach ihrer Handtasche, die den Schlüssel für den Daytona Roadster enthielt.

Es würde eine Erleichterung sein, einmal herauszukommen, und sei es nur für ein paar Stunden.

3

Der Krieg war schuld, dass Dinu unangemeldet gekommen war: Die Bedrohung durch Unterseeboote im Golf von Bengalen hatte die Dampfschifffahrtsgesellschaften gezwungen, von der Veröffentlichung ihrer Fahrpläne abzusehen. Die Abfahrtszeiten wurden jetzt erst wenige Stunden vorher bekannt gegeben; infolgedessen mussten die Büros der Gesellschaften ständig besetzt sein. Dinu konnte sich glücklich schätzen, dass er überhaupt eine Kabine bekommen hatte, und er war gar nicht auf den Gedanken gekommen, seine Ankunft telegrafisch zu melden.

Der hübsche Bahnhof von Sungei Pattani war spielzeughaft klein: Es gab nur einen einzigen Bahnsteig, der von einem niedrigen, rot gedeckten Dach beschattet war. Dinu erspähte Alison, als der Zug einfuhr. Sie stand, an einen Pfosten gelehnt, am Eingang zum Bahnsteig. Sie trug eine Sonnenbrille und ein langes schwarzes Kleid. Sie war dünn und sah schlaff aus, verwelkt – ein Kerzendocht, an dem der Schmerz brannte wie eine Flamme.

Ihr Anblick rief bei Dinu einen kurzen Anfall von Panik hervor. Gefühlsregungen jeder Art erzeugten Angst in ihm, aber keine so sehr wie Schmerz: Als der Zug eingefahren war, war er minutenlang buchstäblich unfähig, sich von seinem Platz zu erheben. Erst als der Stationsvorsteher seine grüne Flagge schwenkte, begab er sich zur Tür.

Als er aus dem Zug stieg, versuchte Dinu, sich auf die Beileidsbezeugungen zu besinnen, die er in Vorbereitung auf diesen Augenblick eingeübt hatte. Aber als Alison jetzt auf dem Bahnsteig auf ihn zukam, erschienen ihm tröstende Worte wie eine Aufdringlichkeit; sicherlich wäre es höflicher, sich so zu verhalten, als sei nichts geschehen?

»Du hättest nicht kommen sollen«, sagte er schroff und senkte den Blick. »Ich hätte ein Taxi genommen.«

»Ich bin gern gekommen«, sagte sie. »Es ist eine willkommene Abwechslung zu Morningside.«

»Trotzdem.« Er lud sich seine ledernen Fototaschen auf die Schulter und übergab einem Gepäckträger seinen Koffer.

Sie lächelte. »Geht es deinem Vater besser?«

»Ja«, sagte Dinu steif. »Es geht ihm wieder gut... und Manju und Neel erwarten ein Kind.«

»Das ist eine gute Nachricht.« Sie lächelte ihn an und nickte.

Sie traten aus dem Bahnhof auf einen Platz, der von einem riesigen, kuppelartigen Baum beschattet war. An den bemoosten Zweigen des Baumes hing eine farbenfrohe Ansammlung von Kletterpflanzen und Wildblumen.

»Sag«, fragte Dinu, »ist das nicht ein Padaukbaum?«

»Hier nennen wir diese Bäume *angsana*«, sagte Alison. »Den hier hat mein Vater gepflanzt – in dem Jahr, als ich geboren wurde.« Sie hielt inne. »Dem Jahr, in der *wir* geboren wurden, hätte ich sagen sollen.«

»Ach ja, richtig... wir sind im selben Jahr geboren.« Dinu lächelte zögernd, freudig überrascht, weil sie sich daran erinnerte, und auch, weil sie es für erwähnenswert befand.

Der Daytona war in der Nähe geparkt, mit geschlossenem Verdeck. Alison rutschte auf den Fahrersitz, während Dinu sein Gepäck auf dem Rücksitz verstauen ließ. Sie fuhren vom Bahnhofsgelände um einen minarettartigen Uhrturm herum und über den großen Marktplatz mit den Arkaden aus gekachelten Ladengeschäften. Sie ließen die anmutige, weiß getünchte Church of Christ the King hinter sich und kamen an einem Feld vorüber, das mit Stacheldraht eingezäunt war. In der Mitte des Feldes standen mehrere ordentliche Reihen Palmhütten mit Wellblechdächern.

»Was ist das?«, fragte Dinu.

»Das ist unsere neue Militärbasis«, sagte Alison. »In Sungei Pattani ist jetzt viel Militär vertreten, wegen des Krieges. Es gibt dort eine Landebahn, die von indischen Soldaten bewacht wird.«

Sie fuhren eine Weile schweigend, dann stieg die Straße bergan. Vor ihnen ragte der Gunung Jerai auf; sein Gipfel war verdeckt von dem Hitzedunst, der gewöhnlich tagsüber herrschte. Dinu ließ sich zurücksinken und rahmte den Berg in einem imaginären Objektiv ein. Alisons Stimme schreckte ihn auf.

»Weißt du, was am schwersten ist?«

»Nein – was?«

»Nichts hat eine Form.«

»Wie meinst du das?«

»Es ist etwas, das man erst sieht, wenn es nicht mehr da ist – die Formen, die die Dinge haben und die Art, wie die Menschen um einen herum diese Formen gestalten. Ich meine nicht die großen Dinge, sondern die Kleinigkeiten. Was man tut, wenn man morgens aufsteht – die Gedanken, die einem zu hunderten durch den Kopf gehen, während man sich die Zähne putzt. ›Ich muss Mama von dem Blumenbeet erzählen‹ – solche Sachen. In den letzten Jahren habe ich viele von den Kleinigkeiten übernommen, die Papa und Mama in Morningside zu tun pflegten. Wenn ich jetzt morgens aufwache, kommen diese Dinge immer noch wieder – genau so: Ich muss dies oder das tun, für Mama oder Papa. Dann fällt mir ein, nein, ich muss gar nichts davon tun; es gibt keine Veranlassung. Und merkwürdig, was man in diesen Augenblicken empfindet, ist nicht direkt Traurigkeit, sondern so etwas wie Enttäuschung. Und das ist furchtbar; denn man fragt sich, ist dies das Beste, was ich tun kann? Nein, es ist nicht gut genug. Ich sollte weinen – alle sagen, weinen tut gut. Aber das Gefühl da drinnen ist nicht leicht zu benennen, es ist nicht direkt Schmerz oder Gram – nicht in dem Moment. Es fühlt sich eher so an, als wenn man sich auf einen Stuhl fallen lässt: Die Luft strömt aus einem heraus, und man muss würgen. Es ist schwer, einen Sinn darin zu erkennen. Man wünscht sich, der Schmerz wäre einfach, unkompliziert – man will nicht, dass er einen von allen Seiten überfällt, jeden Morgen, wenn man aufsteht, um dies oder jenes zu tun – die Zähne zu putzen oder zu frühstücken …«

Das Auto scherte zum Straßenrand aus. Dinu griff ins Lenkrad, um gegenzusteuern. »Alison! Langsam – Vorsicht.«

Sie fuhr den Wagen auf den Grasstreifen, der die Fahrbahn begrenzte, und blieb unter einem Baum stehen. Sie hob die Hände und befühlte ungläubig ihre Wangen. »Schau«, sagte sie, »ich weine.«

»Alison.« Er hätte sie gern an der Schulter berührt, aber es lag ihm nicht, seine Gefühle zu zeigen. Sie legte schluchzend die Stirn aufs Lenkrad, und plötzlich waren Dinus Hemmungen verflogen.

»Alison.« Er zog ihren Kopf an seine Schulter und fühlte, wie ihre warmen Tränen sein dünnes Baumwollhemd benetzten. Ihr Haar lag seidig an seiner Wange und roch schwach nach Weintrauben. »Alison, es ist ja gut …«

Er war zutiefst erstaunt über das, was er getan hatte – es war, als hätte jemand ihn daran erinnert, dass solcherlei Gesten nicht seine Art waren. Der Arm, mit dem er Alison an seine Schulter drückte, wurde schwer und hölzern, und Dinu murmelte unbeholfen: »Alison, ich weiß, es war schwer für dich …«

Das Dröhnen eines Schwerlastwagens, der die Straße entlangdonnerte, schnitt ihm das Wort ab. Alison entzog sich ihm rasch und setzte sich aufrecht hin. Dinu drehte sich um, als der Lastwagen vorbeiratterte. Ein Trupp indischer Soldaten in Turbanen und kurzen Khakihosen hockte auf der Ladefläche.

Das Dröhnen des Lastwagens erstarb, aber der vertrauliche Moment war vorbei. Alison wischte sich das Gesicht ab und räusperte sich. »Zeit, nach Hause zu fahren«, sagte sie und drehte den Zündschlüssel herum. »Du musst müde sein.«

Es war Mitte Februar, als der lange erwartete Mobilisierungsbefehl endlich eintraf. Hardy erfuhr es als einer der Ersten, und er rannte in Arjuns Zimmer.

»*Yar*, hast du schon gehört?«

Es war am frühen Abend, und Hardy trat ein, ohne anzuklopfen. Er stieß die Tür auf und schaute hinein. »Arjun, wo bist du?«

Arjun war in der durch einen Vorhang abgeteilten Ankleidekammer, die zwischen Badezimmer und Wohnbereich lag. Er hatte sich gerade den Schmutz von einem Fußballspiel abgewaschen, und seine schlammbedeckten Schuhe und seine kurze Sporthose lagen unordentlich auf dem Boden. Es war ein Dienstag – an diesen Abenden wurde in der Messe traditionsgemäß Smoking getragen, weil dies der Wochentag war, an dem die Kunde vom Tod Königin Viktorias in Indien eingetroffen war. Kishan Singh machte sich in Arjuns Schlafzimmer zu schaffen, wo er ihm die Kleidung für den Abend zurechtlegte – Smokingjacke, Abendhose, seidener Kummerbund.

Hardy durchquerte rasch das Zimmer. »Arjun? Hast du gehört? Wir haben den Befehl erhalten.«

Arjun zog den Vorhang zurück, ein Handtuch um die Taille geschlungen.

»Ist das wahr?«

»Ja. Hab's vom Adjutant-*sah'b* gehört.«

Sie sahen sich an, wussten nicht, was sie noch sagen sollten. Hardy setzte sich auf die Bettkante und ließ seine Knöchel knacken. Arjun knöpfte sein gestärktes Hemd zu, ging in die Kniebeuge, um sich im Spiegel betrachten zu können. Er erhaschte einen Blick auf Hardy, der hinter ihm verdrießlich zu Boden starrte. Um einen heiteren Ton bemüht, sagte er: »Jetzt sehen wir wenigstens, ob die verflixten Mobilisierungspläne, die wir aufgestellt haben, etwas taugen.«

Hardy gab keine Antwort, und Arjun blickte über die Schulter zu ihm hin. »Bist du nicht froh, dass die Warterei vorbei ist? Hardy?«

Hardy hatte die Hände zwischen die Knie geklemmt. Plötzlich sah er auf. »Ich denke dauernd ...«

»Was?«

»Erinnerst du dich an die Chetwode-Halle? In der Militärakademie in Dehra Dun?«

»Natürlich.«

»Dort war eine Inschrift. *›Die Sicherheit, die Ehre und das Wohlergehen deines Vaterlandes kommen an erster Stelle, immer und jederzeit. Die Ehre, das Wohlergehen und das Befinden der Männer, die du befehligst, kommen an nächster Stelle ...‹*«

»*›... und dein eigenes Wohl, dein Befinden und deine Sicherheit kommen an letzter Stelle, immer und jederzeit.‹*« Arjun lachte, als er das Zitat für Hardy beendete. »Natürlich erinnere ich mich. Die Inschrift war ins Podium eingelassen und hat uns jedes Mal angestarrt, wenn wir in die Chetwode-Halle kamen.«

»Hat sie dir jemals Rätsel aufgegeben, diese Inschrift?«

»Nein, wieso?«

»Hast du dir nie gedacht, dieses Land, dessen Sicherheit, Ehre und Wohlergehen an erster Stelle zu kommen haben, immer und jederzeit – was ist das eigentlich? Wo ist dieses Land? Tatsache ist doch, dass du und ich kein Vaterland haben – wo also ist das Land, dessen Sicherheit, Ehre und Wohlergehen an erster Stelle zu kommen haben, immer und jederzeit? Und warum haben wir unseren Eid nicht auf ein Land geleistet, sondern auf den King Emperor – um das Empire zu verteidigen?«

Arjun sah ihn an. »Hardy, worauf willst du hinaus?«

»Es ist doch so«, sagte Hardy, »wenn mein Land wirklich an erster Stelle kommt, warum werde ich dann ins Ausland geschickt? Für mein Land besteht im Augenblick keine Gefahr – und wenn, dann wäre es meine Pflicht, hier zu bleiben und es zu verteidigen.«

»Hardy«, sagte Arjun leichthin, »hier zu bleiben wäre deiner Karriere nicht dienlich.«

»Karriere, Karriere.« Hardy schnalzte aufgebracht mit der Zunge. »*Yar*, denkst du denn nie an etwas anderes?«

»Hardy.« Arjun warf ihm einen warnenden Blick zu, um ihn an Kishan Singhs Gegenwart zu erinnern.

Hardy zuckte die Achseln und sah auf seine Uhr. »Ich bin ja schon still«, sagte er und erhob sich zum Gehen. »Ich muss mich auch umziehen. Wir unterhalten uns später.«

Hardy ging, und Kishan Singh brachte Arjuns Hose in die Ankleidekammer. Auf dem Boden kniend hielt er sie am Taillenbund auf. Arjun stieg vorsichtig hinein, um die empfindlichen scharfen Bügelfalten nicht zu zerknittern. Kishan Singh stand auf und ging um Arjun herum, steckte ihm die Hemdschöße in die Hose.

Kishan Singhs Hand streifte Arjuns Kreuz, und er versteifte sich; er war schon im Begriff, seinen Burschen anzuherrschen, er solle sich beeilen, besann sich aber. Ihn ärgerte der Gedanke, dass er es nach zwei Jahren als Offizier noch nicht geschafft hatte, unverkrampft mit den unvermeidlichen Intimitäten des Militärlebens umzugehen; dies war eines der vielen Dinge, die ihn von den wahren *faujis* abgrenzten, den zu Soldaten geborenen und erzogenen Männern wie Hardy. Er hatte Hardy einmal bei eben dieser Prozedur beobachtet – beim Ankleiden für den Gästeabend, mit Hilfe seines Burschen; er hatte die Gegenwart des Mannes kaum wahrgenommen, was Arjun bei Kishan Singh nie gelang.

Plötzlich überraschte Kishan Singh Arjun mit einer Frage. »*Sah'b*«, sagte er, »wissen Sie, wohin das Bataillon geht?«

»Nein. Das weiß keiner. Wir werden es erst auf dem Schiff erfahren.«

Kishan Singh band Arjun den Kummerbund um die Taille. »*Sah'b*«, sagte er, »die Unteroffiziere meinen, wir gehen nach Osten.«

»Wie kommen sie darauf?«

»Zuerst wurden wir für die Wüste ausgebildet, und alle sagten, wir gehen nach Nordafrika. Aber die Ausrüstung, die neulich geschickt wurde, ist eindeutig für Regen gedacht.«

»Wer hat dir das gesagt?«, fragte Arjun erstaunt.

»Alle sagen es, *sah'b*. Sogar in den Dörfern wissen sie Bescheid. Meine Mutter und meine Frau waren letzte Woche zu Besuch hier. Sie hatten ein Gerücht gehört, dass wir bald aufbrechen.«

»Was haben sie gesagt?«

»Meine Mutter sagte: ›Kishan Singh, wann kommst du zurück?‹«

»Und was hast du ihr geantwortet?«

Kishan Singh kniete jetzt vor Arjun, prüfte die Knöpfe seines Hosenschlitzes und strich seine Hose glatt, kniff die Falten, um ihre Schärfe zu verstärken. Arjun konnte nur den oberen Teil seines Kopfes und das Gekräusel seiner kurz geschnittenen Haare sehen.

Plötzlich blickte Kishan Singh zu ihm hoch. »*Sah'b*, ich habe ihr gesagt, Sie würden dafür sorgen, dass ich zurückkomme.«

Arjun war so perplex, dass ihm das Blut ins Gesicht schoss. Dieser treuherzige Vertrauensbeweis hatte etwas zutiefst Verstörendes, aber auch unsagbar Rührendes. Er war um Worte verlegen.

In Charbagh hatte Oberstleutnant Buckland einmal bei einem Gespräch gesagt, für Engländer aus der Generation seines Vaters habe der Lohn für den Dienst in Indien in ihrer Verbindung zu den »Männern« bestanden. Diese Beziehung, hatte er gesagt, sei von gänzlich anderer Art als bei den regulären britischen Truppen. Die Loyalität zwischen einem indischen Soldaten und einem englischen Offizier sei so stark und zugleich so unerklärlich, dass man sie nur als eine Form von Liebe verstehen könne.

Arjun erinnerte sich, wie merkwürdig diese Worte aus dem Mund des sonst so schweigsamen Kommandanten geklungen hatten, und dass er, Arjun, versucht gewesen war, ihn zu verspotten. Es schien, dass »die Männer« in diesen Geschichten nur als abstrakter Begriff vorkamen, eine gesichtslose Masse, in ewigem Kindsein gefangen – launisch, unberechenbar, phantastisch tapfer, ungemein loyal, zu ausgefallenen Gefühlsäußerungen neigend. Ja, es stimmte, auch für ihn hatte es Zeiten gegeben, da schien es, als seien die Eigenschaften dieser gesichtslosen Masse, »der Männer«, von einem einzigen Soldaten, Kishan Singh, in die Wirklichkeit gezaubert worden, als sei das Band, das zwischen ihnen entstanden war, tatsächlich eine Form von Liebe. Es ließ sich unmöglich sagen, inwieweit dies von Kishan Singh ausgegangen und wie weit es das Resultat ihrer eigentümlich vertraulichen Umstände war. Oder war es vielleicht etwas ganz anderes, war Kishan Singh in seiner Individualität über sich hinausgewachsen und ein Dorf, ein Land, eine Geschichte geworden, ein Spiegel für Arjun, in dem er Brechungen seiner selbst sah?

Einen unheimlichen Augenblick lang sah Arjun sich an Kishan Singhs Stelle: als Burschen, der vor einem Offizier im Smoking kniete, ihm die Schuhe blank putzte, in seine Hose griff, um sein Hemd hineinzustecken, die Knöpfe seines Hosenschlitzes prüfte, von seinen weit auseinander stehenden Füßen aufsah, um Schutz bittend. Er biss die Zähne zusammen.

4

Am Morgen nach seiner Ankunft borgte Dinu sich ein Fahrrad und begab sich auf die Suche nach den Ruinen der *chandis* des Gunung Jerai. Alison hatte ihm eine Karte gezeichnet, nach der er sich richtete. Von Morningside aus verlief der Weg größtenteils bergauf, und Dinu musste mehrmals absteigen und das Fahrrad die steileren Hänge hinaufschieben. Er bog einige Male falsch ab, doch am Ende fand er die Stelle, wo Alison damals ihr Auto geparkt hatte. Unten lag der Bach, genauso, wie er ihn in Erinnerung hatte: Eine schmale Furt, von flachen Steinen überbrückt. Ein Stück weiter bergab verbreiterte sich der Bach zu einem Teich, der von schweren Gesteinsbrocken umringt war. Auf der anderen Seite führte ein schmaler Pfad in den Dschungel.

Dinus rechtes Bein war inzwischen wund und schmerzte. Er hängte seine Fototaschen an einen Ast und kletterte zu dem Teich hinunter. Ein Felsbrocken am Ufer war so geformt, dass er einen idealen Sitzplatz bildete. Dinu zog die Schuhe aus, krempelte die Hosenbeine bis zu den Knien hoch und tauchte die Beine in das kühle, bewegte Wasser.

Er hatte gezögert, nach Malaya zu kommen, doch nun, da er hier war, war er froh, fort von Rangun zu sein, die Spannungen im Haus und die ständigen Sorgen um das Geschäft hinter sich gelassen zu haben. Und es war auch eine Erleichterung, Abstand zu gewinnen von den politischen Kämpfen, die alle seine Freunde zu verzehren schienen. Sein Vater wollte, dass er Alison zuredete, Morningside zu verkaufen – es sei zu viel für sie, um es allein zu verwalten, hatte er gesagt, das Gut würde Geld einbüßen. Aber so weit er das sagen konnte, lief in Morningside alles glatt, und Alison schien es bestens zu bewältigen. Er konnte nicht feststellen, dass sie seinen Rat nötig hätte – dennoch war er froh, hier zu sein. Es gab ihm die Möglichkeit, über seine eigenen Angelegenheiten nachzudenken. In Rangun war er immer zu beschäftigt gewesen – mit Politik, und diesem und jenem. Er war jetzt achtundzwanzig, und dies war der richtige Zeitpunkt, um sich zu überlegen, ob er die Fotografie nur als Liebhaberei betreiben oder zum Beruf machen sollte. Er zündete sich eine Zigarette an und rauchte sie bis zum Stummel, bevor er seine Fototasche holte und den Bach überquerte. Der Weg war stärker überwuchert, als er ihn in Erinnerung hatte, und stellenweise musste er das Gestrüpp niederdrücken. Als er zu der Lichtung kam, war er von der heiteren Schönheit des Platzes überwältigt; die Farben der *chandis* waren lebhafter als in seiner Erinnerung, die Aussicht im Hintergrund noch lieblicher. Er verschwendete keine Zeit und baute sein Stativ auf. Er belichtete zwei Filme, und erst bei Sonnenuntergang kehrte er nach Morningside zurück.

Am nächsten Morgen machte er sich wieder auf, und am folgenden ebenso. Die Fahrt wurde ihm zur morgendlichen Gewohnheit, er brach früh auf, nahm ein paar *rotis* als Proviant mit. Am Bach angekommen, setzte er sich auf seinen Lieblingsstein, tauchte die Beine tief ins Wasser und gab sich eine Weile Tagträumen hin. Dann ging er zu der Lichtung und baute seine Fotoausrüstung auf. Mittags machte er eine lange Pause; er aß und hielt anschließend in einem der *chandis* ein Schläfchen im Schatten.

Eines Morgens machte er nicht bei den *chandis* Halt, sondern wanderte noch ein Stück weiter. Als er in den Wald vordrang, entdeckte er vor sich eine überwachsene Anhöhe. Er bahnte sich einen Weg durchs Unterholz und sah eine weitere Ruine vor sich, aus demselben Material wie die zwei *chandis* – Laterit –, aber von anderer Bauweise: Diese war annähernd achteckig und hatte die Form einer Stufenpyramide. Trotz der monumentalen Konstruktion war das Gebäude von bescheidener Größe, nicht viel höher als Dinus Kopf. Er kletterte vorsichtig über die bemoosten Blöcke, und auf der Spitze fand er einen gewaltigen quadratischen Stein, in dessen Mitte eine rechteckige Öffnung geschnitten war. Als er hinuntersah, entdeckte er eine Regenwasserpfütze – sie hatte die ebenmäßige Form und das metallische Glitzern eines antiken Spiegels. Er machte eine Aufnahme – einen Schnappschuss –, dann setzte er sich hin, um eine Zigarette zu rauchen. Wozu diente die Öffnung? Hatte sie einst als Fundament für eine Monumentalplastik gedient – einen gigantischen Monolithen? Es spielte keine Rolle mehr, jetzt war es nur ein Loch, in dem sich eine Familie kleiner grüner Frösche angesiedelt hatte. Er blickte auf sein gekräuseltes Spiegelbild hinunter, und die Frösche quakten ihn angriffslustig an.

Als er an diesem Abend ins Haus kam, sagte er zu Alison: »Hast du gewusst, dass dort noch eine Ruine ist, eine Art Pyramide – ein Stück weiter im Dschungel?«

Sie nickte. »Ja, und es gibt noch mehr. Du findest sie, wenn du weit genug gehst.«

Am folgenden Tag erwies sich, dass sie Recht hatte: Als er sich etwas weiter bergauf begab, stolperte er buchstäblich über eine zehn Quadratfuß große Plattform aus Lateritblöcken – offenbar das Fundament eines kleinen Heiligtums. Der Plan des Tempels war deutlich auf der Erde zu erkennen, skizziert wie eine Architekturzeichnung, mit einer Reihe quadratischer Laibungen, die den Standort einer Säulenreihe markierten. Wenige Tage später fand er eine weitere, weit seltsamere Ruine: ein Gebäude, das aussah, als sei es während einer Explosion erstarrt, wie ein Requisit in einer optischen Täuschung. Ein Banyanbaum hatte im Tempel Wurzeln geschlagen, hatte im Wachsen die Mauern auseinander gedrückt und zusammenhängende Mauerblöcke verschoben. Eine Türöffnung war gespalten, als sei auf der Schwelle eine Bombe explodiert. Ein Steinpfosten war umgekippt, ein anderer mehrere Fuß über den Boden gehoben und von wirrem Grün überwuchert worden.

Wenn er in die Ruinen trat, vernahm Dinu zuweilen ein Rascheln oder ein längeres Zischen. Gelegentlich rührten sich ringsum die Baumwipfel wie von einem Windstoß geschüttelt. Aufblickend, sah Dinu eine Gruppe Affen, die ihn argwöhnisch beäugten. Einmal hörte er ein kratzendes Husten; es hätte ein Leopard sein können.

Als er mit den Ruinen vertrauter wurde, wanderte sein Blick immer sogleich zu der Stelle, wo einstmals das Hauptbildnis des Tempels gestanden haben dürfte. Seine Hände griffen automatisch nach den Nischen, wo Blumenopfer abgelegt worden waren. Er erkannte die Grenzen, die er nicht überschreiten durfte, ohne die Schuhe auszuziehen. Wenn er den Bach überquerte, nachdem er durch das Gelände geradelt war, hatte er nicht mehr das Gefühl, sich zu einem Platz zu schleichen, der ihm fremd war, wo Leben und Ordnung Dunkelheit und Schatten wichen. Jetzt war es vielmehr so, dass er, wenn er in die eintönige Aufgeräumtheit der Plantage zurückkehrte, zu den endlosen geraden Baumreihen und den verwirrenden geometrischen Linien, das Gefühl hatte, in ein Ruinenfeld einzutreten, einem weitaus schlimmeren Niedergang beizuwohnen als dem Zerfall, den der Zahn der Zeit bewirkte.

Als er an einem Spätnachmittag bei seinem Stativ stand, vernahm er ein Autogeräusch, das eine heftige Aufregung unter den Vögeln des Dschungels auslöste. Er ließ sein Stativ stehen und ging eilends den Pfad hinunter zu einem Aussichtspunkt, wo eine Lücke im Laubwerk einen Blick auf den Bach unten freigab. Er erspähte Alisons roten Daytona, der sich auf der anderen Seite näherte.

Dinu hatte seit dem Tag seiner Ankunft nicht viel von Alison gesehen. Sie ging vor Morgengrauen aus dem Haus, um beim Appell zugegen zu sein, und wenn sie zurückkam, war er gewöhnlich schon am Berghang und machte Aufnahmen. Sie trafen sich meistens nur beim Abendessen, und da war eine Unterhaltung wegen Saya Johns beharrlichem Schweigen sehr eingeschränkt. Alison schien nicht zu wissen, wie sie einen Gast in den unveränderlichen Ablauf ihres Lebens auf der Plantage einbinden sollte, und Dino seinerseits drückte die Aufgabe, mit der er betraut worden war. Er musste einen Weg finden, Alison mitzuteilen, dass sein Vater sich von seinem Anteil an Morningside trennen wollte, und das schien zurzeit unmöglich, da sie so mitgenommen war. Vom Schmerz über den Tod ihrer Eltern ebenso wie von der täglichen Sorge, die Plantage über Wasser zu halten.

Als Dino am Ende des Pfades angelangt war, hatte Alison den Bach überquert. Nun, da er ihr von Angesicht zu Angesicht gegenüberstand, wusste er nicht, was er sagen sollte, und fummelte in seinen Taschen nach einer Zigarette.

»Bist du auf dem Nachhauseweg?«, fragte er schließlich, während er ein Streichholz anzündete.

»Ich dachte, ich sehe mal nach, wie du zurechtkommst.«

»Ich war gerade dabei, meinen Apparat aufzustellen.« Er ging mit ihr zu der Lichtung, wo sein Stativ vor einem der *chandis* aufgebaut war.

»Darf ich zuschauen, wenn du Aufnahmen machst?«, fragte sie munter.

Er zögerte, steckte die Zigarette in den Mund, blinzelte in den Rauch. Als spürte sie sein Widerstreben, fragte Alison: »Hättest du etwas dagegen? Störe ich dich?«

»Nein«, sagte er. »Es ist nicht so, dass ... du würdest mich nicht direkt stören, es ist bloß, wenn ich fotografiere, muss ich mich sehr konzentrieren, sonst ist es vergebens, das ist nicht wie irgendeine beliebige Arbeit, musst du wissen ... es ist nicht so einfach, wenn man dabei beobachtet wird.«

»Ich verstehe.« Der hohle Klang ihrer Stimme ließ erkennen, dass sie das als Abfuhr verstand. Sie errötete und sagte: »Also, dann gehe ich jetzt.«

»Nein«, erwiderte er rasch, »bitte bleib ... aber wenn du schon hier bist, darf ich ein paar Aufnahmen von dir machen?«

Darauf erteilte sie ihm unverzüglich ihrerseits eine Abfuhr. »Nein. Ich bin wirklich nicht in der richtigen Verfassung, um Teil deiner – deiner Arbeit zu werden.« Sie drehte sich auf dem Absatz um und eilte den Pfad hinunter Richtung Bach.

Dinu sah sich ungewollt in einen Streit verstrickt.

»Alison, so habe ich das nicht gemeint.« Er eilte ihr nach, doch sie ging rasch, und wegen seines Beins war er im Nachteil. »Alison, bitte bleib.« Er holte sie am Ufer des Baches ein. »Alison, ich habe dir nur erklärt, wie das ist, wenn ich eine Aufnahme mache. Ich wollte dich nicht abweisen ... möchtest du nicht bleiben?«

»Nicht jetzt.« Sie sah auf die Uhr. »Nicht heute.«

»Dann kommst du wieder?«

Sie war schon dabei, die Furt zu durchqueren. Mitten im Bach hob sie eine Hand und winkte, ohne sich umzudrehen.

Kurz vor der Abreise des Bataillons aus Saharanpur trafen die neuen Bestandslisten für das Kriegsgerät ein. Deswegen mussten Arjun und Hardy die ganze Nacht aufbleiben und ihren sorgfältig erstellten Mobilisierungsplan überarbeiten. Doch am Ende war alles bestens. Der Kommandant war zufrieden, und das Bataillon konnte mit der Verladung beginnen wie geplant. Der Zug nach Bombay fuhr pünktlich ab.

In Ajmer gab es einen kurzen Aufenthalt. Das I. Jat-Regiment wurde auf ein Nebengleis verschoben, damit eine Zugladung mit italienischen Kriegsgefangenen passieren konnte. Die Italiener und die Inder starrten sich über den Bahnsteig hinweg schweigend durch die vergitterten Fenster ihrer jeweiligen Waggons an. Dies war das erste Mal, dass sie den Feind zu Gesicht bekamen. Am nächsten Morgen erreichten sie den Victoria-Bahnhof in Bombay. Man teilte ihnen mit, dass ihr Truppentransporter, die H.T.M. *Nuwara Eliya,* im Hafen wartete. Sie fuhren zu den Sassoon-Docks und stellten fest, dass ihr Einschiffungsbefehl bereits vorlag.

Auf den Docks herrschte ein unerwartetes Gewühl. Es zeigte sich, dass ein britisches Bataillon zu genau derselben Zeit an Bord eines anderen Schiffes ging. Alsbald waren das Gepäck und die Ausrüstung beider Bataillone hoffnungslos durcheinander geraten. Unteroffiziere brüllten herum und verbreiteten Panik unter den Dockarbeitern. Hardy befand sich mitten im Gewimmel. Er war der für das I. Jat-Regiment zuständige Verladeoffizier, und ihm oblag es, die Ordnung wiederherzustellen.

Ein Blick in Hardys Liste sagte Arjun, dass ihm eine Einzelkabine zugeteilt worden war. Er war noch nie auf einem Schiff gewesen und konnte seine Aufregung kaum zügeln. Er eilte über die Gangway und suchte seine Kabine, dicht gefolgt von Kishan Singh, der sein Gepäck trug.

Sie waren die Ersten, die an Bord gingen, und abgesehen von der Besatzung war das Schiff leer. Alles war neu und interessant, die weißen Planken und die schmalen Laufbrücken, die gähnenden Luken und die runden Bullaugen.

Als sie zum Oberdeck hinaufstiegen, blickte Kishan Singh zufällig zur Seite. »*Sah'b*, sehen Sie!« Er deutete mit dem Finger und lenkte Arjuns Aufmerksamkeit auf einen Streit unten auf den Docks. Es war Hardy: Arjun sah, dass sein Freund sich auf ein Wortgefecht mit einem bulligen britischen Stabsfeldwebel eingelassen hatte. Sie standen Fuß an Fuß, Hardy fuchtelte dem Feldwebel mit einem Bündel Papiere vor der Nase herum.

»Bleib hier.«

Arjun rannte den Weg zurück, den er gekommen war. Er traf genau einen Moment zu spät am Schauplatz ein. Ein anderer Offizier ihres Bataillons war ihm zuvorgekommen – Hauptmann Pearson, der Adjutant, ein schroffer, untersetzter Engländer mit dröhnender Stimme und aufbrausendem Temperament.

Aus einigen Schritten Entfernung sah Arjun, wie Hardy sich an Hauptmann Pearson wandte. Hardy war sichtlich erleichtert, den Adjutanten zu sehen, voller Vertrauen, dass sein Vorgesetzter ihm den Rücken stärken würde – und sei es nur aus Loyalität zu einem Kameraden des Bataillons. Aber Hauptmann Pearson hatte nie einen Hehl aus seiner Überzeugung gemacht, dass Hardy »schwierig« und »überempfindlich« sei. Anstatt ihm beizustehen, zeigte er sich verärgert: »Leutnant, haben Sie sich wieder auf einen Krawall eingelassen?«

Arjun sah, wie die Erleichterung in Hardys Gesicht schäumender Wut wich. Es war schmerzlich, der Demütigung seines Freundes als stummer Zeuge beiwohnen zu müssen. Er drehte sich um und schlich sich fort.

Später kam Hardy in seine Kabine. »Wir müssen diesem Mistkerl von Pearson eine Lektion erteilen«, sagte er. »Der verfluchte Stabsfeldwebel hat mich vor den Männern einen stinkenden Nigger genannt. Pearson hat es ihm durchgehen lassen. *Yar,* ist das zu fassen, der Schweinehund hat mir die Schuld gegeben! Wir können Dinge dieser Art nur verhindern, wenn wir zusammenhalten.«

»Was soll das heißen?«

»Ich meine, wir sollten ihn schneiden.«

»Er ist der Adjutant, Hardy«, sagte Arjun. »Wie können wir ihn schneiden? Sei doch vernünftig.«

»Es gibt Möglichkeiten, es ihm zu stecken«, sagte Hardy verärgert. »Aber das geht nur, wenn du weißt, auf welcher Seite du stehst.« Er stand abrupt auf und verließ Arjuns Kabine.

Zwei Tage wartete die *Nuwara Eliya* vor der Küste, während neun andere Schiffe im Hafen lagen. Man munkelte, dass ein deutsches Unterseeboot in der Nähe lauerte, und man wies ihnen zwei Zerstörer als Eskorte zu, ein bewaffnetes Handelsschiff und einen leichten Kreuzer. Als der Konvoi endlich ablegte, ging es in Richtung Westen, der untergehenden Sonne entgegen. Ihr Ziel war noch unbekannt, sie hatten keine Ahnung, ob sie nach Osten oder nach Westen fahren würden.

In Bombay war dem Kommandanten ein versiegeltes Kuvert ausgehändigt worden, das er genau vierundzwanzig Stunden nach dem Ablegen öffnen sollte. Als es so weit war, fanden sich Arjun und die anderen Offiziere im Speisesaal auf dem Oberdeck der *Nuwara Eliya* ein. Der Kommandant öffnete das Kuvert auf seine umsichtige Art, indem er mit einem Messer das Siegel aufbrach. Die Offiziere warteten in erwartungsvollem Schweigen. Arjuns Handflächen wurden feuchtklamm.

Endlich sah der Kommandant mit einem dünnen Lächeln auf. Er hielt das Blatt Papier vor sich und las laut vor: »Dieses Schiff nimmt Kurs auf Malaya.«

Arjun ging aufs Deck hinaus. Hardy war schon dort. Er summte leise vor sich hin. Hinter ihnen beschrieb das weiße Band des Kielwassers bereits eine Kurve, da der Konvoi langsam die Richtung wechselte.

5

Manju war noch nie so glücklich gewesen wie in den ersten Monaten ihrer Schwangerschaft. Sie genoss alles, was auf ihre anderen Umstände hinwies: Die oft eingebildeten Zuckungen und Bewegungen, den nagenden Hunger, der nie richtig gestillt werden konnte, sogar die Übelkeit, mit der sie jeden Morgen aufwachte, und der säuerliche Geschmack, der auf ihren Zähnen kribbelte.

Das Haus in Kemendine hatte sich in den zwei Jahren, seit sie in

Rangun war, stark verändert. Dinu war fort, und seine Räume oben standen leer. Neel und Rajkumar waren oft außer Haus, um den Verkauf des Familienbesitzes voranzutreiben oder neue Teakholzbestände zu kaufen. Oft hatten Manju und Dolly das Haus für sich allein. Die Anlagen waren vernachlässigt, dort, wo einst Rasen war, stand das Gras kniehoch. Viele Zimmer und Nebengebäude waren verschlossen, viele Möbel verkauft. Die dutzende von Angestellten, die einst das Anwesen bevölkert hatten, waren fort – die Dienstboten, Wächter, Gärtner mit ihren Angehörigen. Sogar U Ba Kyaw, der Chauffeur, war in sein Dorf zurückgekehrt. Der Packard war eines der wenigen Stücke, die Rajkumar behalten hatte, aber er wurde jetzt hauptsächlich von Neel benutzt.

Weder Manju noch Dolly bedauerten, dass das Haus sich geleert hatte. Im Gegenteil, es war, als ob eine ungeheure Ansammlung von Spinnweben fortgewischt worden wäre, was ihnen neue, ungewohnte Freiheit verschaffte. Früher hatte Dolly Manju oft zurückhaltend und unnahbar gefunden, aber jetzt waren sie Verbündete geworden, Kolleginnen, Gefährtinnen, die zusammen für die Erneuerung der Familie arbeiteten. Zu zweit schafften sie den Haushalt problemlos. Morgens beim Aufwachen fand Manju Dolly in einem ausgefransten alten *longyi* auf den Knien; mit Stofflumpen wischte sie die Fußböden. Sie arbeiteten zusammen, nahmen sich jeden Tag ein paar Zimmer vor, unterbrachen ihr Tun, wenn die Mönche auf ihrem täglichen Rundgang vorbeikamen.

Für Manju waren diese Unterbrechungen am späten Vormittag die schönste Seite ihres Alltagslebens in Rangun. Sie hatte immer gewusst, dass buddhistische Mönche vom Sammeln von Almosen lebten, aber es war eine erstaunliche Beobachtung, wie dieses mehr oder weniger abstrakte Dogma in die profanen Mechanismen des täglichen Lebens übertragen wurde – in die Werktagswirklichkeit einer müde aussehenden Gruppe junger Männer und Knaben, die in roten Gewändern, die Körbe auf den Hüften balancierend, durch eine staubige Straße schritten.

Es hatte etwas Magisches, dass diese Unterbrechung immer zu einer Tageszeit kam, wenn die Haushaltspflichten am drückendsten waren, wenn im Kopf kaum für etwas anderes Platz war als für den Gedanken, was als Nächstes getan werden musste. Und inmitten von alledem die Tür zu öffnen und die Mönche geduldig wartend dort stehen zu sehen, während die Sonne auf ihre rasierten Schädel brannte: Was konnte es Besseres geben, um die alltägliche Wirklichkeit aus dem Takt zu bringen?

Kalkutta schien jetzt sehr weit weg. Der Strom der Briefe aus Indien war wegen der Bedrohung durch Unterseeboote im Golf von Bengalen abgerissen. Der Schiffsverkehr zwischen Kalkutta und Rangun war so unregelmäßig geworden, dass die Briefe nun in Bündeln kamen.

Ein solches Bündel brachte sowohl die Nachricht von Arjuns bevorstehender Abreise als auch die von seiner Ankunft in Malaya. Dolly war sehr froh, das zu hören. »Vielleicht kann Arjun herausfinden, was aus Dinu geworden ist«, sagte sie. »Wir haben schon so lange nichts mehr von ihm gehört.«

»Ja, natürlich. Ich schreibe ihm.«

Manju schickte einen Brief an die Adresse, die ihr Vater besorgt hatte – via Hauptquartier in Singapur. Viele Wochen vergingen ohne Antwort.

»Keine Sorge«, sagte Manju zu Dolly. »Dinu geht es bestimmt gut. Wir hätten es erfahren, wenn ihm etwas zugestoßen wäre.«

»Vermutlich hast du Recht«, sagte Dolly. Doch ein Monat verging und dann noch einer, und Dolly schien sich mit dem fortgesetzten Schweigen ihres Sohnes abgefunden zu haben.

Das Kind trat schon heftig gegen Manjus Bauchwände, und sie konnte jetzt nichts anderem mehr Beachtung schenken außer ihrem eigenen Zustand. Als der Monsun nahte, wurden die Tage heißer, und die Strapazen der Schwangerschaft nahmen beträchtlich zu. Alsbald stand das *waso*-Fest vor der Tür, das zu Beginn der Fastenzeit begangen wurde. Dolly und Manju unternahmen in einem Taxi eine Fahrt aufs Land. Sie hielten in einem Waldstück abseits der Straße nach Pegu an und sammelten ganze Arme voll duftender gelber Padaukblüten. Auf der Rückfahrt nach Rangun hatte Manju einen Schwindelanfall, und sie wurde auf dem Rücksitz ohnmächtig.

Von da an musste Manju auf Anraten des Arztes das Bett hüten. Dolly war ihre Krankenschwester. Sie brachte ihr das Essen, half ihr beim Anziehen, führte sie gelegentlich durch die Anlagen. Die Tage vergingen wie in einer Art Trance, Manju lag verträumt im Bett, neben sich ein Buch, aufgeschlagen, aber ungelesen. Stundenlang tat sie nichts anderes, als dem strömenden Regen zu lauschen.

Der *thadin* war unterdessen weit fortgeschritten – die alljährliche dreimonatige Zeit der Einkehr und Abstinenz, die buddhistische Fastenzeit. Oft las Dolly Manju vor, hauptsächlich aus den heiligen Schriften, soweit sie Übersetzungen finden konnte, da Manju weder Pali noch Birmanisch verstand. Eines Tages wählte Dolly eine Ansprache Buddhas an seinen Sohn Rahula aus.

Sie las: »Rahula! Der Erde gleiche in deiner Andacht! Dann werden keine Reize, weder angenehme noch unangenehme, deinen Geist aus der Ruhe bringen. Wie die Erde, wenn man Reines oder Unreines und Schmutziges auf sie hinwirft, sich nicht davor entsetzt und sich nicht dagegen sträubt…«

Manju beobachtete ihre Schwiegermutter beim Lesen. Dollys lange schwarze Haare waren durchzogen von grauen Strähnen, und ein Netz aus Falten hatte sich in ihr Gesicht gegraben. Dennoch hatte sie im Ausdruck eine Jugendlichkeit, die diese Alterszeichen Lügen strafte; es war schwer zu glauben, dass diese Frau Mitte sechzig war.

»… Dem Wasser gleiche in deiner Andacht. Dann werden keine Reize, weder angenehme noch unangenehme, deinen Geist aus der Ruhe bringen. Wie das Wasser, wenn man Reines oder Unreines und Schmutziges in ihm wäscht, sich nicht davor entsetzt und sich nicht dagegen sträubt… Wie das Feuer, wenn man Reines oder Unreines und Schmutziges in ihm verbrennt, und wie der Wind, wenn er Reines oder Unreines und Schmutziges anweht… Und wie der Raum nirgends einen festen Standort hat…«

Dollys Lippen schienen sich kaum zu bewegen, und doch war jedes Wort genau artikuliert; nie zuvor hatte Manju erlebt, dass ein Mensch so in sich ruhend erschien, während er in Wahrheit höchst aufmerksam, höchst wachsam war.

Im achten Monat von Manjus Schwangerschaft untersagte Dolly Neel alle weiteren Reisen. Er war zu Hause, als bei Manju die Wehen einsetzten. Er half ihr in den Packard und fuhr sie zum Krankenhaus in der Mission Road. Sie konnten sich das Privatzimmer nicht mehr leisten, das Dolly und Rajkumar einst belegt hatten, und

Manju kam auf die allgemeine Entbindungsstation. Am nächsten Abend wurde sie von ihrem Kind entbunden, einem gesunden Mädchen mit einer kräftigen Stimme, das in dem Augenblick zu saugen begann, als es an Manjus Brust gelegt wurde. Das Kind erhielt zwei Namen – Jaya war der indische Name und Tin May der birmanische.

Von den Wehen erschöpft, schlief Manju ein. Der Morgen graute, als sie aufwachte. Das Kind lag bei ihr im Bett und suchte hungrig nach Nahrung.

Während sie ihrer Tochter die Brust gab, fiel Manju eine Textstelle ein, die Dolly ihr erst vor wenigen Tagen vorgelesen hatte. Sie stammte aus Buddhas erster Predigt, die er vor zweitausendfünfhundert Jahren in Sarnath gehalten hatte: »... Geburt ist Leiden, Alter ist Leiden, Krankheit ist Leiden, Tod ist Leiden, mit Unliebem vereint sein ist Leiden, von Liebem getrennt sein ist Leiden, nicht erlangen, was man begehrt, ist Leiden ...«

Die Worte hatten einen großen Eindruck auf sie gemacht, jetzt aber, mit ihrer neugeborenen Tochter neben sich, waren sie ihr unbegreiflich; die Welt war ihr nie so hell, so verheißungsvoll, so verschwenderisch, so lohnend, so voll Freude und Erfüllung erschienen.

Während der ersten Wochen in Singapur war das I. Jat-Regiment im Tyersall-Park-Camp stationiert. Dies war der Ort, von dem Arjuns Freund Kumar gesprochen hatte, der Ort, wo ein Soldat einen Offizier erschossen und dann Selbstmord begangen hatte. In Neu-Delhi hatte die Geschichte unwahrscheinlich und weit hergeholt geklungen, wie der Bericht über eine Mutter, die ein Auto hochstemmt, um ihre Kinder zu retten. Nun aber, da sie selbst in Singapur waren und Indien einen halben Kontinent entfernt war, mutete nichts mehr unmöglich an – alles schien auf den Kopf gestellt. Es war, als wüssten sie nicht mehr, wer sie waren, wo ihr Platz innerhalb der Ordnung der Dinge war; jedes Mal, wenn sie sich über den sicheren Rahmen ihres Bataillons hinauswagten, verirrten sie sich in einem Labyrinth von versteckten Bedeutungen und Zweideutigkeiten.

Zufällig war Kumar in Singapur, als das I. Jat-Regiment eintraf.

Eines Nachmittags ging er mit Arjun und Hardy in einen exklusiven Club zum Schwimmen. Im vollen Becken tummelten sich eingewanderte Europäer mit ihren Angehörigen. Es war ein heißer, stickiger Tag, und das Wasser sah kühl und einladend aus. Angeführt von Kumar, sprangen Arjun und Hardy hinein. Binnen weniger Minuten waren sie allein. Das Becken hatte sich geleert, sobald sie im Wasser waren.

Kumar war der Einzige, den das nicht verblüffte. Sein Bataillon war seit mehr als einem Jahr in Singapur, und er war in der ganzen Kolonie herumgekommen.

»Ich hätte euch warnen sollen«, sagte Kumar mit einem verschmitzten Lächeln. »So ist es überall in Malaya. In kleineren Städten bringen die Clubs wahrhaftig Schilder an ihren Türen an, ›Für Asiaten verboten‹. In Singapur dürfen wir das Schwimmbad benutzen – bloß gehen dann alle anderen raus. Im Moment müssen sie die Farbschranke etwas lockern, weil so viele indische Militäreinheiten hier sind. Aber ihr könnt euch ebenso gut daran gewöhnen, weil sie euch jederzeit begegnen wird – in Restaurants, Clubs, am Strand, in der Eisenbahn.« Unter trübseligem Kopfschütteln zündete er sich eine Zigarette an. Dann lachte er. »Wir sollen für diese Kolonie in den Tod gehen – aber die Schwimmbäder dürfen wir nicht benutzen.«

Alsbald wurde ihr Bataillon nach Norden geschickt. Die ländlichen Gegenden von Malaya waren für die indischen Offiziere eine Offenbarung. Nie hatten sie solchen Wohlstand gesehen, so schöne Straßen, so saubere, schön angelegte Kleinstädte. Wenn sie anhielten, wurden sie oft von ansässigen Indern in ihre Häuser eingeladen. Es waren zumeist Leute der Mittelschicht in bescheidenen Stellungen – Provinzanwälte und Landärzte, Angestellte und Ladenbesitzer. Doch die Anzeichen von Überfluss in ihren Häusern setzten Arjun und seine Kameraden in Erstaunen. In Malaya schienen selbst ganz gewöhnliche Leute sich Autos und Kühlschränke leisten zu können: Manche hatten sogar Klimaanlagen und Telefon. In Indien konnten sich nur Europäer und sehr reiche Inder solche Dinge leisten.

Auf ihren Fahrten über Land entdeckten die Offiziere, dass die einzigen Menschen, die in Malaya in tiefster, bitterer Armut lebten, die Plantagenarbeiter waren – fast alle indischer Herkunft. Die Kameraden staunten über den krassen Gegensatz zwischen den ordentlichen Anlagen der Plantagen und den verwahrlosten Unterkünften der Kulis. Als Hardy einmal eine Bemerkung darüber machte, wies Arjun ihn darauf hin, dass sie in Indien eine solche Armut für normal gehalten haben würden und sie ihnen hier nur aufgefallen sei wegen der Diskrepanz zu den blühenden Städten und den bescheidenen, dennoch florierenden Dörfern. Dieser Gedanke ließ sie beschämt zusammenzucken. Es war, als betrachteten sie zum ersten Mal ihre eigenen Umstände im Rückblick, als hätten die Erschütterungen der Reise eine Gleichgültigkeit ans Licht gebracht, die ihnen seit frühester Kindheit eingeprägt worden war.

Sie erlebten noch mehr Erschütterungen. Wenn sie nicht in Uniform waren, wurden Arjun und seine Freunde oft für Kulis gehalten. Auf Märkten und Basaren wurden sie von den Ladenbesitzern herablassend behandelt, als ob sie überhaupt nicht zählen würden. Oder aber – und das war noch schlimmer – man sah beinahe mitleidig auf sie herab. Einmal geriet Arjun in Streit mit einem Ladenbesitzer, der ihn zu seiner Verwunderung als *klang* bezeichnete. Als er sich später nach der Bedeutung des Wortes erkundigte, erfuhr er, dass es eine verächtliche Anspielung auf das Geräusch der Ketten war, die die allerersten indischen Arbeiter, die nach Malaya gebracht worden waren, trugen.

Schon bald gab es anscheinend nicht einen Mann im Bataillon, der nicht in den einen oder anderen beunruhigenden Konflikt verstrickt worden war. Als Kishan Singh eines Abends auf dem Fußboden hockte und Arjuns Revolver einölte, sah er plötzlich auf. *»Sah'b«*, sagte er zu Arjun, »darf ich Sie nach der Bedeutung eines Wortes fragen?«

»Ja. Wie heißt es?«

»›Söldner‹ – was bedeutet das?«

»Söldner?« Arjun fuhr überrascht zusammen. »Wo hast du dieses Wort gehört?«

Kishan Singh erklärte, dass ihr Lastwagen-Konvoi neulich unterwegs an einer Teestube am Straßenrand nahe der Stadt Ipoh Halt gemacht habe. In der Stube saßen einige ansässige Inder. Sie hatten sich als Mitglieder einer politischen Gruppe zu erkennen gegeben

– der indischen Unabhängigkeitsliga. Irgendwie war ein Streit ausgebrochen. Die Zivilisten hatten gesagt, dass die Männer des I. Jat-Regiments gar keine richtigen Soldaten seien, sondern nur angeheuerte Mörder, Söldner. Sicher wäre es zu Handgreiflichkeiten gekommen, wenn der Konvoi nicht weitergezogen wäre. Aber später, als sie wieder unterwegs waren, brach erneut ein Streit aus – diesmal untereinander – über das Wort Söldner und seine Bedeutung.

Arjuns erster Impuls war, Kishan Singh barsch zu befehlen, den Mund zu halten und seine Arbeit zu tun. Aber er kannte seinen Burschen gut genug, um zu wissen, dass ein Befehl ihn nicht von der Suche nach einer Antwort auf seine Frage abschrecken würde. Arjun überlegte rasch und ließ sich zu einer Erklärung herbei: Söldner seien lediglich Soldaten, die für ihre Arbeit bezahlt würden, sagte er. In diesem Sinne seien alle Soldaten in allen modernen Armeen Söldner. Vor vielen hundert Jahren hätten Soldaten aus religiöser Überzeugung oder aus Verbundenheit zu ihren Stämmen gekämpft oder um ihren König zu verteidigen. Aber jene Zeiten seien längst vergangen; heute sei Soldatentum eine Arbeit wie jede andere, ein Beruf, eine Laufbahn. Alle Soldaten erhielten Sold, und es gebe keinen, der kein Söldner sei.

Kishan Singh schien sich damit zufrieden zu geben und stellte keine weiteren Fragen. Arjun selbst aber machte sich nun Gedanken über die Antwort, die er seinem Burschen erteilt hatte: Wenn es stimmte (und das tat es zweifellos), dass alle modernen Soldaten Söldner waren, warum wohnte dann dem Wort der Stachel der Beleidigung inne, warum bereitete sein Gebrauch Unbehagen? War das Soldatentum eben doch keine Arbeit wie jede andere, wie er sich selbst glauben gemacht hatte? Verletzte das Töten ohne Schuldspruch eine tiefe, unabänderliche menschliche Regung?

Eines Abends blieben er und Hardy lange auf und besprachen das Thema bei einer Flasche Brandy. Auch Hardy meinte, es sei schwer zu erklären, warum es entehrend sei, als Söldner bezeichnet zu werden. Aber schließlich war er es, der den Nagel auf den Kopf traf: »Das ist so, weil die Hände eines Söldners dem Kopf eines anderen gehorchen; diese zwei Bereiche seines Körpers sind nicht miteinander verbunden.« Er hielt inne und lächelte Arjun an. »Nämlich, *yar,* mit anderen Worten, ein Söldner ist ein *buddhu,* ein Dummkopf.«

Arjun war nicht geneigt, auf Hardys Scherz einzugehen. Er sagte: »Du meinst also, wir sind Söldner?«

Hardy zuckte die Achseln. »Heutzutage sind alle Soldaten Söldner«, sagte er. »Und warum bei den Soldaten Halt machen? Auf die eine oder andere Art sind wir alle ein bisschen wie die Frau, zu der du in Delhi gegangen bist – wir tanzen nach der Pfeife von jemand anderem und nehmen Geld dafür. Das ist kein so großer Unterschied.« Lachend kippte er seinen Brandy hinunter.

Bei nächster Gelegenheit trug Arjun Oberstleutnant Buckland seine Bedenken vor. Er berichtete ihm von dem Vorfall in der Teestube und empfahl, dass die Kontakte der anderen Mannschaften zu der heimischen indischen Bevölkerung besser überwacht werden sollten. Oberstleutnant Buckland hörte ihn geduldig an, unterbrach ihn nur, um ihm nickend beizupflichten: »Ja, Sie haben Recht, Roy, man muss etwas unternehmen.«

Aber Arjun war nach diesem Gespräch verstörter als vorher. Er hatte das Gefühl, dass der Oberstleutnant nicht begriff, warum es ihn so wütend machte, als »Söldner« bezeichnet zu werden; seine Stimme hatte einen erstaunten Unterton gehabt, als wundere er sich, wieso ein so intelligenter Mann wie Arjun über etwas beleidigt sein konnte, das doch nur die bloße Feststellung einer Tatsache war. Es war, als wüsste der Oberstleutnant etwas über ihn, das er, Arjun, entweder nicht wusste oder sich nicht eingestehen wollte. Arjun war es jetzt peinlich, dass er sich dermaßen hatte gehen lassen. Es war, als sei er ein Kind, das Anstoß nahm an der Entdeckung, dass es sein Lebtag dummes Zeug geredet hatte.

Diese Vorkommnisse waren so eigentümlich und riefen solch peinliche Gefühlsregungen hervor, dass Arjun und die anderen Offiziere es kaum über sich brachten, darüber zu sprechen. Ihnen war immer bewusst gewesen, dass ihr Heimatland arm war, aber sie waren nie auf die Idee gekommen, dass sie Teil dieser Armut waren, sie, die Privilegierten, die Elite. Die Entdeckung, dass auch sie arm waren, kam einer Enthüllung gleich; es war, als habe ein schmieriger Vorhang, aus Snobismus gewoben, verhindert, dass sie sahen, was sie plötzlich deutlich vor Augen hatten: Dass sie, obwohl sie nie

Hunger gelitten hatten, infolge der Verhältnisse in ihrem Land ebenfalls verarmt waren. Dass ihr Gefühl, wohlhabend zu sein, eine Täuschung war, hervorgerufen vom unvorstellbaren Ausmaß der Armut in ihrem Heimatland.

Das Seltsame war, dass es, viel mehr als Arjun, die wahren *faujis* waren, die Soldaten in zweiter und dritter Generation, auf die sich diese Vorkommnisse am stärksten auswirkten. »Aber dein Vater und dein Großvater sind hier gewesen«, sagte Arjun zu Hardy. »Sie haben an der Kolonialisierung dieser Orte mitgewirkt. Sie müssen dasselbe gesehen haben wie wir. Haben sie nie darüber gesprochen?«

»Sie haben die Dinge nicht so gesehen wie wir«, sagte Hardy. »Sie waren ungebildet, *yar.* Du musst bedenken, wir sind die erste Generation von ausgebildeten indischen Soldaten.«

»Trotzdem, sie hatten Augen, sie hatten Ohren, sie müssen doch gelegentlich mit Einheimischen gesprochen haben?«

Hardy zuckte die Achseln. »Die Wahrheit ist, *yar,* es hat sie nicht interessiert, es war ihnen gleichgültig. Der einzige Ort, der für sie wirklich war, war ihr Heimatdorf.«

»Wie ist das nur möglich?«

In den folgenden Wochen dachte Arjun oft daran; es war, als seien er und seinesgleichen ausersehen, den Preis für diese ungeheure, Selbstbefasstheit zu bezahlen.

Mit jedem Tag, den er am Berghang verbrachte, fühlte Dinu, wie seine Bilder sich veränderten. Es war, als gewöhnten sich seine Augen an ungewohnte Blickrichtungen, als passe sein Körper sich neuen zeitlichen Rhythmen an. Seine ersten Bilder von den *chandis* waren steif und vollgestopft mit Landschaft. Für ihn war die Stätte der Schauplatz eines dramatischen Geschehens – der Dschungel, der Berg, die Ruinen, die aufwärts strebenden Vertikalen der Baumstämme vor der ausgedehnten Horizontale des fernen Meeres –, er bemühte sich, all diese Elemente auf seine Platte zu bannen. Doch je mehr Zeit er auf dem Berg verbrachte, desto weniger bedeutend schien ihm der Hintergrund; die weite Landschaft bewirkte, dass die vom Wald umschlossene Lichtung, auf der die *chandis* standen, zugleich schrumpfte und wuchs. Sie wurde klein und intim, aber von einem Zeitgefühl durchdrungen. Bald sah Dinu die Berge nicht mehr, auch nicht den Wald oder das Meer. Er bewegte sich immer näher zu den *chandis* hin, folgte der Körnung des Lateritsteins und dem Muster des Mooses, das darauf wuchs, bemühte sich, eine Möglichkeit zu finden, die seltsam sinnlichen Formen der großen Blätterpilze, die aus den Ritzen der Steine sprossen, auf die Platte zu bannen.

Der Rhythmus seiner Arbeit wechselte auf eine Weise, die er nicht richtig steuern konnte. Es vergingen Stunden, bevor er eine einzige Aufnahme machte; er wanderte dutzende Male zwischen seinem Fotoapparat und seinem Gegenstand hin und her; er blendete das Objektiv immer mehr ab, experimentierte mit Öffnungen, die Belichtungen von mehreren Minuten, ja bis zu einer halben Stunde erforderten. Es war, als benutze er den Apparat, um die nadelstichartigen Augen der Eidechsen, die sich auf dem Fußboden der *chandis* sonnten, nachzuahmen.

Mehrmals am Tag ging eine unerklärliche Unruhe durch den Wald. Vogelscharen flogen schreiend aus den Bäumen auf und flatterten am Himmel, nur um sich dann wie Bumerangs an derselben Stelle niederzulassen, von der sie aufgeflogen waren. Dinu sah in diesen Unruhen Vorboten für Alisons Kommen, und wenn er auf die Ursachen lauschte – manchmal die Fehlzündung eines Lastwagens auf dem Gut, manchmal ein Flugzeug, das auf der nahe gelegenen Landebahn niederging –, gerieten seine Sinne in einen unheimlichen Einklang mit den Lauten des Waldes. Jedes Mal, wenn die Bäume zum Leben wachgerüttelt wurden, unterbrach er seine Arbeit, lauschte angestrengt, ob er den Daytona hörte. Oft rannte er den Pfad hinunter zu der Lücke, von wo er zu der Furt hinabsehen konnte. Je mehr seine Enttäuschung wuchs, desto ungehaltener war er über sich selbst; es war reine Idiotie, sich einzubilden, sie würde noch einmal hier herausfahren, nach dem, was letztes Mal geschehen war; und überhaupt, warum den ganzen Weg bis hierher kommen, wenn sie ihn ohnehin beim Abendessen zu Hause sehen würde?

Doch eines Tages zeigte sich wirklich am anderen Ufer des Baches ein roter Schimmer, und der Daytona stand tatsächlich, von wirrem Laubwerk halb verdeckt, unter einem Baum. Dinu schaute ungläubig hinüber und sah Alison. Sie trug ein dunkelblaues Baumwollkleid mit einem breiten Gürtel um die Taille. Doch statt zu der Furt lenkte sie ihre Schritte flussabwärts zu eben jenem Stein, wo er jeden Morgen saß und die Beine in den Teich baumeln ließ. An der gewandten Art, wie sie sich setzte, wie sie die Beine hob und herumschwenkte, um sie ins Wasser zu tauchen, erkannte er, dass dieser Platz ihr vertraut war, eine Stelle, wohin sie oft kam, um alleine zu sein.

Als ihre Füße in das Wasser glitten, griffen ihre Finger nach dem Saum ihres Rockes und zogen ihn hoch. Das Wasser stieg über ihre Knöchel zu ihren Knien, und während gleichzeitig ihr Rock immer höher rutschte, erreichte das Wasser langsam ihre langen Schenkel. Jetzt wurde sich Dinu zu seinem Erstaunen bewusst, dass er nicht mehr direkt zu ihr hinsah, sondern durch seinen Sucher, sodass das Bild von seiner Umgebung abgetrennt war und eine verblüffende Klarheit und Lebhaftigkeit bekam. Die Linien waren klar, rein, schön – die Rundung von Alisons Schenkel zeigte sich, eine sanfte Ellipse beschreibend, diagonal in seinem Sucher.

Sie hörte das Klicken und sah erschrocken auf, ihre Finger ließen augenblicklich ihren Rock fahren, sodass der Stoff ins Wasser fiel und sich, in der Strömung strudelnd, um sie herum bauschte.

»Dinu?«, rief sie. »Bist du das?«

Er wusste, er hatte nur diese eine Chance, und er war machtlos, hatte keine Kontrolle über sich. Er trat von der Lücke zurück und ging mit der Bedachtsamkeit eines Schlafwandlers den Pfad hinunter, seinen Fotoapparat starr vor sich hin haltend.

»Dinu?«

Er antwortete nicht, sondern ging weiter, konzentrierte sich darauf, einen Fuß vor den anderen zu setzen, bis er aus dem Laubwerk trat. Von der anderen Seite des Teichs her sah sie ihm in die Augen und verschluckte die Grußworte, die sie hatte äußern wollen.

Dinu setzte seinen Weg fort; beinahe unbewusst ließ er seinen Fotoapparat ins Gras fallen und schritt die sandige Böschung hinunter, in den Teich hinein, unmittelbar gegenüber der Stelle, wo sie saß. Das Wasser stieg bis zu seinen Hüften, fast bis zu seiner Brust. Die Strömung riss an seinen Kleidern, Sand und Kies drangen in seine dünnen Leinenschuhe ein. Er ging langsamer, um den

Halt nicht zu verlieren, und dann sah er ihre Füße im sich kräuselnden Wasser baumeln. Er hielt den Blick auf die glitzernde Strömung gerichtet, und als seine Hände ihre Beine berührten, atmete er tief aus und ein. Es war das Wasser, das dies möglich machte, dessen war er sicher; es war der Bach, der die Barrieren der Furcht und des Zögerns fortspülte, die ihm zuvor die Hände gebunden hatten. Seine Finger glitten die Wölbung ihres Fußgelenks hinauf, an der feinen Kante ihres Schienbeins entlang. Dann bewegten seine Hände sich von selbst, zogen ihn mit, glitten zwischen ihre Knie, bis ihre Oberschenkel auf einmal mit seinem Gesicht auf gleicher Höhe waren. Es schien das Natürlichste auf der Welt, seinen Händen mit dem Mund zu folgen, mit seinen Lippen über die elliptische Linie ihres Schenkels zu fahren, ganz nach oben, bis dahin, wo sich die Linie teilte. Dort kam er zum Stillstand, begrub sein Gesicht in ihr, mit schulterhoch erhobenen Armen ihre Taille umfassend.

»Alison.«

Sie rutschte von dem Stein und stand bis zum Hals neben ihm im Wasser. Sie nahm seine Hand und führte ihn zurück durch den Teich, denselben Weg, den er gekommen war, ans andere Ufer. Sie gingen Hand in Hand, voll angekleidet und triefnass, den Pfad hinauf zu den *chandi*-Ruinen. Sie führte ihn durch die Lichtung zu einem Steinboden, wo auf dem Laterit ein dickes Moosbett lag.

Dann zog sie ihn hinunter.

6

Weder Arjun noch die anderen Soldaten des I. Jat-Regiments wussten so recht, was sie in Sungei Pattani erwartete. Vor ihrer Abreise aus Ipoh hatte man sie oberflächlich über die Schwierigkeiten informiert, denen sie dort begegnen könnten. Sie wussten, dass erst vor wenigen Monaten eine Meuterei knapp abgewendet worden war, aber auf die brodelnden Unruhen am Standort waren sie dennoch nicht gefasst.

Die Truppen am Stützpunkt Sungei Pattani gehörten zum I. Bahawalpur-Regiment. Zwischen den zumeist indischen Offizieren und dem englischen Kommandanten des Bataillons hatte es zahlreiche Reibungen gegeben. Der Kommandant hatte mit seiner abschätzigen Meinung von seinen indischen Offizieren nicht hinterm Berg gehalten. Es war bekannt, dass er sie »Kulis« nannte und ihnen mit seinem Offiziersstöckchen drohte. Einmal hatte er sogar nach einem Offizier getreten. Die Lage war so eskaliert, dass der Oberbefehlshaber persönlich eingreifen musste; man setzte den Kommandanten ab und schickte eine Anzahl Offiziere heim nach Indien.

Man hatte die Soldaten des I. Jat-Regiments instruiert, dass sich die Lage durch diese Maßnahmen wesentlich entschärft habe und die Schwierigkeiten nun behoben seien. Doch schon einen Tag nach ihrer Ankunft in Sungei Pattani wurde deutlich, dass die Schwierigkeiten des Bahawalpur-Regiments durchaus nicht zu Ende waren. Während der zwei Stunden ihrer ersten Mahlzeit in der Messe der Bahawalpurs wurde zwischen den britischen und den indischen Offizieren kaum ein Wort gewechselt. Und wenn die Spannungen in der Messe für Hardy und Arjun deutlich erkennbar waren, so waren sie für Oberstleutnant Buckland gewiss nicht weniger offenkundig. An den nächsten zwei Tagen ließ der Oberstleutnant es sich angelegen sein, mit jedem einzelnen seiner Offiziere zu sprechen, um ihnen klarzumachen, dass eine Verbrüderung mit dem I. Bahawalpur-Regiment nicht erwünscht sei. In gewisser Hinsicht war Arjun froh; er wusste, dass dies unter den gegebenen Umständen das Richtige war, und er war dankbarer denn je, einen vernünftigen Kommandanten vom Kaliber eines Oberstleutnant Buckland zu haben. Aber dieses Wissen räumte die kleinen Probleme nicht aus, die sich bei dem Bemühen ergaben, den Bahawalpur-Offizieren aus dem Weg zu gehen; einige von ihnen waren Bekannte aus der Akademie.

Wie alle Offiziere des I. Jat-Regiments hatte Arjun ein Zimmer für sich allein. Die Unterkünfte – für Mannschaft und Offiziere gleichermaßen – bestanden aus palmgedeckten Holzbaracken, auf Pfählen errichtet, um Termiten und Feuchtigkeit fern zu halten. Dessen ungeachtet hatten Insekten und Feuchtigkeit großen Anteil am Leben in den Baracken: Die Betten wurden oft von Scharen von Ameisen heimgesucht; nach Einbruch der Dunkelheit waren die Moskitos so zahlreich, dass man, wenn man das Bett auch nur eine

Minute verließ, das ganze Moskitonetz neu spannen musste; die Dächer waren oft undicht, und nachts schienen sich in den raschelnden Palmdächern Ratten und Schlangen zu tummeln.

Oberstleutnant Buckland wünschte, dass die Soldaten des I. Jat-Regiments ihre Zeit in Sungei Pattani für Gefechtsübungen nutzten, doch die Umstände verschworen sich gegen ihn und machten alle seine Pläne zunichte. Als die Soldaten in die umliegenden Kautschukplantagen vordrangen, protestierten die Plantagenbesitzer. Die Versuche, die Männer mit dem Terrain vertraut zu machen, mussten abgebrochen werden. Dann klagte die Sanitätstruppe über vermehrte Fälle von Malaria. Infolgedessen mussten die geplanten Nachtübungen abgesagt werden. Aus Enttäuschung über das Scheitern seiner Vorhaben ließ der Kommandant rund um den Standort und die Landebahn Befestigungen errichten, ein eintöniges Unterfangen.

Der Flugplatz von Sungei Pattani bestand aus einer einzigen Start- und Landebahn und ein paar Hangars, dennoch war er einer der wenigen Stützpunkte im Nordwesten Malayas, die über eine einsatzfähige Flugstaffel verfügten. Die Flieger ließen sich gelegentlich zu Spritztouren in ihren dickbäuchigen Blenheims und Brewster Buffalos überreden. Arjun nahm mehrmals an solchen Rundflügen teil; sie kreisten über den Hängen des Gunung Jerai, blickten auf die Kautschukplantagen hinunter, brausten im Tiefflug über die herrschaftlichen Häuser und Villen hinweg. Auf dem Berggipfel stand eine Hütte, ein beliebtes Ziel für Ausflügler. Die Piloten überflogen die Hütte oft in so geringer Höhe, dass die Insassen den Speisenden zuwinken konnten, die auf dem umlaufenden Balkon saßen.

Während der ersten Wochen in Sungei Pattani hatte Arjun keine Ahnung, dass Dinu in der Nähe war. Er wusste vage, dass die Rahas Anteile an einer Kautschukplantage in Malaya besaßen, aber wo diese Plantage lag, war ihm nicht bekannt; das erfuhr er erst, als er einen Brief von Manju erhielt, der in Rangun abgestempelt war.

Manju kannte den genauen Standort ihres Zwillingsbruders nicht, sie wusste nur, dass er irgendwo in Malaya war. Sie schrieb, dass sie wohlauf war und ihre Schwangerschaft gut verlief. Aber Neel und seine Eltern machten sich Sorgen um Dinu: Er sei vor ein paar Monaten nach Malaya gegangen und habe schon eine Weile nichts mehr von sich hören lassen. Sie würden sich freuen, wenn Arjun ihn aufsuchen könnte. Dinu halte sich vermutlich auf dem Gut Morningside bei Alison auf, die vor kurzem ihre Eltern verloren habe. Manju hatte die Postadresse beigefügt.

Noch am selben Tag borgte Arjun sich einen Dienstwagen, einen Alvis, und fuhr nach Sungei Pattani. Er ging in ein chinesisches Restaurant, wo er und Hardy schon mehrmals gegessen hatten, fragte nach Ah Fatt, dem Besitzer, und zeigte ihm die Adresse.

Der Restaurantbesitzer ging mit ihm nach draußen in die schattige Arkade und zeigte auf einen roten Roadster auf der gegenüberliegenden Straßenseite. Das sei Alisons Auto, erklärte er Arjun, jedermann in der Stadt kenne es. Sie sei zu ihrem Friseur gegangen und werde in wenigen Minuten herauskommen.

»Da ist sie.«

Sie trug ein *cheongsam* aus schwarzer Seide mit einem Schlitz vom Knie bis zum Knöchel. Ihr Haar umrahmte ihr Gesicht wie ein blanker Helm; das glänzende Tiefschwarz bildete einen lebhaften Kontrast zu ihrer sanft schimmernden Haut.

Es war einige Wochen her, seit Arjun zuletzt mit einer Frau gesprochen, und noch mehr Zeit war vergangen, seit er ein so auffallend schönes Gesicht gesehen hatte. Er nahm seine Mütze ab und drehte sie in den Händen. Just als er die Straße überqueren wollte, um sich ihr vorzustellen, setzte sich der Roadster in Bewegung und verschwand.

Die regelmäßig wiederkehrende Unruhe auf dem Berghang war nun tatsächlich Vorbote für Alisons Kommen geworden. Das Auffliegen der Vögel aus dem Blätterbaldachin war das sichere Zeichen für Dinu, zu der Lücke hinunterzueilen und hinabzusehen – und oft war es tatsächlich Alison, in einem der tristen schwarzen Kleider, die sie im Büro trug. Da sie wusste, dass er da war, blickte sie hoch und winkte, und noch während sie den Bach überquerte, knöpfte sie ihre Bluse auf und löste ihren Gürtel. Wenn sie auf die Lichtung trat, war sie vollends entkleidet, und er wartete, den Fotoapparat im Anschlag.

Die Stunden, die er damit zugebracht hatte, seinen Blick auf den

Berg einzustimmen, schienen eine unbewusste Vorbereitung auf das hier gewesen zu sein – auf Alison. Er überlegte unendlich lange, wo er sie postieren sollte, vor welcher Mauer oder welchem Säulensockel; er hatte sie sich aufrecht sitzend vorgestellt, an einen Türsturz gelehnt, ein Bein vor sich ausgestreckt, das andere nach hinten abgewinkelt. Zwischen ihren Beinen erblickte er auf der zerfressenen Oberfläche des Lateritsteins eine Einkerbung oder einen weichen Mooshügel, visuelle Wiedergaben der Spalten und Furchen ihres Leibes. Aber die Körperlichkeit ihrer Gegenwart machte diese sorgsam erdachten Arrangements rasch zunichte; sobald er ihren Körper dort postiert hatte, wo er ihn haben wollte, erwies sich etwas als nicht ganz richtig, und er blickte stirnrunzelnd auf seine Leinwand aus Glas, auf seine Mattscheibe, ging zurück, kniete sich neben Alison, versenkte seine Fingerspitzen sanft in ihre festen Schenkel, berichtigte geringfügige Veränderungen in der Anordung ihrer Gliedmaßen. Ihre Beine weiter auseinander oder näher zusammendrückend, fuhr er mit dem Finger über die dreieckige Schwellung ihrer Scham, kämmte zuweilen das Gekräusel flach oder strich es zurück. In der unnatürlichen Klarheit seines Suchers schienen diese Einzelheiten eine ungeheure Bedeutung anzunehmen; zwischen Alisons Beinen kniend, machte er seinen Zeigefinger nass, um eine dünne feuchte Spur zu zeichnen, eine glänzende haarfeine Linie.

Alison lachte über den tiefen Ernst, mit dem er diese intimen Zärtlichkeiten verrichtete, um dann wieder zu seinem Fotoapparat zu eilen. Wenn der Film zu Ende war, hielt sie ihn zurück, bevor er einen neuen einlegen konnte. »Nein. Genug. Komm jetzt her.«

Sie zerrte ungeduldig an seinen Kleidern – dem Hemd, das sorgsam in seinen Hosenbund gesteckt war, dem Unterhemd darunter. »Warum ziehst du die Sachen nicht einfach aus, wenn du herkommst, so wie ich?«

Darauf wurde er unwirsch. »Das kann ich nicht, Alison, es ist nicht meine Art …«

Sie hieß ihn sich auf den Steinsockel setzen, dann zog sie ihm das Hemd aus. Sie schob ihn zurück, so dass er auf dem Stein zum Liegen kam. Er schloss die Augen und verschränkte die Finger unter seinem Kopf, während sie sich zwischen seine Beine kniete. Wenn sein Kopf wieder klar war, sah er, dass sie ihn anlächelte gleich einer Löwin, die mit glänzendem Maul von ihrer Beute aufsieht. Die Konturen waren so vollkommen, wie man sie sich nur vorstellen konnte, die horizontalen Linien ihrer Stirn, ihrer Augenbrauen und ihres Mundes, in perfekter Harmonie mit den Vertikalen ihrer schwarzen, glatten Haare und den durchscheinenden Samenfäden, die von ihren Lippen hingen.

In seinen Augen gespiegelt sah sie genau, was ihm vorschwebte. Laut lachend sagte sie dann: »Nein. Dieses Bild wirst du nirgendwo sehen außer in deinem Kopf.«

Hinterher zog er sich langsam wieder an, steckte das Hemd sorgsam in die Hose, schloss seinen Gürtel, kniete sich hin, um seine Leinenschuhe zuzubinden.

»Wozu die Mühe?«, sagte sie herausfordernd. »Nachher musst du bloß alles wieder ausziehen.«

Er antwortete auf seine ernste Art: »Ich muss, Alison. Ich muss angezogen sein, wenn ich arbeite.«

Manchmal wurde ihr langweilig, wenn ihr die Sitzung zu lange dauerte. Sie führte oft Selbstgespräche, wenn er seinen Apparat einstellte, streute Worte auf Malaiisch, Tamil und Chinesisch ein, erinnerte sich ihrer Mutter und ihres Vaters, dachte laut über Timmy nach.

»Dinu«, rief sie eines Tages aufgebracht, »ich habe das Gefühl, wenn du durch deinen Fotoapparat guckst, beachtest du mich mehr, als wenn du hier bei mir liegst.«

»Und was ist daran schlimm?«

»Ich bin nicht bloß ein Gegenstand, auf den du deinen Apparat einstellst. Manchmal habe ich das Gefühl, als hättest du ansonsten kein Interesse an mir.«

Er sah, dass sie verärgert war, ließ sein Stativ stehen und setzte sich zu ihr. »Ich sehe auf diese Weise mehr von dir«, sagte er. »Wenn ich mich viele Stunden mit dir unterhielte, würde ich dich auch nicht besser kennen. Ich sage ja nicht, dass dies besser ist, als sich zu unterhalten, es ist bloß meine Art … meine Art, etwas zu verstehen. Du darfst nicht denken, dass das leicht für mich ist. Ich mache nie Porträts, sie ängstigen mich, das Vertrauliche, das lange Zusammensein mit jemandem – ich wollte nie Porträts machen, Nacktaufnahmen schon gar nicht. Dies sind meine ersten, und es ist nicht leicht.«

»Soll ich mich jetzt geschmeichelt fühlen?«

»Ich weiß nicht, aber ich habe das Gefühl, dass meine Aufnahmen mir geholfen haben, dich kennen zu lernen. Ich glaube, ich kenne dich besser als irgendeinen anderen Menschen.«

Sie lachte. »Bloß weil du ein paar Bilder gemacht hast?«

»Nicht nur.«

»Sondern?«

»Weil dies die intimste Art ist, wie ich jemanden – oder etwas – kennen lernen kann.«

»Willst du damit sagen, du würdest mich nicht kennen, wenn dein Fotoapparat nicht wäre?«

Er blickte stirnrunzelnd auf seine Hände. »Eines kann ich dir sagen: Wenn ich nicht hier mit dir zusammen gewesen wäre und Aufnahmen gemacht hätte, dann könnte ich nicht mit solcher Sicherheit sagen …«

»Was?«

»Dass ich dich liebe.«

Sie setzte sich verdutzt auf, doch bevor sie etwas sagen konnte, fuhr Dinu fort: »Und ich weiß auch …«

»Was?«

»Dass ich möchte, dass du mich heiratest.«

»Dich heiraten!« Sie umfasste ihre Knie.« »Was bringt dich auf die Idee, dass ich jemanden heiraten möchte, der nur durch einen Fotoapparat mit mir sprechen kann?«

»Du willst also nicht?«

»Ich weiß es nicht, Dinu.« Sie schüttelte unwillig den Kopf. »Wozu heiraten? Ist dies denn nicht gut genug?«

»Ich möchte die Ehe – nicht nur das hier.«

»Warum alles verderben, Dinu?«

»Weil ich es will.«

»Du kennst mich doch gar nicht, Dinu.« Sie lächelte ihn an, strich mit der Hand über seinen Hinterkopf. »Ich bin nicht wie du. Ich bin eigensinnig, ich bin verwöhnt. Timmy hat gesagt, ich bin launisch. Du würdest mich schon nach einer Woche hassen, wenn du mit mir verheiratet wärst.«

»Ich denke, es ist meine Sache, das zu beurteilen.«

»Und wozu würden wir heiraten? Timmy ist nicht hier, und meine Eltern leben nicht mehr. Du hast gesehen, in was für einem schlechten Zustand mein Großvater ist.«

»Aber wenn nun ...?« Er legte eine Hand auf ihren Bauch. »Wenn nun ein Kind käme?«

Sie zuckte die Achseln. »Dann sehen wir weiter. Fürs Erste – lass uns einfach zufrieden sein mit dem, was wir haben.«

Ohne dass ein Wort darüber verloren wurde, erkannte Dinu schon bald nach ihrer ersten Begegnung, dass zwischen ihm und Ilongo eine Verbindung bestand, ein Band, von dem Ilongo wusste, das ihm selbst jedoch unbekannt war. Diese Erkenntnis gewann er nach und nach aus ihren Gesprächen, sie wurde genährt durch bestimmte Fragen und gelegentliche versteckte Anspielungen, durch Ilongos eindringliche Erkundigungen nach dem Hause Raha in Rangun, sein Interesse an den Familienfotos, die Art und Weise, wie seine Andeutungen über »dein Vater« sich allmählich dahingehend wandelten, dass das Fürwort verschwand.

Dinu verstand, dass er vorbereitet wurde, dass Ilongo, wenn er den richtigen Zeitpunkt für gekommen hielt, ihn wissen lassen würde, was da war zwischen ihnen. Dieses Begreifen erweckte seltsamerweise nur geringe Neugierde in Dinu – und das nicht nur, weil seine ganze Aufmerksamkeit von Alison in Anspruch genommen war. Es war auch wegen Ilongo selbst – er hatte etwas so offenkundig Vertrauenswürdiges, dass es Dinu keine Furcht bereitete, sich seinen überlegenen Kenntnissen zu überlassen.

Von Alison abgesehen, war Dinu mehr mit Ilongo zusammen als mit sonst jemandem in Morningside; er war in vielen Kleinigkeiten auf ihn angewiesen – Briefe aufgeben, Schecks einlösen, Fahrräder leihen. Als er beschloss, sich eine eigene Dunkelkammer einzurichten, war es Ilongo, der ihm half, in Penang eine Ausstattung aus zweiter Hand zu erstehen.

Eines Sonntags begleitete Dinu Ilongo und Saya John auf ihrer allwöchentlichen Fahrt nach Sungei Pattani. Sie suchten Ah Fatts Restaurant auf, wo Saya John wie immer einen Umschlag überreichte. »Ich tue es für meine Frau«, sagte er zu Dinu. »Sie war von ihren beiden Familien her eine Hakka, wie du weißt. Sie sagte immer, ich sei auch ein Hakka, nur lässt sich das nicht mit Sicherheit sagen, weil ich meine Eltern nicht gekannt habe.«

Danach fuhren Dinu und Ilongo Saya John zur Church of Christ the King in einem Außenbezirk der Stadt. Die Kirche, die hell und freundlich aussah, hatte einen hoch aufragenden weiß getünchten Turm und eine mit polierten Holzleisten verzierte Fassade. Im Schatten eines blühenden Baumes hatte sich eine bunt gekleidete Gemeinde versammelt. Ein irischer Priester in einem weißen Gewand führte Saya John hinein, klopfte ihm auf den Rücken. »Herr Martins! Wie geht es Ihnen heute?«

Dinu und Ilongo gingen währenddessen in die Vormittagsvorstellung des Kinos und sahen sich »Im Namen des Gesetzes« mit Edward G. Robinson an. Später holten sie Saya John ab und kehrten zum Nudelessen bei Ilongos Mutter ein.

Ilongos Mutter war kurzsichtig und vorzeitig gebeugt. Als Ilongo ihr Dinu vorstellte, merkte dieser, dass sie schon genau wusste, wer er war. Sie bat ihn, näher zu treten, und berührte mit ihren rissigen, schwieligen Fingern sein Gesicht. Sie sagte auf Hindustani: »Mein Ilongo sieht deinem Vater viel ähnlicher als du.«

Irgendwo in seinem Unterbewusstsein verstand Dinu genau, was sie sagte, aber er ging auf ihre Worte kurz ein wie auf eine Artigkeit. »Ja, das ist wahr, ich sehe die Ähnlichkeit.«

Von diesem Augenblick der Spannung abgesehen verlief der Besuch gut. Saya John war ungewöhnlich lebhaft, fast so wie früher. Sie aßen alle mehrere Portionen Nudeln, und anschließend servierte Ilongos Mutter dicken, milchigen Tee in Glasbechern. Als sie gingen, waren sich alle bewusst – auf eine Weise, die nicht im Mindesten unangenehm war –, dass der Besuch, der als eine Begegnung zwischen Fremden begonnen hatte, irgendwie, im Tonfall ebenso wie im Inhalt, in die Wiedervereinigung einer Familie verwandelt worden war. Auf der Heimfahrt saßen sie zu dritt nebeneinander im Wagen, Ilongo am Steuer, Saya John in der Mitte. Ilongo wirkte sichtlich erleichtert, als sei eine Hürde überwunden. Später aber fiel es Dinu schwer, dem Gedanken, dass Ilongo möglicherweise sein Halbbruder war, Raum zu geben. Neel, das war ein Bruder – eine Linie, gegen die man sich selbst abgrenzte. Das war Ilongo nicht.

Wenn überhaupt, dann war Ilongo die Verkörperung seines Vaters, wie dieser in seiner Jugend gewesen war, ein weitaus besserer Mensch als derjenige, den er, Dinu, gekannt hatte. Hierin lag ein gewisser Trost.

In dieser Nacht teilte Dinu Alison zum ersten Mal seine Mutmaßungen mit. Sie war nach dem Essen in sein Zimmer geschlichen, wie sie es zuweilen tat, nachdem sie ihren Großvater zu Bett gebracht hatte. Als sie um Mitternacht aufwachte, sah sie Dinu am Fenster sitzen und eine Zigarette rauchen. »Was ist, Dinu? Ich dachte, du schläfst.«

»Ich kann nicht schlafen.«

»Warum nicht?«

Dinu erzählte ihr von dem Besuch bei Ilongos Mutter und was sie gesagt hatte. Dann sah er ihr in die Augen und fragte: »Sag mir, Alison, bilde ich mir das alles ein, oder ist da etwas Wahres dran?«

Sie zuckte die Achseln und tat einen Zug an seiner Zigarette, ohne auf seine Frage zu antworten. Also fragte er noch einmal, eindringlicher: »Ist da etwas Wahres dran, Alison? Du musst es mir sagen, wenn du es weißt.«

Sie sagte: »Ich weiß es nicht, Dinu. Gerüchte hat es immer gegeben. Aber niemand hat direkt etwas gesagt – jedenfalls nicht zu mir. Du weißt ja, wie das ist, man spricht nicht über solche Dinge.«

»Und du? Glaubst du diese … diese Gerüchte?«

»Zuerst habe ich es nicht geglaubt. Aber dann hat Großvater etwas gesagt, was mich umgestimmt hat.«

»Was?«

»Dass deine Mutter ihn gebeten hatte, sich um Ilongo zu kümmern.«

»Dann weiß sie es – meine Mutter?«

»Ich glaube, ja.«

Er zündete sich schweigend die nächste Zigarette an. Alison kniete sich zu ihm und sah ihm ins Gesicht. »Bist du verstimmt? Wütend?«

Er lächelte, streichelte ihren bloßen Rücken. »Nein, ich bin nicht verstimmt … und nicht wütender als sonst. Das ist wirklich seltsam – da ich weiß, was für ein Mensch mein Vater ist, kommt es nicht überraschend. Ich wünsche mir nur, dass ich nie mehr nach Hause …«

Einige Tage später schickte Alison ihm einen Brief herauf, der soeben für ihn gekommen war. Dinu war in der Dunkelkammer und unterbrach seine Arbeit, um einen Blick auf den Umschlag zu werfen – der Brief war aus Rangun, von seinem Vater. Ohne zu überlegen, zerriss er ihn und machte sich wieder an die Arbeit.

Nach dem Abendessen fragte Alison: »Dinu, hast du den Brief bekommen?«

Er nickte.

»Er war von deinem Vater, nicht?«

»Vermutlich.«

»Hast du ihn nicht gelesen?«

»Nein. Ich habe ihn zerrissen.«

»Wolltest du nicht wissen, was er geschrieben hat?«

»Ich wusste, was er schrieb.«

»Was?«

»Er will seinen Anteil an Morningside verkaufen.«

Sie schob ihren Teller fort. »Willst du das auch, Dinu?«

»Nein«, sagte er. »Wenn es nach mir geht, bleibe ich für immer hier. Ich werde in Sungei Pattani ein Atelier einrichten und vom Fotografieren leben. Das habe ich mir immer gewünscht – und das kann ich hier so gut wie an jedem anderen Ort.«

7

An dem Abend, als Ilongo Arjun ins Haus Morningside brachte, saßen Dinu, Alison und Saya John im Speisezimmer an dem langen Mahagonitisch. An den Wänden schimmerten die Bambusleuchter, die Elsa entworfen hatte. Sie tauchten den Raum in ein schönes, warmes Licht.

Aus lauter Vorfreude auf Dinus Überraschung lachte Ilongo breit übers ganze Gesicht. »Schaut, wen ich mitgebracht habe.« Dann kam Arjun zur Tür herein, in Uniform, die Mütze in der Hand. Sein Offizierskoppel glänzte im goldenen Schein der Bambusleuchter.

»Arjun?«

»Hallo.« Arjun ging um den Tisch und klopfte Dinu auf die Schulter. »Schön, dich zu sehen, alter Knabe.«

»Aber Arjun!« Dinu stand auf. »Was machst du denn hier?«

»Das wirst du gleich erfahren«, sagte Arjun. »Aber willst du mich nicht zuerst vorstellen?«

»O ja, natürlich.« Dinu wandte sich an Alison. »Das ist Arjun, Neels Schwager – Manjus Zwillingsbruder.«

»Ich freue mich, dass Sie gekommen sind.« Alison beugte sich zu Saya John und sagte ihm ins Ohr: »Großvater, das ist Dinus Schwager. Er ist im Militärstützpunkt Sungei Pattani stationiert.«

Jetzt war es an Arjun, überrascht zu sein. »Woher wissen Sie, dass ich in Sungei Pattani stationiert bin?«

»Ich habe Sie neulich in der Stadt gesehen.«

»Tatsächlich? Ich bin erstaunt, dass Sie mich bemerkt haben.«

»Natürlich habe ich Sie bemerkt.« Sie warf den Kopf zurück und lachte. »Ein Fremder fällt auf in Sungei Pattani.«

Dinu warf ein: »Das hast du mir gar nicht erzählt, Alison.«

»Ich habe nur einen Mann in Uniform gesehen.« Alison lachte. »Wie konnte ich wissen, dass er dein Schwager ist?«

»Ich wusste es sofort«, sagte Ilongo. »Ich wusste es in dem Augenblick, als ich ihn sah.«

»Das stimmt«, sagte Arjun nickend. »Ich bin ins Büro der Plantage gegangen, um nach Dinu zu fragen. Und noch ehe ich den Mund aufmachte, sagte er: ›Sind Sie nicht Herrn Neels Schwager?‹ Ich war völlig verdattert. Ich fragte: ›Woher wissen Sie das?‹, und er sagte: ›Herr Dinu hat mir ein Bild gezeigt von der Hochzeit Ihrer Schwester.‹«

»Das stimmt.«

Dinu erinnerte sich, dass er und Arjun sich zuletzt vor zwei Jahren begegnet waren, in Kalkutta. Arjun schien in der Zwischenzeit gewachsen zu sein, oder füllte er nur seine Uniform aus? Obwohl Arjun immer groß gewesen war, hatte Dinu früher nie das Gefühl gehabt, in seiner Gegenwart zu schrumpfen, wie er es jetzt hatte.

»So«, sagte Alison munter, »ihr müsst etwas essen, Sie und Ilongo.«

Auf dem Tisch standen dutzende kleiner bunter Porzellanschüsseln. Die meisten waren noch nicht angerührt. Arjun betrachtete sehnsüchtig die Speisen. »Eine richtige Mahlzeit, endlich ...«

»Wieso?«, fragte Alison. »Gibt man Ihnen beim Militär nichts zu essen?«

»Die tun ihr Bestes, nehme ich an.«

»Es ist genug für Sie beide da«, sagte Alison. »Setzen Sie sich doch – du auch, Ilongo. Die Köchin beklagt sich immer, dass wir das Essen unangerührt zurückgehen lassen.« Ilongo schüttelte den Kopf. »Ich kann nicht bleiben.«

»Wirklich nicht?«

»Nein. Meine Mutter wartet.«

Ilongo ging, und es wurde noch ein Gedeck aufgelegt, gleich neben Alisons Platz. Arjun setzte sich, und Alison häufte ihm Speisen auf den Teller.

»Das hier ist *ayam limau purut* – Huhn mit Limonenblättern und Tamarinde, und hier ist Garnelensambal mit Schraubenpalmenblättern, das hier sind *belacan*-Auberginen, und da drüben sind in Limonensaft marinierte Garnelen, und das hier ist Fisch, mit Ingwerknospen gedämpft ...«

»Was für ein Festmahl! Und das ist ein ganz alltägliches Abendessen?«

»Meine Mutter war sehr stolz auf ihre Tafel«, sagte Alison. »Und jetzt hat das in diesem Haus Tradition.«

Arjun aß mit Genuss. »Ein wunderbares Essen!«

»Ihrer Tante Uma hat es auch geschmeckt. Weißt du noch, Dinu? Damals?«

»Ja.« Dinu nickte. »Ich glaube, ich habe sogar Bilder.«

»So etwas habe ich noch nie gegessen«, sagte Arjun. »Wie nennt man diese Kost?«

»Wir nennen sie die *nyonya*-Küche«, erklärte Alison. »Eines der letzten großen Geheimnisse der Welt, hat meine Mutter immer gesagt.«

Plötzlich ergriff Saya John zu aller Überraschung das Wort. »Die Blüten sind das Entscheidende.«

»Die Blüten, Großvater?«

Saya John sah Arjun an, seine Augen waren ausnahmsweise klar. »Ja – die Blüten in den Speisen. *Bunga kantan* und *bunga telang* – Ingwerblüten und die blauen Blüten der Schmetterlingswicke. Sie geben den Speisen ihren Geschmack. Das sagt Elsa immer.«

Ein Schatten ging über sein Gesicht, und seine Augen trübten sich wieder. Er wandte sich an Alison: »Wir müssen daran denken,

Matthew und Elsa ein Telegramm zu schicken. Sie könnten auf dem Rückweg in Malakka Halt machen.«

Alison stand rasch auf. »Sie müssen uns entschuldigen«, sagte sie zu Arjun. »Mein Großvater ist müde. Ich bringe ihn zu Bett.«

»Natürlich.« Arjun erhob sich.

Alison half Saya John auf und führte ihn vorsichtig durch das Zimmer. An der Tür drehte sie sich um und sah Arjun an. »Es ist schön, einen Gast zu haben, dem unser Essen zusagt – die Köchin behauptet immer, dass Dinu überhaupt nichts isst. Sie wird hocherfreut sein, dass Ihnen ihre Speisen geschmeckt haben. Sie müssen wiederkommen.«

»Aber gerne.« Arjun grinste. »Darauf können Sie sich verlassen.«

Alisons Stimme hatte eine Wärme und eine Leichtigkeit, wie Dinu sie noch nie gehört hatte. Als er Alison von seinem Platz aus beobachtete, überkam ihn eine plötzliche Anwandlung von Eifersucht.

»Hör mal, alter Knabe«, sagte Arjun in jovialem, plump-vertraulichem Ton, »weißt du eigentlich, dass sie sich zu Hause Sorgen um dich machen?«

»Nein.« Dinu zuckte zusammen. »Und du brauchst gar nicht zu schreien.« Nur mit Mühe brachte er die Selbstbeherrschung auf, sich weiter mit Arjun zu unterhalten.

»Entschuldige.« Arjun lachte. »Ich wollte dich nicht in Verlegenheit bringen.«

»Davon bin ich überzeugt.«

»Ich habe einen Brief von Manju erhalten – daher wusste ich, wo ich dich finden konnte.«

»Ich verstehe.«

»Sie schrieb, sie hätte schon eine ganze Weile nichts mehr von dir gehört.«

»So?«

»Was soll ich denen zu Hause berichten?«

Dinu hob überaus bedachtsam den Kopf. »Nichts«, sagte er entschieden. »Du sollst ihnen gar nichts berichten.«

Arjun hob eine Augenbraue. »Darf ich fragen, warum?«

»Das ist ganz einfach.« Dinu zuckte die Achseln. »Mein Vater hat mich nämlich hierher geschickt, weil er unseren Anteil an Morningside verkaufen will.«

»Und?«

»Da ich nun hier bin, halte ich das für keine gute Idee.«

»Du hast dich wohl an den Ort gewöhnt?«

»Das ist es nicht allein.« Dinu sah Arjun in die Augen. »Eigentlich ist es Alison.«

»Wie meinst du das?«

»Nun, du hast sie kennen gelernt.«

Arjun nickte. »Ja.«

»Dann weißt du wohl, was ich meine.«

«Ich glaube, du möchtest mir etwas sagen, Dinu.« Arjun schob seinen Stuhl zurück. »Lass mich raten: Willst du sagen, du bist in sie vernarrt?« Er lachte.

»So ähnlich.«

»Ich verstehe. Und meinst du, sie hat auch eine Schwäche für dich?«

»Ich glaube schon.«

»Hat sie es dir nicht gesagt?«

»Nein ... nicht mit Worten.«

»Na, hoffentlich hast du Recht.« Arjun lachte wieder, und seine ebenmäßigen Zähne blitzten im Licht. »Ich muss sagen, ich weiß nicht, ob sie für einen Knaben wie dich die Richtige ist – eine Frau wie sie.«

»Das spielt wirklich keine Rolle, Arjun.« Dinu versuchte zu lächeln. »In meinem Fall muss ich es einfach glauben.«

»Und warum?«

»Weißt du, ich bin nicht wie du, Arjun. Der Umgang mit Menschen – mit Frauen vor allem – ist mir nie leicht gefallen. Wenn etwas schief ginge, mit mir und Alison, meine ich, ich weiß nicht, wie ich damit fertig würde.«

»Dinu, verstehe ich das richtig, dass du mich warnen willst, dass du mir sagen willst, ich soll mich fern halten?«

»Vielleicht.«

»Aha.« Arjun schob seinen Teller fort. »Das ist wirklich nicht nötig.«

»Gut.« Das Lächeln kehrte in Dinus Gesicht zurück.

»Schön, das wäre also bereinigt.«

Arjun sah auf seine Uhr und stand auf. »Nun, wenigstens hast du dich klar ausgedrückt. Ich gehe jetzt besser. Würdest du mich bei Alison entschuldigen?«

»Ja, natürlich.«

Sie gingen zusammen zur Haustür. Arjuns Dienstwagen, ein Ford V8, war draußen unterhalb der Veranda geparkt. Arjun öffnete den Wagenschlag und streckte die Hand aus. »War nett, dich zu sehen, Dinu«, sagte er. »Wenn auch nur kurz.« Dinu schämte sich plötzlich seines Mangels an Großmut. »Ich wollte dich nicht fortschicken, Arjun«, sagte er schuldbewusst, »bitte, denke nicht, dass du nicht willkommen bist... du musst wiederkommen... bald. Alison würde sich bestimmt freuen.«

»Und du?«

»Ja, ich mich auch.«

Arjun quittierte dies mit gerunzelter Stirn. »Wirklich?«

»Ja, natürlich. Du musst... du musst wiederkommen.«

»Schön, wenn du nichts dagegen hast, Dinu. Eine kleine Erholung vom Stützpunkt ab und zu wäre prima.«

»Warum? Stimmt etwas nicht?«

»Nicht direkt – aber es ist nicht immer so erfreulich, wie es sein könnte.«

»Inwiefern?«

»Ich weiß nicht, wie ich es erklären soll, Dinu. Seit wir in Malaya sind, ist alles anders als früher.«

Arjuns Eintritt in ihr Leben glich einem Jahreszeitenwechsel. Er schaute beinahe täglich vorbei, oft brachte er Hardy oder andere Freunde mit. Sungei Pattani war unterdessen das Hauptquartier der 11. Division geworden, und Arjun hatte mit vielen alten Freunden und Bekannten Verbindung aufgenommen. Abends rief er sie zusammen, und sie fuhren in Fahrzeugen, die gerade zur Hand waren – manchmal ein Alvis-Dienstwagen, manchmal ein Ford V8, manchmal sogar ein Harley-Davidson-Motorrad –, nach Morningside. Gewöhnlich kamen sie nach Einbruch der Dunkelheit, mit aufgeblendeten Scheinwerfern und triumphalem Hupengetöse.

»Sie sind da!« Alison lief in die Küche, um der Köchin Bescheid zu sagen.

Sie genoss diese Besuche offenkundig; Dinu merkte ihr an, dass es sie freute, das Haus wieder voller Menschen zu haben. Sie brachte Kleider zum Vorschein, die er noch nie an ihr gesehen hatte; bis dahin kannte er sie nur in den schlichten Sachen, die sie im Büro trug, und gelegentlich sah er sie in einem seidenen *cheongsam*. Jetzt quollen farbenfrohe, schön geschneiderte Kleider aus ihren Schränken hervor, elegante Hüte und Roben, die ihre Mutter in der Blütezeit von Morningside aus Paris hatte kommen lassen.

Fast jeden Abend hallte das Haus von kräftigen Exerzierplatz-Stimmen und lautem Gelächter wider. Sie schienen unaufhörlich zu lachen, diese jungen Offiziere – beim kleinsten Scherz grölten sie los und schlugen sich gegenseitig auf den Rücken. Meistens brachten sie Whisky, Gin oder Rum aus ihrer Messe mit. Manchmal begleitete Kishan Singh sie, um ihnen die Getränke zu servieren. Dann saßen sie draußen auf der Veranda, schlürften Whisky Soda und Gin Sling. Wie durch Zauberei erschienen Speisen in ungeheuren Mengen auf dem Esstisch. Alison führte die Männer ins Speisezimmer, erklärte die Gerichte in allen Einzelheiten: »Schauen Sie her, das ist Ente – in Zuckerrohrsaft gegart, so etwas haben Sie noch nie gekostet. Und hier, sehen Sie diese Garnelen? Sie sind mit Blüten zubereitet – Ingwerknospen –, das verleiht ihnen den einzigartigen Geschmack ...« Dinu sah sich das an, wie ein Zuschauer im Zirkus; er wusste, dass er einen Teil der Gastgeberrolle hätte übernehmen sollen. Aber mit jedem Abend fühlte er seine Gegenwart in diesem Haus kleiner werden, schrumpfen. Es spielte keine Rolle, ob Arjun allein kam oder von einer Schar Freunde begleitet wurde. Er schien das Haus auszufüllen, selbst wenn er allein war. Es ließ sich nicht leugnen, dass er etwas Anziehendes hatte – Selbstvertrauen, eine beherrschende Präsenz, eine ungeheure Lebensgier. Dinu wusste, dass er nicht mit ihm mithalten konnte.

Nach jeder Mahlzeit kurbelte Arjun das Grammofon an und räumte die Teppiche vom Hartholzboden. Er und seine Freunde tanzten abwechselnd mit Alison; für Dinu war es eine Offenbarung zu sehen, wie gut sie tanzte – besser als irgendeine, die er je gekannt hatte, so gut wie die Tänzerinnen im Kino –, mit rhythmischem Gespür und einer schier unerschöpflichen Ausdauer. Von den Männern war Arjun der bei weitem beste Tänzer. Am Ende eines jeden Abends legte er seine Lieblingsplatte auf – Tommy Dorsey und seine Kapelle mit *»I'm Getting Sentimental Over You«*. Alle anderen traten zurück, um ihnen Platz zu machen, und wenn die Schallplatte kratzend zu Ende war, erfüllte Beifall das Zimmer. Nach solchen Abenden schien Alison sich kaum zu besinnen, dass er, Dinu, noch existierte.

Hin und wieder verkündete Arjun, es sei ihm gelungen, von den »Pilotenkumpels« auf dem Flugplatz ein bisschen Benzin zu ergattern. Dann machten sie einen Ausflug, manchmal nur zu dritt, manchmal mit einer großen Truppe. Eines Tages fuhren sie zu der Hütte auf dem Gipfel des Gunung Jerai. Eine Gruppe Piloten veranstaltete dort eine Feier; Alison und Dinu kamen als Arjuns Gäste mit.

Sie fuhren in einem Ford V8-Dienstwagen. Um auf den Gipfel zu gelangen, mussten sie um den Berg herumfahren. Sie kamen an stillen *Kampongs* mit palmgedeckten Moscheen vorbei. Kinder in Reisfeldern winkten ihnen zu, auf den Zehenspitzen stehend, um die kornschweren Halme zu überragen. Es war ein bewölkter Tag Ende November, und vom Meer wehte ein kühler Wind.

Die Straße zum Gipfel war nicht viel mehr als ein Lehmpfad. Sie schlängelte sich in steil ansteigenden Kurven hinauf. Der Berghang war dicht bewaldet, und der Weg wand sich streckenweise durch dichten Dschungel. Es war etliche Grade kälter als im Flachland, die Sonne war von einer dichten, rasch dahinziehenden Wolkendecke verhüllt. Auf dem Gipfel hörte die Vegetation abrupt auf, und die Hütte kam in Sicht – sie ähnelte ein bisschen einem englischen Cottage, abgesehen davon, dass sie von einem Balkon umgeben war, der eine prächtige Aussicht auf die Küste und die umliegenden Ebenen bot.

Auf dem Balkon wimmelte es von Soldaten in Grau, Blau, Khaki und Flaschengrün. Zwischen den Uniformen verstreut waren ein paar bunt gekleidete Frauen zu sehen. Irgenwo in der Hütte spielte eine Kapelle.

Arjun und Alison gingen in die Hütte, um zu tanzen, und Dinu blieb sich selbst überlassen. Er schlenderte rund um den Balkon, an Tischen vorbei, die mit flatternden weißen Tüchern gedeckt waren. Die Aussicht auf die Ebene war von einer Wolkenwand verdeckt, die vom Meer heranzog. Aber immer wieder riss der Wind die Bewölkung auf und gab einen berauschenden Blick auf die Ebene frei: Dinu sah Sungei Pattani am Fuße des Berges liegen, mit tausenden Morgen von Kautschukbäumen, die sich von der Stadt aus in alle Richtungen erstreckten. In der Ferne erspähte er die schroffen Bergspitzen der Insel Penang und die fingergleichen Kais des Hafens von Butterworth. Die Hauptverkehrsstraße Nummer 1 zog sich wie ein graues Band durch die Landschaft; vom südlichen Ende der Ebene kommend, verschwand sie nach Norden, zur Grenze hin. Im Westen lag, von den strahlenden Farben des Sonnenuntergangs beleuchtet, die Andamanensee.

Dinu nahm sich vor, am nächsten klaren Tag mit seinen Fotoapparaten zu der Hütte zu kommen. Zum ersten Mal in seinem Leben bereute er, dass er nie Auto fahren gelernt hatte; allein für diese Aussicht würde sich die Mühe gelohnt haben.

Tags darauf war Arjun wieder da, und das zu einer ungewöhnlichen Stunde – um elf Uhr vormittags. Er fuhr ein Motorrad, eine Harley-Davidson mit Wespentaille und Taubenbrust, in fadem Soldatengrün lackiert. Die Maschine hatte einen Beiwagen. Arjun kam mit Alison im Beiwagen vom Plantagenbüro zum Haus gefahren.

Dinu war in der Dunkelkammer, und Arjun rief von der Veranda hinauf: »Dinu! Komm runter. Ich habe Neuigkeiten.« Dinu lief die Treppe hinunter auf die Veranda. »Was für Neuigkeiten?«

Arjun boxte ihm lachend gegen die Schulter. »Du bist Onkel geworden, Dinu – ich auch. Manju hat ein Kind – ein Mädchen.«

»Oh … ich freue mich …«

»Wir wollen feiern. Komm mit.«

»Wo wollt ihr hin?«

»Runter ans Meer«, sagte Arjun. »Spring auf. Hinter mir.«

Dinu schaute Alison an, die wegsah. Seine Füße wurden bleischwer; in den letzten Tagen hatte er versucht, mit den beiden Schritt zu halten, aber er konnte kein anderer sein als der, der er war. Er wollte nicht mit ihr zusammen sein, nur, damit seine Gegenwart sie als eine Ermahnung belastete – nur das nicht.

»Ich glaube nicht, dass ihr mich wirklich bei euch haben wollt«, sagte Dinu leise.

Es erhob sich lautes Protestgeschrei.

»Ach, Dinu. Unsinn!«

»Komm schon, Dinu. Sei kein Esel.«

Dinu machte auf dem Absatz kehrt. »Ich muss meine Arbeit in der Dunkelkammer fertig machen. Fahrt ihr nur. Ihr könnt mir erzählen, wie es war, wenn ihr zurückkommt.« Er ging wieder ins Haus und lief die Treppe hinauf. Er hörte das Stottern des Kickstarters und konnte sich nicht zurückhalten, aus dem Fenster zu sehen. Die Harley-Davidson raste die Zufahrt hinunter in Richtung Plantage. Er erhaschte einen Blick auf Alisons Schal, der wie ein Wimpel flatterte.

Er kehrte in seine Dunkelkammer zurück und merkte, dass seine Augen brannten. Früher hatte er immer darauf zählen können, dass die Stimmung in der Dunkelkammer ihn beruhigte; das dämmerige Rotlicht war eine nie versiegende Quelle des Trostes gewesen. Jetzt aber schien ihm das Licht unerträglich hell. Er knipste es aus, kauerte sich auf den Fußboden, umfasste seine Knie mit den Händen.

Sein instinktives Gefühl war von Anfang an richtig gewesen; er hatte gewusst, dass er Arjun nicht trauen konnte – oder Alison, wenn sie mit ihm zusammen war. Aber was hätte er denn tun können? Sie waren erwachsene Menschen, und er hatte keinen Anspruch auf sie, auf keinen von beiden.

Nach einer Weile fasste er sich ans Gesicht; es war nass. Er war wütend auf sich selbst. Wenn es einen Grundsatz gab, auf dem er sein Leben aufbauen wollte, dann war es der, sich nie Selbstmitleid hinzugeben – er wusste, das würde eine Straße ohne Ende sein, wenn er sie erst betrat.

Er stand auf und ging im Dunkeln umher, versuchte, sich an die genaue Größe und Gestaltung der Kammer und an die Lage jedes einzelnen Einrichtungsgegenstandes zu erinnern. Er zählte seine Schritte, und wenn er eine Wand berührte oder an etwas stieß, fing er von vorne an.

Er fasste einen Entschluss. Er würde fortgehen. Alison hatte das Interesse an ihm verloren, so viel stand fest, und durch sein Bleiben in Morningside war nichts zu gewinnen. Er wollte seine Sachen packen und im Haus von Ilongos Mutter übernachten. Morgen wollte er sich nach Penang begeben und auf den Dampfer warten, der ihn nach Rangun bringen würde.

Das Motorrad strebte nach Westen auf einer Straße, die sich zu einem ausgefransten, von Staub und Sand gesäumten Teerband verengte. Sie fuhren durch eine kleine Stadt, in der eine Moschee mit blauer Kuppel stand, und dann lag blau glitzernd das Meer vor ihnen. Leichte Wellen schwappten sanft an eine lange Sandbank. Die Straße bog nach links, und sie fuhren parallel zum Strand weiter. Sie kamen in einen kleinen Weiler, wo die Straße zu Ende war. Der Marktplatz roch nach Salzwasser und getrocknetem Fisch.

Alison fragte: »Sollen wir das Motorrad hier stehen lassen?«

»Nein.« Arjun lachte. »Das müssen wir nicht. Wir können es mitnehmen. Diese Harley fährt überall hin.«

Die Dorfbewohner versammelten sich und gafften, als sie über den Marktplatz fuhren und sich zwischen den Ständen hindurchschlängelten. Heulend wand sich das Motorrad die Dünen hoch, die den Weiler vom Meer trennten. Blendend weiß lag der Sand in der Mittagssonne. Arjun blieb an der Seite des Strandes, wo ein dünner Pflanzenteppich den Untergrund zusammenhielt. Er fuhr ein langsames, gleichmäßiges Tempo, wich den windzerzausten Stämmen der Kokospalmen aus.

Sie ließen das Dorf weit hinter sich und kamen zu einer kleinen, von Schraubenpalmen geschützten Bucht. Der Strand war ein schmaler, wie ein Fingernagel geformter weißer Sandstreifen. An der Mündung der Bucht, etwa dreihundert Fuß vom Ufer entfernt, lag eine winzige Insel. Sie war dicht bewachsen mit grünen Sträuchern und Zwergkiefern.

»Lass uns hier anhalten«, sagte Alison.

Arjun lenkte das Motorrad in den Schatten und hievte es auf den Kippständer. Sie zogen die Schuhe aus und ließen sie auf dem Sand stehen. Arjun krempelte seine Hosenaufschläge hoch, und sie liefen auf dem glühend heißen Sandstreifen ins Wasser. Es war Ebbe, das Meer war sehr ruhig, sanfte Wellen leckten ans Ufer. Das Wasser war so klar, dass es die wechselnden Muster auf dem Meeresgrund vergrößerte und wie bunte Mosaiken aussehen ließ.

»Gehen wir schwimmen«, sagte Arjun.

»Ich habe nichts dabei.«

»Das macht nichts.« Arjun knöpfte sein Khakihemd auf. »Hier ist kein Mensch.«

Alison trug ein einfaches Baumwollkleid. Sie hatte es hochgerafft, um den Saum über Wasser zu halten. Jetzt ließ sie es fallen. Der Baumwollstoff sog das Wasser rasch auf, sie wurde nass bis zur Taille.

»Komm, Alison. Wir haben den ganzen Strand für uns.« Arjuns Hemdschöße hingen lose herab, alle Knöpfe waren offen.

»Nein.« Sie lachte. »Es ist Dezember. Man muss unserem Winter Ehre erweisen. Kein Mensch geht zu dieser Jahreszeit ins Wasser.«

»Es ist nicht kalt. Komm schon.« Er nahm ihre Hand; seine Zunge schnellte über seine blitzenden Zähne.

Sie grub die Zehen in den Sand, schlug die Augen nieder. Im klaren Wasser konnte sie die Rundung eines muschelartigen Gehäuses sehen, das zwischen ihren Füßen vergraben war. Sie bückte sich und zog es aus dem Wasser. Das Gehäuse war unerwartet schwer und so groß, dass sie es mit beiden Händen greifen musste.

»Was ist das?« Arjun sah über ihre Schulter. Seine Khakihose war fast bis zur Taille nass.

»Das ist ein Nautilus«, sagte sie.

Das Gebilde hatte an einem Ende eine elliptische Öffnung wie ein Horn; im Inneren schimmerte es perlmuttfarben mit silbrigen Sprenkeln. Das Gehäuse war zu einer beinahe vollkommen runden Wölbung gerollt. Um die Wölbung verlief eine Spirale, die in einem winzigen Vorsprung, einer Brustwarze nicht unähnlich, endete.

»Woher weißt du, wie es heißt?«, fragte Arjun. Alison spürte ihn hinter sich. Er blickte über sie hinweg auf das Gebilde. Sein Kinn ruhte leicht auf ihrem Kopf.

»Dinu hat mir einmal eine Fotografie von einem Nautilus gezeigt«, sagte sie. »Er hält sie für eine der besten Aufnahmen, die er je gemacht hat.«

Seine Arme griffen um ihre Schultern, umfassten ihren Körper. Seine Hände schlossen sich um den Nautilus, seine Finger ließen die ihren ganz klein erscheinen, seine nassen Handflächen lagen auf ihren Handrücken. Er fuhr mit dem Daumen am Rand der Perlmuttöffnung entlang, über die Linie, die das gewölbte Gehäuse umringte, bis zu dem winzigen brustwarzengleichen Punkt oben auf der Wölbung.

»Wir sollten ...« – sie fühlte, wie sein Atem durch ihr Haar pustete – »wir sollten ihn Dinu mitbringen«, sagte er. Seine Stimme klang heiser.

Er ließ die Arme sinken und trat fort von ihr. »Lass uns nachsehen, was da drüben ist«, meinte er und wies zu der Insel an der Mündung der Bucht. »Wetten, wir können hinüberlaufen? Das Wasser ist sehr niedrig.«

Sie lachte. »Ich weiß nicht ...«

»Wenn das Wasser zu tief wird, trage ich dich auf dem Rücken«, versprach er.

Er nahm ihre Hand und zog sie tiefer ins Wasser. Der Boden senkte sich, bis das Wasser taillenhoch war. Dann stieg der sandige Grund zur Insel hin wieder an. Arjun ging schneller, zog Alison hinter sich her. Rennend erreichten sie das Ufer. Sie liefen über den von der Sonne ausgedörrten Sandstreifen ins schattige Innere der Insel. Alison ließ sich auf dem weichen Sandboden auf den Rücken fallen und sah zum Himmel hinauf. Sie waren von buschigen Palmen umgeben, die sie vom Ufer abschirmten.

Arjun warf sich bäuchlings neben sie. Sie hielt den Nautilus noch in Händen, und er löste ihn aus ihrem Griff. Er legte ihn ihr auf die Brust, fuhr mit dem Finger um die spiralige Linie, legte den Handteller über das Gehäuse.

»Er ist so schön«, sagte er.

Sie sah, wie sehr er sie begehrte; seine Dringlichkeit hatte etwas Unwiderstehliches. Als seine Hand von dem Nautilus auf ihren Körper glitt, wehrte sie ihn nicht ab.

Von diesem Augenblick an, als es schon zu spät war, veränderte sich alles.

Es war, als seien weder er noch sie wirklich da, als würden ihre Körper mehr von einem Sinn für das Unvermeidliche als durch bewusstes Wollen getrieben, von einer Trunkenheit aus Vorstellungen und Eingebungen – Erinnerungen an Bilder, Lieder und Tänze; es war, als wären sie beide abwesend, zwei Fremde, deren Körper eine

Funktion erfüllten. Sie dachte daran, wie es mit Dinu war, an seine intensive Konzentration auf den Augenblick, das Gefühl, als stünde die Zeit still. Nur durch den Kontrast dieser vereinten Abwesenheit konnte sie erfassen, was es bedeutete, ganz und gar anwesend zu sein – Auge, Sinn und Berühren in absolutem Einssein verbunden, jedes vom anderen erkannt, jedes erkennend.

Als Arjun sich von ihr wälzte, begann sie hilflos zu weinen, zog ihr Kleid herunter, umfasste ihre Knie. Er setzte sich bestürzt auf. »Alison – was hast du? Warum weinst du?«

Sie schüttelte den Kopf, das Gesicht zwischen den Knien verborgen.

Er blieb beharrlich. »Alison, ich hatte nicht die Absicht... ich dachte, du wolltest es.«

»Es ist nicht deine Schuld. Ich mache dir keinen Vorwurf. Nur mir.«

»Weshalb, Alison?«

»Weshalb?« Sie sah ihn ungläubig an. »Wie kannst du mich nach all dem ansehen und mich so etwas fragen? Und was ist mit Dinu?«

»Alison.« Lachend griff er nach ihrem Arm. »Dinu braucht es nicht zu wissen. Warum ihm davon erzählen?«

Sie schob seine Hand fort. »Bitte«, sagte sie. »Bitte, fass mich nicht an.«

Dann hörten sie in der Ferne eine Stimme rufen, gerade laut genug, um über das plätschernde Wasser zu dringen.

»Sah'b.«

Arjun zog seine nasse Uniform an und stand auf. Er sah Kishan Singh am Strand stehen; hinter ihm saß ein behelmter Motorradfahrer auf einer Harley-Davidson, genau wie die, mit der Arjun hierher gekommen war.

Kishan Singh schwenkte heftig ein Blatt Papier. *»Sah'b.«*

»Alison«, sagte Arjun, »es ist etwas geschehen. Man hat einen Boten vom Stützpunkt geschickt.«

»Geh du schon vor«, sagte Alison. Sie konnte im Augenblick an nichts anderes denken, als sich ins Wasser zu stürzen, um seine Berührung abzuwaschen. »Ich komme gleich nach.«

Arjun watete durch das Wasser zum Strand. Kishan Singh wartete am Ufer; er sah Arjun einen Moment lang fest in die Augen. Er hatte etwas im Blick, das Arjun veranlasste, schneller zu gehen und noch einmal hinzusehen. Aber da hatte Kishan schon Habacht-Stellung eingenommen, die Hand zum Salut erhoben, die Augen ausdruckslos.

»Was gibt's, Kishan Singh?«

Kishan Singh händigte ihm einen Umschlag aus. »Dies schickt Ihnen Hardy *sah'b*.«

Arjun riss den Umschlag auf und entnahm ihm Hardys Brief. Er las noch, als Alison aus dem Wasser watete und zu ihm trat.

»Was gibt's?«, fragte sie.

»Ich muss zurück«, sagte Arjun. »Sofort. Es sieht so aus, als sei etwas Großes im Gange. Mein Bataillon hat Befehl, Sungei Pattani zu verlassen. Wir ziehen nach Norden, zur Grenze.«

»Du gehst fort?« Alison starrte ihn an, als könne sie nicht glauben, was er gesagt hatte.

»Ja.« Er sah sie gespannt an. »Und du bist froh, nicht?«

Sie ging weiter, ohne zu antworten, und er folgte ihr. Als sie über den Dünenkamm hinweg waren, außer Sicht von Kishan Singh, drehte er sich ungestüm um.

»Alison«, sagte er in scharfem Ton, »du hast mir nicht geantwortet.«

Sie kniff die Augen zusammen. »Sprich nicht in diesem Ton mit mir. Ich bin nicht dein Bursche.«

»Ich habe dich etwas gefragt.«

»Was war das noch mal?«

»Bist du froh, dass ich fortgehe?«

»Wenn du es wirklich wissen willst«, sagte sie tonlos, »die Antwort ist ja.«

»Warum?« Seine Stimme war stockend, klang ratlos. »Du bist hierher gekommen, weil du es wolltest. Ich verstehe diesen Zorn nicht – warum bist du so wütend auf mich?«

»Bin ich gar nicht.« Sie schüttelte den Kopf. »Ich bin überhaupt nicht wütend, da irrst du dich. Es wäre unsinnig, wütend auf dich zu sein, Arjun.«

»Verflixt noch mal. Wovon redest du?«

»Arjun, du bist nicht verantwortlich für das, was du tust; du bist ein Spielzeug, ein fabrizierendes Erzeugnis, eine Waffe in der Hand eines Anderen. Dein Geist wohnt nicht in deinem Körper.«

»Das ist…« Er unterbrach sich. »Das lasse ich dir nur durchgehen«, sagte er, »weil du eine Frau bist.«

Sie sah, dass er sie um ein Haar geschlagen hätte, und das hatte die eigenartige Wirkung, dass er ihr Leid tat. Und dann wurde ihr klar, dass ein Teil von ihr immer Mitleid mit ihm gehabt hatte, ein wenig jedenfalls, und dass sie deswegen an diesem Morgen mit ihm an den Strand gekommen war. Sie begriff, dass er trotz seines herrischen Auftretens ein Mann ohne Ausstrahlung war, ein Mann mit einem schwachen, fragilen Selbstbewusstsein; sie verstand, dass Dinu viel stärker war und viel einfallsreicher, und ihr wurde bewusst, dass sie deswegen hatte riskieren müssen, ihn zu verlieren. Dieser Gedanke machte sie mit einem Mal furchtbar angespannt.

Schnell ging sie zu der Harley-Davidson. »Komm«, sagte sie zu Arjun, »lass uns fahren.«

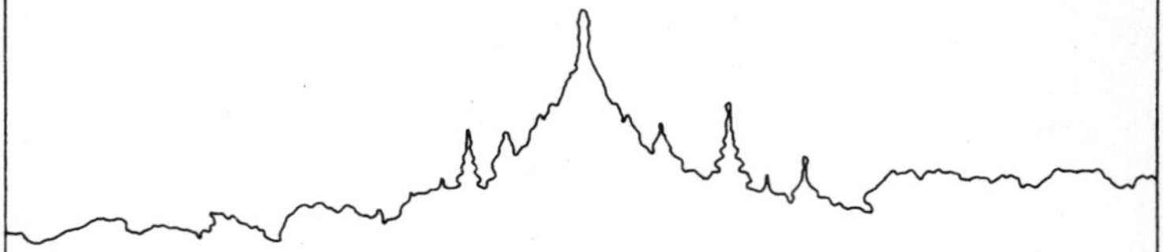

SECHSTER TEIL

Der Krieg

I

Am frühen Abend zog das I. Jat-Regiment aus Sungei Pattani ab. Die Soldaten verließen ihren Standort in einem Lastwagen-Konvoi, der auf der Hauptverkehrsstraße Nr. 1 nach Norden fuhr. In der Stadt Alor Seta wurden sie am Bahnhof abgesetzt mit der Weisung, weitere Instruktionen abzuwarten. Die Mannschaft ließ sich an dem einen Ende des Bahnsteigs nieder, während die Offiziere das andere besetzten.

Dies war der kleinste und hübscheste Bahnhof, den Arjun je gesehen hatte; er sah aus wie eine Puppenhausausgabe der Bahnhöfe, die er in Indien gekannt hatte. Es gab nur einen einzigen schmalen Bahnsteig unter einem niedrigen rot gedeckten Dach. Topfpalmen hingen zuhauf an den Balken, und die Holzsäulen, die den Bahnsteig säumten, waren von Bougainvilleasträuchern in kräftigen Farben umhüllt.

Oberstleutnant Buckland hatte sich im Divisionshauptquartier aufgehalten und kam spät. Um Mitternacht rief er seine Offiziere zusammen, um die Einsatzbefehle für den nächsten Tag auszugeben. Er kündete eine rigorose Änderung der Taktik an; man glaube, dass die japanischen Streitkräfte von Norden her einen Angriff auf Malaya planten. Um dem zuvorzukommen, sollte eine Streitmacht nach Siam vorstoßen und die Ostküste sichern; dies war als Präventivschlag gedacht, um die Landeplätze an der Küste für eine japanische Invasionsstreitmacht zu sperren. Das I. Jat-Regiment sollte bei dieser Operation eine Schlüsselrolle spielen. Das Bataillon hatte den Befehl, sich binnen einer halben Stunde für die Verladung bereitzuhalten. Bei Tagesanbruch sollten sie nordwärts ziehen mit dem Ziel, einen Landekopf nahe der Küstenstadt Singora zu besetzen. »Notieren Sie sich das.«

Oberstleutnant Buckland las Hinweise aus einer Landkarte vor, und die Offiziere machten sich Notizen.

Nach der Instruktion breitete Arjun auf dem Fußboden unter einer nackten Glühbirne eine Landkarte aus, verscheuchte die Nachtfalter, die sich darauf niederlassen wollten. Sein Zeigefinger zitterte vor Aufregung, als er der dünnen roten Straßenlinie folgte, die zu dem Landekopf führte. Nun war es also so weit: Dies war die Bewährungsprobe für die jahrelange Ausbildung, das Warten war endlich vorüber. Arjun betrachtete den mit Blumen geschmückten Bahnsteig; ihm kam der Gedanke, dass dies ein denkbar ungeeigneter Ort war, um einen Angriff zu starten.

An Schlaf war kaum zu denken. Gegen drei Uhr morgens brachte Kishan Singh ihm einen Emaillebecher mit Tee. Arjun nahm ihn dankbar an, ohne zu fragen, woher er kam. Neben ihm schlief Hardy friedlich auf einem Lehnstuhl, den Turban zurückgeschoben. Arjun stand auf und schlenderte über den Bahnsteig, lavierte sich zwischen den kauernden Gestalten hindurch. Er sah, dass im Büro des Bahnhofsvorstehers Licht brannte, und trat ein.

Der Bahnhofsvorsteher war ein Christ aus Goa. Er lag auf seinem Schreibtisch ausgestreckt und schlief fest. Auf einem Bord hinter ihm war ein Radio. Arjun ging um den Schreibtisch herum und schaltete das Radio ein. Er drehte müßig an den Knöpfen. Plötzlich ertönte aus den knackenden Ätherwellen die Stimme eines Nachrichtensprechers: »... schwere Gefechte bei Kota Baharu ...«

Kota Baharu lag im Osten Malayas. Das wusste Arjun, weil ein Freund von ihm dort stationiert war. Es war eine kleine, abgelegene Küstenstadt. Arjun drehte das Radio lauter und hörte weiter zu; der Nachrichtensprecher berichtete jetzt von massiven Landungen der Japaner entlang der Küste – Singora wurde erwähnt, die Stadt, die sie am folgenden Tag besetzen wollten. Arjun machte kehrt und sprintete auf dem Bahnsteig zu dem Warteraum, wo sich der Kommandant aufhielt.

»Sir.«

Der Kommandant und Hauptmann Pearson dösten in ihren Sesseln.

»Es geht los, Sir. Die Japaner sind gelandet.«

»Unmöglich, Leutnant.« Der Kommandant setzte sich auf.

»Es ist im Radio, Sir.«

»Wo?«

Arjun führte sie in das Büro des Bahnhofsvorstehers. Die Männer auf dem Bahnsteig rührten sich, sie merkten, dass sich etwas tat. Arjun stieß die Tür auf. Der Bahnhofsvorsteher war aufgewacht und rieb sich verschlafen mit den Fäusten die Augen. Arjun ging um ihn herum und drehte das Radio laut. Die Stimme des Nachrichtensprechers beherrschte den Raum.

Auf diese Weise erfuhren sie, dass man ihrem Präventivschlag mit einer beispiellosen Operation zuvorgekommen war, mit gleichzeitigen Angriffen auf Ziele, die tausende Meilen voneinander entfernt lagen – einem Luftangriff auf Pearl Harbor und der Landung von Amphibienfahrzeugen auf der malaiischen Halbinsel. Singora, die Stadt, die ihr Ziel hatte sein sollen, war eine der ersten Städte, die besetzt worden waren.

»Meine Herren.« Oberstleutnant Buckland bedachte seine Offiziere mit einem höflichen Lächeln. »So, wie ich die Armee kenne, würde ich vorschlagen, dass Sie es sich hier bequem machen. Es dürfte eine Weile dauern, bis wir etwas vom Hauptquartier hören.«

Sein ironischer Ton hatte etwas ungemein Beruhigendes; als Arjun ihn so reden hörte, vermochte er sich schwer vorzustellen, dass etwas ernstlich schief gehen könnte.

In Alor Seta gab es einen großen Flugplatz, und beim ersten Tageslicht stieg ein Geschwader dickbäuchiger Blenheim-Maschinen auf. Die Männer vom I. Jat-Regiment jubelten, als die Flugzeuge über dem Bahnhof brummten. Nach ein paar Stunden kehrten die Blenheims mit leeren Tanks zurück. Minuten später kam ein Schwarm japanischer Flugzeuge über den Horizont gebrummt. Sie griffen den Flughafen in geschlossener Formation in genau dem Moment an, als die auftankenden Blenheims am verwundbarsten waren. Der Zeitpunkt des Überfalls war unheimlich präzise gewählt. Es konnte keinen Zweifel geben, dass der Feind von einem Spion oder einem einheimischen Informanten einen Hinweis bekommen hatte.

Später fuhr Oberstleutnant Buckland mit einigen seiner Offiziere zum Flugplatz. Eine Sanitäterstation war getroffen worden, es roch stark nach Chemikalien. Auf dem Vorfeld war der Teer rund um die brennenden Blenheims flüssig geworden. Weiter entfernt stand eine Reihe Palmhütten. Sie dienten als Baracken für die malaiischen Hilfskräfte, die den Flugplatz bewachten. Die Wächter waren nirgends zu sehen, und Arjun wurde losgeschickt, um sie zu suchen. Er fand ihre Baracken in vorbildlicher Ordnung. Die Betten waren gemacht, und neben jedem Bett hing ein Matchsack. Die Gewehre lehnten ordentlich aufgereiht an der Wand, genau, wie es die Vorschrift gebot. Aber von den Männern fehlte jede Spur. Es war offensichtlich, dass sie wie jeden Tag ihr Quartier aufgeräumt hatten und dann still desertiert waren.

Dinu hatte die Nacht auf einer Pritsche auf der Veranda von Ilongos Mutter verbracht. Er wachte früh auf. Ilongo und seine Mutter schliefen noch. Er sah auf seine Uhr. Der Zug nach Penang fuhr erst gegen Mittag; es lagen noch viele Stunden vor ihm.

Er trat ins Freie und sah zu dem Berg hinauf. Das Licht wechselte allmählich, der Wald schien zum Leben zu erwachen. Dinu fiel auf, dass er die *chandis* nie zu dieser Morgenstunde fotografiert hatte. Er erspähte Ilongos Fahrrad, das in einem Torweg stand. Er beschloss, mit seinen Fotoapparaten den Berg hinaufzuradeln.

Rasch packte er seine Ausrüstung zusammen, und er radelte schneller als sonst. Als er an den Bach kam, verzichtete er auf seine üblichen Rituale; er ging direkt zu der Lichtung und stellte sein Stativ auf. Er legte gerade einen Film ein, als die ersten Angreifer über den Gunung Jerai flogen. Anfangs achtete er nicht weiter darauf, weil er annahm, die Flugzeuge würden auf dem Flugplatz von Sungei Pattani landen. Doch als der Wald Minuten später vom Knall der Explosionen widerhallte, wusste er, dass da etwas nicht stimmte. Als das nächste Bombergeschwader vorbeikam, sah er näher hin – die Maschinen flogen sehr tief, und ihre Hoheitszeichen waren nicht zu verkennen. Es waren Japaner.

Dinus erster Gedanke galt Alison. Er hatte sie nicht gesehen, seit sie mit Arjun zum Strand gefahren war, aber er erinnerte sich, dass sie heute nach Sungei Pattani wollte – das hatte sie ihm tags zuvor gesagt. Sie müsse Besorgungen machen.

Vermutlich war sie noch in der Stadt. Dinu ließ sein Stativ stehen und lief zum Fahrrad. Zuerst fuhr er zum Haus Morningside, wo die Köchin ihm bestätigte, dass Alison das Haus am frühen Morgen im Daytona verlassen hatte. Bevor er ging, sah Dinu nach Saya

John. Er fand ihn friedlich schlafend in seinem Sessel auf der Veranda.

Als er zum Büro radelte, bemerkte Dinu, dass sich viele Menschen auf dem Paradeplatz versammelt hatten, wo der Appell abgehalten wurde. Als er näher kam, sah er, dass Ilongo, auf einem Stuhl stehend, auf Tamil zu den Versammelten sprach. Dinu suchte seinen Blick und bedeutete ihm, auf ein Wort beiseite zu treten.

»Was ist hier los, Ilongo?«

»Hast du nicht Radio gehört?«

»Nein.«

»Die Japaner sind in den Krieg eingetreten. Sie haben den Flugplatz von Sungei Pattani bombardiert.«

Dinu brauchte einen Moment, bis er begriffen hatte. »Alison ist heute Morgen nach Sungei Pattani gefahren«, sagte er. »Wir müssen nachsehen, ob ihr nichts passiert ist.«

»Ich kann jetzt nicht weg« – Ilongo wies auf die Versammelten auf dem Paradeplatz – »sie warten ...«

»Warum – was wollen sie?«

»Die Verwalter einiger Nachbargüter haben ihre Büros im Stich gelassen und sind nach Singapur gefahren. Unsere Leute hier sind besorgt, sie wollen sich vergewissern, dass sie bezahlt werden ...« Ilongo brach ab, um ein Schlüsselbund aus seiner Tasche zu ziehen. »Hier – fahr allein. Nimm den Lieferwagen.«

Dinu wies die Schlüssel zurück. »Ich kann nicht fahren.«

»Dann warte – ich bin bald fertig.«

Vom Balkon des Plantagenbüros aus beobachtete Dinu, wie Ilongo zu den Leuten sprach. Die Versammlung schien kein Ende zu nehmen;es war schon Mittag, als die Menge sich zerstreute. Kurz darauf ließ Ilongo den Wagen an, und sie machten sich auf den Weg nach Sungei Pattani.

Bald trafen sie auf eine andere Menschenmenge. Die Luftangriffe hatten vor ein paar Stunden aufgehört, aber die Menschen strömten auf die Straße, strebten aus der Stadt. Viele waren zu Fuß, mehrere Familien hatten ihre Habe in Tücher gebunden über die Schultern geschlungen, ein Junge schob ein Fahrrad, ein riesiges Radio auf den Gepäckträger geschnallt, zwei Männer zogen eine ältere Frau auf einem provisorischen Karren hinter sich her. Je näher sie der Stadt kamen, desto mehr waren die Straßen von hupenden Autos verstopft. In dem stecken gebliebenen Lieferwagen lehnte sich Ilongo aus dem Fenster und stellte Fragen. Er erfuhr, dass der Luftangriff für die Stadt völlig überraschend gekommen war; es hatte keinen Alarm, keine Warnung gegeben. Jetzt strebten alle, denen es möglich war, aufs Land, um das Ende des Konflikts abzuwarten.

Sie parkten den Lieferwagen hinter einem Geschäft und gingen in die Stadt. Sie sahen überall nach, wo Alison eventuell hingegangen sein könnte – die Banken waren leer, und die meisten Geschäfte hatten die Rollläden heruntergelassen. Alisons Friseur war nicht mehr da.

»Wo könnte sie sein?«

»Es wird ihr schon nichts passiert sein, keine Sorge.«

Auf dem Rückweg zur Plantage nahmen sie eine Straße, die an der Peripherie des Flugplatzes vorbeiführte. Auf dem Vorfeld waren rauchende Metallteile verstreut, aber die Rollbahnen waren unversehrt. Sie trafen auf einen Inder, einen Aufpasser, der ihnen erzählte, es ginge das Gerücht, dass die japanischen Bomber von einem Spion, einem Verräter bei den britischen Streitkräften, hierher geleitet worden seien.

»War es ein Inder?«, fragte Dinu ängstlich.

»Nein, ein Engländer. Wir haben gesehen, wie er verhaftet und abgeführt wurde.«

Dinu war zugleich perplex und erleichtert.

Erst als sie bei Ilongo zu Hause waren, fiel es Dinu wieder ein, dass er nach Penang hatte aufbrechen wollen. Er beschloss, seine Abreise vorerst zu verschieben; er konnte nicht fortgehen, ohne sich zu vergewissern, dass Alison in Sicherheit war. Er ging nach Morningside, setzte sich hin und wartete.

Als Alisons Auto die Einfahrt heraufkam, war die Sonne schon fast untergegangen. Dinu wartete an der Tür. Die Erleichterung, sie unversehrt zu sehen, bewirkte, dass alle Ängste des Tages sich Luft machten. Er schrie sie an, als sie aus dem Roadster stieg. »Alison, verdammt noch mal, wo bist du gewesen? Du warst den ganzen Tag weg …«

Sie fauchte zurück: »Und du? Wo warst du heute Nacht?«

»Bei Ilongo«, sagte er trotzig. »Ich gehe fort … nach Rangun.«

Sie stieß ein kurzes, hartes Lachen aus. »Dann viel Glück. Mal sehen, wie weit du kommst.«

»Wie meinst du das?«

»Ich war heute Morgen in Butterworth. Auf den Straßen herrscht Chaos. Ich glaube nicht, dass du sehr weit kommst.«

»Butterworth? Was hast du in Butterworth gemacht?«

Sie runzelte die Stirn, ihr Tonfall wurde kühl. »Das geht dich nichts an.« Sie schob sich an ihm vorbei und stieg die Treppe hinauf in ihr Zimmer.

Dinu blieb wütend ein paar Minuten auf der Veranda stehen, dann folgte er Alison nach oben. »Alison ...« Er klopfte an ihre Tür, sprach in zerknirschtem Ton. »Es tut mir Leid ... ich habe mir Sorgen gemacht.«

In einem weißen Satin-Unterrock öffnete sie die Tür. Ehe er etwas sagen konnte, schlang sie die Arme um ihn. »O Dinu.«

»Alison, ich war verzweifelt, du warst den ganzen Tag weg, und die Bomben ...«

»Du hättest dir keine Sorgen zu machen brauchen. Ich war nicht in Gefahr, ich war nicht in der Nähe der Bomben. Sie haben den Flugplatz getroffen, und ich war auf der anderen Seite der Stadt.«

»Aber warum bist du überhaupt dahin gefahren? Den ganzen Weg nach Butterworth? Wozu?«

Sie nahm sein Gesicht zwischen ihre Hände und küsste ihn. »Das erzähle ich dir später«, sagte sie. »Lass uns jetzt nicht davon sprechen. Lass uns einfach froh sein, dass wir zusammen sind und dass uns beiden nichts passiert ist.«

2

Mehrere Stunden vergingen, ohne dass das I. Jat-Regiment vom Divisionshauptquartier hörte. Gleich nach dem Dunkelwerden traf ein Lastwagenkonvoi ein, um die Soldaten an einen anderen Standort zu befördern. Sie konnten erkennen, dass sie in nördlicher Richtung fuhren, aber es war sehr finster, und sie sahen nichts von der Umgebung.

Im Morgengrauen entdeckte Arjun, dass sie auf dem Gelände

einer Kautschukplantage kampierten. Als er sich umblickte, um seine genaue Lage festzustellen, verlor er gänzlich die Orientierung. Der Radius der sichtbaren Welt schien geschrumpft zu sein; es sah so aus, als ob sich das Laubwerk nach wenigen hundert Fuß zu einer runden, rindengestreiften Mauer verdichtete. Zwischen dem Baldachin aus grünem Laub und dem Teppich aus abgestorbenen Blättern gab es kein direktes Licht und keine Schatten. Geräusche drangen zu ihm und verweilten, ohne ihren Ursprung preiszugeben. Es war, als sei er in einem riesigen Irrgarten aufgewacht, in dem Dach und Boden mit Baumwolle ausgepolstert waren.

Bei der morgendlichen Instruktion erfuhren sie, dass das Bataillon jetzt bei Jitra stationiert war, nahe der nördlichsten Spitze des malaiischen Staatenbundes. Hier verjüngte sich die Halbinsel zu einer schmalen Landenge und bildete einen Damm zwischen Malaya und Thailand; eine Armee, die sich von Norden näherte, würde sich durch diese Enge zwängen müssen, und hier könnte ein Anmarsch aus Süden am besten aufgehalten werden. Das I. Jat-Regiment war mit mehreren anderen Bataillonen an der Hauptverkehrsstraße Nr. 1 zusammengezogen worden. Man erwartete, dass die Japaner auf dieser Straße anmarschieren würden. So hatte der Zufall das I. Jat-Regiment in die erste Verteidigungslinie geworfen.

Arjun befehligte die Kompanie C seines Bataillons, die wenige hundert Fuß links von der Hauptverkehrsstraße Nr. 1 postiert war. Hardy war bei der Kompanie D auf der anderen Seite der Straße. Sie wurden auf der einen Seite vom Leicestershire-Regiment und auf der anderen vom XIV. Punjab-Regiment flankiert.

Ihre erste Aufgabe bestand darin, Schützengräben auszuheben, doch das Gelände erwies sich als trügerisch. Der weiche Lehmboden ließ sich leicht graben, aber schwer abstützen. In unvorhersehbaren Tiefen sickerte Grundwasser ein. Die Funkgeräte funktionierten nicht mehr, und das Problem war auf die Umgebung zurückzuführen: Die Bäume störten den Empfang der Radiowellen. Mittels halb vergessener Methoden wurde ein behelfsmäßiges Meldegängersystem eingerichtet, um die Verbindung zwischen den Kompanien aufrecht zu halten. Doch selbst darauf war kein Verlass; die Meldegänger verliefen sich, weil sie in dem geometrischen Plantagen-Irrgarten die Orientierung verloren.

Dann setzte der Regen ein. Es tropfte ununterbrochen, und das verstärkte noch den Eindruck, in einem wattierten Käfig eingeschlossen zu sein. Blickten die Männer nach oben, sahen sie den Regen vom Himmel strömen. Bis das Wasser zu ihnen durchgedrungen war, hatten sich die Güsse zu einem gleichmäßigen Nieseln verlangsamt. Es tropfte noch lange, nachdem der Regen aufgehört hatte; wenn sie aufblickten, stellten sie fest, dass der Himmel sich aufgeklärt hatte, aber unten, wo sie waren, regnete es weiter, eine beschwerliche Stunde nach der anderen. Es war, als sei der Laubbaldachin eine dicke nasse Baumwollschicht, die sich langsam unter ihrem eigenen Gewicht entleerte.

Als der Boden sich in Schlamm verwandelte, fingen die Jeeps und Lastwagen unkontrolliert zu schlingern an. Die Fahrzeuge waren mit sandgriffigen Reifen ausgestattet, gedacht für den Einsatz in der Wüste Nordafrikas. Es erging Order, die Fahrzeuge nicht mehr auf das Gelände der Plantagen zu bringen; Versorgungsgüter mussten nun zu Fuß herangeschafft werden.

Am Nachmittag des zweiten Tages kam Hardy angerannt und ließ sich in den Schützengraben fallen. Arjun sah seinem Gesicht an, dass er vor Neuigkeiten platzte.

»Was gibt's?«

»Hab eben etwas munkeln gehört.«

»Was?«

»Beim I. Hyderabad-Regiment in Kota Baharu hat es Ärger gegeben.«

»Was für Ärger?«

»Nach dem ersten japanischen Angriff brach auf dem Flugplatz Panik aus. Die Flieger waren Australier und sind offenbar überstürzt getürmt. Die Unteroffiziere wollten sich auch absetzen, aber der Kommandant ließ sie nicht weg. Sie haben gemeutert und mehrere Offiziere erschossen. Man hat sie entwaffnet und festgenommen. Sie sollen als Arbeitskräfte nach Penang geschickt werden.«

Arjun überblickte seinen Schützengraben, sah besorgt auf die Gesichter seiner Männer. »Das behältst du am besten für dich, Hardy.«

»Ich dachte bloß, ich sage dir Bescheid.«

Das Hauptquartier des Bataillons lag auf dem Gelände der Plantage, weit hinter Arjuns Kompanie. Spät am zweiten Tag legten Fernmeldetechniker eine Telefonleitung. Der erste Anruf kam von Hauptmann Pearson.

»Gibt es Kontakt?«

»Noch nicht«, sagte Arjun. Der trübe Tag war fast unmerklich in triefende, klammfeuchte Dunkelheit übergegangen. In diesem Moment wurde die dunkle Mauer von einem roten Blitz durchdrungen.

»Heckenschütze!«, sagte der indische Sergeant. »Runter, *sah'b*, runter.« Arjun warf sich bäuchlings in das knöcheltiefe Wasser auf dem Grund des Grabens. Es folgte ein weiterer Schuss, dann noch einer. Arjun tastete nach dem Telefon und musste feststellen, dass die Leitung tot war.

Jetzt schwirrten die Blitze des Gewehrfeuers ringsum durch die Dunkelheit. Die Schüsse kamen in unregelmäßigen Abständen, durchsetzt vom dumpfen Wummern von Mörsern und dem Knattern leichter Maschinengewehre. Zur Rechten, aus der Richtung von Hardys Geschützstellung, ratterte ein Bren-Maschinengewehr. Das brachte nur kurze Erleichterung, denn plötzlich bemerkte Arjun mit einem eigenartigen Flattern im Bauch, dass das Maschinengewehr zu lange knatterte; es war, als seien die Männer zu verängstigt, um sich daran zu erinnern, was Hardy ihnen bei Gefechtsübungen über Salven einzutrichtern versucht hatte.

Jetzt schienen die Heckenschützen vorzurücken, sich rings um ihren Standort frei zu bewegen. Im Verlauf der Stunden mutete der Schützengraben eher wie eine Falle als ein Schutzraum an; die Wehrlosigkeit war besonders schlimm, wenn man von einem mobilen Gegner an einem Posten festgehalten wurde. Als sie das Feuer erwiderten, war es, als würden sie willkürlich drauflos schießen, so wie ein angekettetes Tier am Ende der Leine nach einem unsichtbaren Peiniger schnappt.

Das Tropfen von den Bäumen hielt ohne Unterlass die Nacht hindurch an. Bald nach Tagesanbruch sahen sie oben ein japanisches Aufklärungsflugzeug kreisen. Eine halbe Stunde später flog ein anderes Flugzeug vorbei und senkte sich tief über ihre Linien. Es warf eine Reihe Flugblätter ab, die wie ein großer Schmetterlingsschwarm langsam vom Himmel flatterten. Die meisten blieben auf dem Laubbaldachin liegen, aber einige rieselten auf die Erde. Kishan Singh fing etliche auf, gab eines Arjun und behielt ein paar für sich.

Arjun sah, dass das Flugblatt auf Hindustani verfasst und sowohl in Devanagari als auch in arabischer Schrift gedruckt war. Es war ein an die indischen Soldaten gerichteter Appell, unterzeichnet von einem gewissen Amreek Singh von der indischen Unabhängigkeitsliga. Der Text begann so: »Brüder, fragt euch selbst, wofür ihr kämpft, und wozu ihr hier seid! Wollt ihr wirklich euer Leben für ein Empire opfern, dass euer Land zweihundert Jahre in Knechtschaft gehalten hat?«

Als Arjun hörte, dass Kishan Singh den anderen das Flugblatt laut vorlas, schoss ihm das Blut in den Kopf. Er schnauzte ihn an: »Her damit!« Er zerknüllte die Flugblätter und begrub sie mit dem Absatz tief im Schlamm. »Jeder, der mit so etwas angetroffen wird«, sagte er scharf, »kommt vors Kriegsgericht.«

Minuten später eröffnete die japanische Artillerie das Feuer mit einem Knall, der wie eine bewegliche Schallmauer anmutete. Die ersten Granaten strichen über die Baumwipfel und ließen Schauer aus Blättern und kleinen Zweigen herabsinken. Doch dann bewegten sich die Explosionen langsam auf sie zu. Die Erde bebte so heftig, dass den Soldaten das Wasser auf dem Grund des Schützengrabens ins Gesicht spritzte. Arjun sah, wie ein fünfzig Fuß hoher Kautschukbaum sich fast anmutig von der Erde hob und in die Luft flog, bevor er zu ihnen herunterkrachte. Sie wichen ihm gerade rechtzeitig aus, indem sie sich flach auf den Grund des Grabens warfen.

Die Beschießung dauerte stundenlang, ohne Unterbrechung.

Manju lag in tiefem Schlummer, als Neel sie wachrüttelte. Sie wälzte sich schlaftrunken herum. Ihr schien, als seien Wochen vergangen, seit sie zuletzt geschlafen hatte. Die kleine Jaya neigte zu Kolikanfällen und schrie oft stundenlang. Selbst die Kolikmedizin zeigte wenig Wirkung; nach einem Esslöffel voll fiel sie in einen leichten Schlaf, aber ein, zwei Stunden später war sie wieder wach und schrie heftiger denn je.

Manju warf einen Blick auf Jayas Wiege. Das Kind schlief. Sie rieb sich die Augen und drehte sich fort von Neel. Sie konnte ihren Unmut über die Störung nicht verhehlen. »Was soll das?«, fragte sie. »Warum hast du mich geweckt?«

»Ich dachte, du möchtest es vielleicht wissen …«

»Was?«

»Die Japaner sind in den Krieg eingetreten.«

»Und?« Sie begriff noch nicht, was das damit zu tun hatte, dass sie aus dem Schlaf gerissen worden war.

»Sie sind in Malaya eingefallen.«

»Malaya?« Mit einem Mal war ihr alles klar. Sie setzte sich auf. »Arjun? Dinu? Gibt es Nachricht von ihnen?«

»Nein.« Neel schüttelte den Kopf. »Nicht direkt. Aber im Radio hieß es, dass die 11. Division in die Kämpfe verwickelt war. Ist das nicht Arjuns Division?«

Erst letzte Woche hatte sie einen Brief von Arjun erhalten; er schrieb nicht viel von sich, nur, dass er wohlauf sei und an sie denke. Hauptsächlich hatte er sich nach Jaya und nach Manjus Befinden erkundigt. Er erwähnte auch, dass er Dinu getroffen habe und es ihm gut gehe – Dolly hatte sich gefreut, das zu hören.

»Hast du Arjuns Brief noch?«, fragte Neel.

»Ja.« Manju sprang aus dem Bett und holte den Brief.

»Schreibt er etwas über seine Division?«, fragte Neel.

Die Ziffer 11 sprang ihr von dem zusammengefalteten Blatt sogleich ins Auge. »Ja«, sagte sie. »Das ist seine Division.« Sie sah ihren Mann an, und Tränen traten ihr in die Augen.

Neel legte ihr einen Arm um die Schultern und drückte sie an sich. »Es besteht kein Grund zur Sorge«, sagte er. »Soviel ich weiß, ist das Hauptquartier dieser Division ganz nahe bei Morningside. Dinu wird uns berichten, was dort los ist.«

Jetzt wachte das Kind auf. Zum ersten Mal war Manju dankbar für Jayas Anfälligkeit. Das endlose Geschrei ließ ihr keine Zeit, an etwas anderes zu denken.

Am Abend stattete ihnen ein hoch stehender Angehöriger der indischen Gemeinde in Rangun einen Besuch ab – ein Rechtsanwalt mit Namen Sahibzada Badruddin Khan. Zufällig war die ganze Familie zu Hause, als der Besucher hereinschaute.

Herr Khan war besorgt, und er war gekommen, um Neuigkeiten zu bringen; er hatte an einer Versammlung der prominentesten Inder der Stadt teilgenommen. Dort war beschlossen worden, ein Flüchtlings- und Evakuierungskomitee zu gründen, da man meinte, dass die indische Bevölkerung im Falle eines Einmarsches der Japaner in Birma an zwei Fronten gefährdet sein würde – sie wären wehrlos gegen die feindseligen Gruppierungen der birmanischen Öffentlichkeit, und mehr noch, als Untertanen des britischen Empire würden sie von den Japanern als feindliche Fremde behandelt werden. Viele Gemeindemitglieder hatten ihrer Furcht vor einer bevorstehenden Katastrophe Ausdruck gegeben; Ziel des Komitees war es, so viele Inder wie möglich aus Birma hinauszuschaffen.

Rajkumar erfuhr mit Staunen von diesen Maßnahmen. Er war trotz der jüngsten Nachrichten optimistisch gestimmt, hatte er doch soeben erfahren, dass ein Freund von ihm sich einen Vertrag für den Bau einer langen Strecke der Birma-China-Straße gesichert hatte. Jetzt war er absolut zuversichtlich, seine Holzvorräte zu genau dem Preis, den er sich erhofft hatte, verkaufen zu können.

»Was?« Rajkumar brach in ungläubiges Gelächter aus. »Ihr wollt aus Birma weglaufen, weil die Japaner in Malaya eingefallen sind?«

»Nun ja, die Leute meinen …«

»Humbug, Khan.« Rajkumar klopfte seinem Freund auf den Rücken. »Lass dich doch von diesen Panikmachern nicht verrückt machen. Malaya ist weit weg.«

»Trotzdem«, sagte Herr Khan, »es kann nicht schaden, vorbereitet zu sein, insbesondere, wenn Frauen und Kinder beteiligt sind.«

Rajkumar zuckte die Achseln. »Nun, Khan, du musst tun, was du für das Beste hältst. Aber was mich betrifft, für mich ist dies eine großartige Gelegenheit …«

»Gelegenheit!« Herr Khan hob eine Augenbraue. »Inwiefern?«

»Das ist kein Geheimnis, Khan. Wenn Amerika am Krieg beteiligt ist, ist mehr Geld für Verteidigungsmaßnahmen da. Birma ist äußerst wichtig für das Überleben der chinesischen Regierung in Tschungking; die Nord-Süd-Route wird die Hauptversorgungsstrecke sein. Ich möchte wetten, dass diese Straße schneller gebaut wird, als man es für möglich gehalten hätte.«

»Und wenn ein Angriff erfolgt?«

Rajkumar zuckte die Achseln. »Das ist eine Frage der Nerven, Khan. Ich kann verstehen, warum du fortmöchtest. Aber für uns ist es zu früh. Ich habe mich lange hierauf vorbereitet, und ich werde jetzt nicht weggehen.«

Manju war durch Rajkumars Worte ungemein beruhigt; es war sehr tröstlich zu wissen, dass sie vorläufig nicht ans Fortgehen denken musste. Mit Jaya fertig zu werden, war zu Hause schon schwierig genug; sie mochte sich nicht vorstellen, wie das unter weniger günstigen Umständen sein würde.

Am nächsten Morgen brachte ein Meldegänger eine Nachricht in Arjuns Schützengraben. Sie war vom Bataillonshauptquartier: Sie sollten hinter die Asoon-Linie zurückfallen, eine Kette von Verteidigungsbefestigungen entlang eines Flusses, ein paar Meilen die Straße hinunter. Als Arjun den Befehl zum Aufbruch erteilte, erklangen gedämpfte Freudenrufe. Er hätte am liebsten mit eingestimmt – alles war besser, als in diesem Schützengraben festzusitzen.

Sie verließen das Gelände der Plantage zunächst in Reih und Glied, doch auf der Straße verwandelte sich der Abzug rasch in einen chaotischen Rückzug. Die Männer zeigten Anzeichen von Panik, als ein Lastwagen nach dem anderen an ihnen vorüberfuhr, voll besetzt mit Truppen anderer Einheiten. Arjun blieb so lange bei seinen Männern, bis sie auf einen Lastwagen verfrachtet waren, dann sprang er mit Hardy in einen Jeep.

»*Yar,* hast du schon gehört?«, flüsterte Hardy.

»Was?«

»Die Japsen haben die *Prince of Wales* und die *Repulse* versenkt.«

»Unmöglich.« Arjun sah ihn ungläubig an. Dies waren die zwei größten Schlachtschiffe, die je gebaut worden waren, der Stolz der britischen Marine. »Das kann nicht sein.«

»Es ist aber wahr – ich habe Kumar getroffen, er hat es mir erzählt.« Plötzlich erhellte ein schadenfrohes Grinsen sein Gesicht. »Ich kann es nicht erwarten, es Pearson zu sagen; das Gesicht von dem Scheißkerl möchte ich sehen.«

»Hardy«, fuhr Arjun ihn an, »bist du verrückt geworden?«

»Wieso?«

»Hast du vergessen, dass die Schiffe hier waren, um uns zu verteidigen? Wir stehen alle auf derselben Seite. Eine Japsenkugel kann nicht zwischen dir und Pearson wählen.«

Hardy warf ihm einen erschrockenen Blick zu, und sie sahen sich einen Moment bestürzt an. »Du hast Recht«, sagte Hardy. »Natürlich. Aber weißt du ...«

»Lassen wir das«, sagte Arjun rasch.

Als sie an den Asoon kamen, verstummte die japanische Artillerie unerklärlicherweise. Froh über die Pause, stellten die Männer des I. Jat-Regiments sich am Straßenrand auf, mit dem Rücken zum Fluss. An dieser Stelle verlief die Hauptverkehrsstraße Nr. 1 an einer Böschung entlang, mit dichten Kautschukbeständen auf beiden Seiten, so weit das Auge reichte. Das ganze Bataillon war jetzt an einem Ort zusammengezogen, um die Zugänge zum Fluss zu verteidigen. Die Fahrzeuge waren abseits der Straße an der Böschung abgestellt.

Als Arjun Hardy auf die Straße treten sah, ging er zu ihm. Oberstleutnant Buckland war nur wenige Schritte entfernt im vorläufigen Hauptquartier des Bataillons. Bei ihm war Hauptmann Pearson, der sich an einer Kartentasche zu schaffen machte.

Arjun blieb mitten auf der Straße stehen, um sich mit Hardy zu beraten. »Was meinst du, warum haben sie mit der Beschießung aufgehört?«, fragte er.

»Manchmal stellen sie sie eben ein«, sagte Hardy. »Schwer zu sagen, warum.«

»Du glaubst doch nicht, es ist, weil ihre Panzer hierher unterwegs sind, oder?«

Hardy erwiderte spöttisch: »Welche Panzer? Keiner von uns hat Panzer, die nicht und wir nicht. Dieses Land ist für Panzer nicht geeignet.«

»Das hat man uns erzählt. Aber ...« Irgendwo in der Ferne war ein Rattern zu hören. Beide drehten sich auf dem Absatz um und sahen die Straße hinunter. Die Sonne war schon fast untergegangen. Die Wolken waren für kurze Zeit aufgerissen, und der Himmel hatte sich scharlachrot gefärbt. Die Straße verlief einige hundert Fuß geradeaus, bevor sie um eine Kurve verschwand; zu beiden Seiten ragten Kautschukbäume auf, deren Wipfel sich fast berührten und einen Bogen bildeten. Die Straße war leer, nichts war zu sehen.

Hardy stieß einen Seufzer der Erleichterung aus. »Das hat mir Angst eingejagt...« Er wischte sich mit dem Ärmel die Stirn ab. »Ich hab dir ja gesagt, dieses Land ist für Panzer nicht geeignet, das ist das Einzige, worauf wir uns verlassen können, Gott sei Dank.«

Gleich darauf kam mit knirschenden Ketten ein Panzer um die Ecke. Hoch oben am Turm hob sich der behelmte Kopf eines Schützen vor dem Himmel ab. Der Turm drehte sich in ihre Richtung, bis das Geschütz ein einziges rundes Auge war. Dann erzitterte der Panzer, und das hohle Auge färbte sich flammend rot. Unten an der Böschung machte ein Halbtonnen-Laster einen kleinen Satz und ging in Flammen auf.

Einen Augenblick lang wich Arjun nicht vom Fleck. Auf das hier hatte seine Ausbildung ihn nicht vorbereitet. Ein vages Besinnen auf unerledigte Aufgaben drängte ihn, auf der Straße umzukehren und zu seiner Kompanie zu laufen, die Männer zu versammeln und in aller Eile die Feuerwand zu errichten, von der der Kommandant bei der letzten Instruktion gesprochen hatte. Aber der Kommandant hatte entschieden erklärt, dass keine Panzer kommen würden – und ohnehin war der Kommandant jetzt verschwunden, mit Hauptmann Pearson zusammen einfach die Böschung hinuntergerollt. Auf beiden Seiten der Hauptverkehrsstraße stoben die Männer Deckung suchend in die Plantage.

»Lauf, Arjun!« Es war Hardys Stimme, die ihn aus seiner Erstarrung rüttelte. »Lauf, lauf.«

Er war mitten auf der Straße gestrandet wie ein aufgescheuchtes Reh, und der erste Panzer war schon fast bei ihm, so nah, dass er die von einer dicken Schutzbrille verdunkelten Augen des Mannes im Turm sehen konnte. Er machte einen Satz, warf sich über die Böschung, sprang zur Seite, um dem brennenden Jeep des Kommandanten auszuweichen. Dann rappelte er sich hoch und rannte zu den Bäumen; plötzlich war er in einem langen Tunnel aus Laubwerk, seine Füße traten auf einen weichen Teppich aus gefallenen Blättern.

Die Klarheit, die ihn vorübergehend erfasst hatte, als er mitten auf der Straße stand, war jetzt verschwunden. An ihre Stelle trat ein blinder Trieb. Es war durchaus möglich, dass er geradewegs auf ein Nest japanischer Gewehre zuhielt. Doch selbst wenn er gewusst hätte, dass es so war, hätte er sich nicht bremsen können. Es war, als wären sein Atem und sein Blut miteinander verschmolzen, vereint auf sein Gehirn hämmernd, ihn vorwärts drängend, ihn einfach in diese Richtung treibend.

Er war mehrere hundert Fuß von der Straße entfernt, als er anhielt, um zu verschnaufen. An einen Baumstamm gelehnt, drehte er sich keuchend um und blickte zurück. Die Bäume flossen zu einer Linie zusammen, an deren Ende ein kleines Stück Straße deutlich sichtbar war, von einem kreisrunden Rahmen umschlossen, so, als blicke er durch ein Teleskop. Er sah einen Panzer nach dem anderen über die Hauptverkehrsstraße rollen. An den Seiten der Böschung lagen die Fahrzeuge des I. Jat-Regiments. Manche waren umgekippt, einige standen in Flammen.

Es war ein unfassbarer Anblick. Arjun konnte sich selbst nicht erklären, was geschehen war. War dies mit dem Ausspruch »in die Flucht schlagen« gemeint – dieser Wirrwarr aus Angst, Drang und Scham, dieses Gefühl, als stürzte im Kopf alles ein, als sei das in jahrelanger Ausbildung errichtete Gerüst aus eingedrillten Reaktionen zusammengebrochen?

Plötzlich hatte Arjun eine schmerzliche Vision vom Hauptquartier des Bataillons in Saharanpur: Er sah das Gebäude vor sich, das sie »Schonung« genannt hatten – den lang gestreckten, niedrigen Bungalow, in dem die Offiziersmesse untergebracht war. Er dachte an die Gemälde mit den schweren vergoldeten Rahmen, die zusammen mit den präparierten Köpfen von Büffeln und Nilgauantilopen an den Wänden hingen, an die Wurfspieße, Krummsäbel und gefiederten Speere, die seine Vorgänger als Trophäen aus Afrika, Mesopotamien und Birma mitgebracht hatten. Für ihn war dies sein Zuhause gewesen, das Bataillon seine erweiterte Familie – ein Clan, der tausend Mann in einer Pyramide aus Zügen und Kompanien vereinte. Wie war es möglich, dass diese jahrhundertealte Struktur mit einem einzigen schweren Schlag zerbrechen konnte wie eine Eierschale – und das auf diesem unwahrscheinlichsten aller Schlachtfelder, in einem von Geschäftsleuten angelegten Wald? Lag die Schuld bei ihm selbst? Stimmte es denn, was die älteren Engländer sagten, dass die Inder die Armee zerstörten, wenn sie Offiziere wurden? Zumindest dies stand außer Zweifel: Als

Kampfeinheit existierte das I. Jat-Regiment nicht mehr. Jeder Mann im Bataillon würde jetzt für sich selbst sorgen müssen.

Er hatte seinen Tornister im Jeep am Fluss zurückgelassen; es wäre ihm vorher nicht in den Sinn gekommen, dass er wenige Minuten nach dem Aussteigen um sein Leben rennen würde. Alles, was er noch bei sich hatte, waren sein 45er Webley-Revolver, seine Wasserflasche und sein Gürtel mit einem kleinen Päckchen Krimskrams.

Er blickte um sich. Wo war Hardy? Wo waren der Kommandant und Hauptmann Pearson? Er hatte sie vorhin kurz gesehen, als er in die Plantage lief. Aber jetzt, in der zunehmenden Dunkelheit, war schwer zu sagen, was vor ihm war.

Die japanische Infanterie würde so gut wie sicher hinter den Panzern die Plantage durchkämmen. Möglicherweise wurde er von einer der hundert Sichtachsen aus beobachtet, die an genau der Stelle, wo er stand, zusammenliefen.

Was sollte er jetzt tun?

3

Die Fahrt zum Gunung Jerai hinauf war Alisons Idee gewesen. Sie brachen lange vor Sonnenaufgang auf, nahmen die Straße, die um den Berg herumführte. Die Dörfer wirkten jetzt verlassen; die Panik, die tagsüber geherrscht hatte, war einer wachsamen Stille gewichen. Auf den Märkten waren kaum Menschen zu sehen. Alison konnte die Ortschaften mit hoher Geschwindigkeit durchfahren.

Sie kamen zügig voran und bogen in die Straße zum Gipfel ein, als es noch hell war. Bei der Steigung gab das Auto ein schrilles, ununterbrochenes Heulen von sich. Wegen der dichten Bewaldung herrschte Zwielicht auf den Hängen. Alison musste die Scheinwerfer einschalten.

Die Straßenkehren waren sehr scharf. Sie kamen zu einer Haarnadelkurve, die steil anstieg. Alison musste anhalten und umschalten, um die Kurve zu schaffen. Der Himmel über dem nördlichen Horizont schien von einem Fleck verdunkelt, einer Wolke aus kleinen horizontalen Pinselstrichen. Alison blieb abrupt stehen, und sie starrten auf die Erscheinung – einige Sekunden vergingen, bevor sie begriffen, dass es Flugzeuge waren, die von Norden her direkt auf sie zuhielten. Sie sahen die Flugzeuge zunächst frontal; im Profil schienen sie stillzustehen; nur am allmählichen Anschwellen ihrer Umrisse war zu erkennen, dass sie sich bewegten.

Alison ließ den Wagen wieder an, und sie preschten die Straße hinauf. Die Hütte ragte in der zunehmenden Dunkelheit vor ihnen auf. Sie parkten unterhalb der Veranda und gingen hinauf auf den Balkon. Auf den aufgestellten Tischen lagen weiße Tücher, die mit massiven Aschenbechern beschwert waren. Teller waren gedeckt, als würden viele Gäste erwartet.

Sie konnten das Dröhnen der nahenden Bomber in den vibrierenden Brettern des Holzfußbodens spüren. Die Flugzeuge waren jetzt ganz nahe und flogen sehr tief. Plötzlich teilte sich das Geschwader und umrundete getrennt den Berg wie ein Strom, der an einem Felsblock vorbeifließt. In steiler Schräglage schwenkte ein Schwarm zum seewärts gelegenen Berghang, nahm die Flugroute nach Butterworth und Penang. Der andere Schwarm hielt auf Sungei Pattani auf der landwärts gelegenen Seite zu.

Alison nahm Dinus Hand, und sie gingen auf dem Balkon herum, bahnten sich einen Weg zwischen den gedeckten Tischen hindurch. Die Tischtücher flatterten im Wind, die Teller waren mit einer dünnen Staubschicht bedeckt.

Heute waren keine Wolken am Himmel. Weit unten im trüben Zwielicht erschien die Insel Penang als dunkle, auf dem Wasser schwimmende Masse; im Südosten lag Sungei Pattani wie ein kleines bewohntes Floß, das in einem Meer von Kautschukbäumen ausgesetzt war. Straßen und Eisenbahnschienen schimmerten im letzten Tageslicht. Die Landschaft war wie eine unermessliche, zu Alisons und Dinus Füßen entfaltete Landkarte.

In Vorbereitung der Bombenabwürfe verloren die Flugzeuge an Höhe. Sungei Pattani war das nächstgelegene Ziel und wurde als Erstes getroffen. Flammenstöße erschienen in der dunklen Landschaft, dicht an dicht in geraden Linien wie Stiche auf einem dunklen Stoff.

Sie gingen auf der Veranda herum, zupften an den Tischtüchern und fuhren mit den Fingern über die staubbedeckten Teller. Auf der nordwärts gelegenen Seite sahen sie ein neues Flugzeuggeschwader herankommen; auf der seewärts gelegenen Seite senkten sich die Bomber tief über Butterworth. Plötzlich schoss von der Küste eine orangerote Flamme turmhoch auf, die viele hundert Fuß in den Himmel ragte; die folgende Explosion war so heftig, dass sie sich noch oben auf dem Berg bemerkbar machte.

»O Gott!« Alison warf sich in Dinus Arme. »Sie haben die Öltanks in Butterworth getroffen.«

Sie barg ihr Gesicht an Dinus Brust, krallte sich an seinem Hemd fest, knüllte den Stoff in ihrer Faust. »Ich bin erst neulich daran vorbeigefahren.«

Dinu hielt sie fest. »Alison, du hast mir immer noch nicht gesagt, warum du dort …«

Sie wischte sich das Gesicht an seinem Hemd ab und löste sich von ihm. »Gib mir eine Zigarette.«

Dinu zündete eine Zigarette an und steckte sie ihr zwischen die Lippen. »Also?«

»Ich habe einen Arzt aufgesucht, Dinu – einen, der mich nicht kennt.«

»Warum?«

»Ich dachte, ich wäre vielleicht schwanger.«

»Und?«

»Ich bin nicht schwanger.«

»Und wenn du schwanger gewesen wärst, Alison«, sagte Dinu ruhig, »hättest du dir gewünscht, dass das Kind von Arjun wäre?«

»Nein.« Das Wort kam als Schrei heraus. Sie schlang die Arme um Dinu und schluchzte in sein Hemd.

»Dinu, es tut mir Leid. Es tut mir so Leid.«

»Was?«

»Alles, Dinu. Dass ich damals weggefahren bin – mit Arjun. Es war ein Fehler, ein schlimmer, schlimmer Fehler. Hätte ich nur gewusst, Dinu …«

Er brachte sie zum Verstummen, indem er seinen Finger auf ihren Mund legte. »Ich will es nicht wissen, was immer auch geschehen ist. Ich will es nicht wissen, es ist besser so … für uns beide. Wir müssen nicht mehr von Arjun spre …«

Ein Lichtblitz schnitt ihm das Wort ab, eine Explosion, die die ganze Stadt Sungei Pattani erhellte. Es folgte eine Reihe kleinerer Explosionen, eine nach der anderen, wie Feuerwerkskörper.

»Das Arsenal«, sagte Alison. Sie ging auf die Knie, steckte den Kopf zwischen das Geländer, hielt sich mit den Händen an den Holzstäben fest. »Sie müssen das Arsenal getroffen haben.«

Dinu kniete sich neben sie. »Alison«, sagte er eindringlich und packte sie an den Schultern. »Eins steht fest… du musst fort. Deine Mutter war Amerikanerin, dein Bruder lebt noch dort. Wer weiß, was passiert, wenn den Japanern der Durchbruch gelingt. Du musst hier weg.«

»Wohin?«

»Nach Singapur, dort bist du in Sicherheit, es ist sehr gut verteidigt. Hier sind wir zu nahe an der Grenze. Und du musst deinen Großvater mitnehmen. Ihr müsst fort.«

Sie schüttelte heftig den Kopf. »Ich will nicht. Ich will nicht fortgehen.«

»Alison, du darfst nicht nur an dich denken.«

»Das verstehst du nicht, Dinu – ich bin ein heimatverbundenes Wesen. Lieber nehme ich ein paar von denen mit mir, als dass ich aufgebe, was mir gehört.«

»Alison, hör auf mich.« Dinu packte ihre Hände. »Du musst es tun. Um deines Großvaters willen, wenn schon nicht deinetwegen.«

»Und was wird aus der Plantage?«

»Ilongo wird sich darum kümmern, solange du fort bist, du wirst sehen. Du kannst ihm vertrauen, das weißt du.«

»Und du – du kommst natürlich mit uns. Oder nicht?«

»Alison, ich sollte nach Birma zurückkehren. Meine Familie… sie braucht mich jetzt vielleicht.«

»Aber du könntest zuerst mit uns nach Singapur gehen, dort bekommst du vermutlich ein Schiff. Es wäre vielleicht sogar einfacher.«

Dinu überlegte. »Da könntest du Recht haben. Ja… ich komme mit.«

Sie schlang die Arme um ihn. »Ich glaube, ich könnte es nicht ertragen, ohne dich wegzugehen. Gerade jetzt.«

»Wieso jetzt?«

Sie drückte ihre Stirn an seine Brust. »Weil ich glaube, dass ich dich liebe, Dinu … oder so etwas Ähnliches jedenfalls. Ich habe es vorher nicht gewusst, aber jetzt weiß ich es.«

Er zog sie an sich und drückte sie fest an seine Brust. Es war ihm einerlei, was zwischen ihr und Arjun gewesen war; nichts war von Belang, nur das hier – dass sie ihn liebte und er sie –, nichts anderes war von Bedeutung, die Flugzeuge nicht, die Bomben nicht, nichts, nur dies. Er fühlte sich berauscht, wild, besessen: Dies war das Glück, er hatte es bisher nicht gekannt, dieses Dahinschmelzen, diese Hochstimmung, wie sich das Kribbeln im Bauch in den Kopf fortsetzt, die Augen sich füllen. Wie sich Geist in den Körper verwandelt, der Körper erfüllt von der Freude des Geistes ist, dieses Gefühl, dass die Wirklichkeit ihre Bestimmung erreicht hat.

Weit über dem Laubbaldachin der Plantage war der Himmel mit rosigen Strahlen gefärbt. Doch auf der Erde unter den Kautschukbäumen herrschte noch Zwielicht. Obwohl Arjun in den vergangenen Tagen viele Klagen über das Gelände zu hören bekommen hatte, wurde er sich erst jetzt des Trügerischen seiner Umgebung voll bewusst. Er hatte das merkwürdige Gefühl, in ein Bild eingetreten zu sein, das mit der erklärten Absicht, das Auge zu täuschen, geschaffen worden war; zuweilen wirkten die Blättertunnel rings um ihn still und leer, doch kurz darauf schienen sie von Leben erfüllt. Mit jedem Schritt tauchten Gestalten und Formen auf und verschwanden wieder; bald waren die Baumreihen gerade ausgerichtet, bald krumm und schief. Jeder anmutig ausladende Baum verhieß Deckung, doch nirgends gab es einen Punkt, der sich nicht mit einer perfekten Schusslinie überschnitt.

Arjun wusste, dass viele Männer in der Plantage Schutz gesucht hatten; zuweilen spürte er ihre Gegenwart. Hin und wieder hörte er Flüstern oder Schritte durch die langen, schnurgeraden Korridore hallen, die sich von ihm aus in alle Richtungen dehnten. Manchmal vernahm er ganz in der Nähe ein Geräusch. Wenn er sich umdrehte, stellte er fest, dass er nur auf einen Zweig getreten war, der unter dem Teppich aus abgestorbenen Blättern versteckt gewesen war. Es war unmöglich, Gestalt von Schatten, Bewegung von Stille zu unterscheiden – Wirklichkeit und Täuschung schienen nahtlos miteinander verschmolzen.

Gerade als das Zwielicht in Dunkelheit überging, hörte er das Klicken einer Waffe, die entsichert wurde. Es folgte ein Flüstern, irgendwo in der Nähe. »*Kaun hai?* Wer da?«

Die Stimme kam ihm bekannt vor, aber Arjun wartete, bis er das Flüstern noch einmal hörte: »Wer da?«

Diesmal war er sicher. »Kishan Singh?«

»Sah'b.«

Arjun ging ein paar Schritte nach rechts und stand seinem Burschen Auge in Auge gegenüber. »Wie hast du mich gefunden?« Ernst nahm er Kishan Singhs Salut entgegen, bemüht, sich das ganze Ausmaß seiner Erleichterung nicht anmerken zu lassen.

»Buckland *sah'b* hat mich geschickt«, sagte Kishan Singh.

»Wo ist er?«

»Da drüben.«

Es stellte sich heraus, dass Kishan Singh und ein Dutzend andere Männer vom Bataillon in die Plantage entkommen waren. Es war ihnen gelungen, in dem Durcheinander nach dem japanischen Panzerangriff zusammenzubleiben. Schließlich waren sie auf Hardy und Oberstleutnant Buckland gestoßen. Hauptmann Pearson wurde noch vermisst. Jetzt versuchten sie, weitere Männer aufzuspüren.

Oberstleutnant Buckland saß mit dem Rücken an einem Baumstamm, den rechten Arm in einer improvisierten Schlinge. Er nahm Arjuns Salut mit einem Nicken und einer knappen Bewegung der linken Hand entgegen.

»Freut mich, Sie wieder bei uns zu haben, Leutnant.«

Arjun war heilfroh, den vertrauten ironischen Ton wieder zu hören. Er grinste. »Freut mich auch, Sie zu sehen, Sir. Ihr Arm – ist es schlimm?«

»Nur ein Kratzer – ist auch schon versorgt. Zum Glück haben wir einen Sanitäter bei uns.« Der Oberstleutnant lächelte schmallippig. »Setzen Sie sich, Roy. Sie müssen jetzt nicht auf Etikette achten.«

»Danke, Sir.« Arjun wischte sich auf dem Teppich aus abgestorbenen Blättern einen Platz frei.

»Es wird Sie freuen zu hören, dass Hardy es auch geschafft hat«, sagte Oberstleutnant Buckland. »Ich habe ihn auf die Suche nach Wasser geschickt. Es wird knapp.«

»Es ging alles so schnell, Sir.«

»Ja, nicht wahr?« Oberstleutnant Buckland verstummte. Als er wieder sprach, war seine Stimme heiser, kratzig, fast nicht wieder zu erkennen.

»Sagen Sie, Leutnant, denken Sie, ich habe das Bataillon im Stich gelassen?«

Etwas an seinem Ton rührte Arjun. »Nein, Sir«, erwiderte er entschieden. »Sie hätten nichts tun können, Sir.«

»Man kann immer etwas tun.«

»Aber was hätten Sie denn tun können, Sir? Wir hatten keine Luftunterstützung. Wir wussten nichts von den Panzern. Es ist nicht unsere Schuld, Sir.«

»Wer das Kommando hat, hat immer Schuld.«

Sie schwiegen eine Weile. Unvermittelt sagte der Oberstleutnant: »Wissen Sie, woran ich gedacht habe, Leutnant?«

»Sir?«

»Die Schonung – in Saharanpur. Ich weiß noch, wann sie gebaut wurde. Mein Vater war damals Kommandant – und das I. Jat-Regiment hieß noch Royal Battalion. Wir waren den Sommer über in Simla, und als wir zurückkamen, stand er da – der Bau, der als Schonung bekannt werden sollte. Es gab eine Feier und ein Festessen, *bara khana*, für die Männer. Meine Mutter durchschnitt ein Band. Ich erinnere mich, wie stolz ich war, als ich unsere Fahnen dort hängen sah – mitsamt Mottenlöchern. Das war der Anfang meiner Beschäftigung mit Militärgeschichte. Mit zehn Jahren kannte ich unsere Kampfauszeichnungen auswendig. Ich hätte Ihnen genau sagen können, wie Jemadar Abdul Qadir sein Victoriakreuz bekam. Es war in meinem letzten Schuljahr, als das Royal Battalion an die Somme ging. Ich stieß auf etwas, das Feldmarschall Sir John French in einer Rede gesagt hatte, und habe es ausgeschnitten.«

»Was hat er gesagt, Sir?«

»Etwas im Sinne von ›die Jats wird man an der Westfront nie vergessen‹.

»Ich verstehe, Sir.«

Der Oberstleutnant senkte die Stimme zu einem Flüstern. »Und was glauben Sie, wird man zu dem sagen, was uns heute zugestoßen ist, Roy?«

Arjun erwiderte ruhig: »Ich glaube, man wird sagen, wir haben getan, was wir unter den gegebenen Umständen tun konnten.«

»Meinen Sie? Ich weiß nicht recht. Dies war eine der besten Einheiten in einer der besten Streitkräfte der Welt. Aber heute haben wir uns zerstreut, ohne das Feuer erwidern zu können. Ich werde bis an mein Ende mit diesem Wissen leben müssen.«

»Sie können sich keinen Vorwurf machen, Sir.«

»Wirklich nicht?« Oberstleutnant Buckland schwieg wieder. In der Stille wurde Arjun gewahr, dass es regnete und der Laubbaldachin sein übliches langsames, unabänderliches Tropfen von sich gab.

»Sir.« Zu ihrer Überraschung trat Hardy plötzlich aus dem Dunkel. Er reichte dem Kommandanten eine grüne Flasche. »Wasser, Sir.«

»Woher haben Sie das?«

»Aus einem kleinen Teich, Sir. Wir haben das Wasser gefiltert und Tabletten hineingetan. Ich denke, es ist ungefährlich, Sir.«

»Nun gut.« Oberstleutnant Bucklands Stimme war wieder sachlich. »Sie beide sollten sich ausruhen. Morgen geht es nach Südosten. Mit etwas Glück werden wir in einem großen Bogen zu unseren Linien zurückkehren.«

Der Regen fiel ohne Unterlass, die Feuchtigkeit senkte sich mit der ständigen Beharrlichkeit, die sie alle fürchten gelernt hatten, auf sie herab. Hardy organisierte von einem der Männer einen Schlafsack, und er und Arjun saßen im rechten Winkel zueinander an einen Baumstamm gelehnt und hielten im Dunkeln Wache. Mücken summten unaufhörlich, und ausnahmsweise war Arjun froh über seine Gamaschen. Aber Hals und Gesicht waren ungeschützt, da konnte er nicht viel ausrichten. Er schlug nach den Insekten und dachte sehnsüchtig an die Mückensalbe, die er in seinem Tornister verstaut am Asoon zurückgelassen hatte.

»Sah'b.« Der Klang von Kishan Singhs Stimme schreckte Arjun auf.

»Kishan Singh?«

»Sah'b.«

Kishan Singh drückte ihm etwas in die Hand und war verschwunden, bevor Arjun noch etwas sagen konnte.

»Was ist das?«, fragte Hardy.

Arjun hielt sich die Hand vor die Nase. »Oh«, sagte er, »ich glaube, das ist Mückensalbe. Er muss mir seine eigene gegeben haben…«

»Du verdammter Glückspilz«, sagte Hardy trübsinnig. »Mein Bursche würde mit Freuden zusehen, wie ich bei lebendigem Leibe aufgefressen werde, bevor er sich von seiner Salbe trennen würde. Gib mir was ab – so ist's brav.«

An Schlaf war nicht zu denken; es gab nichts zu tun, als das Ende der Nacht abzuwarten. Von Zeit zu Zeit summte Hardy vor sich hin, und Arjun versuchte, die Melodien zu erraten. Zwischendurch tauschten sie sich mit gedämpfter Stimme über die Ereignisse der letzten Stunden aus.

Flüsternd fragte Hardy: »Was hat Bucky vorhin zu dir gesagt?«

»Wir sprachen über das, was geschehen ist.«

»Was hat er gesagt?«

»Er hat sich Vorwürfe gemacht.«

»Aber er hätte nichts tun können.«

»Er sieht es nicht so. Es war eigenartig, ihn so persönlich darüber reden zu hören, als wäre er für alles verantwortlich. Auf den Gedanken war ich gar nicht gekommen.«

»Wie solltest du auch?«

»Wieso nicht?«

»Für uns spielt es doch keine Rolle, oder?«

»Natürlich tut es das. Wenn nicht, säßen wir nicht hier im Regen.«

»Schon, aber denk doch mal nach, *yar* Arjun. Zum Beispiel, was wäre geschehen, wenn wir unsere Stellung am Asoon gehalten hätten? Glaubst du, uns – den Indern –, glaubst du, uns hätte man Anerkennung gezollt?«

»Wieso nicht?«

»Denk doch an die Zeitungen in Singapur, die über alle die tapferen jungen Soldaten schrieben, die gekommen waren, um ihre Kolonie zu verteidigen. Erinnerst du dich?«

»Natürlich.«

»Erinnerst du dich, dass alle die tapferen jungen Soldaten immer Australier oder Kanadier oder Engländer waren?«

Arjun nickte. »Ja.«

»Es war, als gäbe es uns gar nicht. Und deswegen spielt es keine Rolle, was am Asoon geschah – jedenfalls nicht für uns. Ob wir unsere Stellung gehalten hätten oder nicht, es wäre einerlei gewesen. *Yar*, manchmal denke ich an all die Kriege, in denen mein Vater und mein Großvater gekämpft haben – in Frankreich, in Afrika, in Birma. Sagt irgendwer jemals, die Inder haben diesen oder jenen Krieg gewonnen? Hier wäre es dasselbe gewesen. Bei einem Sieg hätte die Anerkennung nicht uns gegolten. Nach derselben Logik können wir auch nicht an der Niederlage schuld sein.«

»Für andere mag es keine Rolle spielen, Hardy«, sagte Arjun. »Aber für uns.«

»Wirklich, Arjun? Ich will dir sagen, was ich gefühlt habe, als ich in die Plantage gerannt bin. Offen gestanden, ich war erleichtert, ich war froh, dass es vorbei war. Und ich wette, die meisten Männer haben dasselbe gefühlt wie ich. Es war, als sei eine Art Scharade zu Ende gegangen.«

»Was für eine Scharade, Hardy? Die Panzer waren kein Trugbild.«

Hardy schlug nach den Moskitos, die um sie herumsummten. »Weißt du, *yar* Arjun, in den vergangenen Tagen, im Schützengraben in Jitra, da hatte ich ein unheimliches Gefühl. Es war merkwürdig, auf einer Seite der Kampflinie zu sitzen und zu wissen, du musstest kämpfen, und zugleich zu wissen, dass es eigentlich nicht dein Kampf war – zu wissen, dass, egal, ob du verlieren oder gewinnen würdest, weder Schuld noch Anerkennung dein wären. Zu wissen, dass du alles riskierst, um eine Lebensweise zu verteidigen, die dich ausgrenzt. Es ist fast, als würdest du gegen dich selbst kämpfen. Es ist eigenartig, im Schützengraben zu sitzen, das Gewehr zu halten und dich zu fragen, auf wen zielt diese Waffe eigentlich? Werde ich dazu verleitet, sie gegen mich selbst zu richten?«

»Ich kann nicht sagen, dass ich dasselbe gefühlt habe, Hardy.«

»Aber frag dich doch mal, Arjun, was bedeutet es für dich und mich, in dieser Armee zu sein? Du sagst immer, das Soldatentum ist nur eine Arbeit wie jede andere. Aber weißt du, *yar*, das ist es eben nicht – wenn du im Schützengraben sitzt, wird dir klar, dass das, was wir tun, sehr primitiv ist. Wann würdest du in der alltäglichen Welt aufstehen und sagen, ›hierfür riskiere ich mein Leben‹? Als Mensch kann man das nur, wenn man weiß, wofür man es tut. Aber als ich im Schützengraben saß, war es, als hätten mein Herz und meine Hand keine Verbindung – sie schienen zwei verschiedenen Personen zu gehören. Es war, als sei ich eigentlich gar kein Mensch – nur ein Werkzeug, ein Instrument. Und ich frage mich, Arjun, auf welche Weise werde ich wieder ein Mensch? Wie verbinde ich, was ich tue, mit dem, was ich mir im Herzen wünsche?«

»Hardy, es hilft nichts, so zu denken …«

Sie hörten die Stimme von Oberstleutnant Buckland in der Nähe: »Nicht so viel sprechen, bitte …«

Arjun brach ab.

4

Als das Angebot endlich kam, übertraf es Rajkumars kühnste Erwartungen dermaßen, dass er es den Boten zweimal wiederholen ließ, um ja sicherzugehen, dass er richtig verstanden hatte. Als er die Bestätigung vernahm, blickte er auf seine Hände und sah, dass sie zitterten. Er traute sich nicht zu, allein aufzustehen. Er lächelte den Boten an und sagte etwas, das sein Stolz sonst nie zugelassen hätte.

»Könnten Sie mir wohl aufhelfen?«

Auf den Arm des Boten gestützt, trat er ans offene Fenster seines Büros und blickte auf das Holzlager hinunter, um zu sehen, ob er Neel erspähen konnte. Auf dem Lagerplatz stapelten sich die Holzvorräte, die Rajkumar im Laufe des letzten Jahres angesammelt hatte. Das bärtige Gesicht seines Sohnes war halb verdeckt von einem acht Fuß hohen Stapel frisch gesägter Bretter.

»Neel.« Rajkumars Stimme kam wie ein freudiges Brüllen aus seiner Brust. Er rief noch einmal. »Neel!«

Es gab keinen Grund, seine Freude zu verbergen; wenn er je in seinem Leben einen Augenblick des Triumphes genossen hatte, dann jetzt.

»Neel!«

»Apé?« Überrascht wandte Neel das Gesicht seinem Vater zu.

»Komm herauf, Neel – ich habe gute Nachrichten.«

Seine Beine waren jetzt ruhiger. Aufrecht stehend, klopfte er dem Boten auf den Rücken und gab ihm ein Geldstück. »Hier, ein bisschen Teegeld.«

»Ja, Sir.«

Der Bote lächelte über Rajkumars unverhohlene Freude. Er war ein junger Sekretär, den der mit Rajkumar befreundete Bauunternehmer nach Rangun geschickt hatte, derjenige, der weit oben im Norden die Birma-China-Straße baute. Genau wie von Rajkumar vorausgesehen, hatte der Bau der Straße mit Amerikas Eintritt in den Krieg eine dringliche strategische Bedeutung erlangt; sie sollte der Hauptversorgungsweg für die Regierung des Generals Tschiang Kai-schek werden. Es standen neue Mittel zur Verfügung, und die Arbeiten gingen zügig voran. Der Bauunternehmer hatte jetzt einen sehr großen Bedarf an Nutzholz – daher das Angebot an Rajkumar.

Der Handel war nicht ohne Nachteile. Es gab keine Vorauszahlung, wie es Rajkumar lieb gewesen wäre, und ein genaues Zahlungsdatum wurde nicht gewährleistet. Aber es waren schließlich Kriegszeiten, und alle Geschäftsleute in Rangun hatten gelernt, sich anzupassen. Rajkumar zögerte nicht einen Moment, das Angebot anzunehmen.

»Neel!«

»Apé?«

Rajkumar betrachtete eingehend das Gesicht seines Sohnes, als er ihm die Neuigkeit mitteilte. Vergnügt sah er Neels Augen aufleuchten; er wusste, dass Neel sich nicht nur über den Abschluss eines lange erwarteten Handels freute, sondern noch aus einem anderen Grund: wegen der Bestätigung seines nahezu kindlichen Glaubens an seinen Vater. Als Rajkumar seinem Sohn in die strahlenden Augen sah, wurde seine Stimme heiser. Er zog Neel an seine Brust und umarmte ihn, drückte ihn an sich, quetschte ihm die Luft aus dem Leib, sodass sein Sohn keuchte und laut aufschrie. Zwischen den beiden hatte immer eine besondere Bindung, eine innige Nähe bestanden; es gab sonst keine Augen auf der Welt, die Rajkumar ohne Vorbehalt, ohne Vorurteil, ohne Kritik anblickten – weder Dollys noch Saya Johns, und Dinus schon gar nicht. Nichts an diesem Triumph war süßer als die Bestätigung des Vertrauens seines Sohnes.

»Und jetzt, Neel« – Rajkumar knuffte seinen Sohn liebevoll in die Schulter – »und jetzt gibt es viel zu tun. Du wirst härter arbeiten müssen als jemals zuvor.«

»Apé.«

Eingedenk all der Vorkehrungen, die es zu treffen galt, kam Rajkumar rasch wieder auf die anstehende Angelegenheit zu sprechen. »Komm«, sagte er und stieg die Leiter hinunter, »wir wollen überlegen, was zu tun ist und wie viel Zeit wir haben.«

Rajkumar hatte seinen ganzen Besitz verkauft bis auf das Holzlager in Pazundaung. Die Mündung der Bucht lag dort, wo die Flüsse Rangun und Pegu zusammenkamen und ermöglichte einen raschen Zugang zum Flusshafen. Zahlreiche Sägemühlen, Lagerhäuser, Erdöltanks und Reismühlen säumten die Ufer dieses Wasserweges. Das Lager selbst bestand aus nicht viel mehr als einem Platz im Freien, voll gestopft mit Bauholz und ständig in einen Nebel aus Sägemehl gehüllt. Es war ringsum von einer hohen Mauer umgeben, und in der Mitte stand eine kleine Hütte auf Pfählen, die in ihrer Struktur den *tais* in den Wäldern im Landesinneren ähnelte, nur dass sie in einem viel kleineren Maßstab gebaut war. Die Hütte diente Rajkumar und Neel als Büro.

Als er im Lager umherging, konnte Rajkumar es sich nicht verkneifen, sich zu der Voraussicht zu gratulieren, seine gesamten Bestände an einem Ort zu konzentrieren – er hatte immer gewusst, dass der Auftrag, wenn er käme, rasch ausgeführt werden musste, und die Ereignisse hatten ihm Recht gegeben. Dennoch würde es keine leichte Arbeit sein. Rajkumar würde eine Menge *oo-sis* und Elefanten, Kulis und Lastwagen benötigen. Seine eigenen Elefanten waren längst verkauft, und mit Ausnahme weniger Aufseher waren alle fest angestellten Beschäftigten entlassen worden. Er war dazu übergegangen, Arbeitskräfte auf Zeit einzustellen.

Es gab so viel zu tun, und er wünschte, er hätte mehr Hilfe. Rajkumar sah, dass Neel sich nach Kräften bemühte, aber er war nun mal ein Stadtmensch ohne Erfahrung im Holzgeschäft. Rajkumar wusste, dass Neel kein Vorwurf zu machen war; er war selbst schuld, weil er ihm nie zugeredet hatte, sich in den Teaklagern umzusehen.

»Ich möchte nicht mit Fremden arbeiten«, vertraute Rajkumar Neel an. »Ich hätte Doh Say gern hier, er wüsste genau, wie dies zu handhaben wäre.«

»Aber wie wollen wir ihn erreichen? Ist er nicht in Huay Zedi?«

»Wir können ihn über Raymond erreichen« – das war einer von Doh Says Söhnen, Schüler am Judson College in Rangun – »ja, Raymond kann ihm vielleicht eine Nachricht zukommen lassen.« Rajkumar überdachte die Sache und nickte. »Ja, Raymond wird es wissen. Wir müssen ihn unbedingt noch heute Abend aufsuchen.«

Als Rajkumar und Neel nach Kemendine kamen, überstrahlte der Glanz des Sieges immer noch ihre Gesichter. Dolly ahnte sofort, dass etwas im Gange war. »Was ist los? Sagt es mir ...«

Rajkumar und Neel fingen beide auf einmal an zu erzählen, mit so lauter Stimme, dass Manju mit dem Baby auf dem Arm die Treppe hinuntergelaufen kam.

»Sagt es mir auch. Fangt noch mal von vorne an.«

Zum ersten Mal seit vielen Wochen heiterte sich die Stimmung im Hause auf. Sie hatten zwar noch nichts von Arjun oder von Dinu gehört, aber dies war ein Anlass, bei dem man die Kriegssorgen getrost einmal vergessen durfte. Sogar Dolly, die ewige Zweiflerin, glaubte nun endlich, dass sich die Planungen ihres Mannes auszahlen würden, und Manju war überglücklich. Die ganze Familie quetschte sich in den Packard, Manju hielt das Baby, Neel saß am Steuer. Lachend wie Kinder fuhren sie zum Judson College und machten sich auf die Suche nach Doh Says Sohn Raymond.

Es war nicht mehr lange bis Weihnachten, und im Stadtzentrum von Rangun waren die Vorbereitungen in vollem Gange. In dieser Gegend lagen die großen Kaufhäuser, die eleganten Restaurants, die Clubs, Bars und Hotels; hier befanden sich auch, innerhalb einiger Häuserblocks mit giebeligen roten Ziegelgebäuden, die meisten Kirchen, Schulen und missionarischen Einrichtungen der Stadt. Im Dezember war dieses Viertel ein großer Anziehungspunkt, die Leute kamen aus anderen Bezirken – Kemendine, Kokine, Botataung, Kala-Basti – in Scharen herbei, um durch die Straßen zu promenieren und die Weihnachtsdekorationen zu bestaunen.

In diesem Jahr waren die üblichen hellen Lichter von den Luftschutzwarten verboten worden. Doch ansonsten hatte der Krieg die Stimmung in der Gegend nicht sonderlich berührt; im Gegenteil, die Nachrichten aus dem Ausland erhöhten die weihnachtliche Aufregung. Viele englische Bewohner waren trotz des Krieges fest entschlossen, weiterzumachen wie bisher. Infolgedessen waren die großen Geschäfte und Restaurants genauso strahlend dekoriert wie eh und je. Rowe & Co. – ein großes Kaufhaus – hatte wie immer einen Christbaum aufgestellt, eine echte Kiefer, die wie jedes Jahr von den Maymyo-Bergen herbeigeschafft worden war. Der Fuß des Baumes war mit Watteschnee umhüllt, und die Zweige hatten einen weißen Überzug aus Talkumpuder. Bei Whiteway-Laidlaw – einem anderen großen Warenhaus – war der Baum noch höher und mit aus England importiertem Schmuck verziert.

Am Scott-Markt hielten sie an und gingen ins Sun-Café, um dessen berühmtes Weihnachtsgebäck mit Schokoladenüberzug zu kosten. Unterwegs kamen sie bei einem muslimischen Fleischer vorbei, der eine Schar lebender Truthähne und Gänse hütete. Viele von den Vögeln trugen kleine Blechschildchen – sie waren Monate im Voraus von europäischen Familien bestellt worden. Der Fleischer mästete sie für das kommende Weihnachtsfest.

Das Judson College war traditionsgemäß ein Zentrum der Weihnachtsfeierlichkeiten. Es wurde von amerikanischen Baptisten geleitet und gehörte zu den bekanntesten Bildungseinrichtungen in Birma.

Raymond war in der aus roten Ziegeln errichteten Kapelle des Colleges. Er probte mit dem Chor Händels »Messias«. Rajkumar und die anderen setzten sich hinten in die Kapelle und warteten, lauschten den vielen Stimmen, die durch die gewölbten Dachsparren wogten. Die Musik war herrlich, sogar das Baby ließ sich einlullen und wurde ganz still.

Nach der Probe passte Neel Raymond ab und brachte ihn zu den anderen. Raymond war ein gut aussehender, stämmig gebauter junger Mann mit schläfrigem Blick und einem schmerzlichen Lächeln. Er studierte seit drei Jahren in Rangun und gedachte eine juristische Laufbahn einzuschlagen.

Raymond war hocherfreut, sie zu sehen, und versprach sogleich, seinem Vater eine Nachricht zukommen zu lassen. Er war zuversichtlich, dass sie mittels eines komplizierten Netzwerks aus Telegrammen und Boten in wenigen Tagen in Huay Zedi eintreffen würde.

Rajkumar zweifelte keinen Augenblick daran, dass Doh Say sofort nach Rangun kommen und helfen würde.

Am Morgen schickte Oberstleutnant Buckland Arjun mit Kishan Singh und noch zwei Männern voraus auf einen Erkundungsgang. Die Männer waren mit ihren John-Enfield-Gewehren, Kaliber 303, bewaffnet, Arjun wurde die einzige Maschinenpistole ausgehändigt.

Kurz vor Mittag kam Arjun zu dem Haus des Plantagenverwalters. Es war ein klobiger, zweistöckiger, mit Ziegeln gedeckter Flachbau, der auf einer nahezu quadratischen Lichtung stand. Die Lichtung war auf allen Seiten von geraden, akkurat angelegten Kautschukbeständen umgeben. Eine kiesbestreute Zufahrt, die sich über einen gepflegten Rasen schlängelte, führte zum Hauseingang. Der Garten loderte in einer Flut von Farben: Die Blumen waren überwiegend englische Sorten – Stockrosen, Löwenmäulchen, Hortensien. An einem Ast eines großen Jakarandabaums im hinteren Teil des Gartens hing eine Holzschaukel. Daneben stand erhöht ein Wasservorratstank. Gemüsebeete waren mit Tomaten, Möhren, Blumenkohl bepflanzt. Ein gepflasterter Weg führte durch die Gemüsebeete zum Hintereingang. Eine Katze kratzte mit ihren Krallen an der Tür und begehrte maunzend Einlass.

Sich im Schutz der Kautschukbäume haltend, umrundete Arjun die Lichtung. Er folgte der Zufahrt ein kleines Stück den Hang hinunter: Er sah, dass sie sich durch die Plantage wand, bis sie etwa nach einer Meile in eine Teerstraße mündete. Es war niemand in Sicht.

Arjun stellte den einen Mann als Wache auf und schickte den anderen zu Oberstleutnant Buckland. Dicht gefolgt von Kishan Singh ging er sodann um das Haus herum, bis er sich gegenüber dem Hintereingang befand. Er durchquerte den Garten im Laufschritt, achtete darauf, den Kopf unten zu halten. Die Tür war verriegelt, gab aber leicht nach, als er und Kishan Sing mit den Schultern dagegen drückten. Die Katze, die draußen gewartet hatte, strich zwischen Arjuns Füßen ins Haus.

Arjun trat über die Schwelle und stand in einer großen Küche nach europäischem Zuschnitt. Es gab einen mit Holz zu befeuernden Eisenherd, die Fenster hatten weiße Spitzengardinen. Porzellanteller und -schüsseln standen aufgereiht in den Holzschränken an den Wänden; der Keramikspülstein war sauber geschrubbt, und auf dem Abtropfblech daneben stapelten sich Wassergläser und mehrere gespülte Babyfläschchen. In einer Ecke auf dem Boden stand eine Hundefutterschüssel. Wo sich einmal ein Kühlschrank befunden hatte, hob sich ein Rechteck von der weiß getünchten Wand ab. Auf dem Küchentisch türmten sich Eier und Brot und einige angebrochene Büchsen mit australischer Butter und Schmelzkäse. Offensichtlich war der Kühlschrank in großer Eile geleert worden, bevor man ihn forttrug.

Obwohl Arjun jetzt sicher war, dass sich niemand im Haus befand, ließ er sich vorsichtshalber von Kishan Singh Rückendeckung geben, als er durch die anderen Räume ging. Überall waren Anzeichen eines hastigen Aufbruchs zu sehen. Im Schlafzimmer lagen umgekippte Schubladen; Miederwaren und Damenunterwäsche waren auf dem Boden verstreut. Im Wohnzimmer stand ein Klavierschemel verloren an der Wand. Arjun fand, halb hinter einer Tür versteckt, einen Stapel gerahmter Fotografien. Er betrachtete die Bilder – eine kirchliche Hochzeit, Kinder, ein Auto und ein Hund – die Fotografien waren in eine Schachtel gepackt worden, fertig zum Transport. Arjun hatte eine plötzliche Vision von der Frau des Hauses, die einen letzten hektischen Rundgang machte, nach der Schachtel suchte, während ihr Mann und die Kinder draußen in einem Lastwagen saßen, der hoch beladen war mit festgeschnalltem Gepäck und Hausrat; er stellte sich vor, wie sie in den Schränken wühlte, indes ihr Mann den Motor auf Touren brachte und der Hund bellte und die Kinder weinten. Er war froh, dass sie es gerade noch geschafft hatten, fortzukommen, und er ärgerte sich in ihrem Namen über denjenigen, der es ihnen ausgeredet hatte, früher aufzubrechen.

Er ging zurück in die Küche und schaltete den Deckenventilator ein. Zu seiner Überraschung funktionierte er sogar. Auf dem

Tisch standen zwei Wasserflaschen in Schwitzwasserpfützen, die sich um sie gebildet hatten, als man sie aus dem Kühlschrank genommen hatte. Er gab Kishan Singh eine und leerte die andere fast in einem Zug. Das Wasser hatte einen schalen, metallischen Geschmack, als es durch seine Kehle rann. Erst jetzt wurde er sich bewusst, dass er fast einen Tag lang nichts mehr gegessen hatte.

Nach wenigen Minuten trafen die anderen ein.

»Jede Menge zu essen hier, Sir«, sagte Arjun.

Oberstleutnant Buckland nickte. »Gut. Das haben wir weiß Gott nötig. Und ich denke, wir können uns auch ein bisschen säubern.«

Oben gab es zwei Badezimmer, auf den Ständern hingen frische Handtücher bereit. Oberstleutnant Buckland benutzte das eine Badezimmer, Arjun und Hardy wechselten sich mit dem anderen ab. Das Wasser kam aus dem beschatteten Tank draußen und war angenehm kühl. Bevor Arjun sich auszog, lehnte er sein Gewehr an die Tür. Dann ließ er einen Eimer volllaufen und goss sich das kalte Wasser über den Kopf. Auf dem Waschbecken lag eine aufgerollte Zahnpastatube; er konnte nicht widerstehen, ein bisschen auf seinen Zeigefinger zu drücken. Mit schäumendem Mund sah er aus dem Badezimmerfenster. Kishan Singh und einige andere Männer standen nackt unter dem Wassertank und gossen sich Wasser über die Köpfe. Nahebei hielt ein Mann Wache, er rauchte eine Zigarette, seine Hand ruhte locker auf seinem Gewehr.

Sie gingen ins Speisezimmer und fanden es hübsch gedeckt, mit Tellern und Besteck. Ein *sepoy*-Korporal mit Erfahrungen in der Offiziersmesse hatte eine Mahlzeit zubereitet. Es gab Salat mit Tomaten und Möhren, in Butter gebratene Rühreier und warmen Toast. In den Küchenschränken hatten sich Konserven aller Art gefunden, es gab Gänseleberpastete, eingelegte Heringe, dicke Scheiben holländischen Schinken – alles hübsch auf Porzellanplatten angerichtet.

Im Buffet neben dem Esstisch entdeckte Arjun ein paar Flaschen Bier. »Meinen Sie, die Leute hätten was dagegen, Sir?«

»Wüsste nicht, warum.« Oberstleutnant Buckland lächelte. »Wenn wir sie im Club kennen gelernt hätten, würden sie uns mit Sicherheit aufgefordert haben, uns zu bedienen.«

Hier kam ein Einwurf von Hardy. »Wenn *Sie* sie im Club kennen gelernt hätten, Sir«, berichtigte er ruhig, in höflichem Ton. »Uns zwei hätte man nicht eingelassen.«

Oberstleutnant Buckland überlegte kurz, eine leere Bierflasche in der Hand. Dann hob er sein Glas und bedachte Hardy mit einem ironischen Lächeln. »Auf die Clubs, die uns nicht wollen, meine Herren«, sagte er. »Möge ihre Zahl für immer Legion sein.«

Arjun erhob die Stimme zu einem halbherzigen Hochruf. »Hört, hört.« Er stellte sein Glas ab und griff nach der Schinkenplatte. Gerade als sie sich bedienten, wehten neue Kochgerüche aus der Küche: der Duft von frischen *parathas* und *chapatis*, gebratenen Zwiebeln und klein geschnittenen Tomaten. Hardy blickte auf seinen Teller, auf dem sich Schinken und Hering türmten. Plötzlich stand er auf.

»Sir, würden Sie mich einen Moment entschuldigen?«

»Gewiss doch, Leutnant.«

Hardy ging in die Küche und kam mit einem Tablett *chapatis* und *ande ki bhujiya*, gebratenen Eiern mit Tomaten und Zwiebeln, zurück. Der Anblick von Hardys Teller machte Arjun wieder hungrig; wegschauen fiel ihm schwer.

»Ist schon gut, *yar*.« Hardy sah ihn lächelnd an. »Du kannst auch was abhaben. Eine *chapati* verwandelt dich nicht in einen Wilden.«

Arjun sank auf seinem Stuhl zusammen, während Hardy *chapatis* und *bhujiya* auf seinen Teller schaufelte; er fühlte sich wie ein bedrücktes Kind, das zwischen streitenden Eltern gefangen ist. Die Erschöpfung der vergangenen Nacht machte sich wieder bemerkbar, und er konnte sich kaum aufraffen, sein Essen anzurühren.

Als sie fertig gegessen hatten, schickte Oberstleutnant Buckland Hardy nach draußen, um nach den Männern zu sehen, die die Zufahrtsstraße zum Haus bewachten.

Hardy salutierte. »Jawohl, Sir.«

Arjun wollte ebenfalls aufstehen, aber Oberstleutnant Buckland hielt ihn zurück. »Nicht so eilig, Roy.« Er griff nach einer Bierflasche. »Möchten Sie noch?«

»Warum nicht, Sir.«

Oberstleutnant Buckland schenkte Arjun und anschließend sich selbst ein.

»Sagen Sie mir, Leutnant«, sagte er dann, während er sich eine Zigarette anzündete. »Wie würden Sie unsere Moral zurzeit einschätzen?«

»Nach einem Essen wie diesem, Sir«, erwiderte Arjun munter, »würde ich sagen, sie könnte nicht besser sein.«

»Vergangene Nacht war das ganz anders, was, Leutnant?« Oberstleutnant Buckland lächelte durch eine Rauchwolke.

»Ich weiß nicht, ob ich das so sagen würde, Sir.«

»Nun, ich habe Ohren, Leutnant. Und mag mein Hindustani auch nicht so gut sein wie Ihres, so kann ich Ihnen doch versichern, es reicht vollkommen aus.«

Arjun warf ihm einen erschrockenen Blick zu. »Ich weiß nicht recht, worauf Sie hinauswollen, Sir.«

»Nun, keiner hat letzte Nacht gut geschlafen, nicht wahr, Leutnant? Und Geflüster kann ziemlich weit tragen.«

»Ich verstehe nicht ganz, was Sie meinen, Sir.« Arjuns Gesicht wurde heiß. »Habe ich etwas Falsches gesagt?«

»Das spielt eigentlich keine Rolle, Leutnant. Sagen wir einfach, bei all den Stimmen um mich herum herrschte eine gewisse Ähnlichkeit im Ton.«

»Ich verstehe, Sir.«

»Leutnant, Sie wissen vermutlich, dass mir – uns – gewisse Spannungen in unseren von Indern befehligten Bataillonen nicht verborgen geblieben sind. Es liegt auf der Hand, dass viele unserer indischen Offiziere sich stark für öffentliche Themen interessieren, insbesondere für die Frage der Unabhängigkeit.«

»Ja, Sir.«

»Ich weiß nicht, wie Sie dazu stehen, Roy, aber Sie sollen wissen, dass, soweit es die vorherrschende britische öffentliche Meinung betrifft, die Unabhängigkeit für Indien nur mehr eine Frage der Zeit ist. Jedermann weiß, dass die Tage des Empire gezählt sind – wir sind schließlich keine Idioten. Das Letzte, was ein ehrgeiziger junger Engländer heute möchte, ist in die Provinz gehen. Die Amerikaner sagen uns seit Jahren, dass wir es falsch anfangen – man muss kein Empire mit dem ganzen Drum und Dran einer Verwaltung und einer Streitmacht erhalten. Heute gibt es einfachere und wirksamere Methoden, die Dinge zu handhaben – es kann mit weniger

Kosten und viel weniger Aufwand geschehen. Wir haben uns schon damit abgefunden – selbst Kerle wie ich, die ihr ganzes Leben im Osten verbracht haben. Es gibt nur noch einen einzigen Grund, weshalb England noch hier bleibt – nämlich den der Verpflichtung. Das ist für Sie vielleicht schwer zu glauben, aber es ist wahr. Wir können nicht unter Zwang weggehen, und wir können kein Durcheinander zurücklassen. Sie alle wissen so gut wie ich, wenn wir jetzt unsere Sachen packen, dann gehen Sie sich im Nu gegenseitig an die Gurgel – sogar Sie und Ihr Freund Hardy, er ein Sikh und Sie ein Hindu, ein Panjabi und ein Bengale …«

»Ich verstehe, Sir.«

»Ich sage Ihnen das nur, Leutnant, um Sie auf einige Gefahren der Situation aufmerksam zu machen, in der wir uns jetzt befinden. Ich denke, wir wissen beide, dass es mit unserer Moral nicht zum Besten steht. Aber gerade in dieser Zeit dürfen die Leute in ihrer Loyalität nicht schwankend werden. Die Niederlagen, die wir erlitten haben, sind nur vorübergehend – in gewisser Weise sind sie ein verborgener Segen. Amerikas Eintritt in den Krieg gibt uns die absolute Gewissheit, dass wir uns mit der Zeit behaupten werden. Mittlerweile sollten wir uns vielleicht darauf besinnen, dass die Armee ein sehr langes Gedächtnis hat, wenn es um Ergebenheit und Loyalität geht.«

Der Oberstleutnant hielt inne, um seine Zigarette auszudrücken. Arjun blickte schweigend in sein Glas.

»Sie wissen vielleicht, Roy«, sagte Oberstleutnant Buckland leise, »dass mein Großvater den Aufstand von 1857 miterlebt hat. Ich erinnere mich, dass er kaum einen Groll gegen die Zivilisten hegte, die in die Unruhen verstrickt waren. Aber was die Soldaten anging, die *sepoys,* die den Aufstand anführten, das war etwas ganz anderes. Diese Männer hatten einen Schwur gebrochen; sie waren Verräter, keine Rebellen, und kein Verräter ist so verachtenswert wie ein Soldat, der seine Treue bricht. Und wenn dergleichen in einer aufreibenden Zeit geschieht – ich denke, Sie würden mir zustimmen, nicht wahr, Roy, dass etwas so Unsägliches schwer zu begreifen sein würde?«

Arjun war im Begriff zu antworten, als er von rennenden Schritten unterbrochen wurde. Er drehte sich zum Fenster und sah Hardy über den Rasen vor dem Haus laufen.

»Sir«, Hardy trat keuchend ans Fensterbrett, »müssen weg, Sir… Japsenkonvoi kommt die Straße rauf.«

»Wie viele? Können wir es mit ihnen aufnehmen?«

»Nein, Sir… es sind mindestens zwei Züge – vielleicht eine Kompanie.«

Oberstleutnant Buckland schob ruhig seinen Stuhl zurück und tupfte sich mit einer Serviette den Mund ab.

»Die Hauptsache, meine Herren«, sagte er leise, »ist jetzt, Ruhe zu bewahren. Hören Sie mir einen Moment zu. Ich möchte, dass Sie Folgendes tun…«

Sie verließen das Haus durch den Hintereingang, Arjun vorneweg, Hardy und Oberstleutnant Buckland bildeten die Nachhut. Als sie in den Schutz der ersten Bäume gelangten, ging Arjun in Verteidigungsstellung. Er hatte einen Trupp bei sich, der aus Kishan Singh und zwei anderen Männern bestand. Sie hatten Befehl, den anderen Deckung zu geben, bis alle das Gelände verlassen hatten.

Der erste japanische Lastwagen erreichte das Grundstück, genau als Hardy und Oberstleutnant Buckland durch den Garten rannten. Einen Moment lang überließ Arjun sich dem Glauben, dass es ihnen gelungen war, unbemerkt zu entkommen. Dann brach aus dem Lastwagen eine Gewehrsalve hervor, und Arjun hörte schwirrendes Pfeifen über seinem Kopf.

Oberstleutnant Buckland und Hardy waren jetzt fast gleichauf mit ihm. Arjun wartete, bis sie vorbei waren, ehe er mit den Worten: *»Chalao goli«* den Befehl gab, das Feuer zu erwidern. Sie schossen wahllos in die ungefähre Richtung des Hauses; das einzige Ergebnis war, dass die Küchenfenster zu Bruch gingen.

Mittlerweile war der japanische Lastwagen herumgeschwenkt und auf der anderen Seite des Hauses in Deckung gegangen.

»Zurückfallen. Sofort.«

Arjun gab den Befehl, während er selbst die Stellung hielt, er schoss aufs Geratewohl, hoffte, Kishan Singh und den anderen Zeit zu geben, sich neu zu gruppieren. Er sah die eben angekommenen japanischen Soldaten nacheinander zwischen die Bäume schleichen. Er stand auf und rannte los, das Gewehr unter dem Arm balancierend, wie er es in der Waffenausbildung gelernt hatte. Er blickte über die Schulter, und ihm bot sich der nun schon vertraute

Anblick dutzender langer Baumreihen, die ihm teleskopartig entgegenkamen, aber mit dem Unterschied, dass jetzt jeder Tunnel einen Blick auf eine kleine, grau-uniformierte Gestalt freigab, die in der Ferne die Verfolgung aufnahm.

Arjun rannte schneller, keuchend, achtete auf Zweige, die unter den gefallenen Blättern versteckt lagen. Etwa hundert Fuß weiter vorne fiel das Land steil ab. Wenn er nur so weit käme, könnte er die Verfolger vielleicht abschütteln. Er sprintete los, verkürzte seine Schritte, als er sich dem Rand der Senke näherte. Gerade als er springen wollte, fühlte er, wie sein rechtes Bein unter ihm wegschlenkerte. Er stürzte, rutschte mit dem Gesicht nach unten den Abhang hinunter. In den Schrecken über den Sturz mischte sich Verwunderung: Er konnte nicht verstehen, warum er gestürzt war. Er war nicht gestolpert, und er hatte den Halt nicht verloren, das wusste er genau. Er krallte sich ins Unterholz, und es gelang ihm, anzuhalten. Er versuchte aufzustehen und konnte es nicht. Er blickte nach unten. Sein Hosenbein war voll Blut. Er spürte zwar den nassen Stoff auf seiner Haut, fühlte aber überhaupt keinen Schmerz. Die Schritte seiner Verfolger waren jetzt näher, und er blickte rasch um sich, betrachtete den Teppich aus abgestorbenen Blättern, der sich in alle Richtungen erstreckte. In diesem Moment hörte er eine vertraute Stimme flüstern.

»Sah'b.«

Er wälzte sich herum und sah Kishan Singh vor sich: Sein Bursche lag bäuchlings in einer dunklen Öffnung versteckt, einem überwölbten Abzugskanal oder einer Abflussröhre. Die Öffnung war durch Blätter und Unterholz so gut verborgen, dass sie fast unsichtbar war; Arjun konnte sie nur deshalb sehen, weil er flach auf der Erde lag.

Kishan Singh streckte seine Hand aus und zog ihn in die Röhre. Dann kroch er heraus, um Blätter auf Arjuns Blutspuren zu streuen. Wenige Minuten später hörten sie über sich rennende Schritte.

Die Röhre war gerade breit genug, dass sie beide nebeneinander liegen konnten. Jetzt machte sich mit einem Mal Arjuns Wunde bemerkbar; in Wellen schossen die Schmerzen in sein Bein. Er versuchte ein Stöhnen zu unterdrücken, aber es gelang ihm nicht ganz. Kishan Singh presste ihm fest die Hand auf den Mund, um ihn zum

Schweigen zu bringen. Arjun merkte, dass er kurz davor war, das Bewusstsein zu verlieren, und er war froh darüber; sein einziger Wunsch war nur mehr völliges Vergessen.

5

Obwohl Dinu die Nachrichten im Radio verfolgte, verstand er nicht genau, was im Norden Malayas vorging. In den Meldungen war von größeren Gefechten in der Gegend um Jitra die Rede, aber die Berichte waren eher verwirrend als aufschlussreich. Mittlerweile gab es auch andere Anzeichen für den Verlauf des Krieges, und die verhießen nichts Gutes. Eines war die öffentliche Bekanntmachung in der Zeitung, dass bestimmte Postämter im Norden geschlossen worden waren. Ein anderes Zeichen war der zunehmende Straßenverkehr nach Süden; ein Strom von Flüchtlingen ergoss sich über die Hauptverkehrsstraße Nr. 1 in Richtung Singapur.

Bei einem Besuch in Sungei Pattani bekam Dinu einen Eindruck von dieser Abwanderung. Die Flüchtenden schienen hauptsächlich Plantagenbesitzer und Bergingenieure mit ihren Familien zu sein. Ihre Personen- und Lieferwagen waren schwer bepackt mit Haushaltsgegenständen, mit Möbeln, Truhen, Koffern. Dinu begegnete einem Lastauto, das mit einem Kühlschrank, einem Hund und einem Flügel beladen war. Er sprach mit dem Fahrer; der Mann war Holländer, der Verwalter einer Kautschukplantage bei Jitra. Seine Familie saß zusammengedrängt im Fahrerhaus: seine Frau, ein neugeborenes Baby und zwei Mädchen. Der Holländer sagte, er habe es gerade noch geschafft, vor Eintreffen der Japaner fortzukommen, und er gab Dinu den Rat, so bald wie möglich wegzugehen und nicht den Fehler zu machen, bis zur letzten Minute zu warten.

In Morningside berichtete Dinu Alison an diesem Abend genau, was der Holländer gesagt hatte. Sie sahen sich schweigend an; dieses Thema hatten sie schon mehrmals besprochen. Sie wussten, dass sie nur wenige Möglichkeiten hatten. Wenn sie mit dem Auto führen, würde einer zurückbleiben müssen – der Zustand des Lieferwagens ließ die weite Fahrt nach Singapur nicht zu, und der Daytona konnte auf der langen Strecke nicht mehr als zwei Personen befördern. Die einzige Alternative wäre, mit dem Zug zu fahren, aber die Eisenbahnen hatten den Betrieb bis auf weiteres eingestellt.

»Was sollen wir tun, Alison?«, fragte Dinu.

»Abwarten«, sagte Alison zuversichtlich. »Wer weiß? Vielleicht müssen wir gar nicht fort.«

In der Nacht wurden sie von den knirschenden Reifen eines Fahrrades geweckt, das die kiesbestreute Auffahrt zum Haus Morningside hinaufkam. Von unten rief eine Stimme: »Miss Martins …«

Alison stand auf und ging zum Fenster. Es war noch dunkel. Sie zog den Vorhang zur Seite, lehnte sich hinaus und spähte auf die Zufahrt hinunter. Dinu sah auf die Nachttischuhr. Es war vier Uhr morgens. Er setzte sich auf. »Alison? Wer ist da?«

»Ilongo«, sagte Alison. »Ah Fatt ist bei ihm – von dem Restaurant in der Stadt.«

»Zu dieser nachtschlafenden Zeit?«

»Ich denke, Sie wollen mir etwas sagen.« Alison ließ den Vorhang fallen. »Ich gehe nach unten.« Sie zog einen Morgenrock an und lief aus dem Zimmer. Dinu folgte nach ein paar Minuten. Alison und die Besucher saßen beisammen. Ah Fatt sprach eindringlich und sehr schnell auf Malaiisch, wobei er mit dem Finger in die Luft stieß. Alison biss sich auf die Lippe und nickte; Dinu sah wachsende Furcht in ihrem Gesicht, das sie in nachdenkliche Falten gelegt hatte.

Nach einer Weile stieß Dinu sie an. »Worüber sprecht ihr? Sag es mir.«

Alison stand auf und zog ihn beiseite.

»Ah Fatt sagt, Großvater und ich müssen fortgehen – nach Singapur. Er sagt, an der Front sieht es schlimm aus. Die Japaner können in ein, zwei Tagen durchstoßen. Er meint, ihre Geheimpolizei hat Informationen über uns.«

Dinu nickte. »Er hat Recht. Ich möchte nicht, dass du noch länger wartest. Ihr müsst fort.«

Alison hatte Tränen in den Augen. »Ich will nicht fort, Dinu. Nicht ohne dich. Wirklich, das möchte ich nicht.«

»Du musst, Alison. Denk an deinen Großvater …«

»Miss Martins«, unterbrach Ah Fatt, um sie zu informieren, er habe gehört, dass am Morgen ein Sonderzug mit Evakuierten von Butterworth in Richtung Süden fahren werde. Er sei nicht sicher, ob sie mitkommen würden, aber es lohne einen Versuch.

Dinu und Alison sahen sich an. »Wecken wir deinen Großvater«, sagte Dinu. »Lass uns keine Zeit verlieren.«

Früh am Tag brachen sie in einem Lieferwagen der Plantage auf. Ilongo fuhr, Dinu saß mit dem Gepäck hinten. Alison und Saya John saßen vorne. Es herrschte wenig Verkehr, und sie erreichten Sungei Pattani in der Hälfte der üblichen Zeit. Die Stadt lag still; viele Geschäfte und Häuser waren verschlossen oder mit Brettern zugenagelt. An manchen war draußen eine Mitteilung angebracht.

Eine kurze Strecke von der Stadt entfernt nahmen sie die Hauptverkehrsstraße. Der Straßendamm war mit parkenden Fahrzeugen übersät. Man sah in ihren Autos schlafende Familien, die sich ein wenig Ruhe gönnten, bevor es tagte. In Abständen wälzten sich Anderthalbtonner-Militärlastwagen in südlicher Richtung über die Straße. Sie tauchten urplötzlich auf, scheuchten die anderen Autos mit aufgeblendeten Scheinwerfern und tutenden Hupen von der Fahrbahn. Dinu erhaschte ab und zu einen Blick auf Soldaten, die auf den mit Planen bedeckten Ladeflächen hockten.

Als sie sich Butterworth näherten, war die Straße von Personen- und Lastwagen verstopft. Der Bahnhof lag gleich neben der Anlegestelle der Fähre, die das Festland mit der Insel Penang verband. Dieses Viertel war bei den jüngsten Bombenangriffen schwer getroffen worden, und auf den mit Trümmern übersäten Straßen herrschte große Verwirrung. Die Menschen strömten mit Taschen und Koffern zu Fuß zum Bahnhof.

Ilongo parkte in einer Nebenstraße und ließ Alison, Dinu und Saya John im Wagen zurück, während er vorausging, um sich zu erkundigen. Er kam eine Stunde später zurück und berichtete, dass ihnen eine lange Wartezeit bevorstand. Gerüchte besagten, dass der Zug erst nach Mitternacht abfahren würde. Auch Penang werde evakuiert, und mehrere Fähren sollten im Schutz der Dunkelheit aufbrechen. Der Zug werde nicht abfahren, bevor die Fähren mit den Evakuierten von Penang nach Butterworth zurückgekehrt waren.

Alison nahm ein Zimmer in einem Hotel, damit Saya John sich ausruhen konnte. Sie verbrachten den Tag damit, sich abwechselnd nach Neuigkeiten zu erkundigen. Der Abend brach an, und um zehn Uhr gab es noch immer nichts Neues. Kurz nach Mitternacht kam dann Ilongo mit der Mitteilung ins Hotel gelaufen, dass die von Penang zurückkehrenden Fähren gesichtet worden seien. Gleich darauf sei auf dem Bahnsteig ein Zug bereitgestellt worden. Alison weckte Saya John, und Dinu bezahlte das Hotelzimmer. Sie traten auf die verdunkelte Straße hinaus und schlossen sich der Menge an, die zum Bahnhof eilte.

Der Bahnhof war mit Posten abgeriegelt worden, und der Eingang war nur durch einen Engpass aus Menschen und Gepäck zu erreichen. Wenige Schritte vom Eingang entfernt beschloss Ilongo umzukehren. Er umarmte Saya John. »Auf Wiedersehen, Saya.«

Saya John schenkte ihm ein liebevolles Lächeln. »Fahr vorsichtig, Ilongo.«

»Ja, Saya.« Ilongo lachte. Er drehte sich zu Alison und Dinu um, doch bevor er sich verabschieden konnte, wurden sie von drängelnden Leibern vorwärts geschoben. Er rief ihnen nach: »Ich übernachte im Wagen. Dort finden Sie mich – nur für alle Fälle. Viel Glück.«

Dinu antwortete mit einem Winken. »Dir auch … viel Glück.«

Der Bahnhofseingang war von zwei Männern, beide Inder, bewacht. Sie trugen grüne Uniformen und hatten Gewehre über den Schultern hängen. Es gab keine Fahrkarten zu kontrollieren; die Wächter musterten die Flüchtlinge und winkten sie durch.

Sie kamen zum Tor, Saya John stützte sich schwer auf Alison. Dinu war mit dem Gepäck unmittelbar hinter ihnen. Als sie den Eingang passieren wollten, hielt ein Wächter Alison mit ausgestrecktem Arm zurück. »Halt.« Es folgte eine eilige Beratung zwischen den zwei Wächtern. Dann bedeuteten sie Dinu, Alison und Saya John, zur Seite zu treten. »Bitte, gehen Sie weg vom Tor.«

»Was ist los?«, fragte Alison Dinu. »Was gibt es?«

Dinu trat vor und wandte sich an die Wächter. *»Kya hua?«,* fragte er sie auf Hindustani. »Warum halten Sie uns auf?«

»Ihr könnt nicht durch.«

»Warum nicht?«

»Hast du keine Augen im Kopf?«, sagte ein Wächter barsch zu ihm. »Siehst du nicht, dass dieser Zug nur für Europäer ist?«

»Was?«

»Du hast es gehört – er ist nur für Europäer.«

Dinu schluckte, bemühte sich, die Fassung zu bewahren. »Hören Sie«, sagte er bedachtsam. »Das kann nicht sein. Es ist Krieg. Man sagte uns, dies ist ein Evakuierungszug. Wie kann er nur für Europäer sein? Das muss ein Irrtum sein.«

Der Wächter sah ihn an und wies mit dem Daumen auf den Zug. »Du hast selbst Augen im Kopf«, sagte er. »*Dekh lo* – guck doch hin!«

Dinu reckte sich und blickte über die Schulter des Wächters den Bahnsteig entlang; er konnte kein einziges Gesicht entdecken, das malaiisch, chinesisch oder indisch aussah. »Das ist unmöglich«, stöhnte er. »Das ist Wahnsinn.«

»Was? Was ist unmöglich?« Alison zupfte ihn am Ärmel. »Dinu, sag mir, was ist los?«

»Der Wächter sagt, dieser Zug ist nur für Weiße.«

Alison nickte. »Ja. Das hatte ich schon im Gefühl – so ist es nun einmal.«

»Wie kannst du das sagen, Alison?« Dinu war jetzt außer sich, der Schweiß lief ihm übers Gesicht. »Du darfst dich nicht damit abfinden. Nicht jetzt. Nicht, wenn Krieg ist.«

Als Dinu einen Engländer in Uniform entdeckte, der über den Bahnsteig ging und eine Liste überprüfte, sprach er flehend auf die Wächter ein: »Hören Sie, lassen Sie mich durch, nur für eine Minute, nur auf ein Wort mit dem Offizier da drüben. Ich werde es ihm erklären, er wird es bestimmt verstehen.«

»Geht nicht.«

Dinu verlor die Beherrschung. Er schrie den Wächter an: »Wie können Sie mich aufhalten? Wer gibt Ihnen das Recht dazu?«

Plötzlich erschien ein dritter Mann. Er trug eine Eisenbahneruniform und schien ebenfalls Inder zu sein. Er drängte sie vom Eingang fort zu einer Treppe, die zurück auf die Straße führte. »Ja, bitte?«, sagte er zu Dinu. »Ich bin der Bahnhofsvorsteher – bitte sagen Sie mir, was gibt es für ein Problem?«

»Sir…« Dinu bemühte sich, ruhig zu sprechen. »Man lässt uns nicht durch. Die Männer sagen, der Zug ist nur für Europäer.«

Der Bahnhofsvorsteher lächelte entschuldigend. »Ja – das hat man uns zu verstehen gegeben.«

»Aber wie kann das sein? Wir haben Krieg. Dies ist ein Evakuierungszug.«

»Was soll ich sagen? Ich habe meine Befehle. In Penang wurde sogar Herr Lim, der Richter, zurückgewiesen, obwohl er ein amtliches Evakuierungsschreiben hatte. Die Europäer wollten ihn nicht auf die Fähre lassen, weil er Chinese ist.«

»Aber Sie verstehen nicht ... « Dinu fing an zu betteln. »Nicht nur die Europäer sind in Gefahr. Das können Sie nicht machen, es ist Unrecht ... «

Der Bahnhofsvorsteher zog ein Gesicht und zuckte wegwerfend die Achseln. »Ich sehe nicht, was daran Unrecht ist. Es ist nur vernünftig. Sie sind die Herrscher, sie sind es, die etwas zu verlieren haben.«

Dinu wurde laut. »Das ist Unsinn«, schrie er. »Wenn Sie das so betrachten, dann ist der Krieg schon verloren. Sehen Sie das nicht? Sie haben alles aufgegeben, wofür es sich zu kämpfen lohnt.«

»Sir.« Der Bahnhofsvorsteher funkelte ihn grimmig an. »Es besteht kein Grund zu schreien. Ich tue nur meine Arbeit.«

Dinu packte den Bahnhofsvorsteher am Kragen. »Sie Mistkerl«, sagte er und schüttelte ihn. »Sie Mistkerl. Sie sind der Feind. Leute wie Sie, die bloß ihre Arbeit tun ... Sie sind der Feind.«

»Dinu«, schrie Alison, »pass auf!«

Dinu fühlte eine Hand, die ihn am Nacken packte und von dem Bahnhofsvorsteher fortriss. Eine Faust krachte in sein Gesicht, schlug ihn zu Boden. Seine Nasenlöcher füllten sich mit dem metallischen Geruch von Blut. Als er aufblickte, sah er die zwei Wächter, die wütend auf ihn herunterstarrten. Alison und Saya John hielten sie zurück. »Lassen Sie ihn! Lassen Sie ihn!«

Alison half Dinu auf die Beine. »Komm, Dinu – lass uns gehen.« Sie nahm das Gepäck und schob Dinu und Saya John die Treppe hinunter. Als sie wieder auf der Straße waren, lehnte sich Dinu an einen Laternenpfahl. »Alison«, sagte er, »Alison, vielleicht lassen sie dich allein mitfahren. Du bist halb weiß. Du musst es versuchen, Alison.«

»Pst.« Sie legte ihm ihre Hand auf den Mund. »Sag das nicht, Dinu. Das kommt für mich nicht in Frage.«

Dinu wischte sich das Blut von der Nase. »Aber du musst fort,

Alison … mit deinem Großvater – du hast gehört, was Ah Fatt gesagt hat. So oder so, du musst fort, du kannst nicht mehr in Morningside bleiben.«

Aus dem Bahnhof ertönte ein durchdringender Pfiff. Rings um sie rannten die Leute los, drängten sich am Eingang des Bahnhofs, stießen gegen die Tore. Dinu, Alison und Saya John hielten sich gegenseitig an den Armen und stemmten sich gegen den Laternenpfahl.

Schließlich hörten sie den Zug abfahren. »Er ist fort«, sagte Saya John.

»Ja, *baba*«, sagte Alison leise. »Er ist fort.«

Dinu trat zurück und hob einen Koffer auf. »Gehen wir Ilongo suchen«, sagte er. »Morgen früh fahren wir nach Morningside zurück.«

»Und bleiben da?«

Dinu schüttelte den Kopf. »Ich bleibe, Alison«, sagte er. »Mir werden sie nichts tun – ich habe nichts zu befürchten. Aber du und dein Großvater, mit euren Verbindungen … amerikanischen und chinesischen … Man kann nicht wissen, was sie euch antun würden. Ihr müsst fort.«

»Aber wie, Dinu?«

Schließlich sprach Dinu die Worte, die sie beide gefürchtet hatten: »Der Daytona … es ist die einzige Möglichkeit, Alison.«

»Nein.« Sie umklammerte seine Hand. »Nicht ohne dich.«

»Es wird alles gut, Alison.« Er war darauf bedacht, ruhig zu sprechen, täuschte Zuversicht vor. »Ich bin bald bei dir … in Singapur, du wirst sehen. Wir werden nicht lange getrennt sein.«

Es war dunkel, als Arjun zu sich kam. Er fühlte einen hämmernden Schmerz in seinem Bein. Als er wieder bei klarem Bewusstsein war, merkte er, dass Wasser an ihm vorbeiströmte und die Röhre von einem dampfenden Trommeln widerhallte. Er brauchte ein paar Minuten, bis er begriff, dass es regnete.

Kaum rührte er sich, als sich Kishan Singhs Hand warnend um seine Schulter schloss. »Sie sind noch da, *sah'b*«, flüsterte Kishan Singh. »Sie haben in der Plantage Posten bezogen. Sie warten noch.«

»Wie nah sind sie? In Hörweite?«

»Nein. Im Regen können sie uns nicht hören.«

»Wie lange war ich weggetreten?«

»Über eine Stunde, *sah'b*. Ich habe Ihr Bein untersucht. Die Kugel ist glatt durch Ihre Achillessehne gegangen. Nicht weiter schlimm.«

Arjun fasste sich vorsichtig ans Bein. Kishan Singh hatte ihm die Hose in Kniehöhe abgerissen und daraus einen provisorischen Verband gemacht. Um sein Bein aus dem Wasser zu halten, hatte er auch eine Art Stütze gefertigt, indem er zwei Stöcke gegen die Wände der Röhre stemmte.

»Was machen wir jetzt, *sah'b*?«

Die Frage verwirrte Arjun; er versuchte, vorauszudenken, aber sein Verstand war noch von Schmerzen getrübt, und er konnte keinen klaren Gedanken fassen. »Wir müssen abwarten, was sie tun, Kishan Singh. Morgen sehen wir weiter.«

»Ja, *sah'b*.« Kishan Singh wirkte erleichtert.

Als er regungslos in dem zwei Finger tiefen Wasser lag, nahm Arjun seine Umgebung deutlich wahr, die nassen Stoffknitter, die Furchen in seine Haut gruben, den Druck von Kishan Singhs Körper, der ausgestreckt neben ihm lag. Die Röhre war angefüllt mit ihren Ausdünstungen, dem schimmelig-schweißigen Geruch ihrer durchnässten Uniformen, dem Geschmack von Arjuns Blut.

Die Schmerzen in seinem Bein brachten seinen Verstand durcheinander, seine Gedanken schweiften ab. Plötzlich fiel ihm ein, wie Kishan Singh ihn an jenem Tag am Strand angesehen hatte, als er mit Alison von der Insel gekommen war. War es Verachtung, was er in seinem Blick entdeckt hatte – eine Art Verurteilung?

Würde Kishan Singh getan haben, was er getan hatte? Würde er es gewagt haben, mit Alison zu schlafen, sie zu nehmen, Dinu zu hintergehen, der ein Freund war und noch etwas mehr? Er wusste selbst nicht, was ihn dazu getrieben, warum er sie so sehr begehrt hatte. Er hatte von Kameraden gehört, dass dergleichen in Kriegszeiten über einen käme, an der Front. Aber Kishan Singh war auch an der Front, und es war schwer vorstellbar, dass er so etwas tun würde. Lag darin ein Teil des Unterschieds zwischen einem Offizier und einem einfachen Soldaten – dieser Zwang, sich zu behaupten, seinen Willen durchzusetzen?

Ihm kam der Gedanke, dass es gut tun würde, darüber zu sprechen. Kishan Singh hatte ihm einmal erzählt, dass er mit fünfzehn Jahren verheiratet worden war. Er hätte Kishan Singh gern gefragt: Wie war das, als du geheiratet hast? Hast du deine Frau vorher gekannt? Wie hast du sie in der Hochzeitsnacht berührt? Hat sie dir ins Gesicht gesehen?

Er versuchte, im Geiste die Sätze zu formulieren, wusste aber nicht die richtigen Worte auf Hindustani, ja, er wusste nicht einmal, in welchem Ton man solche Fragen stellte. Er wusste einfach nicht, wie man solche Dinge ausdrückte. Es gab so viel, was er nicht ausdrücken konnte, in keiner Sprache. Es war peinlich, vielleicht sogar unmännlich, wissen zu wollen, was im Kopf eines anderen vorging. Was hatte Hardy doch gestern Abend gesagt – etwas über die Verbindung von Hand zu Herz. Arjun war betreten gewesen, als er das hörte, es geziemte sich nicht für einen Mann, so zu reden. Doch zugleich war es ein interessanter Gedanke, dass Hardy – oder überhaupt jemand, auch er selbst – sich etwas wünschen mochte, ohne dass er sich dessen bewusst war. Wie war es möglich? War es, weil niemand sie die Worte gelehrt hatte? Die richtige Ausdrucksweise? Vielleicht, weil es zu gefährlich sein könnte? Oder weil sie nicht alt genug waren, um es zu wissen? Es war eine seltsam lähmende Vorstellung, dass er nicht das simpelste Rüstzeug für ein Selbstbewusstsein hatte, kein Fenster, durch das er erkennen konnte, dass er ein Innenleben besaß. War es das, was Alison gemeint hatte – er sei eine Waffe in den Händen anderer? Eigenartig, Hardy hatte dasselbe gesagt.

Während er wartete, dass die Minuten vergingen, spürte er, wie sich seine Gedanken immer mehr auf sein verwundetes Bein konzentrierten. Die Schmerzen nahmen ständig zu, wurden heftiger, bis sie sein Bewusstsein so durchdrangen, dass sie alle anderen Empfindungen auslöschten. Er atmete jetzt stoßweise, mit zusammengebissenen Zähnen. Dann spürte er durch den Schmerznebel in seinem Kopf Kishan Singhs Hand, die seinen Arm packte, ihn aufmunternd an der Schulter rüttelte.

»*Sabar karo, sah'b*, das geht vorüber.«

Er sagte matt: »Ich weiß nicht, wie lange ich durchhalten kann, Kishan Singh.«

»Sie können durchhalten, *sah'b*. Harren Sie aus. Nur Geduld.«

Plötzlich hatte Arjun eine Ahnung, dass er gleich wieder das Bewusstsein verlieren, dass er mit dem Gesicht nach unten ins Regenwasser fallen und so, wie er lag, ertrinken würde. In panischer Angst klammerte er sich an Kishan Singh, hielt sich an seinem Arm fest wie an einem Rettungsfloß.

»Kishan Singh. Sag etwas. Sprich. Lass mich nicht wieder ohnmächtig werden.«

»Sprechen, worüber, *sah'b*?«

»Ganz egal. Sprich einfach, Kishan Singh – irgendwas. Erzähl mir von deinem Dorf.«

Zögernd begann Kishan Singh zu erzählen. »Der Name unseres Dorfes ist Kotana, *sah'b*, und es liegt bei Kurukshetra, nicht weit von Delhi. Es ist ein ganz einfaches Dorf, aber eines gibt es, das wir immer von Kotana sagen ...«

»Was?«

»Dass man in jedem Haus in Kotana ein Stück von der Welt findet. In einem gibt es eine Wasserpfeife aus Ägypten, in einem anderen ein Kästchen aus China ...«

Wie durch einen Wall aus Schmerzen heraus fragte Arjun: »Wie kommt das, Kishan Singh?«

»*Sah'b*, seit Generationen schickt jede Jat-Familie in Kotana ihre Söhne in den Dienst der Streitkräfte der englischen *sarkar.*«

»Seit wann?«

»Seit der Zeit meines Urgroßvaters, *sah'b* – seit dem Aufstand.«

»Dem Aufstand?« Arjun besann sich auf sein Gespräch mit Oberstleutnant Buckland. »Was hat der Aufstand damit zu tun?«

»*Sah'b*, als ich ein Junge war, erzählten die alten Männer des Dorfes uns eine Geschichte. Sie handelte von dem Aufstand. Als er vorbei war und die Engländer wieder nach Delhi kamen, wurde bekannt gegeben, dass in der Stadt ein großes Schauspiel stattfinden sollte. Aus Kotana wurde eine Gruppe Älteste als Abordnung geschickt. Sie brachen bei Tagesanbruch auf und wanderten mit hunderten anderer zum Südtor der alten Hauptstadt. Als sie noch weit entfernt waren, sahen sie, dass der Himmel über der Stadt schwarz von Vögeln war. Der Wind verbreitete einen Geruch, der umso stärker wurde, je näher sie der Stadt kamen. Die Straße war gerade, der Boden eben, und sie konnten weit in die Ferne sehen. Ein rätselhafter Anblick tat sich vor ihnen auf: Die Straße schien von Truppen sehr großer Männer gesäumt zu sein. Es war, als habe sich ein Heer von Riesen aufgestellt, um Wache über die Menge zu halten. Beim Näherkommen sahen sie, dass es keine Riesen waren, sondern Männer – aufständische Soldaten, deren Leichen man auf zugespitzten Pfählen aufgespießt hatte. Die Pfähle waren in geraden Reihen angeordnet und führten bis zur Stadt. Der Gestank war fürchterlich. Als sie nach Kotana zurückkehrten, riefen die Ältesten die Dorfbewohner zusammen. Sie sagten: ›Heute haben wir das Antlitz der Niederlage gesehen, und das soll niemals das unsere sein.‹ Von dem Tag an war es für die Familien von Kotana beschlossene Sache, ihre Söhne zu den Streitkräften der englischen *sarkar* zu schicken. So haben es unsere Väter erzählt. Ich weiß nicht, ob die Geschichte wahr oder unwahr ist, *sah'b*, aber so habe ich es gehört, als ich ein Junge war.«

Verwirrt durch seine Schmerzen hatte Arjun Mühe, diesen Worten zu folgen. »Was sagst du da, Kishan Singh? Willst du sagen, die Dorfbewohner sind aus Furcht in die Streitkräfte eingetreten? Aber das kann nicht sein, niemand hat sie gezwungen – oder dich, was das betrifft. Was gab es da zu fürchten?«

»*Sah'b*«, sagte Kishan Singh leise, »nicht jede Furcht ist gleich. Welche Furcht macht zum Beispiel, dass wir uns hier verstecken? Ist es die Furcht vor den Japanern, oder ist es die Furcht vor den Engländern? Oder ist es die Furcht vor uns selbst, weil wir nicht wissen, wen wir mehr fürchten sollen? *Sah'b*, ein Mann mag den Schatten eines Gewehrs ebenso fürchten wie das Gewehr selbst – und wer vermag zu sagen, was wirklicher ist?«

Einen Augenblick lang schien es Arjun, dass Kishan Singh von etwas sehr Exotischem sprach, einer Schöpfung der Phantasie, einem Schrecken, der bewirkte, dass man sich selbst umgestaltete, seinen Begriff von seinem Platz in der Welt veränderte, bis zu dem Punkt, da man die Wahrnehmung der Furcht, die einen geprägt hatte, verlor. Die Vorstellung eines solch ungeheuren Ausmaßes an Schrecken schien ebenso absurd wie Berichte von der Entdeckung von Lebewesen, die als ausgestorben galten. Dies war der Unterschied, dachte er, zwischen den anderen Dienstgraden und den Offizieren; gemeine Soldaten wussten nichts von den Antrieben, die sie zum Handeln bewegten, sie hatten kein Vokabular, um ihr Selbstbewusstsein zu schärfen – ihnen war es, wie Kishan Singh, bestimmt, sich selbst fremd zu sein, stets von anderen gelenkt zu werden.

Doch kaum hatte dieser Gedanke in seinem Kopf Gestalt angenommen, als er auch schon vom Wahn seiner Schmerzen verwandelt wurde. Er hatte plötzlich eine halluzinatorische Vision – von sich und Kishan Singh, aber in anderer Form: Sie waren Lehmklumpen, die sich auf Töpferscheiben drehten. Er, Arjun, wurde als Erster von dem unsichtbaren Töpfer bearbeitet, eine Hand kam von oben, sie berührte ihn, übergab ihn an die andere; er wurde geformt, gestaltet, ward zu einem eigenständigen Gegenstand; er spürte den Druck der Hand des Töpfers nicht mehr, er war sich nicht einmal mehr bewusst, dass sie ihn bearbeitet hatte. An anderer Stelle drehte sich Kishan Singh noch auf der Scheibe, als ungeformter, feuchter, knetbarer Lehmklumpen. Diese Formlosigkeit war der Kern seiner Abwehr gegen den Töpfer und seine gestaltende Berührung.

Arjun konnte dieses Bild nicht aus seinen Gedanken löschen; wie war es möglich, dass Kishan Singh – ungebildet, sich seiner Beweggründe nicht bewusst – das Gewicht der Vergangenheit mehr spürte als er, Arjun?

»Kishan Singh«, sagte er heiser, »gib mir einen Schluck Wasser.«

Kishan Singh reichte ihm eine grüne Flasche, und er trank, hoffte, dass das Wasser die halluzinatorische Klarheit der Bilder, die vor seinen Augen vorüberzogen, vertreiben würde. Doch es hatte genau die gegenteilige Wirkung. In seinem Kopf flammten Visionen, Fragen auf. War es möglich – und sei es nur angenommen –, dass sein Leben, seine Entscheidungen immer von Ängsten geprägt worden waren, von denen er selbst nichts wusste? Er dachte an die Vergangenheit: Lankasuka, Manju, Bela, die Stunden, die er auf der Fensterbank sitzend verbracht hatte, das ekstatische Gefühl der Befreiung, das ihn ergriffen hatte, als er erfuhr, dass er in die Militärakademie aufgenommen worden war. Bei alledem hatte Furcht keine Rolle gespielt, er hatte nie darüber nachgedacht, dass sein Leben sich von dem anderer unterschied, er hatte nie den geringsten

Zweifel an seiner persönlichen Überlegenheit gehabt, hatte sich nie vorgestellt, dass ihm etwas anderes zur Verfügung stünde als eine breite Auswahl an Möglichkeiten. Aber wenn es stimmte, dass sein Leben von Mächten gestaltet worden war, von denen er nichts wusste, dann hätte er folglich nie aus eigenem Willen gehandelt, nie einen wahren Augenblick echter Selbstbewusstheit erfahren. Dann wäre sein ganzes Selbstbild eine Lüge gewesen, eine Täuschung.

Und wenn es so wäre, wie sollte er jetzt zu sich selbst finden?

6

Als sie am nächsten Morgen nach Morningside zurückkehrten, waren die Straßen noch stärker befahren als auf dem Hinweg. Aber ihr Auto schien das Einzige zu sein, das nach Norden fuhr; alle anderen waren in der Gegenrichtung unterwegs, nach Kuala Lumpur und Singapur. Man drehte sich nach ihnen um, mehrmals wurden sie von hilfreichen Leuten angehalten, die sich vergewissern wollten, dass sie wussten, wohin sie fuhren.

Sie begegneten dutzenden von Militärlastwagen, viele fuhren zu zweit nebeneinander und drängten sie mit lärmendem Gehupe von der Fahrbahn. Über lange Strecken mussten sie auf dem grasbewachsenen Rand fahren, im Kriechtempo von fünfzehn, zwanzig Meilen pro Stunde.

Es war später Nachmittag, als sie nach Sungei Pattani kamen; erst ein halber Tag war vergangen, seit sie durch die Stadt gefahren waren, doch schon schien sie ein anderer Ort zu sein. Am Morgen zuvor hatten sie sie leer und geisterhaft vorgefunden, die meisten Bewohner waren aufs Land geflohen, die Geschäfte waren abgeschlossen und mit Brettern zugenagelt gewesen. Jetzt war Sungei Pattani nicht mehr leer; wohin sie auch sahen, überall waren Soldaten – Australier, Kanadier, Inder, Engländer. Aber das waren nicht die ordentlichen Truppen, an deren Anblick sie sich gewöhnt hatten; dies waren lustlose, erschöpft wirkende Männer, die sich zu kleinen Gruppen und zerlumpten Haufen zusammengeschart hatten. Manche schlenderten durch die Straßen, die Gewehre wie Angelruten über die Schultern geworfen. Manche lungerten im Schatten der Geschäftsarkaden herum, aßen aus Büchsen und Päckchen, löffelten das Essen mit den Fingern. Ihre Uniformen waren verschwitzt und schmutzig, ihre Gesichter streifig von Schlamm. In den Parks und Anlagen der Stadt, wo sonst Kinder spielten, sahen sie Gruppen erschöpfter Männer liegen und schlafen, die Waffen in die Armbeugen geschmiegt.

Sie bemerkten Anzeichen von Plünderei: zerbrochene Fensterscheiben, aufgestemmte Tore, Geschäfte mit eingeschlagenen Rollläden. Sie sahen Plünderer durch die Breschen treten – Soldaten und Einheimische liefen gemeinsam herum und räumten die Geschäfte leer. Polizisten waren nirgendwo in Sicht; die Stadtverwaltung hatte sich offensichtlich davongemacht.

»Schneller, Ilongo.« Dinu klopfte an das Fenster des Lieferwagens. »Sehen wir zu, dass wir durchkommen.«

Sie kamen auf eine Straße, die von einem Trupp Soldaten blockiert war. Einer wies mit seinem Gewehr auf den Wagen, versuchte, ihn anzuhalten. Dinu bemerkte, dass der Mann schwankte. Er rief Ilongo zu: »Fahr weiter, die sind betrunken.« Ilongo scherte plötzlich aus, fuhr über den Mittelstreifen auf die andere Fahrbahn. Dinu drehte sich nach den Soldaten um, die ihnen nachstarrten und schimpften: »Verdammte Affen.«

Ilongo bog in eine Gasse ein und raste auf einer Nebenstraße aus der Stadt. Nach ein paar Meilen sah er einen Bekannten am Straßenrand stehen. Er hielt an und fragte, was los sei.

Der Mann war der Verwalter einer Kautschukplantage nicht weit von Morningside. Er erklärte ihnen, sie könnten von Glück sagen, dass sie noch im Besitz ihres Lieferwagens seien; auf seinem Gut seien sämtliche Fahrzeuge beschlagnahmt worden. Ein englischer Offizier sei vor ein paar Stunden mit einem Trupp Soldaten gekommen, und sie hätten die Wagen mitgenommen.

Sie sahen sich an, alle dachten sogleich an den Daytona in der Garage. Dinu kaute an seinen Knöcheln. »Los, kommt, lasst uns keine Zeit verlieren.«

Wenige Minuten später passierten sie den Torbogen von Morningside. Es war, als wären sie in ein anderes Land gekommen. Hier gab es keinerlei Anzeichen von Widrigkeiten, auf dem Gut war es still und friedlich; Kinder winkten ihnen zu, als sie die ungepflasterte Straße entlangfuhren. Dann tauchte weit vorn am Hang das Wohnhaus auf. Es wirkte majestätisch, heiter.

Ilongo fuhr den Wagen direkt vor die Garage. Er sprang heraus und zog das Tor auf. Der Daytona war noch da.

Dinu und Alison standen und blickten auf das Auto. Dinu nahm ihren Arm und schob sie in die Garage. »Alison, du solltest losfahren, es bleibt so wenig Zeit...«

»Nein.« Alison befreite ihren Arm und schlug das Garagentor zu. »Ich fahre später. In der Nacht. Wer weiß, wie lange es dauert, bis wir uns wieder sehen? Ich möchte noch ein paar Stunden mit dir zusammen sein, bevor ich fahre.«

Am Morgen unternahm Kishan Singh einen Erkundungsgang und sah, dass die Japaner sich im Schutze der Nacht von der Plantage zurückgezogen hatten. Er half Arjun, aus der Röhre zu kriechen und sich auf die mit Blättern bedeckte Erde zu setzen. Dann zog er Arjun die nassen Sachen vom Leibe, wrang sie aus und legte sie an eine sonnenbeschienene Stelle zum Trocknen.

Arjuns Brust und Bauch waren ganz verschrumpelt, weil er so lange im Wasser gelegen hatte, aber die Schmerzen in seinem Bein hatten nachgelassen. Er stellte erleichtert fest, dass der Verband seinen Zweck erfüllt und den Blutfluss zum Stillstand gebracht hatte. Er schickte Kishan Singh los, einen Ast zu suchen oder ein Stück Holz, das sich als Krücke benutzen ließe. Ringsum waren nur Kautschukbäume, und deren Äste waren zu biegsam, um das Gewicht eines Menschen zu tragen. Kishan Singh musste ein Stück weit gehen, bevor er einen geeigneten Ast fand.

Sie machten sich langsam auf den Weg. Arjun blieb alle paar Schritte stehen, um seine Krücke anders zu fassen. Alsbald gelangten sie zu einem Kiesweg, dem sie im Schutz der Bäume folgten. Nach einer Weile bemerkten sie Spuren von Bewohnern, Kleiderfetzen, Fußabdrücke, weggeworfene Eierschalen, von Vögeln davongetragen. Bald sahen sie die Rauchkringel eines Holzfeuers über den Bäumen aufsteigen. Sie nahmen die vertrauten Gerüche von Reis und aufgeplatzten Senfsamen wahr. Dann erspähten sie die Quartiere der Kulis auf der Plantage: Doppelreihen mit Baracken, die sich zu beiden Seiten des Weges gegenüberstanden. Eine große Zahl Menschen lief im Freien umher, und schon von weitem wurde deutlich, dass etwas Ungewöhnliches im Gange war.

Die Baracken lagen in einer kleinen Senke, die auf allen Seiten von Hügelland umgeben war. Mit Kishan Singhs Hilfe kletterte Arjun einen niedrigen Kamm hinunter. Flach auf dem Bauch liegend, blickten sie in die Senke hinab.

Die Unterkünfte bestanden aus gut fünfzig Behausungen, die in parallelen Reihen angelegt waren. An einem Ende stand ein kleiner Hindutempel, ein Schuppen mit einem Blechdach, von einer rot und weiß gestrichenen Mauer umgeben. Neben dem Tempel war eine Lichtung mit einem an den Seiten offenen Schuppen, ebenfalls mit einem Blechdach; dies war offensichtlich ein Versammlungsort. Es war dieser Schuppen, zu dem sichtlich jeder eilte.

»*Sah'b*, schauen Sie.« Kishan Singh zeigte auf ein schwarzes Auto, das halb verborgen neben dem Schuppen stand. An einer Stange auf der Kühlerhaube war ein Stander befestigt. Von weitem wirkte sie sehr klein, und Arjun erkannte sie nicht auf den ersten Blick; sie war vertraut und auch wieder nicht, er hatte sie lange nicht gesehen. Er drehte sich zu Kishan Singh um. Sein Bursche sah ihn aufmerksam an.

»Kennst du diese Fahne, Kishan Singh?«

»*Sah'b*, das ist der *tiranga.*« Natürlich, wie konnte er sie nicht erkannt haben? Es war die Fahne der indischen Nationalbewegung, ein Spinnrad vor einem Hintergrund aus Orange, Weiß und Grün.

Arjun war verblüfft. »Wie kommt die denn hierher?« Er rätselte noch über die Fahne, als er eine zweite Überraschung erlebte. Eine bekannte Gestalt mit Khaki-Turban kam aus dem Schuppen und ging zu dem Auto. Es war Hardy, und er sprach mit einem anderen Mann, einem Fremden, einem weißbärtigen Sikh in dem langen weißen Gewand eines *gyani,* eines Gelehrten.

Es gab keinen Grund, noch zu warten. Arjun rappelte sich hoch. »Kishan Singh, *chalo…*« Schwer auf seine Krücke gestützt, ging er den Hang hinunter zu dem Schuppen.

»Hardy! He, Hardy!«

Hardy unterbrach seine Unterhaltung und blickte auf. »*Yar?* Arjun?«

Er kam den Hang hinaufgelaufen, ein Grinsen breitete sich auf seinem Gesicht aus. »*Yar,* wir dachten schon, die Schweinehunde hätten dich erwischt.«

»Kishan Singh hat mich gefunden«, sagte Arjun. »Ohne ihn wäre ich jetzt nicht hier.«

Hardy klopfte Kishan Singh auf die Schulter. »*Shabash!*«

»Sag mal«, Arjun stieß Hardy in die Seite, »was ist hier los?«

»Immer mit der Ruhe, *yar*«, sagte Hardy. »Ich erzähl's dir nachher, aber erst mal müssen wir dich säubern. Wo hat's dich erwischt?«

»Achillessehne, glaube ich.«

»Ist es schlimm?«

»Heute geht's schon besser.«

»Gehen wir irgendwohin, wo wir uns setzen können. Wir lassen deine Wunde verbinden.«

Hardy hieß einen Soldaten, den Sanitäter zu holen. Er führte Arjun zu einer Baracke und hielt die Tür auf. »Unser Hauptquartier«, sagte er grinsend.

Drinnen war es dunkel, die schmalen Fenster waren mit Lumpen verhängt. Die Wände waren aus Holz und mit einer dicken Rußschicht bedeckt, es roch stark nach Rauch. Vor einer Wand stand eine schmale Pritsche. Dorthin führte Hardy Arjun und half ihm, sich zu setzen.

Es klopfte an der Tür, und der Sanitäter trat ein. Er unterzog Arjuns Verband einer gründlichen Untersuchung und riss ihn dann mit einem Ruck ab. Arjun schnitt eine Grimasse, und Hardy reichte ihm ein Glas Wasser.

»Trink aus. Du hast es nötig.«

Arjun leerte das Glas und gab es zurück. »Hardy«, fragte er, »wo ist Bucky?«

»Er ruht sich aus«, sagte Hardy. »Unten an der Straße ist ein leerer Schuppen. Es war der einzige passende Platz für ihn. Sein Arm macht ihm zu schaffen. Wir mussten ihm Schmerztabletten geben. Er war den ganzen Morgen weggetreten.«

Der Sanitäter betupfte Arjuns Wunde, und Arjun wappnete sich, indem er sich an die Bettkante klammerte.

»Und nun raus mit der Sprache, Hardy«, sagte er mit zusammengebissenen Zähnen, »was geht hier vor?«

»Ich will's so kurz machen wie möglich«, sagte Hardy. »Es war so:

Gestern Abend, kurz nachdem wir dich verloren hatten, stießen wir auf Holzfäller. Sie waren Inder, und als wir sie ansprachen, sagten sie, in den Kuliquartieren wären wir sicher. Sie brachten uns hierher, nahmen uns freundlich auf, gaben uns Essen, Betten. Zeigten uns den Schuppen, wo wir Bucky unterbringen konnten. Wir wussten es zuerst nicht, aber dann stellte sich heraus, dass einige von ihnen der indischen Unabhängigkeitsliga angehören. Sie haben ihre Geschäftsstelle verständigt, und heute Morgen kam Gyaniji in einem Auto an – mit wehender Fahne. Du kannst dir unser Erstaunen vorstellen. Wie sich zeigt, ist er Gyani Amreek Singh – erkennst du den Namen wieder? Seine Unterschrift war auf den Flugblättern, die die Japsen in Jitra abgeworfen haben.«

»Ja«, sagte Arjun trocken. »Ich kenne den Namen. Was will er?«

Hardy summte eine Melodie vor sich hin. Daran erkannte Arjun, dass er sich genau überlegte, was er als Nächstes sagen würde.

»Arjun, erinnerst du dich an Hauptmann Mohan Singh?«

»Ja. XIV. Punjab-Regiment, stimmt's? War er nicht auch in Jitra? Ich meine, ich hätte ihn auf dem Weg zur Asoon-Linie gesehen.«

»Ja. Sie haben in der Plantage Schutz gesucht und sind nach Osten vorgestoßen, genau wie wir.«

»Und was ist nun mit Hauptmann Mohan Singh?«

»Gyaniji hat mir erzählt, dass er mit der indischen Unabhängigkeitsliga Kontakt aufgenommen hat.«

»Weiter.«

»Warte.« Der Sanitäter hatte Arjuns Wunde verbunden. Hardy brachte den Mann hinaus und schloss die Tür. Er fuhr sich mit dem Finger durch seinen Bart. »Schau, Arjun«, sagte er, »ich habe keine Ahnung, wie du es aufnehmen wirst. Ich erzähle dir nur, was ich weiß...«

»Weiter, Hardy.«

»Hauptmann Mohan Singh hat einen großen Schritt getan.«

»Welchen?«

»Er hat beschlossen, mit den Engländern zu brechen.«

»Was?«

»Ja«, sagte Hardy mit dünner, ausdrucksloser Stimme. »Er will eine unabhängige Einheit gründen – die indische Nationalarmee. Alle Offiziere des XIV. Punjab-Regiments sind auf seiner Seite –

die Inder, meine ich. Kumar, Masood und viele andere. Sie haben uns aufgefordert, uns ihnen anzuschließen …«

»Und?«, sagte Arjun. »Willst du das?«

»Was soll ich sagen, Arjun?« Hardy lächelte. »Du weißt, wie ich fühle. Ich habe nie ein Geheimnis aus meinen Ansichten gemacht – anders als einige von euch.«

»Hardy, warte.« Arjun stieß ihn mit dem Finger an. »Überleg doch mal eine Minute. Nicht so eilig. Woher weißt du, wer dieser Gyani ist? Woher weißt du, ob er die Wahrheit über Hauptmann Mohan Singh erzählt? Woher weißt du, dass er kein japanischer Spitzel ist?«

»Amreek Singh ist auch beim Militär gewesen«, sagte Hardy. »Er hat meinen Vater gekannt – sein Dorf ist nicht weit von unserem entfernt. Wenn er ein japanischer Spitzel ist, dann muss es einen Grund dafür geben. Und überhaupt, wer sind wir denn, dass wir ihn Spitzel nennen dürfen?« Hardy lachte. »Sind wir denn nicht die größten Spitzel von allen?«

»Warte.« Arjun versuchte, seine Gedanken zu ordnen. Es war eine große Erleichterung, es endlich aussprechen, die langen Streitgespräche, die er insgeheim mit sich selbst geführt hatte, ans Licht bringen zu können. »Und bedeutet das nun«, fragte er, »dass Mohan Singh und sein Haufen auf der japanischen Seite kämpfen werden?«

»Ja. Natürlich. Vorerst. Bis die Briten aus Indien raus sind.«

»Aber Hardy, lass uns diese Sache überdenken. Stellen wir uns ein paar simple Fragen. Was wollen die Japaner in Indien? Liegt ihnen an uns oder unserer Unabhängigkeit? Nein. Sie wollen nur die Engländer vertreiben, damit sie an ihre Stelle treten können. Sie wollen uns nur ausnutzen, siehst du das nicht?«

»Natürlich wollen sie das, Arjun«, stimmte Hardy achselzuckend zu. »Wenn sie es nicht wären, dann wären es andere. Es wird immer welche geben, die versuchen, uns auszunutzen. Deswegen ist es ja so schwer, siehst du das nicht? Dies ist das erste Mal in unserem Leben, dass wir versuchen, selbst zu entscheiden, statt Befehle entgegenzunehmen.«

»Hardy, hör zu.« Arjun bemühte sich um einen ruhigen Ton. »So mag es im Moment für dich aussehen, aber frag dich doch mal, wie unsere Aussichten sind, etwas für uns selbst tun zu können? Höchstwahrscheinlich endet es damit, dass wir den Japanern helfen, nach Indien zu kommen. Und was hätten wir davon, wenn wir die Engländer gegen die Japaner austauschen? Als Kolonialherren sind die Engländer nicht die schlechtesten – besser als die meisten anderen. Bestimmt hundertmal besser als die Japaner sein würden.«

Hardy lachte aus vollem Halse, seine Augen blitzten. »*Yar* Arjun, sieh doch, wohin es mit uns gekommen ist. Jetzt sprechen wir schon über gute Herren und schlechte Herren. Was sind wir denn? Hunde? Schafe? Es gibt keine guten Herren und schlechten Herren, Arjun; irgendwie ist es doch so – je besser der Herr, umso schlechter die Lage des Sklaven, weil er dann vergisst, was er ist.«

»Da stimme ich dir nicht zu, Hardy.« Arjun schüttelte den Kopf. »Sieh dir die Berichte an, sieh, was die Japaner in China angerichtet haben, in der Mandschurei. Bedenke, was sie in Nanking getan haben – tausende von Menschen kaltblütig abgeschlachtet, Zivilisten, Kinder. Es stand in der Zeitung, erinnerst du dich? Bedenke, was sie tun würden, wenn sie nach Indien kämen. Millionen würden sterben. Wie kannst du dir da Illusionen machen?«

»Ich *mache* mir keine Illusionen, Arjun.« Hardys Stimme wurde laut. »Was du sagst, ist richtig, sie haben zehn-, vielleicht hunderttausende ermordet. Aber genau deswegen dürfen wir uns nicht entwaffnen und abführen lassen. Nimm nur mal an, sie würden nach Indien kommen: Wer stünde zwischen ihnen und der Zivilbevölkerung – wer, wenn nicht wir? Die Engländer sind damit beschäftigt, für das Überleben ihres Mutterlandes zu kämpfen. Das hat für sie oberste Priorität – und zu Recht. Erinnerst du dich an die Chetwode-Halle, ›mein Land, immer und jederzeit‹? Das ist das Prinzip, das wir befolgen müssen, wir müssen eine gewisse Autonomie bewahren, um uns zwischen die Japaner und die Zivilbevölkerung zu stellen. Das muss unsere erste Pflicht sein, das heißt, sofern wir überhaupt an unser Land denken.«

Sie funkelten sich grimmig an, ihre Gesichter berührten sich fast. Hardys Augenlid zuckte, und Arjun fühlte seinen heißen Atem. Er war der Erste, der sich abwendete.

»Hardy, es würde nichts helfen, uns gegenseitig zu bekämpfen.«

»Nein.«

Arjun kaute an seinen Knöcheln. »Hör zu, Hardy«, sagte er.

»Denke nicht, dass ich dem, was du sagst, nicht zustimme. Ich finde, dass du im Großen und Ganzen Recht hast. Aber ich versuche einfach, über uns nachzudenken, über Männer wie dich und mich, über unseren Platz in der Welt.«

»Ich kann dir nicht folgen.«

»Sieh uns doch an, Hardy – sieh uns an. Was sind wir denn? Wir haben Tango tanzen gelernt, und wir können Roastbeef mit Messer und Gabel essen. Die Engländer sind angetreten, um uns zu etwas anderem zu machen als dem, was wir waren, und es lässt sich nicht leugnen, dass es ihnen insgesamt gelungen ist. Wenn du sagst, du willst für Indien kämpfen, dann macht mich das stolz. Aber die Wahrheit ist, dass, von unserer Hautfarbe abgesehen, die meisten Leute in Indien uns nicht mal als Inder erkennen würden. Als wir zum Militär gingen, hatten wir nicht Indien im Sinn: Wir wollten *sahibs* sein, und die sind wir geworden. Denkst du, wir können das alles rückgängig machen, einfach, indem wir eine neue Flagge aufziehen?«

Hardy zuckte wegwerfend die Achseln. »Schau«, sagte er, »ich bin ein einfacher Soldat, *yar*. Ich weiß nicht, worauf du hinauswillst. Für mich ist es eine Frage von Recht und Unrecht – wofür es sich zu kämpfen lohnt und wofür nicht. Das ist alles.«

Es klopfte an der Tür. Hardy öffnete. Draußen stand Gyani Amreek Singh.

»Alle warten ...«

»Gyaniji, *ek minit.*« Hardy drehte sich zu Arjun um. »Schau, Arjun.« Seine Stimme war müde nach dem anstrengenden Disput. »Ich sage dir, was ich tun werde. Gyaniji hat uns angeboten, uns durch die japanischen Linien zu führen, wenn wir uns Mohan Singh anschließen wollen. Ich für meinen Teil habe mich schon entschieden. Ich werde es den Männern erklären, ich werde ihnen sagen, dass ich es für richtig halte. Möchtest du mitkommen und mir zuhören?«

Arjun nickte. »Ja.«

Hardy reichte Arjun die Krücke, und langsam gingen sie auf dem Kiesweg zu dem Versammlungsschuppen. Der Schuppen war voller Menschen, vorne hockten in ordentlichen Reihen die Soldaten, dahinter die Bewohner der Kuliquartiere, die Männer in *longyis*, die

Frauen in Saris. Viele Holzfäller hatten Kinder auf dem Arm. An einem Ende des Schuppens standen ein Tisch und mehrere Stühle. Hardy nahm an dem Tisch Platz, Arjun und Gyani Amreek Singh setzten sich auf die Stühle. Es herrschte viel Lärm, die Leute wisperten, unterhielten sich, manche Kinder kicherten, die ganze Situation schien neu und ungewohnt für sie. Hardy musste schreien, um sich Gehör zu verschaffen.

Als er zu sprechen begann, stellte Arjun erstaunt fest, dass Hardy ein begabter, geradezu routinierter Redner war. Seine Stimme füllte den Schuppen, seine Worte hallten von dem Blechdach wider – *Pflicht, Vaterland, Freiheit.* Arjun hörte aufmerksam zu, und der Schweiß lief ihm übers Gesicht; er blickte an sich hinunter und sah, dass er triefte – Schweiß strömte entlang seiner Arme und Beine. Er fühlte sich fiebrig, wie am Abend vorher.

Plötzlich erschallte der Schuppen von unzähligen Stimmen. Der Lärm war ohrenbetäubend. Arjun hörte, wie Hardy der Menge zubrüllte: »Seid ihr auf meiner Seite?«

Wieder folgte ein Ausbruch; der Lärm wogte zum Dach hinauf und kam als Echo zurück. Die Soldaten waren aufgesprungen; einige hakten sich unter und tanzten einen Freudentanz, sie bewegten rhythmisch ihre Schultern und stampften mit den Füßen. Hinter ihnen schrien die Arbeiter – Männer, Frauen, Kinder warfen Gegenstände in die Luft, sie klatschten und winkten.

Arjun schaute zu Kishan Singh hinüber, dessen Gesicht gerötet war und froh aussah. Seine Augen leuchteten vor Begeisterung und Aufregung.

Arjun stellte beinahe gleichgültig fest, dass sich seit seinem Eintritt in den Schuppen alles verändert zu haben schien; es war, als habe die ganze Welt plötzlich die Farbe gewechselt, eine andere Verkleidung angelegt. Was vor ein paar Minuten noch Wirklichkeit war, schien jetzt ein unbegreiflicher Traum zu sein: Hatte es ihn wirklich überrascht, als er über den Hang blickte und in den Kuliquartieren eine indische Fahne entdeckte? Aber wo sonst könnte eine solche Fahne sein? War es wirklich wahr, dass Kishan Singhs Großvater in Flandern einen Orden verdient hatte? War es wahr, dass Kishan Singh derselbe war, für den er ihn immer gehalten hatte – der loyalste aller Soldaten, der von Generationen loyaler Soldaten abstammte? Wie war es möglich, dass er diesen Männern so viele Monate in die Gesichter geblickt und nie eine Ahnung gehabt hatte, dass ihre Ergebenheit nicht war, was sie schien? Und wie war es möglich, dass er das nicht einmal von sich selbst gewusst hatte?

Wurde auf diese Weise ein Aufstand entfacht? In einem Augenblick der Kopflosigkeit, sodass man ein Fremder wurde für den Menschen, der man noch vor kurzem gewesen war? Oder war es umgekehrt? Erkannte man so den Fremden, der man sich selbst immer gewesen war, erkannte man, dass alle Loyalität, aller Glaube falsch platziert gewesen waren?

Aber wohin würde sich seine Loyalität wenden, nachdem sie ihren Halt verloren hatte? Er war Soldat und wusste, dass nichts – nichts Wichtiges – möglich war ohne Loyalität, ohne Glauben. Aber wer würde jetzt seine Loyalität beanspruchen? Die alten, die uralten Loyalitäten Indiens – sie waren längst zerstört; die Engländer hatten ihr Empire auf ihrer Auslöschung errichtet. Aber das Empire gab es jetzt nicht mehr – das wusste er, weil er gefühlt hatte, wie es in ihm starb, dort, wo es seinen stärksten Sitz gehabt hatte –, und wem sollte er jetzt die Treue halten? Loyalität, Gemeinsamkeit, Treue – diese Begriffe waren so lebenswichtig und empfindlich wie die Muskeln des Menschenherzens; leicht zu zerstören, unmöglich wiederherzustellen. Wie sollte man das Werk beginnen, die Gewebe neu zu schaffen, die die Menschen miteinander verbanden? Dies überstieg die Fähigkeiten eines Menschen wie er einer war, der zum Zerstören ausgebildet war; es war eine mühselige Arbeit, die nicht ein Jahr, nicht zehn, nicht fünfzig Jahre währen würde – es war die Arbeit von Jahrhunderten.

»Nun, Arjun?« Auf einmal kniete Hardy vor ihm und sah ihm ins Gesicht. Er strahlte triumphierend.

»Arjun? Was wirst du nun tun? Bist du für uns oder gegen uns?«

Arjun griff nach seiner Krücke und stemmte sich hoch. »Hör zu, Hardy. Bevor wir an etwas anderes denken, haben wir noch etwas zu erledigen.«

»Was?«

»Bucky, der Kommandant – wir müssen ihn gehen lassen.«

Hardy starrte ihn wortlos an.

»Wir müssen es tun«, fuhr Arjun fort. »Wir können es nicht verantworten, dass er von den Japanern gefangen genommen wird. Er ist ein sehr gerechter Mensch, Hardy, und es war gut, unter ihm zu dienen, das weißt du. Wir müssen ihn gehen lassen. Das sind wir ihm schuldig.«

Hardy kratzte sich am Kinn. »Das kann ich nicht zulassen, Arjun. Er würde unsere Stellung verraten, unsere Bewegungen …«

Arjun unterbrach ihn. »Es geht nicht darum, was du zulassen wirst, Hardy«, sagte er müde. »Du bist nicht mein Vorgesetzter, und ich bin nicht deiner. Ich bitte dich nicht. Ich lasse dich wissen, dass ich dem Kommandanten Essen und Wasser bringen und ihn dann auf den Weg zurück über die Linien schicken werde. Wenn du mich aufhalten willst, musst du mit mir kämpfen. Ich denke, einige Männer werden sich auf meine Seite stellen. Entscheide dich.«

Ein mattes Lächeln erschien in Hardys Gesicht. »Sieh dich an, *yar.*« Beißender Sarkasmus lag in seinem Ton. »Selbst in Zeiten wie jetzt bist du ein Speichellecker – denkst nur daran, dich lieb Kind zu machen. Was erhoffst du dir davon? Dass er sich für dich verwenden wird, wenn etwas schief geht? Willst du eine kleine Versicherung für die Zukunft abschließen?«

»Du Miststück.« Arjun taumelte auf Hardy zu, wollte ihn am Kragen packen, schwenkte drohend seinen Stock.

Hardy wich ihm aus. »Tut mir Leid«, sagte er schroff. »Das hätte ich nicht sagen sollen. *Thilc hai.* Tu was du willst. Ich schicke dir jemanden, der dir zeigt, wo Bucky ist. Aber mach schnell – das ist alles, worum ich dich bitte.«

7

Alison und Dinu verbrachten eine Stunde mit dem Ausräumen seiner Dunkelkammer. Es gab keinen Strom, sie mussten bei Kerzenlicht arbeiten. Sie bauten seinen Vergrößerungsapparat ab, stapelten seine Entwicklerschalen, schlugen seine Abzüge und Negative in alte Tücher ein und packten sie in Schachteln. Als sie fertig waren, löschte Dinu die Kerze. Sie standen in der stickigen warmen Kammer, die kaum größer war als ein Schrank, und lauschten dem abendlichen Gezirpe der Grillen und dem Quaken der Monsunfrösche. Hin und wieder hörten sie ein fernes stakkatohaftes Bellen, als sei eine Hundemeute in einem schlafenden Dorf aufgeschreckt worden.

»Kanonen«, flüsterte Alison.

Dinu zog sie im Dunkeln an sich.

»Die sind sehr weit weg.«

Er legte seine Arme enger um ihren Körper. Mit beiden Handflächen strich er ihr übers Haar, über die Schultern, die Rundung ihres Rückens. Er hakte seine Finger in die Träger ihres Kleides und zog langsam daran, zupfte es von ihren Schultern, zerrte es herunter. Er sank auf die Knie, ließ sein Gesicht über ihren Körper gleiten, berührte sie mit seiner Wange, seiner Nase, seiner Zunge. Sie legten sich auf den voll gestellten Fußboden, drängten sich aneinander, die Beine miteinander verschlungen, Schenkel an Schenkel, die Arme ausgestreckt, die flachen Bäuche aneinander gepresst. Ein zarter Film, von Schweiß und Lust gebildet, verband ihre Leiber wie Gespinste, verwob sie miteinander.

»Alison, was soll ich nur tun? Ohne dich?«

»Und ich, Dinu? Was ist mit mir? Was soll ich tun?«

Dann lagen sie still auf dem Fußboden, einer des anderen Kopf auf den Arm gebettet. Dinu zündete eine Zigarette an und hielt sie Alison an den Mund.

»Eines Tages«, sagte er, »eines Tages, wenn wir wieder zusammen sind, zeige ich dir die wahre Magie der Dunkelkammer.«

»Und wie ist die?«

»Wenn man Kontaktabzüge macht, wenn man die Negative auf das Papier legt und sieht, wie sie lebendig werden, wie das Dunkel des einen zum Licht des anderen wird … als ich es das erste Mal sah, da dachte ich, wie muss es sein, sich so zu berühren? Mit solcher Durchdringung? So dass einer vom Schatten des anderen durchleuchtet wird?«

»Dinu.« Sie fuhr mit den Fingerspitzen über sein Gesicht.

»Könnte ich dich doch auf diese Weise halten, sodass du in mich eingeprägt wärst, in jeden Teil von mir.«

»Dinu, die Zeit wird kommen.« Sie nahm sein Gesicht zwischen ihre Hände und küsste ihn. »Wir werden unser ganzes Leben haben … « Sie erhob sich auf die Knie und zündete die Kerze wieder an. Sie hielt die Flamme vor sein Gesicht und sah ihm tief in die Augen, als wolle sie in seinen Kopf eindringen.

»Es wird nicht lange dauern, Dinu, nicht?«

»Nein … nicht lange.«

»Glaubst du das wirklich? Oder lügst du – um meinetwillen? Sag mir die Wahrheit, Dinu, ich will es wissen.«

Er fasste sie an den Schultern. »Ja, Alison.« Er sprach mit aller Überzeugung, die er aufbringen konnte. »Ja. Wir kommen hierher zurück. Bald sind wir wieder in Morningside. Alles wird genauso sein wie vorher, nur …«

»Nur?« Sie biss sich auf die Lippen, als habe sie Angst vor dem, was er sagen würde.

»Nur, dass wir verheiratet sein werden.«

»Ja.« Sie brach in entzücktes Lachen aus. »Ja«, sagte sie und warf den Kopf zurück. »Wir werden verheiratet sein. Wir haben zu lange gewartet. Das war ein Fehler.«

Sie nahm die Kerze und lief aus der Kammer. Er blieb still liegen, lauschte auf ihre Schritte; das Haus war so still, wie er es noch nie erlebt hatte. Unten lag Saya John erschöpft im Bett und schlief.

Dinu stand auf und folgte ihr durch die dunklen Flure in ihr Schlafzimmer. Alison öffnete Schränke, kramte in Schubladen. Plötzlich drehte sie sich zu ihm um, die Hand ausgestreckt. »Sieh mal.« Zwei goldene Ringe glänzten im Kerzenlicht.

»Die haben meinen Eltern gehört«, sagte sie. Sie nahm seine Hand und schob einen der Ringe über seinen Ringfinger. *»Nimm diesen Ring zum Zeichen meiner Treue.«*

Sie lachte, legte ihm den anderen Ring in die Hand. Dann hielt sie ihm ihre Hand hin, streckte den Finger aus.

»Nur zu«, forderte sie ihn heraus. »Tu es. Du traust dich nicht.«

Er drehte den Ring in der Hand, dann schob er ihn über ihren Finger. »Sind wir jetzt verheiratet?«

Sie warf lachend den Kopf zurück und hielt ihren Finger ins Kerzenlicht. »Ja«, sagte sie. »Gewissermaßen. In unseren eigenen Augen. Wenn du fort bist, wirst du trotzdem mir gehören, wegen des Rings.«

Sie zog das Moskitonetz von der Decke herunter und drapierte es über ihr Bett. »Komm.« Sie blies die Kerze aus und zog ihn unter das Netz.

Eine Stunde später wurde Dinu vom Lärm nahender Flugzeuge geweckt. Er griff nach Alisons Hand und sah, dass sie schon wach war. Sie saß aufrecht, den Rücken ans Kopfteil gelehnt. »Alison ...«

»Sag nicht, dass es Zeit ist. Noch nicht.«

Sie hielten sich in den Armen und lauschten. Die tief fliegenden Flugzeuge waren direkt über ihnen. Die Fenster klirrten, als sie vorüberflogen.

»Als ich klein war«, sagte Dinu, »hat mein Vater mir einmal eine Geschichte erzählt... von Mandalay. Als der König in die Verbannung geschickt wurde, mussten die Palastmädchen durch die Stadt zum Fluss gehen. Meine Mutter war bei ihnen und mein Vater folgte dem Zug, hielt sich aber im Schatten. Es war ein weiter Weg, die Mädchen waren müde und elend. Mein Vater kratzte sein ganzes Geld zusammen und kaufte Süßigkeiten, um sie aufzumuntern. Die Mädchen wurden von Soldaten bewacht – Fremden, Engländern. Irgendwie gelang es ihm – meinem Vater –, durch die Absperrung zu schlüpfen. Er gab meiner Mutter das Päckchen mit dem Naschwerk. Dann lief er zurück in den Schatten. Er beobachtete, wie sie das Päckchen öffnete. Er staunte ... als Erstes bot sie es den Soldaten an, die neben ihr marschierten. Anfangs war er erbost, er fühlte sich betrogen. Warum verschenkte sie das Naschwerk?... ausgerechnet an diese Männer, die sie gefangen hielten? Doch langsam verstand er, was sie tat, und er war froh. Er sah, dass es richtig war – eine Möglichkeit, am Leben zu bleiben. Schreien und trotzen hätte nichts geholfen.«

»Ich nehme an, du willst mir damit etwas sagen, Dinu?«, meinte sie ruhig. »Was ist es?«

»Ich möchte nur, dass du vorsichtig bist, Alison ... nicht unbesonnen. Sei nicht die, die du bist, nur für eine Weile. Sei bedachtsam, ruhig ...«

»Ich will es versuchen, Dinu.« Sie drückte seine Hand. »Ich verspreche es. Und du auch: Du musst auch vorsichtig sein.«

»Das bin ich – es liegt in meiner Natur. In dieser Hinsicht sind wir uns nicht ähnlich, und deswegen mache ich mir Sorgen um dich.«

Wieder flog ein Geschwader Flugzeuge vorbei. Es war unmöglich, liegen zu bleiben, während die Fenster klirrten, als würden sie gleich zerbersten. Alison schwenkte die Beine vom Bett. Sie griff nach der Handtasche, in der sie die Schlüssel des Daytona aufbewahrte. Die Tasche war unerwartet schwer. Sie öffnete den Verschluss, blickte hinein und sah Dinu fragend an.

»Es ist der Revolver deines Vaters … ich habe ihn in einer Schublade gefunden.«

»Ist er geladen?«

»Ja. Ich habe nachgesehen.«

Sie schloss die Handtasche und hängte sie sich über die Schulter. »Es ist Zeit.«

Sie gingen hinunter und fanden Saya John auf der Veranda in seinem Lieblingsohrensessel. Alison fiel neben ihm auf die Knie und legte ihren Arm um seine Taille.

»Ich möchte deinen Segen, Großvater.«

»Wozu?«

»Dinu und ich werden heiraten.«

Ein Lächeln ging über sein Gesicht. Sie sah zu ihrer Freude, dass er verstanden hatte, dass sein Blick ungetrübt war. Er winkte beide zu sich heran und legte seine Arme um ihre Schultern.

»Rajkumars Sohn und Matthews Tochter.« Er wiegte sich sachte hin und her, während er ihre Köpfe wie Trophäen unter den Armen hielt. »Was könnte besser sein? Eure Eltern werden sich freuen – aber nicht so sehr wie ich.«

Es hatte zu regnen begonnen. Dinu klappte das Verdeck des Daytona herunter und hielt Saya John den Wagenschlag auf. Der alte Mann klopfte ihm auf den Rücken, als er einstieg.

»Richte Rajkumar aus, dass es eine große Hochzeit geben muss«, sagte er. »Ich bestehe darauf, dass der Erzbischof anwesend ist.«

»Ja.« Dinu versuchte ein Lächeln. »Natürlich.«

Dann ging Dinu auf Alisons Seite hinüber und kniete sich vor ihr Fenster. Sie sah ihn nicht an.

»Wir sagen uns nicht Lebewohl.«

»Nein.«

Sie ließ das Auto an, und er trat zurück. Am Ende der Zufahrt blieb der Daytona stehen. Dinu sah, dass Alison sich hinauslehnte, ihr Kopf hob sich von den regenumflorten Lichtern des Autos ab. Sie winkte, und Dinu winkte zurück. Dann lief er die Treppe hinauf, rannte von einem Fenster zum anderen. Er sah den Lichtern des Daytona nach, bis sie verschwanden.

Der Schuppen, in dem Oberstleutnant Buckland die Nacht verbracht hatte, war ein kleiner, roter, von Bäumen umstandener Ziegelbau. Er lag etwa eine Viertelmeile von den Kuliquartieren entfernt. Arjun wurde von einem gesprächigen jungen »Aufseher« in kurzer Khakihose hingeführt, der die Wasserflasche und das Stoffbündel mit Lebensmitteln trug, die man für den Oberstleutnant eingepackt hatte.

Unterwegs wies der Aufseher Arjun auf einen Pfad hin, der durch eine niedrige Hügelkette nach Süden führte. »Ein paar Meilen entfernt ist eine Stadt«, sagte er. »Nach dem, was wir zuletzt gehört haben, wird sie noch von den Engländern gehalten.« Sie kamen zu der Treppe, die in das Gebäude führte. Der Aufseher übergab Arjun die Wasserflasche und das Verpflegungsbündel.

»Der Oberst wird in Sicherheit sein, wenn er sich an diesen Pfad hält. Auch, wenn er sehr langsam geht, wird er bis zur Stadt nicht länger als eine Stunde brauchen.«

Arjun stieg zögernd die Stufen hinauf. Er klopfte an, und als keine Antwort kam, stieß er mit dem Ende seiner Krücke die Tür auf. Oberstleutnant Buckland lag auf einer Matratze auf dem Zementboden.

»Sir.«

Buckland setzte sich abrupt auf und sah sich um. Er fragte in scharfem Ton: »Wer ist da?«

»Leutnant Roy, Sir.« Arjun salutierte, auf seine Krücke gestützt.

»Oh, Roy.« Bucklands Ton wurde wärmer. »Freut mich, Sie zu sehen.«

»Freut mich auch, Sie zu sehen, Sir.«

»Sie sind verwundet – wie ist das passiert?«

»Kugel durch die Archillessehne, Sir. Halb so schlimm. Und was macht Ihr Arm?«

»Bisschen unangenehm.«

»Glauben Sie, dass Sie in Ihrem Zustand gehen können?«

Oberstleutnant Buckland runzelte die Stirn. »Warum?« Er betrachtete das Stoffbündel und die Wasserflasche in Arjuns Händen. »Was haben Sie da, Roy?«

»Etwas Essen und Wasser, Sir. Die Japaner rücken auf der Nord-Süd-Route vor. Wenn Sie in die andere Richtung gehen, sollte es Ihnen gelingen, über die Linien zu kommen.«

»Über die Linien kommen?«, wiederholte Buckland langsam. »Gehe ich denn allein? Was ist mit Ihnen? Und mit den anderen?«

»Wir bleiben hier, Sir. Vorläufig.«

»Verstehe.« Buckland stand auf; den rechten Arm hielt er steif vor die Brust. »Ich glaube, ich verstehe, Roy. Ich hätte es wissen müssen, als ich heute Morgen den Lärm gehört habe.«

Er nahm Arjun die Wasserflasche ab und betrachtete sie, drehte sie in den Händen. »Sie laufen also über, ja – zu den Japsen?«

»So würde ich das nicht nennen, Sir.«

»Natürlich nicht.« Oberstleutnant Buckland sah Arjun mit gerunzelter Stirn an. »Wissen Sie, Roy«, sagte er schließlich, »Sie hätte ich nie für einen Überläufer gehalten. Einige andere, ja – man konnte sehen, bei wem es der Fall sein könnte. Aber Sie: Sie sehen nicht wie ein Verräter aus.«

»Manche würden sagen, dass ich von vornherein ein Verräter war, Sir.«

»Das glauben Sie doch nicht wirklich, oder?« Buckland schüttelte den Kopf. »In Wahrheit glauben Sie nichts davon.«

»Sir?«

»Nein. Sonst wären Sie nicht hier, um mir Essen und Wasser zu bringen. Nur ein unfähiger Soldat würde einem Gegner zur Flucht verhelfen. Oder ein Idiot.«

»Ich musste es einfach tun, Sir.«

»Warum?«

»Weil«, sagte Arjun, »Sie nichts dafür können, Sir. Sie waren immer gerecht zu uns. Sie waren der beste Kommandant, den wir uns erhoffen konnten – unter den gegebenen Umständen.«

»Sie erwarten wohl, dass ich Ihnen für diese Worte danke?«

»Ich erwarte gar nichts, Sir.« Arjun hielt die Tür auf. »Aber wenn es Ihnen nichts ausmacht – Sir, es bleibt nicht viel Zeit. Ich zeige Ihnen den Weg.«

Oberstleutnant Buckland trat hinaus, Arjun folgte ihm. Sie gingen die Treppe hinunter bis zu den Bäumen. Als sie eine kurze Strecke gegangen waren, räusperte sich Buckland. »Hören Sie, Roy«, sagte er. »Es ist noch nicht zu spät. Sie können es sich noch überlegen. Kommen Sie mit mir. Wir können ihnen entwischen. Wir wollen diesen … diesen Zwischenfall vergessen.«

Ein paar Sekunden vergingen, ehe Arjun antwortete. »Sir, darf ich etwas sagen?«

»Bitte.«

»Sir, erinnern Sie sich, als Sie auf der Akademie unterrichtet haben – da haben Sie einmal in einer Vorlesung jemanden zitiert. Einen englischen General – Munro hieß er, glaube ich. Sie haben etwas zitiert, das er vor mehr als hundert Jahren über die indischen Streitkräfte gesagt hatte: *›Der Geist der Unabhängigkeit wird in dieser Armee aufkommen, lange bevor das Volk daran denkt …‹*«

Oberstleutnant Buckland nickte. »Ja. Ich erinnere mich sehr gut.«

»Alle in unserer Klasse waren Inder, und wir waren etwas fassungslos, dass Sie ein solches Zitat für uns gewählt hatten. Wir haben behauptet, Munro habe Unsinn geredet. Aber Sie haben uns widersprochen …«

»Tatsächlich?«

»Ja. Damals dachte ich, dass Sie den *advocatus diaboli* spielten und uns nur provozieren wollten. Aber das stimmte nicht, Sir, nicht wahr? In Wahrheit haben Sie es von Anfang an gewusst; Sie wussten, was wir tun würden – Sie wussten es, bevor wir es wussten. Sie wussten es, weil Sie uns dazu gebracht haben. Wenn ich jetzt mit Ihnen kommen würde, wäre niemand erstaunter als Sie. Ich glaube, im Grunde Ihres Herzens würden Sie mich ein bisschen verachten.«

»Das ist Unsinn, Roy. Seien Sie kein Dummkopf, Mann. Noch ist Zeit.«

»Nein, Sir.« Arjun blieb stehen und streckte die Hand aus. »Ich denke, es ist soweit, Sir. Hier werde ich umkehren.«

Oberstleutnant Buckland sah zuerst Arjuns Hand an und dann ihn. »Ich gebe Ihnen nicht die Hand, Roy«, sagte er leise mit tonloser, unbewegter Stimme. »Sie können Ihr Tun auf tausenderlei Art vor sich selbst rechtfertigen, aber Sie sollten die Wahrheit nicht verkennen, Roy. Sie sind ein Verräter. Sie sind eine Schande für das Regiment und für Ihr Land. Sie sind Abschaum. Wenn die Zeit kommt, wird man Sie zur Strecke bringen, Roy. Wenn Sie vor dem Kriegsgericht stehen, werde ich dort sein. Ich werde dafür sorgen, dass Sie gehängt werden, Roy. Ganz bestimmt. Sie brauchen nicht einen Moment daran zu zweifeln.«

Arjun ließ die Hand sinken. Zum ersten Mal seit Tagen war er sich seiner Sache vollkommen sicher. Er lächelte.

»Eins steht fest, Sir«, sagte er. »Wenn jener Tag kommt, werden Sie Ihre Pflicht getan haben, Sir, und ich werde meine getan haben. Wir werden uns als Ehrenmänner in die Augen sehen – zum ersten Mal. Dafür allein wird sich dies gelohnt haben.«

Er salutierte, auf seiner Krücke balancierend. Oberstleutnant Buckland zögerte einen Moment, dann hob er unwillkürlich die Hand, um den Salut zu erwidern. Er machte auf dem Absatz kehrt und ging davon.

Arjun sah ihm nach, bis er zwischen den Bäumen verschwand. Dann schwenkte er auf seiner Krücke herum und humpelte zurück zu den Kuliquartieren.

8

Tags darauf, als es offenkundig war, dass die Gefechte näher an Morningside heranrückten, beschloss Ilongo, etwas zu tun, um einer Panik vorzubeugen. Er erinnerte sich, dass es tief im Inneren der Plantage einen Gebäudekomplex mit Lagerschuppen gab. Er ging sie mit Dinu besichtigen: Es waren einfache Schuppen mit Blechdächern, offenen Seiten und uneben gepflasterten Böden. Sie waren jahrelang nicht benutzt worden, aber noch brauchbar. Hier ließe sich ein Lager für die Familien errichten, die auf dem Anwesen lebten. Die Schuppen lagen weit genug von den Straßen und Wegen der Plantage entfernt, und es war unwahrscheinlich, dass sie durch Zufall entdeckt würden.

Ilongo berief eine Versammlung aller Leute ein, die auf Morningside beschäftigt waren. Nach einer mehrstündigen Debatte gelang es ihm, sie davon zu überzeugen, dass es unter den gegebenen

Umständen das Beste war, die Bewohner des Anwesens um die Schuppen herum zusammenzuziehen. Auf diese Weise würden sie sicherer sein – die Wahrscheinlichkeit, dass einzelne Personen von umherstreifenden Soldaten und Plünderern ausgeraubt wurden, wäre geringer.

Als der Umzug abgeschlossen war, lebten gut sechshundert Personen in dem provisorischen Lager. Anfangs hatten viele wegen des Umzugs gemurrt. Aber jetzt wurde allen klar, wie klug Ilongos Plan war: Da sie zusammen an einem Ort waren, fanden sie schon allein durch ihre große Zahl Trost.

Gegen Abend konzentrierten sich die Kampfhandlungen auf die Nordhänge des Berges. Flugzeuggeschwader flogen in unablässiger Folge, Bombardierungen und Artilleriefeuer wurden von sporadischen Gewehrschüssen abgelöst, was auf Nahkämpfe schließen ließ. Kurz nach Einbruch der Dunkelheit gab es irgendwo in der Nähe eine Explosion, gefolgt von mehreren Knallern – laut und dröhnend.

Alsbald entdeckten sie, dass eine große Luftabwehrkanone auf ein benachbartes Gut gebracht worden war. Jedes Mal, wenn ein Geschoss den Lauf des Geschützes verließ, flammte ein Feuer auf, als sei ein Blitzstrahl vom Himmel auf die Erde niedergefahren.

Bald schon war die Kanone das Ziel von Angriffen. Japanische Jagdflugzeuge flogen vorüber und warfen Leuchtbomben ab, die langsam auf die Erde schwebten und die Berghänge erhellten. Den Leuchtbomben folgten die Flugzeuge im langsamen Tiefflug.

Dies alles war von dem Lager aus deutlich zu sehen; es geschah in nur geringer Entfernung weiter unten am Berg.

»Wenn Elefanten kämpfen«, flüsterte Ilongos Mutter Dinu zu, »wird das Gras zertrampelt. Lass uns beten, dass sie nicht auf uns stürzen.«

Niemand von den Erwachsenen konnte schlafen. Alle saßen zusammengedrängt unter dem Blechdach des Schuppens und starrten auf die Lichtblitze, die wellenförmig über die Hänge zogen. Um Mitternacht hörten sie in der Nähe Stimmen und Schritte. »Soldaten«, sagte Ilongo leise.

Ilongo hatte genau geplant, wie sie sich in so einer Situation verhalten würden. Die anderen blieben sitzen, er hingegen stand auf und hielt sich eine Laterne vors Gesicht. »Wir sind Zivilisten«, sagte er. »Wir haben keine Waffen. Nicht schießen.«

Etwa ein halbes Dutzend Männer traten aus dem Schatten. Es waren malaiische Hilfstruppen. Sie trugen Khaki-Uniformen und waren mit Gewehren bewaffnet. Sie erklärten, dass sie von japanischen Truppen umzingelt worden waren; es sei ihnen gelungen, in den Dschungel des Berges zu fliehen. Noch während sie sprachen, rissen sie sich die Uniformen herunter.

»Wir tun euch nichts«, sagten sie. »Wir wollen nur etwas zum Anziehen – malaiische Kleidung, Sarongs.«

Ilongo ging durch die Schuppen und sammelte einige Sarongs und Westen ein. Die Männer blieben nur so lange, bis sie sich umgezogen hatten, und verschwanden dann den Hang hinunter. Ilongos Mutter hob die abgestreiften Uniformen auf und gab sie ihrem Sohn. »Versteck sie …«

»Warum?«

»Was, wenn die Japaner sie finden? Dann denken sie, die Männer halten sich hier irgendwo versteckt.«

Ilongo und Dinu gingen ein Stück bergauf und vergruben die Uniformen unter einem Busch. Auf dem Rückweg blieb Ilongo stehen und lauschte: Die Kanone auf dem Nachbargut war verstummt.

»Entweder haben die Japaner sie in die Luft gejagt«, sagte Ilongo, »oder die Engländer haben sich zurückgezogen.«

Bald stellten sie fest, dass die Gewehrschüsse leiser wurden – sie entfernten sich in südlicher Richtung. Alsbald wurde der Lärm von einer unheimlichen Stille abgelöst.

Ilongo horchte auf die Geräusche der Nacht und nickte wie zur Bestätigung einer Ahnung.

»Sie sind hier.«

Am nächsten Morgen beschloss Ilongo, kundschaften zu gehen. Dinu wollte ihn begleiten, doch Ilongo zögerte, ihn mitzunehmen; er sei zu erkennbar Ausländer, sagte er, und würde leichter in Schwierigkeiten geraten. Doch Dinu blieb beharrlich, und am Ende gab Ilongo nach.

Ilongo ging voran, durch Morningside und die Nachbargüter. Sie hielten sich an schmale, selten benutzte Wege und Pfade, mieden Menschen und bewohntes Gebiet. Nach ein paar Stunden befanden sie sich an einem Aussichtspunkt, von dem aus man die Hauptverkehrsstraße überblicken konnte. Sie legten sich flach auf den Bauch, verbargen sich hinter hohem Grasdickicht. Sie warteten, beobachteten die verlassene Straße in gut hundert Schritt Entfernung. Nach einer Weile sichteten sie ein halbes Dutzend Fahrräder, die sich von Norden näherten.

»Da sind sie«, sagte Ilongo. »Die Japaner.«

»Unmöglich«, erwiderte Dinu. »So bewegt sich keine Armee fort.«

Die Fahrräder fuhren jetzt nebeneinander, und Ilongo machte eine bestätigende Handbewegung. »Schau doch«, sagte er. »Ich hatte Recht.«

Die Soldaten waren unrasiert, ihre grauen Uniformen waren schmierig und mit Staub und Schlamm bespritzt. Ihre Uniformröcke schienen schweißgetränkt. Manche hatten Mützen mit Nackenschutz auf, andere mit Netzen überzogene Helme. Sie trugen stramm gebundene Wickelgamaschen und Leinenschuhe. Der Anführer hatte ein Schwert an seinem Gürtel befestigt; die Scheide klapperte rhythmisch gegen das Schutzblech seines Fahrrads. Die anderen trugen Gewehre mit aufgepflanzten Bajonetten. Ihre Fahrräder knarrten und quietschten, als sie vorbeifuhren. Sie konnten das Keuchen der Soldaten beim Strampeln hören.

Gebückt schlichen sie rückwärts aus ihrem Versteck und in den Schutz der Bäume. Auf demselben Weg, den sie gekommen waren, kehrten sie, sorgsam darauf bedacht, keinem Menschen zu begegnen, nach Morningside zurück.

Am nächsten Tag verließ Ilongo Morningside abermals zu einem Erkundungsgang – diesmal allein. Er brach frühmorgens auf und kehrte spät zurück. Er war erschüttert und verschwitzt.

Seine Mutter hieß ihn sich setzen. »Was ist passiert?«

Alle umringten ihn, um seine Geschichte zu hören; sie handelte von einem Mann namens Rajan von einem Nachbargut. Tags zuvor war Rajan in eine nahe gelegene Stadt gegangen. Er wollte durchstöbern, was noch in den Geschäften und auf den Marktplätzen übrig geblieben war, um zu sehen, was er für seine Familie gebrauchen konnte. Seine Frau hatte ihn dazu angestachelt; von ihren Nachbarinnen hatten sich schon viele neue Gerätschaften, Bettwäsche und andere Haushaltswaren zugelegt, manche Frauen auf dem Gut trugen neue Saris. Rajans Frau hatte geklagt, dass sie die Einzige sei, die nichts hatte.

In der Stadt hatte Rajan reiche Beute gemacht. Doch gerade als er sich selbst zu seinem Erfolg beglückwünschte, waren die Gefechte ganz nahe gerückt. Mit einem Mal waren die Straßen, die aus der Stadt führten, abgeschnitten. Rajan und etwa ein halbes Dutzend andere Männer hatten sich in ein leeres Geschäftsgebäude geflüchtet. Dort waren sie noch, als die Stadt von den Japanern besetzt wurde. Am nächsten Morgen wurden sie von einer Patrouille entdeckt. Die Waren, die sie tags zuvor eingesammelt hatten, wurden bei ihnen gefunden. Man beschuldigte sie der Plünderei. Man fesselte sie an den Händen und führte sie durch die Stadt auf einen Fußballplatz. Man schloss sie in den Umkleideräumen ein und ließ sie dort den ganzen Tag. Gegen Abend wurden sie auf den Fußballplatz geführt, und sie mussten sich in einer geraden Reihe aufstellen. Sie sahen sich einem Trupp japanischer Soldaten gegenüber. Die Soldaten hielten ihre Gewehre schussbereit. Als Rajan und die anderen sahen, was geschehen würde, fielen sie bettelnd und flehend auf die Knie. Ihre Bewacher hörten nicht auf sie; ein Unteroffizier hob ein Schwert und gab ein Kommando. Die Gewehre feuerten.

Der Zufall wollte es, dass der Mann neben Rajan als Erster getroffen wurde. Er fiel in einem solchen Winkel auf die Seite, dass sein Körper Rajan vor dem Kugelhagel abschirmte. Rajan besaß die Geistesgegenwart, sich flach ins Gras zu drücken.

Dann kam der Unteroffizier herbei, mit dem Schwert in der Hand, um sich zu vergewissern, dass die Männer tot waren. Er trat gegen die Leichen, drehte sie mit den Füßen herum. Er trampelte auf Rajans Brust und trat ihm ins Gesicht. Die Schmerzen waren unerträglich, aber es gelang Rajan, sich tot zu stellen. Nach einer Weile entfernten sich die japanischen Soldaten. Nach Einbruch der Dunkelheit kroch Rajan davon und versteckte sich unter den Bänken, die den Platz säumten. Bald kehrten die Soldaten mit einem

Lastwagen zurück. Sie schienen nicht zu bemerken, dass ihnen eine Leiche fehlte. Sie hatten es eilig und machten sich rasch an die Arbeit. Rajan sah von seinem Versteck aus zu.

Zuerst richteten die Soldaten die Leichen auf, sodass sie in einer Reihe saßen. Rajan war verwirrt: Was hatten sie vor? Dann zog der Unteroffizier sein Schwert. Er enthauptete die Leichname einen nach dem anderen, trennte jeden Kopf mit einem einzigen Hieb ab. Die Soldaten luden zugespitzte Pfähle aus. Sie spießten die Köpfe auf – einen auf jeden Pfahl. Dann fuhren sie davon, ließen die kopflosen Leichen auf dem Platz zurück.

Irgendwie schaffte Rajan es, zu seinem Gut zu gelangen. Am nächsten Tag erfuhr er, dass die abgetrennten Köpfe außerhalb der Stadt zur Schau gestellt worden waren, um Plünderer und Diebe abzuschrecken.

»Ist das alles wahr?«, fragte Dinu.

»Ja«, sagte Ilongo. »Ich habe sie gesehen – die Köpfe. Sie waren an einer Straßenkreuzung.«

»Ich glaube dir nicht.«

»Es ist wahr.«

Am nächsten Morgen überredete Dinu Ilongo, ihn dorthin zu bringen, wo er die Zurschaustellung mit eigenen Augen sehen konnte. Abermals gingen sie auf Nebenstraßen und schmalen Pfaden, wieder versuchten sie, sich von Menschen fern zu halten. Sie kamen zu einem felsigen Vorsprung, von dem aus man auf die Stadt sehen konnte. Ilongo deutete darauf hin. Dinu blinzelte in die Ferne.

Die Pfähle standen in einer Reihe, und es war nicht zu verkennen: Die Köpfe waren von Schmeißfliegen umschwirrt. Nahebei lauerten Krähen, sie machten sich ebenfalls über die Pfähle her.

Ein Posten japanischer Soldaten war an der Straßenkreuzung aufgestellt. Einige Männer waren in Uniform und hielten Wache. Die anderen hatten anscheinend frei und waren mit weißleinenen Lendenschurzen bekleidet. Sie aßen, kochten Reis.

Dinu drehte sich der Magen um. Als sie wieder auf der Plantage in Sicherheit waren, übergab er sich. Mehr denn je war er nun glücklich, dass Alison fort war.

Am späten Abend hörten sie abermals Schritte, die durch den Dschungel näher kamen. Wieder gingen sie nach der bereits erprobten Methode vor. Ilongo stand auf, um die Fremden zu empfangen, und hielt eine Laterne vor sein Gesicht. Sie hatten diesmal mit japanischen Soldaten gerechnet, doch die Eindringlinge erwiesen sich als zwei junge Männer in schlichter Kleidung – Hemd und Hose. Beide hatten Gewehre über den Schultern hängen.

»Wer sind sie?«, flüsterte Dinu Ilongo zu.

»Das sind Ah Fatts Leute«, flüsterte Ilongo zurück. »Beides Chinesen – aus Sungei Pattani. Ich kenne sie.«

Die Männer winkten Ilongo zu sich, und sie sprachen kurz mit ihm, mit gedämpften Stimmen. Ilongo war barfuß in seinem Schlafsarong mit Weste. Er ließ die zwei Männer warten, um sich hastig Hemd und Hose anzuziehen.

»Wohin gehst du?«, fragte Dinu. »Was wollen sie von dir?«

»Ah Fatt ist mit einigen von seinen Männern in ein Versteck in den Bergen gegangen«, sagte Ilongo. »Er möchte mich sprechen.«

»Warum?«

»Das wissen sie nicht. Oder vielleicht wollen sie es nicht sagen.«

»Kann ich mitkommen?«

»Nein«, sagte Ilongo schroff. »Du bist zu langsam, du würdest uns aufhalten.«

Ilongo streifte sich braune Leinenschuhe über die bloßen Füße und ging zu den Männern. Dinu lauschte, bis ihre Schritte im knackenden Unterholz verklangen. Er setzte sich und wartete, versuchte, die Befürchtungen zu unterdrücken, die auf ihn einstürmten, versuchte, nichts zu tun, als auf Ilongos Rückkehr zu lauschen, sich auf die Geräusche des Waldes zu konzentrieren, wie er es in den vergangenen Monaten gelernt hatte, wenn er auf Alison wartete. Er ließ keinerlei Gedanken Gestalt annehmen – keine Ängste, keine Vorahnungen –, und doch überkam ihn immer mehr ein Zittern, als die Stunden vergingen. Einerlei, wie viele Laken und Decken er um sich wickelte, er konnte das Schlottern seines Körpers nicht zum Stillstand bringen. Es war, als hätten seine Sinne das erste Anzeichen eines Fiebers entdeckt, das ihn in Kürze überfallen würde.

Mehrere Stunden vergingen bis zu Ilongos Rückkehr. Er kam nicht auf dem Weg, den er abends genommen hatte, sondern nahm einen Umweg. Dinu erspähte ihn in dem dunstigen grauen Licht, das die Morgendämmerung ankündigt. Er war schon ein gutes Stück den Hang hinunter und strebte dem Lager zu.

Eine Anzahl Leute war schon auf. Ilongo wurde unterwegs von einer Gruppe Frauen abgefangen, die zu einem Fluss gegangen waren, um Wasser zu holen. Sie waren zu weit entfernt, sodass Dinu nicht hören konnte, was sie sprachen, aber er beobachtete aufmerksam ihre Gesichter. Ilongo murmelte etwas, und dann veränderten sich die Mienen der Frauen. Sie ließen ihre Wassergefäße fallen und schlugen sich die Hände vors Gesicht. Eine Frau hielt die Hände als Trichter vor den Mund und rief etwas zu dem Lager hinüber. Dinu konnte nicht verstehen, was sie sagte – sie hatte auf Tamil gerufen –, doch plötzlich waren alle auf den Beinen und liefen hügelab zu Ilongo. Dinu sah, wie Ilongo sich umblickte, und merkte, dass er nach ihm, Dinu, Ausschau hielt. Er wollte aufstehen, aber seine Beine gehorchten ihm nicht. Er blieb hocken, wo er war, und zog sich die Decke über die Schultern. Er wartete stumm, als Ilongo den Hang heraufkam.

»Dinu?«

»Ja?«

»Ich muss dir etwas sagen.« Ilongos Stimme war leise und flach, ausdruckslos.

Dinu hob den Kopf. Er sah, dass alle im Lager ihn beobachteten; er konnte erkennen, dass die anderen es schon wussten, was immer es war, allesamt, sogar die Kinder. Er konnte es nicht ertragen, so beobachtet zu werden, Gegenstand dieser forschenden Blicke zu sein, die mitleidig und neugierig zugleich waren. »Ilongo«, sagte er, »nicht hier … lass uns ein Stück gehen … in den Dschungel, wo wir allein sein können.«

»Ja.«

Ilongo half ihm auf und bedeutete den anderen, zurückzutreten. Sie gingen schweigend, bis die Bäume sie umschlossen und sie das Lager nicht sehen und keine Stimmen hören konnten.

Ilongo wies auf einen umgestürzten Baum. »Wir können uns hierher setzen.«

Noch während er sich setzte, fragte Dinu: »Es ist Alison, nicht wahr?«

»Ja.« Ilongo legte seinen Arm um Dinus schmale Schultern. »Du musst stark sein, Dinu.«

Dinu schüttelte seinen Arm ab. »Sag es mir … schnell. Ich will es wissen. Was ist passiert?«

»An dem Abend, als sie losgefahren sind – sie waren erst ein paar Stunden unterwegs, als das Auto eine Panne hatte. Sie waren südlich von Butterworth auf einem einsamen Straßenstück. Es waren keine Häuser in der Nähe. Sie haben die Nacht im Auto verbracht. Am nächsten Tag gingen Alison und Saya John in eine malaiische Ortschaft. Die Dorfbewohner nahmen sie auf. Sie hatten Glück, denn noch am selben Tag wurde das Gebiet von den Japanern eingenommen. Die Dorfbewohner versteckten Alison und Saya John, und sie wären in Sicherheit gewesen, wenn sie geblieben wären. Aber Saya John ist am nächsten Morgen in aller Frühe weggegangen. Er muss verwirrt gewesen sein, wusste nicht recht, wo er war – wie so oft, sogar hier. Er ging bis zur Hauptstraße und machte sich auf den Rückweg nach Morningside. Er war schon eine Weile fort, nehme ich an, bevor Alison merkte, dass er nicht im Dorf war. Sie ging ihm nach, allein – alle anderen hatten Angst, besonders vor der Hauptstraße, wegen der vielen Soldaten. Nach ein paar Meilen holte Alison ihn ein. Es war früh, und niemand war unterwegs. Saya John war wohlauf. Sie führte ihn von der Straße weg in die Reisfelder. Da wurden sie von der Straße aus von einer Gruppe japanischer Soldaten entdeckt – sie müssen sie für Plünderer gehalten haben, so früh am Tag. Sie riefen ihnen zu, sie sollten stehen bleiben, und als sie es nicht taten, liefen ihnen die Soldaten durch die Reisfelder nach. Sie konnten nicht entkommen.«

»Was haben sie getan?«

»Niemand weiß es genau, verstehst du. Ah Fatt hat es von jemandem gehört, der es wiederum von jemand anderem gehört hatte.«

»Was haben sie ihr angetan, Ilongo?«

»Saya John muss versucht haben, die Soldaten aufzuhalten, um Alison eine Chance zu geben, wegzulaufen. Ah Fatt sagt, seine Wunden stammen von Bajonetten.«

»Und Alison?«

»Alison hatte einen Revolver. Hast du das gewusst?«

»Ja.«

»Sie hat zwei von ihnen verletzt. Einer starb.«

»Und was ist mit ihr? Was haben sie ihr angetan?«

Ilongos Stimme versagte mit einem Krächzen. Jetzt war es an Dinu, ihm seinen Arm um die Schultern zu legen. »Was ist geschehen, Ilongo? Sag es mir.«

»Sie war schneller als ihre Verfolger. Sie hatte den Revolver – sie hat dafür gesorgt, dass sie sie nicht lebendig bekamen.«

Ilongo gab einen trockenen, wie abgehackten Laut von sich, und Dinu sah, dass er schluchzte, auf die quälende, befremdliche Art eines Menschen, der noch nie zuvor geweint hat. Er selbst war jetzt seltsam ruhig, nahezu gelassen; es war, als hätte die erschütternde Nachricht ihn aus seinem Körper heraustreten, seine Reaktionen in der Schwebe sein lassen.

»Du bist es, der stark sein muss, Ilongo.« Nun, da er Ilongo zu trösten versuchte, hatte Dinu zum ersten Mal das Gefühl, ein richtiger Bruder dieses Mannes zu sein, den er zugleich kannte und nicht kannte, in dem er seinen Vater sehen konnte, aber in Verkörperungen, die er nie gekannt hatte.

»Alle hier sind auf dich angewiesen, Ilongo.«

Ilongo schüttelte heftig den Kopf. »Für mich waren sie mehr, weißt du«, sagte er, »als für dich. Du hast immer alles gehabt, aber für mich waren sie meine Familie, meine Vergangenheit. Zuweilen hatte ich das Gefühl, sie zu hassen – so, wie ich dich und meinen Vater hätte hassen sollen. Aber es hat nicht gereicht, um sie zu hassen. Sie waren meine Welt, sie waren, was ich kannte. Sie waren Morningside. Jetzt, wo sie nicht mehr sind, muss ich wieder ganz von vorne anfangen.«

Dinu wusste, dies war die Wahrheit; er wusste, dass Ilongos Verlust so groß war wie seiner, wenn nicht größer. Er erinnerte sich an Alisons Stimme, die auf dem Rückweg vom Bahnhof in Sungei Pattani zu ihm sagte: »Weißt du, was am schwersten ist? Nichts hat eine Form; das ist etwas, das man erst sieht, wenn es nicht mehr da ist – die Formen, die die Dinge haben und die Art, wie die Menschen um einen herum diese Formen gestalten.« Er wusste, dass Ilongo diesen Verlust stärker empfand als er, Dinu. Er wünschte, er hätte Alison fragen können, wie sie den Schmerz über den Verlust eines Geliebten beschrieben haben würde. Vielleicht hätte sie es gekonnt; sie dachte über solche Dinge nach. Aber für sich selbst fielen ihm keine Worte ein; es war noch nicht wirklich für ihn, nur ein Traum, aus dem er sich zurückgezogen hatte, wie er es nie wieder würde tun können.

Er dachte an Saya John in dem Dorf, wie er an einem Ort erwachte, den er nicht kannte, sich in wachsender Verwirrung ankleidete, sich fragte, wo er war; Dinu stellte sich vor, wie der alte Mann in die frische, kühle Morgenluft hinaustrat, sich auf den Weg machte, die Straße entlang in seinem stetigen, wiegenden Gang, wie er wanderte, aus reiner Freude am Gehen, wie er es sein Leben lang getan hatte; er sah, wie er sich beim Klang der Stimme seiner Enkeltochter umdrehte, »Ah, Alison, ich habe gerade an dich gedacht…«, er hörte ihn widersprechen, als er von der Straße in die Reisfelder geführt wurde – »warum hier entlang? Warum nicht den Weg, den ich gekommen bin?« Und dann konnte er ihn nicht mehr sehen; konnte nicht sehen, wie er den keuchenden Soldaten das Gesicht zuwandte, wie er die Arme hob, um sie aufzuhalten. Was hatte er gesagt? Hatte er begriffen – alles gesehen in einem der Lichtblitze, die manchmal durch seinen Kopf fuhren?

Und als Dinu so auf dem umgestürzten Baumstamm saß, kam auch ihm wie ein Blitz eine Erinnerung aus seiner Kindheit in den Sinn: die Stimme seines Vaters, wie er Saya John nachahmte, eine Geschichte wiedergab, die jener oft erzählte, eine Geschichte von einer Pest. Die Worte kamen ihm plötzlich in den Sinn, und er sprach sie laut mit der Stimme seines Vaters. *»Nehmt eure Fäuste voll Ruß aus dem Ofen…«*

Ilongo rückte erschrocken ab. »Was hast du gesagt?«

»Nichts… nichts.«

Dinu dachte an Alison mit der Waffe in der Hand, dem Revolver, den er ihr abends zuvor gegeben hatte. Hatte sie in letzter Minute gezögert, bevor sie die Mündung in ihre Haare schob, die langen, seidigen schwarzen Haare, die er so gern gestreichelt hatte? Hatte sie an die Geschichte gedacht, die er ihr an dem Abend erzählt hatte, wie seine Mutter auf dem Weg zu dem Schiff, das sie in die Verbannung bringen sollte, ihren englischen Bewachern ein Päckchen Naschwerk gab, um einen Pakt zwischen sich und den Männern zu besiegeln, die ihre Welt vernichtet hatten? Und als er jetzt an Alison dachte, erschien es ihm absurd, dass er sich überhaupt die Mühe gemacht hatte, ihr die Geschichte zu erzählen. Sie konnte keine Bedeutung für sie gehabt haben, sie war eine ganz andere Frau, ein vollkommen anderer Mensch. Und da sah er, dass es seine größte Bürde sein würde in den Tagen, den Jahren, die vor ihm lagen, zu lernen, froh zu sein für Alison, froh, dass sie gestorben war, wie sie es sich gewünscht haben würde, sich selbst treu.

9

Doh Say, der stets zuverlässige Freund, verzichtete auf das Weihnachtsfest mit seiner Familie, um Rajkumar zu Hilfe zu eilen. Er traf am 22. Dezember in Rangun ein. Genau, wie Rajkumar es erwartet hatte, nahm er die Sache flugs in die Hand, heuerte einen Trupp Elefanten an und ein gutes halbes Dutzend *oo-sis*. Neel hatte bereits zwei Lastwagen angemietet. Sie kamen überein, am folgenden Tag mit dem Ausräumen des Holzlagers in Pazundaung zu beginnen.

Am frühen Morgen verließen sie das Haus – Doh Say, Raymond, Neel und Rajkumar. Sie fuhren mit dem Packard, Neel saß am Steuer. Dolly und Manju winkten ihnen zum Abschied. Als sie zum Lager kamen, waren die *oo-sis* mit ihren Elefanten schon eingetroffen. Auch die gemieteten Lastwagen waren da. Rajkumar war erleichtert, da sich seine Hoffnung, früh anfangen zu können, erfüllt hatte und seine Befürchtung, die *oo-sis* könnten sich verspäten, hinfällig geworden war.

Dann aber ergab sich ein unerwartetes Hindernis. »Wir möchten mit Ihnen sprechen«, sagte ein Lastwagenfahrer. Eine Abordnung kam in die kleine Hütte, die als Büro diente; es zeigte sich, dass die *oo-sis* und Lastwagenfahrer mittags einen Teil ihres Lohnes ausbezahlt haben wollten.

Es war freilich nicht ungewöhnlich, dass angeheuerte Arbeitskräfte Forderungen stellten, sobald die Tagesarbeit begann; zu diesem Zeitpunkt waren sie in der besten Verfassung, um zu verhandeln. Rajkumars ursprünglicher Plan war es gewesen, am frühen Nachmittag zur Bank zu gehen, wenn die Arbeit fast erledigt war.

Da morgen die Weihnachtsferien begannen, war heute der letzte Tag in dieser Woche, an dem die Banken geöffnet hatten. Rajkumar hatte die Bank vorsichtshalber tags zuvor aufgesucht, um sich zu vergewissern, dass genug Geld vorrätig war. Er hätte es ja gleich mitnehmen können, aber das war ihm zu riskant – zumal jetzt, da sie allein zu Hause waren, ohne Pförtner, die Wache hielten. Er hatte sich vorgenommen, wiederzukommen, wenn die Arbeit nahezu abgeschlossen war.

Diese neue Entwicklung warf Rajkumars Pläne über den Haufen. Er überredete die Männer, mit der Arbeit zu beginnen, und versprach, das Geld mittags bereitzuhaben. Er trat ans Fenster seines Büros und sah ihnen zu, als sie anfingen.

Mit einem Lächeln blickte er in den Hof mit den riesigen, ordentlichen Holzstapeln hinunter, wenngleich es ein beunruhigender Gedanke war, dass dies seinen gesamten Besitz darstellte. Er wusste, er sollte sich auf den Weg machen, aber er musste einfach noch ein wenig verweilen. Noch heute, nach all den Jahren, konnte er dem Schauspiel, Elefanten bei der Arbeit zuzusehen, nicht widerstehen; wieder einmal bewunderte er die Trittsicherheit, mit der sie sich durch die engen Gänge manövrierten und ihre großen Leiber zwischen den Holzstapeln hindurchschlängelten. Es lag etwas nahezu Übernatürliches in der Geschicklichkeit, mit der sie sich um die Stämme herumfädelten.

Er erspähte Neel, der zwischen den Elefanten umhersauste. Es machte ihn nervös, seinen Sohn da unten bei den Tieren zu sehen.

»Neel«, rief Rajkumar, »pass auf.«

Neel drehte sich um; ein breites Lächeln lag auf seinem bärtigen Gesicht. Er winkte. »Alles bestens, *apé*. Du solltest dich jetzt auf den Weg zur Bank machen. Lass es nicht zu spät werden.«

Rajkumar sah auf seine Uhr. »Es ist noch Zeit. Die Bank hat noch gar nicht geöffnet.«

Doh Say pflichtete Neel bei. »Ja, geh jetzt, Rajkumar. Je eher du dort bist, desto früher bist du zurück. Ich kümmere mich hier um alles, es wird schon klappen.«

Rajkumar ging auf die Straße hinaus und nahm eine Fahrradrikscha. Der Fahrer strampelte kräftig, bald näherten sie sich dem Stadtzentrum. Es herrschte reger Verkehr, und Rajkumar fürchtete, aufgehalten zu werden. Doch der Fahrer schlängelte sich geschickt durch die Straßen und brachte ihn rechtzeitig zur Bank.

Rajkumar bezahlte den Fahrer und stieg eine breite Treppe hinauf. Der Haupteingang der Bank war geschlossen; es war noch eine Viertelstunde vor der Öffnungszeit. Etwa ein halbes Dutzend Männer warteten schon am Eingang. Rajkumar stellte sich hinten an. Der Morgen war außerordentlich klar, kaum eine Wolke am Himmel. Es war ein ungewöhnlich kühler Tag für Rangun, und viele Passanten hatten sich in Wollschals und Strickjacken gehüllt.

Die Bank lag an einer belebten Straßenkreuzung. Die Straßen ringsum waren von dem üblichen morgendlichen Berufsverkehr verstopft. Qualm speiende Omnibusse bewegten sich im Schritttempo; unter verschlungenen Drähten rumpelten Straßenbahnen mit scheppernden Klingeln vorüber.

Plötzlich ertönte irgendwo in der Ferne Fliegeralarm. Weder Rajkumar noch die Menschen um ihn herum schenkten der Sirene viel Beachtung; in den letzten Wochen hatte es mehrmals Fliegeralarm gegeben – und jedes Mal war es falscher Alarm gewesen. Am Fuß der Treppe zum Eingang der Bank briet eine Straßenhändlerin in einer großen, rußgeschwärzten Pfanne *baya-gyaw*. Sie verzog erbost das Gesicht und fuhr mit ihrem Tun fort. Rajkumar reagierte ganz ähnlich wie sie: Ihn ärgerte die Vorstellung, welche Verzögerungen die Sirenen verursachen würden.

Die Sirenen ertönten ein zweites Mal, und jetzt merkten die Menschen auf; es war ungewöhnlich, dass es zweimal kurz hintereinander Alarm gab. Köpfe erschienen in den Fenstern von Omnibussen und Straßenbahnen; Augen richteten sich gen Himmel, als suchten sie ihn nach Regen ab.

Rajkumar machte einen Luftschutzwart aus mit einem Stahlhelm. Der Mann ging die Straße entlang und winkte den Fußgängern mit den Armen. Rajkumar kannte ihn; er war ein anglo-birmanischer Buchmacher, ein Bekannter aus seinen Renntagen. Er lief die Treppe hinunter und trat an ihn heran.

Der Luftschutzwart verschwendete keine Zeit mit Höflichkeiten. »Bringen Sie sich in Sicherheit, Herr Raha«, sagte er barsch. »Jetzt geht es endgültig los. Es wurde schon zum zweiten Mal Alarm gegeben.« Er wölbte die Hände um den Mund und rief den Passanten zu: »Verschwinden Sie hier, suchen Sie die Schutzräume auf, gehen Sie nach Hause …«

Einige Leute sahen zu ihm hin, schenkten ihm aber weiter keine Beachtung. Der Luftschutzwart stemmte wütend die Hände in die Hüften. »Sieh einer an; sie denken, das ist ein verdammter Zirkus …«

Vor der Bank war ein kleiner Garten. Vor Monaten waren zwischen den Zierpalmen Splittergräben ausgehoben worden. Doch in der Zwischenzeit hatten sich in den Gräben Mangokerne und anderer Abfall angesammelt und übel riechende Tümpel gebildet. Die Menschen scheuten sich davor, hineinzuspringen.

Rajkumar ging die Treppe wieder hinauf, um zu sehen, ob die Bank geöffnet hatte. Gerade in diesem Augenblick ertönte die Sirene zum dritten Mal. Jetzt nahmen es wirklich alle zur Kenntnis. Der Verkehr auf den Straßen kam abrupt zum Stillstand. Es entstand keine Panik, niemand lief, um Schutz zu suchen. Die Leute stiegen vielmehr aus Straßenbahnen und Omnibussen, blickten himmelwärts, schirmten die Augen vor dem Licht ab. Mehrere Männer kamen die Treppe herauf und stellten sich zu Rajkumar; der Vorplatz vor dem Eingang zur Bank bot eine ausgezeichnete Sicht auf die Umgebung.

»Horcht.« In der Ferne war ein leises, ständiges Dröhnen zu hören.

Dieses Geräusch verlieh der Vorstellung von einem bevorstehenden Luftangriff mit einem Mal eine unheilvolle Glaubwürdigkeit. Nach einem Moment des Zögerns fegte Panik wie ein Sturm durch die Straßen. Die Leute fingen an zu rennen; manche stürzten sich in Häuser, andere eilten nur dahin, schlängelten sich durch den zum Erliegen gekommenen Verkehr. Die übel riechenden Gräben an der Ecke waren binnen Sekunden mit Menschen gefüllt.

Irgendwo in der Nähe stieß eine Frau ein Wehklagen aus. Rajkumar drehte sich um und sah, dass der *baya-gyaw*-Karren am Fuß der Treppe umgestürzt war; die Pfanne der Verkäuferin war zur Seite gekippt und hatte sie mit siedendem Öl bespritzt. Sie lief kreischend auf die Straße, zerrte mit beiden Händen an ihren Kleidern.

Rajkumar entschied, sich nicht der in Panik geratenen Menge anzuschließen. Vielmehr stemmte er sich gegen die schwere Eingangstür der Bank. Das ferne Dröhnen ging in ein lautes, rhythmisches Geräusch über. Dann kamen die ersten Flugzeuge in Sicht, winzige Flecken, die sich von Osten her näherten. Die Flugabwehrkanonen der Stadt eröffneten mit dumpfem, hämmerndem Klang das Feuer. Es waren nur wenige Kanonen, und sie waren hauptsächlich in der Nachbarschaft des Mingaladon-Flughafens und des Militär-Ausbildungslagers postiert. Aber es lag etwas Beruhigendes in dem Gedanken, dass die Verteidigung der Stadt einsatzfähig war. Inmitten der Panik konnte man sogar viele Menschen jubeln hören.

Als die Bomber sich dem Ostrand der Stadt näherten, wechselten sie ihre Formation und verringerten die Flughöhe. Ihre Rümpfe öffneten sich, und ihre Bombenfracht senkte sich herab; die Maschinen ließen sie hinter sich wie glitzerndes Lametta; es war, als habe sich plötzlich ein riesiger Silbervorhang vor den östlichen Horizont geschoben.

Die ersten Bomben fielen einige Meilen entfernt, doch Rajkumar spürte ihren Einschlag in die Erde unter seinen Füßen. Die Explosionen erfolgten in gleichen, rhythmischen Abständen. Plötzlich war ein Donnern zu hören, um vieles lauter als die vorangegangenen Detonationen. Irgendwo im Osten der Stadt stieg ein riesiger schwarzer Rauchpilz zum Himmel auf und verschluckte die Bomber beinahe.

»Sie haben die Öltanks in Pazundaung getroffen«, sagte jemand.

Rajkumar wusste sofort, dass das stimmte. Ihm drehte sich der Magen um. Die wichtigsten Ölvorräte der Stadt lagen auf der anderen Seite des Flusses und waren von Rajkumars Holzlager aus gut zu sehen. Er blickte zu den Bombern hoch und sah, dass sie das gleiche Gebiet abermals überflogen. Jetzt wurde ihm klar, dass sie nicht blindlings drauflos bombardierten: Sie visierten das lang gestreckte Hafenviertel der Stadt an, zielten auf die Fabriken, Lagerhäuser, Tanks und Bahngleise.

Plötzlich fielen Rajkumar die Elefanten ein, die in seinem Lager arbeiteten. Er dachte daran, wie unberechenbar sie auf Lärm reagierten; zuweilen bedurfte es nur eines einzigen scharfen Geräusches, um eine Herde in die Flucht zu schlagen. Einmal war es in früheren Tagen in einem Teakholzlager zu einer solchen Massenflucht gekommen; das Echo eines Gewehrschusses hatte dazu geführt, dass eine alte Elefantenkuh einen bestimmten Trompetenton ausstieß, der wiederum bei der Herde zu einer instinktiven Reaktion geführt hatte. Es war großer Schaden entstanden, und die *oo-sis* hatten Stunden gebraucht, um ihrer Tiere wieder Herr zu werden.

Was würde geschehen, wenn ein Trupp Elefanten in dem von Stämmen zugestopften Holzlager in Panik geriet? Es war unvorstellbar.

Rajkumar hielt es nicht mehr länger dort aus, wo er war. Er machte sich zu Fuß auf den Weg nach Pazundaung. Die Bomben kamen jetzt näher, sie fielen wie Vorhänge, schwebten zum Stadtzentrum. Plötzlich erschien direkt vor ihm ein Ochsenkarren, raste auf dem Fußweg auf ihn zu. Die durchgegangenen Ochsen hatten Schaum vor den Mäulern, das Weiße ihrer Augen war zu sehen. Der Fahrer hielt sich schreiend an den Seiten des Karrens fest. Rajkumar sprang gerade noch rechtzeitig zur Seite, um dem Karren auszuweichen.

Ein Schwarm Flugzeuge flog unmittelbar über ihm vorüber. Rajkumar sah in den strahlenden, klaren Dezemberhimmel hinauf. Die Maschinen stießen herab, ihre Bäuche gingen auf. Bombenketten erschienen, seitwärts fallend fingen sie das Licht ein, funkelten wie Diamanten.

Es gab keine Gräben in der Nähe. Rajkumar kauerte sich in einen Hauseingang, hielt sich die Hände über den Kopf. Die Luft zitterte. Er vernahm das Geräusch von splitterndem Glas.

Er wusste nicht, wie lange er dort geblieben war. Er rührte sich erst, als er etwas Warmes im Rücken fühlte. Als er sich umdrehte, erblickte er einen Hund, der sich an ihn drückte und vor Angst winselte. Er stieß den Hund fort und stand auf. Ringsum stiegen Rauchwolken in den Himmel. Er dachte an Dolly, Manju und seine Enkeltochter Jaya. Er blickte in Richtung Kemendine und stellte erleichtert fest, dass jener Teil der Stadt einigermaßen verschont geblieben war. Er aber ging in die andere Richtung, zu seinem Holzlager in Pazundaung.

Auf der Merchant Street war ein Marktplatz getroffen worden. Obst und Gemüse lagen an den Straßenrändern verstreut. Schon wühlten Bettler und Lumpensammler im Abfall. Er bemerkte die ausgebrannten Überreste eines Geschäftes und erinnerte sich mit Wehmut, dass er hier am allerliebsten *tandoori*-Huhn gekauft hatte. Durch eine Explosion waren Fleischspieße durch die Lehmwände des Ofens geflogen, hatten ihn entzweigebrochen wie eine Eierschale. Eine Männerstimme rief um Hilfe. Rajkumar eilte weiter. Er hatte keine Zeit, er musste zu seinem Lager in Pazundaung.

Er kam an der Ladenfront von Rowe und Co. vorbei. Die Fensterscheiben waren zerbrochen, und in den Mauern klafften Löcher. Plünderer stiegen durch die Lücken ein. Er sah den Weihnachtsbaum des Geschäftes quer auf der Erde liegen. Daneben war eine alte Frau, das Gesicht weiß von Talkumpuder, eifrig damit beschäftigt, Watte vom Boden zu klauben und in einen Sack zu stopfen.

Vor dem Telegrafenamt war eine Hauptwasserleitung getroffen worden. Ein zehn Fuß hoher Strahl schoss in den Himmel. Alles war voll Wasser, es sammelte sich in Pfützen, floss die Straße entlang. Um die Öffnung der zerstörten Hauptleitung wirbelte ein Strudel.

Die Menschen hatten an den Mauern des Telegrafenamtes gekauert, als die Wasserleitung getroffen wurde. Viele waren umgekommen. Abgetrennte Gliedmaßen trieben in dem Wasser, das um die Hauptleitung wirbelte: ein Kinderarm, ein Bein. Rajkumar sah fort und ging weiter.

Als er sich Pazundaung näherte, sah er, dass beide Ufer des Flusses von Flammen verdeckt waren. Noch als er ein gutes Stück entfernt war, erkannte er die Mauern, die sein Lager umgaben. Sie waren in Rauchwolken gehüllt.

Alles, was er besaß, befand sich an diesem Ort, alles, wofür er geschuftet hatte, die gesamte Arbeit seines Lebens war in einem einzigen Holzlager gespeichert. Er stellte sich die Elefanten vor und die Bomben, die um sie herum gefallen waren, die Flammen, die von dem gestapelten Holz aufsprangen, die Explosionen, das Trompeten.

Er hatte seine gesamten Bestände auf diesen einen Ort konzentriert – auch dies war Teil des Plans gewesen –, und jetzt hatten die Bomben ihm alles genommen. Aber das spielte keine Rolle; nichts spielte eine Rolle, solange Neel nichts zugestoßen war. Das Übrige waren nur Dinge, Besitz. Aber Neel...

Er bog in die Gasse ein, die zu seinem Lager führte, und sah sie voll von wirbelnden Rauchwolken. Auf seinem Gesicht fühlte er die sengende Hitze des Feuers, das durch sein Lager wütete. Er rief in den Rauch hinein: »Neel.«

Er sah in der Ferne eine Gestalt auftauchen. Er rannte los.

»Neel? Neel?«

Es war Doh Say. Sein runzliges Gesicht war von Rauch geschwärzt. Er weinte.

»Rajkumar…«

»Wo ist Neel?«

»Verzeih mir, Rajkumar.« Doh Say bedeckte sein Gesicht. »Ich konnte nichts tun. Die Elefanten sind außer Kontrolle geraten. Ich wollte deinen Jungen wegschicken, aber er hat nicht auf mich gehört. Die Stämme haben sich gelöst, und er ist erschlagen worden.«

Jetzt sah Rajkumar, dass Doh Say einen Leichnam durch die Gasse geschleppt hatte, um ihn vom Feuer wegzuziehen. Rajkumar lief hin und fiel auf die Knie.

Der Leichnam war fast unkenntlich, von einem ungeheuren Gewicht zerquetscht. Aber trotz der entsetzlichen Entstellung wusste Rajkumar, es war sein Sohn, und er war tot.

Als kleines Mädchen hatte Manju einmal zugesehen, wie einer Witwe der Kopf rasiert wurde. Es war in Kalkutta gewesen, in einem Nachbarhaus; man hatte einen Barbier für diese Arbeit bezahlt, und die Frauen der Familie waren anwesend gewesen, um Beistand zu leisten.

In ihrem Nähkasten verwahrte Manju eine Schere. Sie setzte sich an ihre Kommode, sah in den Spiegel und probierte die Schere an ihren Haaren aus. Die Schneiden waren vom Gebrauch stumpf geworden, und Manjus Haare waren kräftig, dicht und schwarz – die Haare einer jungen Frau. Die Schere war unbrauchbar, und sie warf sie wieder in den Nähkasten.

Das Baby fing an zu schreien, und Manju schloss die Tür, um es nicht zu hören. Sie ging die Treppe hinunter in die Küche – einen dunklen, verrußten, stickigen Raum im rückwärtigen Teil des Hauses. Sie fand ein Messer, ein langes Messer mit gerader Klinge, gesägter Schneide und Holzgriff. Sie probierte es an ihren

Haaren aus, und es zeigte sich, dass es nicht brauchbarer war als die Schere.

Als sie sich nach einem besseren Werkzeug umsah, fielen ihr die Sicheln ein, die einst zum Grasschneiden benutzt worden waren. Diese Sicheln waren sehr scharf; sie erinnerte sich, wie das Zischen der Klingen durch das Haus hallte. Die Gärtner, die einst das Gelände gepflegt hatten, waren längst fort, aber die Sicheln waren zurückgeblieben. Manju wusste, wo sie zu finden waren: in einem Nebengebäude beim Eingangstor.

Sie öffnete die Haustür und trat aus dem Haus. Sie lief über das Gelände zu dem Nebengebäude. Die Sicheln waren genau da, wo sie sie vermutet hatte, mit anderen Gartengeräten auf einem Haufen. Sie stand in dem kniehohen Gras des Geländes und hielt ihre Haare hoch, zog sie fort von ihrem Kopf. Sie hob die Sichel und hackte drauflos, blindlings, weil sie die Hand hinter dem Kopf hatte. Sie sah eine Haarlocke ins Gras fallen, und das ermutigte sie. Sie säbelte noch eine Hand voll ab, dann noch eine. Sie sah den Haarhaufen auf dem Gras zu ihren Füßen wachsen. Das Einzige, was sie nicht verstand, war der Schmerz: Warum tat es so weh, sich die Haare abzuschneiden?

Sie hörte eine leise Stimme. Sie drehte sich um und sah, dass Raymond neben ihr stand. Er streckte eine Hand nach der Sichel aus. Manju wich einen Schritt zurück. »Du verstehst nicht …«, sagte sie. Sie versuchte zu lächeln, ihn wissen zu lassen, dass sie wusste, was sie tat, und dass es anders nicht getan werden konnte. Aber plötzlich waren seine Hände an ihrem Handgelenk. Er verdrehte ihren Arm, und die Sichel entglitt ihrem Griff. Er gab ihr noch einen Tritt, und sie flog zu Seite.

Manju staunte, wie kräftig Raymonds Hand zupackte, wie er sie mit dem gekonnten Griff eines Ringers zurückhielt. Noch nie hatte jemand sie auf diese Weise gehalten – als sei sie eine Irre.

»Was soll das, Raymond?«

Er drehte ihre Hände so, dass sie vor ihrem Gesicht waren. Ihre Finger waren blutverschmiert.

»Du hast dich geschnitten«, sagte er. »Du hast dir in die Kopfhaut geschnitten.«

»Das habe ich nicht gemerkt.« Sie versuchte, durch Zerren ihre

Arme frei zu bekommen, worauf sein Griff nur noch fester wurde. Er führte sie ins Haus und hieß sie sich auf einen Stuhl setzen. Er holte etwas Watte und tupfte ihre Kopfhaut ab. Das Baby fing an zu schreien, sie konnten es unten hören. Raymond führte sie zur Treppe und gab ihr einen Stups. »Geh. Das Kind braucht dich.«

Sie ging ein paar Stufen hinauf, dann konnte sie nicht weiter. Es war eine unerträgliche Vorstellung, in das Zimmer zu gehen und das Kind hochzunehmen. Es war sinnlos. Ihre Brüste waren ausgetrocknet. Sie konnte nichts tun. Sie vergrub das Gesicht in ihren Händen.

Raymond kam die Treppe herauf. Er fasste ihre verbliebenen Haare und zog ihren Kopf zurück. Er holte aus, dann schlug er ihr mit seiner Hand auf die Wange. Sie fasste sich an das brennende Gesicht und sah ihn an. Sein Blick war ruhig und nicht unfreundlich.

»Du bist die Mutter«, sagte er. »Du musst zu dem Kind gehen. Der Hunger eines Kindes hört nicht von allein auf, egal was …« Er folgte ihr in das Zimmer und passte auf, bis sie das Baby hochnahm und an ihre Brust hielt.

Am nächsten Tag war Weihnachten, und am Abend verließen Doh Say und Raymond das Haus, um zur Kirche zu gehen. Kurz darauf ertönten die Sirenen, und die Bombenflugzeuge kehrten zurück. Das Baby hatte geschlafen, aber die Sirenen weckten es auf. Es fing zu schreien an.

Am Tag des ersten Angriffs hatten Manju und Dolly genau gewusst, was sie tun mussten: Sie waren in ein fensterloses Zimmer im Erdgeschoss gegangen und hatten abgewartet, bis die Sirenen Entwarnung gaben. Damals hatte ein ungeheures Gefühl von Dringlichkeit geherrscht. Nichts davon war geblieben. Es war, als sei das ganze Haus schon leer.

Als die Bomben fielen, blieb Manju mit dem Baby im Bett. In dieser Nacht schien die Stimme des Kindes lauter denn je, lauter als die Sirenen, die Bomben, die fernen Explosionen. Nach einer Weile hielt Manju das Schreien des Kindes nicht mehr aus. Sie stieg aus dem Bett und ging die Treppe hinunter. Sie öffnete die Haustür und trat ins Freie. Es war ganz dunkel, abgesehen von den Flammen in der Ferne und den Lichtblitzen, die durch den Himmel schossen.

Sie bemerkte vor sich eine andere Gestalt, und irgendwie wusste sie, sogar im Dunkeln, dass es Rajkumar war. Es war das erste Mal, dass sie ihn seit Neels Tod sah. Er war noch immer in den Kleidern, die er an jenem Morgen getragen hatte: eine Hose und ein Hemd, das jetzt rußgeschwärzt war. Er hatte den Kopf zurückgeworfen und blickte zum Himmel. Sie wusste, wonach er suchte, und stellte sich neben ihn.

Die Flugzeuge waren weit oben am Himmel, kaum sichtbar, wie die Schatten von Nachtfaltern. Sie sehnte sich danach, dass sie näher kamen, nahe genug, um ein Gesicht zu erkennen. Sie sehnte sich danach, zu wissen, was für ein Lebewesen das war, das es wagte dieser Zerstörungskraft einfach freien Lauf zu lassen: Wozu geschah das? Welchem Geschöpf konnte es einfallen, Krieg zu führen gegen sie, ihren Mann, ihr Kind – eine Familie wie ihre –, aus welchem Grund? Wer waren diese Menschen, die es auf sich nahmen, die Geschichte der Welt zu erneuern?

Wenn sie darin nur einen Sinn erkennen könnte, dann würde sie im Stande sein, wieder Ordnung in ihre Gedanken zu bringen; sie würde im Stande sein, auf gewohnte Weise vernünftig zu handeln; sie würde wissen, wann und warum es Zeit war, das Baby zu füttern; sie würde begreifen können, warum es wichtig war, Schutz zu suchen, für die Kinder zu sorgen, an die Vergangenheit, die Zukunft und den eigenen Platz in der Welt zu denken. Sie stand bei Rajkumar und blickte zum Himmel: Weit oben war nichts zu sehen als Schatten, und weiter unten waren Flammen, Explosionen und Lärm.

Doh Say und Raymond kamen am nächsten Morgen zurück, nachdem sie über Nacht in einer Kirche Schutz gesucht hatten. Die Straßen seien jetzt meistens leer, sagten sie. Die Arbeiter, die im Dienste der Stadt standen, waren überwiegend Inder gewesen, viele von ihnen waren geflohen oder hatten sich versteckt. In manchen Gegenden stank es schon nach dem nicht weggeräumten Unrat der Nacht. Im Hafen gingen Schiffe in Flammen auf, die Fracht in den Laderäumen war noch vollständig. Es gab keine Schauerleute mehr, um die Fracht zu löschen; auch sie waren hauptsächlich Inder gewesen. Die Verwaltung hatte die Tore der Irrenanstalt von Rangun geöffnet, und die Insassen streiften nun auf der Suche nach Nahrung und Obdach umher. Überall waren Plünderer, sie brachen in verlassene Häuser und Wohnungen ein, trugen ihre Trophäen triumphierend durch die Straßen.

Doh Say sagte, es sei nicht mehr sicher, in Rangun zu bleiben. Wie durch ein Wunder hatte der Packard die Bombardierung überlebt. Raymond brachte ihn nach Kemendine. Dolly lud ein paar notwendige Dinge in den Wagen – Reis, Linsen, Milchpulver, Gemüse, Wasser. Dann setzte sich Raymond ans Steuer, und sie fuhren davon; der Plan war, nach Huay Zedi zu fahren und dort zu bleiben, bis die Verhältnisse sich geändert haben würden.

Sie nahmen die Straße nach Pegu Richtung Norden. Die Bezirke in der Innenstadt waren gespenstisch leer, aber viele Hauptverkehrsstraßen waren unpassierbar, und sie mussten immer wieder Umwege fahren, um aus der Stadt zu gelangen. Omnibusse standen verlassen an Straßenkreuzungen; Straßenbahnen waren aus den Schienen gesprungen und hatten sich in den Teer gepflügt; Rikschas lagen auf der Seite auf der Fahrbahn; Elektrokabel und Straßenbahnoberleitungen knäuelten sich verheddert auf den Fußwegen.

Sie bemerkten andere Menschen – zuerst ein paar Hand voll hier und da, dann mehr und mehr, und immer noch mehr, bis die Straßen so verstopft waren, dass sie kaum vorwärts kamen. Alle strebten in dieselbe Richtung: zu dem Landweg nach Indien im Norden – eine Entfernung von mehr als tausend Meilen. Sie hatten Bündel mit ihrer Habe auf dem Kopf. Sie trugen Kinder auf dem Rücken, schoben ältere Menschen in Handwagen und Schubkarren. Ihre Füße hatten eine lange, schlängelnde Staubwolke aufgewühlt, die wie ein Band über der Straße hing und den Weg zum nördlichen Horizont wies. Fast alle waren Inder.

Es waren Autos und Omnibusse, Taxis, Rikschas, Fahrräder und Ochsenkarren auf dem Weg. Es gab offene Lastwagen, auf deren Ladeflächen die Menschen zu Dutzenden hockten. Die größeren Fahrzeuge hielten sich vorwiegend in der Mitte der Straße, fuhren in gerader Reihe langsam hintereinander. Personenwagen überholten diese Reihen und sich gegenseitig, passierten die Omnibusse und Lastwagen mit lautem Gehupe. Aber der Verkehr war so dicht, dass auch Personenwagen nur langsam vorwärts kamen.

Am Ende des ersten Tages hatte der Packard Rangun noch nicht ganz hinter sich gelassen. Am zweiten Tag hatten sie sich zur Spitze der Flüchtlingskolonne vorgearbeitet, und nun kamen sie schneller voran. Zwei Tage später blickten sie über den Fluss auf Huay Zedi.

Sie ergatterten eine Überfahrt und blieben mehrere Wochen in Huay Zedi. Dann aber wurde klar, dass der Vorstoß der Japaner sich beschleunigte. Doh Say beschloss, das Dorf zu evakuieren und die Bewohner tiefer in den Dschungel zu schaffen. Unterdessen war Manjus Verhalten vollkommen unberechenbar geworden. Dolly und Rajkumar entschieden, dass sie nach Hause gebracht werden musste. Sie wollten eine letzte Anstrengung unternehmen, um nach Indien zu gelangen.

Ein Ochsenkarren beförderte sie an den Fluss – Manju, Dolly, Rajkumar und das Baby. Sie fanden ein Schiff, das sie flussaufwärts brachte, durch Meiktila, an Mandalay vorbei zu der kleinen Stadt Mawlaik am Chindwin-Fluss. Dort bot sich ihnen ein zutiefst erschütternder Anblick: Gut dreißigtausend Flüchtlinge hockten am Flussufer und warteten, um zu den dicht bewaldeten Bergketten zu gelangen, die vor ihnen lagen. Es gab dorthin keine Straßen, nur ausgefahrene Wege, Schlammströme, die sich durch grüne Dschungeltunnels wälzten. Seit Beginn der Auswanderung der Inder war das Gebiet mit einem Netz von öffentlich anerkannten Auswanderungswegen auf Karten eingetragen worden; es gab verschiedene Routen für Weiße und für Farbige. Die Wege für die Weißen waren kürzer und weniger häufig benutzt. Mehrere hunderttausend Menschen waren schon durch diese Wildnis getrampelt; täglich kamen immer noch unzählige Flüchtlinge an. Im Süden stieß die japanische Armee weiter vor. Es gab kein Zurück mehr.

Sie trugen das Baby in einem Tuch, das sie sich über die Schultern geknotet hatten. Alle paar hundert Schritte blieben sie stehen und tauschten die Lasten, wechselten sich ab; alle drei, Manju, Dolly und Rajkumar, trugen mal das Baby, mal die Planen, in die sie ihre Kleider und ihr Bündel Feuerholz gepackt hatten.

Dolly nahm einen Stock zu Hilfe, sie humpelte stark. Sie hatte am Rist ihres rechten Fußes eine Wunde, die zunächst nach einer harmlosen Blase ausgesehen hatte. Binnen drei Tagen hatte sie sich zu einer massiven Entzündung entwickelt, die sich fast über die ganze Breite des Fußes erstreckte. Ihr entströmte übel riechender Eiter, sie fraß sich unaufhörlich durch Haut, Muskeln und Fleisch. Sie trafen auf eine Krankenschwester, die sagte, es sei eine typische Dschungelverletzung, und meinte, Dolly könne von Glück sagen, dass keine Maden eingedrungen seien. Sie habe von dem Fall eines Jungen gehört, bei dem sich eine solche Wunde auf der Kopfhaut gebildet hatte: Als man sie mit Paraffin behandelte, habe man nicht weniger als dreihundertfünfzig Maden herausgeholt, eine jede so groß wie ein kleiner Wurm. Aber der Junge habe das überlebt.

Trotz der Schmerzen schätzte Dolly sich glücklich. Sie begegneten Menschen, deren Füße fast ganz weggefault waren, von den Entzündungen zerfressen; sie war nicht annähernd so schlimm dran. Manju zuckte jedes Mal zusammen, wenn sie sie beobachtete, nicht wegen ihrer offenkundigen Schmerzen, sondern weil sie sie so willentlich bezwang. Sie waren stark, die zwei, Dolly und Rajkumar, so zäh – sie hielten eng zusammen, auch jetzt noch, trotz ihres Alters, trotz allem. Sie hatten etwas, das Manju abstieß, ihr Widerwillen einflößte, Dolly noch mehr als Rajkumar, mit ihrer aufreizenden Losgelöstheit, als sei dies alles ein böser Traum, und dazu noch der eines anderen.

Zuweilen sah sie Mitleid in Dollys Augen, eine Art Erbarmen, als sei sie, Manju, ein traurigeres Geschöpf als Dolly selbst, als sei sie es, die ihr Gemüt und ihren Verstand nicht mehr in der Gewalt hatte. Dieser Blick machte sie wütend; sie hätte Dolly schlagen, hätte ihr ins Gesicht schreien mögen: »Dies ist die Wirklichkeit, dies ist die Welt, sieh sie dir an, sieh dir das Übel an, das uns umgibt; davon, dass man tut, als sei alles Einbildung, geht es nicht weg.« Sie, Manju, war bei klarem Verstand, die zwei waren es nicht; gab es einen besseren Beweis für ihren Wahnsinn als die Weigerung, das Ausmaß ihrer Niederlage, die Absolutheit ihres Versagens als Eltern, als Menschen zu erkennen?

Ihr Feuerholz war gegen den Regen in große Teakbaumblätter gewickelt. Es war mit einer Schnur zusammengebunden, die Rajkumar aus einer Ranke gedreht hatte. Manchmal löste sich die Schnur, und ein Holzscheit rutschte heraus. Jedes Stück, das herausfiel, verschwand sogleich – entweder schnappten es sich die Leute hinter ihnen, oder es wurde in den Schlamm getrampelt, zu tief, um es aufzuheben.

Der Schlamm war von eigenartiger Beschaffenheit, mehr Treibsand als Lehm. Er sog einen ganz plötzlich ein, und ehe man sich's versah, steckte man schenkeltief darin. Dann konnte man nur stillhalten und warten, bis einem jemand zu Hilfe kam. Am schlimmsten war es, wenn man stolperte oder aufs Gesicht fiel; der Schlamm erfasste einen wie ein hungriges Tier, hängte sich an die Kleider, die Gliedmaßen, die Haare. Er hielt einen so fest, dass man sich nicht bewegen konnte; er lähmte Beine und Arme, sie klebten an Ort und Stelle, so wie Insekten an Leim kleben bleiben.

Irgendwo waren sie an einer Frau vorbeigekommen; sie war Nepalesin und hatte ein Kind getragen, genau wie sie, in einer Schlinge aus einem zusammengelegten Tuch. Sie war mit dem Gesicht nach unten in den Schlamm gefallen und konnte sich nicht rühren; zu ihrem Unglück war es auf einem wenig begangenen Pfad geschehen. Ringsum war niemand, um ihr zu helfen; sie war gestorben, wo sie lag, festgehalten vom Schlamm, das Kind auf den Rücken gebunden. Das Baby war verhungert.

Rajkumar wurde sehr zornig, wenn sie etwas von ihrem kostbaren Feuerholz verloren. Er selbst hatte das meiste davon gesammelt; er hielt beim Gehen die Augen offen, entdeckte hier und da einen Ast oder ein paar Zweige, die der Beachtung der zehntausenden vor ihnen entgangen waren, die denselben Weg genommen, die durchweichte Erde zu einem Schlammfluss getrampelt hatten. Wenn sie abends Halt machten, ging er in den Dschungel und kam mit Armladungen Feuerholz zurück. Die meisten Flüchtlinge hatten Angst, den Weg zu verlassen; es hielten sich hartnäckige Gerüchte von Dieben und Banditen, die Nachzüglern oder Verstreuten auflauerten und sie überfielen. Rajkumar ging trotzdem; er sagte, ihm bliebe nichts anderes übrig. Das Feuerholz war ihr Kapital, ihr einziges Gut. Am Ende eines jeden Tages tauschte Rajkumar das Holz gegen Nahrungsmittel ein – es gab immer Leute, die Holz brauchten; Reis und Linsen waren nutzlos ohne Feuer, um sie zu kochen. Mit Holz kam man leichter an etwas zu essen als mit Geld oder Wertsachen. Geld vermochte hier nichts auszurichten; es gab Leute – reiche Kaufleute aus Rangun –, die ganze Hände voll Banknoten für ein paar Arzneien hergaben. Und was Wertsachen betraf, so waren sie nur zusätzlicher Ballast; die Pfade waren übersät mit weggeworfenen Gütern – Radios, Fahrradrahmen, Büchern, Handwerkszeug; niemand blieb stehen, um sie sich auch nur anzuschauen.

Eines Tages stießen sie auf eine Dame in einem wunderschönen Sari, einem kostbaren, pfauengrünen Seidensari. Sie sah aus, als stamme sie aus einer wohlhabenden Familie, aber auch sie hatte nichts mehr zu essen. Sie versuchte mit einer Gruppe Leute zu handeln, die an einem Feuer saßen. Auf einmal fing sie an, sich auszuziehen, und als sie ihren Sari abgelegt hatte, sahen sie, dass sie darunter weitere anhatte, schöne, prächtige Seidensaris, viele hundert Rupien wert. Sie bot einen davon an in der Hoffnung, dafür eine Hand voll Nahrung einzutauschen. Doch niemand hatte Verwendung dafür; sie fragten vielmehr nach Zündmaterial und Holz. Sie sahen sie vergeblich mit ihnen verhandeln – und schließlich – vielleicht, weil sie einsah, dass ihr kostbarer Besitz nichts wert war –, knüllte sie den Sari zusammen und warf ihn ins Feuer; die Seide brannte knisternd, züngelnde Flammen stiegen von ihr auf.

Das Feuerholz hatte Splitter, die einem ins Fleisch drangen, aber Manju trug lieber das Holz als ihre Tochter. Das Baby schrie immer, wenn es in ihre Nähe kam. »Sie hat bloß Hunger«, sagte Dolly dann. »Gib ihr die Brust.« Sie hielten an, und sie setzte sich mit dem Baby auf den Armen im Regen hin. Rajkumar errichtete ihnen aus Blättern und Ästen ein behelfsmäßiges Obdach.

Noch ein kleines Stück, hieß es. Indien ist nicht mehr weit. Nur noch ein kleines Stück.

Sie hatte nichts in ihrem Leib, davon war Manju überzeugt, aber irgendwie gelang es dem Baby, ein paar Tropfen aus ihren wund gescheuerten Brüsten zu saugen. Wenn diese Tropfen dann versiegten, fing es wieder an zu weinen – zornig, rachsüchtig, als wünschte es sich nichts sehnlicher als seine Mutter tot zu sehen. Hin und wieder versuchte sie, das Baby mit anderen Sachen zu füttern – sie zerrieb etwas Reis zu einem Brei und steckte ihn dem Kind in eine Mundecke. Die Kleine schien den Geschmack zu mögen; sie war ein hungriges Mädchen, gierig nach Leben, mehr ein Kind ihrer Großeltern als Manjus.

Eines Tages schlief Manju im Sitzen ein, mit dem Baby auf den Armen. Als sie aufwachte, stand Dolly vor ihr und sah ihr besorgt ins Gesicht. Sie hörte das Summen der Insekten, die um ihren Kopf flogen; es waren die grünen Brummer mit den schimmernden Flügeln, die Rajkumar »Geierfliegen« nannte, weil sie immer an Menschen gesehen wurden, die zu schwach waren, um weiterzugehen, oder an solchen, die dem Tode nahe waren.

Sie hörte das Baby auf ihrem Schoß schreien, doch ausnahmsweise machte es ihr nichts aus. Eine friedliche Dumpfheit war in ihr, sie wollte nichts weiter als hier sitzen, so lange sie konnte, und das Fehlen jeglicher Empfindung auskosten. Doch wie immer setzten ihre Peiniger ihr zu; Dolly schrie sie an: »Steh auf, Manju, steh auf.«

»Nein«, sagte sie. »Bitte lass mich. Nur noch ein Weilchen.«

»Du sitzt hier seit gestern«, schrie Dolly. »Du musst aufstehen, Manju, sonst bleibst du für immer hier. Denk an das Baby, steh auf.«

»Das Baby fühlt sich hier wohl«, sagte Manju. »Lass uns in Ruhe. Morgen gehen wir weiter. Nicht jetzt.«

Aber Dolly wollte nichts davon hören. »Wir lassen dich nicht sterben, Manju. Du bist jung, du musst an das Baby denken … « Dolly nahm ihr das Kind aus den Armen, und Rajkumar zog sie auf die Füße. Er schüttelte sie so heftig, dass ihre Zähne klapperten.

»Du musst weitergehen, Manju, du darfst nicht aufgeben.«

Sie stand da und sah ihn an, im strömenden Regen, in ihrem weißen Witwensari, mit geschorenen Haaren. Er trug einen zerrissenen *longyi* und schlammverkrustete Straßenschuhe; sein Bauch war verschwunden, seine Gestalt ausgezehrt von Hunger, sein Gesicht fleckig von weißen Stoppeln, seine Augen waren blutunterlaufen und rot gerändert.

»Warum, alter Mann, warum?«, schrie sie ihn an. Sie nannte ihn verächtlich *buro,* Alter; sie nahm keine Rücksicht mehr darauf, dass er Neels Vater war und sie stets Ehrfurcht vor ihm gehabt hatte; jetzt war er nur ihr Peiniger, der sie die verdiente Rast nicht genießen lassen wollte. »Warum muss ich weitergehen? Sieh dich an: Du bist weitergegangen – und weiter und weiter und weiter. Und was hat es dir eingebracht?«

Da stiegen zu ihrer Verwunderung Tränen in seine Augen und

liefen die Risse und Furchen in seinem Gesicht hinab. Er wirkte wie ein leidgeprüftes Kind, hilflos, außer Stande, sich zu rühren. Einen Moment dachte sie, sie hätte endlich gewonnen, dann aber schritt Dolly ein. Sie nahm seinen Arm und drehte ihn herum, so dass er vorwärts blickte, auf die nächste Bergkette. Er blieb stehen, wo er war, mit hängenden Schultern, als würde ihm endlich dämmern, in welcher Lage er sich befand.

Dolly schob ihn vorwärts. »Du darfst jetzt nicht stehen bleiben, Rajkumar, du musst weitergehen.« Beim Klang ihrer Stimme schien ein innerer Instinkt wieder wach zu werden. Er warf sich das Feuerholzbündel über die Schultern und ging weiter.

Es gab Stellen, wo die Pfade sich vereinigten und zu Flaschenhälsen wurden. Gewöhnlich war dies an den Ufern von Bächen und Flüssen der Fall. An derartigen Einmündungen waren tausende und abertausende Menschen versammelt, die saßen, warteten, sich mit winzigen, erschöpften Schritten durch den Schlamm bewegten.

Sie kamen an einen Fluss, der sehr breit war; er strömte mit der Geschwindigkeit eines Bergbaches, und sein Wasser war kalt wie Eis. Hier, auf einer Sandbank, die von steil abfallendem Dschungel umgeben war, befand sich die größte Ansammlung von Menschen, der sie bislang begegnet waren; zehntausende, ein Meer aus Köpfen und Gesichtern.

Sie gesellten sich zu dieser Menschenmasse und hockten sich auf die Sandbank. Sie warteten, nach einiger Zeit erschien ein Floß. Es sah schwerfällig aus und war nicht sehr groß. Manju sah es auf dem angeschwollenen Fluss auf und ab schaukeln: Für sie war es das schönste Gefährt, das sie je gesehen hatte, und sie wusste, dass es ihre Rettung war. Binnen Minuten hatte es sich mit Menschen gefüllt und fuhr flussaufwärts, tuckerte langsam um eine große Biegung. Sie verlor das Vertrauen nicht, sie wusste gewiss, dass es zurückkehren würde. Und wirklich, nach einer Weile kam das Floß wieder. Und wieder und wieder, und jedes Mal füllte es sich binnen Minuten.

Endlich waren sie an der Reihe, und sie stiegen ein. Manju übergab Dolly das Baby und suchte sich einen Platz am Rand des Floßes, so dass sie am Wasser sitzen konnte. Das Floß legte ab, und sie schaute dem vorbeifließenden Wasser zu; sie sah die Strudel und die wirbelnden Strömungen – das Muster von Strömung und Bewegung zeichnete sich auf der Oberfläche ab. Sie fasste ins Wasser und fand es sehr kalt.

Irgendwo weiter weg hörte sie das Baby schreien. Einerlei, wie laut die Geräusche um sie herum waren, einerlei, von wie vielen Menschen sie umgeben war, die Stimme ihrer Tochter erkannte sie immer. Sie wusste, dass Dolly ihr das Baby bald bringen, dass sie vor ihr stehen und sie beobachten würde, um sicher zu gehen, dass das Kind gefüttert wurde. Sie ließ ihre Hand über den Rand des Floßes fallen und erschauerte bei der Berührung des Wassers. Es schien an ihr zu ziehen, sie zu drängen, hereinzukommen. Sie ließ ihren Arm ein wenig treiben, dann tauchte sie auch ihren Fuß hinein. Sie fühlte, wie ihr Sari schwerer wurde, als er sich im Wasser ausbreitete, von ihr fortstrebte, sie bedrängte, ihm zu folgen. Sie hörte das Schreien und war froh, dass ihre Tochter in Dollys Armen war. Bei Dolly und Rajkumar würde sie geborgen sein; sie würden dafür sorgen, dass sie nach Hause kam. Es war besser so, besser, wenn sie, die wussten, wofür sie lebten, sie in ihrer Obhut hatten. Sie hörte Dollys Stimme, die ihr zurief: »Manju, Manju, halt – pass auf...«, und sie wusste, dass die Zeit gekommen war. Es war überhaupt keine Anstrengung, sich hinübergleiten zu lassen, vom Floß in den Fluss. Das Wasser war schnell, dunkel und betäubend kalt.

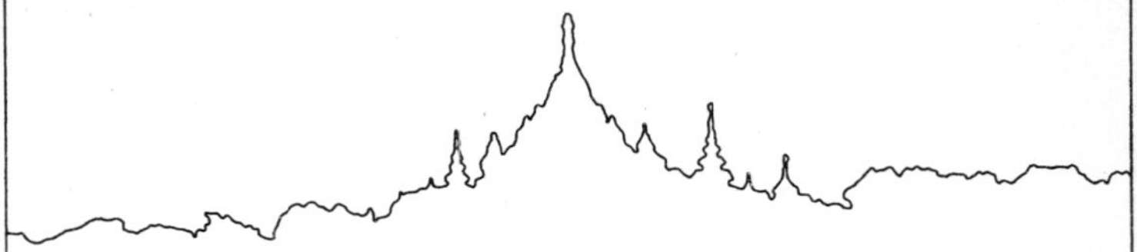

SIEBTER TEIL

Der Glaspalast

I

Bela war achtzehn, als Dolly und Rajkumar die Berge überquerten. Der Tag, an dem sie in Lankasuka ankamen, sollte sich ihrem Gedächtnis für immer einprägen.

Es war 1942, ein Jahr, so furchtbar, wie Bengalen es noch nie erlebt hatte. Damals war in Indien wenig über die Zustände in Birma und Malaya bekannt. Aus Gründen der Kriegssicherheit flossen die Nachrichten spärlich, und die üblichen Kommunikationsquellen waren versiegt. Als im Jahr zuvor die ersten Evakuierungsschiffe aus Rangun in Kalkutta eingetroffen waren, waren Bela und ihre Eltern zum Kai gegangen in der Hoffnung, Manju unter den Passagieren, die von Bord gingen, zu sehen. Doch sie hatten nur erfahren, dass Rajkumar und die Seinen beschlossen hatten, in Birma zu bleiben.

Dann folgten die Bombardierung Ranguns und die große Auswanderung der indischen Bevölkerung nach Norden. Als die ersten Flüchtlinge nach Kalkutta kamen, suchte Bela sie auf, zog Erkundigungen ein, nannte Namen, Adressen. Sie erfuhr nichts.

1942 war auch das Jahr, in dem Mahatma Gandhi die »Quit India«-Kampagne ins Leben rief. Uma war eine von den vielen tausend Angehörigen der Kongresspartei, die ins Gefängnis gesteckt wurden. Manche blieben bis Kriegsende eingesperrt. Umas Aufenthalt war relativ kurz; sie zog sich Typhus zu und wurde nach Hause entlassen.

Uma war seit ein paar Monaten daheim, als eines Tages der alte Türhüter zu ihr kam und meldete, dass draußen Bedürftige nach ihr fragten. Dies war zu jener Zeit eine allzu häufige Erscheinung; in Bengalen herrschte eine Hungersnot, eine der schlimmsten in der Geschichte. Die Stadt war voll von hungernden Zuzüglern vom Land; die Menschen beraubten die Parks ihrer Gräser und Blätter, suchten in den Gossen nach Reiskörnern.

In Lankasuka wurde übrig gebliebenes Essen einmal täglich an die Armen verteilt. An jenem besonderen Tag war die morgendliche Essensausgabe längst vorbei. Uma war an ihrem Schreibtisch beschäftigt, als der *chowkidar* hereinkam und ihr die Bedürftigen meldete. Sie sagte: »Richte ihnen aus, sie sollen morgen wiederkommen, zur rechten Zeit.«

Der *chowkidar* ging hinaus, kam aber gleich darauf zurück. »Sie wollen nicht fortgehen.«

Bela war zufällig zugegen. Uma sagte: »Bela, geh und sieh nach, was los ist.«

Bela trat in den Hof und ging zum Tor. Sie sah einen Mann und eine Frau, die sich an die Gitterstäbe klammerten. Dann hörte sie eine heisere Stimme ihren Namen flüstern – »Bela« –, und sie sah sich die Gesichter genauer an.

Uma hörte einen Schrei und lief in den Hof. Sie riss dem *chowkidar* die Schlüssel aus der Hand. Sie rannte zum Tor und schloss es hastig auf.

»Schau.«

Rajkumar kniete auf dem Pflaster. Er streckte die Arme aus, und sie sah, dass er ein Kind hielt, ein Baby – Jaya. Plötzlich färbte sich das Gesicht des Babys dunkelrot, und es fing aus Leibeskräften an zu schreien. In diesem Augenblick gab es kein schöneres Geräusch auf der Welt als diesen Wutausbruch, diesen urtümlichen Laut des Lebens, das seinen Entschluss kundtat, sich zu verteidigen.

Erst in den späteren Monaten des folgenden Jahres, 1943, drangen die ersten Gerüchte über die Indische Nationalarmee nach Indien – aber das war nicht dieselbe Streitmacht, der Arjun im Norden Malayas angehört hatte. Die erste Indische Nationalarmee hatte nicht lange bestanden. Ungefähr ein Jahr nach ihrer Gründung hatte ihr Anführer, Hauptmann Mohan Singh, sie aufgelöst, aus Furcht, die Japaner würden versuchen, sie zu übernehmen. Die Armee wurde von Subhas Chandra Bose wieder erweckt, dem nationalistischen indischen Politiker, der 1943 über Afghanistan und Deutschland nach Singapur kam. Bose ließ die Indische Nationalarmee wieder aufleben, und sie zog zehntausende neuer Rekruten aus der indischen Bevölkerung Südostasiens an; Arjun, Hardy, Kishan Singh, Ilongo und viele andere traten ihr bei.

Als der Krieg zu Ende war, wurden tausende von Angehörigen der Indischen Nationalarmee als Kriegsgefangene nach Indien zurückgeschafft. Für die Engländer waren sie die projapanische Fünfte Kolonne: Sie galten als Verräter sowohl am Empire als auch an der indischen Armee, deren Großteil weiter auf Seiten der Alliierten in Nordafrika, Südeuropa und schließlich bei der britischen Gegeninvasion von Birma gekämpft hatte. Die indische Öffentlichkeit sah die Sache jedoch ganz anders: Für sie waren Imperialismus und Faschismus Zwillingsübel, das eine abgeleitet vom anderen. Die geschlagenen Gefangenen der Indischen Nationalarmee waren es, die als Helden empfangen wurden, nicht die heimkehrenden Sieger.

Im Dezember 1945 erhob die Kolonialregierung Anklage gegen drei Angehörige der Indischen Nationalarmee, die berühmten »Red Fort Three«: Shah Nawaz Khan, Gurbakhsh Singh Dhillon und Prem Sahgal. Im ganzen Land kam es zu Protesten und Demonstrationen; überall in Indien wurden trotz amtlichen Verbotes Unterstützungskomitees gebildet. Generalstreiks legten ganze Staaten lahm, Studenten hielten öffentliche Versammlungen ab, den Ausgangsbeschränkungen zum Trotz. In der Stadt Madurai im Süden starben Menschen, als die Polizei bei einer Demonstration das Feuer eröffnete. In Kalkutta strömten zehntausende auf die Straßen. Sie hielten die Stadt mehrere Tage besetzt. Dutzende wurden von der Polizei erschossen. In Bombay meuterten Matrosen der Marine. Für die Kongresspartei war der Prozess ein unverhoffter Glücksfall. Die Partei hatte den Schwung verloren, den sie in den Vorkriegsjahren erlangt hatte, und sie brauchte dringend einen Anstoß, um das Land zu mobilisieren. Der Prozess erwies sich als ein solcher Fall.

Als der Prozess angelaufen war, stand die Strafverfolgung alsbald vor Problemen. Es war nicht möglich, Beweise für einen Zusammenhang zwischen der Indischen Nationalarmee und japanischen Gräueltaten in Südostasien oder der Misshandlung von britischen und australischen Kriegsgefangenen beizubringen. Zwar war erwiesen, dass indische Gefangene tatsächlich misshandelt worden waren, doch keiner dieser Fälle stand in Verbindung mit den drei Angeklagten.

Am 1. Dezember erhob sich Bhulabhai Desai, der Hauptverteidiger, zu seinem Schlussplädoyer. »Was jetzt vor diesem Gericht verhandelt wird«, sagte er, »ist das Recht einer unterdrückten Rasse, straflos Krieg zu führen.«

Es gebe im Wesentlichen nur einen einzigen Anklagepunkt gegen seine Mandanten, führte er aus, nämlich Kriegführung gegen den König. Alle anderen Punkte, erklärte er, leiteten sich von dem ersten ab. Es oblag Desai, darzulegen, dass das internationale Recht das Recht von Unterdrückten anerkannte, Krieg zu führen für ihre Freiheit, und er tat dies, indem er eine Reihe von Präzedenzfällen anführte. Er zeigte auf, dass die britische Regierung dieses Recht, sofern es ihr gelegen kam, in Fällen anerkannt hatte, die bis ins neunzehnte Jahrhundert zurückreichten. Die Briten hatten zum Beispiel den Griechen und einer Anzahl anderer Nationen bei Aufständen gegen das Osmanische Reich beigestanden; in jüngerer Zeit hatte sie die polnische Nationalarmee und tschechoslowakische Rebellen unterstützt; entsprechend hatten sie auf dem Recht der französischen Widerstandsbewegung beharrt, als Krieg führend anerkannt zu werden, obwohl die Regierung von Marschall Petain damals *de jure* und *de facto* die Regierung von Frankreich war. Der Prozess endete damit, dass alle drei Angeklagten der »Kriegführung gegen den König« für schuldig befunden wurden. Sie wurden zur Ausweisung auf Lebenszeit verurteilt, aber alle drei Urteile wurden aufgehoben. Die Männer wurden freigelassen und von einer tobenden Menschenmenge empfangen.

Hardy war zu dieser Zeit eine nationale Persönlichkeit (später sollte er Botschafter und ein hochrangiger Beamter der indischen Regierung werden). 1946 besuchte er Jayas Großeltern in Kalkutta. Von ihm erfuhren sie, dass Arjun in einem der letzten Gefechte der Indischen Nationalarmee gefallen war – in Mittelbirma, in den letzten Kriegstagen.

An diesem Punkt der Kampfhandlungen waren die Japaner auf dem Rückzug gewesen, und die Fünfte Armee der Alliierten stieß unter dem Kommando von General Slim in Windeseile nach Süden vor. Die indischen Einheiten in Mittelbirma gehörten zu den letzten, die am Widerstand festhielten. Ihre Zahl war verschwindend gering, und sie waren mit untauglichen Waffen aus den frühen Tagen des Krieges ausgerüstet. Die Streitkräfte, gegen die sie kämpften, waren oft Spiegelbilder ihrer selbst, wie sie zu Beginn des Krieges gewesen waren: Die meisten waren Inder, oft aus denselben Regimentern, oft aus denselben Dörfern und Bezirken. Es war etwas Neues für sie, gegen ihre jüngeren Brüder und Neffen zu kämpfen.

Der Widerstand der Indischen Nationalarmee war in diesem Stadium hauptsächlich symbolischer Natur und geschah in der Hoffnung, in der indischen Armee eine Revolte zu entfachen. Obwohl sie für die siegreiche Fünfte Armee nie eine ernste Bedrohung darstellten, waren sie mehr als ein geringfügiges Ärgernis. Viele kämpften und starben mit großer Tapferkeit und verhalfen der Bewegung so zu Helden und Märtyrern. Arjun habe zu denen gehört, die als Helden gestorben waren, sagte Hardy. Und Kishan Singh ebenso. Das war alles, was sie über Arjuns Tod erfuhren, und sie gaben sich damit zufrieden.

Die folgenden sechs Jahre wohnten Dolly und Rajkumar bei Uma in ihrer Wohnung. Rajkumars lange zurückliegenden Zwistigkeiten mit Uma waren vergessen, und das Baby Jaya wurde zu einem Band, das alle Mitglieder des Haushaltes vereinte.

Dolly nahm eine Stellung bei einer Propagandaabteilung der Armee an und übersetzte Flugblätter ins Birmanische. Rajkumar verrichtete gelegentlich Aufseherarbeiten in Sägemühlen und Holzlagern. Im Januar 1948 erhielt Birma die Unabhängigkeit. Bald darauf beschloss Dolly, dass sie und Rajkumar nach Rangun zurückkehren würden, zumindest für eine Weile. Jaya sollte unterdessen bei ihrer Tante Bela und den anderen Großeltern in Kalkutta bleiben.

Dass Dolly so darauf drängte, nach Birma zurückzukehren, lag hauptsächlich daran, dass Dinu seit sieben Jahren nichts von sich hatte hören lassen. Dolly glaubte, dass er noch lebte, und sie wollte ihn unbedingt finden. Rajkumar bekundete seine Bereitschaft, mit ihr zu kommen, und sie buchte Schiffspassagen für sie beide.

Als aber der Tag nahte, wurde deutlich, dass Rajkumar sich seiner Sache durchaus nicht sicher war. In den vergangenen sechs Jahren hatte er eine starke Anhänglichkeit an seine verwaiste Enkeltochter entwickelt. Mehr als alle anderen im Haus war er es, der für ihr tägliches Wohlergehen sorgte: Er saß bei den Mahlzeiten bei ihr, ging mit ihr im Park spazieren, erzählte ihr Gutenachtgeschichten. Dolly fragte sich allmählich, ob er den Schmerz ertragen können würde, wenn er sich von dem Kind losreißen müsste.

Die Frage wurde beantwortet, als Rajkumar zwei Tage bevor das Schiff ablegen sollte, verschwand. Er kam zurück, als das Schiff abgefahren war. Er war zerknirscht und brachte Entschuldigungen vor; er sagte, er könne sich nicht erinnern, wo er gewesen oder warum er fortgegangen sei. Er bedrängte Dolly, noch einmal eine Passage zu buchen; er versprach, es werde nicht wieder vorkommen. Unterdessen hatte Dolly beschlossen, dass es besser sei, Rajkumar zu lassen, wo er war, um seiner selbst wie um Jayas willen. Uma ihrerseits hatte keine Einwände. Sie war es zufrieden, ihn weiter bei sich zu haben; er störte nicht und machte sich oft im Haus nützlich.

Dolly ging wieder zum Büro der Schifffahrtsgesellschaft und buchte eine einfache Passage nach Rangun. Sie wusste, dass Rajkumar sich verpflichtet fühlen würde, sie zu begleiten, wenn er von ihrem Plan erführe. Sie beschloss, ihm nichts zu sagen. Am Morgen ihrer Abreise kochte sie *mohingya*-Nudeln, Rajkumars Leibgericht. Sie machten einen Spaziergang um den See, und danach schlief Rajkumar.

Es war vereinbart, dass Uma Dolly zum Hafen Khidderpore begleitete. Keine von beiden sprach viel unterwegs; diese Abreise war von einer Endgültigkeit, die sich einzugestehen sie nicht über sich brachten. Am Ende, kurz bevor Dolly an Bord des Schiffes ging, sagte sie zu Uma: »Ich weiß, dass Jaya wohlauf sein wird. Ihr seid viele, die sich um sie kümmern. Aber um Rajkumar mache ich mir Sorgen.«

»Es wird ihm an nichts fehlen, Dolly.«

»Wirst du dich um ihn kümmern, Uma? Mir zuliebe?«

»Bestimmt, das verspreche ich.«

Als Rajkumar in Lankasuka aufwachte, fand er einen Zettel auf seinem Kissen, mit Dollys akkurater Handschrift geschrieben. Er nahm den Zettel und strich ihn glatt. Er las: *Rajkumar, im Herzen fühle ich, dass Dinu noch lebt und ich ihn finden werde. Danach werde ich nach Sagaing gehen, wie es seit langem mein Wunsch ist. Du sollst wissen, dass ich auf nichts auf der Welt schwerer verzichten kann als auf dich und die Erinnerung an unsere Liebe. Dolly.«*

Er sah sie nie wieder.

2

Als einzigem Kind im Haus stand der heranwachsenden Jaya ganz Lankasuka zur Verfügung. Ihre Tante Bela lebte oben in der Wohnung, die sie nach dem Tod ihrer Eltern geerbt hatte. Sie heiratete nie, und die alltägliche Sorge für Jaya fiel hauptsächlich ihr zu. In ihrer Wohnung schlief und aß Jaya die meiste Zeit.

Aber Rajkumar war nie mehr als eine Treppe entfernt. Nach Dollys Abreise blieb er weiterhin in Umas Räumen im Erdgeschoss wohnen. Er hatte neben der Küche ein kleines Zimmer für sich, spärlich möbliert mit einem schmalen Bett und ein paar Bücherborden.

Der einzige wichtige Gegenstand in Rajkumars Zimmer war ein Rundfunkempfänger, ein altmodisches Paillard-Gerät mit Holzgehäuse und einer mit Stoff überzogenen Lautsprechermembran. Rajkumar hielt seinen Mittagsschlaf immer bei eingeschaltetem Radio – Jaya stellte es gewöhnlich ab, wenn sie aus der Schule kam. Das Verstummen des Radios weckte Rajkumar oft aus seinem Schlummer. Dann richtete er sich auf, lehnte sich an sein Kissen, setzte seine Enkeltochter neben sich. Wenn er seinen Arm um Jayas Schultern legte, verschwand sie in seiner Armbeuge; seine Hände waren riesig, die Haut sehr dunkel, mit helleren Adern marmoriert. Die weißen Haare auf seinen Knöcheln bildeten einen verblüffenden Kontrast dazu. Wenn er die Augen schloss, bildeten sich in den Vertiefungen seines Gesichts ledrige Runzeln. Und dann fing er an zu erzählen, Geschichten strömten aus ihm hervor, von Orten, die Jaya nie gesehen hatte, von Bildern und Szenerien, so lebhaft, dass sie aus dem überquellenden Messbecher der Realität in ein Meer aus Träumen liefen. Jaya lebte in seinen Geschichten.

Rajkumars Lieblingsort war ein kleiner buddhistischer Tempel im Zentrum der Stadt, den auch Dolly früher gerne besucht hatte.

Hier versammelte sich die birmanische Gemeinde, und bei besonderen Anlässen nahm Rajkumar Jaya mit. Der Tempel befand sich im vierten Stockwerk eines heruntergekommenen alten Gebäudes in einer Gegend, wo die Straßen vom Autoverkehr verstopft waren und die Luft dick war von Dieselqualm. Sie durchquerten die Stadt mit dem Bus und stiegen am Eden-Krankenhaus aus. Sie gingen die schmutzige Marmortreppe hinauf, und wenn sie oben ankamen, traten sie in einen Saal, der Welten entfernt schien von seiner Umgebung, lichtdurchflutet, erfüllt vom Duft frischer Blumen, der Fußboden glänzend sauber. Auf dem Boden lagen Binsenmatten mit unterschiedlichen Mustern, anders als indische Matten und dennoch nicht unähnlich.

Am lebhaftesten ging es in dem Tempel immer während der großen birmanischen Feste zu – *thingyan,* dem Wasserfest, welches das birmanische neue Jahr einleitete, *waso,* das den Beginn von *thadin* bezeichnete, der alljährlichen dreimonatigen Fastenzeit, und *thadingyut,* dem Fest des Lichtes, mit dem das Ende der Fastenzeit begangen wurde.

Als Jaya zehn Jahre alt war, nahm Rajkumar sie einmal mit zum *thadingyut*-Fest. Der Tempel war voller Menschen; Frauen wuselten in ihren *longyis* umher und bereiteten ein Festmahl; die Wände schimmerten im Licht hunderter Lampen und Kerzen. Plötzlich brachen Lärm und Geschäftigkeit ab. Ein Raunen ging durch den Raum: »Die Prinzessin… die Zweite Prinzessin, sie kommt die Treppe herauf…«

Die Prinzessin trat ein, und die Leute atmeten schneller, stießen sich mit den Ellenbogen an; die Kundigen vollführten den *shiko.* Die Prinzessin trug einen scharlachroten Sarong und eine Art Schärpe; sie war Ende siebzig, das ergraute Haar war am Hinterkopf in einem straffen Knoten zusammengefasst. Sie war winzig, mit einem gütigen Gesicht und blitzenden schwarzen Augen. Auch sie lebte damals in Indien, in dem Erholungsort Kalimpong, und ihre Verhältnisse waren äußerst beschränkt.

Anmutig tauschte die Prinzessin mit den Menschen um sie herum ein paar Artigkeiten aus. Dann fiel ihr Blick auf Rajkumar, und ein liebevolles, inniges Lächeln legte ihr Gesicht in Falten. Sie brach ihre Gespräche ab, die Menge teilte sich, und sie durchquerte langsam den Raum. Aller Augen im Tempel ruhten jetzt auf Rajkumar – Jaya blähte sich vor Stolz auf ihren Großvater.

Die Prinzessin begrüßte Rajkumar herzlich auf Birmanisch; Jaya verstand kein Wort von ihrer Unterhaltung, aber sie beobachtete aufmerksam beide Gesichter, das wechselnde Mienenspiel; sie lächelte, wenn sie lächelten, runzelte die Stirn, wenn sie ernst wurden. Dann stellte Rajkumar sie vor: »Und das ist meine Enkelin.«

Jaya war noch nie einer Prinzessin begegnet und wusste nicht, was tun. Aber sie war nicht einfallslos; sie erinnerte sich an einen Film, den sie vor kurzem gesehen hatte – war es »Dornröschen« oder »Aschenputtel«? –, und deutete einen Knicks an, wobei sie den Saum ihres Kleides zwischen Zeigefinger und Daumen nahm. Sie wurde mit einer Umarmung der Prinzessin belohnt.

Später umringten die Leute Rajkumar, neugierig, warum die Prinzessin ihn bevorzugt hatte. »Was hat Ihre Hoheit gesagt?«, fragten sie. »Woher kennt sie dich?«

»Oh, ich kenne sie schon fast mein ganzes Leben«, sagte Rajkumar obenhin.

»Tatsächlich?«

»Ja. Das erste Mal habe ich sie in Mandalay gesehen, und da war sie gerade sechs Monate alt.«

»Oh? Und wie ist das gekommen?«

Und dann erzählte Rajkumar von Anfang an, kehrte zurück zu jenem Tag vor mehr als siebzig Jahren, als er den Donner einer englischen Kanone über die Ebene zu den Mauern der Festung Mandalay rollen hörte.

In einer stillen Ecke von Lankasuka war eine Nische, die als Altar für Jayas Eltern und ihren Onkel Arjun diente. In der Nische standen zwei gerahmte Fotografien: Die eine war ein Bild von Manju und Neel, das bei ihrer Hochzeit aufgenommen worden war – es zeigte sie, wie sie überrascht von dem heiligen Feuer aufsahen. Der *pallu* von Manjus Sari war von ihrem Kopf gerutscht. Sie lächelten, ihre Gesichter strahlten. Die Fotografie von Arjun war am Bahnhof von Howrah aufgenommen. Er war in Uniform und lachte. Über seiner Schulter war deutlich ein zweites Gesicht zu erkennen. Bela erklärte ihrer Nichte, dass dies Kishan Singh war, der Bursche ihres Onkels.

Dreimal in jedem Jahr begingen Bela und Jaya vor ihrem Altar eine kleine Feier. Sie schmückten die Fotografien mit Girlanden und verbrannten Räucherwerk. Bela gab Jaya Blumen und wies sie an, ihrer Mutter und ihrem Vater und Arjun, dem Onkel, den sie nie gekannt hatte, ihre Achtung zu erweisen. Wenn Bela die Räucherstäbchen anzündete, waren es stets vier Bündel, nicht drei. Ohne dass es ihr gesagt wurde, wusste Jaya, dass das vierte für Kishan Singh war: Auch er zählte zu den Toten ihrer Familie.

Erst als Jaya zehn Jahre alt war und bereits wachsendes Interesse an Fotoapparaten und Fotografien bekundete, kam es ihr in den Sinn, ihre Tante zu fragen, wer die Bilder aufgenommen hatte.

Bela war erstaunt. »Ich dachte, das wüsstest du«, sagte sie verwundert. »Die Aufnahmen hat dein Onkel Dinu gemacht.«

»Und wer war das?«, fragte Jaya.

So erfuhr Jaya, dass sie noch einen Onkel väterlicherseits hatte, einen Onkel, dessen nicht gedacht wurde, weil sein Schicksal unbekannt war. In Lankasuka sprach niemand von Dinu, weder Rajkumar noch Uma noch Bela. Niemand wusste, was aus ihm geworden war; bekannt war nur, dass er bis in die letzten Wochen des Jahres 1942 in Morningside ausgeharrt hatte. Danach war er irgendwann nach Birma aufgebrochen. Seitdem hatte man nichts mehr von ihm gehört. Insgeheim nahmen alle an, dass er ein weiteres Kriegsopfer geworden war. Doch niemand wollte der Erste sein, der diese Befürchtung aussprach, und infolgedessen wurde Dinus Name im Haus nie erwähnt.

Für die Menschen in Indien wie für einen Großteil der Welt war Birma nach dem Krieg wie ein verlorener Planet. Zuerst wurde es von inneren Unruhen erschüttert, und 1962 brachte sich General Ne Win durch einen Staatsstreich an die Macht. Der General war der sprichwörtliche wahnsinnige Diktator, der sogleich die Jalousien herunterließ und die Lichter löschte. Birma wurde das düstere Haus der Nachbarschaft, das sich hinter einem undurchdringlichen, überwucherten Zaun verkroch. Es sollte drei Jahrzehnte abgeschottet bleiben. General Ne Win gelang es, sein Land unsichtbar zu machen, – sowohl für die Nachbarländer als auch für die Welt insgesamt. Das »goldene« Birma wurde gleichbedeutend mit Armut und Gewaltherrschaft. Dinu war unter den vielen Millionen, die im Dunkeln verschwanden.

Bis zum Tag ihrer Heirat lebte Jaya mit Bela, Uma und Rajkumar in Lankasuka. Sie heiratete jung, mit siebzehn Jahren. Ihr Mann war Arzt, zehn Jahre älter. Sie waren sehr verliebt, und ein Jahr nach der Hochzeit kam ein Sohn. Aber als der Junge zwei Jahre alt war, schlug das Verhängnis zu: Sein Vater kam bei einem Zugunglück ums Leben.

Bald danach zog Jaya wieder nach Lankasuka. Mit Hilfe ihrer Tante Bela schrieb sie sich an der Universität von Kalkutta ein, machte Examen und fand Arbeit als Lehrerin an einem College. Sie arbeitete fleißig, um ihrem Sohn eine gute Erziehung zu ermöglichen. Er besuchte die besten Schulen und Colleges der Stadt, und mit zweiundzwanzig erhielt er ein Stipendium und ging ins Ausland.

Zum ersten Mal seit Jahren hatte Jaya jetzt Zeit für sich. Sie nahm sich ihre lange verschobene Doktorarbeit über die Geschichte der Fotografie in Indien wieder vor.

Im Jahre 1996 schickte das College Jaya zu einer kunsthistorischen Konferenz, die an der Universität von Goa stattfand. Als sie am Flughafen von Bombay das Flugzeug wechseln musste, wurde sie mit einem der schlimmsten aller Flughafenerlebnisse konfrontiert: Am Check-In-Schalter teilte man ihr mit, dass ihre Maschine überbucht war. Wenn sie sich einen Platz sichern wolle, müsse sie mindestens ein paar Tage warten, andernfalls würde die Fluggesellschaft ihr eine Bus- oder Eisenbahnfahrkarte bezahlen.

Jaya ging an einen anderen Schalter und schwenkte ihren Flugschein. Sie stand am Ende einer Schlange wütender Leute; alle schrien der Angestellten dieselbe Leier zu: »Aber wir haben eine Reservierung …«

Jaya war zart gebaut und von mittlerer Größe, und sie trug einen schlichten gestreiften Baumwoll-Sari. Ihre Haare waren büschelig und grau, und sie sah genauso aus, wie man sich eine bescheidene, zurückhaltende Collegeprofessorin vorstellte, die im Unterricht oft Mühe hatte, die Ordnung zu bewahren. Sie wusste, dass es sinnlos war, in den Chor der Entrüstung am Schalter einzustimmen; wo andere zurückgewiesen wurden, würde sich eine wie sie erst recht nicht durchsetzen können. Sie beschloss, mit der Eisenbahn zu fahren.

Jaya kannte Bombay nicht sehr gut. Sie nahm einen Gutschein in Empfang und fuhr mit einem Bus, den die Fluggesellschaft zur Verfügung stellte, zum Bahnhof Shivaji. Sie kaufte einen Eisenbahnfahrplan und erfuhr, dass der nächste Zug erst in ein paar Stunden ging. Sie besorgte sich ihre Fahrkarte und beschloss dann, einen Spaziergang zu machen. Sie gab ihren Koffer bei der Gepäckaufbewahrung ab und trat aus dem Bahnhofsgebäude. Es war später Nachmittag, der Berufsverkehr setzte gerade ein; sie ließ sich von der wogenden Menge forttragen.

Nach einer Weile blieb sie stehen, um Atem zu holen, und fand sich vor der Glastür einer klimatisierten Kunstgalerie. Ihr Atem war auf der kühlen grünen Scheibe zu einem dunstigen Ring kondensiert. Ein Handzettel an der Tür kündigte eine Ausstellung der jüngst entdeckten Arbeiten einer bahnbrechenden Fotografin aus den frühen Jahren des Jahrhunderts an, einer bislang unbekannten Parsin. Zuoberst auf dem Zettel war eine Grafik, eine im Computer verkleinerte Reproduktion einer der Fotografien in der Ausstellung, ein Gruppenporträt von vier sitzenden Personen. Etwas an dem Bild zog Jayas Blick auf sich. Sie stieß die Tür auf. In der Galerie war es sehr kalt und fast leer. Auf einem Schemel hockte der übliche mürrische *chowkidar,* und an einem Schreibtisch saß eine gelangweilt dreinblickende Frau in einem Seiden-Sari und mit einem Diamantenstecker an der Nase.

»Könnten Sie mir bitte das Bild zeigen, das auf dem Zettel abgebildet ist?«

Die Frau musste den aufgeregten Ton in Jayas Stimme vernommen haben, denn sie erhob sich rasch und führte sie in eine Ecke der Galerie. »Dieses?«

Jaya nickte. Das Bild war auf ein riesiges Format vergrößert, größer als ein Plakat, wogegen der Abzug, an den sie sich erinnerte, Postkartenformat hatte. Sie hatte das Bild zeit ihres Lebens gekannt, aber jetzt betrachtete sie es, als sähe sie es zum ersten Mal. Das Bild war im Garten der Residenz des Verwalters aufgenommen. Vier

Stühle waren im Halbkreis auf einem gepflegten Rasen aufgestellt. Uma und ihr Mann waren in der Mitte der Gruppe, und rechts und links von ihnen saßen Dolly und Rajkumar.

Hinter ihnen war ein Terrassengarten, der am Hang eines Hügels steil abfiel. In mittlerer Entfernung waren die schattigen Umrisse einer Anzahl Leute in sorgsam arrangierten Posituren zu sehen – Dienstboten, Stallknechte und Gärtner, alle mit den Werkzeugen ihrer jeweiligen Tätigkeit ausgestattet, Sicheln, Hacken, Peitschen. Im Hintergrund erstreckte sich über den oberen Rand eine Landschaft – so überwältigend und dramatisch, dass sie wie gemalt aussah: Ein Fluss wand sich um einen Hügel und verbreiterte sich zu einer Mündung; eine Reihe Klippen ragte in eine schäumende See hinein, ein palmengesäumter Strand senkte sich sachte in eine sonnendurchflutete Bucht.

Der Verwalter war im Vordergrund, schlank und elegant in einem Leinenanzug mit einer in drei Knöpfen zu schließenden Jacke. Er hockte auf der Kante seines Stuhles wie ein wachsamer Vogel, den Kopf steif und etwas misstrauisch erhoben. Uma dagegen wirkte sehr gelöst; es lag eine gewisse Gelassenheit und Selbstsicherheit in ihrer Haltung, in der Art, wie ihre Hand leicht auf ihrem Knie ruhte. Sie trug einen schlichten, hellen Sari mit einer bestickten Bordüre; das Ende war wie ein Schal über Kopf und Schulter drapiert. Ihre Augen waren groß, mit langen Wimpern, ihr Gesicht war großmütig, aber auch streng; Jaya hatte es von ihrer Kindheit her in guter Erinnerung. Im Rückblick war es eigenartig, wie wenig sich Umas Erscheinung im Laufe ihres Lebens verändert hatte.

Die Galeriebesitzerin unterbrach ihre Betrachtungen. »Ich nehme an, Sie kennen das Bild?«

»Ja. Die Frau in der Mitte war meine Großtante. Ihr Name war Uma Dey.«

Und dann fiel Jaya eine Einzelheit auf.

»Sehen Sie«, sagte sie. »Sehen Sie, wie sie ihren Sari trägt.«

Die Galeriebesitzerin beugte sich vor, um das Bild in Augenschein zu nehmen. »Ich kann nichts Ungewöhnliches daran erkennen. So tragen ihn doch alle.«

»Tatsächlich«, sagte Jaya, »war Uma Dey eine der ersten Frauen in Indien, die einen Sari auf diese besondere Art trugen.«

»Auf welche Art?«

»Wie ich meinen trage, zum Beispiel – oder Sie Ihren.«

Die Frau runzelte die Stirn. »So hat man Saris immer getragen«, sagte sie gelassen. »Der Sari ist ein Kleidungsstück aus uralter Zeit.«

»Das schon«, sagte Jaya ruhig, »aber nicht die Art, wie er getragen wird. Die augenblickliche Mode, einen Sari mit Bluse und Unterrock zu tragen, ist überhaupt nicht alt. Sie wurde in den Tagen der britischen Herrschaft von einem Mann erfunden.«

Plötzlich hörte sie, über die Jahre hinweg, Umas Stimme, wie sie die Entwicklung des Sari-Tragens erklärte.

Nach all den Jahren erschauerte Jaya immer noch bei der Erinnerung, wie erstaunt sie gewesen war, als sie die Geschichte zum ersten Mal hörte. Für sie waren Saris immer Teil der natürlichen Ordnung des indischen Universums gewesen, aus uralten Zeiten überkommen. Es hatte sie erschreckt, zu erfahren, dass das Kleidungsstück eine Geschichte hatte, von Menschen erschaffen, durch menschliche Willenskraft.

Bevor sie die Galerie verließ, kaufte Jaya eine Postkartenreproduktion von dem Bild. Eine kurze Erklärung auf der Rückseite besagte, dass Ratnagiri zwischen Bombay und Goa lag. In einer plötzlichen Eingebung zog Jaya den Eisenbahnfahrplan aus ihrer Handtasche. Sie stellte fest, dass ihr Zug auf dem Weg nach Goa in Ratnagiri hielt. Sie überlegte sich, dass sie dort ohne weiteres ein, zwei Nächte bleiben konnte; die Konferenz sollte erst zwei Tage später beginnen.

Jaya trat aus der Galerie und ging in ein iranisches Restaurant. Plötzlich war sie besessen von der Idee, nach Ratnagiri zu fahren; sie hatte schon oft daran gedacht und immer wieder Gründe gefunden, um es aufzuschieben. Aber vielleicht war jetzt die Zeit gekommen; die Fotografie in der Galerie schien ein Fingerzeig zu sein – beinahe ein Zeichen. In Ratnagiri hatte Jayas eigene, ganz besondere Geschichte ihren Ursprung – aber der Gedanke, diesen Ort aufzusuchen, machte sie unruhig, er rührte an vergessene Ängste und Sorgen.

Sie hatte das Bedürfnis, mit jemandem zu sprechen. Sie bezahlte ihre Rechnung und ging hinaus. Sich gegen die Menschenmenge stemmend, blickte sie die Straße hinauf und hinunter auf der Suche nach einer Telefonzelle mit dem gelben Zeichen für Ferngespräche. Jaya trat hinein und wählte ihre eigene Nummer in Kalkutta. Nach zweimaligem Klingeln meldete sich ihre Tante. »Jaya? Wo bist du?«

»In Bombay.« Jaya erklärte, was geschehen war. Dabei stellte sie sich ihre Tante vor, wie sie vor dem ramponierten schwarzen Apparat in ihrem Schlafzimmer stand, besorgt die Stirn runzelte und die goldgefasste Lesebrille an ihrer langen, dünnen Nase hinunterrutschte.

»Ich denke daran, ein, zwei Tage in Ratnagiri zu verbringen«, sagte Jaya. »Mein Zug hält dort auf dem Weg nach Goa.«

Schweigen. Dann hörte sie Belas Stimme, die ruhig ins Telefon sprach. »Ja – natürlich musst du hin; das hättest du schon vor Jahren tun sollen.«

Ratnagiri war in jeder Hinsicht so atemberaubend gelegen, wie Jaya es sich vorgestellt hatte. Aber sie stellte bald fest, dass von den Orten, von denen sie als Kind gehört hatte, wenig geblieben war. Der Landungssteg von Mandvi war eine bröckelnde Ruine; der Bhagavati-Tempel, einst nichts weiter als ein Turm und ein Schrein, war jetzt eine gewaltige Masse aus weiß getünchtem Beton; das »Outram House«, in dem König Thebaw und sein Gefolge gut fünfundzwanzig Jahre gelebt hatten, war abgerissen und neu erbaut worden. Ratnagiri selbst war nicht mehr die kleine Provinzstadt wie zu Thebaws Zeit. Es war eine blühende Großstadt, auf allen Seiten dicht von Industriebetrieben umgeben.

Doch das Merkwürdige war, dass es der Stadt trotz alledem gelungen war, die Erinnerung an König Thebaw höchst lebendig zu halten. *Thiba-raja* war in Ratnagiri allgegenwärtig; sein Name schmückte Schilder und Reklametafeln, Straßenecken, Restaurants, Hotels. Der König war seit über achtzig Jahren tot, doch in den Basaren sprachen die Menschen von ihm, als hätten sie ihn persönlich gekannt. Jaya fand das zuerst rührend und dann zutiefst bewegend, dass ein so in der Heimat verwurzelter Mann wie Thebaw im Land seines Exils nach wie vor derart beliebt war.

Jayas erste wichtige Entdeckung war das Grundstück der Residenz des Verwalters – die Stätte, wo Uma gelebt hatte. Es stellte sich heraus, dass es gleich um die Ecke ihres Hotels war, auf einem Hügelkamm, von wo man die Bucht und die Stadt überblickte. Das Gelände war Eigentum der Regierung und von einer dicken, abschreckenden Mauer umgeben. Die Hügelseite – zu Umas Zeit dicht bewaldet – war inzwischen gerodet worden, mit dem Ergebnis, dass die Aussicht noch aufregender war als zuvor, ein unfassbar weites Panorama aus Fluss, Meer und Himmel. Ratnagiri lag unten ausgebreitet, das Musterbeispiel einer kolonialen Bezirksstadt, mit einer unsichtbaren Grenze, die die dicht gedrängten Basare von dem Gelände mit den roten viktorianischen Ziegelbauten trennte, wo die Bezirksgerichte und Büros untergebracht waren.

Weil sie unbedingt einen Blick auf die Residenz des Verwalters werfen wollte, stapelte Jaya mehrere Ziegelsteine vor der Mauer des Geländes und stieg hinauf, um hineinzusehen. Eine weitere Enttäuschung erwartete sie: Der alte Bungalow mit seinem griechischen Säulengang, dem abfallenden Rasen und den Terrassengärten war verschwunden. Man hatte das Grundstück parzelliert, um mehreren kleineren Häusern Platz zu bieten.

Jaya wollte gerade herunterspringen, als sich ihr ein bewaffneter Wächter näherte. »He, Sie«, rief er, »was machen Sie da. Kommen Sie da runter.«

Er kam angelaufen und feuerte eine Salve Fragen ab. Wer war sie? Woher kam sie? Was tat sie hier?

Um ihn abzulenken, holte sie die Postkarte hervor, die sie in der Galerie in Bombay gekauft hatte. Die Karte hatte die erhoffte Wirkung. Der Wächter riss sie ihr aus der Hand und vertiefte sich sogleich in diese seltsam verzerrte, dennoch erkennbare Wiedergabe der unmittelbaren Umgebung. Er führte Jaya die Straße entlang zu einem Aussichtspunkt auf einer Landzunge, die über dem Tal zu schweben schien.

»Dort ist der Kajali-Fluss«, sagte er und wies hin, »und da drüben ist der Bhate-Strand.«

Dann stellte er Fragen über die Menschen auf der Fotografie – den Verwalter, Uma. Als sein Finger zu Rajkumar kam, lachte er.

»Und schauen Sie sich diesen Burschen an«, sagte er, »der macht ein Gesicht, als ob ihm das Anwesen gehört.«

Jaya sah sich das Bild genauer an. Tatsächlich hatte Rajkumar den Kopf keck zurückgeworfen, wenngleich er ansonsten ganz ernst dreinblickte. Sein Gesicht war massig, mit schweren Kieferknochen, er wirkte riesenhaft neben der schlanken, kleinen Gestalt des Verwalters. Er trug eine dunkle Hose, ein Leinenjackett und ein Hemd mit rundem Kragen. Seine Kleidung war nicht so elegant und gut geschnitten wie die des Verwalters, aber er sah gelöster aus; seine Beine waren nachlässig übereinander geschlagen, und mit einer Hand hielt er ein schmales silbernes Zigarettenetui zwischen Zeigefinger und Daumen in die Höhe wie eine Trumpfkarte.

»Das war mein Großvater«, erklärte Jaya.

Der Wächter hatte das Interesse an Rajkumar schon verloren. Die ganze Zeit war sein Blick immer wieder zu Dolly gewandert, die neben Uma in ihrer Ecke saß, den Körper halb von dem Fotoapparat abgewandt, als wolle sie sich gegen seinen Blick wehren.

Dolly war mit einem dunklen *longyi* und einer weißen Bluse bekleidet. Sie zeigte ein langes, schmales Gesicht, unter dessen Haut sich die fein modellierten Knochen abzeichneten. Ihre Haare waren zurückgebunden, aber eine Strähne hatte sich gelöst und ringelte sich an ihrer Schläfe. Sie trug keinen Schmuck, hatte nur über einem Ohr einen weißen Frangipanizweig ins Haar gesteckt. Und sie hielt eine Girlande aus weißem Jasmin in der Hand.

»Sie ist sehr schön«, sagte der Wächter ehrfurchtsvoll.

»Ja«, sagte Jaya. »Das fanden alle.«

Der nächste Tag war Jayas letzter in Ratnagiri. Am späten Nachmittag nahm sie eine Motor-Rikscha und bat den Fahrer, sie zum Bhate-Strand zu bringen. Die Rikscha fuhr durch die Stadt, an den roten Ziegelbauten von High-School und College vorbei, über die Brücke, die die Flussmündung überquerte, zu einem Strand auf der Südseite der Bucht. In der Ferne lag die Sonne über der Mündung der Bucht, wurde immer größer, je mehr sie sich zum Horizont neigte. Der Sand war kupferfarben, und er senkte sich sanft abfallend ins Wasser. Kokospalmen wuchsen dicht an dicht am Strand, ihre Stämme lehnten sich durstig in den Wind. Wo der Sand in Erde überging, war ein undurchdringliches Gewirr aus Gras, Muscheln und getrocknetem Seetang.

Hier, versteckt im Gestrüpp, fand Jaya, wonach sie suchte – einen kleinen Gedenkstein für ihren Großonkel, den Verwalter. Die vereinten Kräfte von Wind, Wasser und Sand hatten die eingravierte Inschrift abgeschliffen. Sie lautete: »Zum Gedenken an Beni Prasad Dey, Bezirksverwalter 1905–1906.« Jaya stand auf und blickte über den windgepeitschten Strand, der sich sanft den Wellen zuneigte.

Der rote Sand war grau geworden, als die Sonne unterging. Uma hatte Jaya vor langer Zeit erzählt, wenn sie vom Gedenkstein in gerader Linie ans Wasser ginge, würde sie die Stelle überqueren, an der man die Leiche des Verwalters und das Wrack seines gekenterten Bootes gefunden hatte.

3

Nach Kalkutta zurückgekehrt, machte Jaya sich daran, die umfangreiche Sammlung von Dokumenten und Unterlagen zu sichten, die Uma ihr in ihrem Testament hinterlassen hatte. Jaya hatte gelegentlich mit dem Gedanken gespielt, eine Biografie ihrer Großtante zu schreiben; ein bedeutender Verleger hatte ihr sogar einmal einen Vertrag angeboten. Das Interesse an Uma als bahnbrechende politische Figur hatte in jüngster Zeit stark zugenommen; eine Biografie würde nicht mehr lange auf sich warten lassen, und Jaya war der Gedanke unerträglich, dass diese unter dem Namen eines anderen erscheinen würde.

Jaya brauchte mehrere Tage, um Umas Papiere durchzusehen; viele waren von Insekten angefressen. Seltsam, je mehr sie las, umso mehr musste sie an Rajkumar denken. Es war, als habe sie in dieser Hinsicht ihre Kindheitsgewohnheit beibehalten, beide vereint zu sehen. In all den Jahren, die sie ihn kannte, hatte ihr Großvater in einem Zimmerchen unten in Umas Wohnung gelebt. Diese Wohnverhältnisse ließen keine Rückschlüsse auf eine Zweierbeziehung zu; Rajkumars Stellung im Haushalt lag irgendwo zwischen dem Status eines armen Verwandten und eines Dienstboten. Aber die Architektur des Hauses ließ nicht zu, dass Jaya an den einen dachte, ohne an den anderen zu denken: Hinuntergehen, um ihren Großvater zu sehen, hieß auch, ihre Großtante zu sehen.

Erinnerungen überfluteten Jaya; ihr fiel der besondere Klang von

Rajkumars Stimme ein, wenn er mehrmals am Tag sagte: »Ah, Birma – also Birma, das war ein goldenes Land...« Sie erinnerte sich, wie gern er birmanische Stumpen geraucht hatte, die länger und dicker waren als *bidis*, diese aus Blättern gerollten papierlosen Zigaretten, aber nicht so dunkel und dick wie Zigarren. Diese Art Stumpen waren in Indien nicht leicht zu bekommen, aber es gab hier und da Ersatz, den Rajkumar für annehmbar hielt. Nicht weit von Lankasuka gab es einen *pan*-Laden, der diese Stumpen führte. Sie erinnerte sich, wie Rajkumar die Augen zusammengekniffen hatte, wenn er einen Stumpen anzündete. Dann stieß er eine dicke graue Rauchwolke aus und begann: »Ah, Birma – also...«

Der *pan*-Verkäufer, dem das Geschäft gehörte, war ein aufbrausender Mensch. Jaya erinnerte sich, wie er Rajkumar einmal angefahren hatte: »Ja, ja, das brauchen Sie uns nicht schon wieder zu erzählen. Ihr Birma ist so golden, dass man Nuggets aus den Fürzen der Leute klauben kann...«

Sie dachte daran, wie sie mit Rajkumar den birmanischen Tempel in Nord-Kalkutta besucht hatte. Sie erinnerte sich an die Menschen, die sich dort versammelten – viele von ihnen waren Inder, die Birma 1942 verlassen hatten, genau wie Rajkumar. Da waren Gudscharaten, Bengalen, Tamilen, Sikhs, Eurasier; im Tempel sprachen sie alle Birmanisch. Einige hatten es nach ihrer Abreise gut getroffen; sie hatten neue Geschäfte gegründet, sich ein neues Heim geschaffen; andere hatten sich ihren Kindern und Enkelkindern gewidmet – ganz so, wie Rajkumar sein neues Leben um Jaya aufgebaut hatte. Nicht alle Menschen, die den Tempel besuchten, waren Buddhisten aus Tradition oder Überzeugung. Sie kamen, weil dies der einzige Ort war, an dem sie anderen begegnen konnten, die so waren wie sie, Menschen, zu denen sie »Birma ist ein goldenes Land« sagen konnten mit dem Wissen, dass sie im Stande waren, diese Worte durch das Sieb des Exils zu filtern, die ganz besonderen Nuancen herauszufischen. Sie besann sich, wie sie nach Nachrichten aus Birma gedürstet, sich danach gesehnt hatten, etwas von denen zu hören, die sie zurückgelassen hatten. Sie erinnerte sich an die Aufregung, mit der Neuankömmlinge begrüßt wurden, wie man sie mit Fragen belagerte: »Und was ist mit...?« »... und haben Sie von Soundso gehört?«

Rajkumar war immer der lauteste aller Fragesteller; er machte sich seine dröhnende Stimme zu Nutze, um Fragen herauszuschreien – Fragen über jemanden mit einem birmanischen Namen, jemanden, von dem Jaya nicht wusste, dass er ihr Onkel war, bis Bela es ihr sagte, als sie zehn Jahre alt war – über ihren Onkel Dinu, den sie nie gekannt hatte.

Diese Erinnerungen lösten eine neue Gedankenkette aus; Jaya legte Umas Papiere beiseite und zog einen eigenen Ordner mit alten Zeitungsausschnitten hervor, die sie in den vergangenen neun Jahren gesammelt hatte. Sie hatte den Ordner 1987 angelegt, als sie über die Gründung einer Demokratiebewegung in Rangun las. Diese Ereignisse hatten das schlummernde Interesse an ihrem Geburtsland wieder erweckt. Sie hatte das Emporkommen der Anführerin der Bewegung, Aung San Suu Kyi, verfolgt und zahlreiche Artikel aus Zeitschriften und Zeitungen ausgeschnitten. Als die Militärjunta im August 1988 zurückschlug, Aung San Suu Kyi einsperrte und eine grausame Unterdrückungskampagne in Gang setzte, war Jaya nachts aufgeblieben und hatte BBC gehört. Sie hatte Pamphlete gekauft, in denen das anschließende Blutvergießen beschrieben wurde, die Massenerschießungen, die Inhaftierungen, das Zerstreuen der Aktivisten.

Als sie jetzt die vergilbten Blätter durchsah, fesselte ein Zeitschriftenfoto Jayas Aufmerksamkeit, eine Aufnahme von Aung San Suu Kyi. Die Fotografie unterschied sich sehr von den üblichen Abbildungen in Zeitschriften. Der Fotograf hatte Aung San Suu Kyis zartknochiges Gesicht in einem Augenblick stiller Nachdenklichkeit festgehalten; etwas an der Bildeinstellung erinnerte Jaya an die silbergerahmten Fotografien auf Belas Kommode.

Sie betrachtete die gedruckte Zeile am oberen Rand des Bildes. Die Fotografie wurde einem gewissen U Tun Pe zugeschrieben. Sie sprach den Namen laut aus, und in den tiefen Schichten ihrer Erinnerung rührte sich etwas. Sie stand auf und ging in Belas Zimmer. »Weißt du noch Onkel Dinus birmanischen Namen?«

»Mal sehen …« Bela hielt inne, fuhr sich mit den Fingern durch das kurz geschnittene weiße Haar. »Irgendwas mit Tun. Freilich ändert sich in Birma der Titel vor dem Namen, wenn man älter wird. Bei einer Frau wechselt er von *ma* zu *daw,* und bei einem Mann heißt es zuerst *maung*, dann *ko* und dann *u*. Wenn er heute noch lebte, wäre er U Tun ... so ähnlich jedenfalls.«

Jaya zeigte ihr das Bild und wies auf die Zeile mit dem Namen. »Könnte er das sein?«

Bela zog die Nase kraus und blinzelte durch ihre goldgefasste Brille. »U Tun Pe? Lass sehen ...« Sie murmelte vor sich hin: »Ko Tun Pe ... U Tun Pe ... Aber ja! Das hört sich richtig an ...« Sie drehte das Bild um. »Aber wann wurde die Aufnahme gemacht?«

»1988«.

Bela schürzte die Lippen. »Ich weiß, was du denkst, Jaya. Aber freu dich nicht zu früh. Es könnte jemand anders sein – in Birma haben tausende Menschen denselben Namen. Und Dinu wäre 1988 vierundsiebzig Jahre alt gewesen. Das heißt, er wäre jetzt zweiundachtzig, wenn er noch lebte. Und er war nie robust, noch dazu mit seinem Bein. Es ist sehr unwahrscheinlich ...«

»Vermutlich hast du Recht«, sagte Jaya und nahm das Bild wieder an sich. »Aber ich muss es trotzdem herausfinden. Ich muss Gewissheit haben.«

Bela war es, die Jaya den nächsten Hinweis gab. Sie nannte ihr einen Namen: Ilongo Alagappan. »Versuche, ihn zu finden – wenn jemand etwas über Dinu weiß, dann er.«

Um mit ihrem Sohn in Verbindung zu bleiben, hatte sich Jaya in den letzten zwei Jahren mit E-mail und Internet vertraut gemacht. Sie hatte ein Konto bei einem kommerziellen Computerzentrum, und als sie das nächste Mal dort war, kaufte sie sich eine halbe Stunde Internet. Zuerst tippte sie die Suchworte »U Tun Pe« ein. Ohne Ergebnis. Sie ließ die Finger auf der Tastatur ruhen und holte tief Atem. Dann tippte sie die Worte »Ilongo Alagappan« und drückte »Enter«.

Die Suchmaschine zitterte wie ein Jagdhund, der eine heiße Spur gewittert hat. Eine nervenaufreibende Minute lang blinkte ein Symbol auf dem Bildschirm. Plötzlich zitterte der Schirm wieder, und eine Meldung erschien: fünfhundertsechzig Einträge unter »Ilongo Alagappan«. Jaya stand auf und ging zum Schreibtisch des Geschäftsführers. »Ich glaube, ich brauche noch einmal eine Stunde. Vielleicht zwei ...«

Sie kehrte an ihren Platz zurück und begann mit dem ersten Eintrag. Sie kopierte Abschnitte in eine Extradatei. Sie erfuhr, dass Ilongo eine bekannte Figur in der malaysischen Politik war; er war Lokalpolitiker gewesen und mit einem Titel geehrt worden – *dato*, Statthalter. Seine Laufbahn hatte nach dem Krieg begonnen, als Plantagenarbeiter Gewerkschaften gründeten. Viele waren in der Politik aktiv geworden, und Ilongo war einer von ihnen; in wenigen Jahren war er einer der bedeutendsten Gewerkschafter im Land geworden – so etwas wie eine Legende auf den Plantagen. Er hatte eine Kooperative gegründet und genug Geld aufgebracht, um die Morningside-Plantage zu kaufen – zu einer Zeit, als die Kautschukpreise gestürzt und tausende arbeitslos geworden waren. Er hatte Morningside zu einem der Vorzeige-Unternehmen der Kooperative-Bewegung gemacht. Die Gewerkschaften der Plantagenarbeiter hatten eine außergewöhnliche Erfolgsgeschichte zu verzeichnen; es gab Gesundheitsfürsorge, Renten, Bildungsprogramme, Umschulungsprojekte.

Einer der Einträge auf dem Bildschirm nannte eine Webseite für die »Morningside Kooperative«. Jaya beschloss, ihr Glück zu versuchen. Sie loggte sich ein und hinterließ eine Nachricht für Ilongo. Sie stellte sich vor und erklärte, dass sie Material sammelte für ein Buch über ihre Großtante Uma und ihren Großvater Rajkumar. Sie würde ihn gerne interviewen, schrieb sie.

Am nächsten Tag erhielt sie einen Anruf vom Geschäftsführer des Computer-Zentrums. Er war sehr aufgeregt. »Eine gute Nachricht. Eine Nachricht für Sie! Aus Malaysia! Wir sind alle so froh! Man schickt Ihnen ein Flugticket…«

Ilongo hatte eine so verblüffende Ähnlichkeit mit Rajkumar, dass sich Jayas Nackenhaare sträubten, als sie ihn am Bahnhof in Sungei Pattani erblickte. Wie Rajkumar, war Ilongo von stattlichem Wuchs: Er war groß, breitschultrig, seine Haut sehr dunkel, und auch er hatte einen ansehnlichen Bauch von der Art, die nicht durch Trägheit, sondern durch ein Übermaß an Energie entsteht – sein Bauch war wie ein Reservetank, der außen an einen Lieferwagen geschnallt ist. Seine Haare waren weiß und zerwühlt, und er hatte Massen davon, überall – an den Armen, auf der Brust, an den

Knöcheln; das Weiß bildete einen scharfen Kontrast zu seiner Hautfarbe. Er hatte wie Rajkumar tiefe Runzeln im Gesicht, mit Hautfalten am Hals und Hängebacken; es war ein massiges, stoppeliges Gesicht und sah aus, als hätte die Natur es für das Überleben in der Tiefsee ausgerüstet.

Nur seine Stimme war eine echte Überraschung. Er klang überhaupt nicht wie Rajkumar, weder auf Englisch noch auf Hindustani. Sein Englisch war deutlich malaysisch gefärbt – weich, gewürzt mit eingestreuten Fragewörten – *la?* –, eine sehr gewinnende, angenehme Sprechweise.

Sie traten aus dem Bahnhofsgebäude, und Ilongo führte sie zu einem kompakten Toyota Land Cruiser mit Allradantrieb. Die Türen des Fahrzeugs trugen Namen und Logo der Kooperative, in deren Besitz Morningside war. Sie stiegen ein, und Ilongo zog eine flache Blechschachtel hervor und zündete sich einen Stumpen an. Dies erhöhte die unheimliche Ähnlichkeit mit Rajkumar.

»Erzählen Sie mir von Ihrem Buch«, sagte er. »Wovon wird es handeln?«

»Ich weiß es noch nicht genau«, erwiderte sie. »Wenn ich Sie interviewt habe, kommt mir vielleicht eine Idee.«

Auf der Fahrt nach Morningside erzählte Ilongo ihr ein bisschen von seiner Laufbahn und der Entstehung der Morningside-Kooperative. Timothy Martins, Alisons Bruder, hatte der US-Army im Krieg als Dolmetscher gedient. Er war am Pazifik gewesen und nach dem Krieg zu einem kurzen Besuch nach Sungei Pattani gekommen. Ilongo hatte sich mit ihm getroffen. »Wollen Sie Morningside nicht besuchen?«, hatte er gefragt. Timothy hatte mit einem entschiedenen »Nein« geantwortet. Er habe nicht den Wunsch, zurückzukehren; das Gut sei eine lebendige Erinnerung an alles, was er aus seinem Gedächtnis löschen wollte – der Tod seiner Eltern, seiner Schwester, seines Großvaters; er wünsche sich nichts sehnlicher, als es loszuwerden. Außerdem habe er kein Interesse daran, eine Plantage zu leiten; es sei offensichtlich, dass Kautschuk als Ware keine allzu glänzende Zukunft hatte. Der Krieg hatte die Forschung angekurbelt; Ersatzstoffe würden bald zur Verfügung stehen. »Ich werde Morningside verkaufen«, hatte Timothy zu Ilongo gesagt. »Sieh zu, dass es sich herumspricht.«

Das Gut stand fast zwei Jahre zum Verkauf. Es fand sich kein Käufer. Timothy war nicht der einzige Geschäftsmann, der sah, dass es mit der Nachfrage nach Kautschuk zu Ende ging. In ganz Malaya waren tausende Plantagenarbeiter ohne Beschäftigung; Investoren kauften Güter auf und verkauften das Land in Parzellen. Am Ende hatte Ilongo beschlossen, die Sache selbst in die Hand zu nehmen; sonst hätte er alle Leute entlassen müssen. Er war buchstäblich mit einer Bettelschale losgezogen, und am Ende hatte er das Geld beisammen.

»Da ist es«, sagte Ilongo stolz und wies nach vorne. »Morningside.«

Sie fuhren unter einem gewölbten Schild durch. Die Inschrift *Morningside* war in schönen, aber verblassten gotischen Buchstaben gehalten. Darunter standen in deutlicherer, aber schlichterer Schrift die Worte: »Eigentum der malaysischen Plantagenarbeiter-Kooperative.« Der Gunung Jerai lag unmittelbar vor ihnen, sein Gipfel war von einem dicken Wolkenvorhang verschleiert.

Die Straße schlängelte sich bergauf durch Kautschukbestände, die mit anderen Pflanzungen abwechselten, einer kurzen, untersetzten Palmenart. Dies seien Ölpalmen, erklärte Ilongo, eine momentan lohnendere Investition als Kautschuk; die Plantage erhöhe den Flächenanteil des einen Baumes auf Kosten des anderen.

Jaya war von den Ölpalmen fasziniert: Büschel von orangegelben Früchten hingen an den strunkartigen Stämmen, ein jedes Büschel so dick wie ein kleiner Hund oder ein Lamm. Die Luft war ganz still und schien fetthaltig zu sein. Zwischen den Palmen standen Vogelhäuser auf Pfählen. Die seien für Eulen, erklärte Ilongo; die ölhaltige Frucht ziehe große Mengen Nagetiere an; die Vögel halfen, ihre Anzahl unter Kontrolle zu halten.

Dann tauchte vorne das Haus Morningside auf. Es war frisch gestrichen und sah hell und heiter aus; Dach und Fensterläden waren rot, alles Übrige in einem blassen Limonengrün gehalten. Davor parkten Liefer- und Personenwagen – unter der Veranda und in der ganzen Zufahrt. Überall eilten Leute geschäftig hin und her.

»Das Haus scheint sehr belebt zu sein«, sagte Jaya.

»Ja«, sagte Ilongo. »Ich liebe das Gefühl, dass es einen guten Zweck erfüllt. Ich bewohne mit meiner Familie nur einen Teil; der

Rest dient der Kooperative als Büro. Ich wollte nicht, dass aus dem Haus ein Denkmal wurde. Es ist besser so: Es erfüllt eine nützliche Funktion.«

Sie fuhren ums Haus zum Hintereingang, und Ilongo führte Jaya hinein. Drinnen wartete seine Frau auf sie. Sie war groß und grauhaarig und trug einen pfauengrünen Seidensari. Die zwei wohnten allein in ihrem Teil des Hauses; ihre Kinder waren erwachsen, alle hatten es »zu etwas gebracht«, es ging ihnen gut. Eine ihrer Töchter war im Staatsdienst, eine andere war Ärztin; der Sohn war Geschäftsmann in Singapur.

»Jetzt sind nur noch wir beide hier.«

Jedes Jahr im Winter machten sie Urlaub auf einem Kreuzschiff; das ganze Haus war voll von Reiseandenken aus Südafrika, Mauritius, den Fidschi-Inseln, Australien; ein Bild zeigte die zwei beim Tanz im Ballsaal eines Schiffes, sie in einem Seidensari, er in einem grauen Safari-Anzug.

Frau Alagappan hatte in Erwartung von Jayas Ankunft *idlis* und *dosas* zubereitet. Nach dem Essen wurde Jaya ins Gästezimmer geführt. Sie trat durch die Tür und sah sich durch ein offenes Fenster dem Berg gegenüber. Die Wolken hatten sich vom Gipfel verzogen. An einer Wand neben dem Fenster hing eine Fotografie derselben Aussicht.

Jaya blieb abrupt stehen, sah von dem Bild zum Berg und wieder zurück. Ilongo stand hinter ihr. Sie drehte sich zu ihm um. *»Dato?«*, fragte sie. »Wer hat das Bild aufgenommen?«

Er lächelte. »Was glauben Sie?«

»Wer?«

»Ihr Onkel – Dinu.«

»Haben Sie noch mehr Fotografien von ihm?«

»Ja – viele. Er hat eine riesige Sammlung hier bei mir gelassen. Deswegen wollte ich, dass Sie herkommen. Ich dachte, er würde wünschen, dass Sie sie haben. Ich werde alt, und ich möchte nicht, dass sie vergessen wird. Ich habe Dinu geschrieben und ihn gefragt, was ich tun soll, aber er hat mir nie geantwortet.«

»Dann stehen Sie mit ihm in Verbindung?«

»Das wäre zu viel gesagt – aber ich habe einmal von ihm gehört.«

»Wann war das?«

»Oh, das ist eine ganze Weile her.«

Vor ungefähr fünf Jahren, erzählte Ilongo, habe die Kooperative beschlossen, ein Programm für umgesiedelte Arbeiter ins Leben zu rufen. Der wachsende Wohlstand Malaysias hatte viele Umsiedler aus der gesamten Region angezogen. Einige von ihnen kamen aus Birma – oder Myanmar, wie es sich jetzt nannte; es war nicht schwer, heimlich von Birma nach Malaysia zu gelangen; nur ein paar hundert Meilen Küste trennten die beiden Länder. Unter den Menschen, die aus Birma kamen, waren etliche in der Demokratiebewegung aktiv gewesen. Sie waren nach der Niederschlagung von 1988 gezwungen gewesen, in den Untergrund zu gehen, und hatten später beschlossen, über die Grenze zu fliehen. Durch Zufall war Ilongo einem Aktivisten indischer Herkunft begegnet, einem jungen Studenten, der Dinu gut kannte. Er sagte, als er zuletzt von ihm hörte, habe Dinu allein in Rangun – Yangon, wie es jetzt genannt wurde – gelebt.

Über vierzig Jahre, hatte Ilongo erfahren, war Dinu mit einer bekannten birmanischen Schriftstellerin verheiratet gewesen. Seine Frau Daw Thin Thin Aye war eng mit der Demokratiebewegung verbunden gewesen. Nach der Niederschlagung hatte man sie und Dinu ins Gefängnis gesperrt. Nach drei Jahren wurden sie entlassen. Aber Daw Thin Thin Aye hatte sich im Gefängnis Tuberkulose zugezogen und war ein Jahr nach ihrer Entlassung gestorben. Das war vor vier Jahren gewesen, 1992.

»Ich habe gefragt, ob es eine Möglichkeit gab, mit ihm in Verbindung zu treten«, sagte Ilongo. »Der junge Mann meinte, das würde nicht leicht sein – die Junta verweigert Dinu Telefon oder Fax. Nicht einmal Briefe sind sicher –, aber das sei die einzige Möglichkeit, sagte er. Darauf habe ich ihm geschrieben, aber ich habe nie etwas von ihm gehört. Ich vermute, der Brief wurde abgefangen.«

»Aber Sie haben seine Adresse?«, fragte Jaya.

»Ja.« Ilongo zog einen Zettel aus seiner Tasche. »Er hat ein kleines Fotoatelier. Porträts, Hochzeitsfotos, Gruppenbilder und dergleichen. Dies ist die Adresse von seinem Atelier. Er wohnt direkt darüber.«

Er gab ihr den Zettel, der schmutzig und zerknittert war. Sie betrachtete ihn genau, entzifferte die Buchstaben. Die ersten Worte, die ihr in die Augen sprangen, lauteten: *»Foto-Atelier Glaspalast.«*

4

Wenige Monate später ging Jaya eine wenig belebte Straße in einem der älteren Viertel von Yangon entlang. Die Pflastersteine auf den Gehsteigen waren aufgeworfen und gesprungen, und aus den Ritzen wuchs Unkraut. Die Mauern der Häuser an der Straße waren aus Gips, die meisten waren geflickt und verblasst. Es war Mitte Dezember, ein klarer, kühler Tag. Es herrschte kaum Verkehr, die Schule war aus, Kinder spielten auf der Straße Fußball. Auf beiden Seiten sahen vergitterte Fenster auf die Straße hinaus; Jaya hatte den Eindruck, dass sie fast die Einzige weit und breit war, die keinen *longyi* trug; Frauen in Saris waren kaum zu sehen, und Hosen wurden offenbar ausschließlich von Polizisten, Soldaten und Männern in Uniform getragen. Sie hatte das Gefühl, von vielen Augen beobachtet zu werden.

Jayas Visum für Birma galt nur eine Woche. Das dünkte sie eine sehr kurze Zeit, um jemanden zu finden. Wenn Dinu nun gar nicht da war, wenn er zu Besuch bei Freunden war oder unterwegs? Sie hatte Alpträume, sie säße in einem schmuddeligem Hotel, in einer Stadt, wo sie niemanden kannte, und wartete und wartete.

Zuvor hatte sie sich am internationalen Flughafen in Kalkutta ihre Mitreisenden angesehen. Alle hatten versucht, sich gegenseitig einzuschätzen: Warum wollte er oder sie nach Yangon? Welche Art von Geschäften führte Menschen nach Birma? Alle Passagiere waren Inder, Leute wie sie selbst; sie sah mit einem Blick, dass sie sich aus demselben Grund aufgemacht hatten wie sie: um nach Verwandten zu suchen und alte Familienverbindungen zu erforschen.

Es hatte Jaya einige Mühe gekostet, einen Fensterplatz im Flugzeug zu ergattern; sie hatte sich darauf gefreut, das Erlebnis ihrer Reise nach Yangon mit den vielen Berichten zu vergleichen, die sie im Laufe der Jahre gehört hatte. Doch kaum hatte sie Platz genommen, als sie von Panik befallen wurde. Falls sie Dinu überhaupt fände – was gab ihr die Sicherheit, dass er mit ihr sprechen wollte? Je mehr sie darüber nachdachte, desto mehr Unwägbarkeiten schienen sich aufzutürmen.

Und jetzt war sie hier, in einer Straße, die denselben Namen trug wie die auf dem Zettel mit der Adresse. Aber die Hausnummern waren sehr verwirrend. Es gab Ziffern und Bruchzahlen und komplizierte alphabetische Einteilungen. Kleine Torwege führten in Höfe, die sich als Gassen erwiesen. Jaya fragte in einer Apotheke nach dem Weg. Der Mann hinter der Theke sah sich ihren Zettel an und deutete auf das angrenzende Haus. Als sie auf die Straße trat, stand sie vor einer ebenerdigen Tür, die in das Vestibül eines großen altmodischen Hauses führte. Dann fiel ihr über der Tür ein kleines, handgemaltes Schild ins Auge. Es war in Birmanisch geschrieben, doch zuunterst standen, offenbar nachträglich hinzugefügt, ein paar Worte auf Englisch. Sie lauteten: *»Foto-Atelier Glaspalast.«*

Sie befand sich eindeutig am rechten Ort, aber die Tür war verriegelt, und es war offensichtlich, dass sie für den Rest des Tages geschlossen bleiben würde. Jaya wollte schon enttäuscht umkehren, als sie sah, dass der Herr in der Apotheke zu einer Gasse unmittelbar neben dem *Glaspalast* wies. Sie spähte um die Ecke und gewahrte eine Tür, die von innen verschlossen zu sein schien. Dahinter lagen ein Hof und der Zugang zu einem alten Haus, das wie ein verzwickter Käfig wirkte. Als sie über die Schulter blickte, sah sie den Apotheker heftig gestikulieren, offenbar um sie zum Durchgehen zu ermuntern. Sie klopfte, und als keine Antwort kam, hämmerte sie fest mit dem Handballen an das Holz. Plötzlich gab die Tür nach, und da merkte Jaya, dass sie von vornherein offen gewesen war. Sie ging also durch und befand sich in einem ummauerten Innenhof. In einer Ecke hockten ein paar Frauen, die ein Kochfeuer hüteten. Sie trat zu ihnen und fragte: »U Tun Pe?« Sie nickten, lächelten und zeigten auf eine Wendeltreppe, die in den ersten Stock führte; tatsächlich wohnte Dinu wohl direkt über seinem Atelier.

Als sie die Treppe hinaufstieg, vernahm sie eine Stimme, die birmanisch sprach. Es war die Stimme eines alten Mannes, zitternd und schwach; der Sprecher schien eine Art Vortrag zu halten – eine Vorlesung oder eine Rede. Er sprach abgehackt, unterbrach die Sätze mit Husten und Pausen. Jaya kam zu dem Treppenabsatz, der zu der Wohnung führte. Auf dem Fußboden standen und lagen dutzende Paare Schuhe und Gummisandalen. Die Wohnungstür stand offen, aber der Eingangsbereich lag so, dass sie nicht weiter hineinsehen konnte. Aber es war ihr klar, dass drinnen Menschen in großer Zahl versammelt waren. Es kam ihr in den Sinn, dass sie in eine politische Versammlung geraten war, womöglich gar eine heimliche, und sie fragte sich, ob ihre Anwesenheit eine unerwünschte Störung darstellen würde. Dann erlebte sie eine Überraschung: Der Sprecher äußerte ein paar Worte, die nicht birmanisch waren; es waren Namen, die ihr aus der Geschichte der Fotografie bekannt waren. Er wiederholte jeden Namen mehrmals, sprach ihn sehr sorgfältig aus – Edward Weston, Eugène Atget, Brassaï... An dieser Stelle siegte Jayas Neugierde über ihre Zurückhaltung. Sie streifte ihre Schuhe ab und trat durch die Tür.

Dahinter lag ein großer, hoher Raum, in dem sich viele Menschen drängten. Einige saßen auf Stühlen, aber die meisten hatten sich auf Matten auf den Boden gesetzt. Es waren mehr Leute, als der Raum bequem fassen konnte, und trotz mehrerer surrender Tischventilatoren war die Luft heiß und stickig. Am anderen Ende des Raumes befanden sich zwei hohe Fenster mit weißen Blenden. Die Wände waren von einem dumpfen, fleckigen Blau, Teile der Decke waren rußgeschwärzt.

Der Sprecher saß auf einem schlichten Lehnstuhl aus Rattan und Holz mit einem grünen Schonbezug. Der Stuhl war so aufgestellt, dass der Mann die meisten seiner Zuhörer im Blick hatte; Jaya sah vom anderen Ende des Raumes her direkt zu ihm hin. Seine Haare waren ordentlich geschnitten und gescheitelt und nur an den Schläfen ergraut. Er trug einen dunkellila *longyi* und ein blaues T-Shirt, auf dessen Vorderseite eine Art Logo gestickt war. Er war spindeldürr, Stirn und Wangen waren gezeichnet von Runzeln und Furchen, die sich bewegten wie kleine Wellen im Wasser. Es war ein sehr feines Gesicht, geprägt von den Erfahrungen des Alters; die Beweglichkeit der Falten vermittelte den Eindruck einer Vielfalt an Wahrnehmung und Empfinden, die sicher weit über das übliche Maß hinausging.

Zum ersten Mal kam es Jaya in den Sinn, dass sie zwar hunderte von Dinus Abzügen betrachtet, aber nie ein Bild von ihm selbst gesehen hatte. Er war immer hinter dem Fotoapparat gewesen, nie davor. Könnte er dieser Mann sein? Jaya sah keine Ähnlichkeit mit Rajkumar; für sie sah er ganz und gar birmanisch aus – aber das traf auf viele Menschen indischer oder teils indischer Abstammung zu. So oder so, sie konnte es nicht mit Sicherheit sagen.

Jaya sah, dass der Sprecher etwas in seinen Händen hielt – ein großes Poster. Er benutzte es anscheinend, um seinen Vortrag zu untermalen. Das Poster zeigte das Bild eines schneckenförmigen Gebildes in Nahaufnahme. Die gerundete Öffnung wand sich zu einem Gehäuse, das sich fast aus dem Poster zu erheben schien. Jaya erkannte es als Reproduktion eines gewaltigen, von Weston fotografierten Nautilus.

Jaya hatte ein paar Minuten unbemerkt an der Tür gestanden. Urplötzlich drehten sich alle zu ihr um. Es wurde ganz still, und augenblicklich schien ein Nebel der Angst im Raum zu schweben. Der Sprecher legte das Poster beiseite und erhob sich langsam. Er als Einziger wirkte ruhig, furchtlos. Er griff nach einem Stock und kam zu Jaya gehumpelt, wobei er das rechte Bein nachzog. Er blickte ihr ins Gesicht und sagte etwas auf Birmanisch. Jaya schüttelte den Kopf, versuchte zu lächeln. Er sah, dass sie Ausländerin war, und sie hörte, wie er einen Seufzer der Erleichterung ausstieß.

»Ja?«, sagte er leise auf Englisch. »Womit kann ich Ihnen dienen?«

Jaya wollte gerade nach U Tun Pe fragen, als sie es sich anders überlegte. Sie sagte: »Ich suche Mr. Dinanath Raha.«

Die Falten in seinem Gesicht schienen zu schimmern, wie wenn ein Windstoß plötzlich über einen See bläst. »Woher kennen Sie diesen Namen?«, fragte er. »Es ist viele, viele Jahre her, seit ich ihn zuletzt gehört habe.«

»Ich bin deine Nichte«, sagte sie. »Jaya – die Tochter deines Bruders.«

»Neels Tochter!«

Jaya merkte, dass sie irgendwie die Sprachen gewechselt hatten. Er sprach jetzt bengalisch mit ihr. Er ließ seinen Stock fallen, legte seine Hand auf ihre Schulter und sah sie eindringlich an, als suche er nach einer Bestätigung ihrer Identität. »Komm, setz dich zu mir«, sagte er, die Stimme zu einem Flüstern gesenkt. »Es dauert nur noch ein paar Minuten.«

Jaya half ihm auf seinen Stuhl und setzte sich mit gekreuzten Beinen auf den Boden, während er seinen Vortrag fortsetzte. Sie saß jetzt Dinus Zuhörerschaft gegenüber und sah, dass sie aus einer bunten Mischung bestand, alten und jungen Leuten, Mädchen und Jungen, Männern und Frauen. Sie waren alle Birmanen, doch einige sahen nach indischer Abstammung aus, andere nach chinesischer. Manche waren gut angezogen, andere dagegen hatten abgelegte Sachen an. Ein Student trug eine Kappe, auf der *Giorgio Armani* stand, und in einer Ecke saßen drei Mönche in roten Gewändern.

Alle lauschten Dinu mit großer Aufmerksamkeit; einige machten sich Notizen.

Den Fußboden säumten niedrige Bücherschränke mit verglasten Fronten. An den Wänden hingen dutzende, vielleicht hunderte von fotografischen Reproduktionen – sie sahen aus, als seien sie aus Büchern und Zeitschriften ausgeschnitten. Manche steckten in Holzrahmen, andere waren auf Pappe aufgezogen. Sie erkannte einige von ihnen, es waren lauter Reproduktionen von berühmten Fotografien. Da waren eine Aufnahme des Half-Dome-Felsens von Ansel Adams, Cartier-Bressons verschleierte Frauen, als Gruppe auf einer Bergspitze in Kaschmir stehend; Raghubir Singhs Bild eines Zimmers in einem alten Haus in Kalkutta.

In einer Ecke des Raumes stand ein bunt dekorierter Tisch. Darüber hing ein handgemaltes Spruchband, auf dem »Happy Birthday« zu lesen war. Auf dem Tisch standen Pappbecher, Häppchen, verpackte Geschenke.

Jaya wünschte, sie wüsste, was hier vorging.

Als Dinus Vortrag zu Ende war, brachen wildes Jubeln und Lachen aus. Er lächelte, wandte sich dann an Jaya und entschuldigte sich, weil er sie hatte warten lassen. »Du hast mich mitten in meiner wöchentlichen Sitzung angetroffen … ich nenne sie meinen *Glaspalast*-Tag.«

»Ich musste nicht lange warten«, sagte sie. »Worüber hast du gesprochen?«

»Bilder, Fotografie, was einem so in den Sinn kommt. Ich mache den Anfang, dann sind die anderen an der Reihe. Horch.« Er blickte sich lächelnd im Raum um, in dem ein Dutzend verschiedener Gespräche in Gang waren. Im Hintergrund blies eine Hand voll Leute Luftballons auf.

»Ist das ein Kursus?«, fragte sie.

»Nein!« Er lachte. »Sie kommen einfach, jede Woche. Manche sind neu, manche waren schon mal hier. Einige sind Studenten, andere sind Künstler, manche wollen Fotografen werden. Natürlich können sich die meisten keinen Fotoapparat leisten – du weißt, wie arm wir sind in *Myanmar*« – er lachte ironisch, als er das Wort aussprach – »und selbst wenn sie es sich leisten könnten, würden sie die Filme nicht bezahlen können, oder Abzüge oder das Entwickeln. Aber einige haben Geld – vielleicht sind ihre Eltern Schmuggler oder Unternehmer oder hohe Tiere. Ich frage nicht danach, es ist besser, es nicht zu wissen. Sie machen Aufnahmen und bringen sie mit hierher. Wir reichen sie herum und diskutieren darüber. Oder ich zeige ihnen Reproduktionen von alten Fotografien, und wir besprechen, warum sie gut sind und warum nicht. Der *Glaspalast* ist der einzige Ort in Yangon, wo man solche Sachen zu sehen bekommt, Werke der zeitgenössischen Kunst.« Er hob seinen Stock und zeigte auf die Bücherschränke. »Bücher, Zeitschriften ... die sind hier sehr schwer, nahezu unmöglich zu bekommen, wegen der Zensur. Dies ist einer der wenigen Orte, wo man sie finden kann. Das wissen die Menschen, deswegen kommen sie her.«

»Wie bist du an die Bücher gekommen?«, fragte sie.

»Es war schwierig.« Er lachte. »Ich habe mich mit Lumpensammlern angefreundet und mit den Leuten, die den Müll durchsuchen. Ich habe ihnen gesagt, was ich wollte, und sie haben es für mich aufgehoben. Die Ausländer, die in Yangon leben – Diplomaten, Hilfskräfte und andere –, sie lesen sehr viel, es gibt sonst nicht viel zu tun, sie werden die ganze Zeit beobachtet. Sie bringen Bücher und Zeitschriften mit, und von Zeit zu Zeit werfen sie sie weg. Zum Glück fällt es dem Militär nicht ein, ihren Abfall zu kontrollieren. Die Sachen finden den Weg zu uns. Diese Bücherschränke – ihr Inhalt wurde nach und nach von Lumpensammlern aufgelesen. Manchmal denke ich, wie erstaunt die ursprünglichen Besitzer sein würden, wenn sie das wüssten. Es hat lange gedauert ... dann sprach es sich herum, und die Leute fanden sich ein. Sie kamen, schauten, und oft konnten sie nicht begreifen, was sie sahen, also fragten sie mich, und ich sagte ihnen meine Meinung. Zuerst waren es nur wenige, dann wurden es immer mehr. Jetzt kommen sie jede

Woche. Sogar, wenn ich nicht da bin, kommen sie, dann redet jemand anders, sie sehen sich Bilder an. Die es sich leisten können, zahlen einen Beitrag für Tee, Süßigkeiten, Häppchen. Die es sich nicht leisten können, zahlen nichts; abgewiesen wurde noch keiner. Heute hat jemand Geburtstag« – er zeigte auf einen jungen Mann – »und seine Freunde feiern hier. Das kommt oft vor, hier können sie sich ungehemmt amüsieren. Ich ermutige sie zu sagen, was ihnen einfällt, frei zu sprechen, auch über einfache Dinge – für sie ist dies ein Abenteuer, eine Entdeckung.«

»Wie meinst du das?«

»Du musst wissen«, sagte er, »dass sie ihr Leben lang dazu erzogen wurden, zu gehorchen – ihren Eltern, ihren Lehrern, dem Militär; dies ist es, was ihre Erziehung sie lehrt: die Gewohnheit des Gehorsams.«

Er lachte, seine Augen blitzten. »Wenn sie hierher kommen, werden sie von niemandem gescholten für das, was sie sagen; sie können sogar ihre Eltern kritisieren, wenn sie wollen. Das ist für viele ein schockierender Gedanke … manche kommen kein zweites Mal, aber viele kommen immer wieder.«

»Sprechen sie auch über Politik?«

»Ja. Immerzu. Es ist in Myanmar unmöglich, nicht über Politik zu sprechen.«

»Tun die Militärs nichts dagegen? Versuchen sie nicht, euch zu bremsen? Schicken sie keine Spione?«

»Doch, natürlich. Sie schicken Spione. Vermutlich sind jetzt einige hier unter uns – in Myanmar sind immer und überall Spione. Aber hier wird nie über organisatorische Belange gesprochen; wir sprechen von Ideen. Und sie wissen auch, dass ich nicht mehr direkt aktiv bin in der Bewegung; meine körperliche Verfassung lässt es nicht zu. Die schauen mich an und sehen einen müden alten Krüppel; mein Körper beschützt mich gewissermaßen. Du musst wissen, dass ihre Brutalität seltsam mittelalterlich gefärbt ist; sie sind nicht so fortgeschritten, um in dem, was wir in diesem Raum tun, eine Bedrohung zu erkennen. Sie würden nicht verstehen, was die Menschen hierher zieht, obwohl ihre eigenen Kinder darunter sind. Hier ist nichts, was sie interessiert, kein Alkohol, keine Drogen, keine Verschwörung. Das ist es, was uns beschützt. Und wenn wir über Politik sprechen, dann so, dass sie uns nicht folgen können. Wir sagen nichts, das sie uns anlasten können. In Myanmar kann man nichts, was sich zu äußern lohnt, mit normalen Worten sagen. Alle lernen andere Mittel der Kommunikation, Geheimsprachen. Heute habe ich zum Beispiel über Edward Westons Theorie der vorausschauenden Vergegenwärtigung gesprochen ... dass man die Wahrheit seines Objektes im Kopf sehen muss; danach ist der Fotoapparat Nebensache, unwichtig. Wenn man die Wahrheit dessen kennt, was man sieht, ist der Rest reine Ausführung. Nichts kann zwischen dich und deinen visionären Wunsch treten, kein Fotoapparat, kein Objektiv.« Er lächelte und zuckte die Achseln. »Dieser Aufzählung hätte ich hinzufügen können: Keine Verbrecherbande wie dieses Regime. Aber das brauchte ich ihnen nicht so deutlich zu sagen, sie haben mich verstanden, sie wussten Bescheid. Du hast gesehen, wie sie gelacht und geklatscht haben. Hier im *Glaspalast* ist auch die Fotografie eine Geheimsprache.«

Am anderen Ende des Raumes kam die Geburtstagsfeier in Fahrt. Lautstark rief man Dinu an den Tisch. Er erhob sich und ging hin, schwer auf seinen Stock gestützt. Es gab Schüsseln mit frittierten Gerichten, einen Kuchen und mehrere große Plastikflaschen Coca-Cola. Mitten auf dem Tisch stand eine große Dose kanadisches Bier, unangetastet und makellos wie ein schmückender Tafelaufsatz. Dinu erklärte, dass einer der *Glaspalast*-Stammgäste der Sohn eines hochrangigen Generals war. Er kam heimlich hierher, ohne Wissen seiner Familie. Von Zeit zu Zeit brachte er ein paar Sachen mit, die ansonsten nur Schmugglern und den hohen Tieren der Junta zugänglich waren. Die Bierdose stand seit über einem Jahr auf dem Tisch.

Jemand hatte begonnen, eine Gitarre zu zupfen. Ein Chor setzte ein, der Kuchen wurde angeschnitten. Dinu führte mit gutwilligem Humor den Vorsitz über die Feier, und es ging sehr lustig und unbeschwert zu. Jaya fiel ein Lieblingsspruch von Rajkumar ein: »Nirgends haben sie eine solche Begabung zum Lachen wie in Birma.« Aber hier hatte das Lachen eindeutig eine besondere Prägung, geschliffen von Ängsten, die nie ganz abwesend waren. Es war eine gierige Fröhlichkeit, als wollten alle sich voll schlagen, solange sie es noch konnten.

In anderen Ecken des Raumes war eine Anzahl Diskussionen in Gang. Gelegentlich bat die eine oder andere Gruppe Dinu um Vermittlung. Danach wandte er sich erklärend an Jaya: »Sie streiten über das Bild, von dem ich gesprochen habe, Westons Nautilus. Einige sehen sich als Revolutionäre, sie behaupten, dass ästhetische Aspekte für unsere Situation nicht von Belang sind.«

»Und was hast du geantwortet?«

»Ich habe Weston zitiert, Westons Überlegungen zu Trotzki ... dass neue, revolutionäre Kunstformen ein Volk erwecken oder seine Selbstzufriedenheit aufrühren oder alte Ideale mit konstruktiven Veränderungsprophezeiungen herausfordern können. Es spielt keine Rolle, das kommt jede Woche zur Sprache, jede Woche sage ich dasselbe.«

Mehrere junge Männer sammelten Geld und gingen in einen Laden in der Nähe, um *biriyani* zu holen. Sie waren nach wenigen Minuten zurück, und die *biriyani*-Päckchen wurden auf dem Tisch verteilt. Dinu füllte einen Teller und reichte ihn Jaya. Als die Mahlzeit sich dem Ende näherte, wurden alle allmählich stiller. Eine gedämpfte Resignation schien um sich zu greifen, als poche Dunkelheit ans Fenster und erinnere an beständige Wachsamkeit.

Kurz vor neun fragte Dinu Jaya: »Wo bist du abgestiegen?«

Sie sagte es ihm: In einem kleinen Hotel, aufs Geratewohl ausgesucht.

»Ich würde dich ja einladen, hier zu wohnen«, sagte er. »Ich lebe allein, und du könntest dich selbst versorgen. Es wäre nicht schwierig, aber leider dauern die Formalitäten sehr lange.«

»Was für Formalitäten?« Sie war verblüfft.

»Für Gäste«, sagte er entschuldigend. »Vergiss nicht, dass du in Myanmar bist. Hier ist nichts einfach. Für jeden Haushalt gibt es eine Liste mit den registrierten Mitgliedern. Niemand anders darf dort ohne Genehmigung übernachten. Ich kenne eine Frau, die nach drei Ehejahren jede Woche den Antrag stellen muss, in die ›Gästeliste‹ der Familie ihres Mannes aufgenommen zu werden.«

»Und wer erteilt die Genehmigung?«

»Der Vorsitzende des Bezirksrats. Es gibt in jedem Stadtteil einen. Sie können einem das Leben zur Hölle machen. Alle hassen sie. Meiner ist besonders schlimm. Du siehst also, ich würde dich einladen, zu bleiben, aber … Man hat bestimmt gesehen, dass du hierher gekommen bist, darauf kannst du dich verlassen. War ein Mann in der Apotheke nebenan? Da hast du's. Wenn er zufällig nicht da ist, warte, bis er dich gehen sieht. Wenn er dich nicht gehen sieht, kannst du sicher sein, dass bald an meine Tür geklopft wird. Komm morgen wieder … früh. Ich mache ein paar Bilder fertig. Wir können uns unterhalten, solange du willst. Wir werden nichts tun als reden, an jedem Tag, den du hier bist.«

5

Nach Alisons Abreise war Dinu aus dem Haus Morningside ausgezogen und hatte bei Ilongo und seiner Mutter gewohnt. Die Invasion der Japaner zog Unruhen auf den Kautschukplantagen nach sich. Viele hundert Arbeiter verließen Morningside, um sich der indischen Unabhängigkeitsliga und der indischen Nationalarmee anzuschließen. Ilongo war unter ihnen, und durch ihn erfuhr Dinu, dass Arjun zu den Ersten gehörte, die in Hauptmann Mohan Singhs indische Nationalarmee eingetreten waren. Die Bewegung wurde so gewaltig, dass Dinu machtlos dagegen war. Seine Ansichten über den Krieg blieben jedoch unverändert, und als die Kunde von Alisons Tod nach Morningside drang, beschloss er, heimlich über die Grenze nach Birma zu gehen.

Er verließ Malaya in einem Fischerboot. Hauptsächlich bei Nacht, von einer Insel zur anderen, nahm er seinen Weg an der Landenge von Kra entlang. Das Boot setzte ihn wenige Meilen von Mergui, der südlichsten Stadt Birmas, entfernt an einem Strand ab. Dinu hatte gehofft, auf dem Landweg nach Rangun zu gelangen, aber der Einmarsch der Japaner in Birma war zu der Zeit in vollem Gange. Die Wege nach Norden waren abgeschnitten.

Die Bodentruppen der Japaner wurden von einer kleinen Gruppe birmanischer Freiwilliger begleitet – der birmanischen Unabhängigkeitsarmee. Diese Gruppe führte ein Bekannter von Dinu aus Rangun an, der Studentenführer Aung San. Als die japanische Armee vorstieß, kam es zu blutigen Zusammenstößen zwischen der von dem Studenten angeführten Gruppe und einigen

Grenzbewohnern, insbesondere den einheimischen Christen, von denen viele den Engländern treu ergeben blieben. Die Grenzregion wurde in Unruhen gestürzt, und es gab kein Fortkommen nach Norden. Dinu war mehrere Monate in Mergui geblieben.

Als er schließlich Rangun erreichte, war es Juni 1942, und die Stadt stand unter japanischer Besatzung. Dinu begab sich nach Kemendine und fand das Haus zerstört; es hatte einen Volltreffer abbekommen. Dinu machte sich auf die Suche nach seinem alten Freund Thiha Saw. Er erfuhr, dass Thiha Saw mit vielen anderen Linksgerichteten nach Indien geflohen war; seine Familie hatte sich auf dem Land verstreut. Nur Thiha Saws Großmutter war noch in Rangun; um sie kümmerte sich eine junge Familienangehörige, ein Mädchen namens Ma Thin Thin Aye. Thiha Saws Verwandte nahmen Dinu bei sich auf; von ihnen erfuhr er von Neels Tod und dem anschließenden Aufbruch seiner Familie nach Huay Zedi.

Nördlich von Rangun fanden zwischen den japanischen Streitkräften und der auf dem Rückzug befindlichen britischen Armee noch heftige Gefechte statt. Zu dieser Zeit durch das Land zu reisen, war fast ein Ding der Unmöglichkeit; jede Bewegung wurde mittels eines ausgeklügelten Systems von Karten und Erlaubnisscheinen streng kontrolliert. Die Japaner hatten in Rangun eine neue Regierung unter der Führung eines birmanischen Politikers, Dr. Ba Maw, eingesetzt. Aung San und viele andere Angehörige der birmanischen Unabhängigkeitsarmee gehörten dieser Regierung an, darunter mehrere frühere Freunde und Bekannte Dinus aus der Universität von Rangun.

Dinu wendete sich nur widerwillig an diese ehemaligen Freunde; seiner Meinung nach hatten sie eine katastrophale Wahl getroffen. Aber in seiner augenblicklichen Situation blieb ihm nichts anderes übrig, als sie um Hilfe zu bitten; einer verschaffte ihm einen Pass, der es ihm ermöglichte, nach Norden zu reisen.

Als Dinu nach Huay Zedi kam, war seine Familie nicht mehr da und der Ort fast verlassen. Er entdeckte, dass die Sympathien der Menschen dieser Region den Alliierten gehörten. Raymond war einer der vielen aus Huay Zedi, die von einer alliierten Partisanengruppe, der so genannten Force 136, angeworben worden waren.

Vorsichtshalber hatten Doh Say und Raymond beschlossen, die meisten Dorfbewohner tiefer in den Dschungel zu bringen.

Bei der Nachricht von Dinus Ankunft erschien Raymond plötzlich auf der Bildfläche, um ihn zu begrüßen. Raymond war nicht mehr der verträumte Student, an den Dinu sich erinnerte; er trug ein Khakioberteil und ein Gewehr. Er erklärte, sein Vater, Doh Say, habe Rajkumar und Dolly zum Bleiben gedrängt und versprochen, alles zu tun, was in seiner Macht stand, um ihr Wohlergehen und ihre Sicherheit zu gewährleisten. Doch nach Neels Tod sei Manju immer unberechenbarer geworden, und am Ende hätten Rajkumar und Dolly aus Sorge um Manjus geistige Gesundheit beschlossen, sie nach Indien zu bringen. Sie seien einige Monate vor Dinus Ankunft aufgebrochen; es sei hoffnungslos, sie jetzt noch einzuholen. Dinu beschloss, bei Doh Say und Raymond in ihrem Lager im Dschungel zu bleiben.

1944 starteten die Alliierten in Birma eine Gegeninvasion, an ihrer Spitze die 14. Armee unter dem Kommando von General Slim. Ein großer Teil dieser Streitmacht setzte sich aus Angehörigen der auf Vordermann gebrachten und erweiterten indischen Armee zusammen. In wenigen Monaten wurden die Japaner von der indischen Grenze zurückgedrängt, und Anfang 1945 befanden sie sich auf einem überstürzten Rückzug. Ein letzter Schlag wurde ihnen durch General Aung San zuteil, der auf dramatische Weise die Seite wechselte; obwohl die birmanische Unabhängigkeitsarmee mit Hilfe der Japaner ins Land gekommen war, waren ihre Angehörigen nur widerwillige Verbündete der Besatzer gewesen. Im Jahre 1945 erteilte General Aung San seiner Gefolgschaft den geheimen Befehl, sich der Kampagne zur Vertreibung der Japaner aus Birma anzuschließen. Danach stand fest, dass das Ende der japanischen Besatzung nahe war.

Aber der Kampf war noch nicht vorüber. An einem Tag im März 1945 schickte Doh Say nach Dinu; er erklärte, er habe beunruhigende Nachrichten erhalten. Bei der Stadt Meiktila, mehrere hundert Meilen nördlich, habe eine große Schlacht stattgefunden. Die alliierte 14. Armee habe einen entscheidenden Sieg errungen, und die Japaner hätten eiligst den Rückzug angetreten. Aber einige letzte Unentwegte der indischen Nationalarmee kämpften immer noch in Mittelbirma und machten der vorstoßenden alliierten Armee schwer zu schaffen. Eine einzelne Einheit habe den Sittang überquert, und man glaube, dass sie in Richtung ihres Lagers vorstoße. Doh Say war besorgt, dass die Soldaten den Dorfbewohnern Ärger machen könnten; er wollte, dass Dinu ihnen entgegenging und bei ihnen Fürsprache einlegte. Er hoffte, dass Dinu sie dank seiner indischen Verbindungen überzeugen könnte, ihr Dorf zu verschonen.

Dinu brach am nächsten Morgen auf. Da Raymond ortskundig war, begleitete er ihn.

Nach einer Wartezeit von mehreren Tagen kam durch die Vermittlung eines Dorfältesten ein Treffen zu Stande. Es fand in einem verlassenen Teakholzlager tief im Dschungel statt. Es war ein altes Lager von der Art, wie Dinus Vater sie früher betrieben hatte, mit einem Teakholz-*tai* inmitten einer großen Lichtung. Das Lager war vor Jahren, lange vor dem Krieg, aufgegeben worden. Einen Großteil davon hatte sich der Dschungel zurückerobert; die Lichtung war mit vier Fuß hohem Gras bewachsen, und viele *oo-sis*-Hütten waren durch die Einwirkung von Wind und Regen verfallen. Nur das *tai* stand noch. Die Leiter war von Kletterpflanzen überwuchert, und das Dach war teilweise eingestürzt.

Dinus Instruktionen lauteten, allein zu warten. Raymond führte ihn an den Rand der Lichtung und zog sich dann in den Wald zurück. Dinu hatte sich so vor dem *tai* postiert, dass man ihn von weitem sehen konnte. Er war mit einem braunen *longyi* und einem schlichten schwarzweißen Oberteil bekleidet, wie es die Karen trugen. Seit seiner Ankunft in Huay Zedi hatte er sich nicht mehr rasiert, und der Bart hatte sein Aussehen stark verändert. Um den Hals trug er ein rotweißes Tuch und über der Schulter eine Umhängetasche aus Stoff mit etwas Essen, Wasser und Tabak.

Direkt vor dem *tai* war ein Baumstumpf, und Dinu setzte sich darauf. Ein leichter Wind war aufgekommen, der in dem hohen Gras der Lichtung raschelte. Weiter weg waberten Nebelstreifen über den Wipfeln der hundert Fuß hohen Bäume, die das Lager umstanden. Das Laubwerk war wie eine dichte, glatte Mauer. Dinu wusste, dass irgendwo da drin die indischen Soldaten waren, dass sie warteten, ihn beobachteten.

In seiner Umhängetasche hatte Dinu mehrere in Bananenblätter gewickelte Päckchen mit gekochtem Reis. Er öffnete eins und fing an zu essen. Dabei lauschte er den Geräuschen des Waldes. Das aufgeregte Treiben einer Schar Papageien sagte ihm, dass die Soldaten nahten. Er saß ganz still, aß aber weiter.

Auf einmal sah er aus dem Augenwinkel, dass ein indischer Soldat auf die Lichtung trat. Dinu rollte sein Bananenblatt zusammen und warf es fort.

Der Kopf des Soldaten war eben sichtbar; er stelzte durch das Gras, wobei er mit seinem Gewehr das Unterholz beiseite schob.

Dinu betrachtete den näher kommenden Mann. Sein Gesicht war so hager, dass er fast greisenhaft aussah, doch schloss Dinu aus seiner Haltung und Gestalt, dass er Anfang zwanzig sein musste. Seine Uniform hing in Fetzen, und seine Schuhe waren so durchlöchert, dass die Zehen herausschauten; die Sohlen waren mit Schnüren an den Füßen festgebunden. Der Soldat blieb ein paar Schritte von Dinu entfernt stehen und gestikulierte mit dem Gewehr. Dinu stand auf.

»Ich habe keine Waffen«, sagte er auf Hindustani.

Der Soldat achtete nicht darauf. »Zeigen Sie mir, was Sie in der Tasche haben«, sagte er.

Dinu öffnete die Klappe seiner Stofftasche.

»Was ist da drin?«

Dinu griff hinein und holte seinen Wasserbehälter und ein in Blätter gewickeltes Päckchen mit gekochtem Reis heraus. Der Gesichtsausdruck des Soldaten machte ihn stutzig. Er löste die Verschnürung des Päckchens und hielt es ihm hin.

»Hier«, sagte er, »nehmen Sie. Essen Sie.«

Der Soldat hielt sich das Päckchen an den Mund und schlang den Reis gierig hinunter. Dinu sah, dass er in einem noch schlimmeren Zustand war, als er zunächst vermutet hatte; das Weiß seiner Augen hatte eine gelbliche Färbung, er machte einen unterernährten Eindruck, mit fleckiger Haut und Bläschen in den Mundwinkeln. Nachdem er ihn eine Minute betrachtet hatte, kam der Soldat Dinu irgendwie bekannt vor. Plötzlich wusste er, wer er war. Fassungslos fragte er: »Kishan Singh?« Der Soldat sah ihn verständnislos an, kniff die gelb gefleckten Augen zusammen. »Kishan Singh – erkennst du mich nicht?«

Der Soldat nickte, hielt dabei immer noch das Reispäckchen an den Mund. Sein Gesichtsausdruck veränderte sich kaum; es war, als sei er mittlerweile zu erschöpft, um sich der Mühe des Erkennens hinzugeben.

»Kishan Singh«, sagte Dinu, »ist Arjun bei dir?«

Kishan Singh nickte wieder. Dann machte er auf dem Absatz kehrt, warf die Blatthülle beiseite und verschwand zwischen den Bäumen.

Dinu griff in seine Stofftasche. Er zog einen Stumpen heraus und zündete ihn mit zitternder Hand an. Er setzte sich wieder auf den Baumstumpf. Eine andere Gestalt war auf die Lichtung getreten, gefolgt von einem Trupp von etwa dreißig Mann. Dinu stand auf. Aus einem ihm unbegreiflichen Grund waren seine Handflächen schweißfeucht geworden und machten seinen Stumpen nass.

Arjun blieb ein paar Schritte entfernt stehen. Er und Dinu standen sich gegenüber, zwischen sich den Baumstumpf. Keiner sprach ein Wort. Schließlich wies Arjun auf das *tai*. »Gehen wir da hinauf.«

Dinu nickte. Arjun hieß seine Männer rund um das *tai* Wache halten, dann kletterten er und Dinu die Leiter hinauf und setzten sich auf die verrottenden Baumbohlen. Von nahem betrachtet sah Arjun sogar noch schlimmer aus als Kishan Singh. Ein Teil seiner Kopfhaut war von einer Wunde zerfressen, die von oberhalb seines rechten Ohrs bis fast zum Auge verlief. Kratzwunden und Insektenstiche bedeckten sein Gesicht. Seine Mütze war verloren gegangen, ebenso die Knöpfe seiner Uniform; an seinem Rock fehlte ein Ärmel.

Dinu wäre nicht gekommen, wenn er gewusst hätte, dass er Arjun begegnen würde. Es war jetzt mehr als drei Jahre her, seit sie sich zuletzt gesehen hatten, und in Dinus Augen trug Arjun Mitverantwortung für viele der Schrecken und Verheerungen in diesen Jahren. Doch jetzt, da er sich ihm von Angesicht zu Angesicht gegenübersah, empfand Dinu weder Zorn noch Abscheu. Es war, als sähe er nicht Arjun vor sich, sondern seine zerriebenen Überreste, die Hülse des Mannes, der er einst gewesen war. Dinu öffnete seine Stofftasche und holte die restlichen Reispäckchen heraus.

»Hier«, sagte er. »Du siehst aus, als könntest du etwas zu essen vertragen.«

»Was ist das?«

»Nur etwas Reis.«

Arjun hielt sich die Päckchen an die Nase und schnupperte daran. »Das ist lieb von dir«, sagte er. »Die Männer werden dankbar sein.«

Er stand auf und ging zur Leiter. Dinu hörte ihn zu seinen Männern sagen, sie sollten den Reis unter sich verteilen. Als er zurückkam, sah Dinu, dass er alle Päckchen verschenkt hatte. Er begriff, dass Arjuns Stolz es nicht zuließ, Essen von ihm anzunehmen.

»Wie wäre es mit einem Stumpen?«, fragte Dinu. »Darf ich dir den anbieten?«

»Ja.«

Dinu gab ihm einen Stumpen und zündete ein Streichholz an. »Warum bist du hier?«, fragte Arjun.

»Man hat mich darum gebeten«, sagte Dinu. »Ich lebe in einem Dorf nicht weit von hier. Die Leute haben gehört, dass eure Männer in ihre Richtung vorstoßen. Sie haben Angst.«

»Sie haben nichts zu befürchten«, sagte Arjun. »Wir versuchen, uns von den Einheimischen fern zu halten. Wir haben keinen Streit mit ihnen. Du kannst ihnen sagen, dass sie in Sicherheit sind – vor uns jedenfalls.«

»Das wird sie freuen.«

Arjun zog an seinem Stumpen und blies den Rauch durch die Nase aus. »Ich habe von Neel gehört«, sagte er. »Es tut mir Leid – für dich, für Manju …«

Dinu bedankte sich mit einer Geste.

»Und die Familie?«, fragte Arjun. »Hast du etwas von Manju gehört? Dem Baby?«

»Ich habe die letzten zwei Jahre nichts gehört«, sagte Dinu. »Sie waren eine Weile hier, nach Neels Tod, in demselben Dorf, wo ich jetzt bin, bei alten Freunden der Familie. Dann sind sie nach Mawlaik gegangen, um dort zu versuchen, über die Grenze zu kommen. Seitdem hat man nichts mehr von ihnen gehört, von meiner Mutter, meinem Vater … von niemandem.«

Dinu kaute an seinem Daumennagel und räusperte sich. »Und hast du das mit Alison gehört … und ihrem Großvater?«

»Nein.« Arjuns Stimme war ein Flüstern. »Was ist geschehen?«

»Sie waren von Morningside aus nach Süden unterwegs. Das Auto hatte eine Panne, und sie stießen auf japanische Soldaten. Sie wurden beide getötet, aber Alison hat sich gewehrt.«

Arjun schlug die Hände vors Gesicht. Das rhythmische Zittern seiner Schultern sagte Dinu, dass er schluchzte. Dinu empfand nur Mitleid mit Arjun. Er legte ihm seinen Arm um die Schultern.

»Arjun, nicht, es hilft nichts…«

Arjun schüttelte heftig den Kopf, als versuchte er, aus einem Albtraum aufzuwachen. »Manchmal frage ich mich, ob es jemals enden wird.«

»Aber Arjun.« Dinu staunte selbst über seine sanfte Stimme. »Arjun, du warst es doch, der sich ihnen angeschlossen hat, aus freien Stücken. Und ihr kämpft immer noch, auch jetzt, nachdem die Japaner… Warum? Wozu?«

Arjun blickte auf, seine Augen blitzten. »Siehst du, Dinu – du verstehst immer noch nicht. Nicht einmal jetzt. Du denkst, ich habe mich *denen* angeschlossen. Das stimmt nicht. Ich bin in eine indische Armee eingetreten, die für die indische Seite kämpfte. Für die Japaner mag der Krieg vorüber sein, für uns ist er es noch nicht.«

»Aber Arjun.« Dinus Stimme war noch sanft. »Du musst doch sehen, dass es keine Hoffnung für euch gibt.«

Hierauf lachte Arjun zum ersten Mal, seit sie sich getroffen hatten.

»Gab es je eine Hoffnung für uns?«, sagte er. »Wir haben uns gegen ein Empire aufgelehnt, das alles in unserem Leben geformt hat, das alles geprägt hat in der Welt, wie wir sie kennen. Es ist ein ungeheurer, unauslöschlicher Makel, der uns allen angehaftet hat. Wir können ihn nicht loswerden, ohne uns selbst zu vernichten. Und das ist der Punkt, nehme ich an, an dem ich nun stehe…«

Wieder legte Dinu seine Arme um Arjun; Tränen stiegen ihm in die Augen, aber er konnte nichts sagen: Es gab nichts zu sagen.

Das ist die größte Gefahr, dachte er, dieser Punkt, an dem Arjun angelangt ist, wo wir, indem wir uns den Kräften widersetzen, die uns formen, es zulassen, dass sie die Kontrolle über jeglichen Sinn erlangen; dies ist ihr Augenblick des Sieges, auf diese Weise fügen sie uns die endgültige, schlimmste Niederlage zu. Für Arjun empfand er jetzt nicht Mitleid, sondern Erbarmen; wie musste es sein, sich eine Niederlage so exakt, so vollkommen einzugestehen? Es lag eine Art Triumph hierin, eine Courage, deren Wert er nicht durch Vorhaltungen schmälern wollte.

»Ich sollte jetzt gehen«, sagte Dinu.

»Ja.«

Sie stiegen die überwucherte Leiter hinunter. Unten umarmten sie sich.

»Sei vorsichtig, Arjun, sei vorsichtig.«

»Unkraut vergeht nicht.« Arjun lächelte in gespielter Tapferkeit. »Eines Tages werden wir über all das lachen.« Er winkte und ging davon in das schulterhohe Gras.

Dinu lehnte sich an die Leiter des *tais* und sah ihm nach. Noch lange nachdem die Soldaten fort waren, blieb er, wo er war. Als Raymond aus dem Dunkel erschien, sagte Dinu: »Lass uns heute Nacht hier bleiben.«

»Warum?«

»Ich fühle mich nicht wohl genug, um zu gehen.«

Die Wahrheit war, dass die Begegnung mit Arjun ihn tief erschüttert hatte. Zum ersten Mal verstand er die unwiderrufliche Realität von Arjuns Entscheidung; er begriff, warum so viele andere, die er kannte, Männer wie Aung San, dieselbe Wahl getroffen hatten. Er begann zu bezweifeln, dass es richtig von ihm war, sie so absolut zu verdammen. Wie verurteilt man einen Menschen, der behauptet, zum Wohle eines unterdrückten Volkes, eines Landes zu handeln? Auf welcher Basis kann die Wahrheit einer solchen Behauptung bewiesen oder widerlegt werden? Wer kann den Patriotismus eines Menschen beurteilen außer denen, in deren Namen er zu handeln behauptet – seine Landsleute? Wenn es dem indischen Volk gefiel, Arjun als Helden zu betrachten, wenn Birma Aung San als seinen Retter sah – war es dann für jemanden wie ihn, Dinu, möglich, zu erkennen, dass es eine weiter gehende Wirklichkeit gab, eine historische Gegebenheit, die beschworen werden konnte, diesen Glauben zu widerlegen? Er konnte nicht mehr länger darauf vertrauen, dass das so war.

6

Arjuns Einheit hatte anfangs etwa fünfzig Mann gezählt; jetzt waren es nur noch achtundzwanzig. Nur wenige Männer waren feindlichem Beschuss zum Opfer gefallen, die meisten Verluste gingen auf Desertion zurück.

Zu Beginn hatte die Einheit zu gleichen Teilen aus Berufssoldaten und Freiwilligen bestanden. Die Berufssoldaten waren in Indien rekrutiert worden, Männer wie Kishan Singh und Arjun selbst. Als Singapur erobert wurde, waren etwa fünfundfünfzigtausend indische Soldaten auf der Insel gewesen; mehr als die Hälfte von ihnen traten in die indische Nationalarmee ein. Die Freiwilligen waren Angehörige der indischen Bevölkerung in Malaya, und die meisten von ihnen waren tamilische Plantagenarbeiter.

Einige von Arjuns Offizierskameraden waren zunächst skeptisch gewesen, was Können und Ausdauer der neuen Rekruten anbelangte. Die britisch-indische Armee, in der sie, die Offiziere, ausgebildet worden waren, hatte keine Tamilen rekrutiert; diese galten als eine der zahlreichen indischen Volksgruppen, die sich von Natur aus nicht zum Soldatentum eigneten. Als Berufssoldaten waren Arjuns Offizierskameraden von den Rassenmythologien des alten Söldnerheeres infiziert. Obwohl sie wussten, dass diese Theorien unbegründet waren, fiel es ihnen schwer, sich gänzlich von den alten Vorstellungen zu lösen, welche Menschen gute Soldaten und welche keine guten Soldaten abgaben. Erst unter Beschuss wurde ihnen klar, wie irrig jene Mythen waren; die Erfahrung hatte gezeigt, dass die rekrutierten Plantagenarbeiter noch härter und einsatzfreudiger waren als die Berufssoldaten.

In seiner eigenen Einheit sah Arjun die Desertionen deutlich strukturiert: Fast alle geflohenen Männer waren Berufssoldaten; nicht ein einziger Plantagenarbeiter hatte sich davongemacht. Arjun hatte darüber gerätselt, bis Kishan Singh ihm den Grund dafür erklärte: Die Berufssoldaten kannten die Männer auf der anderen Seite; diejenigen, gegen die sie kämpften, waren ihre Verwandten und Nachbarn; sie wussten, dass man sie nicht schlecht behandeln würde, wenn sie überliefen.

Arjun erkannte, dass dies auch den Plantagenarbeitern klar war. Sie wussten, wer die Berufssoldaten waren und aus welcher Klasse sie kamen; sie wussten genau, wie ihr Verstand arbeitete und warum sie desertierten. Jedes Mal, wenn wieder Berufssoldaten verschwunden waren, sah Arjun wachsende Verachtung in den Augen der anderen. Er wusste, dass die Männer von den Plantagen insgeheim über das verhätschelte Leben lachten, an das die Soldaten gewöhnt gewesen waren, über die Art, wie sie von ihren Kolonialherren gefüttert und gemästet worden waren. Sie, die rekrutierten Plantagenarbeiter, schienen erkannt zu haben, dass ihr Kampf letztendlich nicht derselbe war wie jener der Berufssoldaten; sie führten gewissermaßen nicht einmal denselben Krieg.

Nicht alle Plantagenarbeiter sprachen Hindustani; Arjun hatte oft Schwierigkeiten, sich mit ihnen zu verständigen. Es gab nur einen Mann, mit dem Arjun sich fließend unterhalten konnte; sein Name war Rajan. Er war ein hagerer, drahtiger Kerl, der fast nur aus Muskeln und Knochen bestand, mit rot gefleckten Augen und einem dichten Schnurrbart. Arjun selbst hatte ihn in Sungei Pattani rekrutiert. Damals hatte er sich gefragt, ob Rajan wohl zum Soldaten taugte. Doch nach seiner Rekrutierung war Rajan ein vollkommen anderer Mensch geworden; die Ausbildung hatte ihn verwandelt. Er hatte eine Begabung für das Soldatentum entwickelt und sich als der energischste unter den rekrutierten Plantagenarbeitern erwiesen.

Als sie einmal über einen Hügelkamm zogen, hatte Rajan Arjun gebeten, ihm zu zeigen, in welcher Richtung Indien lag. Arjun hatte ihm den Gefallen getan: Indien lag im Westen. Rajan hatte lange Zeit in die Ferne geblickt, und viele andere Männer mit ihm.

»Sind Sie schon einmal in Indien gewesen?«, fragte Arjun.

»Nein, Sir.« Rajan schüttelte den Kopf.

»Was glauben Sie, was Sie dort finden werden?«

Rajan zuckte die Achseln; er wusste es nicht, und es schien ihn auch nicht zu kümmern. Es genügte, dass es Indien war.

Später erfuhr Arjun, dass Rajan in Malaya geboren war; seine Kenntnisse über Indien stammten ausschließlich von Geschichten, die seine Eltern ihm erzählt hatten. Dasselbe galt für alle rekrutierten Plantagenarbeiter. Sie kämpften für ein Land, das sie nie gesehen hatten, ein Land, das ihre Eltern ausgestoßen, verbannt hatte. Dies machte ihren Eifer umso bemerkenswerter. Warum? Was motivierte sie? Es gab so vieles in ihrem Leben, das Arjun nicht verstand und nicht ergründen konnte, zum Beispiel, wie sie über Sklaverei sprachen und dabei stets das englische Wort »slavery« benutzten. Zuerst hatte Arjun geglaubt, sie verwendeten den Ausdruck lässig als eine Art Metapher – schließlich war es sachlich nicht richtig, dass sie Sklaven waren, das wusste Rajan so gut wie Arjun. Wie meinte er es dann? Was hieß es, ein Sklave zu sein? Wenn Arjun diese Frage stellte, antwortete Rajan stets ausweichend. Er sprach zunächst über die Arbeit, die sie auf der Plantage verrichtet hatten – jeder Schritt war ständig kontrolliert, beobachtet, überwacht worden; exakt soundso viel Gramm Dünger mussten auf exakt diese Weise in Löcher gesteckt werden, die exakt soundso breit waren. Es war nicht so, dass man zu einem Tier gemacht wurde, sagte Rajan – nein; denn selbst Tiere hatten ihren Instinkt, nach dem sie sich richteten. Man wurde vielmehr zu einer Maschine gemacht; das selbstständige Denken wurde einem genommen und durch einen Uhrwerk-Mechanismus ersetzt. Alles sei besser als das.

Und Indien – was war Indien für sie? Dieses Land, für dessen Freiheit sie kämpften, dieses Land, das sie nie gesehen hatten, aber für das sie zu sterben bereit waren? Wussten sie, dass ihre Eltern und Großeltern Armut und Hunger zurückgelassen hatten? Wussten sie von dem Brauch, der sie daran hinderte, aus den Brunnen der hohen Kasten zu trinken? Nichts davon war Wirklichkeit für sie; sie hatten es nicht erlebt und konnten es sich nicht vorstellen. Indien war der leuchtende Berg jenseits des Horizonts, ein Sakrament der Erlösung – eine Metapher für die Freiheit, so wie Sklaverei eine Metapher für die Plantage war. Was würden sie finden, fragte sich Arjun, wenn sie den Horizont überschritten?

Und indem er sich diese Frage stellte, fing Arjun an, sich selbst mit ihren Augen zu sehen, den Augen eines Berufssoldaten, eines Söldners, der nie im Stande sein würde, den Makel seiner Vergangenheit abzustreifen und den Zynismus, der damit einherging, den Nihilismus. Er sah, warum sie ihn womöglich mit Verachtung – gar als Feind – ansahen, denn es war letztendlich wahr, dass er nicht ihren Krieg führte, dass er nicht glaubte, woran sie glaubten, dass er nicht ihre Träume träumte.

Rajan war es, der den mit gefesselten Händen durchs Unterholz stolpernden Kishan Singh zurückbrachte. Kishan Singh war in einem Zustand, in dem es ihm nicht möglich war, sehr weit zu kommen. Rajan hatte ihn zitternd und betend unter einem Felsüberhang gefunden, wo er Unterschlupf gesucht und sich versteckt gehalten hatte.

Rajan versetzte Kishan Singh einen Stoß, und er fiel auf die Knie.

»Steh auf«, sagte Arjun. Er konnte es nicht ertragen, Kishan Singh so zu sehen. »*Utho* – steh auf, Kishan Singh.«

Rajan fasste Kishan Singh am Kragen und zog ihn hoch. Kishan Singh war so ausgezehrt, dass er einer Stockpuppe glich, einer zerbrochenen Marionette.

Rajan hatte für Kishan Singh nur Verachtung übrig. Er sprach ohne Umschweife zu Arjun, sah ihm dabei in die Augen: »Und was werden Sie jetzt mit ihm machen?« Kein »Sir«, kein *»sahib«*, und die Frage lautete nicht, »was soll geschehen?« sondern »was werden *Sie* machen?« Arjun sah die Herausforderung in Rajans Blick, er wusste, was in Rajans Kopf vorging, wusste, dass die Berufssoldaten zusammenhalten würden, dass er, Arjun, einen Weg finden musste, Kishan Singh laufen zu lassen. Zeit. Er musste Zeit gewinnen.

»Wir müssen ein Kriegsgericht abhalten«, sagte Arjun.

»Hier?«

Arjun nickte. »Ja. Es gibt eine Vorschrift. Wir müssen versuchen, uns daran zu halten.«

»Vorschriften? Hier?« Der Sarkasmus in Rajans Stimme war nicht zu überhören.

Arjun merkte, dass Rajan versuchte, ihn vor den anderen Männern lächerlich zu machen. Den Vorteil seiner Größe ausnutzend, trat er vor ihn hin und sah ihm in die Augen. »Ja«, sagte er. »Vorschriften. Und wir müssen sie respektieren. So werden Armeen geführt – das unterscheidet sie von Straßenbanden.«

Rajan zuckte die Achseln und fuhr sich mit der Zunge über die Lippen. »Aber wo?«, fragte er. »Wo wollen Sie einen Platz für ein Kriegsgericht finden?«

»Wir gehen wieder in das Teakholzlager«, sagte Arjun. »Dort ist es einfacher.«

»Das Lager? Aber wenn man uns verfolgt?«

»Noch nicht. Wir gehen.« Das Lager war eine Stunde entfernt, das würde ihm etwas Zeit geben.

»Mir nach.« Arjun übernahm die Führung; er wollte nicht mit ansehen müssen, wie Kishan Singh, die Hände hinter dem Rücken gefesselt, vorwärts gestoßen wurde.

Es fing an zu regnen, und bis sie zu dem Lager kamen, waren sie durchnässt. Arjun ging voran über die Lichtung zum *tai*. Unter den Pfählen war es trocken, das Gerüst darüber schützte die Stelle vor dem Regen. Rajan ließ Kishan Singh los, und er sank auf den Boden, kauerte sich zitternd hin.

»Hier«, sagte Arjun. »Wir halten die Vernehmung hier ab.«

Rajan holte einen Stuhl aus dem *tai* und stellte ihn vor Arjun hin. »Für Sie, Sir«, sagte er. »Weil Sie der Richter sind.«

Arjun ignorierte ihn. »Fangen wir an.«

Arjun versuchte, es in die Länge zu ziehen, er stellte Fragen, hielt sich mit Einzelheiten auf. Aber die Tatsachen waren unumstößlich, sie ließen sich nicht bezweifeln. Als er Kishan Singh aufforderte, sich zu verteidigen, konnte dieser nur die Hände falten und bitten. »*Sah'b*, meine Frau, meine Familie ...«

Rajan beobachtete Arjun lächelnd. »Noch weitere Vorschriften, Sir?«

»Nein.« Rajan und die anderen Männer hatten einen Kreis um Arjun und Kishan Singh gebildet. Arjun verkündete: »Ich habe meine Entscheidung getroffen.« Er wandte sich an Rajan. »Ich übergebe Ihnen die Verantwortung für das Erschießungskommando«, sagte er. »Holen Sie sich Freiwillige. Bringen Sie es schnell hinter sich.«

Rajan sah ihm direkt ins Gesicht und schüttelte den Kopf. »Nein«, sagte er. »Keiner von uns wird sich freiwillig melden. Es ist einer von Ihren Männern. Sie werden ihn sich selbst vornehmen müssen.«

Arjun sah in den Kreis der Männer um ihn herum. Alle beobachteten ihn, die Gesichter ausdruckslos, die Blicke unerschrocken. Arjun wandte sich ab; Erinnerungsfetzen wehten ihm durch den

Kopf... so also sieht Meuterei von der anderen Seite aus; du bist allein, und das Einzige, worauf du zurückgreifen kannst, ist die Autorität ferner Befehle, Drohungen der Militärgerichtsbarkeit, eventuelle Vergeltung, wenn der Sieg errungen ist. Aber was tust du, wenn du weißt, dass es keinen Sieg geben wird, dass die Niederlage gewiss ist? Welchen Anspruch hast du auf die Zukunft, wenn du weißt, dass es nicht deine ist?

»Komm, Kishan Singh.« Arjun half seinem einstigen Burschen auf. Sein Körper war ganz leicht, fast ohne Gewicht. Arjuns Griff war sehr sanft, als er Kishan Singh mit beiden Händen am Arm nahm und ihn hochzog. Es war eigenartig, ihn auf diese Weise zu berühren, da er wusste, was ihm bevorstand.

»Komm, Kishan Singh.«

»Sah'b.«

Kishan Singh stand auf, und Arjun schob ihn vorwärts, an den anderen vorbei, aus dem Schutz des *tais* in den Regen. Sie wateten in das hohe Gras, und Kishan Singh stolperte. Arjun legte seinen Arm um ihn und hielt ihn aufrecht. Kishan Singh war so schwach, dass er kaum gehen konnte; er lehnte seinen Kopf an Arjuns Schulter.

»Geh weiter, Kishan Singh.« Seine Stimme war sanft, als flüsterte er mit einer Liebsten. »*Sabar karo,* Kishan Singh – es ist gleich vorbei.«

»Sah'b.«

Als sie zum Rand der Lichtung kamen, ließ Arjun ihn los. Kishan Singh sank auf die Knie und hielt sich aufrecht, indem er sich an Arjuns Bein klammerte.

»Sah'b.«

»Warum hast du das getan, Kishan Singh?«

»*Sah'b*, ich hatte Angst.«

Arjun knöpfte mit einer Hand sein Lederhalfter auf und nahm seinen Revolver heraus – den Webley, den Kishan Singh immer für ihn gereinigt und geölt hatte.

»Warum hast du das getan, Kishan Singh?«

»*Sah'b*, ich konnte nicht weitermachen...«

Arjun blickte auf die Schwielen und Dschungelverletzungen auf Kishan Singhs Kopf herab. Er dachte an ein anderes Mal, als Kishan

Singh zwischen seinen Füßen gekniet und um seinen Schutz gebeten hatte; er dachte an seine Arglosigkeit, sein Vertrauen und seine Unschuld, wie bewegt er gewesen war von den Erlebnissen, die hinter ihnen lagen – von der Güte und Kraft, die er in ihm sah; all die Eigenschaften, die er selbst verloren und verraten, Eigenschaften, die er von Anfang an nie besessen hatte, er, ursprünglich vollendet auf der Töpferscheibe geformt, war deformiert. Er konnte nicht zulassen, dass Kishan Singh sich untreu wurde, dass er ein anderer wurde, als er war – ein Geschöpf wie er selbst, grotesk, missgestaltet. Dieser Gedanke war es, der ihm die Kraft gab, Kishan Singh seine Waffe an den Kopf zu halten.

Als das kalte Metall ihn berührte, hob Kishan Singh den Blick und sah zu ihm auf. »*Sah'b* – denken Sie an meine Mutter, mein Heim, mein Kind …«

Arjun nahm Kishan Singhs Kopf in die Hand, legte die Finger um seine verfilzten Haare. »Weil ich daran denke, muss ich es tun, Kishan Singh. Damit du nicht vergessen kannst, was du bist – um dich davor zu beschützen, dir untreu zu werden.«

Er hörte den Schuss, dann taumelte er fort, auf eine Baumgruppe zu. Er griff nach einem Ast, um sich zu stützen, und er sah in den Zweigen ein triefendes Stück Fleisch und Knochen hängen. Er konnte den Blick nicht davon losreißen: Es war ein Stück von Kishan Singh, von dem Kopf, den er eben noch in den Händen gehalten hatte. Er machte einen Schritt und sank in die Knie. Auf allen Vieren kniend, übergab er sich.

Als er aufsah, standen Rajan und die anderen Männer um ihn herum und beobachteten ihn. In ihren Augen stand Mitleid.

Jubel erhob sich im Lager, als Doh Say beschloss, nach Huay Zedi zurückzukehren. Der Marsch den Hang hinunter war ein fröhlicher Triumphzug mitsamt Trommeln, Flöten und Elefanten.

Doh Say gab Dinu ein kleines Haus für sich allein am Rande des Dorfes. Dinu richtete sich gerade ein, als Raymond ihn aufsuchte.

»Komm mit«, sagte Raymond. »Ich habe dir etwas zu sagen.«

Sie gingen an den Fluss hinunter und sahen den Dorfkindern zu, die mit Armbrust und Bambuspfeilen in den flachen Stellen nach Fischen jagten.

»Ich habe Neuigkeiten.«

»Ja?«

Arjun sei tot, sagte Raymond. Eine Einheit der Force 136 habe ihn bei dem alten Teakholzlager aufgespürt.

»Hast du sie dahin geführt?«, fragte Dinu.

»Nein. Ein Deserteur. Einer von seinen eigenen Leuten, ein alter Soldat.«

»Aber du warst dort?«, fragte Dinu. »Am Ende …?«

»Ja.«

»Was ist geschehen?«

»Sie haben mich herbeigerufen – die ihn verfolgt haben. Sie hatten gehört, dass viele von seinen Männern sich davongemacht hatten.«

»Dann war Arjun allein?«

»Ja. Ganz allein – er war wieder in dem verlassenen Teakholzlager. Seine Männer waren alle fort – sie haben ihre Uniformen aus- und *longyis* angezogen und sind im Wald verschwunden. Ich habe versucht, sie zu verfolgen, aber das war unmöglich. Sie kannten sich im Dschungel aus, diese Männer – sie sind spurlos verschwunden.«

»Und Arjun?«

»Ein indischer Hauptmann hat Arjun zu überreden versucht, sich zu ergeben, er sagte ihm, es sei aus, ihm werde nichts geschehen. Aber Arjun schrie ihn an, nannte die Männer Feiglinge und Söldner. Und er trat auf den Balkon von dem *tai* und schoss …« Raymond hielt inne und warf einen Kieselstein ins Wasser.

»Es war eindeutig«, sagte er, »dass er nicht mehr leben wollte.«

7

Als im Jahre 1946 abzusehen war, dass Birma bald unabhängig sein würde, beschloss Doh Say, Huay Zedi zu verlassen und ostwärts zu ziehen, in die gebirgige Gegend an der birmanisch-thailändischen Grenze. Der Krieg hatte die Menschen des Landes von der Mitte an die Peripherien gespült. Doh Say war einer von den vielen, denen mulmig wurde bei dem Gedanken daran, was die Zukunft für die Minderheiten Birmas bereithielt.

Die meisten Bewohner von Huay Zedi folgten Doh Says Rat, unter ihnen Dinu. Die Leute verließen das Dorf und siedelten sich in Loikaw an, einer kleinen Grenzstadt im Karennigebirge, nicht weit von der thailändischen Grenze. Für Dinu war es von Vorteil, in Loikaw zu sein; er konnte wieder Material zum Fotografieren auftreiben; vieles davon wurde von der thailändischen Grenze herübergeschmuggelt. Er richtete sein Atelier ein und war im Umkreis von hunderten von Meilen der einzige Berufsfotograf. Auch in schweren Zeiten heirateten die Menschen und setzten Kinder in die Welt – sie brauchten Zeugnisse dieser Ereignisse und waren bereit, dafür zu bezahlen, manchmal in bar, öfter in Naturalien.

Im Jahre 1947 fand als Vorbereitung auf den Abzug der Engländer die erste Volkswahl in Birma statt, aus der General Aung San als Sieger hervorging; weithin herrschte die Meinung, dass er allein im Stande sein würde, die Einheit und Stabilität des Landes zu sichern. Doch am 19. Juli wurden Aung San und mehrere seiner künftigen Mitarbeiter kurz vor seiner Amtsübernahme ermordet. Wenige Monate nach dem Mord brach in Mittelbirma eine von Kommunisten angeführte Revolte aus. Dann meuterten mehrere Karen-Einheiten der Armee. Die Karen waren nach den Birmanen die größte Volksgruppe des Landes; eine ansehnliche Karen-Organisation griff gegen die Regierung in Rangun zu den Waffen. Andere Gruppen folgten ihrem Beispiel. In kurzer Zeit wüteten in Birma sechzehn Aufstände.

Eines Tages kam in Loikaw ein Junge an Dinus Tür gelaufen. »Ko Tun Pe – deine Mutter kommt dich besuchen.« Ein weiteres Kind folgte, dann noch eins. Sie standen keuchend in seiner Tür, betrachteten ihn mit großen, erwartungsvollen Augen. Alle sagten dasselbe: »Ko Tun Pe, deine Mutter ist da, sie kommt von der Bushaltestelle hierher.«

Er hörte nicht auf sie; er mochte es nicht glauben. Er blieb in seinem Atelier, ohne etwas zu tun, und versuchte, nicht aus dem Fenster zu sehen. Dann vernahm er weitere Stimmen in der Nähe – eine Prozession schien zu seiner Hütte unterwegs zu sein. Er hörte Leute rufen: »Ko Tun Pe – sieh mal, wer da ist!« Er sah einen Schatten auf seiner Schwelle und blickte auf. Es war Dolly.

Dolly hatte mehrere Monate gebraucht, um Dinu in Loikaw ausfindig zu machen. Sie war Ende 1948 nach Birma gekommen, gerade als die Aufstände anfingen. In Rangun hatte sie festgestellt, dass sich die Autorität der gewählten Regierung nicht weit über die Grenzen der Hauptstadt hinaus erstreckte. Auch die Gebiete, die an den Flughafen Mingaladon grenzten, befanden sich in der Hand von Rebellen. Ein großer Teil von Rangun lag in Trümmern, von mehreren aufeinander folgenden Luftangriffen zerbombt. Da das Haus in Kemendine abgebrannt war, hatte Dolly keine Bleibe; eine alte Freundin brachte sie bei sich unter.

Eines Tages erfuhr Dolly, dass Dinus alter Freund U Thiha Saw wieder in Rangun war und bei einer Zeitung arbeitete. Sie suchte ihn auf und fragte ihn, ob er etwas von Dinu gehört hatte. Zufällig hatte U Thiha Saw kurz davor an einer politischen Versammlung teilgenommen, bei der auch Raymond anwesend war. U Thiha Saw erzählte Dolly, dass Dinu in Loikaw lebte und in Sicherheit sei.

Tags darauf hatte Dolly Rangun auf einem Schiff verlassen. Nach einer mehrwöchigen Reise hatte sie einen klapprigen alten Bus bestiegen, der nach Loikaw fuhr.

Dolly und Dinu hatten Tage gebraucht, um sich alles zu erzählen. Sie berichtete ihm von Neels und Manjus Tod, von dem Marsch über die Berge, sie schilderte, wie sie und Rajkumar von der indischen Grenze durch Assam nach Kalkutta gelangt waren; sie erklärte, warum sie allein nach Birma gekommen war.

Er machte Aufnahmen von ihr. Dolly war sehr mager, und ihre Gesichtsknochen waren so deutlich zu sehen wie die Riffel eines kannelierten Bechers. Ihr Haar war straff im Nacken zusammengefasst; es war noch dunkel und glänzend, nur an den Schläfen hatte sie ein paar weiße Strähnen. Sie bedrängte Dinu, seinem Vater zu schreiben. »Du solltest ihn besuchen; du würdest nicht mehr die Schwierigkeiten mit ihm haben wie früher. Er hat sich verändert, er ist ein anderer Mensch, beinahe ein Kind. Du solltest zu ihm gehen; er braucht dich – er ist allein.«

Dinu wollte nichts versprechen. »Vielleicht. Eines Tages.«

Ohne dass sie es aussprach, wusste er, dass sie nicht gekommen war, um zu bleiben. Es überraschte ihn nicht, als sie sagte: »Nächste Woche breche ich nach Sagaing auf.«

Er begleitete sie. Es war das erste Mal seit Ende des Krieges, dass er sich ins Land begab. Er war bestürzt über die Verheerungen. Sie fuhren durch ein Land, das nicht einmal, sondern zweimal von Armeen auf dem Rückzug verwüstet worden war; Brücken waren eingestürzt, Eisenbahnschienen lagen verbogen auf den Schwellen. Von Dorf zu Dorf hatte eine andere Gruppe oder Partei das Sagen. Bauern pflügten um Bombenkrater herum, Kinder deuteten auf die Stellen, wo nicht explodierte Minen lagen. Dolly und Dinu machten Umwege, umrundeten die Gebiete, die als besonders gefährlich galten. Sie gingen zu Fuß, heuerten Ochsenkarren an, fuhren gelegentlich mit einem Bus oder einem Flussboot. Sie blieben eine Nacht in Mandalay. Die Festung lag größtenteils in Trümmern, der Palast war von Artilleriefeuer zerstört, die Pavillons, die Dolly gekannt hatte, waren abgebrannt.

Sie legten die letzten Meilen nach Sagaing zu Fuß zurück und nahmen eine Fähre über den Irawadi. Zu ihrer großen Erleichterung war Sagaing unverändert; die Berge waren friedlich und schön, mit tausenden weißer Pagoden getüpfelt. Als sie sich dem Nonnenkloster näherten, ging Dolly schneller. Am Eingang hielt sie Dinu fest in den Armen, und dann ließ Evelyn sie ein. Als Dinu sie am nächsten Tag besuchen kam, war ihr Kopf rasiert, und sie trug ein rotes Gewand. Sie strahlte.

Sie vereinbarten, dass er sie im nächsten Jahr wieder besuchen würde. Als die Zeit kam, machte er sich abermals auf den weiten Weg von Loikaw nach Sagaing. Am Tor des Klosters musste er lange warten. Endlich kam Evelyn herunter. Sie bedachte ihn mit einem gütigen Lächeln.

»Deine Mutter ist vor einem Monat von uns gegangen«, sagte sie. »Wir konnten dich wegen der Unruhen nicht benachrichtigen. Es wird dich freuen zu hören, dass es sehr schnell ging und dass sie keine Schmerzen hatte.«

Im Jahre 1955 starb Doh Say in Loikaw. Er war ein großer, einflussreicher Patriarch geworden, und er wurde von tausenden betrauert. Für Dinu war Doh Say sowohl wie ein Vater als auch ein Mentor gewesen; sein Tod war ein schwerer Schlag für ihn. Kurze Zeit später beschloss Dinu, von Loikaw nach Rangun zu ziehen.

Die mittleren Fünfzigerjahre waren eine relativ ruhige Zeit in

Birma. Die Revolten waren zum Stillstand gekommen, und die Regierung war eine funktionierende Demokratie. U Thiha Saw war inzwischen Herausgeber einer der führenden, in birmanischer Sprache erscheinenden Zeitungen des Landes und besaß beträchtlichen Einfluss in Rangun.

Nach seiner Ankunft in der Stadt suchte Dinu seinen alten Freund auf. Dieser hatte sich von einem mageren, aufgeschossenen Jüngling zu einem stattlichen, Autorität ausstrahlenden Mann entwickelt. Er trug farbenfrohe *longyis* und lose Buschhemden und hatte fast unentwegt eine Pfeife in der Hand. Er gab Dinu eine Anstellung als Fotograf bei seiner Zeitung. Als Dinu später ein geeignetes Haus für ein Atelier fand, lieh ihm U Thiha Saw das Geld, um es zu kaufen.

Einige der besten Fotografen im Vorkriegs-Rangun waren Japaner gewesen. Nach dem Krieg hatten viele ihre Ateliers geschlossen und die Einrichtung billig veräußert. In seinem Jahr in Loikaw hatte Dinu sich zu einem Experten für die Instandsetzung alter ausrangierter Fotografenausrüstungen entwickelt. So war es ihm möglich, sein Atelier zu äußerst niedrigen Kosten einzurichten.

U Thiha Saw gehörte zu den ersten Besuchern in Dinus Atelier. Er sah sich anerkennend um. »Sehr schön, sehr schön.« Er hielt inne, um an seiner Pfeife zu paffen. »Aber hast du nicht etwas vergessen?«

»Was?«

»Ein Schild. Dein Atelier braucht doch einen Namen.«

»An einen Namen habe ich nicht gedacht.« Dinu schaute sich um. Wohin er auch sah, fiel sein Blick auf Glas: gerahmte Fotografien, Vitrinen, Objektive.

»Der Glaspalast«, sagte er plötzlich. »So will ich es nennen.«

»Warum?«

»Das war ein Lieblingswort meiner Mutter«, sagte er. »Sie hat es oft benutzt, um ...«

Der Name prägte sich ein, und Dinus Arbeiten gewannen rasch einen guten Ruf. Die Vierte Prinzessin lebte jetzt in Rangun. Ihr Mann war Künstler. Beide waren Stammkunden im Glaspalast. Bald hatte Dinu mehr Arbeit, als er bewältigen konnte. Er hörte sich nach einer Hilfe um, und U Thiha Saw empfahl ihm eine Verwandte, eine junge Frau, die eine Teilzeitarbeit suchte. Diese Frau war niemand anders als Ma Thin Thin Aye, das junge Mädchen, das Dinu Unterschlupf gewährt hatte, als er 1942 durch Rangun gekommen war. Sie war jetzt Mitte zwanzig und studierte an der Universität von Rangun. Sie forschte über die birmanische Literatur und schrieb eine Dissertation über *Die Glaspalast-Chronik,* eine berühmte Geschichte aus dem neunzehnten Jahrhundert, die während der Regierungszeit von König Bodawpaya, einem Vorfahren von König Thebaw, geschrieben worden war. Den Namen von Dinus Atelier betrachtete sie als glückverheißendes Zeichen. Sie nahm die Stelle an.

Ma Thin Thin Aye war zierlich und sehr akkurat. Jeden Tag um vier Uhr nachmittags kam sie die Straße entlang, an der Apotheke vorbei zu der Holztür, die zum Atelier führte. Draußen blieb sie stehen und trällerte Dinus Namen, »U Tun Pe!«, um ihr Kommen anzukündigen. Um halb acht machten sie und Dinu Schluss im Atelier; sie ging fort, und Dinu schloss ab, ging um die Ecke und stieg die Treppe zu seiner Wohnung hinauf.

Nach einigen Wochen entdeckte Dinu, dass Ma Thin Thin Aye die Vormittage nicht nur mit Forschungsarbeiten verbrachte. Sie war auch Schriftstellerin. In Rangun gab es eine blühende Kultur von kleinen Literaturzeitschriften; eine der Besten hatte mehrere Kurzgeschichten von ihr veröffentlicht.

Dinu besorgte sich ihre Geschichten. Sie waren eine Überraschung für ihn. Es waren einfallsreiche, experimentelle Arbeiten; Ma Thin Thin Aye benutzte die birmanische Sprache auf neue Weise, verband die vielfältige klassische Tradition mit dem lebendigen Volksschrifttum. Er staunte über den Reichtum an Anspielungen, den Umgang mit Dialekten, die intensive Konzentration auf die Figuren. Ihm schien, dass sie viel erreicht hatte, was einst sein eigenes Bestreben gewesen war – Vorsätze, die er längst aufgegeben hatte.

Dinu war etwas eingeschüchtert, und deswegen fiel es ihm schwer, Ma Thin Thin Aye zu sagen, dass er ihre Arbeiten bewunderte. Stattdessen neckte er sie auf seine ernsthafte, abgehackte Art. »Diese Geschichte von Ihnen«, sagte er, »die eine von der Straße, wo Sie wohnen, Sie sagen, die Leute in der Straße kommen aus vielen verschiedenen Orten, von der Küste und aus den Bergen, doch in Ihrer Geschichte sprechen alle birmanisch. Wie ist das möglich?«

Sie war keineswegs verstimmt.

»Wo ich wohne«, sagte sie sanft, »spricht jedes Haus in der Straße eine andere Sprache. Ich habe keine andere Wahl, als darauf zu vertrauen, dass meine Leser sich das Geräusch eines jeden Hauses vorstellen. Sonst wäre es mir nicht möglich, überhaupt über meine Straße zu schreiben – und auf die Leser zu vertrauen, ist nicht das Schlechteste.«

»Aber sehen Sie sich Birma an«, fuhr Dinu fort, noch in neckendem Ton. »Wir sind ein eigenes Universum. Sehen Sie sich unsere Bevölkerung an, Karen, Kayah, Kachin, Shan, Rakhine, Wa, Pa-O, Chin, Mon ... Wäre es nicht wunderbar, wenn Ihre Geschichte alle Sprachen, alle Dialekte enthalten könnte? Wenn Ihre Leser die unendliche Vielfalt der Musik hören könnten? ... das Erstaunen?«

»Aber das tun sie doch«, sagte sie. »Wieso meinen Sie, dass sie es nicht können? Ein Wort auf dem Papier ist wie das Anschlagen eines Instruments. Meine Leser lassen die Musik in ihren Köpfen erklingen, und jeder hört sie anders.«

An diesem Punkt in seinem Leben betrieb Dinu die Fotografie nicht mehr aus Leidenschaft. Er machte nur kommerzielle Arbeiten, nahm Atelierporträts auf und entwickelte anderer Leute Negative. Er ließ seinem Tun große Sorgfalt und Aufmerksamkeit angedeihen, hatte aber nicht viel Freude daran. Er war vor allem dankbar, dass er über ein Können verfügte, mit dem er sich über Wasser halten konnte. Wenn er gefragt wurde, warum er nicht mehr außerhalb seines Ateliers fotografierte, erwiderte er, dass seine Augen die Gewohnheit des Schauens verloren hätten, dass sein Sehvermögen aus Mangel an Übung verkümmert sei.

Die Fotografien, die er als sein wahres Werk betrachtete, zeigte er nur selten. Es waren ohnehin nur sehr wenige Bilder. Seine frühen Abzüge und Negative waren vernichtet worden, als das Haus in Kemendine in Flammen aufging; die Aufnahmen, die er in Malaya gemacht hatte, waren noch in Morningside. Alles, was er von seinen Arbeiten besaß, waren einige wenige in Loikaw aufgenommene Bilder von seiner Mutter, von Doh Say und Raymond und ihren Familien. Er scheute sich, Ma Thin Thin Aye nach oben zu bitten, um sie ihr zu zeigen. Sie war so jung, mehr als zehn Jahre jünger als er. Ihm lag sehr viel daran, dass sie nicht schlecht von ihm dachte.

Ein Jahr verging, und jeden Tag betrat und verließ Ma Thin Thin Aye das Atelier durch die Tür, die auf die Straße führte. Eines Tages sagte sie: »U Tun Pe, wissen Sie, was ich beim Schreiben am schwersten finde?«

»Was?«

»Den Augenblick, wenn ich von der Straße treten und in ein Haus gehen muss.«

Er runzelte die Stirn. »Warum? Wieso?«

Sie verschränkte die Hände im Schoß und sah ganz so aus wie die eifrige Studentin, die sie war. »Es ist sehr schwer«, sagte sie. »Ihnen mag es als eine Kleinigkeit erscheinen. Aber ich glaube, dass es dieser Augenblick ist, der den Unterschied zwischen klassischem und modernem Schreiben ausmacht.«

»Ausgerechnet! Wieso?«

»Schauen Sie, im klassischen Schrifttum findet alles draußen statt, auf Straßen, öffentlichen Plätzen und Schlachtfeldern, in Palästen und Gärten, an Orten, die sich jeder vorstellen kann.«

»Aber Sie schreiben nicht so?«

»Nein.« Sie lachte. »Und obwohl ich es nur im Geiste tue, ist bis zum heutigen Tag nichts schwerer für mich als dies – in ein Haus zu gehen, einzudringen, zu stören. Obwohl es nur in meinem Kopf stattfindet, fürchte ich mich, fühle ich eine Art Entsetzen, und dann weiß ich, dass ich weitergehen, dass ich die Schwelle überschreiten und in das Haus treten muss.«

Er nickte, sagte aber nichts. Er ließ sich etwas Zeit, um über ihre Worte nachzudenken. Eines Nachmittags kaufte er auf der Mughal Street *biriyani* und lud sie zu sich ein.

Wenige Monate darauf heirateten sie. Es war eine stille Zeremonie, zu der sie nur sehr wenige Leute einluden. Danach zog Ma Thin Thin Aye zu Dinu in seine Zweizimmerwohnung. Sie teilte eine Ecke für sich ab und stellte einen Schreibtisch auf. Sie lehrte jetzt Literatur an der Universität. Nachmittags half sie nach wie vor im Atelier aus. Sie waren glücklich und zufrieden in ihrer kleinen abgeschiedenen Welt. Ihre Kinderlosigkeit empfanden sie nicht als großen Mangel. Daw Thin Thin Ayes Arbeit erregte Aufmerksamkeit, auch über literarische Kreise hinaus. Bald gehörte sie zu der auserwählten Gruppe birmanischer Schriftsteller, deren Anwesenheit auf Veranstaltungen auf dem Land sehr gefragt war.

Eines Morgens unterrichtete Daw Thin Thin Aye an der Universität einen viel versprechenden jungen Studenten, als sie nahebei eine Salve Schüsse hörte. Sie trat ans Fenster und sah hunderte junger Männer und Frauen vorbeirennen, manche waren über und über voll Blut.

Der Student zog sie weg vom Fenster. Sie versteckten sich unter einem Schreibtisch. Nach mehreren Stunden wurden sie von einem Kollegen von Daw Thin Thin Aye gefunden. Es habe einen Putsch gegeben, sagte er. General Ne Win habe die Macht ergriffen. Dutzende Studenten seien direkt in der Universität erschossen worden.

Weder Dinu noch Daw Thin Thin Aye hatten sich jemals aktiv politisch betätigt. Nach dem Putsch lebten sie zurückgezogen und warteten, dass der Wind sich wieder drehte. Erst nach Jahren wurde ihnen klar, dass dies ein Sturm war, der gekommen war, um zu bleiben.

U Thiha Saw wurde verhaftet, seine Zeitung stellte ihr Erscheinen ein. General Ne Win, der neue Diktator, jonglierte mit der Währung. Banknoten mit einem bestimmten Nennwert wurden für ungültig erklärt; Millionen Kyats waren nur noch wertloses Papier. Die intelligentesten jungen Leute des Landes flohen zu tausenden aufs Land. Aufstände vervielfachten sich und gediehen. Raymond ging mit mehreren Anhängern in den Untergrund. Im Osten, an der thailändischen Grenze, gaben die Aufständischen den von ihnen kontrollierten Gebieten einen Namen: Sie wurden zum Karen-Freistaat Kwathoolei mit der am Flussufer gelegenen Hauptstadt Manerplaw.

Mit jedem Jahr wurden die Generäle mächtiger, während der Rest des Landes immer schwächer wurde. Das Militär war wie ein Dämon, der das Leben aus seinem Wirt saugte. U Thiha Saw starb unter ungeklärten Umständen im Gefängnis von Insein; man brachte seinen Leichnam mit Spuren von Folterungen nach Hause, der Familie wurde ein öffentliches Begräbnis verwehrt. Ein neues Zensursystem erwuchs auf dem Fundament des Systems, das die alte imperialistische Regierung hinterlassen hatte. Jedes Buch und jede Zeitschrift musste der Kommission zur Überwachung der Presse, einem kleinen Heer aus Hauptleuten und Majoren, zur Prüfung vorgelegt werden.

Eines Tages wurde Daw Thin Thin Aye in das Büro der Überwachungskommission bestellt. Das Gebäude war schlicht und zweckmäßig wie eine Schule, in den langen Korridoren roch es nach Toiletten und Desinfektionsmitteln. Sie ging zu einem Büro mit einer Sperrholztür und saß mehrere Stunden auf einer Bank. Als sie endlich hereingerufen wurde, sah sie sich einem Offizier gegenüber, der Ende zwanzig sein mochte. Er saß an einem Schreibtisch, vor ihm lag das Manuskript einer ihrer Geschichten. Er hatte die Hände im Schoß.

Sie stand an dem Schreibtisch und fummelte am Saum ihres *aingyi* herum. Der Mann forderte sie nicht auf, sich zu setzen. Er musterte sie von oben bis unten. Dann tippte er mit dem Finger auf das Manuskript. »Warum haben Sie das hierher geschickt?«

»Man sagte mir«, erwiderte sie ruhig, »das sei das Gesetz.«

»Das Gesetz ist für Schriftsteller«, sagte er. »Nicht für Leute wie Sie.«

»Wie meinen Sie das?«

»Sie können nicht birmanisch schreiben. Sehen Sie, die vielen Fehler.«

Sie warf einen Blick auf ihr Manuskript und sah lauter rot angestrichene Stellen, wie in einem fehlerhaft geführten Schulheft.

»Ich habe eine Menge Zeit darauf verwendet, um das zu korrigieren«, sagte der Mann. »Es ist nicht meine Aufgabe, euch Leuten das Schreiben beizubringen.«

Er stand auf und nahm einen Golfschläger in die Hand. Erst jetzt fiel ihr auf, dass der Raum angefüllt war mit Golfutensilien – Kappen, Bällen, Schlägern. Der Mann nahm ihr Manuskript und knüllte es mit einer Hand zusammen. Dann legte er es zwischen seine Füße auf den Boden. Er machte viele kleine Schritte, schwang den Schläger hin und her. Er tat einen Schlag, und die Papierkugel flog durch den Raum. Er verharrte einen Augenblick in seiner Pose, bewunderte seinen Schlag – das gebeugte Knie, das angespannte Bein. Dann wandte er sich ihr zu. »Heben Sie das auf«, sagte er. »Nehmen Sie es mit nach Hause und studieren Sie es. Schicken Sie nie wieder etwas in dieses Büro, ehe Sie nicht gelernt haben, anständiges Birmanisch zu schreiben.«

Auf dem Heimweg im Bus strich sie Blatt für Blatt glatt. Der Wortschatz des Mannes, stellte sie fest, entsprach dem eines Kindes; er war kaum gebildet. Er hatte jedes Wort durchgestrichen, mit dem er nichts anfangen konnte – Wortspiele, Anspielungen, veraltete Ausdrücke.

Sie hörte auf zu schreiben. Nichts konnte veröffentlicht werden, das nicht von der Kommission geprüft worden war. Das Schreiben war schon schwer genug, wenn man es nur mit sich allein zu tun hatte. Der Gedanke an eine nochmalige Begegnung dieser Art ließ die Stunden am Schreibtisch unerträglich erscheinen.

Die Zeitungen waren voll von heftigen Angriffen auf den Imperialismus. Wegen der Imperialisten müsse sich Birma von der Welt abschotten; es gelte, das Land gegen Neo-Kolonialismus und ausländische Aggressionen zu verteidigen.

Diese Schimpfkanonaden widerten Dinu an. Eines Tages sagte er zu seiner Frau: »Sieh nur, wie sie sich der Vergangenheit bedienen, um die Gegenwart zu rechtfertigen. Dabei sind sie selbst viel schlimmer als die Kolonialisten; früher konntest du wenigstens schreiben.«

Daw Thin Thin Aye lächelte und schüttelte missbilligend den Kopf. Sie sagte: »Sich der Vergangenheit zu bedienen, um die Gegenwart zu rechtfertigen, ist schlimm genug, aber genauso schlimm ist es, sich der Gegenwart zu bedienen, um die Vergangenheit zu rechtfertigen. Und du kannst dich darauf verlassen, dass eine Menge Menschen auch dies tun, nur müssen wir uns nicht mit ihnen abgeben.«

Ihr Leben wurde sehr ruhig und kümmerte dahin; sie waren wie Pflanzen, denen man die Wurzeln beschnitten hatte, um sie in winzigen Töpfen zu halten. Sie gingen kaum unter Leute und passten immer sehr genau auf, was sie sagten, selbst bei Freunden. Mit dem Alter wurden sie knorrig, innerlich und äußerlich, sie bewegten sich langsam und bedächtig durch ihre Räume wie Menschen, die fürchteten, etwas umzustoßen.

Doch nicht alles war ruhig um sie herum; es waren Veränderungen im Gange, von denen sie nichts wussten. Ihr Leben war so still, so zurückgezogen, dass sie das erste Grollen unter dem Vulkan nicht wahrnahmen. Als der Ausbruch erfolgte, waren sie vollkommen überrascht.

Es begann wieder mit einer der verrückten Launen des Generals, einem abermaligen Jonglieren mit der Währung. Doch dieses Mal fanden die Menschen sich nicht damit ab, dass ihre Ersparnisse zu wertlosem Papier wurden. Proteste erhoben sich, zunächst leise und zögernd. Eines Tages gab es in einer Teestube auf dem Universitätsgelände eine Auseinandersetzung – ein kleiner, scheinbar harmloser Vorfall. Doch plötzlich leerten sich die Hörsäle, die Studenten strömten auf die Straße, Anführer tauchten auf, und mit erstaunlicher Geschwindigkeit bildeten sich spontan verschiedene Organisationen.

Eines Tages wurde Daw Thin Thin Aye zu einer Versammlung mitgenommen. Sie ging widerwillig hin, von ihren Studenten bedrängt. Anschließend half sie ihnen, ein Pamphlet abzufassen. Als sie nach dem Stift griff, zitterte ihre Hand – sie sah sich im Geiste wieder im Büro des Zensors. Doch als sie zu schreiben begann, geschah etwas Merkwürdiges; mit jedem Satz sah sie ihre zerknüllten Blätter lebendig werden; sie erhoben sich vom Boden, griffen den Golfschläger an, schlugen ihn dem Major aus den Händen.

Von jetzt an ging sie zu Versammlungen in der ganzen Stadt. Sie versuchte, Dinu zum Mitkommen zu bewegen, aber er sträubte sich. Dann erfuhren sie eines Tages von einer neuen Rednerin, die zu einer großen Versammlung in der Nähe der Shwe-Dagon-Pagode sprechen sollte – ihr Name war Aung San Suu Kyi, und sie war die Tochter von Dinus altem Bekannten aus der Universität, General Aung San.

Dinu war zu der Zeit vierundsiebzig; mit zunehmendem Alter war sein rechtes Bein immer steifer geworden, und das Gehen fiel ihm schwer. Doch dieser neue Name übte eine belebende Wirkung auf ihn aus; er ging zu der Versammlung, und danach hielt es ihn nicht mehr zu Hause. Er machte Aufnahmen, war mit seinem Fotoapparat unterwegs, stellte einen Bildbericht zusammen über die Bewegung in ihren berauschendsten und erfreulichsten Tagen.

Am 8. August 1988 wachte Dinu mit leichtem Fieber auf. Daw

Thin Thin Aye machte ihm etwas zu essen und hieß ihn im Bett bleiben. An diesem Tag fand in der Stadt ein wichtiger Marsch statt, und sie brach früh am Morgen auf. Drei, vier Stunden später hörte Dinu in der Ferne wiederholte Schusssalven. Er war zu krank, um hinauszugehen; er blieb im Bett liegen und wartete, dass seine Frau nach Hause käme. Am späten Nachmittag klopfte es an der Tür. Er schleppte sich aus dem Bett und öffnete.

Auf der Treppe standen drei oder vier uniformierte Polizisten, dahinter mehrere Zivilbeamte in *longyis.*

»Ja?«, sagte Dinu. »Was wünschen Sie?«

Sie schoben sich wortlos an ihm vorbei. Er sah hilflos zu, wie sie durch die Wohnung gingen, Schränke öffneten, ihre Habseligkeiten durchwühlten. Dann zeigte ein Zivilbeamter auf ein gerahmtes Bild von Raymond. Die anderen Männer standen flüsternd herum.

Ein Polizist kam mit der gerahmten Fotografie in der Hand zu Dinu. »Kennen Sie diesen Mann?«

»Ja.« Dinu nickte.

»Wissen Sie, wer er ist?«

Dinu wählte seine Worte sorgsam. »Ich kenne seinen Namen.«

»Wissen Sie, dass er der Anführer eines Aufstands ist? Wussten Sie, dass er Drogenhändler und einer der meistgesuchten Terroristen im Land ist?«

»Nein.« Dinus Antwort war unverbindlich.

»Wie auch immer – Sie müssen mitkommen.«

»Nicht jetzt gleich«, sagte Dinu. »Ich kann nicht. Ich bin krank und warte auf meine Frau.«

»Machen Sie sich um sie keine Sorgen«, sagte der Uniformierte. »Sie wurde schon an einen Ort gebracht, wo ihr nichts geschieht.«

8

Dinu hatte Jaya versprochen, sie an ihrem letzten Tag in Yangon zu einer öffentlichen Versammlung von Aung San Suu Kyis Haus mitzunehmen.

1996 war das sechste Jahr von Aung San Suu Kyis Hausarrest. Trotz dieser Beschränkung war der Wohnsitz von Aung San Suu

Kyi nach wie vor der Mittelpunkt des politischen Lebens der Stadt. Zweimal jede Woche, samstags und sonntags, fand vor ihrem Haus eine Zusammenkunft statt; die Menschen versammelten sich draußen, und sie hielt am Tor eine Rede. Diese Zusammenkünfte waren regelrechte Wallfahrten geworden; an den Wochenendnachmittagen senkte sich Stille über die Innenstadt von Yangon, und tausende strömten von überallher zum Anwesen von Aung San Suu Kyi.

Dinu holte Jaya in ihrem Hotel ab. Ein Freund hatte ihn im Auto hingefahren, einem tschechischen Skoda, Baujahr 1954. Das Auto machte laute, hustende Geräusche, als es mit laufendem Motor auf der Straße wartete. Beim Einsteigen stellte Jaya fest, dass alle Autotüren verschiedene Farben hatten und merkwürdig deformiert waren, als seien sie mit Vorschlaghämmern bearbeitet worden.

»Der Wagen sieht aber komisch aus«, meinte sie.

Dinu lachte. »Ja, er ist aus lauter Teilen anderer Autos zusammengesetzt. Die Motorhaube stammt von einem alten japanischen Ohta, eine Tür ist von einem Wolga. Ein Wunder, dass es überhaupt fährt.«

Die Fehlzündungen des Skoda-Motors knatterten durch die Straßen, als sie losfuhren. Die Innenstadt war unheimlich still, so leer, wie Jaya sie noch nie gesehen hatte. Doch je weiter sie nach Norden fuhren, desto lebhafter wurde der Verkehr; Personenwagen, Omnibusse, Kleinlaster waren unterwegs. Sie kamen zu einem breiten, von Bäumen beschatteten Boulevard, der von großen Villen gesäumt war. Sie parkten in einiger Entfernung und schlossen sich den vielen hundert Menschen an, die auf der Straße gingen.

Sie kamen zu einem Haus mit einem grün und gelb gestrichenen Zaun. Davor stand eine große Menschenmenge. Von dem Anwesen war nicht viel zu sehen, das Haus lag von der Straße zurückgesetzt und war von hohen Bambusdickichten umgeben. Das Tor war aus Metall und oben mit Eisenspitzen bewehrt. Gut zehntausend Menschen hatten sich hier eingefunden, die meisten saßen geduldig auf den Grasstreifen, die den Boulevard auf beiden Seiten begrenzten. Die Straße wurde von Freiwilligen und Polizisten freigehalten, und der Verkehr floss langsam, aber stetig am Tor vorbei.

Die Freiwilligen trugen rote Oberteile und grüne *longyis.* Jaya erfuhr, dass dies die Farben der Demokratiebewegung waren. Dinu wurde von vielen Freiwilligen erkannt. Sie winkten ihn durch bis fast zum Tor. Von hier hatte man einen guten Überblick, und Jaya betrachtete die Menschen ringsum. Es waren viele Studenten darunter und vereinzelte buddhistische Nonnen und Mönche. Im Übrigen aber schienen es ganz normale Leute zu sein, viele Frauen waren darunter, die zum großen Teil ihre Kinder dabei hatten. Die Stimmung war erwartungsvoll, aber nicht gespannt; Imbissverkäufer bahnten sich einen Weg durch die Menge und boten Speisen und Getränke feil.

Dinu stieß Jaya an und deutete auf einen Fotografen und einige Männer, die Sonnenbrillen mit Drahtgestellen trugen. »Der militärische Geheimdienst«, sagte er kichernd. »Die filmen alles und bringen es in ihr Hauptquartier. Ihre Chefs gucken sich das morgen an.«

Jaya fielen die vielen Inder in der Menge auf. Sie wies Dinu darauf hin, und er sagte: »Ja, du kannst dich darauf verlassen, dass das der Regierung nicht entgangen ist. Die offiziellen Zeitungen bezeichnen diese Treffen oft als Versammlung von üblen Indern.« Er lachte.

Plötzlich entstand Unruhe. »Da ist sie«, sagte Dinu. »Aung San Suu Kyi.«

Eine schlanke Frau mit feinen Gesichtszügen erschien. Ihr Kopf war gerade sichtbar über dem Tor. Das tiefschwarze Haar hatte sie im Nacken zusammengefasst. Sie trug weiße Blumen im Haar und war unglaublich schön.

Aung San Suu Kyi winkte der Menge zu und begann zu reden. Sie sprach birmanisch, und Jaya konnte nicht verstehen, was sie sagte. Doch ihre Vortragsweise war ganz anders als alles, was Jaya je gehört hatte. Sie lachte ständig, und sie hatte eine elektrisierende, heitere Ausstrahlung. Das Lachen ist ihr Charisma, dachte Jaya. Überall ringsum hörte sie in der Menge den Widerhall von Aung San Suu Kyis Lachen. Obwohl es von Geheimdienstagenten wimmelte, war die Atmosphäre nicht drückend oder angsterfüllt. Die vorherrschende gute Laune stand in krassem Gegensatz zu der ausgestorbenen Innenstadt. Jaya begriff, warum so viele Menschen ihre ganze Hoffnung auf Aung San Suu Kyi gesetzt hatten. Sie selbst wäre in diesem Augenblick bereit gewesen, alles zu tun, was von ihr verlangt wurde. Es war unmöglich, diese Frau zu erblicken und sie nicht sofort zu lieben.

Jaya und Dinu gingen schweigend zu dem alten Skoda zurück. Sie stiegen ein, und unvermittelt sagte Dinu: »Seltsam, ich habe ihren Vater gekannt, ich kannte viele andere, die in der Politik waren, viele Männer, die heute als Helden betrachtet werden. Aber sie ist die Einzige von allen führenden Persönlichkeiten, der ich je glauben konnte.«

»Warum?«

»Weil sie die Einzige ist, die zu verstehen scheint, welcher Platz der Politik zukommt, wie sie sein sollte ... dass man sich nicht nur Missregierung und Tyrannei widersetzen muss, sondern auch der Politik an sich, dass man nicht zulassen darf, dass sie alles Leben, alles Dasein verunmenschlicht. Für mich ist das unsere schlimmste Demütigung – nicht nur in Birma, auch in vielen anderen Ländern –, dass die Politik in alles eingedrungen ist, nichts verschont hat, Religion, Kunst, Familie, sie hat alles an sich gerissen, es gibt kein Entkommen vor ihr ... und doch, was könnte am Ende banaler sein? Aung San Suu Kyi versteht das, nur sie, und das ist es, was sie weit über einen Politiker hinaushebt.«

»Aber wenn das wahr ist«, sagte Jaya zögernd, »ist es dann nicht umso schwerer für sie, erfolgreich zu sein – als Politikerin?«

Dinu lachte. »Aber sie ist doch schon erfolgreich, siehst du das nicht? Sie hat den Generälen die Masken von den Gesichtern gerissen. Sie hat ihnen die Grenzen dessen gezeigt, was sie zu tun gewillt ist, und diese Grenzen gelten auch für die Generäle. Sie verfolgt sie unaufhörlich, jeden Augenblick. Sie hat sie ihrer Worte beraubt, der Fähigkeit zum Gespräch. Sie haben keine Verteidigung ihr gegenüber, außer sie als Imperialistin zu bezeichnen, was lächerlich ist, da in Wirklichkeit sie es sind, die auf die alten imperialistischen Gesetze und Statuten zurückgreifen, um sich an der Macht zu halten. Die Wahrheit ist, dass sie verloren haben und es wissen. Das ist es, was sie so ratlos macht. Es ist nur eine Frage der Zeit, dann müssen sie ihre Taten verteidigen.«

9

Dinu holte Jaya in ihrem Hotel ab, um sie zum Flughafen zu bringen. Auf der Fahrt in dem Skoda durch die Stadt sagte Dinu: »Du warst sieben Tage hier, und wir haben nicht ein einziges Mal über meinen Vater gesprochen.«

»Das ist wahr«, sagte Jaya schuldbewusst.

»Erzähl mir von seinen letzten Tagen«, sagte Dinu. »Warst du bei ihm?«

»Ja, ich erinnere mich sehr gut daran. Meine Großtante Uma war wenige Tage zuvor gestorben. Sie waren beide fast neunzig.«

Sie starben im Abstand von wenigen Wochen. Uma schied als Erste; sie starb im Schlaf, und Rajkumar war es, der sie fand. Die Nachricht verursachte Aufregung; die Stadt trauerte, Uma erhielt ein Staatsbegräbnis, und der Gouverneur nahm daran teil. Die Familie wurde stillschweigend in den Hintergrund gedrängt.

Rajkumar starb einen Monat später an Herzversagen. Sein Begräbnis war so bescheiden, wie Umas pompös gewesen war. Seine Freunde vom birmanischen Tempel trugen seinen Leichnam zur Verbrennungsstätte. Danach brachten Jaya und Bela seine Asche zum Fluss. Bela streute sie ins Wasser.

»Er hat immer gesagt, für ihn könne der Ganges nie dasselbe sein wie der Irawadi.«

Jaya sah, dass Dinu weinte; Tränen liefen ihm über das runzlige Gesicht. Sie nahm seine Hand.

»Du hast mich nach seinen letzten Tagen gefragt«, sagte sie, »aber in Wahrheit ist das, was ich dir erzählt habe, etwas ganz anderes als das, woran ich mich erinnere.«

»Und woran erinnerst du dich?«

»Ich erinnere mich an eine Geschichte, die mein Sohn mir erzählt hat.«

»Dein Sohn? Ich wusste nicht, dass du einen Sohn hast.«

»Doch ja. Er ist längst erwachsen. Er hat die letzten Jahre in Amerika gelebt. Er ist Schriftsteller.«

»Und wie lautet seine Geschichte?«

Ich war noch klein, vielleicht vier oder fünf. Lankasuka war jetzt mein Heim; ich wohnte oben mit meiner Mutter und meiner Großtante Bela. Rajkumar wohnte unten in Umas Wohnung in einem kleinen Zimmer neben der Küche. Wenn ich morgens aufwachte, ging ich immer als Erstes hinunter, um nach ihm zu sehen.

An jenem Morgen kam ich in Rajkumars Zimmer und fand sein Bett unberührt. Ich war sehr besorgt. Ich lief durch die Wohnung in Umas Schlafzimmer, um ihr zu sagen, dass mein Urgroßvater nicht da war.

Obwohl Rajkumar seit gut zwanzig Jahren in Umas Wohnung lebte, war an ihren Wohnverhältnissen oder ihrer Beziehung nie etwas Anstößiges gewesen. Jedermann wusste, dass ihre Verbindung auf Wohltätigkeit beruhte und auf Umas Zuneigung zu Dolly zurückging. Uma war eine großzügige Wohltäterin, Rajkumar war ein nahezu mittelloser Flüchtling. Seine Anwesenheit im Haus tat Umas Ruf als Frau mit einer eiskalten Selbstbeherrschung, als Witwe, die ihren verstorbenen Mann mehr als ein halbes Jahrhundert betrauert hatte, nicht den geringsten Abbruch.

Die Architektur von Umas Wohnung spiegelte ihre Beziehung wider. Uma schlief im Elternschlafzimmer mit Blick auf den Park; Rajkumars Zimmer war eine umgewandelte Speisekammer neben der Küche. Nur nachmittags war ihm der Aufenthalt in Umas Zimmer gestattet, und dann saß er immer auf demselben Platz, einem großen Diwan, auf dem ringsum dicke wattierte Polster lagen. So lebten sie zwanzig Jahre.

Aber als ich an jenem Morgen in Umas Zimmer lief, sah ich zu meinem Erstaunen, dass Rajkumar in ihrem Bett lag. Sie schliefen fest, mit einem dünnen Laken aus Baumwolle zugedeckt. Sie machten einen friedlichen und sehr erschöpften Eindruck, als ruhten sie sich nach einer großen Anstrengung aus. Ihre Köpfe lagen auf einem Haufen Kissen, ihre Münder standen offen. Es war genau die Pose, die wir Kinder einnahmen, wenn ein Spiel die Darstellung des Todes verlangte: Kopf zurück, Mund offen, Zunge heraushängend. Dass ich verwirrt war, war nur natürlich.

Ich rief: »Seid ihr tot?«

Sie wachten auf und blinzelten. Sie waren beide extrem kurzsichtig, und es folgte ein eifriges Herumtasten im Bett und Herumdrehen von Kissen, als sie nach ihren Brillen tasteten. Infolgedessen rutschte das Laken herunter, und es zeigte sich, dass sie nackt waren. Umas Haut sah sehr weich aus und war von einem zarten Flechtwerk winziger Furchen durchzogen. Jedes einzelne Haar auf Rajkumars Körper war weiß geworden, was einen erstaunlich feinen Gegensatz zu seiner dunklen Haut erzeugte.

»Oh«, sagte ich dümmlich, »ihr habt ja gar nichts an.«

Sie fanden ihre Brillen und zogen flugs die Zudecke hoch. Uma gab ein lautes Gurgeln von sich, eine Art vulkanisches Grollen. Ihr Mund war seltsam eingefallen, und bei näherem Hinsehen stellte ich fest, dass sie und Rajkumar ihre Zähne nicht drin hatten.

Ich war von Zahnprothesen fasziniert wie alle Kinder, und ich wusste genau, wohin Uma ihre tat, wenn sie schlafen ging. Damit das Gebiss nicht umgestoßen wurde, stellte sie es in einem großen Glas mit Wasser außer Reichweite des Bettes.

In dem Bemühen, behilflich zu sein, ging ich zu dem Glas, um ihnen die Peinlichkeit zu ersparen, nackt aus dem Bett zu steigen. Als ich es in die Hand nahm, sah ich, dass nicht eins, sondern zwei Gebisse darin waren. Mehr noch, sie hatten sich irgendwie verhakt, sodass die Gaumenplatten tief ineinander reichten, jede Prothese auf die Zähne der anderen biss.

Weiterhin bemüht, behilflich zu sein, versuchte ich, die Gebisse auseinander zu zwängen. Aber Rajkumar wurde ungeduldig und riss mir das Glas aus der Hand. Erst als er seine Zähne in seinen Mund geschoben hatte, entdeckte er, dass Umas Gebiss mit seinem verhakt war. Und als er dasaß und mit großen Augen verdattert auf die rosa Gaumenplatte starrte, die aus seinem Mund ragte, geschah etwas Erstaunliches – Uma beugte sich vor und legte ihren Mund um ihre Zähne. Ihre Münder hingen aneinander, und sie schlossen die Augen.

Ich hatte noch nie einen Kuss gesehen. In Indien wurden solche Dinge damals durch unsichtbare Zensoren dem Blick entzogen, im wirklichen Leben ebenso wie im Film. Obwohl ich nicht wusste, dass diese Zärtlichkeit einen Namen hatte, war mir klar, dass mein Verweilen in dem Zimmer die Verletzung von etwas bedeutete, das mein Begriffsvermögen überstieg. Ich schlich hinaus.

Was ich an jenem Morgen im Schlafzimmer meiner Urgroßtante

Uma sah, bleibt bis zum heutigen Tag der zärtlichste, rührendste Anblick, den ich je gesehen habe, und von dem Tag an, als ich mich hinsetzte, um dieses Buch zu schreiben – das Buch, das meine Mutter nie geschrieben hat –, wusste ich, dass es an dieser Stelle enden würde.

NACHWORT UND DANKSAGUNG

Das Samenkorn für dieses Buch wurde vor meiner Zeit von meinem Onkel, dem verstorbenen Jyoti Datta von Rangun und Moulmein, den seine Verwandten »Der Prinz« nannten, nach Indien gebracht. Doch weder mein Vater noch mein Onkel hätten dieses Samenkorn in der Ernte wiedererkannt, die ich eingefahren habe. Als ich mit der Arbeit an diesem Buch begann, hatten die Erinnerungen, die sie an mich weitergegeben hatten, ihre Konturen verloren und oft nur als Schemen von Wörtern, Stimmungen, Strukturen überlebt. Bei dem Bemühen, über Schauplätze und Zeiten zu schreiben, die ich nur aus zweiter und dritter Hand kannte, sah ich mich gezwungen, eine parallele, ganz und gar fiktive Welt zu erschaffen. *Der Glaspalast* ist daher uneingeschränkt ein Roman, und ich kann ohne Vorbehalt erklären, dass mit Ausnahme von König Thebaw, Königin Supayalat und ihren Töchtern keine der Hauptfiguren irgendwelche Ähnlichkeit mit lebenden oder verstorbenen Personen hat.

Vielleicht war es gerade das Flüchtige dessen, an das ich mich zu erinnern versuchte, das in mir den nahezu obsessiven Drang erzeugte, die Lebenshintergründe meiner Figuren so genau wie möglich wiederzugeben. In den fünf Jahren, die ich brauchte, um den *Glaspalast* zu schreiben, habe ich hunderte von Büchern, Memoiren, Reiseberichten, Ortsverzeichnissen, Artikeln und Notizbüchern, veröffentlichten und unveröffentlichten, gelesen; ich bin tausende von Kilometern gereist, um, soweit möglich, alle Schauplätze zu besuchen, die in diesem Roman vorkommen; ich habe Unmengen von Menschen in Indien, Malaysia, Myanmar und Thailand aufgesucht. Infolgedessen habe ich einen Berg Dankbarkeitsschulden aufgehäuft – die einzige Form von Insolvenz, die man mit Recht als eine Art Reichtum betrachten kann –, eine Liste, die so lang ist, dass ich bestenfalls hoffen kann, gegenüber den drückendsten dieser Schulden ein paar Gesten der Dankbarkeit zu bezeugen.

Von den Menschen, die sich auf meinen Reisen 1995, 1996, 1997 und 1999 Zeit für mich genommen haben, möchte ich besonders den folgenden meine Dankbarkeit ausdrücken.

In Malaysia: Janaki Bai Devadasan, G. Anthony Samy, E. R. Samikannu, Anjali Suppiah, A. V. Pillai, A. Ponnusamy, R. Chinamma Rangaswamy, S. P. Velusamy, Lt. K. R. Das, Abraham Muttiah, F. R. Bhupalan, M.Y. B. Abbas, M. Gandhinathan, Eva Jenny Jothi, Nepal Mukherjee, N. G. Choudhury, V. Irulandy, S. P. Narayanswamy, S. Natarajan, Y. B. Tan Sri Dato und K. R. Somasundaram von der National Land Finance Co-operative Society Ltd. Ferner möchte ich D. Narain Samy und anderen Angehörigen des Personals des Bukit Sidim Estate für ihre Gastfreundschaft während meines Aufenthalts danken. Doch am meisten zu Dank verpflichtet bin ich der berühmten Puan Sri Janaki Athinagappan aus Kuala Lumpur, die mich mit vielen der oben Genannten bekannt gemacht und mich und die Meinen in ihre Familie aufgenommen hat.

In Singapur geht mein Dank an Elizabeth Choy, Ranjit Das, Bala Chandran, Dr. N. C. Sengupta und insbesondere meine Freundin Dr. Shirley Chew, die mir in dieser Stadt viele Türen geöffnet hat.

In Thailand möchte ich folgenden Personen danken, weil sie sich freundlicherweise Zeit für mich genommen haben: Pippa Curwen, U Aye Saung, Khun Kya Oo, Khun Kya Noo, Lyndell Barry, Sam Kalyani, Nyi Nyi Lwin, Abel Tweed, Aung Than Lay, Ma Thet Thet Lwin, Than Kyaw Htay, Oo Reh, Tony Khoon, David Saw Wah, Raymond Htoo, David Abel, Teddy Buri und ganz besonders Ko Sunny (Mahinder Singh). U Tin Htun (E. C. Nanabawa) hat ebenfalls keine Mühe gescheut, mir auf meinen Reisen zu helfen, und ich schulde ihm vielfachen Dank.

In Indien möchte ich danken: Aruna Chatterjee, Col. Chatterjee, Dr. Sugato Bose, Capt. Lakshmi Sahgal, Lt.-Gen. N. S. Bhagat, Capt. Khazan Singh, Capt. Shobha Ram Tokas, Shiv Singh, Hari Ram, Major Devinder Nath Mohan, Capt. A. Yadav, Barin Das, Tarit Datta, Arabinda Datta und Derek Munro. Mrs. Ahona Ghosh gestattete mir freundlicherweise, ihres Vaters handgeschriebene Notizen von 1942 über den Treck einzusehen; ich schulde ihr großen Dank. Zutiefst dankbar bin ich auch Nellie Casyab aus Kalkutta, einer Überlebenden des Trecks, den der Historiker Hugh Tinker den »Vergessenen Langen Marsch« von 1941 nennt. Sie war es, die mich in die birmanische und anglo-birmanische Welt von Kalkutta eingeführt und mit den wenigen anderen Überlebenden jener schrecklichen Tortur zusammengebracht hat. Ferner möchte ich Albert Piperno, einem weiteren Überlebenden des Trecks, für seine Bemühungen danken, die Erinnerung an die Bombardierung von Rangun am 23. Dezember 1941 wachzurufen. Zu ganz besonderem Dank verpflichtet bin ich Oberstleutnant Gurubakhsh Singh Dhillon, dem Letzten der »Red Fort Three«, mit dem ich mich an mehreren Tagen traf und viele Stunden mit der Erinnerung an die Ereignisse im Dezember 1941 verbrachte.

Ich bedaure sehr, dass es mir aus Furcht vor Repressalien gegen die Betreffenden nicht möglich ist, meinen Freunden in Myanmar oder ihren Landsleuten zu danken, die keine Mühe gescheut haben, um sich mit mir zu unterhalten, oft unter nicht geringer Gefahr für sie selbst. Sollte jemand von ihnen dies zufällig lesen, so vertraue ich darauf, dass sie wissen, wer gemeint ist, und meine tiefe Dankbarkeit für jeden von ihnen annehmen.

Leider ermöglichen mir die Umstände nur einen zu nennen, dem ich die größte Dankbarkeit in Yangon schulde: dem verstorbenen Schriftsteller Mya Than Tint; sein früher Tod entzog ihn dem Zugriff des Regimes, dessen Schikanen er so lange und heldenhaft ertrug. Mya Than Tint war für mich ein lebendiges Symbol für die unauslöschliche Kraft des menschlichen Geistes; obwohl ich ihn nur kurze Zeit kannte, hat mich seine Ansicht über Literatur belehrt und grundlegend verändert. Allen, die ihn gekannt haben, wird sofort klar sein, wie sehr dieses Buch von seinem Einfluss durchdrungen ist.

Während ich an diesem Buch schrieb, habe ich einen guten Freund verloren: Raghubir Singh, den Fotografen, der in allem, was die Fotografie betraf, mein Ratgeber und Lehrer war. Zu meinem großen Bedauern war es mir nicht möglich, ihm zu seinen Lebzeiten meine tiefe Dankbarkeit zu bekunden: Wenn ich es jetzt tue, dann nicht in der Hoffnung, etwas gutmachen zu können, sondern vielmehr, um eine unbezahlbare Schuld zu dokumentieren. Selbstverständlich trägt weder er noch sonst einer der oben Genannten irgendeine Verantwortung für den Inhalt dieses Buches; diese liegt allein bei mir.

Unter den veröffentlichten Quellen war mir die Monografie *Deposed King Thebaw of Burma in India, 1855–1916* von Walter A. Desai (Bharatiya Vidya Series,Bd. 25,Bombay 1967) außerordentlich hilfreich. In seiner Abhandlung *The Changing of Kings* (London 1985) schildert Philip Glass Desai als einen »stillen alten indischen Historiker der Universität [Rangun].« Ich liebe die Vorstellung, dass der »stille alte Inder« in Indien im Ruhestand lebt und die Archive von Neu-Delhi und Bombay durchforstet, als eine Art Ehrung und Wiedergutmachung für das Land, das König Thebaw verloren hatte. Desais Versuch, Spuren seines getilgten Lebens aufzudecken, ist für mich in seiner sorgsamen, unaufdringlichen Anhäufung von Details ein zutiefst bewegendes Werk, eine Bestätigung, dass jedes Leben ein Echo hinterlässt, das hörbar ist für alle, die sich die Mühe machen, zu lauschen.

Viele Reisen und Recherchen für dieses Buch wurden vom *New Yorker* unterstützt. Ich bin vielen Mitarbeitern des Magazins dankbar für ihren beständigen Beistand, und besonders danken möchte ich Tina Brown, Bill Buford, Alice Quinn, Peter Canby und Liesl Schillinger. Mein Dank geht auch an Laura McPhee für Hilfe und Rat, und an meinen alten Freund James Simpson, der unendlich viel zu diesem Buch beigetragen hat, indem er das Manuskript las. Meinen Lektoren Susan Watt, Ravi Dayal, Kate Medina und Rukun Advani bin ich zu tiefem Dank verpflichtet. Mein Dank an meinen Agenten Barney Karpfinger, der mir die Zeit gab, die ich benötigte, um dieses Buch zu schreiben, und in den schwierigsten Augenblicken eine Säule der Kraft war, ist grenzenlos. Meiner Frau Debby bin ich für ihren Beistand und meinen Kindern Lila und Nayan für ihre Geduld wie immer zutiefst dankbar.

Am meisten verpflichtet aber bin ich meinem Vater, Oberstleutnant Shailendra Chandra Ghosh. Er hat im Zweiten Weltkrieg als Offizier des 12. Frontier Force Regiments gekämpft, einer Einheit der damaligen Britisch-Indischen Armee. Er war während des Birmafeldzugs 1945 in General Sims 14. Armee und wurde zweimal in Kriegsberichten erwähnt. Er gehörte zu den »loyalen« Indern, die auf der anderen Seite der »Verräter« der indischen Nationalarmee standen. Er starb im Februar 1998 und hat nie irgendeinen Teil meines Manuskripts gesehen. Erst durch seine Abwesenheit ist mir klar geworden, wie tief mein Buch mit seiner Erfahrung, seinen Gedanken zum Krieg und seinen Selbstzweifeln verwurzelt war. Seinem Andenken widme ich den *Glaspalast*.

GLOSSAR

Da Birmanisch, Indonesisch (Bahasa Indonesia), Malaiisch und Persisch kein grammatisches Geschlecht (Genus) kennen, werden im Text vorkommende Substantive aus diesen Sprachen mit dem Artikel ihrer deutschen Entsprechung verwendet – also etwa »das *da*«, weil *da* »Hackmesser« bedeutet. Substantive aus anderen Sprachen (v. a. Hindustani) werden mit ihrem »eigentlichen« Genus verwendet.

Sofern nicht anders angegeben, sind die aufgeführten Begriffe birmanisch; die ansonsten verwendeten Abkürzungen bedeuten:

Ar: Arabisch
Beng: Bengali
Hind: Hindustani
Ind: Indonesisch
Mal: Malaiisch
Pers: Persisch
Skt: Sanskrit

aingyi – bis zur Taille reichende, an der Seite geknöpfte birmanische Frauenbluse. (Entspricht etwa dem Oberteil eines *cheongsam*)

amader gurujon – (Beng) »unsere Lehrmeister«, »unsere (zu achtenden) Älteren«

Ambedkar, Bhimrao Ramji (1891–1956), politischer Führer der Harijans (Unberührbaren und Angehörigen der untersten hinduistischen Kasten) und indischer Justizminister von 1947 bis 1951. Er entsagte 1956 dem Hinduismus und trat mit 200 000 seiner Anhänger zum Buddhismus über, da diese Religion das Kastensystem nicht anerkennt und alle Menschen als grundsätzlich gleichwertig betrachtet.

anchal, der – (Hind) das farblich abgesetzte und/oder bestickte sichtbare Ende des Saris *angavastram*, das – (Skt, Hind usw.) meist zur *dhoti* um den Nacken getragener langer schmaler, dünner Schal

angarkha, angarkhâ, der – (Hind) langes, weites hemdartiges Obergewand indischer Männer

angrez – (Hind) Engländer(in)

angsana – malaiische Bez. für den Padaukbaum

atwinwun – »Innerer Minister«, zweithöchster Hofbeamter im birmanischen Königreich; entspricht dem Innenminister

aunging – der Einsatz von abgerichteten Elefanten zum Transport (Schleppen/Schieben) von (Teakholz-)Stämmen

ayah – englische Schreibung für Hind. *âyâ*, »Kinderfrau«, »Amme«

baba, bâbâ – (Hind) wtl. »Großvater«, liebevolle Anrede für eine männliche Person gleich welchen Alters

babu, bâbû – (Hind) »gebildeter«, »kultivierter Mann«; auch allgemein respektvolle Anrede für eine (angesehene, ältere) Person

bahin, die – (Hind) Schwester

baithak-khana, baithak-khânâ, der – (Hind) wtl. »Ort zum Sitzen« (engl. *sitting room*) Wohnzimmer

bandobast, der – (Hind) Regelung, Organisation, Arrangement; »einen b. machen« heißt soviel wie »etwas organisieren, regeln«

Banyanbaum – *Ficus benghalensis*, gehört zur Familie der Maulbeergewächse, wird auch Würgefeige oder Bengalische Feige genannt. Ursprünglich in Süd- und Westindien beheimatet, mittlerweile jedoch in den gesamten Tropen zu finden.

bas karo – (Hind) »es reicht«, »genug« (»wtl. »lass es genug sein«)

basti, bastî, die – (Hind) Siedlung, Vorort

baya-gyaw – frittierte Klößchen aus gelben Erbsen, Zwiebeln und verschiedenen Gewürzen

bayin – Figur des traditionellen birmanischen Puppentheaters: der »König«

baharka, bâharkâ, der – (Hind) Ausländer, ausländisch; Außenseiter

Bhagavati, *bhagavatî* – (Skt) »Erlauchte«, »Erhabene«, im Hinduismus ein Beiname der Großen Göttin (Durga)

bhai, bhâî, der – (Hind) wörtl. «Bruder«; auch als Anrede für einen Freund verwendet

bhumisparshamudra, bhûmi-sparsha-mudrâ, die – (Skt) »Erdberührungsgeste«, *mudrâ* (symbolische Hand-/Körperhaltung) bei

Buddha-Darstellungen: die linke Hand ruht im Schoß, die rechte ist nach unten ausgestreckt und berührt die Erde, um sie zur Zeugin der Tatsache aufzurufen, dass Siddhartha Gautama die vollkommene Erleuchtung erlangt hat.

bidi, bîdî, die – (Hind) einfache, kleine, sehr billige «Zigarette« (eigentlich Zigarre, da die Hülle nicht aus Papier, sondern aus einem Blatt besteht)

biriyani, biryânî, die – (Hind) ein aufwändiges, raffiniert gewürztes nordindisches Gericht aus Reis, Gemüse, u.U. Obst und Huhn- oder Lammfleisch

bodaw – »Zauberer«, »mit übernatürlichen Kräften begabter heiliger Mann«; hier eine Figur des traditionellen birmanischen Puppentheaters

brinjal, der – ursprünglich malaiische, aber auch in Nordindien verbreitete Bezeichnung für die Aubergine

buddhu, buddhû, der – (Hind) Dummkopf, Blödmann, Idiot

bunga kantan – (Mal) Knospe der roten Ingwerpflanze (*Phaemeria speciosa*), die für Salate und Curries verwendet wird.

bunga telang – (Mal) Schmetterlingswicke (*Clitoria terneatea*). Die getrockneten und zerstampften blauen Blüten dieser Schlingpflanze werden in Wasser gekocht und Speisen zugefügt, wodurch diese eine blaue Farbe und ein besonderes Aroma erhalten.

bara khana, barâ khânâ, der – (Hind) wtl. »großes Essen«, Festmahl

chalao goli, chalâo golî – (Hind) wtl. »gebt Kugeln!«, »Feuer!«

chalo – (Hind) wtl. »geh!«, »los«, »mach schon« usw.

chandi – (Ind, Mal) buddhistischer Tempel

chapati, chapâtî, die – (Hind) lediglich aus Mehl, Wasser und Salz bestehender, in einer Eisenpfanne ohne Fett gebackener (ungesäuerter) dünner indischer »Brot«-Fladen

chaung – (Sturz-)Bach, Gebirgsfluss

cheongsam, chong-sam – (Chin) an der Seite geknöpftes Kleid mit seitlich geschlitztem Rock und eng anliegendem Stehkragen

chowkidar, chaukîdâr, der – (Hind) «Wächter«, «Wachmann«

churidar-pajama, chûrîdâr-pâjâmâ, der – (Hind) wtl. »geringelte Hose«, oben weite, an den Unterschenkeln eng anliegende, horizontal gefältelte Hose *da* – kurz für *da dao* (Chin), Hackmesser. In der südostasiatischen Küche zu einer Vielzahl von Zwecken verwendetes Messer mit schwerer rechteckiger Klinge.

Dak-Bungalow – (Hind-Engl) »Post-Bungalow«; von den Briten in kleineren Ortschaften oder auch auf dem platten Land errichtete behagliche Gasthäuser, in denen dienstlich reisende Kolonialbeamte (und andere privilegierte Personen) absteigen und standesgemäß wohnen konnten.

dal, dâl, die – allg. Bezeichnung für Hülsenfrüchte (Linsen, Erbsen, Kichererbsen, versch. Bohnen), sowie für ein daraus gekochtes Gericht

dekh lo – (Hind) »sieh doch!«

devi, devî, die – (Skt, Hind) Göttin; wenn allgemein von »der« *devi* gesprochen wird, ist damit in der Regel die Große Göttin (Durga/Kali) oder eine ihrer Erscheinungsformen gemeint.

Dhatarattha, Dhritarashtra – mythischer indischer König im Mahabharata und in buddhistischen Legenden

dhobi, dhobî, der – (Hind) Wäscher, Angehöriger der hinduistischen Wäscher-Kaste

dhoti, dhotî, die – (Hind) traditionelle Beinbekleidung der hinduistischen Männer. Ein meist weißes Baumwolltuch, das um die Hüften gewickelt und zwischen den Beinen hindurchgezogen wird, so dass eine Art knielange Pluderhose entsteht.

dosa, der – (Hind) ein aus Weizen-, Mais-, Reis- oder anderen Mehlsorten, Hülsenfrüchten und ggf. verschiedenen Gemüsen bestehender, sehr würziger »Pfannkuchen«

dubash, dubâsh, der – (Hind) Dolmetscher

durba(-Gras) – (Hind) anglisierte Schreibung von Skt. *darbha*, ein als besonders »rein« geltendes Gras, das bei hinduistischen Ritualen verwendet wird; unterschiedliche Grasarten werden als d. bezeichnet.

ekdam voh hi chiz – (Hind) »genau die gleiche Sache/Angelegenheit«

ek gaz, do gaz, tin gaz – (Hind) »ein *gaz*, zwei *gaz*, drei *Faden*«; ein *gaz* entspricht etwa 60 cm

ek minit – (Hind) »eine Minute« (= »ein Augenblick«)

fauji, der – (Hind) Soldat

Frangipani – (*Plumeria rubra*) auch »Tempelbaum«, »Pagodenbaum«. Eine aus Mittelamerika und der Karibik stammende, heute aber in den (Sub-)Tropen weit verbreitete, nicht selten zu stattlichen Bäumen von sechs bis acht Metern Höhe wachsende Sukkulente

Galon – birmanischer Name des mythischen Riesenvogels Garuda, des Reittiers des hinduistischen Gottes Vishnu

Ganesh – eine der beliebtesten hinduistischen Gottheiten; der elefantenköpfige Sohn Shivas, Gott der Weisheit und des guten Anfangs

gaung-baung – die birmanische Variante des Turbans, mit einem seitlich vom Kopf abstehenden dreieckigen Zipfel

ghadar, ghadr, der – (Hind) »Aufstand«, »Rebellion«; Anfang des 20. Jahrhunderts von nach Kanada und den USA ausgewanderten Sikhs und Hindus aus dem Panjab gegründete Zeitschrift, Bewegung und Partei zur Befreiung Indiens von der britischen Kolonialherrschaft

gyani, jnânî, der – (Hind) »Wissender«, Gelehrter

gulai tumis – indonesisches Gericht: scharf-sauer geschmorter Fisch

Hajji – (Ar, Pers, Hind) Hadschi, ein Muslim, der die Wallfahrt nach Mekka (*hajj*, Hadsch) absolviert hat

Hakka – ein ursprünglich aus China stammendes Volk, das aber mittlerweile in zahlreichen anderen Ländern ansässig ist.

halla bol, hallâ bol – (Hind) etwa: »schlag zu!«, »hau drauf!« oder »plündern!«

Hamadryade – eigtl. griechische Baumnymphe, die sich dadurch von der gewöhnlichen Dryade unterscheidet, dass sie gewissermaßen die Seele eines bestimmten, individuellen Baumes darstellt und nur so lange wie dieser lebt; was in diesem buddhistisch-birmanischen Kontext gemeint sein könnte, ist allerdings unklar.

haveli, havelî, die – (Hind) herrschaftliches Haus

hazurdar, huzûrdâr, der – (Hind) Lakai, herrschaftlicher Diener

hluttdaw – der vier Mitglieder umfassende »Große Staatsrat« oder Exekutivrat des birmanischen Königreichs

htamein – knöchellanger Wickelrock der birmanischen Frauen; die »weibliche Version« des *longyi,* die im Gegensatz zu diesem an der Hüfte gefaltet und geschürzt wird.

hti – Ehrenschirm; auch der turmartige Aufsatz auf einer birmanischen Pagode mit einer variierenden Anzahl von solchen »Ehrenschirmen« (auskragenden Dächern)

idlis – handtellergroße, flache gedämpfte Klöße aus angesäuertem Reis, Linsen und Gewürzen; werden vor allem in Südindien als Beilage (anstelle von Reis) oder als Snack (dann meist zusammen mit einem scharfen Gemüsegericht, *sambar*) gegessen.

inqalab zindabad, inqalâb zindâbâd – (Hind) »lang lebe die Revolution!«

jaldi, jaldî – (Hind) schnell

-ji, *-jî* – (Hind) Respekt und/oder Zuneigung ausdrückendes Suffix

jhol, der – (Hind) Suppe, Brühe

kaisa hai? Sab kuchh thik-thak (*thîk-thâk*)? – (Hind) »Wie steht's? Alles in Ordnung?«

kala – Ausländer, in Birma insbesondere auf Inder bezogen

kampong – (Ind, Mal) ein umzäuntes Gelände (Anwesen, Dorf, Stadtteil)

karma, das/der – (Skt, Hind) das »Guthaben« an (guten oder schlechten) Werken, das ein Mensch im Laufe des gegenwärtigen Lebens und seiner früheren Existenzen angesammelt hat und das über seine Wiedergeburt entscheidet.

kaun hai – (Hind) »wer ist (da)?«, »wer da?«

khalasi, khalâsî, der – (Hind) Seemann

khansama, khânsâmâ, der – (Hind) Haushofmeister, insbesondere für Küche und Speisekammer verantwortlich

Kinwun Mingyi – hochrangiger Minister im birmanischen Königreich

kurta, kurtâ, der – (Hind) weites kragenloses, geschlossenes Hemd der indischen Männer

kya hua, kyâ huâ – (Hind) »was ist passiert?«

langot – männliches Kleidungsstück: eine Stoffbahn, die um die Hüften gewickelt und zwischen den Beinen durchgezogen wird, so dass etwas wie eine knielange Pluderhose entsteht.

lathiyal, lâthîvâlâ, der – (Hind) »Knüppelträger«, ein gedungener Schläger

longyi – traditioneller birmanischer knöchellanger Wickelrock für

Männer und Frauen; er besteht aus einer Stoffbahn, die um die Hüften geschlungen wird und bei Männern vor dem Bauch, bei den Frauen an der Hüfte verknotet wird.

luga-lei – Mann, der die Aufgaben eines Hausdieners und persönlichen Assistenten wahrnimmt

Mahabharata – Wohl zwischen 400 v. Chr. und 400 n. Chr. entstandenes rd. 100000 Doppelverse umfassendes Sanskrit-Epos, das in seinem Kern den Kampf zwischen zwei miteinander verwandten, aber verfeindeten Fürstengeschlechtern behandelt.

mahout – anglisierte Schreibung von Hind. *mahâvat*: Elefantentreiber und -pfleger

maistry – Verballhornung von Hind. *mistrî*, eigentlich »Vorarbeiter«, »Handwerksmeister«

mali, mâlî, der – (Hind) Gärtner

martaban – nach der gleichnamigen Stadt im unteren Myanmar benannte große glasierte Keramikgefäße

Mebya – respektvolle Bezeichnung und Anrede für die birmanische Königin

memsahib, die – (Hind) aus *ma'm* (*madam*) und *sahib* zusammengesetzt: eine europäische Dame

Min – respektvolle Bezeichnung und Anrede für den birmanischen König

mintha – Prinz

minthagyi – »großer Prinz«; hier Figur des traditionellen birmanischen Puppentheaters

minthami – »Prinzessin«; hier Figur des traditionellen birmanischen Puppentheaters

Moguln – «Mongolen«, Bezeichnung einer islamischen Dynastie mongolischer Abstammung, die von 1526 bis (nominell) 1858 mehr oder weniger große Teile Nord-, Zentral- und Südindiens beherrschte. Seine politische und kulturelle Blütezeit erlebte das Mogulreich unter Akbar und dessen Nachfolgern Jahangir, Shah Jahan und Aurangzeb (1556–1707).

mohingya – Nudelsuppe mit unterschiedlichen Zutaten

mung dal, mûng dâl, die – (Hind) Mung- oder Jerusalembohnen (kleine, runde, grüne bis gelbliche Hülsenfrüchte) bzw. ein daraus zubereitetes Gericht *munshi, munshî*, der – (Hind) Schreiber; Büroangestellter; Persisch- und Urdu-Lehrer

myowun – Gouverneur einer Stadt im birmanischen Königreich

namaste – (Skt, Hind) wtl. etwa «Ehre sei dir/Ihnen«; unter Hindus üblicher formeller Gruß, bei dem die Hände flach aneinander gelegt und – je nach Rang des Gegrüßten – in Brust-, Kinn-, Augen- oder Stirnhöhe gehalten werden.

nan belu – Figur des traditionellen birmanischen Puppentheaters: der »Palast-Dämon«

nat – Geist, Geistwesen, Gespenst

nat kadaw – Figur des traditionellen birmanischen Puppentheaters: die »ehrwürdige Geisterfrau«

nomoshkar – bengalische Aussprache von Hind. *namaskar*, wtl. etwa »Ehrerbietung«; siehe ansonsten unter *namaste*

nyonya-Küche – die teils (im Norden) von Thailand und China, teils (im Süden) von Indonesien beeinflusste malaysische Küche

oo-si – Elefantenführer; in Indien *mahout*

pan, pân, der – (Hind) Genussmittel, das meist nach dem Essen gekaut wird: ein Betelblatt mit darin eingewickelten Stückchen Betelnuss, Kalk und verschiedenen Gewürzen

Padaukbaum – Flügelbaum (*Pterocarpus indicus*), ein schnellwüchsiger Baum, durch seine ausladende Krone ein guter Schattenspender; das Holz wird unter anderem zum Bootsbau verwendet.

pah – Tragkorb, Kiepe

pa-kyeik – »Kettenmann«, der das Aufzäumen der Arbeitselefanten besorgt

Pali – Der mittelindische Dialekt, in dem in der zweiten Hälfte des 1. vorchristlichen Jahrtausends die Lehrreden des Buddha und die übrigen kanonischen Texte des »alten« Buddhismus (Theravada) fixiert wurden. In theravada-buddhistischen Ländern (Birma, Thailand, Kambodscha, Srilanka) wird die Sprache, v.a. in Mönchskreisen, noch heute verwendet.

pallu, pallû, der – (Hind) das freie (lose) Ende des Saris, das über den Kopf gezogen wird

paratha, parâthâ, der – (Hind) gewürzter Fladen aus ungesäuertem Weizenmehl, Salz und Wasser, der sich von der *chapati* dadurch unterscheidet, dass er mehrmals ausgerollt, mit Fett bestrichen und wieder ausgerollt wird, wodurch er beim Backen einen blätterteigartigen Charakter erhält, und nicht rund, sondern dreieckig ist.

Parsi – (Hind) Anhänger(in) der von Zarathustra gestifteten altpersischen Religion, Zoroastrier(in); speziell als P. werden diejenigen Zoroastrier bezeichnet, die vor den Muslimen von Persien nach Indien flohen und seit Jahrhunderten dort leben.

patama-byan – die theologische Prüfung, die buddhistische Novizen ablegen müssen

pe-si – Reiter von Arbeitselefanten

pinni – handgewobener Baumwollstoff

Pipal – *Ficus religiosa*; Bo(dhi)baum; unter einem solchen Baum soll der Buddha die Erleuchtung erlangt haben

pishi – (Beng) Tante väterlicherseits

puja, pûjâ, die – (Skt, Hind) täglich zu verrichtende rituelle Verehrung (hinduistischer) Gottheiten durch Darbringung von Blumen, Räucherwerk, Obst und anderem mehr; sie findet sowohl im Tempel statt als auch in jedem Haushalt. Größere Häuser haben ein eigenes Zimmer für die Götter, den man dann als »puja-Raum« bezeichnen kann.

punjabi, panjâbî – (Hind), wtl. »zum Pandschab gehörig«: 1) das Pandschabi, die in der nw-indischen (seit 1947 zwischen Indien und Pakistan geteilten) Region Pandschab gesprochene Sprache; 2) ein Bewohner dieser Region; 3) kurz für *panjâbî kurtâ:* ein knielanges weites geschlossenes (ungeknöpftes) hemdartiges Kleidungsstück

punkah, der – englische Schreibung von Hind. *pankhâ*, »Fächer«, ein frei von der Decke herabhängende rechteckiges Gebilde aus stoffbespanntem Holz o.ä., das mittels einer Schnur von einem Diener hin und her bewegt wird und dadurch ähnlich wie ein Ventilator wirkt.

purohit, der – (Skt, Hind) hinduistischer Familienpriester, Hofpriester; auch Tempelpriester

pwe – (Volks-)Fest, Feier

raja, râjâ, der – (Skt, Hind) »König«, ursprünglich indischer, später auch im Malaiischen Archipel gebräuchlicher Titel eines kleineren Fürsten (sowie der Träger dieses Titels)

Ramayana – Dem mythischen Weisen Valmiki zugeschriebenes Sanskrit-Versepos, das in seinen ältesten Teilen aus dem 4. Jh. v.Chr. stammen dürfte; neben dem Mahabharata das zweite große Epos der Hindus. Das R. erzählt die Geschichte des göttlichen Prinzen Rama, der Entführung seiner Gemahlin Sita durch den Dämonenkönig Ravana und deren letztendlicher Befreiung.

roti, rotî, die – (Hind) «Brot«, Fladen aus ungesäuertem Weizenmehl, Wasser, Salz und eventuell verschiedenen Gewürzen

sabar karo – (Hind) »hab Geduld!«, »nur Geduld!«

sadhu, sâdhu, der – (Skt, Hind) »Guter«, ein hinduistischer Asket, Einsiedler oder Bettelmönch

sah'b – kurz für sahib

sahib, sahab, der – (Hind.) »Herr« (nicht nur für Europäer)

sant, der – (Skt, Hind) Heiliger; ein als Heiliger verehrter Asket oder Einsiedler

Sari, *sârî,* die – (Hind) traditionelles Kleidungsstück hinduistischer Frauen: eine fünf bis acht Meter lange Stoffbahn, die um die Taille gewickelt und deren (meist farblich abgesetztes und/ oder besticktes) Ende über die linke Schulter geworfen bzw. über den Kopf gezogen wird. Zum Sari gehört ein kurzärmliges, eng anliegendes Oberteil (*choli*), das meist den Bauch frei lässt. Unter dem Sari trägt man einen Unterrock.

sarkar, sarkâr, die – (Pers, Hind) Regierung

Sarong – in weiten Teilen Südostasiens von Männern wie von Frauen getragener traditioneller knöchellanger Wickelrock

sayagyi – Ehrentitel: »ehrwürdiger Lehrer«

sepoy – englische Schreibung von Hind. *sipâhî*, »Soldat; Bezeichnung für einen indischen Soldaten in britischen Diensten

shabash, shabâsh – (Hind) Ausruf der Bewunderung, Freude, Anfeuerung

shehnai, shahnâî, die – (Hind) indisches Blasinstrument aus der Familie der Schalmeien mit einem nach unten hin breiter werdenden hölzenen Korpus mit Grifflöchern und einem metallenen Schalltrichter

shervani, shervânî, die – (Hind) lange, eng anliegende durchgehend geknöpfte Jacke

shiko – ehrerbietiger Gruß

sin-pa-kyeik – Gehilfe eines *pa-kyeik*

sweeper – «Feger«, «Putzer«, auch in Indien gebräuchliche englische Bezeichnung für den Angehörigen einer niederen, verachteten Kaste, deren Aufgabe vornehmlich darin besteht, anderer Leute Dreck zu beseitigen.

tai – Pfahlbau, auf Pfählen stehendes Wohnhaus

taingda mingyi – hochrangiger Minister

tandoori-Huhn – (Hind) in Joghurt und verschiedenen Gewürzen mariniertes und anschließend in einem krugförmigen Lehmofen (*tandoor, tandûr*) gegrilltes Huhn

thadin – dreimonatige buddhistische Fastenzeit

thadingyut – ein im Oktober gefeiertes Fest, mit dem in Birma/Myanmar das Ende der buddhistischen Fastenzeit begangen wird. Man glaubt, dass während dieses Festes der Buddha vom Himmel auf die Erde zurückkehrt, und ihm zu Ehren werden in den Häusern Kerzen entzündet.

thanaka – Thanaka-Baum (*Limonia acidissima*). Die sanft duftende Rinde wird getrocknet, zu Puder zermahlen, mit Wasser gemischt und dann auf die Wangen aufgetragen. Thanaka-Puder schützt die Haut vor der Sonne und hellt sie auf.

thingyan – traditionelles, landesweit in Myanmar gefeiertes Wasserfest anläßlich des Beginns des neuen Jahres (April), bei dem die Menschen sich gegenseitig mit Wasser bespritzen.

thik hai, thîk hai – (Hind) »es ist gut«, »gut so«

tiranga, tirangâ, der – (Hind) wtl. »dreifarbig«, »Trikolore«. Die Flagge Indiens. Sie besteht aus drei horizontalen Streifen gleicher Breite, oben safranfarben, in der Mitte weiß und unten grün. Im Zentrum befindet sich ein blaues Rad mit 24 Speichen.

tsaloe – »Kette«, eine Art Schärpe, die durch die jeweilige Anzahl ihrer Stränge den Rang des Trägers bezeichnet.

utho – (Hind) »steh auf!«

Vishnu – neben Shiva der wichtigste hinduistische Gott

waso – im Juli gefeiertes burmesisches Fest, das den Anfang der buddhistischen Fastenzeit bezeichnet. Die Menschen geben den Mönchen Almosen und schenken ihnen neue Gewänder.

wun – höherer Regierungsbeamter im Königreich Birma

wundauk – etwa »Staatssekretär«, Assistent des *wungyi*

wungyi – ranghöchster Hofbeamter im Königreich Birma, Minister und Richter des obersten Gerichts

yar, yâr, der – (Hind) Freund

Zedrach-Baum – auch Paternosterbaum (*Melia azedarach*), ein schnellwüchsiger, äußerst anspruchsloser Baum mit eschenähnlich gefiederten Blättern, nach Flieder duftenden Frühjahrsblüten und orangefarbenen Beeren im Herbst

zerbadi – vermutlich anglisierte Schreibung von Pers. *zîrbâdî*, »zu (einem Land) unter dem Wind gehörig«, womit allgemein Menschen aus Bengalen und östlich von Indien gelegenen Ländern und Inseln gemeint waren. In Birma verstand man darunter speziell die Nachkommen einer bengalisch-muslimischen und buddhistisch-birmanischen Mischehe; in birmanisch nationalistischen Kreisen als Schimpfwort gebraucht.

zindabad, zindâbâd – (Hind) »lang lebe!«

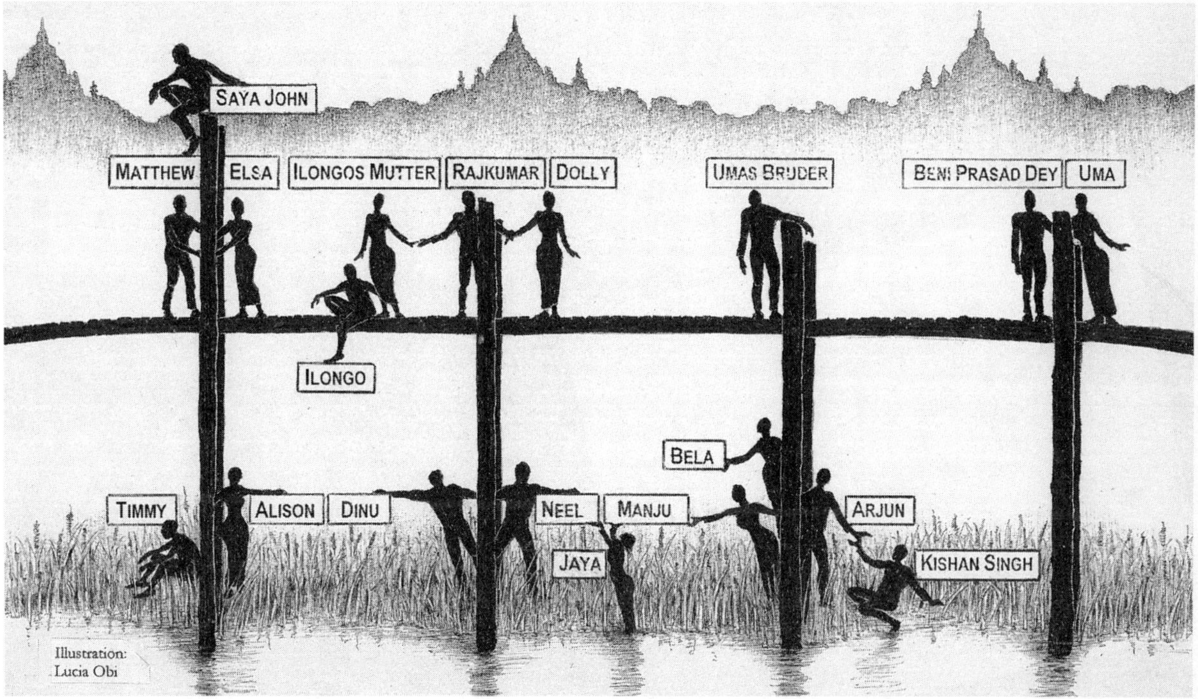
SAYA JOHN
MATTHEW
ELSA
ILONGOS MUTTER
RAJKUMAR
DOLLY
UMAS BRUDER
BENI PRASAD DEY
UMA
ILONGO
BELA
TIMMY
ALISON
DINU
NEEL
MANJU
ARJUN
JAYA
KISHAN SINGH
Illustration:
Lucia Obi

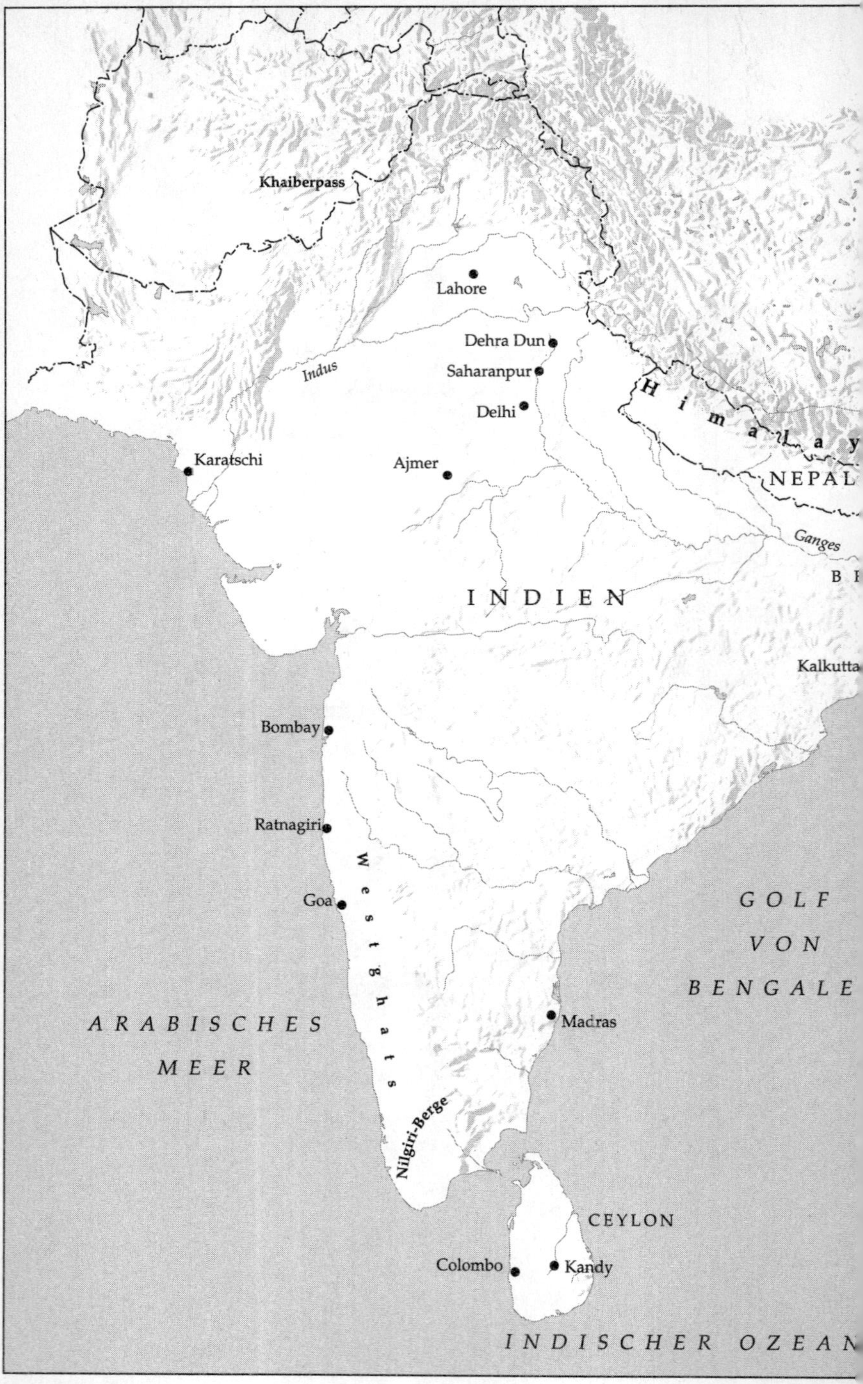

Khaiberpass
Lahore
Dehra Dun
Saharanpur
Indus
Delhi
Himalay
Karatschi
Ajmer
NEPAL
Ganges
INDIEN
Kalkutta
Bombay
Ratnagiri
Westghats
Goa
GOLF
VON
BENGALE
ARABISCHES
MEER
Madras
Nilgiri-Berge
CEYLON
Colombo
Kandy
INDISCHER OZEAN

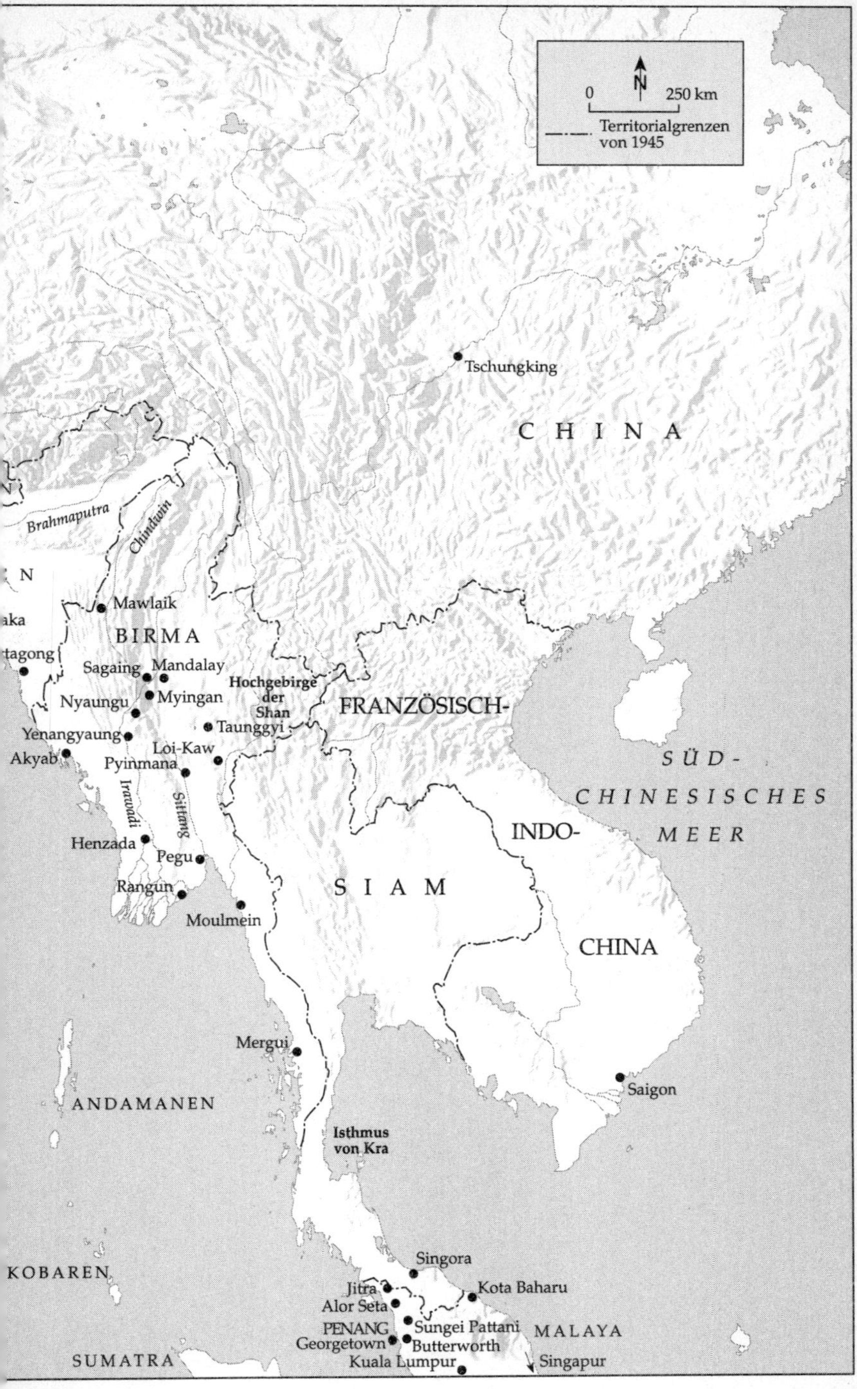

0
250 km
Territorialgrenzen von 1945
Tschungking
C H I N A
Brahmaputra
Chindwin
N
Mawlaik
aka
BIRMA
tagong
Sagaing
Mandalay
Nyaungu
Myingan
Hochgebirge der Shan
Taunggyi
FRANZÖSISCH-
Yenangyaung
Akyab
Loi-Kaw
Pyinmana
Irawadi
Sittang
SÜD-
CHINESISCHES
MEER
INDO-
Henzada
Pegu
Rangun
SIAM
Moulmein
CHINA
Mergui
Saigon
ANDAMANEN
Isthmus von Kra
Singora
KOBAREN
Jitra
Kota Baharu
Alor Setar
PENANG
Sungei Pattani
MALAYA
Georgetown
Butterworth
SUMATRA
Kuala Lumpur
Singapur

INHALT

10 JAHRE KARL BLESSING VERLAG

Anthony Bourdain:
Geständnisse eines Küchenchefs.
Was Sie über Restaurants nie wissen wollten
352 Seiten, ISBN 3-89667-301-7

Michael Crichton: *Beute – Prey*
Roman, 448 Seiten, ISBN 3-89667-302-5

Amitav Ghosh: *Der Glaspalast*
Roman, 608 Seiten, ISBN 3-89667-303-3

Mark Haddon: *Supergute Tage oder*
Die sonderbare Welt des Christopher Boone
Roman, 288 Seiten, ISBN 3-89667-304-1

Dieter Hildebrandt:
Ausgebucht. Mit dem Bühnenbild im Koffer
256 Seiten, ISBN 3-89667-305-X

Florian Illies: *Generation Golf zwei*
256 Seiten, ISBN 3-89667-307-6

Jürgen Leinemann: *Höhenrausch.*
Die wirklichkeitsleere Welt der Politiker
496 Seiten, ISBN 3-89667-306-8

Francesca Marciano: *Himmel über Afrika*
Roman, 352 Seiten, ISBN 3-89667-308-4

Kathy Reichs: *Durch Mark und Bein*
Roman, 416 Seiten, ISBN 3-89667-309-2

Frank Schirrmacher: *Das Methusalem-Komplott*
224 Seiten, ISBN 3-89667-310-6

Jeder Band € 10,00 [D] / € 10,30 [A] / sFr 18,30

Amitav Ghosh

Hunger der Gezeiten

Aus dem Englischen von
Barbara Heller

ISBN 3-89667-203-7

Voller Gefahren sind die Sundarbans, »der schöne Wald« im Delta von Ganges und Brahmaputra im Osten Indiens. Es gibt dort keine schnatternden Affen und Kakadus, sondern Bengalische Königstiger, Krokodile und kurzstämmige Mangroven, die von der Flut immer wieder unter Wasser gezogen werden.

In diesen unwirtlichen Archipel kommt die amerikanische Meeresbiologin Piya, um vom Aussterben bedrohte Delfinarten zu erforschen. Schon am ersten Tag ihrer Feldstudien lernt sie den Fischer Fokir kennen, der sie durch sein außergewöhnliches Gespür für das Wasser tief beeindruckt. Nur er kann Piya zu den schwer auffindbaren Delfingründen rudern. Während er seine Krabbennetze auswirft, beobachtet sie die Säuger – und dabei finden die beiden zueinander, ohne Worte, denn sie sprechen keine gemeinsame Sprache. Doch dann drängt sich Kanai, ein Dolmetscher aus Neu-Delhis Oberschicht, zwischen sie …

Die unerfüllte Liebe zwischen zwei Männern und einer Frau – drei Weltsichten und kein möglicher Konsens. In *Hunger der Gezeiten* paart der begnadete Geschichtenerzähler Amitav Ghosh eine wunderbar tragische Dreiecksgeschichte mit seinem Lebensthema: dem Clash of Cultures. Und zugleich setzt er den Sundarbans ein Denkmal: der durch Kolonialisierung geprägten Historie, den religiösen und mythologischen Überlieferungen und dem alltäglichen Leben in dieser Inselwelt, einer der gefährdetsten und gefährlichsten Regionen der Erde.

»Der Reiz von Ghoshs Romanen liegt vor allem
in diesem unbestechlich scharfen Blick für die Kleinigkeiten,
die das große Ganze ausmachen.« *die tageszeitung*

Karl Blessing Verlag

Amit Chaudhuri

Betörungen & fromme Lügen

Aus dem Englischen von
Barbara Heller

ISBN 3-89667-258-4

In verführerisch sinnlicher Prosa stellt Amit Chaudhuri die schwierigen Beziehungen von Menschen dar, die in Ritualen gefangen sind, an die sie kaum mehr glauben. Ob er die wechselseitige Abhängigkeit von Lehrern und Schülern auslotet, dem sonderbar reservierten Wiedersehen zweier Freunde nach zwanzig Jahren nachspürt oder von den gemischten Gefühlen einer Frau am Vorabend ihrer zweiten Hochzeit erzählt – immer weisen Chaudhuris Erzählungen über typisch indische Verhaltensmuster hinaus auf universelle Themen.

»Mit seiner Weigerung, das gängige Bild vom bunten Leben in Indien – heiß und wild und üppig sinnlich – ein weiteres Mal zu reproduzieren, hebt dieser Autor sich wohltuend aus der Schar derjenigen ab, die damit gerne westliche Erwartungen bedienen.«
FRANKFURTER ALLGEMEINE ZEITUNG

»Ein leidenschaftliches Buch, das zum Nachdenken anregt und den Focus auf die kleinen und doch so wichtigen Dinge im Leben richtet.«
COSMOPOLITAN.DE

Karl Blessing Verlag

Pankaj Mishra

Unterwegs zum Buddha

Sein Leben, seine Lehre, seine Wirkung

Aus dem Englischen von
Ditte und Giovanni Bandini

ISBN 3-89667-134-0

Im 6. Jahrhundert v. Chr., einer Zeit des sozialen Umbruchs, entsagte der Buddha früh seinen fürstlichen Privilegien und wanderte als Asket durch Indien. Er begründete eine Religion, die ohne Schuld und Sühne auskam, und lehrte, dass die Vorstellung vom unwandelbaren Ich eine Täuschung sei, die vielfältige Leiden heraufbeschwöre.

Der indische Schriftsteller Pankaj Mishra hat sich über ein Jahrzehnt lang mit dieser faszinierenden Gestalt befasst, die Legenden kritisch geprüft und die politische und philosophische Wirkung seiner Lehren bis in die Gegenwart verfolgt.

»Eine Biographie, ein Essay über Religion und Philosophie, zugleich ein Reise- und Erfahrungsbericht – und überdies ein bewegendes Buch über Indien heute.«
TIMES LITERARY SUPPLEMENT

Karl Blessing Verlag